MINHAS TRÊS PRIMAVERAS

R. CHRISTINY

MINHAS TRÊS PRIMAVERAS

DEA editora

Editor	Patrícia Azevedo
Assistente Editorial	Larissa Araújo Mafra
Revisão	Maciel Salles
Diagramação	Cris Spezzaferro
Ilustração	Dri K. K.
Imagem	https://www.canstockphoto.com/4626612

Texto de acordo com as normas do Novo Acordo Ortográfico da Língua Portuguesa (1990), em vigor desde 1° de Janeiro de 2009.
Os personagens e as situações desta obra são reais apenas no universo da ficção; não se referem a pesso e fatos, e sobre eles não emitem opinião.

www.3deaeditora.com.br
contato@3deaeditora.com.br

Dados Internacionais de Catalogação na Publicação (CIP)

C555m Christiny, R.

Minhas Três Primaveras/ Christiny, R.. São Paulo/ SP. 3DEA Editora. Ano: 2019. 398 páginas.

ISBN 978-85-93964-56-5.

1. Literatura Brasileira. 2. Romance. 3. Drama

I. Título.

CDD: B869

CDU: 82-31

Considerações Iniciais da Autora:

Esse livro tem o intuito de sensibilizar, abrir seus olhos e te fazer sentir por um momento a dor que muitas mulheres sentem todos os dias.

CONTÉM CENAS FORTES.

O livro é INSPIRADO em uma história real, porém, contém cenas que sofreram alteração para o desenrolar da história.

Dedico esse livro a todas as mulheres que
sofreram ou sofrem algum tipo
de violência.

Prólogo

Você sente quando seu coração dá as últimas batidas. Sente quando respirar parece ser a coisa mais difícil de se fazer. Olha para aquele céu alaranjado sobre sua cabeça e se pergunta como algo tão lindo pode estar camuflando tantas tragédias.

Sempre achei que a morte surgia através de nuvens escuras e noites chuvosas. Garoas finas que deixam a lama pegajosa e gelada. Você corre em uma floresta escura, com árvores secas, corvos gritando ao seu ouvido e se misturando com os passos da pessoa que te persegue. Você geralmente tropeça em seus próprios pés, cai de joelhos e isso te torna ainda mais fácil de ser pega.

Bom, não foi assim que aconteceu comigo, aliás acho que não é assim que acontece com milhares de mulheres com maridos como os meus. Não precisamos estar em uma floresta escura para sermos pegas, pois a morte dorme em nossa cama todas as noites.

Meu nome é Luz, não há nada que vem antes disso, e o que vem depois não importa. Tudo o que você precisa saber é o que te direi aqui.

Em 1982, eu conheci o que seria o meu grande amor. Era baile de Carnaval. Eu dançava e rodopiava, fazendo com que meu vestido amarelo iluminasse todo aquele belo salão decorado. Eu notei quando os olhos verdes do rapaz alto me penetraram como se eu fosse a única mulher ali, e não demorou para que ele se aproximasse de mim com sua boa fala e galanteios, deixando-me impressionada e encantada.

Sempre fui uma boa sonhadora e uma romântica incorrigível. Desde criança planejei meu casamento, a minha casa branca com janelas azuis e meus filhos correndo por ela. No entanto, a vida havia me preparado algo muito diferente de tudo que já sonhei.

Foi no final da festa a primeira vez em que nos beijamos, e eu senti como se estivesse pisando em nuvens de algodão.

Namorei o rapaz de olhos verdes às escondidas antes de finalmente apresentá-lo à minha família portuguesa tradicional. Um tempo depois, marcamos a data do nosso casamento. Foi então que a tormenta começou. As nuvens deixaram de ser de algodão e se tornaram cacos de vidro queimando como em brasa.

Eu poderia te contar sobre os momentos felizes que tive com esse belo rapaz, porém não quero que você se sinta nas estrelas para depois te fazer sentir como se estivesse andando em um túnel escuro, com cheiro de podridão.

Eu poderia passar horas te contando sobre os beijos apaixonados, sobre as carícias e as palavras doces. Sobre as promessas e as juras de amor e proteção. Mas, se eu te contasse sobre os dias felizes, eu teria que partir seu coração em seguida, e talvez você nunca mais se recupere disso.

A verdade é que eu não fui feliz.

Essa não é uma linda história de amor.

Essa é a história da minha vida.

Os detalhes sórdidos de como fui assassinada.

9 anos

Enrico

— Não seja medroso, rapaz. Acerte logo esse bicho! — Apressou-me, colocando a mão em meu ombro. A fumaça de cigarro que saiu da sua boca me deixou com a vista um tanto embaçada.

A arma tremia em minhas mãos. Eu mal conseguia segurá-la sem me desequilibrar.

— Não quero machucá-lo, papai. — Tive vontade de vomitar só de pensar no sangue escorrendo da cabeça do pobre coelho. O bicho branco pareceu ter me ouvido com seu par de orelhas grandes. Parou de comer rapidamente, só que não fugiu.

Vá embora, seu burro. Não percebe que terei que matar você? O que acha que estou fazendo com essa arma na mão?

Papai apertou meu ombro com mais força.

— Você quer comer, não quer, garoto? — Perguntou, o cigarro no canto da boca para conseguir falar. Confirmei com a cabeça. — Então pare de ser covarde. Você é um homem ou um saco de batatas?

— Nós podemos comprar um coelho morto — sugeri, erguendo meus olhos para aquele rosto marcado por rugas. Ele tirou o cigarro da boca e jogou na terra, pisando com suas botas encardidas, para apagar o fogo.

Papai pegou a arma da minha mão, colocou as bala, grudou a arma próximo ao seu ombro e, depois, ouvi o disparo. Fechei meus olhos com força quando vi a bala acertar o coelho e derrubá-lo.

— Você precisa aprender a caçar sua própria comida, rapaz. Sua mãe andou te ensinando muitas bobagens, por isso tem estado tão covarde e medroso. — Empurrou a arma para mim assim que abri meus olhos novamente. — Você é meu filho. Te ensinarei a ser um homem.

— Homens precisam matar animais? — Perguntei, engolindo um choro assustado.

— Homens precisam matar muitas coisas, meu filho. Você ainda é muito novo para entender. Começaremos com coelhos e depois te ensinarei como ter o mundo em seus mãos, garoto. — E bagunçou meu cabelo com suas mãos velhas.

11 anos

— Eu falei que queria peixe e não essa merda que você fez! — Ele gritou, batendo com as mãos em cima da mesa e fazendo os pratos balançarem.

— Eu não pude sair de casa hoje, querido — mamãe murmurou, seus olhos tremiam assustados, ela não decidia se olhava para mim ou para o papai.

— Como não conseguiu sair de casa, por acaso está aleijada!? — Ele continuava gritando com mamãe. Eu não gostava de quando isso acontecia, ela sempre acabava chorando e machucada no final da noite.

— Eu pedi pra mamãe fazer carne de coelho. Eu estava com vontade, papai. Não é culpa dela... — menti, tentando protegê-la de outra surra.

Papai se levantou, bastante irritado. Seu rosto estava vermelho, era como se fosse explodir.

— Desde quando você manda nessa casa, garoto? — Perguntou para mim.

— Eu... não...

— Enquanto você não tiver pelos crespos nessas suas bolas, eu continuarei mandando nessa porra de casa! — Deu um tabefe em minha orelha.

— Não o machuque, por favor, querido. Enrico não tem culpa — mamãe implorou, a voz tremia; empurrou sua cadeira para se levantar.

— Não proteja o garoto. É por isso que ele continua fraco desse jeito. Isso é tudo culpa sua. Você o deixa enfraquecido!

Papai se afastou de mim e caminhou até minha mãe. Ela estava assustada e sua pele estava tão ferida. As marcas do cinto de couro estavam espalhadas até mesmo pelo seu rosto. A minha orelha dolorida parecia bobagem perto do que ele fazia com a mamãe.

— Não faça na frente dele, por favor, não na frente dele — mamãe suplicou, vendo papai tirar o cinto de couro da sua calça e depois caminhar em sua direção.

Eu fiquei paralisado, agarrado na cadeira em que estava sentado.

— Talvez assim ele aprenda. Não deixarei minha fortuna na mão de um garoto tão covarde! — O cinto estralou na mesa quando ele golpeou a madeira apenas para me assustar. — Meu pai me ensinou assim e é assim que eu o ensinarei. Caso contrário, Enrico continuará sendo um molenga.

Mamãe recuou o máximo que conseguiu, agarrou o próprio corpo, protegendo feridas que começavam a cicatrizar pelos braços finos e brancos.

— Não machuque ela! — Gritei, chorando alto.

— Veja, Enrico, você quer ser um leão como seu pai ou um rato feito sua mãe? — Ele olhou para mim e deu um sorriso com os dentes amarelados pelo cigarro. — Você quer ser quem segura o chicote ou o chicoteado?

Olhei para mamãe, miúda, escondida no canto da parede. Eu podia ver seu peito subindo e descendo com uma velocidade surreal. Ela segurava o choro.

— Está tudo bem, meu pequeno. Vá para seu quar...

— NÃO! — Ele gritou antes que mamãe pudesse terminar sua frase. — Você irá assistir, seu projeto de humano. Quero que veja o que acontece quando desrespeitam minhas ordens.

Então, papai ergueu seu cinto novamente, só que dessa vez foi na perna da mamãe que o chicote estralou.

— PARE!! — Eu gritei, chorando e agarrando a cadeira cada vez com mais força. Eu esperneava em cima dela.

O grito alto de dor da minha mãe e a gargalhada de papai faziam com que meu choro fosse a última coisa que eles pudessem ouvir.

13 anos

— Vamos lá, garoto. Quem pegar o menor peixe terá que pagar a bebida! — Ele lançou sua vara dentro do mar.

— Eu não tenho dinheiro — lembrei-o, arrumando a isca no meu anzol.

— Então está na hora de arrumar um emprego!

Me levantei assim que terminei de arrumar a vara e a lancei dentro do mar igual papai havia feito há pouco.

— Eu não preciso trabalhar, você tem dinheiro — brinquei, lhe lançando uma rápida olhada.

Ele puxou no fundo da garganta e cuspiu dentro da água.

— Você tem que aprender a conseguir seu próprio dinheiro, já é um homem. Tem que se virar.

O barco balançou com mais força que eu esperava e por pouco não caí no chão. Papai pareceu não ter sentido o mesmo impacto que eu senti.

— Tudo bem, talvez eu esteja superestimando você — zombou ao me ver tão desleixado dentro do barco. — Você tem que parar de me envergonhar, rapaz. Ou terei que fazer outro filho.

Aquilo não me agradou nadinha.

— Eu faço tudo o que você me manda fazer — lembrei-o.

Ele deu uma risada que me confundiu.

— Você é quase um pato. Sabe o que quero dizer? — Tirou seus olhos do mar e se voltou para mim. Eu estava confuso, claro que estava. Como ele poderia estar me comparando a um pato? — Patos são um exemplo de mediocridade. Eles fazem

muitas coisas, só não fazem nada com perfeição: não andam direito, não voam direito e não nadam direito.

Minha linha ficou enroscada em alguma coisa dentro do mar e, quando ousei puxá-la, ela se arrebentou. O Universo parecia estar conspirando a favor do papai e agora fez com que ele tivesse certeza de que eu era mesmo um pato.

— Não sou um pato! — Defendi-me, irritado.

— Acredite, filho, estou mais envergonhado do que você.

— Eu serei como você, papai — garanti, e larguei minha vara dentro do mar, fingindo não me importar com nada. Não sabia ao certo o que queria provar ao meu pai com aquele gesto, eu apenas queria... provar algo.

— Você nunca será igual a mim, garoto; não enquanto continuar me chamando de papai, feito um marica — ele disse, dando atenção para sua linha envergada, algo parecia puxá-la dentro do mar. O desgraçado tinha pego um peixe! — Veja, rapaz, eu sempre consigo tudo que eu quero.

Ele tirou o bicho do mar, a coloração do dorso variava do azul esverdeado ao cinza, e os flancos e ventre pareciam prateados ou dourados; o peixe devia pesar cerca de 5kg.

— Me ensina ser como você. Também quero conseguir TUDO que eu quiser!

15 anos

— Eu pedi risoto para o almoço. Por que nunca faz nada que eu peço? — Perguntei aos gritos, olhando aquele peixe com batatas na bandeja sobre a mesa.

— Eu fiz o que tinha em casa... Não podia sair nesse estado — mamãe falou, se referindo às marcas vermelhas em volta dos olhos.

— Você não está tão ruim assim. Pare de ser tão dramática! — Retruquei.

— Não fale assim comigo, por favor. Não fique zangado — ela pediu com voz chorosa, olhando-me através da extensa mesa.

— Coma a comida, garoto! — Mandou meu pai.

— Se você pode reclamar, por que eu não posso? — Questionei, sentindo-me cada vez mais irritado.

— Quando você tiver sua esposa e sua casa, você poderá reclamar o quanto quiser; fora isso, enquanto viver sob meu teto, você vai calar sua boca e comer o que eu mandar! — ele me repreendeu.

— Esta também é minha casa! — Enfrentei. Papai interrompeu a garfada que ia dar e se virou para mim, olhando-me de uma forma que me fez engolir em seco.

— Vá para o seu quarto, anda! — Ele mandou.

— Eu ainda não comi... — lembrei-o.

— Você não está reclamando da comida, garoto? Então agora ficará sem jantar para aprender comer o que eu mandar e a hora que eu mandar.

— Ele está sem comer o dia inteiro, querido — mamãe tentou intervir em um murmúrio quase inaudível.

— Você também ficará sem comer se continuar me interrompendo! — Alertou.

Me levantei ao perceber que ele não mudaria de ideia. Ele nunca repensava sobre um assunto.

— Eu odeio vocês dois! — Gritei enfurecido.

— Sinto o mesmo por você, seu marica! — Papai respondeu.

16 anos

— Anda logo, seu molenga. Eu também quero provar! — O acelerei, vendo ele parado com o cigarro entre os dedos e sem levá-lo à boca.

— Eu nunca fiz isso, cara. Não me amole!

— Me passa logo isso aqui! — Peguei o cigarro da mão de Leôncio e dei uma tragada. Senti a fumaça descendo por minha garganta, não tinha gosto bom, pelo contrário, era ruim pra cacete. — Porra, isso é fantástico.

Leôncio me olhou com desconfiança, como se não acreditasse no que eu dizia. O toupeira pegou o fumo mesmo assim. Deu uma longa tragada e logo começou a tossir sem parar, provavelmente tinha se engasgado com a fumaça podre.

— Você achou isso bom? — Questionou entre tossidas roucas. — Isso tem gosto de... de... fungo. Gosto de mato queimado!

Cuspiu no chão e largou o cigarro na poça de água.

— Seu babaca, por que jogou fora? — Dei um tabefe na cabeça dele. — Sabe como foi difícil roubar do meu pai!?

— Pra que seu pai compra isso? Devia ser proibido vender algo estragado!

— Não está estragado. Esse é o verdadeiro gosto dele! — Respondi, sentei na calçada e encostei as costas na parede. Leôncio fez o mesmo assim que conseguiu parar de tossir.

— Acho que devo ir embora. Já está anoitecendo. Minha mãe fica puta quando chego depois das oito! — Disse Leôncio.

— Mantenha a velha ocupada com suas roupas sujas que ela não terá tempo de amolar você.

— Você é imprestável, cara. — Ele disse se levantando. Me levantei também, ajeitando a jaqueta de couro.

— E você é uma marica que ainda recebe ordens da mamãe — zombei, imitando uma galinha batendo as asas.

Ele me empurrou, achando graça da minha performance ridícula.

— Pelo menos eu não sou virgem! — Ele respondeu levando na brincadeira; eu não achei aquilo engraçado. Parei de rir imediatamente.

— Eu não sou virgem! — Respondi, tentei parecer convicto.

— Claro que é. Todo mundo sabe, cara — ele disse, enfiando as mãos nos bolsos da calça jeans. — Está tudo bem. Você ainda não encontrou a garota certa.

— A garota certa é você quem faz, seu merdinha. Eu não quero transar com qualquer puta. Meu pai me diz que não podemos deixar uma garota enfeitiçar a gente com sua vagina, senão nos tornamos escravos dela. Devemos nos casar com uma, doutriná-la e usá-la somente depois que estiver adestrada. — Expliquei, da mesma forma que papai me explicou a vida inteira.

— Cara, você fala muita merda. Você não pode querer ser como seu pai. Todo mundo tem medo dele. — Ele cerrou a testa. — Olha pra sua mãe, ela está toda marcada. Você não pode achar isso certo...

— Minha mãe é uma vadia desobediente. Se ela não fosse tão teimosa, isso não estaria acontecendo com ela. — Me agachei na poça de água e peguei o cigarro molhado. — Meu pai tentou ensiná-la, eu tentei ensiná-la e ela continua errando. Acho que não tem cérebro.

Coloquei o cigarro na boca e comei a mastigá-lo sem perceber.

— Você é doente, Enrico. Bem doente.

22 anos

— Vamos lá, filho. Vamos ver quantos você conseguirá matar hoje! — Disse batendo em minhas costas. Estávamos deitados na terra.

Carreguei a carabina, posicionei-a em meu ombro e mirei no bichano que estava se alimentando no meio da mata.

— Prepare a barriga que hoje o banquete será bom, pai — falei baixo para não espantar o coelho que estava distraído. Fiz o disparo e vi quando o animal caiu para o lado, morto.

— Boa, garoto. Muito bom — elogiou, tinha orgulho em sua voz e isso me entusiasmou.

Eu ainda te darei muito orgulho, papai.

— Olhe, há outro se aproximando. Pegue ele, filho — murmurou. Mirei no outro coelho que se aproximava, prendi a respiração como de costume e esperei pelo momento certo para dar outro disparo. — Bom, muito bom, rapaz. Agora posso dizer que você é um homem!

— Eu disse que seria como você — respondi, relaxando a espingarda em meu braço e olhei para o velho ao meu lado.

Ele sorriu com seus dentes amarelados.

— Ainda falta muito para você ser como eu.

— Eu chegarei lá. Você vai ver! — Garanti.

26 anos

Era ela. Eu sabia que seria ela. A tonta que girava com aquele vestido amarelo no meio do salão. Seus cabelos castanho-claros, suas bochechas rosadas, seu sorriso contagiante. Ela tinha cara de menina fraca.

— Aquela, pai. Olhe para ela. Essa será minha esposa — cochichei para ele.

— Essa não, garoto, ela é bonita demais. Tem cara de menina esperta, irá domar você — alertou-me antes de tomar um gole de cerveja.

— Você ainda continua me subestimando, pai. — Também tomei um gole da minha bebida.

— Mulheres são seres perigosos, garoto. Essa aí tem cara de menina fogosa, vai desbravar você e você irá virar um rato na mão dela.

— Eu a quero. Quero me casar com ela — falei, sentindo um calor me aquecer por dentro.

Ele entornou o último gole da sua cerveja na garganta.

— Tudo bem. Se conseguir domar essa aí, grande parte da minha fortuna será imediatamente sua — apostou. — Se fizer dela sua dama, sua esposa, sua escrava, seu cão. Tudo meu será seu.

— Isso é verdade? — Repliquei.

Confirmou com a cabeça.

— Aposto que irá trepar com ela ainda na lua de mel — zombou.

— Não irei. Eu a domarei, farei com que seja uma menina obediente. Mostrarei que sou o seu senhor — garanti. — Farei dela o meu passarinho assustado.

Larguei meu copo na mesa e dei outra olhada na tola de vestido amarelo, rindo como se nada no mundo existisse. Como se ela fosse dona do Universo.

Me preparei para ir até ela, meu pai puxou meu braço antes que eu pudesse me afastar.

— Lembre-se: seja o caçador e não a caça. Ela não é apenas um coelho. Essa aí tem cara de leoa. Já ouvi falar sobre ela. Os pais parecem já terem desistido.

Sorri.

— Eles não tiveram o mentor que eu tive. — Eu disse e finalmente caminhei até a garota de vestido amarelo.

Eu não estava nervoso, não até ficar de frente para ela. Papai havia me dito que mulheres nos enfeitiçavam com sua vulva, só que aquela ali parecia já ter me hipnotizado apenas com seu sorriso.

Você é um homem ou um saco de batatas?

Eu estava de frente para ela e a voz simplesmente não saía.

Eu sabia que você era um fracote. Ouvi a voz de meu pai sussurrar na minha cabeça.

O que eu devo dizer? Digo oi? Falo sobre seu vestido? Ou já acerto um tapa em sua cara?

Era tão mais fácil atingir os animais com a carabina.

— Olá — ela disse. Isso era ruim, eu quem devia tomar a frente da conversa. Algum homem realmente precisava domá-la. Se ela se achava no direito de me dizer "olá", o que mais ela seria capaz? Daqui a pouco eu estaria cozinhando enquanto ela caçava o nosso jantar. — Não vai dizer nada?

Olhou-me de forma especulativa. Quanto atrevimento!

Cocei a cabeça. Papai devia estar gargalhando de mim agora mesmo.

Você é tão medíocre quanto um pato, filho. O ouvi mais uma vez na minha cabeça.

— Me desculpe... Acho que perdi a voz durante o tempo em que caminhei até você. — Falei. Isso era muito ruim. Diabos, Enrico.

Ela sorriu. Era mesmo uma tola.

— Essa é de fato a pior cantada — ela respondeu, atrevida. Como alguém não cortou a língua dessa garota ainda?

— Isso não foi uma cantada... — eu disse.

Como me aproximar de garotas? Papai nunca me ensinou a lidar com animais que falam.

— Você é a única coisa que ilumina todo esse salão. É quase impossível não reparar em você — eu falei e estendi minha mão em forma de cumprimento. — Meu nome é Enrico e eu irei me casar com você.

Ela riu alto.

— Meu nome é Luz, e é muito improvável que eu seja sua esposa. — Apertou minha mão.

26 anos e alguns meses

— Mamãe e papai, quero que conheçam minha futura esposa — falei no jantar de sexta-feira. Mamãe finalmente havia acertado o cardápio que eu solicitara: risoto de camarão com tomate, alho poró e especiarias.

Percebi que mamãe se encolheu diante o anúncio do meu noivado com Luz, papai ficou surpreso com a notícia, eu nunca havia levado uma garota para casa. Nunca havia estado preparado para dar o próximo passo nos ensinamentos de meu pai. Agora, eu estava pronto para me tornar um homem de verdade.

Luz sorriu para meus pais de forma gentil e amigável.

— Seja bem-vinda, Luz. — Papai levantou sua taça de vinho em forma de cumprimento. Minha mãe ficou estática e muda, como se uma bola tivesse se prendido na garganta. Suas marcas estavam escondidas pelas roupas e as do rosto estavam cobertas com maquiagem.

— Diga algo, mamãe, não seja grosseira — murmurei.

Se ela estragar tudo, eu acabo com ela!

— Acho que sua mãe está um pouco surpresa, meu bem — disse Luz, sendo compreensível.

— Sua mãe está com enxaqueca, filho. Eu sei que ela está feliz com essa união tão honorável. — Disse papai e depois se voltou para Luz. — Onde estão seus pais, filha?

— Estão em viagem pela Europa. Enrico os conheceu antes de irem, já sabem da nossa união. — Seus olhos brilharam ao falar, tocou em minha mão por debaixo da mesa.

A tola está apaixonada.

— Farei um almoço para brindarmos esse casamento. Avise quando seus pais retornarem, sim? — Mamãe resolveu falar. Sua voz parecia vir de muito longe.

— É uma ideia extraordinária, senhora Neliza.

Eu podia sentir uma tensão nos ombros de mamãe, algo a deixou desconfortável. Seus olhos pareciam tremer, assim como seus lábios e também suas mãos em volta da taça de cristal.

— Veja, pai. — Peguei a mão de Luz e a estendi no alto —, o belíssimo anel no dedo de minha noiva. — Ele se inclinou sobre a mesa para poder olhar o anel brilhante mais de perto.

— Seu filho tem muito bom gosto — disse Luz, a admiração percorria seu corpo, pude ver isso através do seu rosto corado e iluminado. Seria fácil domá-la, uma vez que estava ofuscada pelo amor.

— Acredite, meu bem, a sua beleza ofusca qualquer outro encanto que há no mundo. É difícil ficar admirado com o brilho de um anel quando se tem você — murmurei, tentando parecer honesto. Era tão fácil fingir que a amava, bastava lhe dar flores, joias, fazer carícias e dizer palavras doces. Luz era como um bichinho indefeso e abandonado.

Ela ruborizou como se o sol a tocasse naquele instante, seus olhos cintilavam assim como estrelas em um céu negro. Ingênua como uma criança. Apaixonada igual uma garota. Inofensiva feito um cordeiro.

Eu havia conseguido. Luz estava em minhas mãos.

27 anos

Assim que Luz entrou na igreja com seu vestido branco e delicado, eu senti algo diferente, pela primeira vez soube que era um vitorioso. Eu tinha derrotado meu pai, havia domado uma garota, e isso foi mais fácil do que abater um coelho. Ela vinha em minha direção, sorrindo absurdamente feliz, eu não sentia um terço do que ela estava sentindo. Tudo que eu queria era ir pra casa e cobrar meu pai a fortuna que havia me prometido.

Eu não amava Luz, não da forma que ela gostaria, eu apenas fingia bem (tirando o deslize que tive durante um baile), e isso fez com que ela me amasse inten-

samente. Depois que fizéssemos os juramentos, eu poderia finalmente acabar com essa simulação tão enjoativa. Lhe ensinaria como ser uma boa esposa, sobre suas funções e tarefas, dessa forma eu seria tão respeitado quanto meu pai era. Minhas mãos coçavam para alcançar seu rosto com um tapa de estremecer o chão.

Bom, esses eram meus planos e, como em todos os planos, corremos a chance de não darem certo.

Essa é a história de como fui humilhado.

A história de como a desgraçada destruiu a minha vida.

Os detalhes sujos de como fui derrotado.

Luz

Não foi a ansiedade que me impediu de dormir à noite, não foi a fraca garoa que durou a madrugada inteira. Eu apenas me mantive acordada, inquieta sem saber o real motivo de toda aquela insônia, o que me custou olheiras profundas e bastante visíveis na minha pele esbranquiçada.

Foi minha mãe a primeira a abrir a porta e me ver dentro daquele vestido branco e reluzente.

— Você está linda — ela disse, se aproximando. Ajustou o véu em minha cabeça e minha ombreira. Eu queria olhar para ela e sorrir demonstrando felicidade, e eu teria feito se não estivesse com medo de tudo o que viria depois do casamento.

— E se eu não souber ser uma boa esposa? — Perguntei, olhando-me no espelho e vendo aquele belo vestido de noiva que deixava os meus sapatos à mostra.

— Você tem tudo o que uma mulher precisa para ser uma boa esposa — disse minha mãe, não conseguindo compreender o quão amedrontada eu estava.

Minha irmã caçula foi a segunda a entrar no quarto, com seu vestido vermelho-sangue e flores da mesma cor prendendo seus cabelos escuros.

— Você ainda não está pronta!? — Questionou.

— Sim, estou. — Respondi, passei batom nos lábios e ajustei o vestido em meu corpo.

Era o meu casamento e, apesar de estar com medo, eu não podia estar mais feliz. Eu amava Enrico incondicionalmente, ele foi o meu primeiro grande amor e a decisão mais maravilhosa que eu havia tomado em minha vida.

Quando a marcha nupcial começou a tocar, a grande porta se abriu, revelando aquele extenso tapete vermelho que começava comigo e terminava em Enrico. O meu coração começou a bater forte e nada no mundo pareceu mais importante do que tentar me manter em pé. Eu caminhei até ele como se estivesse indo em direção à felicidade, mas a verdade é que casar com Enrico foi apenas o começo de milhares de escolhas erradas.

Capítulo 1

Luz

O casamento religioso foi realizado em uma igreja simples, com poucas imagens, flores brancas e a marcha nupcial tocada por três violinos. Meu pai decidiu fazer uma festa de princesa, com jantar à francesa, no qual foram servidos cascata de camarões, risoto italiano e variadas sobremesas. O salão do clube também estava decorado com flores; o bar era todo de madeira entalhada no formato de pub, onde os convidados eram servidos de *cocktail.* Tudo estava perfeito e eu nunca me esquecerei de todos os esforços que meu pai fez para que aquele dia fosse inesquecível. Bom, pai, o casamento foi de fato inesquecível, só não pelas razões que o senhor gostaria.

Foi na lua de mel, no Nordeste, que as coisas começaram a mudar. Não foi aos poucos que a máscara começou a cair. Ela foi arrancada de uma única vez.

Eu estava sentada no lençol branco da cama e ainda de camisola, insistia para que Enrico descesse comigo para tomarmos café da manhã.

— Eu já disse que não quero ir! — Respondeu, em um tom mais arrieiro que o habitual.

— Os serviços já estão pagos. Nós podemos comer e voltar para o quarto depois, se você quiser — eu insisti.

— Eu não vou descer, Luz. Me deixe dormir! — Respondeu de forma rude novamente, virando-se para o outro lado da cama, e fechou os olhos para tornar a dormir.

Já se passava das nove da manhã e eu estava faminta. A euforia da noite passada, na festa de casamento, não havia permitido que alimento algum descesse por minha garganta. Somente agora é que eu conseguia sentir as necessidades do meu corpo, muito embora ainda estivesse absurdamente feliz.

Levantei-me para tomar banho e decidi que iria descer sozinha para o saguão do hotel.

Optei por usar um vestido preto de bolinhas brancas, pérolas no pescoço e um salto baixo e escuro nos pés. Eu planejava andar pela cidade e aproveitar minha lua de mel, mesmo que sozinha.

Foi no instante em que eu estava colocando o chapéu em minha cabeça que Enrico me fez uma pergunta a qual me deixou extremamente confusa e em um tom de voz que me surpreendeu.

— Aonde você vai?

Olhei seus olhos esverdeados e também vermelhos pelo sono.

— Estou com fome, querido — expliquei.

Suas sobrancelhas pretas se fecharam, lembrando-me um céu que estava pronto para despencar sua ira.

— Você não está planejando sair sem mim, está?

— Estou com fome, meu bem. Você pode continuar dorm... — tentei explicar novamente, mas ele já estava se levantando da cama e se aproximando de mim com os seus quase dois metros de altura. Segurou meu braço, como nunca havia feito, enquanto proferia as palavras.

— Se você está com fome, então espere para que possamos descer... juntos, querida!

— Você não precisa me acompanhar se não estiver se sentindo bem, querido — falei com doçura e tentei tirar suas mãos que ainda me seguravam firmemente e marcavam minha pele extremamente branca.

Minha barriga fez barulho, com fome, Enrico fingiu não ouvir.

— Não quero que vá sem mim. Agora tire essa roupa e venha para cama — ele disse, finalmente me soltando. Vi a marca que os seus dedos deixaram em meu braço. Quis questionar, reconsiderei e fiquei calada.

Ele só está cansado... Ele não quis me machucar.

Arranquei minha roupa fora, limpei o batom da boca e tornei a vestir a camisola. Enrico deitou-se ao meu lado, abraçando-me por trás, e dormiu imediatamente. Tentei obrigar meus olhos a ficarem fechados e dormir como ele estava fazendo, porém o sono já havia ido embora há muito tempo.

Mexi-me inquieta, não conseguia continuar deitada, minhas costas doíam. Tirei sua mão que estava em meu quadril e levantei-me outra vez. Liguei o rádio que estava em cima do aparador, queria ouvir qualquer som que não fosse a respiração profunda de Enrico. Estava agoniada com a falta de ter o que fazer.

Enrico despertou em um sobressalto assim que liguei o rádio. Não havia me dado conta de que estava ligado no volume alto e dessintonizado: o som era apenas um chiado semelhante ao de uma mosca presa em um vidro, se debatendo para tentar escapar.

— Me desculpe, querido — lamentei, sentindo o meu coração agitado.

— Desligue isso! — Ele falou, vindo a meu encontro.

— Eu vou abaixar, desculpe-me, não queria acordá-lo — falei.

O rádio continuou ligado em um chiado desagradável, não queria desligá-lo e não encontrava de forma alguma uma estação. Aquilo estava estressando

Enrico, eu pude ver as veias saltarem em sua testa, e quando sua mão se levantou, eu realmente acreditei que ela viria em meu rosto.

Ele jamais faria isso.

Enrico pegou o rádio e eu pensei que ele fosse desligá-lo, no entanto ele largou o objeto no chão, com intenção de quebrá-lo. Eu estremeci, assustada e em choque.

Meu impulso me fez agachar para pegar o rádio e tentar consertá-lo, só que era evidente que ele já não estava funcionando.

— O que há de errado com você? — Perguntei, não queria transparecer assustada. No entanto, se havia algum sentimento dentro de mim naquele momento, sem dúvidas era o medo.

— Levante-se do chão, querida. — Enrico disse, em um tom de voz doce e gentil. Indiferente com o que havia acabado de fazer com o rádio do hotel.

Eu me levantei, soltei o objeto e fiquei de frente para ele. Suas mãos vieram em meu queixo, ergueu meu rosto e olhou com seus olhos verdes dentro dos meus castanhos.

— Você deve estar com muita fome, não está? — Ele perguntou. Eu estava tão apavorada que já não sabia se devia ser sincera ou mentir.

Suas mãos ainda me assustavam, a cada gesto que ele fazia, eu pensava: é agora. Agora ele vai mesmo me bater.

Ele não é esse tipo de homem. Eu o conheço. Ele me dá flores e cuida de mim.

— Eu espero você descansar. Me desculpe. — Murmurei, sem responder sua pergunta.

Por que estou com medo dele?

Ele abriu um sorriso. Não foi um sorriso bonito e adorável. Era um sorriso que parecia dizer: agora é tarde, querida. Eu quero estrangular você.

— Coloque aquele seu vestido outra vez e vamos descer — falou. — Farei com que o dia seja tão especial quanto merece ser, simplesmente tudo que você quiser, e só irei querer uma única coisa em troca.

— O quê? — Perguntei.

Deu aquele sorriso novamente e segurou meu rosto com as duas mãos.

— Apenas fique quieta quando eu mandar você ficar — ele disse. Aquela foi a primeira de muitas ordens que me deu.

Tomamos o café em completo silêncio, esse silêncio não era algo comum em nosso relacionamento. Na verdade, tudo parecia muito diferente do que costumava ser. Eu sabia que as coisas mudariam um pouco, eu só não imaginei que seria tão depressa e tão drasticamente.

Enrico lia o jornal e estava com as pernas cruzadas, balançando o pé. Eu tomei quatro xícaras de café sem tirar os olhos dele, tentando ler os seus pensamentos para descobrir o que o estava deixando tão descontrolado. Assim que comi a última fatia de queijo, resolvi quebrar o silêncio estarrecedor:

— Já estou satisfeita, meu bem.

— Coma mais um pouco, querida — falou, sem me encarar.

Balancei a cabeça.

— Eu já comi o bastante, obrigada.

— Você me disse que estava faminta. Apenas coma — ele disse ao me olhar; havia um sorriso traiçoeiro nos lábios.

— Eu já disse que estou satisfeita — reforcei. Seus olhos novamente se voltaram para mim.

— Luz...

Não sustentei aquela conversa desconexa. Apenas empurrei a cadeira para trás e me levantei. Sua mão veio em meu braço da mesma maneira que havia feito pouco tempo atrás: me segurando com força e me impedindo de andar. Era a segunda vez em um único dia que ele agia daquela forma autoritária.

— As pessoas estão nos observando. — Olhou ao redor, fazendo-me seguir seu olhar até os funcionários que estavam por perto. — Apenas sente-se como uma boa esposa — ele falou, de forma rude e com os dentes trincados.

Enrico era um homem que odiava qualquer tipo de alvoroço. Sempre que possível tentava passar por despercebido, não era timidez, era algo bem mais egoísta, então eu sabia que se arrancasse meu braço de suas mãos ele não tentaria me puxar novamente.

— Eu já disse que estou satisfeita, querido — murmurei, dando um sorriso forçado e me desvencilhando de suas mãos carrascas.

Ele estava constrangido, era visível, suas bochechas ganharam uma cor avermelhada.

Passei as mãos para desamarrotar o meu vestido e subi as escadas que levavam ao nosso quarto. Já não estava mais tão animada para aproveitar o resto do dia.

Enrico me seguiu silenciosamente. O som dos seus sapatos era o único que reverberava naquele corredor.

Coloquei a mão na maçaneta e abri a porta com extrema lentidão, por qual razão, eu não sabia. Apenas senti um arrepio ao retornar ao quarto, talvez fosse minha intuição me dando um aviso, um aviso que eu não fui capaz de compreender.

Eu confiava em Enrico. Me considerava uma boba por estar com medo dele. Havíamos acabado de nos casar e ele me amava. Oras, eu precisava ignorar o desconforto e as batidas descompassadas do meu coração.

Enrico ficou calado, isso era torturante.

Dei o primeiro passo para entrar no quarto e não foi preciso dar o segundo, um empurrão em minhas costas foi o suficiente para que meu corpo inteiro entrasse no cômodo. Me desequilibrei, indo com meus joelhos diretamente para o assoalho.

— Levante-se! — Ele disse, estendo-me sua mão para me ajudar.

— Você enlouqueceu? Por que fez isso!? — Questionei, sentindo as lágrimas circulando em meus olhos. — O que eu fiz para você?

— Cale a boca! — Ele falou.

— Voc-ê... Você me empurr-ou! — Gaguejei. Me sentia mais magoada do que irritada. Eu também estava confusa.

O que diabos estava acontecendo?

— Eu mandei você calar a boca — repetiu, fechando a porta atrás dele. Eu temia os próximos acontecimentos. Não conseguia entender. Em que momento Enrico virou aquele homem detestável e ominoso? Em que momento deixou de ter respeito por mim?

— Por favor... me explique o que está acontecendo. O que... há de errado? — Perguntei novamente, soluçando entre as falas.

Se eu estava com raiva por ele ter me empurrado? Claro que eu estava, mas antes de eu me casar, mamãe Cora disse que haveria dias em que meu marido estaria estressado e que era meu dever tentar saber onde estava o problema. Talvez esse dia tenha chegado cedo demais.

Ele passou as mãos pelos cabelos, irritadiço. A cada instante, eu começava a ficar ainda mais nervosa e amedrontada.

Ele me dá flores e cuida de mim...

As pétalas de rosas, que ainda estavam espalhadas pelos objetos, pareciam murchas e tão decepcionadas quanto eu. Desejei estar em um pesadelo. Queria desesperadamente que alguém me sacudisse e dissesse: "Ei, calma, foi apenas um sonho ruim."

— Você queria me envergonhar, não é mesmo, Luz? — Questionou, andava de um lado para o outro. Parecia completamente perdido. — O que todos pensarão de mim agora? Acharão que é você quem manda, e não eu. Eu sou seu marido. Você deve me respeitar, não te ensinaram isso?!

Eu devia ter ficado calada, não devia ter rebatido o seu comentário, só que foi mais forte do que eu. Já estava guardado dentro de mim há muito tempo.

— Foi você quem me humilhou, Enrico.

Ele parou de andar de um lado para o outro e me encarou como se não tivesse entendido aonde eu estava querendo chegar. Expliquei:

— Como acha que me senti após ter sido traída faltando pouquíssimo tempo para o nosso casamento?

— Aquilo não foi nada. Eu havia bebido. Você não pode me culpar.

Levantei-me do chão, retirei o chapéu da cabeça e limpei as lágrimas dos olhos.

— Então a quem devo culpar? — Questionei.

— Esqueça esse assunto. Estou cansado. Eu quero dormir. — Ele disse e me deu as costas.

Suspirei, sem saber o que falar e o que pensar. Sua traição havia me magoado, eu havia guardado a tristeza apenas para mim, não tinha mais tempo para cancelar o casamento e eu não queria que Enrico me abandonasse. Eu o amava demais para isso. Só que essa ardente mágoa estava queimando dentro de mim.

— Eu adoro você, Luz — virou-se para me dizer —, só não posso permitir que me desafie novamente.

Se aproximou de mim novamente e segurou meu rosto com suas mãos.

— Seja uma boa esposa e eu serei um bom marido.

— E-eu apenas quero entender... — insisti novamente no assunto.

— Eu já pedi para esquecer esse assunto. Não me faça ter que repetir.

— Você nunca conversou comigo sobre isso. Estávamos noivos e você mentiu para mim, enganou-me. Eu o vi beijar outra mulher... eu vi você tocando ela da mesma forma que me toca — eu disse entre lágrimas. Pude notar o quanto falar sobre aquele assunto o estava tirando do sério, seus lábios ficaram rígidos e seus olhos verdes, sombrios. — Você nem ao menos tentou se explicar ou me pedir desculp...

Enrico riu com sarcasmo.

— Como ousa falar comigo dessa forma?

— E-eu...

— Não quero mais ouvir sua voz hoje. Está me entendendo, Luz? Não suporto mais você choramingando dessa forma; parece uma garota e não uma mulher adulta.

Mantive-me calada. Enrico estava nervoso, provavelmente algo ruim havia acontecido e ele não queria me dizer. Estava descontando sua ira em mim, estava tudo bem. Era assim que acontecia com todo casal, não era?

Eu aceitaria essa humilhação por hoje e, amanhã, quando ele acordasse mais calmo, o faria pedir desculpa pela forma que estava me tratando.

— Eu entendi — falei.

— Então repita comigo: eu ficarei em silêncio o resto do dia, não aborrecerei mais o meu marido.

— Isso é alguma piada, Enrico!?

Se aproximou mais um pouco de mim e segurou meu maxilar com suas mãos.

— Repita! — Rosnou feito um animal. Ele não estava muito diferente disso.

Engoli em seco e tentei deixar meu orgulho de lado. Talvez esse fosse o segredo de todo "casal feliz": uma esposa dedicada e obediente.

— Eu ficarei em silêncio o resto do dia, não aborrecerei mais o meu marido. — Repeti a sua ordem e desejei que o dia seguinte chegasse logo para que as coisas voltassem a ser como antes.

Os instantes pioraram e, se eu soubesse o que a vida havia preparado para mim, teria tentado matar meu marido ali mesmo: na nossa lua de mel.

Eu fiz questão de não pensar na noite passada ao acordar, Enrico nunca havia sido estúpido comigo, não daquele jeito. O homem de ontem não era o mesmo homem com o qual eu havia me casado. Eu poderia lhe dar mais uma chance, não podia desistir logo na primeira briga, por mais horrível que ela tenha sido.

O abracei, sentindo o aroma bom que estava em seus cabelos negros e encaracolados. Como eu amava aqueles cabelos! Depositei beijos por seu rosto e seus olhos se abriram para mim de forma amigável e carinhosa. Eu sorri.

Meu marido estava de volta.

Ele estava deitado de barriga para cima, posionei-me em cima de seu corpo, roçando minha perna na sua, tocando meus seios em seu peito. O beijei, mordi seus lábios e o fiz gemer de prazer. Eu senti sua ereção me tocar e pensei que finalmente consolidaríamos a nossa relação.

Levei minhas mãos até a bainha da camisola e estava pronta para tirá-la, quando as mãos de Enrico seguraram meus pulsos, impedindo-me de ir adiante.

— O que está fazendo? — Ele questionou.

— Pensei que... achei que nós... — Não soube o que responder. Não estava claro?

— Você pensou errado. Por Deus, apague esse fogo de dentro de você! — Retrucou, empurrando-me do seu colo, da mesma forma que espanta uma mosca que o está incomodando.

As coisas estavam cada vez mais difíceis de entender. Eu pude sentir o quanto Enrico estava me desejando, então por qual razão ele recusava minhas insinuações?

— Ainda pensa nela? — Perguntei em um sussurro, ele já havia me proibido de tocar nesse assunto, mandou-me esquecer o que vi e colocou a culpa no seu estado alcoólico daquela noite. Oras, eu não conseguia encontrar outra razão para meu marido estar tão diferente de quem costumava ser.

Talvez ele tenha sido sempre assim e eu fui cega em não enxergar.

Enrico se levantou abruptamente da cama e falou de forma clara e sucinta:

— Você tem agido feito uma criança, então começarei a tratá-la feito uma. Ficará sem café da manhã hoje e, se continuar sendo azucrinante, ficará também sem o almoço e sem a janta. — Disse em um tom autoritário. Um tom que ele pegou gosto em usar comigo.

Ele não podia estar falando sério. *Ria, Enrico, apenas ria e me prove que isso é apenas uma brincadeira estúpida.*

Ele não riu.

Foi apavorante.

— Ouviu o que eu disse ou agora se tornou surda? — Questionou.

Surda? Esse apelido não existia em nosso relacionamento antes.

— Eu posso te ouvir, querido — falei, levantando-me da cama também —, mas você não pode me aprisionar aqui.

— Eu não estou aprisionando você. Estou apenas te mostrando como ser uma boa esposa, ao invés de continuar agindo feito uma garota intolerante. Você é minha agora, devemos mudar muitas coisas daqui pra frente — ele disse, se aproximou a passos curtos. — Você sabe onde tem errado. Sabe que precisa mudar esse seu jeitinho... feroz.

— Meu jeitinho feroz? — Retruquei.

— Você é uma mulher inteligente, apesar de ter apenas 19 anos. Sabe do que estou falando. — Colocou as mãos em meus ombros e foi naquele instante que eu realmente comecei a me questionar: que monstro era esse com o qual eu havia me casado?

Me mantive em silêncio, tinha medo de irritá-lo. Eu já não sabia do que Enrico era capaz.

As suas mãos continuavam me assustando. Eu nunca havia percebido o quão grandes elas eram e a facilidade que teriam em me enforcar, caso ele de fato quisesse.

— Entrarei no banho agora — ele falou. — Você também aparenta precisar de um banho quente, querida. Seus ombros me parecem tensos.

— Eu estou bem... só a enxaqueca que me atacou — menti e forcei um sorriso.

Ele aproximou seus lábios e deu um beijo delicado em minha cabeça. Pela primeira vez, senti repulsa daquele gesto que parecia tão dissimulado. Não era um gesto meigo, ou paixão, era um gesto que mais parecia dizer: "boa garota", como se eu fosse seu bichinho de estimação que havia sido adestrado.

— Se comporte. Você não quer me deixar bravo, quer, Luz? — Perguntou e não esperou resposta. Ele parecia querer apenas que eu decifrasse sua intenção naquela pergunta.

Enrico me deu as costas e fechou a porta do banheiro assim que entrou nele.

Não sei por qual razão, a minha atenção se voltou naquele rádio no chão e, de alguma forma, senti-me tão destruída quanto ele. Algo me dizia que Enrico não temeria em fazer comigo o mesmo que fez com aquele objeto.

Você não quer me deixar bravo, quer, Luz?

Eu não queria irritá-lo, no entanto também não suportaria saber que passava fome porque estava obedecendo sua ordem. Eu desceria aqueles lances de escada rapidamente e tomaria o meu café antes de Enrico notar a minha falta.

Vesti um robe por cima da camisola, calcei pantufas e abri a porta com cautela para não fazer barulho. Eu não era capaz de imaginar o que Enrico faria comigo se me visse saindo do quarto vestida tão indecente. Ele era absurdamente ciumento, e confesso que no início aquele sentimento era uma das coisas que mais me deixava segura em relação ao amor que ele sentia por mim, era quase reconfortante saber que eu era tão amada. Até o dia em que fui traída e, aos poucos, comecei a perceber que seu ciúme não era medo de me perder e sim uma justificativa pobre para tentar me controlar.

Você é uma mulher inteligente. Sabe do que estou falando.

Ele queria me dar ordens, era isso? Ser submissa faria de mim a esposa que ele almejava?

Oras, eu nunca fui uma criança obediente, sequer sabia me portar feito uma dama como mamãe Cora; algo dentro de mim sempre quis se ver livre de tudo aquilo que me era imposto. Fui às aulas de etiqueta e aprendi a andar de salto ao passo em que tentava equilibrar os livros sobre minha cabeça; aprendi a usar todos os talheres de prata e encostar as costas na cadeira enquanto guiava o garfo até a boca, aprendi a dançar com graciosidade, a falar de forma clara e expressiva com os cavalheiros todas as vezes em que acompanhei papai em seus eventos. Aprendi tudo que me disseram para aprender; todas as regras que me tornariam uma dama educada e refinada. No entanto, a insubmissão é algo que me acompanhou por longos anos, e foi isso que fez com que minha mãe Cora me colocasse em um convento de freiras — ela acreditava que existia uma força maligna me induzindo à rebeldia. Não foram poucos os esforços que meus pais fizeram para, de certa forma, conserta-me.

Durante o tempo em que eu descia a escada, com a minha consciência dizendo *"volte, volte"*, pela primeira vez eu quis lhe dar ouvidos. Quis deixar de lado a minha teimosia, pois eu acreditava seriamente quando meu marido dizia que eu não gostaria de vê-lo irritado. Sim, suas palavras começavam a me fazer temer.

Quando conheci Enrico, logo me encantei com sua gentileza e com seu jeito afetuoso. Ele era o tipo de homem que fazia todas as garotas acreditarem no amor. Eu o amei com todo o meu coração, apesar da sua traição, no entanto, agora eu podia sentir meu coração ferido e indeciso sobre o meu "sim" diante o padre na igreja. Uma parte de mim questionava a decisão que eu havia tomado. Uma parte de mim queria voltar correndo para o colo da minha mãe, porém a outra parte lembrava-se de suas duras palavras no dia em que decidi sair de casa: *"Uma vez em que você sair por essa porta, você não voltará nunca mais."*

Aquilo não me afetou no momento, afinal, eu nunca imaginei que iria querer voltar para casa. Muito pelo contrário, eu imaginei um futuro feliz ao lado de Enrico.

Agora, ali, ainda descendo aqueles degraus silenciosa e temerosamente, minha mente só pensava em formas de implorar para que minha mãe me aceitasse de volta caso as coisas piorassem em meu casamento. Eu sabia que imploraria se fosse preciso.

Senti olhares em mim, ao passo em que eu puxava a cadeira para me sentar sozinha. Provavelmente o meu traje os chocava, não me sentia intimidada.

Coloquei café na minha xícara de porcelana e mordi uma fatia de pão, mastigando lentamente.

Eu saciava a fome, tentava esquecer por um instante toda desgraça que estava acontecendo em meu casamento horas após jurarmos amor eterno.

Levei a xícara à boca e não virei o café goela abaixo. Apenas fiquei segurando a porcelana e olhando para aquele líquido preto dentro dela, sentia meu coração bater acelerado ao passo em que pensamentos pavorosos se formavam em minha mente: e se Enrico não fosse de fato quem eu pensei que fosse?

Não. Eu estava exagerando. Enrico se daria conta do quão estúpido estava sendo. Ele me pediria perdão de joelhos.

Aquele pensamento me tranquilizou, e eu pude finalmente levar o café à minha boca finalizando a refeição. Permaneci sentada, sem nem saber ao certo o que me impedia de me movimentar. Não soube quanto tempo passei ali refletindo, com a xícara suspensa no ar sem levá-la à boca, não soube o que aconteceu com o tempo para ele ter passado tão depressa, em que momento as pessoas que antes me olhavam haviam se afastado, deixando-me só naquela mesa redonda e branca. Eu também não soube em que momento as mãos de Enrico pousaram em meus ombros e seus dedos me apertaram com força.

— O que está fazendo aqui, querida? — Sussurrou em meu ouvido. Pulei na cadeira.

— Eu estava com fo-me... — parei de falar ao notar que gaguejava feito uma covarde. No entanto, não era minha gagueira que fazia Enrico saber que ele me amedrontava, era a minha respiração descompassada, minhas mãos trêmulas em cima da mesa e a forma como a minha pele havia ficado fria tão rapidamente com seu toque.

Não fazia muito tempo desde que eu colocara em minha cabeça que Enrico não era esse abominável homem que estava mostrando ser. Por outro lado, as reações do meu corpo diante o contato das suas mãos em minha pele deixaram evidente que eu própria não acreditava nas desculpas que havia criado.

— Você tem dois minutos para se levantar e voltar para o quarto. Farei com que coloque para fora tudo que acabou de ingerir. — Ameaçou, de uma forma que me fez ter plena certeza de que agora suas mãos viriam em meu pescoço e o apertariam de forma que esmagaria meus ossos. Engoli em seco, olhando a entrada do saguão, rezava para que alguém aparecesse para intervir o que estava prestes a acontecer.

— Você não pode continuar falando comigo dessa forma, Enrico! — Retruquei em um sopro de voz. Tentei parecer corajosa.

Seus dedos, que ainda estavam em meus ombros, apertaram minhas clavículas com força, e a dor me obrigou a me contrair na cadeira e soltar um baixo grito.

— Você desperdiçou um minuto com essa rebeldia. Te restou somente um minuto para subir as escadas — falou, se inclinando sobre mim. O sopro que saiu de sua boca enquanto ele proferia as ameaças arrepiou a minha nuca, e isso foi o que me permitiu reconhecer o perigo que eu estava correndo ao lado daquele homem.

AO LADO DO HOMEM QUE EU HAVIA ACABADO DE JURAR AMOR!

Eu me levantei, senti as pernas bambearem e, se eu estivesse de salto, certamente teria torcido os pés.

Ao olhar para Enrico, pude notar que seus cabelos ainda estavam molhados, as gotas de água que escorriam dos fios ensopavam sua camisa, o que me fez chegar à conclusão de que ele havia saído apressado do banho. Talvez tenha sido ao perceber que eu já não estava no quarto assim como ele havia me "aconselhado".

— O que está esperando, Luz!? — Perguntou, terrivelmente irritado.

Respirei fundo e não pensei com clareza quando eu disse:

— Não quero mais ser sua esposa!

Capítulo 2

Luz

Os fios dos meus cabelos estavam entre seus dedos, puxando minha cabeça para trás, com intuito de manter meu rosto erguido para garantir que meus olhos se mantivessem presos nos seus.

— Agora repita o que me disse lá embaixo? — Enrico falou, com os dentes trincados.

— Você está me machucando. Por favor, solte-me, Enrico — implorei entre lágrimas.

— Você quer me deixar, Luz? É isso que você quer?

Ele não soltou, apenas continuou puxando meus cabelos e me humilhando.

— Me solte para que possamos conversar — eu disse, a fim de me livrar de suas garras.

— Eu apenas quero que você repita as mesmas palavras que me disse agora há pouco.

Enrico parecia duas vezes maior agora que estávamos a sós no quarto, parecia também mais irritado. Eu devia ter fugido quando pude e não ter voltado para o quarto da forma que ele havia mandado.

— REPITA, LUZ! — Gritou, sua voz tenebrosa ardeu em meus ouvidos.

— ME LARGUE, ENRICO! — Gritei de volta. Não demoraria muito tempo até que alguém nos ouvisse e, quem sabe, batesse à porta para saber se estava tudo bem. Era a minha esperança. Eu precisava que alguém intervisse antes que as coisas piorassem. Só Deus sabia o que Enrico seria capaz de fazer comigo. Eu nunca o vi tão furioso.

— Cale essa boca ou eu juro que... — ele falou e interrompeu a própria fala, mas eu sabia que ele diria algo como: "ou eu juro que te mato." Eu particularmente preferi o seu silêncio.

Ele finalmente soltou meus cabelos. Respirei fundo.

Enrico andou de um lado para o outro, esfregou o rosto com as mãos, como se estivesse completamente enlouquecido. Meus lábios e minhas mãos tremeram. Eu estava congelada, com medo, queria chorar até sufocar em meu próprio choro e não podia, Enrico se aproveitaria da minha vulnerabilidade.

— Nós precisamos conversar... — eu falei. Queria resolver aquela situação o quanto antes, não suportava mais enganar a mim mesma e dizer que aquilo era coisa de momento, que meu marido voltaria a ser o homem gentil que mostrou ser antigamente. Estava na hora de eu encarar a realidade: eu havia me casado com um homem absurdamente perturbado.

— Eu não suporto mais ouvir sua voz. Cale a boca! — Gritou novamente.

— Podemos mentir para as pessoas, inventamos uma desculpa qualquer para o nosso casamento não ter dado certo. Eu sei que você odeia escândalos, essa situação também não é algo que eu me orgulhe.

Ele não me respondeu. Parou de andar e ficou de costas para mim, notei que prendeu a respiração. Eu podia sentir o caos que acontecia dentro dele.

— O que você quer para o almoço? — Perguntou assim que se virou. Cerrei a testa e por um momento respondi a sua pergunta mentalmente: "Eles servem risoto?"

Enrico estava me enlouquecendo.

Aquilo era um jogo? Eu havia imaginado toda aquela discussão?

— Algo muito grave está acontecendo aqui, Enrico, precisamos falar sobre isso.

— Querida, eu perdoo você. Sei que estava chateada e agiu impulsivamente — falou. Se aproximou de mim e segurou as minhas mãos com delicadeza.

O que diabos era aquilo? Que homem maluco era aquele?

Apenas corra. Quando não se sabe o que é, apenas corra.

— Você me agrediu Enrico. Isso é ultrajante — tentei falar. Ele entrelaçou seus dedos nos meus, sem dar qualquer importância para as coisas que eu dizia. Sua feição continuou a mesma durante todo o tempo em que me ouvia — se é que me ouvia.

— Eu sei que você gosta de camarão, talvez eles tenham camarão para o almoço — disse, pensativo. Aquilo me subiu à cabeça.

— Eu vou embora, Enrico. Irei abandoná-lo. — Alertei. Ele se alterou, olhou-me com esgar. Desvencilhei meus dedos dos seus e talvez eu não devesse ter feito isso. Manter suas mãos presas com as minhas o impedia de me golpear.

Corra. Minha mente gritou como em um alto-falante.

Permaneci paralisada, vendo sua mão direita erguer no alto, ganhar distância e vir com força e rapidez em meu rosto.

Então houve o estralo, a dor momentânea, dormente e quente. Além do meu espanto, houve também a incredulidade.

Enrico havia me batido? Ele tinha mesmo acertado o meu rosto?

Devolva. Falou o meu lado destemido que de alguma forma pareceu não ter sentido a dor do golpe. Eu estava em choque com o que havia acabado de acontecer, simplesmente não fui capaz de me mover, sequer para afagar meu rosto ferido.

— Toda vez que você tentar me provocar, farei com que seu rosto sangre — alertou. Deixei de encará-lo para olhar as duas taças e a garrafa de champanhe próxima de nós. Não haviam entrado em nosso quarto para limpar a bagunça, afinal, Enrico havia pedido privacidade. Se eu corresse até a garrafa, podia usá-la para atingir a cabeça de Enrico com força, isso faria com que ele desmaiasse, dando-me tempo suficiente para fugir.

Como posso estar pensando em algo assim? Eu... eu acabei de me casar. Meu Deus!

— Tome um banho. Nós vamos sair. — Avisou ele.

Tornei a encará-lo, sentindo rancor e uma fúria que eu desconhecia até então.

— Não quero sair! — Retruquei e outra vez não tive capacidade para desviar da sua mão que veio em meu rosto. Me deu outro forte tapa, fazendo-me recordar a infância que eu queria desesperadamente esquecer.

— Não era para você estar aqui. — Foi a primeira coisa que ela me disse.

— Eu só queria brincar um pouco com ele — eu falei, tentei me defender.

— Eu já disse que seu irmão está doente. Ele não pode brincar com você — reforçou, em um tom de voz cada vez mais grave.

— Ele vai morrer? — Perguntei, sem saber que aquela pergunta deixaria minha mãe tão angustiada e impaciente comigo.

— Você só fala besteira, menina! — Ela gritou, acordando meu irmãozinho, que me encarou, as olheiras eram profundas e arroxeadas, mas o que mais me incomodava em seu rosto era o tubo que estava dentro do seu nariz. Por que não tiravam aquilo dele? Não viam o quanto aquilo o incomodava?

Eu tinha a impressão de que aqueles tubos estavam sugando toda a sua vida; Júlio parecia cada dia mais morto. Sua pele esbranquiçada deixava cada vez mais à mostra suas veias verdes do braço. Meu irmãozinho estava morrendo e meus pais estavam deixando. Por que ninguém fazia nada?

Ele já não saía da cama, seus lábios pareciam cada vez mais ressecados, como se estivesse com sede há dias. Além daqueles canos que colocaram em seu nariz, também rasparam seus cabelos. Agora a sua cabeça parecia uma bola de futebol branca: grande e brilhante. Estava tudo bem, eu recolhi boa parte dos seus fios de cabelo loiro que ficaram pelo chão do quarto. Eu prometi para Júlio que encontraria cola para grudar seus cabelos novamente. Isso o deixaria feliz.

As semanas se arrastaram e Júlio parecia cada dia mais cansado, e tão magro quanto o fino lençol que o cobria.

Mamãe Cora disse que eu estava proibida de entrar no quarto de Júlio sem avisá-la antes, só que naquele dia em especial ela também havia me pedido para não incomodá-la no escritório porque estava tendo uma reunião com o papai e com o médico de Júlio.

Eu não tive escolha.

Ao entrar no quarto do meu irmãozinho, eu senti um forte cheiro de urina. Era um cheiro enjoativo que parecia estar espalhado por todo o seu quarto. O mesmo cheiro que eu sentia quando Moby, nosso cachorro, mijava por todo o quintal e a empregada demorava a lavar.

As janelas estavam abertas para que o frescor do dia e a claridade do sol fizessem parecer que havia vida dentro daquele quarto — para mim, continuava assustador.

Espirrei um pouco do perfume que estava sobre a cômoda de roupas e isso fez com que Júlio abrisse seus olhos e me desse um sorriso com eles.

Meu irmãozinho já não era mais o mesmo, já não corria pela casa, já não tocava em seus brinquedos espalhados pelo chão do quarto, sua gargalhada já não iluminava a escuridão que estava dominando nossa casa.

— Eu trouxe os seus cabelos de volta — falei, mostrando o saco pardo com os fios loiros que antes estavam presos em seu couro cabeludo.

Virou a cabeça com um pouco de dificuldade para ver o saco em minhas mãos.

Júlio abriu a boca para tentar falar; fazia tanto tempo que ele não falava com ninguém que a voz que saiu de seus lábios pareceu ter o mesmo timbre da voz do nosso bisavô. Não pude entender o que ele disse.

— Você vai se sentir melhor quando tiver seus cabelos de volta — falei, pegando o vidro de cola que estava dentro do saco juntamente com os fios de cabelo. Tirei a tampa e despejei um pouco da cola na palma da minha mão. — Abaixe a cabeça — pedi, e assim que Júlio abaixou sua cabeça me permitindo ter uma visão mais clara do seu couro cabeludo, eu levei minha mão grudenta até sua cabeça e espalhei a cola por toda a extensão.

Ele fez um som semelhante ao de um grunhido. Eu supus que Júlio estivesse tentando rir; isso havia deixado de ser uma tarefa fácil para ele.

Peguei o saco que continha seus cabelos, não despejei os fios na minha mão e sim diretamente na cabeça dele.

— Você vai ver, será como se seu cabelo nunca tivesse saído da sua cabeça — falei, tentando animá-lo.

Era verão, o calor estava intenso e isso fazia com que os pernilongos sentissem o nosso cheiro ainda mais forte; eles voavam por cima de nós e faziam aquele zunido irritante. Um deles sobrevoava perto de Júlio e, por alguma razão, o inseto considerou pousar na meleca que estava no couro cabeludo de meu irmãozinho e ali mesmo ele ficou, grudado — entre os fios loiros e a cola escura. Eu tentaria tirar o inseto dali, só que quanto mais ele batia as asas tentando se soltar, mais preso ele ficava. Até que ele parou de uma vez.

Júlio tornou a erguer a cabeça, admito que eu havia feito um péssimo trabalho com seus cabelos — estava parecendo um espantalho ou algo ainda pior. Seu rosto trazia-me tanta tristeza.

— Por que não brinca mais comigo, irmãozinho? — Perguntei, percebendo que nada do que eu fazia despertava em Júlio a vontade de levantar da cama e sair correndo sorridente pela casa.

— Ág-g-ua — ele murmurou com grande dificuldade.

Peguei o copo de plástico com água que estava ao lado da sua cama. Arrumei o canudinho e o levei até os lábios secos de Júlio.

Os canos que estavam dentro do seu nariz (aqueles estranhos que eu não sabia o motivo de estarem ali) pareciam estar atrapalhando-o beber.

— Me deixe tirar isso de você — falei, tentando puxar os canos que pareciam estar nas profundezas de suas narinas. Ele grunhiu, como se aquilo realmente o estivesse incomodando. — Está quase saindo.

— O QUE É QUE VOCÊ ESTÁ FAZENDO, MENINA!?? — Mamãe Cora gritou, puxando meu braço com força e me empurrando para longe de Júlio. Eu nunca tinha visto ela tão zangada.

— Ele queria água... — eu tentei me explicar. Mamãe parecia surda e estava dez vezes mais assustadora do que os fantasmas que eu jurava ver embaixo da minha cama todas as noites.

— O que você fez na cabeça dele!? — Ela perguntou aos berros, sem se virar para me olhar. Suas mãos se moviam velozes, tirando os fios de cabelo da cabeça do meu irmãozinho. Por que ela não gostava dos cabelos dele?

Olhei para Júlio, que também pareceu amedrontado com aquele jeito sinistro da nossa mãe.

— Para com isso, mamãe, você está o assustando — eu disse, tentando segurar seu braço e impedi-la de deixá-lo careca outra vez.

Mamãe Cora permanecia surda.

— Você está deixando ele triste! — Gritei com toda a minha força, chorando, apavorada.

Mamãe se virou para mim.

— Você está proibida de entrar nesse quarto, está me entendendo, Luz?

— POR QUE VOCÊ ESTÁ TENTANDO MATAR ELE!? — Gritei outra vez, sentindo todo o meu rosto molhado de meleca e lágrimas salgadas.

Mamãe Cora nunca me respondeu aquela pergunta e, por alguma razão que eu nunca soube, ela pareceu ter se sentido ofendida com ela.

Sua mão direita se abriu, ficou rígida e veio em cheio ao meu rosto. Meu ouvido sentiu a dor dos seus dedos, minha bochecha sentiu a ardência e adormeceu.

Foi a primeira vez que mamãe Cora me bateu, e também foi a última.

Eu nunca esqueci.

— VOCÊ ACHA QUE PODE ME IGNORAR, LUZ!? — Ele gritou, chacoalhando-me pelos ombros como se eu fosse uma boneca.

Me perdi em pensamentos e não havia me dado conta de quantos minutos fiquei submersa em minhas próprias lembranças.

Eu ainda estava ali, no quarto de hotel com meu marido e sentia a ardência em meu rosto devido aos dois tapas que ele havia me dado.

Aqueles tabefes trouxeram de volta momentos os quais eu queria esquecer, meu irmãozinho enfermo na cama era um desses momentos.

A leucemia de Júlio não permitiu que ele desfrutasse a vida mais do que dez anos. O luto se espalhou por minha casa; havia gritos, choros e uma sombra negra que impedia qualquer luz de permear pelas janelas.

O quarto do meu irmãozinho ficou fechado por muito tempo; um ano se passou e mamãe ainda dizia não estar pronta para se desfazer de tantas lembranças. Eu a entendia. Minha família ficou dividida durante o tempo de luto. Parecia que todos havíamos morrido também.

— O que há de errado com você!? — Enrico gritou, e se não fosse a tristeza que agora assolava o meu coração, eu teria gritado de volta.

— Eu já vou, querido — murmurei. Na verdade, eu queria ter dito: "Vá para o inferno, querido." Sabia que dizer isso geraria uma nova discussão, e o pedaço que havia restado de mim não estava preparado para um novo combate.

De certa forma, o chuveiro era o único lugar longe de Enrico que eu teria.

— Você tem menos de cinco minutos — ele avisou.

Não o respondi. Segui em direção ao banheiro, arrastando minhas pernas trêmulas.

Eu estava em choque. Deus, eu estava completamente apavorada com o que tinha acabado de acontecer. O homem que costumava me dar flores era o mesmo que acabara de me bater.

Entrei no banheiro com as lágrimas circulando em meus olhos. As deixei cair assim que fechei a porta. Não queria ser fraca e permitir que o desespero tomasse conta de mim, levando-me a soluços incontroláveis, calafrios e mãos tremelicosas. Quando eu fechava os olhos e pensava em Enrico, já não conseguia sentir o conforto do seu abraço quente e apertado, o calor das suas mãos acariciando meu rosto, as suas palavras... Até mesmo suas palavras haviam mudado. Ele ainda me chamava de querida, só que agora esse apelido vinha acompanhado de grosserias.

Isso não pode estar acontecendo...

Estava acontecendo e tudo piorou de uma forma que eu nunca imaginei ser capaz.

— Isso não está curto em você? — Ele perguntou, enquanto eu esticava a toalha na areia fina e branca.

Dei de ombros e preferia mil vezes não precisar respondê-lo.

— Foi o único que eu trouxe — respondi com frieza e terrivelmente abalada. Eu queria ir embora para minha casa e chorar todas as mágoas que estava carregando dentro do meu peito.

Eu tinha que admitir: estava com medo de Enrico. Ele já havia demonstrado que não era mais alguém em quem eu pudesse confiar. Eu já não sabia do que ele seria capaz. Será que teria coragem de me ferir em uma praia cheia de gente?

Não sei... Não o conheço mais.

Eu senti seus olhos em mim, com reprovação e uma certa irritabilidade.

Me deitei de bruços na toalha e me senti culpada por não estar aproveitando aquela vista espetacular e aquele mar azul-claro intenso. Como eu poderia deixar à mostra meu rosto que agora estava vermelho e um pouco inchado? Sabia que devia ter colocado um óculos escuros ao menos para esconder as marcas em meu rosto, no entanto, deixei de pensar com inteligência desde que meu mundo começou a desabar. Meu coração estava deveras ferido, nem o paraíso seria capaz de juntar os caquinhos. *Não hoje.*

Pensamentos cruéis circundavam em minha cabeça, já não desejava coisas boas para Enrico, tinha que admitir que ficaria satisfeita se ele tivesse uma dolorosa câimbra na perna enquanto mergulhava naquelas águas. Não queria necessariamente que ele morresse. Me contentaria se ele se afogasse a ponto de ficar inconsciente por alguns dias, tempo suficiente para eu poder ir embora.

Eu estava pecando, Deus, sabia que estava pecando, tendo pensamentos tão impiedosos e deploráveis. Meu coração estava machucado, eu fui enganada de uma forma dolorosa. Não seria capaz de pensar em coisas boas vivendo um tremendo caos.

— Está rezando, querida? — Perguntou-me Enrico, fazendo-me perceber que eu estava com os dedos entrelaçados e com os olhos fechados sem ao menos me dar conta.

Sentou-se ao meu lado, passou sua mão áspera por minhas costas seminuas. Seu toque já não aquecia o meu corpo, meu sexo já não respondia às suas insinuações. Eu jamais me entregaria àquele homem como um dia quis me entregar.

— Não me toque, Enrico. Por favor, não me toque nunca mais!

— O que há de errado com você, Luz? Mesmo com toda sua desobediência eu a trouxe para se divertir — ele respondeu em um tom de voz completamente indignado. Era como se Enrico não compreendesse o que estava acontecendo. Como se eu fosse a errada por não aceitar sua agressividade.

Mamãe Cora havia me dito que o marido era dono do lar, pois ele nos levava alimento e nos dava moradia, enquanto nós, esposas, servíamo-los com tudo que ele precisasse. Isso nunca fez sentido algum para mim. Eu sempre sonhei em ser uma boa esposa, no entanto, ele teria que ser um bom marido. Não aceitaria suas agressões e tampouco sua autoridade.

— Quanta besteira você está dizendo ultimamente. Você é a minha mulher. Minha propriedade! — Completou, nervoso, em um tom de voz mais alto do que ele costumava usar em lugares públicos. Um casal passou por nós e olhou-nos com curiosidade.

— Não sou seu animal, Enrico. Toque em mim outra vez e eu juro que saio gritando por essa praia — ameacei.

Isso está mesmo acontecendo? Eu e Enrico já não nos suportamos? Em que momento nosso amor se transformou em ódio?

Eu estava me tremendo de medo e suspeitava que Enrico arrebentaria o meu rosto quando estivéssemos a sós. Mas, ali, ao ar livre, era o único lugar em que eu conseguiria alguma ajuda para fugir caso ele tentasse algo cruel novamente.

Levantei-me e sentei nos calcanhares, fitando Enrico com o mesmo semblante rígido que ele.

Ele não precisava saber o quão apavorada eu estava. Para admitir, eu estava... estupidamente assustada.

— Vamos embora agora! — Ele disse e, antes de se levantar, puxou com força a toalha que estava embaixo de mim. Me desequilibrei e caí de costas na areia. — Não estou brincando, Luz — ele alertou. — Não me irrite, sua criança mimada!

— Ouvi dizer que nenhuma outra garota visitou o quarto delas. O que vocês acham que tem lá? — Perguntei.

Clarice e Dalila deram de ombros.

— Tenho certeza que elas escondem todos os pecados lá em cima. Cigarros debaixo da cama, batons vermelho-sangue dentro das gavetas, calcinhas extremamente pequenas...

— Deus, Luz, de onde vem tanta imaginação? — Perguntou Clarice.

— Você não ouve as novelas? — Questionei.

— Seus pais deixam você ver novela? — Dalila perguntou. Graças à luz do abajur pequeno que ainda estava aceso, eu pude ver sua cara de espanto.

— Claro que sim — falei. — As medrosas vão comigo até lá em cima ou eu terei que ir sozinha?

— Se formos pegas, seremos castigadas — disse Dalila.

— Quem disse que seremos pegas!? — Provoquei e me levantei da cama.

— Elas não podem bater na gente, certo? — Perguntou Clarice, também se levantando da cama.

Concordei com a cabeça.

— E você, Dalila, vem com a gente ou não? — Eu perguntei.

— Eu vou apenas pelo batom. Se não tiver nada de interessante lá em cima eu desço no mesmo instante, estão me entendendo? — Falou Dalila, e esperou até que confirmássemos com a cabeça para se levantar da cama.

O corredor pelo qual passamos não estava completamente escuro, se tivesse, seria aterrorizante. Aquele monte de crucifixo, nas paredes, dava-me mais medo do que me acalmava.

— É tão apavorante de noite — comentou Dalila, agarrando com força o braço de Clarice. Nossos passos ecoavam na imensidão daquele corredor, era como se andássemos em um túnel escuro e sombrio. De repente, o colégio pareceu não ser mais um lugar seguro para se estar, era como se monstros fossem atravessar aquelas paredes a qualquer momento. Eu podia sentir uma presença divina ali conosco, entretanto, eu sabia que o mal também estava à espreita.

— Tentem se controlar. Posso ouvir a respiração de vocês daqui — sussurrei, a fim de acalmar as garotas e, ao mesmo tempo, acalmar a mim mesma.

Eu estava alguns passos à frente de Dalila e Clarice, pois sabia que se as deixasse ir na frente, não iríamos muito longe.

— A escada nunca me pareceu tão longe — disse Dalila. — É como se ela estivesse correndo da gente.

— Acho que devíamos voltar agora. Está escuro e não trouxemos uma lanterna...

— Vocês podem voltar se quiser. Eu vou continuar até o fim — respondi para Clarice sem parar de andar.

As freiras já haviam subido para o quarto horas atrás, então não havia ninguém naquele andar além das outras garotas do colégio que dormiam tranquilamente em suas camas. Não havia razão para temer. Claro, tirando o fato de que as freiras eram seres monstruosos quando queriam ser, os mais assustadores que qualquer criança já tenha visto. Elas usavam aquele "hábito", que era um vestido preto, e na cabeça, um "capuz" preto. Não podíamos falar com as freiras, só em tom baixo e quando muito necessário. Nenhuma delas se comparava à madre superiora que usava um véu preto no rosto. Quase não se via seus olhos e sua voz era inaudível. Era ela quem media nossas saias na hora da entrada, que tinha que cobrir o joelho e, se fosse mais curta do que isso, éramos castigadas e obrigadas a rezar até que Deus perdoasse o nosso pecado.

— Luz? Luz? O que você está vendo? Por que parou de andar? — Dalila me cutucou e foi por bem pouco que eu não gritei histérica.

Eu estava parada olhando para a escada de madeira que parecia não ter fim dentro daquela escuridão. Parecia um caminho infinito para dentro do próprio inferno, só que sem todo aquele fogo para iluminar.

— Ac-cho que devíamos voltar...— disse Clarice. — Não estou me sentindo muito bem. Me sinto sufocada.

— Tente se acalmar, ok? Já viemos muito longe para voltar — eu falei.

— Qual a chance disso dar certo? Como entraremos lá sem acordar as freiras? — Insistiu Clarice.

— Vamos dar só uma olhadinha. Se não der certo, a gente volta — falei e não esperei a confirmação delas para começar a subir os degraus. Dei um passo por vez, tão indeciso quanto o de uma criança que está aprendendo a andar.

As luzes iluminavam tão pouco quanto as estrelas do céu. Eu não sabia o que estava atiçando tanto a minha curiosidade, sentia que se não fizesse aquilo, eu não conseguiria dormir em paz. Talvez tenha sido a frase "Este andar é proibido para alunas" que tenha me deixado tão tentada a subir, eu apenas queria saber que uma maldita placa mal feita não mandava em mim.

A escada rangia como qualquer escada de madeira que eu conhecia, só que aquele som, misturado com o nosso desespero e com a escuridão, fazia com que aquele rangido arrepiasse tanto quanto o uivar de um lobo selvagem.

— Não acredito que estamos mesmo fazendo isso — disse Dalila vindo logo atrás de mim. A essa altura as meninas já tinham largado uma o braço da outra, pois sabiam que se precisassem correr, estarem tão grudadas não seria a melhor opção.

— Espero que realmente tenha cigarros lá em cima. Acho que precisarei de um maço depois de tanto nervosismo. — Comentou Clarice, sendo a última a subir a escada.

— Eu já contei para vocês do dia que senti cheiro de fumaça na mão da madre quando ela veio medir minha saia? — Lembrei-as, passando uma mão pelo corrimão, e com a outra mão segurava a bainha do meu vestido para não tropeçar. — Não era cheiro de fumaça de fogo a lenha. Era o mesmo cheiro que tem nas roupas do meu pai. Acreditem em mim, era cheiro de cigarro.

O andar de cima era terrivelmente escuro e gelado, como se todas as janelas estivessem abertas. Eu havia me certificado antes: elas estavam fechadas.

— Luz? Cadê você? — Chamou Dalila, e por um momento achei que ela estivesse zombando com meu nome.

— Acho melhor andarmos de mãos dadas para a gente não se perder — eu propus.

— Meninas, o que é aquilo brilhando? — Perguntou Clarice. Eu sabia que ela estava com o dedo apontando para algum lugar.

— Do que está falando, Clarice? Não começa com essas brincadeiras idiotas! — Repreendeu Dalila, o timbre da sua voz deixava claro que ela estava apavorada.

— Não estou brincando — afirmou Clarice, e sua voz de repente ficou mais alta e sinistra: — Está se movendo. Ai, meu Deus!

Eu também vi quando duas bolas vermelhas se mexeram no corredor escuro. Eu não gritei, por outro lado Clarice e Dalila já estavam aos berros quando aquela luz vermelha veio em nossa direção. Era algum bicho, eu podia ouvir o som das asas batendo.

As luzes se acenderam todas de uma única vez, portas se abriram e o nosso medo deixou de ser por aquele bicho quando vimos as freiras olhando para nós.

Estávamos muito, muito ferradas.

Descemos a escada correndo, mesmo sabendo que elas já tinham visto nossos rostos.

— Me deixe ver seus joelhos — mandou a madre superiora no dia seguinte.

Levantamos nossa saia deixando os joelhos à mostra. Havíamos sido retiradas da sala logo pela manhã. Sabíamos que não demoraria até que fôssemos punidas pela nossa desobediência da noite passada. Estávamos assustadas. Todas as garotas da sala, até as que não se aventuraram conosco, estavam assustadas.

Não sabíamos o que acontecia com as garotas que quebravam as regras do colégio. Claro que não éramos as primeiras a cometer erros, mas todas que eram levadas para a sala da madre saíam de lá em completo silêncio e com um semblante amedrontador. Elas nunca diziam o que havia acontecido lá dentro, manter segredo fazia parte da punição.

Quando a madre jogou grãos de milho cru sobre o chão e mandou que nos ajoelhássemos neles, eu fiquei completamente parada.

Eu ouvi os gemidos de dor de Clarice e Dalila quando se ajoelharam nos grãos de milho para pagarem por seus pecados.

— Você também, menina! — Disse a madre me vendo parada e, em pé.

— Não — eu falei e vi a cabeça das meninas virarem-se para me encarar. Seus olhos me chamavam de "maluca."

— Isso deve machucar — acrescentei para a madre.

— Veja, devia ter pensado nisso antes de desobedecer as normas do colégio.

— Não podemos apenas te pedir desculpa e prometer não fazer nunca mais?

— Vocês devem perdão para o nosso Senhor, não para mim — ela falou. — Agora pare de conversa, ajoelhe-se e peça perdão por sua indisciplina.

Neguei com a cabeça e recuei para que ela não pudesse me segurar.

— Ande logo, sua menina mimada. Eu não tenho o dia todo!

Agarrei com os dedos a fina areia da praia. Eu estava a ponto de cometer uma loucura que poderia custar minha vida, ou pelo menos, os meus dentes da boca.

Enrico se agachou na minha frente e isso me motivou a encher a mão de areia e jogar em seus olhos. A areia se espalhou por todo o seu rosto e caiu até mesmo dentro da sua boca.

Ele cuspiu.

— Eu vou matar você, sua vaca! — Gritou. Fechou os olhos e tentou limpá-los com as mãos.

Sentei em meus calcanhares.

Corra agora.

— Talvez você queira dizer isso para a polícia — eu falei. Minha mente continuava mandando eu fugir, sem dúvida aquilo não terminaria bem.

Enrico conseguiu tirar a areia dos olhos e me encarou transtornado. Queria que ele se lembrasse que odiava chamar a atenção para si, pois isso faria com que ele pensasse seriamente antes de fazer algo comigo em público. Contudo, ele parecia não estar preocupado com isso.

Você me ama, Enrico, por favor, lembre-se que me ama. Ou amava...

Segurei um choro na garganta.

Sério, corra agora.

— Você está ficando maluca? — Ele perguntou. Segurou meu pulso com força e pareceu querer quebrá-lo como se quebra o pescoço de uma galinha. Tentei me soltar, não consegui. Ele se mantinha firme, decidido em não me largar tão facilmente.

— Eu vou gritar, Enrico. Estou falando sério!

— Então grita. Grite para que todos vejam o que farei com você! — Ameaçou e, a cada instante, Enrico se parecia menos com o homem pelo qual me apaixonei.

Grite.

Corra.

Peça ajuda.

Só não fique aí parada esperando ele fazer o pior com você.

— Eu não tenho medo de você! — Enfrentei, muito embora me sentia um cordeiro na frente de um leão.

— Isso é porque você não faz ideia do que se passa na minha cabeça — Enrico falou. — Eu olho para você e tudo que vejo é um ser tão frágil quanto uma... uma prímula. Tão frágil que até um vento forte é capaz de derrubar.

Ele soltou meu braço para poder ir com a mão em meu pescoço. Passou o dedo com delicadeza em vertical, como se seu dedo fosse um pincel ou uma faca.

— Eu farei com que essa sua pele branca ganhe cor, eu desenharei em todo o seu corpo — foi descendo com o dedo pelo meu tórax nu —, deixarei minhas digitais em cada centímetro que há em você, querida.

Engoli em seco, vendo toda a lucidez do meu marido sumir com o sopro do vento. Não havia mais amor em seus olhos. Parecia não haver nem mesmo humanidade.

É mesmo você, Enrico? É o mesmo homem que me dava flores?

Eu não sabia o que fazer, então gritei:

— SOCORROOO! — Alto o bastante para que as pessoas da praia ouvissem.

Enrico gargalhou, uma risada tão espontânea quanto a de uma criança inocente. E gritou também:

— SOCORROOO!

— POR QUE VOCÊ ESTÁ FAZENDO ISSO? — Gritei para ele, completamente atormentada com suas esquisitices.

— Querida, você está me assustando. — Enrico falou, e eu podia jurar que ele estava sendo sincero com as palavras. — Por que está gritando feito uma louca?

Foi a minha vez de gargalhar, um riso assustado. Os turistas da praia não deram importância para nós, provavelmente achavam que aquilo era uma brincadeira de casal.

— Eu não vou deixar você fazer isso, Enrico.

— Isso o que, querida? Se você pode gritar, por qual razão eu não poderia?

— É você quem está me ameaçando. É você quem está me agredindo...

— Não, não seja injusta — me interrompeu. — É você quem tem pedido por isso. Você me desobedece feito uma garota birrenta. Que outra opção eu tenho a não ser castigá-la?

— Eu não sei que esposa você deseja, Enrico. Apenas sei que eu não serei uma esposa adestrada feito um animal.

— Então não reclame se eu bater em você novamente. Eu te ensinarei a ser a esposa que eu espero que você seja, só dessa forma poderemos ser felizes outra vez.

Soltei uma risada que era espontânea ao mesmo tempo em que era nervosa.

— Ouça claramente o que irei te dizer, Enrico, pois direi apenas uma vez. — Aproximei meu rosto do dele, deixando de lado todo o desconforto que eu estava sentindo. O amor que eu antes sentia por aquele homem havia se tornado repulsa. Não era nojo da mesma forma que você sente quando um rato passa esfregando o rabo gelado dele em seu braço. Era uma repulsa mais intensa, uma do tipo que faz você desejar que todos da mesma espécie que ele sejam extintos. — Se você tocar em mim novamente, seja qualquer tipo de toque, eu arranharei sua cara. Não quero que haja mais nenhum tipo de contato entre nós, Enrico. Eu quero voltar para São Paulo e esquecer que um dia te conheci.

Senti-me aliviada por tudo que acabara de dizer, senti-me no controle outra vez. E então, a mão dele se levantou e veio em meu rosto com tanta força que eu me desequilibrei, caí na areia outra vez, desnorteada e sentindo-me humilhada como nunca antes.

Enrico estava totalmente fora de si, não se importava mais com as pessoas nos olhando. Havia insanidade em seus olhos e um único desejo: me matar.

Como se já não bastasse toda a dor interna e externa que Enrico estava me fazendo sentir, ele subiu em cima de mim enquanto eu estava estirada na areia áspera. Aquilo podia parecer uma simples brincadeira de casal. Mas, queridos, meu marido levou suas mãos grandes, fortes e raivosas até o meu fino pescoço e começou a me estrangular. Apertava. Asfixiava. Pressionou suas mãos mais um pouco. Decidido a acabar comigo ali mesmo.

Talvez ele estivesse pensando: "*As pessoas estão embriagadas demais para perceber que estou tentando matar a minha esposa. Depois eu a jogo dentro do mar e todos pensarão que a idiota se afogou*".

Eu, por outro lado, esperava que alguém viesse me socorrer, pois era visível que eu não teria forças o bastante para arrancá-lo de cima de mim. Eu esperei por ajuda, sufocando, remexendo-me embaixo dele, empurrando a areia com os pés, usando as mãos para tentar tirar as suas de mim, ao passo em que via seus olhos sorrindo em um intenso prazer.

— Que foi, querida, não está conseguindo respirar? — Ele perguntou com ironia. — Você não me parece tão corajosa agora.

Eu não conseguiria respondê-lo nem mesmo se eu quisesse. Sentia um sono profundo se aproximando de mim, tão forte como o sono de uma noite maldormida. Como o sono que eu sentia todas as vezes em que ia dormir tarde da noite e era acordada pelas freiras antes do sol raiar. Eu sabia que dessa vez seria diferente, eu fecharia os meus olhos e nunca mais os abriria.

Jogue areia nos olhos dele.

Dessa vez eu estava disposta a ouvir os meus próprios conselhos, mas Enrico me soltou e gemeu como se tivesse acabado de ter uma boa dose de prazer carnal. Eu tossi, como se tivesse acabado de ser estrangulada. *Irônico.*

Passei a mão pelo pescoço, recuperando a respiração. Olhei ao redor e vi um casal brincando de enterrar seu filho de quatro anos na areia como se aquilo fosse a coisa mais divertida do mundo. O pai da criança, com óculos de sol redondos nos olhos, uma sunga de *lycra* estreita e em um tom amarelo vibrante, enterrava os pés da criança. A mãe, que tinha o mesmo nariz delicado e pequeno que o garoto, enterrava os braços dele, ao passo em que tentava pegar um bronzeado de biquíni asa delta na cintura fina.

A alguns metros, um grupo de garotos, sujos de areia pegajosa até os cabelos, disputavam quem virava mais rápido a bebida que estava dentro do abacaxi, talvez quisessem chamar a atenção das quatro garotas corpulentas que tomavam banho de sol esticadas em toalhas na areia, com os braços acima da cabeça e as pernas dobradas e alinhadas ao quadril. Por mais diferentes que fossem os grupos de banhistas que estavam próximos a mim, todos tinham algo em comum: o fato de não se darem conta de que alguém quase havia sido assassinado.

— Podemos ir para casa agora, querida? — Enrico perguntou, parecia ter o mesmo entusiasmo que uma criança em um parque de diversões.

Eu ainda tentava recuperar o fôlego e minha dignidade, mas suas palavras me despertaram feito um beliscão no braço.

Eu levantei e corri.

Agora, eu sabia que o casal com a criança enterrada na areia, o grupo de garotos segurando o abacaxi e as garotas corpulentas tomando banho de sol estavam olhando para mim, provavelmente se perguntando: “Quem é essa louca?”, enquanto eu passava correndo. Bom, agora eu não precisava mais da atenção de nenhum deles. A não ser que alguém tentasse segurar Enrico, que me perseguia. Eu ouvia o som dos seus pés descalços na areia. Me senti como uma presa fugindo de um caçador.

— LUZ!? — Chamou por mim, com uma doçura fingida. — Querida, você não pode fugir de mim. Eu sou o seu esposo, mais cedo ou mais tarde você terá que voltar para casa.

Eu morreria fugindo desse homem se fosse preciso, não voltaria para casa nunca mais.

Foi como se Lúcifer tivesse ouvido os meus pensamentos desesperadores, pois uma maldição em forma de rochas havia se instalado na praia, impedindo a minha passagem. Olhar para aquilo fez com que eu diminuísse um pouco o ritmo dos passos e permitiu que Enrico se aproximasse ainda mais de mim. Tocou em meu ombro para que eu me virasse de frente para ele.

— Vamos para casa, querida. Pare de ser tão imbecil, você não tem mais para onde correr!

— Eu prefiro morrer afogada nesse mar do que ir para qualquer lugar com você! — Eu falei, voltando a correr e sentindo meu coração com uma batida intensa.

— Você vai escorregar. Desça já daí, sua idiota! — Gritou Enrico, vendo-me escalando a rocha vulcânica escorregadia e cheia de musgos. As ondas do mar batiam com força e os respingos de água pareciam ter sido direcionados aos meus olhos. Alguns fragmentos soltos da rocha grudaram na pele da sola do meu pé, e o pior em tudo isso é que eu não podia parar de andar para arrancar essas pedrinhas ou limpar a água salgada dos meus olhos que queimavam. Era muito mais aceitável morrer por obra da natureza do que pelas mãos do meu marido.

A rocha que eu comecei a escalar não era muito alta, os musgos e as ondas do mar colidindo com ela eram o que tornava tão perigoso e assustador, apesar de haver uma beleza exorbitante em tudo aquilo.

— Ai! — Gritei, quando senti uma dor no pé muito mais profunda do que a dor que estava sendo causada pelos fragmentos.

Parei de andar, levantei meu pé e, vi o sangue escorrendo em volta do anzol de pesca enfiado no meu calcanhar.

— Isso deve ter doído — disse. Meu coração bateu acelerado e eu não pensei em outra coisa a não ser me jogar dentro daquele mar sem me importar com todos os riscos.

Me preparei para o salto mortal, pois eram poucas as chances de eu sobreviver àquilo; uma mão segurou o meu braço, impedindo-me de me atirar.

— Ei. Ei. Você é maluca?

Eu me debati, tentei me soltar. Por um instante pensei que estivesse esmurrando Enrico, eu estava tão atormentada que não havia me dado conta de que aquelas mãos, morenas e carrancudas que seguravam o meu braço nu não eram as mesmas mãos que haviam me enforcado instantes atrás.

— Qu-em é você? — Gaguejei ao perguntar. Tremendo feito um cachorro molhado e com frio.

— Sou o dono desse anzol grudado no seu pé. — Falou em um tom brincalhão. Ah, no entanto eu não estava vendo graça alguma em tudo aquilo.

O anzol ainda feria o meu calcanhar e a adrenalina não me permitia sentir. O pescador percebeu o meu pavor e a minha incerteza entre pular dentro daquele mar violento e responder a sua piada. Ele também pareceu ter visto o meu rosto ferido e o depósito de mágoas por detrás dos meus olhos trêmulos.

— Você está fugindo de alguém? — Perguntou a mim, e eu me desabei em lágrimas.

— Solte meu braço. Por favor, solte meu braço.

— Eu solto se você prometer que não vai pular.

Confirmei rapidamente com a cabeça e, com a vista embaçada pelas lágrimas e pelo sal do mar, olhei ao meu redor temendo que Enrico surgisse por algum dos lados.

O pescador me soltou, contudo não manteve suas mãos muito distantes. Me olhou como se observasse uma suicida.

— Eu... não queria me... matar — eu gaguejei, tentando parecer convincente.

Eu sabia que eu e Enrico havíamos feito um grande espetáculo para a plateia lá embaixo. Sabia também que muitos que antes não nos davam atenção agora estavam nos olhando curiosos, e é claro, achavam que eu era uma louca suicida. Eu não podia dizer a verdade a eles. Quem desconfiaria de um homem tão bonito, forte e doce, não é mesmo?

— Olha, tenho certeza que você não teria chances contra a correnteza e essas imensas rochas se pulasse daí — disse o pescador.

— Tenho mais chances contra o mar do que contra meu marido... — comentei baixinho.

— Cristo! Era dele que você fugia?

— Ainda fujo.

— Seu marido quem fez isso no seu rosto? — O pescador se aproximou e olhou minhas marcas vermelhas e um pouco roxas com grande aflição.

Aquele foi o primeiro momento em que eu consegui aquietar meu coração e olhar para aquele rosto molhado e genuinamente bonito. Ele tinha a pele bronzeada pelo sol quente, os olhos castanho-claros pareciam sinceros. E aquele cabelo preto desbotado estava tão bagunçado. Ah, sim, ele era muito bonito, e eu pude sentir uma onda de calor percorrer o meu corpo.

— Ele fez muito pior. Você não acreditaria se eu contasse. Eu mesma custo a acreditar — eu falei, sentindo o gosto salgado de uma lágrima presa na garganta.

— Você não precisa se matar. Você pode deixá-lo. — Ele disse, colocando as mãos dentro dos bolsos da bermuda azul-floral de *tactel*.

— Eu não tentei me matar... — As palavras tremeram ao saírem dos meus lábios. — Apenas pegue seu anzol de volta e me deixe ir, hã?

Eu não o conhecia o suficiente para conseguir entender aquele semblante que parecia alternar entre preocupação e desconfiança.

O pescador não se moveu.

— Querida, ande logo. Vamos embora. Já me cansei dessa brincadeira! — Enrico gritou. A sua voz ascosa pareceu vir de perto. Eu tremi inteira, sufocando, como se uma onda de vento frio tivesse acabado de me dar um abraço apertado.

Me preparei para correr, para continuar fugindo, é claro, mas os dedos do pescador afundaram em meu braço e eu pensei: "Porra, ele também vai esmurrar a minha cara!? Vai me picar inteirinha e me usar de isca para os peixes!?"

— Me deixe tirar o anzol do seu pé antes — falou o pescador. E eu respirei sem perceber que não estava respirando antes.

Levantei meu pé ferido para ele; o anzol havia feito um corte superficial. O sangue vermelho que escorria fazia com que o corte parecesse mais preocupante do que de fato era.

— Tudo bem, isso talvez doa um pouco — ele falou e, antes que eu pudesse ter tempo de responder, puxou o anzol do meu calcanhar.

— Ai! — Gemi, tentando abafar um grito.

Ele levantou o anzol ensanguentado e me mostrou.

— Vou guardar esse. Talvez um dia ele me dê sorte. — Brincou, e eu dei uma risada trêmula.

Esse pensamento já havia passado por minha mente, mas a cada instante o pescador parecia ainda mais atraente. Ele demonstrava ser tão despreocupado com aquela regata rasgada e com sua bermuda molhada que foi impossível não pensar outra vez: Ele é realmente bonito.

Eu fiquei rubra e talvez ele tenha percebido isso.

— Quem é você!? — Enrico perguntou, seu tom de voz era um som primitivo de pura fúria.

Ele havia me alcançado e não pude deixar de notar uma luz mortiça dentro dos seus olhos.

Deus, faça com que ele escorregue e caia nesse mar.

Era um pensamento terrível que parecia não vir de mim, e eu não me senti culpada por ele. Pelo contrário, já me parecia libertador pensar em uma vida sem Enrico, por mais que eu sequer tenha começado uma vida com ele.

— Eu estava pescando.

Enrico se aproximou consideravelmente do pescador e eu senti como se minha garganta estivesse coberta de barro, nem saliva parecia descer por ela.

— Sobre o que estavam conversando, hein!? — Perguntou Enrico, empurrando o pescador no ombro.

— Enrico, ele estava apenas tirando o...

— CALE A BOCA. EU NÃO FALEI COM VOCÊ!

Sua estupidez me empertigou e eu comecei a soluçar sem conseguir controlar. Estava envergonhada, humilhada, assustada e culpando Deus por ter permitido que eu me casasse com aquele homem.

— Ela pisou em meu anzol — o pescador explicou com uma calma excruciante. As suas mãos voltaram para dentro dos bolsos da bermuda e sua tranquilidade me deu inveja.

Enrico continuou provocando ele, empurrando seu peito com a mão. Aquilo era uma "brincadeira" perigosa para se fazer em cima de uma rocha tão escorregadia. Enrico não era assim. O Enrico que eu conhecia não faria algo tão estúpido. Meu marido parecia estar possuído pelo próprio demônio.

— ENRICO! — Gritei, quando ele deu um forte empurrão no ombro do pescador. — Pare com isso, pelo amor de Deus; vamos embora.

Tentei puxar seu braço para o levar comigo antes que fizesse uma outra besteira. Enrico me deu um forte empurrão e eu escorreguei, desequilibrando-me. Se o pescador não tivesse agido rapidamente para me segurar, certamente eu teria ido mar abaixo.

— NÃO A TOQUE COM ESSAS MÃOS PORCAS!! — Enrico gritou.

Ah, sim, ele estava possuído pelo próprio Satã. Não havia dúvida.

— Você deve estar bêbado, amigo, por que não vai pra casa? — O pescador ainda continuava passivo e com a mão em meu braço para me segurar, caso Enrico tentasse me empurrar novamente.

Eu confesso que queria que o pescador perdesse a cabeça, esmurrasse a cara de Enrico e fizesse meu marido sangrar pelos olhos, já que eu não podia fazê-lo tão facilmente.

— Eu não sou seu amigo — disse Enrico, dando outro empurrão no ombro do pescador. Dessa vez foi com bastante força, e tanto eu quanto o pescador quase caímos juntos no mar.

— Você quer brigar — disse o pescador ao retomar o equilíbrio —, então vamos resolver isso lá embaixo.

Agora o pescador finalmente havia perdido a cabeça, já não estava mais tão passivo, no entanto ele sabia os riscos que corriam brigando em cima de uma rocha coberta de musgos com respingos de água do mar.

— Você quer ir lá embaixo então? — Gritou Enrico, com os olhos enevoados e loucos. Deu uma risada rouca e suspeita, era como se algo doentio tivesse passado em sua cabeça.

— Cristo! Aqui não é lugar para resolver isso — disse o pescador, tentando mostrar os riscos ao burro do meu marido, já que ele era incapaz de enxergar sozinho.

Enrico estava tão desequilibrado que dava vergonha dizer que um dia pude amá-lo. Parecia que eu havia ido em um hospício escolher algum dos pacientes para me casar.

— Tudo bem, vamos resolver isso lá embaixo. Por que você não vai primeiro!? — Enrico perguntou. Seus olhos estavam nebulosos, havia um certo divertimento por detrás deles, era como se Enrico risse de uma piada interna.

Nunca ocorreu pela minha mente que ele faria o que fez. — Me espere lá embaixo.

Suas mãos se abriram e foram com extrema força no peito do pescador. Empurrou o homem como se estivesse empurrando um balanço com uma criança sentada nele. Enrico não esboçou reação alguma enquanto via o pescador caindo daquela altura.

Sufoquei um grito, meus olhos esbugalharam, e eu não fiz outra coisa a não ser levar as mãos trêmulas ao rosto e ficar com o semblante assustado como se tivesse acabado de ver um fantasma.

— O QUE VOCÊ FEZ, ENRICO!? — Gritei, esticando o pescoço para ver o exato momento em que o pescador caiu dentro do mar, e o estrondoso barulho era como se uma bomba tivesse acabado de explodir nas profundezas.

O horror penetrou a minha mente. Eu podia imaginar como era se afogar, como era procurar pelo chão e não encontrá-lo, se debater de um lado para o outro procurando pela superfície e não tê-la. O quão desesperador deve ser nadar, nadar e nadar e, o oxigênio nunca chegar aos pulmões. Sentir o terrível gosto da água salgada, que aos poucos se espalha por dentro do corpo. Os braços que se cansam de se debater em vão e a desistência ser tudo o que resta.

— Venha, vamos para casa agora, querida. — Enrico passou suas mãos asquerosas por meus ombros, eu me retraí e não consegui me mover para sair de perto dele. Eu estava em choque demais para isso.

— Você pode tê-lo matado — murmurei, ao passo em que Enrico nos distanciava da beirada.

— Não. Você pode tê-lo matado; não eu — ele respondeu.

Parei de andar no mesmo instante e me virei de frente para ele. Eu vi uma tonalidade assassina por detrás do esverdeado dos seus olhos. Será que sempre esteve ali?

— Do que está falando, Enrico!? — Perguntei, e eu já não sentia dor em meu pé ferido ou no meu rosto. A minha dor deixava de ser física e começava a se tornar psicológica. Eu podia sentir a minha mente enlouquecendo pouco a pouco.

Enrico abriu um meio-sorriso e eu engoli em seco.

— Se você não tivesse fugido de mim, se não tivesse de conversinha com esse pescador, nada disso teria acontecido. As minhas mãos empurraram aquele homem, mas você foi a razão que fez com que tudo isso acontecesse. — Enrico falou, crédulo em tudo o que estava dizendo. Eu sabia que não demoraria muito tempo até que eu surtasse. — Foi você quem matou aquele homem, Luz, e agora precisamos fugir para que a polícia não encontre você.

Segurou o meu braço.

— Não... não... NÃO! — Recuei dessa vez. — VOCÊ NÃO IRÁ JOGAR A CULPA EM MIM.

Ele sorriu novamente, e aquilo foi a gota d'água para mim. Cerrei meu punho e dei um forte soco no nariz dele. Não foi um soco qualquer, foi o soco que eu estava sonhando em dar desde a sua traição. Foi libertador e prazeroso. Minha mão doeu com aquele soco; sem dúvida o nariz de Enrico havia se incomodado bem mais.

— VOCÊ É DOENTE, ENRICO. Você é muito doente!

Ele gargalhou alto e eu não conseguia pensar em outra coisa, a não ser correr em direção à beirada daquela rocha e me atirar dentro do mar. Enrico estava me fazendo perder todo o juízo.

— Pare de ser tão dramática. Vamos para casa antes que alguém chame a polícia — ele falou, agarrou meu pulso e tentou fingir que meu soco não o havia machucado.

— Eu não vou pra casa com você, Enrico — falei em baixo tom. A verdade é que eu queria gritar.

— Não começa com essa conversa de novo.

Ele revirou os olhos com impaciência. Eu passei de irritada e amedrontada para completamente magoada e ferida. Eu não conseguia falar, não conseguia encontrar palavras para expressar o que eu estava sentindo. Era como se uma furadeira tivesse acertado em cheio o meu coração.

Fiquei imersa da realidade por um instante, enquanto a furadeira saía do meu coração e ia perfurando um caminho até minha mente, e me trazia lembranças da época em que a ingênua Luz sonhava com um casamento feliz como o da mãe. "*Casamentos perfeitos não existem, mas você pode torná-lo bom*", dizia mamãe Cora, e eu entrei no altar sabendo que Enrico tinha seus defeitos como qualquer pessoa, entrei sabendo que o fato de ele ser um homem mais velho que eu traria certas dificuldades. Eu também entrei naquela igreja achando que nenhum dos seus defeitos faria com que eu o amasse menos. Eu me iludi.

Casamentos perfeitos não existem, sei disso, mamãe, mas o meu casamento sequer chegou perto de ser bom. E a culpa não foi minha.

Eu sonhei com janelas azuis que ficariam abertas para um lindo pôr do sol, sonhei com um jardim amarelo, sonhei com noites de amor e com beijos de bom dia...

— Ei, Luz — Enrico chacoalhou meus ombros —, tem gente nos olhando. Acho que sabem o que você fez.

Sim, eles sabem; sabem que casei com um homem insano.

Capítulo 3

Luz

— *Querida* — sacudiu-me com delicadeza —, acorde, chegamos.

Abri os olhos com lentidão e logo vi Enrico me olhando com ansiedade, depois abriu sua carteira e pagou o taxista.

Havíamos voltado para o nosso apartamento em São Paulo e, de acordo com meu marido: "Em São Paulo, as chances da polícia te ligar ao crime são bem menores."

Eu gritei dizendo que havia sido ele quem cometera o crime, e foi o mesmo que discutir com um animal. Então, resolvi deixar pra lá; não, eu não estava concordando com ele, o que aconteceu com o pescador era culpa única e exclusivamente de Enrico. Eu apenas não suportava ouvi-lo falar. Sempre que ele abria a boca, algo muito estupido saía de lá. Também não havia concordado em voltar para casa com ele, outra vez não tive escolha. Nunca tinha escolha quando Enrico segurava meu braço com força, ou quando batia em minha cara e me fazia sangrar feito sua escrava. Talvez seja exatamente isso que eu tenha me tornado, e era angustiante ter que admitir.

Enrico era forte, assustava-me, não importava o quão valente eu tentava ser, não importava todas as vezes em que eu tentava me impor, ele acertava meu rosto e eu ficava calada com medo de que algo muito pior acontecesse. Eu já não conseguia abrir meu olho direito, ele estava inchado, roxo, remelento e tentava se recuperar dos golpes que sofrera durante minha *adorável* lua de mel.

Enrico desceu do táxi e abriu minha porta para me ajudar a desembarcar. Vi o táxi partindo para longe, e tudo que eu queria fazer era gritar: "Me leve com você, por favor, não me deixe aqui com esse monstro!"

— Enfim, em casa — disse Enrico com êxtase, ainda parado na calçada. Observava o edifício onde morávamos.

Andamos até o portão e esperamos o porteiro abrir para nós.

— Como foi a viagem, senhores? — Perguntou o porteiro, tentando ser gentil. Nos ajudou com as bagagens.

Não respondi. Arrumei meus óculos escuros rapidamente com medo de que alguém me visse naquelas condições deploráveis. Não era apenas o olho roxo que eu tentava esconder, a humilhação também estava estampada por toda a minha pele — era uma nuance entre vermelho, roxo e esverdeado. Enrico havia sido sincero quando disse que coloriria a minha pele. Eu me tornara um quadro onde as tonalidades eram as mesmas que representavam as minhas dores.

— Foi excelente — respondeu Enrico, virando-se para mim. — Não é mesmo, querida?

— Excelente — murmurei. Senti a garganta ressecada e sem vontade de dizer qualquer coisa que fosse. Talvez eu a tenha ferido quando fui obrigada a engolir minha dignidade.

— Vejo que aproveitou das belas praias — comentou o porteiro reparando no braço bronzeado de Enrico. Meu marido sorriu com graciosidade. Estava sendo o mesmo educado e gentil homem que eu conheci e me apaixonei.

Quanto fingimento.

Algo subiu por minha garganta, provavelmente era um vômito que havia sido causado por toda aquela dissimulação.

— Eu nunca vi um mar mais azul do que aquele — comentou Enrico. Pegou de volta nossas bagagens para que entrássemos em nosso apartamento.

Olhei para meus pés. Me sentia envergonhada demais para ficar com o nariz em pé e ter que mentir. O porteiro pareceu ter reparado no meu desconforto, parecia saber que havia algo de errado acontecendo. Eu sempre fui sorridente e hoje meu sorriso não surgiu nos lábios. Eu queria que ele perguntasse se estava tudo bem, se eu precisava de algo. Eu diria que não estava tudo bem e pediria por sua ajuda, no entanto o porteiro não perguntou, não quis saber o que havia tirado meu sorriso, muito embora o motivo estivesse bem ao meu lado.

Ergui meus olhos trêmulos e chorosos para ele e, mesmo por detrás dos óculos, sei que ele pôde ver uma lágrima silenciosa escorrer por meu rosto. Isso não foi o bastante para fazê-lo perguntar.

— Tenham um bom dia, senhores — o porteiro falou e se afastou apressado. Talvez ele já estivesse acostumado a ver mulheres chorando e ignorá-las.

Enrico destrancou a porta do nosso apartamento.

— Primeiro você, querida...

Continuei estática e indecisa. Eu não havia me esquecido da última vez em que fui a primeira de nós dois a atravessar uma porta. Não havia me esquecido do seu empurrão forte e violento.

— O que há de errado com você? — Perguntou com ironia. — Não há monstros aí dentro.

— Sei que não. O monstro está aqui fora comigo — respondi sem pensar, sem temer as consequências, por mais que elas já tivessem ficado bastante claras para mim.

Enrico largou as malas no chão. Tinha uma expressão inquieta no rosto. Eu temia todas as vezes em que suas sobrancelhas se aproximavam uma da outra.

— Precisamos ter algumas regras a partir de hoje, querida — ele disse. Eu prendi a respiração e senti meus lábios tremerem. Tremiam como se eu estivesse com os pés descalços em um bloco de gelo.

— Quais regras, Enrico!?

Cruzou seus fortes braços no peito. Seus músculos indiscretos saltavam na camiseta azul-escura, eu não podia deixar de reparar nos músculos; era inevitável não pensar no meu pescoço preso naquele bíceps.

Usou um tom de voz mais firme para falar:

— A regra é simples e, é você quem decide o que acontecerá com você. — Se aproximou mais de mim, queria ter certeza de que eu o ouviria com atenção. — Não seja desobediente, não tente me desafiar, não tente fugir. A cada vez que você me desobedecer de alguma forma, eu farei com que você sofra. Eu posso ferir tanto sua pele como sei que posso ferir sua mente.

Engoli em seco e recuei um passo indiscreto. Bom, talvez não tenha sido tão indiscreto assim. Enrico se aproximou ainda mais de mim e me grudou contra a parede, ergueu sua mão e eu estremeci.

— Eu não sou o lobo mau, docinho. Mas, caso você não queira ser uma boa esposa para mim, eu tirarei pouco a pouco tudo de você — retirou meus óculos e passou com o dedo em meu olho machucado. Parecia orgulhoso com o que havia feito.

O soluço veio em minha garganta, o choro veio em meus olhos e o desespero tomou conta de mim. Eu chorei por minha vida, chorei pelos sonhos que tive, chorei por minha ingenuidade, chorei por ter sido uma pecadora e pensar que Deus estava me punindo.

Eu achava que poderia ter o controle das coisas, o controle sobre meu casamento. Enrico e seus músculos estavam ali para me fazer perceber o quão frágil eu era diante tudo aquilo.

O medo me deixou burra, o medo me deixou cega e me tornou fraca. Eu permiti que Enrico entrasse na minha mente e me amedrontasse usando somente suas duras palavras. Ele me agredia sempre que tinha vontade, mas o que ele fez psicologicamente comigo era pior do que qualquer ferida que ele tenha causado em meu corpo, por mais dolorosas que elas tenham sido.

— Não chore, querida — murmurou, com uma preocupação fingida. — Não quero que você chore. Apenas me diga que estamos entendidos.

Ah, sim, ainda estávamos ali no corredor, por um instante achei que tivesse feito uma rápida visita ao inferno.

Respire fundo. Engula o choro.

Você ainda é a dona da sua vida. Se ele pode te ameaçar, você também pode. Você já está ferida, não permita que ele termine de despedaçar você.

— Tem certeza que deseja dormir e acordar ao lado de uma mulher que te odeia? — Questionei, fingindo não ter medo dele. — Eu posso não ser forte como você, Enrico, mas não tenho dúvida de que sou mais inteligente.

Debochou com uma risada sem som, foi um baixo desdém que saiu através de um sopro.

— Sua ousadia me incomoda, Luz, no entanto sei que podemos dar boas gargalhadas juntos — ele disse e passou o polegar por minha bochecha fria. — Eu posso aproveitar um pouco mais a beleza do seu rosto antes de acabar com ele.

Me retraí com aquele comentário.

Não deixe o vocabulário dele afetar você.

— Você sabe, até mesmo um travesseiro pode se tornar uma arma perigosa nas mãos de uma mulher magoada — respondi, sem me dar conta de que aquilo estava se tornando uma conversa perturbadora.

Seus olhos penetraram os meus e pareciam amar o que viam ali em mim: olhavam a assinatura que Enrico havia deixado em meu rosto com seus punhos.

— Por que você não tenta continuar falando enquanto faço as lentes desses óculos deslizarem por sua garganta? — Ele falou, chamando a minha atenção para os óculos que estavam em uma de suas mãos. — Acho que devemos esquecer toda essa ladainha e entrar em casa.

Enrico me encarou por mais alguns instantes e logo se abaixou para recolher as malas do chão. Dessa vez ele foi o primeiro a entrar, parecia saber que eu o seguiria mesmo sem precisar ordenar.

Um dos meus pés entrou na casa, o outro, revoltado, ficou travado no corredor ao lado de fora.

Corra.

Uma guerra era travada entre o meu medo e a minha teimosia. Enrico poderia arrebentar meu outro olho se eu fosse pega tentando fugir dele outra vez. Porém, o que sobraria de mim se eu não tentasse ir embora? Uma vez dentro daquele apartamento, jamais conseguiria sair.

Então eu corri. As pernas pareciam ter triplicado e o coração parecia bater no fundo do estômago. Desci as escadas, muito embora não soubesse ao certo para onde eu estava indo. Qualquer oxigênio era muito mais puro do que o que eu respirava no mesmo cômodo que Enrico.

Então eu ouvi... Ouvi seus duros passos logo atrás de mim. Suas pernas compridas eram tão mais rápidas do que as minhas curtas e com pés feridos.

— Oras, querida. Quer brincar de gato e rato logo agora!? — Ele perguntou com um grito.

— ME DEIXE EM PAZ! — Também gritei. Pulando os degraus que eu enxergava com um único olho, já que o outro mal podia ser aberto.

— Não posso deixar você ir, querida. Eu morro se você for — ele falou, antes de puxar meus cabelos.

Eu gritei, escandalosamente. Um grito tão doloroso como se alguém tivesse acabado de jogar água fervente em meu rosto. Quis me ajoelhar naquele chão e definhar em lágrimas, já que forças me faltavam para lutar. Meu coração havia sido partido em pedaços, e talvez eu estivesse disposta a permitir que Enrico terminasse de acabar comigo. Era tão desgastante continuar lutando e nunca ter êxito.

O meu choro foi alto, então Enrico foi obrigado a me puxar para seus braços a fim de abafar meus soluços.

— Vamos para casa resolver isso, docinho. — Ele falou e me empurrou para que eu tornasse a subir a escada.

— NÃO TOQUE EM MIM! — Gritei entre lágrimas, uma parte de mim ainda acreditava em uma vitória. Uma parte de mim ainda guardava um frasco de coragem.

O meu frasco de valentia deu um forte empurrão em meu marido e deu socos sequenciais no seu tórax. No entanto, Enrico pareceu não sentir minhas mãos o atacando. Era como se eu fosse um pernilongo chato zunindo em seu ouvido.

— Sim, eu sei que está chateada comigo, meu bem. Nós resolveremos isso, apenas não aqui na escada. — Segurou meus pulsos com força e firmeza. — Você está fazendo um grande escândalo.

— Pelo amor de Deus, Enrico, eu estou te implorando, deixe-me ir — supliquei entre soluços perturbadores. As dores estavam me transformando em alguém que eu odiava. A cada instante eu sentia a corajosa Luz se aprofundar em uma caverna que havia dentro de mim. Uma caverna que dizia: "Entre e me entregue o resto de esperança que ainda existe dentro de você."

— Você não entende, Luz. Você realmente não percebe? — Perguntou. — Eu não quero ferir você, eu tenho que fazê-lo para que nosso casamento dê certo.

— EU JÁ NÃO AMO VOCÊ, ENRICO. EU ODEIO TUDO QUE ENVOLVA VOCÊ. — Olhei com firmeza para ele.

Notei que ele engoliu em seco. Eu desejava que sua saliva se transformasse em ácido e o derretesse de dentro para fora.

— Eu... eu sei que está chateada, iremos superar isso.

— Eu não posso superar isso. Eu quero te ver arder nas brasas do inferno.

— Eu serei paciente — ele falou em tom alto.

Enrico continuou a subir os degraus me puxando pelo braço. Agarrei o corrimão com a mão que estava livre dele.

— Estou perdendo a paciência com você, garota.

Ele me puxou com truculência para me fazer largar aquele corrimão, eu não me importaria de ter os ossos do braço fraturados. Minha parte valente não se renderia tão facilmente.

Enrico tinha um semblante assustador no rosto. Ele não precisava colocar em palavras o que estava sentindo, eu podia ver o ódio circulando em seus olhos monstruosos. Seu olhar por pouco não me fez fraquejar, meus dedos começaram a escorregar devido ao suor, e eu sabia que seria muito mais difícil segurar aquela madeira sendo que a minha covardia estava saindo pelos poros das minhas mãos.

Sua mão deslizou até os meus dedos que estavam grudados no corrimão, eu estremeci com seu toque, senti quando meus pelos se arrepiaram, e de alguma forma meus olhos ficaram presos nos seus, era como se uma força sobrenatural me obrigasse a encará-lo, eu estava completamente hipnotizada.

— Vamos docinho, não me obrigue a fazer isso — murmurou com sagacidade.

Fiquei calada, segurando um choro na garganta.

— Se não for quebrar meus dedos, então distancie suas mãos imundas de mim — falei.

Enrico passeou com seus dedos entre os vãos dos meus, aquilo poderia parecer uma carícia para quem visse de longe, mas era o oposto. Eu sabia o que ele estava tentando fazer, sabia que tentava amedrontar a minha mente para me induzir a fraquejar. Era como se fosse uma hipnose: seus olhos e seu toque eram partes do plano para me fazer imaginar uma dor que eu sequer estava sentindo.

— Você sabe que eu não teria problema em quebrar seus dedos finos. — Ele falou, tentando me apavorar. Eu me mantive com a mão firme. — Tudo bem, vamos começar por esse aqui.

Alisou meu indicador, contudo não era o indicador da mão que eu estava segurando o corrimão, era o da mão que estava livre. Ele acariciou novamente o meu dedo e o torceu para trás com intenção de quebrá-lo. Ah, uma dor agonizante me fez gritar.

— Eu ainda não o quebrei, mas posso fazer isso se você continuar com teimosia — ele avisou.

— Enrico...

— Luz, você sabe que eu não medirei esforços para te arrancar daí, então não me irrite e largue logo essa merda de corrimão. Não tenho o dia todo!

Dito isso, eu gritei. O que mais eu poderia fazer a não ser gritar? Eu já não sabia o porquê estava gritando, se era por medo, para pedir ajuda, ou para aliviar minha consternação. Foi com o punho fechado que Enrico me silenciou. Seu soco veio certeiro em minha boca, eu senti a ardência e logo o sangue quente escorrendo do lábio superior e se misturando a uma lágrima salgada.

Talvez o meu grito não tenha sido alto o bastante, nenhum outro morador abriu sua porta para ver de onde vinha aquele escândalo.

— Venha, docinho, dê-me sua mão. Vamos pra casa limpar seu rosto — pediu Enrico e me estendeu a mesma mão que acabara de acertar meus lábios.

Neguei com a cabeça.

— Tudo bem, Luz. Me cansei dessa palhaçada!

Enrico enfiou seus dedos em meus cabelos e prendeu meus fios em sua mão.

— Você conhece o ditado: se não vem por bem, então vem por mal — alertou e começou a puxar meus cabelos. Meu pescoço foi na direção em que ele puxava, e o resto do meu corpo tentou se manter firme na escada Senti quando alguns fios foram arrancados da minha cabeça.

— Tudo bem, Enrico... eu vou... e-u vou com você — falei entre lágrimas e sangue. O sangue que eu sentia nos meus dentes, na minha língua e deslizando por minha garganta. Aquele leve gosto de ferrugem misturado com sofrimento.

Ele continuou com a mão em meus cabelos, não acreditava mais em minhas palavras.

— Então largue essa escada e venha comigo — falou e puxou com truculência. — Não vejo seus pés se movendo, Luz.

Eu juro que estava tentando ceder, só que meus pés haviam criado raízes ali.

Você tem que ir. Ou ele vai quebrar você todinha.

Há momentos em que tentar ser forte não é a melhor opção.

Às vezes, é preciso deixar o inimigo vencer.

Às vezes, o dia seguinte é melhor.

Às vezes...

— O corte não foi tão grande assim — ele comentou, passando um pano úmido em meu lábio superior.

Como eu daria tudo pra enfiar aquele pano por sua garganta.

— Você não pode me ignorar o dia inteiro — ele comentou novamente, tentando puxar assunto.

Eu estava sentada na cama, com as pernas juntas e as mãos sobre as coxas. Eu olhava a janela azul que estava fechada, pois olhar para qualquer inutilidade dentro daquele quarto era melhor do que olhar pra cara do meu marido.

— Eu não queria machucar você, querida, sabe disso...

Eu apenas queria que ele parasse de falar. Mas ele continuava falando e falando... dizendo o quanto me amava e o quanto eu teria que ser uma esposa mais dedicada. O quanto eu o estava decepcionando com minhas atitudes.

— Tente descansar um pouco. Eu prepararei algo para nós. — Enrico falou e se levantou. O único instante em que meus olhos deixaram de fitar a janela foi para observá-lo sair do quarto.

Soltei um suspiro de alívio e, quando me preparei para levantar, Enrico voltou, logo dizendo:

— Acho que devemos manter essa porta fechada para sua segurança — ele falou em um tom de voz mais manso.

— Não me tranque aqui dentro, Enrico — murmurei com a voz tremelicosa.

Ele segurou na maçaneta.

— Você tem estado muito alterada, meu anjo. Isso não tem nos feito bem. — Enrico falou com extrema doçura, muito embora fosse apavorante todo comentário que saísse dos seus lábios.

Então, ele começou a puxar a porta, lentamente, para fechá-la.

— NÃO ME TRANQUE AQUI. ENRICO? — Gritei e corri em direção à porta que ele já havia trancado. — ENRICO! VOCÊ NÃO PODE ME APRISIONAR AQUI!!

Bati freneticamente na porta de madeira.

— Não fique chateada, quando você melhorar eu deixarei você sair — ele murmurou do outro lado da porta. — Apenas descanse, querida.

— Enrico!? — Chamei, entre respiradas profundas para tentar me acalmar. — Vamos conversar... e tentar resolver isso...

Houve apenas o silêncio da noite que se aproximava cautelosamente.

— ENRICO!? — Chamei e bati na porta com mais agressividade e insistência. — ENRICO!!!!?

Foi o silêncio que me respondeu novamente. Dei as costas para a porta e deixei meu corpo escorregar pela madeira, levando-me até o carpete.

Abracei meu corpo miúdo, que parecia ficar gigante dentro daquele pequeno quarto.

Eu chorei um pouco mais, como se isso fosse aliviar a minha dor, mas o desespero só aumentava, deixando tudo ainda mais apavorante. Eu não conseguia pensar em qualquer outra coisa que não fosse na minha própria morte.

Eu ia morrer, se eu não conseguisse fugir dali, Enrico sem dúvida me mataria.

Olhe ao redor, deve ter algo que possa ajudar você.

E eu olhei ao meu redor, mas tudo que estava naquele quarto me pareceu completamente inútil. Era um quarto escuro, frio e assombroso. Quando você está apavorado, é certo que seu cérebro fará tudo parecer mais assustador do que realmente é.

— Acorde, querida, preparei algo para você. — Enrico chamou.

Abri meus olhos (ou pelo menos um deles) e vi Enrico parado de frente para mim e segurando uma bandeja com comida.

— Fiz sopa. Como você machucou a boca, então achei que sopa seria mais fácil de você comer — ele comentou.

— Você machucou minha boca, assim como machucou meu olho, meu dedo...

Ele resmungou baixinho.

— Você ainda insiste em me culpar, não é, Luz? — Falou, como se de fato estivesse ofendido. — Eu dei as regras, Luz, e pedi com gentileza para que retornasse à nossa casa, e o que você fez, hã? Você saiu correndo como uma criança birrenta. O que mais eu poderia fazer?

— Eu só quero o divórcio, Enrico. Eu posso esquec...

— PARA DE FALAR TANTA MERDA! — Ele gritou, jogando a bandeja com a sopa quente no carpete. — Como você pode ser tão egoísta e pensar em me deixar depois de tudo que fiz por você?

— O que você fez a não ser me causar uma profunda tristeza, Enrico? — Perguntei, soluçando e chorando novamente.

— Tudo que fiz foi para o seu bem, Luz. Nós ainda vamos aprender muitas coisas juntos e seremos felizes depois que toda essa dor passar.

Enrico parecia convencido de que estava a fazer o certo. Agredir sua própria esposa não parecia um bicho de sete cabeças para ele, e isso me fez questionar o tipo de educação que ele teve. O que ele via dentro de casa? Seu pai lhe ensinou isso? Onde ele aprendeu tanta estupidez?

— Você não entende — murmurei, não sabendo se ele conseguiria entender o que eu estava falando, já que meu choro havia se tornado escandaloso —, eu nunca poderei amar um homem que me causa tanta dor. Eu nunca poderei desejar o homem que sente prazer em me ver sangrar. Como posso viver com alguém que não consegue ter uma conversa comigo sem me ofender a cada frase?

— E-eu amo você, Luz. Você também me faz sangrar; eu sinto como se um carro passasse por cima do meu coração toda vez em que penso em deixar você.

Ele nunca entenderia e talvez aquela forma torta de amar fosse a única que ele conhecesse.

Enrico me surpreendeu quando se ajoelhou no chão, em cima da sopa esparramada, e me olhou com os olhos cobertos de água. Ele estava chorando e eu não sentia uma fração de compaixão.

— Não fale novamente em me abandonar, Luz. Eu estou te implorando.

Juntei saliva na boca e cuspi em sua cara. Era uma atitude ousada e perigosa? Sim, era. Mas toda oportunidade que eu tivesse de humilhá-lo, eu aproveitaria.

— Morra engasgado com suas lágrimas! — Falei. Minhas palavras e minha atitude foram tão cruéis que eu tive medo de estar deixando Enrico me influenciar a ser uma pessoa tão desprezível quanto ele.

— Você é uma pessoa ruim, Luz — murmurou, limpando meu cuspe do seu rosto. Me senti triste por não ter algo pior para jogar nele. — Acho que seu pai não deu umas boas cacetadas em você quando era criança, isso tudo é culpa dele. Não souberam te educar e agora eu tenho que me tornar um cara mau para te ensinar.

— Eu não sou mais uma criança, seu porco nojento!

Enrico terminou de se limpar e se levantou, ficou de frente para mim.

— Você vai limpar esse chão com sua língua — ordenou. — Essa era sua janta, sua burra, e agora você vai ter que lamber o chão ou morrer de fome.

— Eu não vou lamber o chão! — Afirmei.

Enrico veio com sua mão em meus cabelos e os pegou com força.

— Então você vai apanhar até sua pele ficar na carne viva. Só vou parar de te espancar quando eu ver seus ossos!

Suas palavras foram mais duras do que qualquer dor que ele já tenha me causado, eu estremeci todinha em cima do colchão, senti o suor escorrer por minhas costas. Enrico já não era uma pessoa. Claro que não, que tipo de pessoa falaria algo assim para uma mulher que ele dizia amar?

— Enrico... Enrico... — minha voz estremeceu. Eu já não sabia o que queria dizer.

— Fale, docinho. O que quer me dizer?

— Me solte, por favor. Não me humilhe dessa forma.

— Você me tira do sério, Luz. Acho que você gosta dos caras maus, acho que você fica excitada me vendo tão irritado. Não vejo outra explicação.

Excitada? Meu Deus, ele disse mesmo excitada?

— Vamos lá, se ajoelhe no chão, cachorrinha — zombou.

Meus olhos foram trêmulos para os dele. Se um dia existiu sanidade naquele homem, com certeza já não existia mais. Talvez nem mesmo coração ele tinha agora.

Enrico torceu meus cabelos em sua mão.

— Ande logo, querida. Quero te ver igual uma cadela lambendo esse chão — ele disse, e notei uma certa gozação no seu tom de voz. — É isso que você é agora, uma cadela burra que não foi adestrada.

— Não vou me ajoelhar diante seus pés. Eu nunca me ajoelharei para você! — Enfrentei. Por mais que eu estivesse completamente apavorada, eu já havia me conformado com a morte. Eu sabia que lugar algum seria pior do que aquele.

Ele torceu ainda mais os meus cabelos e ameaçou com severidade:

— Você sabe como os animais são adestrados, Luz? — Perguntou, e eu sabia que viria muita maldade em sua próxima frase. — Seus donos dão um petisco para eles toda vez que fazem algo certo. É isso que eu farei com você, lhe darei um biscoito toda vez que você acertar. O que acha, hã!?

Aquilo era muito mais do que eu simplesmente poderia suportar. O meu ego sangrava e meu coração parecia doer a cada maldita batida. Então, fiz algo que ia além da minha atual compreensão de loucura. Algo absurdo, brutal. Eu agarrei o pênis de Enrico e o apertei com toda a ira que eu sentia dentro de mim. Eu queria fazer o sangue escorrer por suas pernas. Queria humilhar toda a sua masculinidade. O que eu fiz foi completamente louco. Absolutamente inconsequente. Mas, extremamente libertador.

Ouvi meu marido gritar como um porco com dor. Ele se encolheu no chão e chorou feito um bebê. Eu não senti nada além de uma tremenda satisfação.

Olhei para a porta do quarto, ela estava aberta; não pensei em outra coisa a não ser correr e atravessá-la. Enrico perderia muito tempo tentando amenizar sua própria dor.

Então, corri em direção à saída, senti quando a mão de Enrico tentou pegar uma de minhas canelas, mas foi falho. Ele não estava forte o suficiente para me segurar.

Segurei na maçaneta e tentei abrir a porta principal do apartamento, ela estava trancada.

— Não! Não! Não! — Repeti com desespero. Chacoalhei a maçaneta, inconformada com a minha falta de sorte, fiquei um pouco de tempo ali ofendendo a porta como se ela fosse em algum momento dizer: "Ah, desculpe-me, senhora, não reparei que gostaria de sair."

Eu não podia deixar o medo me emburrecer novamente, pois eu estava trancada em casa com um homem completamente louco.

Se está trancada, então procure uma chave.

Meu cérebro rapidamente levou meus olhos até o porta-chaves onde, obviamente, a chave da porta devia estar. Mas, oras, se Enrico tinha a intenção de me aprisionar, ele não seria tão burro a ponto de trancar a porta e pendurar a chave no lugar mais óbvio, não é mesmo?

A chave não estava ali e eu nem precisei vasculhar, já que o objeto se encontrava vazio.

Se você está trancada em uma casa com um assassino, então trate de ficar armada.

Me apressei até a cozinha e abri as gavetas. Se estava vazia? Não, havia colheres ali, facas sem pontas e qualquer outro talher que não me permitia fazer qualquer coisa a não ser comer.

Tudo bem, não se desespere. Deve haver um telefone por aí.

— Você não tem pra onde ir, sua cadela burra! — Enrico gritou, sua voz ainda parecia vir do quarto, onde eu o havia atingido.

Senti um nó na garganta e um medo desenfreado.

O telefone estava na sala, e eu certamente devia ter ligado para a polícia, mas assim como uma criança assustada com medo de monstros, eu recorri aos meus pais.

E o telefone tocou.

Tocou...

Tocou...

Eu fui ficando cada segundo mais apavorada, e sentindo minha vida se esvaindo de mim. Até que minha mãe finalmente atendeu:

— Mãe? — Falei chorosa.

— Luz? Como vai a lua de...

Senti um objeto gelado encostar no meu pescoço.

Uma faca? É claro que Enrico sabia exatamente onde estavam as facas.

Ele não precisou me dizer nada, bastou encostar aquele objeto frio e pontudo em minha garganta para eu entender o seu recado. Ao contrário do que ele dizia, eu era inteligente.

— Luz? — Minha mãe chamou do outro lado da linha. Como eu daria tudo pra sentir seu abraço e ouvi-la dizer que tudo ficaria bem.

— O-o-i, mãe. Desculpe ligar a essa hora... tenho que desligar, até log...

Enrico arrancou o telefone do meu ouvido e o colocou de volta no gancho.

É. Agora ele vai mesmo acabar comigo.

Capítulo 4

Luz

— Você me deu um golpe baixo, sua vadia. — Enrico sussurrou em meu ouvido, ainda segurando a faca afiada em minha garganta. Eu sentia minhas veias pulsando e o tremor me consumindo pouco a pouco. — O que pensou, hã? Achou que eu seria mesmo tão burro em trancar apenas seu quarto!?

Fiquei calada, tinha medo de fazer qualquer gesto e ele perder o controle daquela faca.

— Você é tão malcriada, querida — sua voz soava feito a de um assassino maluco. — Terei que pegar pesado com você a partir de agora.

— Nã-o, por favor. Não me machuque novamente, por favor — supliquei em um tom choroso.

Não suportava ceder às suas ameaças, no entanto, era tão aterrorizante pensar naquela faca abrindo a minha carne.

— Eu terei que ferir você, querida. Você acabou de me mostrar o quão perigosa é.

— Não. Eu não farei mais nada. Eu prometo, Enrico. Por favor, eu te prometo.

Ele aproximou-se ainda mais e, com a mão que estava livre da arma branca, afastou meu cabelo do pescoço e cheirou a minha nuca. Me arrepiei e tive a impressão de que ele estava escolhendo o melhor ângulo para me esfaquear.

— Você é tão linda, docinho. Seu aroma me lembra um jardim com lindas flores se aquecendo no sol quente de verão — sussurrou em meu ouvido. — Sou tão sortudo por ter você todinha só pra mim. Só pra mim... Apenas minha, Luz.

— Então não me machuque — implorei. Senti minhas lágrimas rolarem pelo rosto.

De repente, ele afastou suas mãos de mim e recuou um passo. Me virei lentamente, com medo de fazer qualquer gesto brusco que o fizesse pensar que eu o agrediria novamente.

— Você fez uma grande merda, Luz. Você não devia ter ligado para sua mãe. O que vocês conversaram!?

Cerrei minha testa e ele gritou:

— ME RESPONDA, SUA BURRA!

— Nós... a gente... Eu não falei nada. — Gaguejei. Eu estava assustada, e o que Enrico disse logo em seguida foi mais doloroso do que seria se ele tivesse cravado aquela faca em meu peito.

— Se eu tiver que matar sua mãe, saiba que a culpa será todinha sua. Torça pra que ela não bata nessa porta nas próximas horas, minha querida Luz.

Eu engoli minha saliva com a mesma dificuldade que eu teria pra engolir uma grande porção de concreto.

Senti como se meu sangue tivesse sido completamente drenado, como se agora meu corpo fosse feito de neve. Eu estava gelada, meus lábios tremiam e meus dentes batiam com força dentro da boca.

Eu tentei repetir para mim mesma: *Se controle. Se controle. Não perca o controle, Luz.* E então eu me dei conta de que tudo estava fora de controle há muito tempo.

— Viu só o que você faz com você mesma, garota burra? Se tivesse tomado da sopa que eu te levei, você não estaria com frio. — Enrico falou gesticulando justamente com a mão que segurava a faca.

Eu já não era capaz de numerar as vergonhas que meu marido estava me fazendo passar.

O que eu devia fazer agora? Baixar a guarda outra vez ou enfrentá-lo e correr o risco de ficar sem meus dentes (ou sem vida)?

Ele não me deu tempo de decidir o que eu faria; Enrico sempre tomava as decisões no final das contas, eu apenas seguia suas instruções feito uma marionete.

— Volte já para o seu quarto! — Ele ordenou, em alto tom de voz. Minha infância passou feito um filme diante dos meus olhos e, por um instante, fiquei confusa sobre minha idade. Eu tinha cinco anos outra vez?

Voltei para meu quarto feito uma garota obediente, afinal, o que eu havia me tornado a não ser uma criança?

— O que fará comigo agora? Serei sua prisioneira? — Questionei, sentindo o sabor salgado das minhas lágrimas sempre que elas escorriam em meus lábios.

— Isso depende apenas de você, querida. Quanto tempo você levará pra aprender a se portar feito uma dama obediente!?

Céus, como eu gostaria de responder rudemente seu comentário, só que eu não podia, Enrico ainda tinha uma faca afiada e assassina em sua mão.

— Eu me comportarei melhor, Enrico. Apenas imploro que não me machuque. Todo o meu corpo ainda está dolorido por feridas antigas — murmurei. Meus olhos foram até aquela faca e se recusaram a olhar pra qualquer outra coisa que não fosse ela.

Ele suspirou de forma pensativa. Como alguém poderia cogitar enfiar uma faca em outro ser humano? Ele pensava nessa hipótese como alguém que decide qual sobremesa escolher em uma mesa cheia de variedades.

— Vá já pra cama, docinho. Ainda não me decidi sobre o que farei com você — ele apontou para a cama com a faca, ela parecia ter se tornado parte da sua mão; ele certamente fazia isso para me assustar.

Você devia ter arrancado o pênis dele fora. Queria ver se ele continuaria se achando tão másculo sem aquela coisa.

Me virei de costas para Enrico e me deitei na cama. Ele não foi embora como achei que fosse, eu ainda podia sentir seu cheiro dentro do quarto — cheiro de homem podre e doentio. Me encolhi na cama e fiquei tão estática quanto uma estátua.

— Sua sopa ainda deve estar morna, mas muito provavelmente alguma barata já deve tê-la provado, caso contrário eu a faria lamber este chão — comentou. — Trarei uma nova refeição para você e espero que você não a desperdice novamente. Estamos entendidos!?

— Sim, Enrico — respondi com frieza.

— Não. Não me chame dessa forma. Quanta desobediência, garota. É sim senhor daqui para frente — ele me corrigiu. — Não fique de costas enquanto falo com você!

— Você... o senhor disse para eu me deitar — balbuciei ainda de costas.

— Eu sei o que mandei você fazer, mas quero olhar em seus olhos durante todo o tempo em que estivermos conversando.

Isso não é uma conversa, Enrico. Não pode ser considerado uma conversa quando uma única pessoa é que tem o direito de falar.

Ainda deitada, eu me virei de frente pra ele e não lhe respondi. Como pronunciar qualquer frase sem lhe desejar todas as maldições as quais eu conhecia?

— Não vamos brincar de silêncio novamente, querida. Eu adoro ouvir sua voz, portanto quero que fale comigo.

— Não há nada que eu queira lhe dizer... senhor.

Enrico se aproximou da cama — e consequentemente de mim —, fazendo com que eu me retraísse ainda mais.

— Você sempre foi boa com as palavras, docinho. Passávamos horas conversando, lembra-se disso?

Senti como se tivesse acabado de levar um soco no estômago. Então ele lembrava-se do tempo em que não era esse monstro?

— Antigamente eu tinha o que dizer — respondi com firmeza e tentei esconder minha imensa angústia.

— O que mudou, Luz!? — Ele perguntou com uma curiosidade que não podia ser normal.

Como assim o que mudou!? Por Deus, nada é igual.

— Me responda, por favor. Eu ainda sou o mesmo...

— Então talvez eu realmente seja burra como você mesmo diz — retruquei sem ter capacidade de me conter. Não admitiria tanta dissimulação.

— O que quer dizer?

Olhei novamente para a faca em sua mão, desejando que ela estivesse na minha. Há pouco eu havia me questionado sobre quem teria coragem de esfaquear outra pessoa. Mas agora isso não me parecia mais tão aterrorizante assim. Matar uma pessoa deixa de ser um pensamento assustador quando você tem que escolher entre ser a vítima ou ser o assassino.

— Você costumava ser a pessoa que cuidava de mim, e não a pessoa que me machuca. Você era gentil e agradável, agora é um homem que me amedronta e que me faz desejar a morte todos os instantes — expliquei, o mais honesto que a situação me permitia.

— É aí que você se engana, querida — ele disse. — Eu sempre fui este homem que você está vendo. Você pode me considerar um cara ruim, mas se você não fosse tão torta, eu não precisaria passar tanto tempo tentando consertá-la.

Me senti como um quadro envergado na parede, ou um jarro de vidro estilhaçado no chão.

Ele continuou a falar:

— Meu pai me ensinou desde pequeno como manter as rédeas dentro de casa. Ele dizia que vocês, mulheres, são como vasos de argila. Sabe o quero dizer, querida? — Perguntou-me, e eu neguei com a cabeça. — Temos que ir moldando vocês com nossas mãos até que consigamos deixá-las perfeitas para nosso uso. Reparamos as beiradas e, se algum dos cantos estiver imperfeito, nós o desmanchamos e o refazemos do zero. Você é meu vaso de argila, docinho, estou consertando suas beiradas.

Um silêncio perplexo se seguiu, eu não sabia o que responder diante aquilo, palavras me faltavam. A cada dia se tornavam ainda mais claras as razões para Enrico ser da forma que era. Ele me enxergava como um objeto defeituoso e seu pai, ah, sim, seu asqueroso pai talvez fosse a principal causa disso.

Os dias se seguiram e minha solidão se arrastou. Para a minha felicidade e, igualmente, para minha tristeza, mamãe Cora não foi me visitar em minha casa... ou melhor, em minha prisão.

Hoje completava uma semana que eu e Enrico havíamos retornado para São Paulo, e eu pensei que as coisas iriam melhorar se eu parasse de enfrentá-lo e irritá-lo. Mas o que já estava ruim conseguiu ficar ainda mais apavorante.

Enrico havia abandonado o emprego de gerente do banco porque queria passar mais tempo comigo e também havia me proibido de trabalhar. Então, desde que voltamos da nossa "lua de mel", eu não vi mais a cor do céu, ou qualquer outra pessoa que não fosse meu próprio marido.

Conforme eu ia fazendo as vontades dele, ele ia permitindo que eu andasse pelo resto da casa. Se eu quis matá-lo algumas vezes!? Sim, esse pensamento ainda circundava em minha mente, mas tudo naquele apartamento me parecia tão inútil que eu sempre acabava desistindo antes mesmo de começar. Não foi uma única vez que eu me imaginei enfiando a mão de Enrico dentro do liquidificador para que ele parasse de me agredir. Mas a razão sempre me acometia durante esses pensamentos tão perversos e me dizia para não ser tão idiota. Enrico era consideravelmente mais forte que eu. Eu não conseguiria agarrar a mão dele e enfiá-la no liquidificador, e isso não é algo que posso pedir com gentileza.

— Não vai tomar seu café, meu bem!? — Ele perguntou, com as pernas cruzadas e o jornal aberto sobre seu colo. Aquela pose era típica de Enrico, talvez o jornal e sua postura ereta fizessem com que ele se sentisse mais viril.

— Não tenho fome — murmurei, olhando fixamente para a torrada intocada no prato. Eu não queria irritá-lo, eu apenas sentia asco só em pensar naquela torrara descendo seca por minha garganta.

Enrico não saía de casa nem mesmo para fazer compras, então nosso estoque de alimento já estava bastante limitado; nem mesmo o jornal que ele estava lendo era atual.

— Está se desfazendo do alimento que estou lhe dando? — Questionou, jogando o jornal velho sobre a mesa. Dei um pulo indiscreto e assustado.

— Não... Não estou me desfazendo, mas faz dias que comemos apenas torradas...

— Você gosta de desdenhar, Luz, é isso que você gosta de fazer. Então hoje você aprenderá o valor dessa comida sobre a mesa. — Ele gritou, e sua mão foi com ignorância para o prato com torrada em cima da mesa. O prato de porcelana com bonitas flores esculpidas em um tom de azul que mamãe Cora havia me dado se partiu no chão. Foram em tantos pedaços que eu não pude contar. Aquele objeto tinha um valor imensurável para mim, era um conjunto de seis peças que veio acompanhando minha família durante gerações; aquele era o último prato que havia restado e Enrico sabia disso. Quando a porcelana se partiu no chão, eu senti que meu coração, pela vigésima vez, se partiu junto.

Eu me levantei e caminhei em direção aos pedaços do prato no chão, e a raiva que senti foi mais intensa do que a tristeza.

— Você... Como você pôde!? — Minha voz tremeu, enquanto minhas mãos também trêmulas tocaram os pedaços da porcelana. — Era uma herança de família. COMO VOCÊ PÔDE!?

Ele se levantou abruptamente e veio até mim.

— Largue isso no chão! — Falou, ordenando que eu soltasse aquele pedaço de porcelana que eu estava segurando.

— Você sabia que era importante pra mim. Como você pôde!? — Eu repetia a mesma pergunta incansavelmente, no final das contas, eu não esperava uma resposta de Enrico, ele fazia as coisas simplesmente porque tinha vontade, apenas porque gostava de me ferir de todas as formas.

Então, talvez eu também devesse feri-lo, eu gostaria de vê-lo sangrar um terço do que havia me feito. Eu gostaria de rasgar a pele do seu rosto e deixar minha marca nele. A marca do quanto eu o odiava.

— Largue essa merda no chão e se levante! — Ele falou, se inclinando e colocando a mão em meu ombro, da mesma forma que alguém faz quando quer aparar uma pessoa que está sofrendo, porém eu sabia que essa não era a real intenção de Enrico.

Me levantei, mas não larguei a porcelana que antes segurava. A mantive em minha mão e Enrico pareceu não perceber isso.

— Boa garota. Aos poucos você está aprendendo quem manda nessa casa — falou, e no mesmo instante em que ele abriu a boca para proferir mais algumas palavras, eu parti para cima dele e rasguei seu rosto como sempre ansiei.

Tentei fazer um corte profundo em sua bochecha, quis rasgar sua pele incessantemente, feri-lo como se não passasse de um pedaço de carne. Ele segurou meu braço antes que eu pudesse atacá-lo novamente.

Seus olhos se fixaram aos meus, eu não saberia dizer qual de nós dois estava mais enfurecido. Não demorou para que o sangue do meu marido escorresse por seu rosto. Agora estávamos igualmente cortados.

— Ah, querida, estávamos indo tão bem. Por que voltou a ser uma tola!? — Ele rosnou com os dentes trincados, mal era possível decifrar suas frases. Sua mão apertou com mais força meu pulso e a dor me fez largar a porcelana.

— O que pensa que está tentando fazer!? — Chacoalhou-me feito uma boneca de pano inútil. — Achou mesmo que ia me matar com uma lasca de porcelana?

Preenchi minha boca com saliva e cuspi em sua cara. Ele fez careta quando sentiu meu cuspe misturado com seu sangue no rosto.

Meus lábios se abriam para um sorriso dissimulado quando a mão pesada de Enrico encontrou meu maxilar e o estralo foi tão violento quanto a dor.

— Quer brincar de bater, docinho? — Perguntou, com uma voz de louco, o tipo de voz que não importa o que diz, ela causa arrepio apenas por sua sonoridade baixa e lenta. — Então vamos começar, eu deixo você me dar um tapa agora, mas depois eu terei que lhe dar outro.

Ele se aproximava de mim conforme eu me distanciava. Meu ouvido zunia e meu maxilar começava a ficar dormente, mas talvez eu já estivesse terrivelmente acostumada com isso, pois a dor já não me incomodava. É o que dizem, no final das contas, a gente acaba se acostumando até com as coisas ruins.

— Venha, querida, dê-me o seu melhor tapa — ele pediu, dando leves tapinhas em seu próprio rosto.

— Você é doente... — murmurei, recuando o máximo possível, até que minhas costas sentiram a parede.

Fim da linha.

Enrico ficou de frente para mim, seu corpo quase se encostou ao meu. Ele me encarava de cima e seu olhar estava cada vez mais perturbador.

— Vamos lá, eu sei que sua mão está coçando pra bater na minha cara — murmurou.

Admito que fui obrigada a aquietar minhas mãos, elas queriam aceitar aquele convite tão tentador. Eu não iria entrar no jogo de Enrico, ele poderia muito bem torcer meu pulso antes mesmo de eu conseguir alcançar seu rosto.

— O que foi? Você parecia tão valente — provocou.

— Não vale a pena me sujar por alguém como você — falei baixinho.

— O que você disse!? Repete um pouco mais alto, por favor.

Não fiz o que ele mandou, fiquei calada e deixei de encará-lo.

— ESTOU FALANDO COM VOCÊ!! — Gritou. Suas mãos foram até meu pescoço — Eu vou enforcar você se não me responder, e talvez eu acabe te matando, sua merdinha.

Enrico vivia me ameaçando de morte, será que ele teria mesmo coragem de me matar? Será que seu nível de maldade chegaria a esse ponto?

Então, ele começou a apertar suas mãos em volta do meu pescoço e o oxigênio parou de chegar até meus pulmões. Eu estava me entregando para a morte? Sim, talvez eu estivesse. Ou talvez eu estivesse apenas testando a coragem de Enrico. Talvez eu gostasse de desafiá-lo porque, no final das contas, eu sabia que ele não passava de um covarde.

Me sentia fraca e as pernas tremiam, era como se eu tivesse pego uma terrível febre. Fiquei zonza e frágil, como se toda energia tivesse sido sugada do meu corpo, como uma bateria que acabou a carga.

Eu estava sufocando, ansiava por oxigênio, só que não queria dar o braço a torcer e deixar Enrico saber o quanto eu temia a morte. Eu sabia que ele usava meus medos para me controlar. Fechei os olhos e esperei pelo pior.

— Vai mesmo permitir que eu te mate tão facilmente, menina tola!? — Sua voz era como um único som ecoando em um imenso corredor escuro.

Eu podia lutar para que ele me soltasse ou podia implorar também, mas no fundo eu queria que Enrico percebesse que suas ameaças já não me assustavam.

Minhas pernas começaram a ceder, e se meus olhos estivessem abertos, certamente eles seriam a maior coisa em meu rosto.

— Você me irrita de tal forma, Luz! — Resmungou, finalmente me soltando.

Respirei profundamente, e voltar a respirar foi quase tão doloroso quanto parar. Levei a mão em meu peito, a fim de certificar se meu coração ainda estava batendo. Queria deixar meu corpo escorregar pela parede até o chão, minhas pernas ainda estavam ociosas, mas quando se está de frente a um criminoso, é essencial tentar esconder a própria fraqueza.

Quando o delíquio cessou, quis olhar nos olhos de Enrico e lhe proferir insultos. Porém, ele já se aproximava novamente com seus comentários desprezíveis.

— Não pense que eu não tenho coragem de fazer algo pior com você. Vou até onde for necessário para te colocar em seu devido lugar.

— Você não me assusta mais, Enrico! — Enfrentei-o assim que voltei a ter voz.

Ele pareceu surpreso com a minha petulância. Notei que o corte que eu havia causado em seu rosto ainda sangrava.

Eu devia ter ido mais fundo.

Enrico apenas sorriu e aquele pequeno sorriso dissimulado era como um aviso de que algo terrível iria acontecer.

Em breve.

Talvez hoje.

Alguns sorrisos são muito mais do que simples curvas, às vezes eles também podem proferir grandes ameaças.

Capítulo 5

Luz

Dedos me tocavam por debaixo do vestido de algodão; havia também risinhos tão arteiros quantos os de uma criança. Os dedos tocaram primeiro meu pé e subiram vagarosamente por minha coxa, arrepiando os pelos da minha perna. E dessa forma fui despertada de meus sonhos; abri meus olhos para uma assombrosa escuridão e eu ainda podia ouvir a baixa risada ardilosa que vinha de muito perto.

Meu coração parecia querer atravessar todos os ossos que o protegiam, queria atravessar desenfreadamente até mesmo a minha costela, era como se fosse um touro raivoso diante um pano vermelho.

Os dedos subiam, e subiam indo de encontro às minhas nádegas, foi com esse toque ousado que saltei de minha cama, temendo pelo pior. Temendo que minha castidade me fosse arrancada naquele instante. Pensei em mil e uma formas de gritar, mas minha garganta não suportava dar um grito tão ardido depois do que Enrico fez.

Eu não contava com essas amargas surpresas em plena hora da madrugada. As perversidades de Enrico me surpreendiam dia após dia.

Ele havia maltratado meu corpo por fora, agora queria feri-lo também por dentro!?

Não havíamos dito uma única palavra desde que eu me levantei abruptamente da cama, de início acreditei que ele estivesse ali para abusar do meu corpo, para penetrar bem no meio das minhas pernas. No entanto, suas maldades iam muito além do que eu jamais poderia imaginar. Não se pode saber como um maluco pensa se você não for um maluco também.

Enrico acendeu a lanterna que estava em sua mão. Havia tinta vermelha em seu nariz, tinta branca e preta espalhava-se por volta dos seus olhos, em sua boca havia um batom vermelho-sangue, até mesmo seus dentes estavam coloridos, mas o que mais me deixou curiosa foi a maçã do amor em sua mão.

Mas o que é isso? Isso era o que eu gostaria de ter perguntado para ele, só que não precisei — quando olhei para a maçã eu soube o que Enrico estava tentando fazer.

— Vamos, querida. Apenas pegue — disse Enrico, vestido como em meus piores pesadelos. Ele sempre soube do meu pavor por palhaços. — Me desculpe por ter saído e tê-la deixado sozinha, mas você disse que estava cansada de torradas, então tive que ir ao armazém para comprar os ingredientes e, fazer esse delicioso doce para você.

— Eu não gosto de maçãs — menti. Aquela era a única arma que eu tinha contra Enrico. Eu havia confidenciado meus segredos para ele, contara-lhe todos os meus medos e agora ele estava usando isso para me ferir. Se eu me tornasse uma completa desconhecia, ele não poderia mais usar meus próprios segredos para me atingir.

Enrico pareceu surpreso, exatamente como eu gostaria que tivesse ficado.

— Eu a fiz com muito carinho para você, querida — falou em tom baixo, querendo me provocar. Era isso que Enrico adorava fazer comigo, ele entrava na minha cabeça e me fazia temer uma simples maçã, fazia-me ter medo das coisas mais bobas e simples. Talvez ele tivesse envenenado o doce, ele era completamente louco — isso era um fato —, mas Enrico também era manipulador e sabia como me enganar.

Olhei para a maçã em sua mão, eu não sabia do que era feita aquela casca grossa e vermelha que cobria a fruta, parecia extremamente doce.

— Quer que eu vá até aí e dê na sua boca, meu bem!? — Perguntou com impaciência. Deu um sorriso largo que não chegou até os olhos. Foi um sorriso perturbador e insano.

Eu odiava palhaços, para mim não existia uma figura mais horrenda e sem graça; eles podem te oferecer doces e lindos balões coloridos, podem parecer agradáveis e sinceros quando na verdade estão apenas fisgando você pra mais tarde te devorar.

Olhei fixamente para a maçã na mão de Enrico, pois não tinha coragem o bastante para erguer meus olhos para o rosto dele. Eu estava tentando me manter firme, sabia o quanto Enrico se tornava mais forte ao me ver tremer toda vez que ele se aproximava. Ele era como um sanguessuga, mas ao invés de se alimentar do meu sangue, ele se alimentava de meus medos.

— Eu sei que quer comer — levantou a maçã até meus olhos —, então não tente resistir.

Eu podia acabar logo com aquilo e ceder às suas provocações, contudo meu casamento havia se tornado um jogo perigoso, e o jogador mais fraco pagava um terrível preço. Não era uma simples maçã que ele estava me oferecendo, era o meu próprio orgulho que ele estava me pedindo para engolir.

— Não temos a noite toda, então apenas pegue essa maçã da minha mão e coma, antes que eu me irrite e a enfie diretamente em sua garganta, querida. — Ameaçou e se aproximou cautelosamente de mim. Me distanciei o máximo que pude e acabei trombando com a cama.

— Eu não quero — falei. Tentei camuflar meu desconforto, e o fato do quarto estar escuro facilitou para que Enrico não visse o quão nervosa eu estava, o suor escorrendo por meu rosto e minhas unhas fincadas nas mãos.

Enrico gritou, e o sorriso que antes era gentil agora havia ido embora. O meu pavor por palhaços se intensificou absurdamente naquele momento. Até mesmo a maçã estava me assustando, ela me parecia tão perigosa quanto um machado.

— Última chance! — Alertou-me, aproximando-se um pouco mais. Agora estávamos bem próximos e sua lanterna estava perto do seu rosto para iluminá-lo bem.

Eu sabia que Enrico havia vencido esta noite; eu seria obrigada a ceder, não tinha para onde correr e não tinha como lutar contra ele, não quando ele é o único que sabe onde estão todas as armas.

Peguei a maçã do amor de sua mão, ela era pegajosa e parecia inofensiva, assim como Enrico, aquela não seria a primeira vez que eu estaria me deixando enganar pelas aparências.

Virei a maçã em minha mão, tentando olhar cada parte dela, tentei ser mais esperta que Enrico, porém a escuridão não colaborava comigo e, provavelmente, esse era o motivo de meu marido ainda não ter acendido a luz.

Ok, eu iria comer a maçã. Eu não tinha escolha a não ser mastigar o meu orgulho.

— Isso, querida. Mastigue e mastigue — falou assim que eu dei a primeira dentada no doce.

Eu sentia tanto medo que não fui capaz de distinguir que gosto tinha aquilo e, apesar de eu saber que era doce, quando chegava em minha boca se tornava amargo.

Enrico soltou outra risada provocativa quando mordi a maçã pela segunda vez, ele estava adorando me ver humilhada.

Ele iluminou o meu rosto com a lanterna. Fiquei cega instantaneamente, mas aos poucos minha visão focalizou novamente.

— Eu não consigo vê-lo, por favor, tire a luz do meu rosto — pedi. Embora não quisesse ficar olhando para Enrico, sabia que era preciso, tinha medo de piscar meus olhos e ele se transformar em algo pior do que já era.

— Seus lábios se movimentam com tanta graciosidade. É uma miragem poder olhar pra você neste momento — ele disse, e havia paixão em sua voz, ignorou meu comentário e de início achei que tinha feito isso de propósito, mas a verdade é que Enrico estava com o pensamento em uma distância que eu era incapaz de mensurar.

Seu corpo tremia como se ele estivesse levando um choque fraco, porém forte o suficiente para fazer suas pernas tremerem, a lanterna também começou a balançar em sua mão. Não era como se ele estivesse passando mal, pelo contrário, ele parecia estar sentindo prazer.

— Olhe para mim enquanto mastiga, docinho — sua voz soou sensual, foi então que cheguei à trágica conclusão: Enrico estava excitado, ele se contorcia como se o fogo estivesse subindo por seu corpo. Não demoraria até que ele chegasse ao clímax, ao ápice da excitação.

Não era a delicadeza com que eu mastigava a maçã ou a forma que eu a segurava em minha mão que o estava deixando daquele jeito. Era a minha voz trêmula, a minha pele que suava frio, era meu rosto ferido e meu lábio machucado. Ele se excitava ao ver como eu havia me tornado sua escrava. Eu nunca saberia colocar em palavras o quão doentio e abominável era aquela situação.

A maçã pareceu ter se transformado em baratas dentro da minha boca, então eu cuspi os pedaços que ainda não tinha ingerido e deixei cair da minha mão a metade que eu não tinha comido. Ela rolou pelo chão e o prazer do meu marido também.

— O que você está fazendo!? — Perguntou transtornado, se agachou no chão para pegar a maçã.

— Você é asqueroso... você... você... — Não fui capaz de explicar a repulsa que eu sentia por ele. Me senti envergonhada, violentada, invadida. Como se meu corpo estivesse nu, como se eu tivesse perdido a virgindade sem saber.

— Você é minha esposa, é sua obrigação me dar prazer — falou enquanto se levantava, parecia ainda mais irritado. — Você já não serve para muita coisa, garota estúpida, então ao menos me faça gozar.

Antes de eu me casar, mamãe Cora havia me dito que eu teria que satisfazer os desejos sexuais do meu marido, que eu teria que fazer amor com ele mesmo quando eu não quisesse, porque os casamentos eram assim, mas ela nunca disse que para meu marido chegar ao clímax, eu teria que estar fisicamente ferida e com medo. Mamãe nunca disse que meu marido tentaria me invadir pela noite fantasiado de palhaço para me amedrontar, nunca disse que ele envenenaria meus pensamentos para me debilitar, nunca me disse que ele me olharia como se eu fosse um instrumento para diverti-lo, enquanto molha as próprias calças.

— Eu já não sou sua esposa há muito tempo! — Alertei-o, tentando aquecer meu corpo de um frio que vinha de dentro pra fora.

— Há um anel em seu dedo que ainda te torna minha esposa! — Ele iluminou a aliança de ouro que estava em meu anelar na mão esquerda.

— Então eu irei tirá-la para encerrar a nossa união — falei, arranquei o anel brilhante do meu dedo e o joguei no chão assim que consegui tirá-lo. — Agora você não é mais meu marido, Enrico.

Era um anel valioso, entretanto não valia o preço da minha liberdade.

Ele acompanhou com a lanterna todos os meus movimentos, desde tirar o anel até soltá-lo no chão, e logo tornou a iluminar meu rosto. Eu quase podia ver as grossas sobrancelhas de Enrico se juntando na testa, quase podia ouvir suas mãos pressionando a lanterna com força, quase podia ouvir seus pensamentos dizendo para ele me matar agora mesmo. Eu não conseguia enxergar seu rosto e tampouco podia ouvir algo que não fosse minha própria respiração, era tudo uma suposição, não era difícil imaginar como o corpo dele reagia quando ele estava descontrolado — a minha pele era a prova disso.

— VOCÊ NÃO DEVIA TER FEITO ISSO, LUZ — alertou, agitado. — Você se arrependerá de estar se desfazendo da nossa união.

— Ainda não entendeu...

— Você não irá se desfazer de mim dessa forma, não como se eu não passasse de um objeto no seu dedo — me interrompeu aos gritos. — Você ficará comigo para sempre... Você me jurou eternidade perante Deus. Você não está decepcionando apenas a mim, você está envergonhando todo o céu.

Eu abri a boca para respondê-lo uma, duas e até três vezes, na quarta tentativa, eu já sabia ao certo o que responder, mas Enrico e eu fomos surpreendidos por uma batida à porta do apartamento. Era uma batida firme, mas não grosseira, ansiosa, mas paciente.

Meu coração deu um salto bruto dentro do peito, fazia dias que eu não via qualquer outra pessoa que não fosse meu próprio marido.

Grite. Anda logo, dê um alto grito. Peça socorro, implore por ajuda.

Não importava quem estava do outro lado da porta, aquela talvez fosse minha única oportunidade de implorar por ajuda, e Enrico percebeu isso instantaneamente.

— Fique calada ou eu entornarei um vidro de pimenta na sua língua — ameaçou e, apesar de agressivo, pela primeira vez Enrico demonstrou medo.

Não ouça ele, essa pode ser sua única chance.

Me sentia dividida, por um lado eu sabia que tinha que pedir ajuda, por outro sabia também a veracidade das ameaças de meu marido.

Outra batida à porta.

GRITE!

— Eu farei você mastigar sua língua, não me teste, sua burra!

Uma batida mais forte na porta e também no meu coração.

Abra essa boca e grite, sua idiota!

— Talvez eu deva arrancar sua língua agora mesmo, assim evito ouvir você dizendo tanta bobagem.

Foi então que eu gritei. Um grito que foi quase tão angustiante quanto o grito que dei quando encontrei o corpo do meu irmãozinho sem vida na cama, tão ardido quanto o que dei quando Enrico jogou o pescador dentro do mar. Aquele foi o grito mais alto e doloroso da minha vida, porque naquele instante, eu não sabia se aquele era o grito que salvaria minha vida ou se clamaria minha morte.

Enrico me jogou com uma força descomunal contra a parede. A dor que senti foi como se meus ossos tivessem se quebrado e um deles perfurado meus pulmões.

Antes de eu cair desmaiada no chão, eu ouvi outra batida à porta e vi Enrico sair apressadamente para atender a pessoa.

Ele nunca me disse quem era e eu fiquei um tempo sem ter forças para perguntar.

Eu estava deixando Deus confuso. Sim, eu sabia. Eu pedia para que a morte me buscasse e, ao mesmo tempo, pedia para que pudesse viver outra vez. Eu não sabia qual de meus pedidos Deus havia atendido, mas provavelmente era a morte que estava se aproximando de mim. Ah, claro. Era a morte. Minha cabeça doía e eu estava sentindo um tremendo frio. Tinha a impressão de que um cavalo tinha se deitado em meus pulmões.

Não foi o empurrão que Enrico me deu dias atrás que me deixou assim, não foi minhas costas se chocando contra a parede que fez meus pulmões terem dificuldade para receber oxigênio, não foi minha cabeça batendo com força no chão que fez com que eu sentisse tanta dor nela; não, não foi nada disso. Eu estava definhando naquela cama por culpa de uma doença. Eu me sentia cada dia mais enfraquecida, e os cobertores já não eram suficientes para me aquecer.

— Eu vou morrer — minha voz era extremamente baixa e trêmula. — Meu irmãozinho veio me buscar.

— Você não vai morrer, querida. Eu não deixarei você morrer — falou segurando minha mão que estava debaixo do cobertor.

Eu queria pedir para que Enrico não me tocasse. Mas minha tosse mucosa interrompeu aquela conversa.

— Me deixe limpá-la — ele pediu, levando um lenço até minha boca suja.

— Você me odeia... — murmurei, entre alguns rangeres de dentes.

— Eu não odeio você. Odeio as coisas que você diz, odeio a forma como me insulta e me agride, mas todos temos defeitos. — Apertou minha mão que estava sob a sua, tentava ser gentil. — Eu aprendi a te perdoar.

Toda vez que Enrico me culpava por sua insanidade, eu começava a considerar a morte e ela deixava de parecer tão assustadora. A morte me daria um único golpe, ela pararia o meu coração e eu sofreria apenas naquele instante, apenas enquanto a inconsciência não chegava. Pensar nela era muito menos insuportável do que a vida que eu estava levando.

— Você precisa me levar ao médico ou eu morrerei — alertei, virando minha cabeça para poder tossir.

— Você não precisa de um médico, eu cuidarei de você.

— Eu mal consigo respirar. Se um médico não me examinar logo...

Enrico largou minha mão, se levantou e me olhou com raiva.

— Eu sei o que está tentando fazer, Luz. Você está tentando fugir de mim. Está querendo me enganar!

Como eu poderia estar planejando uma fuga se eu mal conseguia ficar em pé sem precisar me escorar na parede?

Engoli saliva para umedecer a garganta, ela estava tão seca que parecia que eu tinha respirado poeira por uma hora seguida.

— Me fale: do que você precisa? Eu busco para você — ele disse com ansiedade, e o antigo semblante irritado sumiu sem deixar rastros.

Eu estava enferma na cama, sem banho há dias, com o cabelo ensebado e grudado no pescoço como se alguém tivesse passado cola nele, minha pele estava fria, minha boca tremia sem parar e meu nariz escorria como um teto com goteira, eu respirava por uma pequena brecha que o muco não havia tampado e, minha respiração parecia um apito de chaleira. Como ele podia perguntar do que eu precisava? Enrico precisaria ouvir minhas últimas batidas do coração para saber que eu estava mesmo morrendo?

— Fale comigo, querida. Me deixe ajudar você. — Ajoelhou-se ao meu lado. Seus olhos pareciam tão perdidos e preocupados. Como ele podia sentir pena de mim naquele momento, depois de ter me ferido tantas vezes intencionalmente?

— Você sabe do que eu preciso, mas prefere fingir não saber.

— Eu não posso levá-la... não posso perder você. Se você me deixar eu morro... eu morro... eu morro — ele repetiu até ficar com lágrimas nos olhos.

Se eu ficar, eu morro... eu morro.

— Eu farei canja para você, uma bem quentinha, e você ficará boa. — Se levantou apressadamente, entretanto continuou no quarto. — Não deixaremos isso matar você. É só uma... gripe.

— Não é só uma grip...

— É UMA GRIPE!! — Ele gritou. — Isso é tudo culpa sua. Se você não tivesse fugido de mim naquela praia... foi o pescador com aquelas mãos imundas que deixou você assim — exasperou andando de um lado para o outro no pequeno quarto. — Isso que dá você deixar qualquer um tocar em você. Se você não fosse tão teimosa, Luz...

Do que ele está falando? Qual a relação entre o pescador e a minha debilidade?

Uma crise de tosse minha interrompeu os pensamentos desconexos de meu marido. Meu peito doía, parecia que meu coração estava sendo espremido como uma laranja. Eu continuei tossindo incessantemente, e toda vez que Enrico tentava começar uma frase, minha tosse o interrompia. Ele foi ficando ainda mais enfurecido.

— Pare de me interromper, eu estou tentando falar com você! — Ele disse, cerrando os lábios.

Eu tentei parar de tossir, mas parecia ter um formigueiro em minha garganta. Me sentei na cama e coloquei as mãos na boca, tentei abafar a tosse, só que isso não foi o suficiente.

— Você está tentando me provocar, sua cadela? — Questionou, se aproximando de mim novamente. Nem mesmo minha fraca saúde seria motivo suficiente para Enrico não me bater.

Era como se o diabo estivesse escondido ali no quarto com um pote de pipoca sobre o colo e ouvindo as ameaças que Enrico estava me fazendo caso eu não parasse de tossir, pois uma enxurrada de tosse preencheu minha garganta — elas se enfileiraram e fizeram apostas para saber qual delas seria mais alta e mucosa, qual delas faria Enrico terminar de me quebrar.

— Por favor... — implorei, entre uma tossida e outra, entre uma respirada e outra, quando vi os pés de Enrico se aproximarem da cama onde eu estava. — Não é minha culpa... por favor, Enrico...

Pegou em meu cabelo e o enrolou em seu braço, como se fosse uma cobra.

— Você quase me enganou. — Puxou minha cabeça para trás, tornando ainda mais difícil para mim respirar. — Você quase me enganou mesmo, menina tola.

Ficar com a cabeça elevada daquela forma estava fazendo eu me engasgar. Eu tinha vontade de tossir e de respirar ao mesmo tempo. Só que se eu tossisse na cara de Enrico... *prefiro não dar continuidade a este pensamento, pois ele me apavora.*

— Enrico...

— Você gosta de me desafiar, Luz. Talvez você ainda seja muito nova para entender que os seus truques não funcionarão comigo. Eu sou mais esperto que você, então pare de ser tão dramática... por Deus, limpe esse nariz.

Senti meu nariz escorrer.

— Você me enoja estando tão imunda desse jeito, parece uma garota de rua. Tome um banho e lave o rosto! — Falou com repugnância e finalmente me soltou.

Engoli saliva, engoli muita saliva para tentar cessar a coceira na garganta. Eu não podia tossir.

— O que está esperando? — Gritou irritado. — Levante essa bunda da cama e vá se lavar!

Os pelos dos meus braços se arrepiaram como se um frio glacial tivesse tocado minha pele. Tudo que eu queria era permanecer ali na cama — deitada e coberta. Eu sabia que quando me levantasse as minhas pernas não teriam forças o bastante para me manter em pé; eu cairia de joelhos no chão e só Deus sabe o que Enrico faria comigo quando estivesse ajoelhada para ele feito um animal... Como ele sempre desejou.

Enrico cansou de esperar eu me mexer, ele agarrou meu braço e me puxou com truculência, obrigando-me a sair da cama.

— Quando eu mandar você fazer uma coisa, você deve fazer imediatamente! — Lembrou-me.

Minhas pernas queriam falhar, estavam bambas, derrubariam-me como suspeitei. Eu iria cair quando Enrico soltasse meu braço, eu sabia disso.

— O que há de errado com você? — Perguntou, olhando para meus pés. — Parece ter dois pés esquerdos.

— Não consigo... — Senti como se alguém tivesse soprado minha nuca, era o sopro da morte. — Eu tenho frio.

— Como pode ter frio nesse calor?

Ele não enxergava minha doença. Sua cegueira ia muito além dos olhos, sua cegueira estava na própria mente.

Eu iria cair. Era como se não tivesse ossos em meu corpo. Eu era feita apenas de carne.

Como suspeitei, minhas pernas vacilaram, Enrico me segurou com força e impediu que eu caísse no chão.

— Por Deus, Luz. Não espere que eu a carregue até o banheiro. Trate de ficar em pé sozinha.

— Eu preciso deitar... — Dois borrões pretos apareceram diante meus olhos. Borrões que me impediam de enxergar.

— O que você precisa é de um ban...

— Olá, docinho — afagou meus cabelos. — Bem-vinda de novo.

Abri meus olhos com lentidão, tentei reconhecer onde eu estava e entender o que havia acontecido.

— Você desmaiou, mas agora está melhor. Eu cuidei de você. — Enrico explicou. Ele estava sentado na cama junto comigo, mas o que me deixou confusa foi o outro homem parado em pé perto da porta.

Meu peito se encheu de alegria e meus olhos soltaram algumas lágrimas de felicidade.

Eu ia viver. Deus, eu ia viver!

— Esse é o doutor Leôncio. Ele irá examinar você. — Enrico falou. Eu pude perceber pelo seu tom de voz o quão desconfortável estava. Ele não queria me deixar morrer, no entanto reconhecia os riscos de levar outra pessoa para dentro da nossa casa. Enrico era inteligente, sabia que na primeira oportunidade eu pediria ajuda ao médico para fugir.

Eu estava tão contente em ver o médico no meu quarto que parei de sentir minha doença por um instante. Eu queria me levantar da cama e sair correndo para fora de casa. Na minha cabeça tudo já estava certo: eu iria embora com Leôncio naquela noite. Mas me livrar de Enrico foi muito mais difícil do que pensei, minha pele sangrou por mais um tempo. Não era como se eu tentasse fugir de uma pessoa qualquer, era um homem que não errava, um homem que observava todos os meus passos, que sabia o que eu estava planejando antes mesmo de eu planejar algo.

Ele percebeu quando minhas maçãs coraram para o doutor, notou que meu rosto ganhou uma cor mais vívida, como se a saúde tivesse voltado para mim. Suspeitei que ele se arrependeu amargamente de ter colocado alguém dentro da nossa casa (dentro do meu cativeiro).

— Seu marido me contou que está enfraquecida — disse o médico.

— Ela desmaiou em meus braços esta tarde — Enrico respondeu, sem me dar tempo de abrir a boca para falar.

— O que está sentindo? — Insistiu o médico, voltando seus olhos para mim.

— Ela tosse sem parar e mal se aguenta em pé — Enrico respondeu novamente, ele não se dava conta do quão inconveniente estava sendo.

Leôncio ajustou os óculos redondos no seu rosto e cerrou os lábios que mal se via por debaixo do bigode e da barba escura. Deu uma coçada no nariz e depois largou sua maleta de medicamentos no chão. Ele parecia incomodado com aquilo, mas oras, ele já não estava acostumado com as mulheres não tendo voz?

— Se incomodaria em me deixar a sós com a paciente? — Perguntou o doutor.

Aquele pedido foi um susto para mim e para meu marido. Se eu ficasse no quarto sozinha com o médico, eu poderia lhe contar tudo que acontecia ali dentro quando eu e Enrico estávamos a sós. Leôncio poderia pedir ajuda para mim. Tudo estava se encaminhando exatamente para onde eu queria. Agora era questão de tempo...

— Não acho que isso seja apropriado — respondeu Enrico, dando uma risada forçada e nervosa.

— Será breve. Nos dê apenas dois minutos — o doutor insistiu, para a minha sorte.

Eu ficava cada vez mais energizada, era como se tivessem ligado meu corpo em uma corrente elétrica. A febre ainda estava ali, a dor de cabeça ainda estava ali, o nariz ainda estava entupido e meus pulmões ainda pareciam espremidos, mas a felicidade contagiava meu corpo e fazia com que todo o resto parecesse insignificante.

Suporte mais um pouco, Luz.

Enrico não ficou feliz com o pedido de Leôncio, muito pelo contrário, eu podia apostar que ele estava se segurando para não atacar o médico. Ele não admitia ser contrariado.

O que foi, querido? Agora é você quem está com medo, não é?

Ele podia ter apenas se levantado e ido embora, no entanto, monstros sempre deixam suas últimas marcas antes de serem derrotados. Enrico se inclinou sobre mim como se fosse beijar minha bochecha, porém, seus lábios foram diretamente em meu ouvido e ele ameaçou com um sussurro:

— Eu tenho uma faca, querida. Lembre-se, eu tenho uma faca.

Minha mente adoeceu outra vez e o frio voltou a ser cortante e insuportável. Engoli saliva para umedecer a garganta e ela foi tão pesada quanto chumbo: essa é a sensação da saliva do medo. Ela não desce pela garganta antes de ferir toda a carne que há em volta.

Meu marido foi embora, mas o silêncio sepulcral ficou. Eu podia imaginar o cheiro do quarto naquele momento, já que não podia senti-lo: um cheiro lúgubre que provavelmente exalava de mim.

Leôncio encostou a porta antes de se aproximar um pouco mais.

— Enrico me contou que você está enferma — ele falou —, mas eu discordo dele. — Cerrei a testa. — Para mim, você já me parece morta.

Oras, ele veio terminar o serviço de Enrico?

— Eu sou um velho amigo de Enrico. Esse foi o único motivo de eu ter vindo até aqui — Leôncio completou.

Claro, deve ser tão maluco quanto ele.

Eu não troquei palavras com o sujeito, ele não dava-me tempo de formular frases e, após ele ter revelado a amizade de longa data com Enrico, fiquei ainda mais desconfortável para falar algo.

— Não tema a minha presença, não estou aqui para feri-la — ele disse, vendo o quanto eu me recuava conforme ele se aproximava da cama. Vi quando forçou os olhos para meu rosto, como se tentasse enxergar com mais precisão. — Noto marcas por seu rosto, foi seu marido quem as fez? Enrico machuca você?

Está procurando algum espaço em meu rosto para poder ferir-me também?

— Você pode dizer a verdade para mim. Eu conheço Enrico e...

— Não há o que dizer, doutor — interrompi-o, dando um breve suspiro pesado.

Não seja covarde, Luz. Diga a verdade para ele. Diga que seu marido perturba sua mente, diga que seu marido a destrói por dentro e por fora, diga que ele fere até mesmo sua pobre alma. Diga!

— Sei que ele a amedronta. Eu posso ver o medo em toda parte do seu corpo; sua tristeza é de uma alma já morta e sem esperanças.

Isso era outro truque de Enrico? Ele e o médico estavam me testando para saber se eu abriria o bico?

De repente, senti-me enganada, senti-me estúpida. É claro que aquilo era um truque de Enrico. Talvez Leôncio não fosse de fato um médico. Que homem se importaria com as dores da esposa de outro?

— Eu me machuquei durante a viagem, doutor — menti. Meu nariz, que já estava entupido, ficou ainda mais obstruído após um choro interno. Eu enganei a mim mesma, Leôncio não estava ali para me salvar, ele estava ali para terminar de me destruir.

Leôncio encarou-me com desconfiança, como se soubesse que eu estava mentindo, contudo desistiu no final. Eu queria que ele insistisse, queria que me dissesse mais uma vez que estava ali para me ajudar, que não concordava com as agressões de meu marido e que iria me ajudar a me desvencilhar das garras dele. Para meu infortúnio, o médico apenas me examinou e chegou à conclusão de que eu tinha bronquite. Eu não sabia muito sobre isso, então ele me explicou com tremenda paciência. Ele parecia um bom homem.

Assim como Enrico costumava ser.

— Você é uma mulher jovem, e seu corpo pode combater a doença sozinho com muito mais eficiência do que o corpo de uma criança ou de um idoso, mas recomendo que vá ao hospital para que possa tratar isso de uma forma melhor e mais rápida — explicou, guardando seus equipamentos médicos.

Doutor, eu sequer posso andar por minha própria casa.

— Você precisa respirar um pouco de ar puro. Tente manter as janelas abertas — ele falou, percorrendo com os dedos o cadeado que trancava a janela do meu quarto. — Você tem a chave?

Neguei com a cabeça e ele assentiu. Pegou sua maleta nas mãos e tirou os óculos da cara, manteve suas duas mãos ocupadas, preparava-se pra ir embora, mas não queria ir. Tinha compaixão em seu olhar; eu podia sentir que Leôncio queria me dizer algo e eu queria que ele dissesse. O pensamento de ficar sozinha outra vez com Enrico era desesperador e angustiante. Eu não confiava no médico, no entanto, não acreditava que algum outro homem no mundo podia ser pior que Enrico.

Não me deixe só, por favor, doutor.

Senti uma névoa fina de suor escorrer por meu rosto e uma amarga saliva prendeu-se em minha garganta.

— Eu voltarei o mais breve possível. — Tentou me acalmar, muito embora não soubesse a minha real frustração. Talvez Leôncio tivesse razão sobre tudo que dissera sobre mim, eu já estava morta, minha própria mente já havia me enterrado em uma catacumba negra. Eu tentara lutar muitas vezes e Enrico venceu todas elas. Já não existia saída de emergência e olhar para todas as portas fechadas era desesperador. De início, Enrico me machucava por raiva, dava para ver em seus olhos malignos, mas, em algum momento, ferir-me se tornou prazeroso para ele. Isso não acabaria nunca: ele me consertava para quebrar-me outra vez, havia se tornado um círculo vicioso.

Então peça ajuda. Diga a verdade para Leôncio.

Sentei-me na cama com dificuldade, tremendo-me inteira.

— Você tem razão... — A porta foi aberta abruptamente e eu não consegui concluir meus pensamentos para o doutor.

— Como estamos!? — Enrico perguntou, segurava a maçaneta e me olhava com os olhos flamejantes.

— O corpo dela está reagindo, mas acredito qu...

— Muito obrigado pela visita, meu amigo — Enrico o interrompeu, entrou no quarto e tocou nas costas de Leôncio enquanto o empurrava delicadamente para fora do quarto. — Venha receber seu pagamento.

Os dois me encararam antes de saírem, o olhar de Leôncio foi terno e o de Enrico, bom... eu não saberia descrever.

Enrico voltou rapidamente para o quarto, tinha uma pressa que só podia significar algo ruim; estava aflito e andava de um lado para o outro. Então, ele soltou um grito de congelar a pele e deu socos brutos na parede. Tentei me esconder na cama, como se isso fosse evitar algo; ele sabia que eu estava ali, sabia que eu não teria como correr ou retrucar. Eu iria apanhar, apanhar como aquela parede.

Ele se aproximou ferozmente de mim.

— O que você contou para ele!? — Perguntou, deixando escapar cuspe em meu rosto. Pisquei meus olhos rapidamente e tudo que eu queria fazer era chorar.

Meus lábios tremeram ao falar:

— E-u não disse nada. Eu juro... não falei n-ada...

— Sua prostituta — agarrou meus cabelos ensebados. — Me diga o que contou pra ele!? Quais mentiras saíram de sua boca?

— Pelo amor de Deus, Enrico... — Solucei, chorando por fora e sangrando por dentro.

— Deus não protege vadias mentirosas — respondeu com seriedade e em um tom de voz perturbador. — Nós dois sabemos que você disse algo para Leôncio, ele não sairia da minha casa com um olhar tão desconfiado se ele não soubesse o que se passa aqui.

Enrico não tinha armado para mim? Leôncio podia mesmo ter me ajudado? Sendo assim, eu deixei minha liberdade escapar por entre meus dedos.

— Eu juro pelo que há de mais valioso na minha vida, não contei nada para ele. — Jurei entre lágrimas. Jurei entre suspiros de dor. Jurei enquanto sentia meus cabelos sendo arrancados da minha cabeça. Jurei pensando... pensando na minha morte. No entanto, meus juramentos já não valiam de nada para Enrico. Ele precisava disso. Precisava arrumar um motivo qualquer para justificar suas maldades, e quando não existia motivo bom o bastante, ele os criava

— Eu não acredito mais em você, Luz. Sei que tenta me enganar, sei que ri quando lhe dou as costas.

— Isso não...

Puxou meu cabelo com mais força, e aquela foi a primeira vez em que cogitei raspar a cabeça.

— Ninguém se importa com você, querida. — Largou meu cabelo e agora segurava meu rosto com a mão, apertando meu queixo com força; eu sabia que em breve meu nariz tornaria a escorrer e sujaria os dedos de Enrico, se isso de fato acontecesse, eu tinha uma leve certeza de que meu marido me faria engolir minha própria sujeira. — Eu sou tudo que te resta. Até seu próprio irmãozinho abandonou você.

Meu peito se apertou dolorosamente e eu chorei soluçando, sem me importar se eu estava sujando a mão de Enrico com minhas lágrimas. Enrico sabia que, para mim, ainda era extremamente angustiante falar sobre Júlio. Meus olhos se enchiam de lágrimas apenas em falar seu nome. Eu era uma mulher adulta, mas havia coisas que me faziam chorar feito uma criança.

— Ele teria vergonha em ver a mulher vulgar que você se tornou. Você é um desgosto para toda a sua família, é por isso que seu pai a entregou de bandeja para mim. Você é um fardo que ele cansou de carregar.

Eu devia ter me acostumado com seu veneno, mas cada frase sua era como uma faca torcendo dentro do meu peito.

Não deixe ele envenenar sua mente. Você sabe que é amada por todos.

Então por que mamãe Cora me proibiu de voltar pra casa?

Talvez Enrico tivesse razão, eu era um peso morto, uma decepção para os meus pais. Eu sempre os envergonhei e sentia prazer com isso. Eu culpei mamãe Cora pela morte de Júlio antes e depois do meu irmãozinho morrer, fiz papai passar vergonha na frente dos amigos quando apareci com um cigarro preso atrás da orelha naquela manhã ensolarada de sábado — lembro que ele preparava o churrasco. Não era um churrasco qualquer, era um churrasco de negócios para fechar acordo com uma empresa milionária. Eu o envergonhei não apenas com o cigarro, mas também com o meu jeans rasgado e desbotado, envergonhei-o com a frase da camiseta que fazia apologia às drogas, sexo e *rock'n roll*.

E mamãe Cora... Ah, mamãe, como pude culpá-la pela doença de Júlio? Como pude tornar sua perda um processo ainda mais doloroso e amargo? Sei o quanto lutou para salvá-lo, o quanto adoecia, todas as vezes, em que Júlio sangrava naquele carpete verde.

Você era só uma criança. Não ouça o que ele diz.

E se eu conseguir fugir e eles não me aceitarem de volta? Para onde irei?

Você é filha deles. Irão te aceitar de volta.

Eu já não tinha mais tanta certeza. Por mais maluco que Enrico fosse, algumas coisas que ele dizia podiam ser verdade.

— Sua mãe não veio te visitar, ela sequer ligou para saber de você — atiçou ainda mais a minha mágoa. — Agora você percebe que não te resta nada no mundo além de mim?

Ele soltou meu rosto, mas ainda manteve sua mão perto de mim e, quando uma lágrima escorreu por minha face, ele a enxugou com suavidade.

— Sabe, querida — seus dedos foram em meus lábios —, acho que devíamos esconder essas suas manchas na próxima visita do doutor — comentou. — Pare de chorar, não suporto mais ver esses olhos vermelhos e esse nariz escorrendo.

Enrico se levantou, seu semblante se fechou e eu esperei por um golpe, protegendo meu rosto com as mãos enfraquecidas e chorando escandalosamente antes mesmo de ser atingida por qualquer coisa.

Ele não me bateu.

— Você está cheirando mal. Fede feito uma carne crua — falou enjoado, cuspiu no chão perto do meu pé. — Sem mais delongas, vá tomar um banho!

— Ainda me sinto fraca — murmurei. Me levantei e tentei ficar em pé sem parecer uma derrotada.

Ele soltou uma risada debochada, colocando as mãos na cintura.

— NÃO TESTE MINHA PACIÊNCIA, MEU BEM! — Falou aos gritos; dei um pulo discreto e assustado.

Me desloquei até o banheiro, tremendo debaixo do fino pano da camisola, o caminho nunca me pareceu tão longo. Enrico vinha logo atrás de mim e se recusava a me ajudar com os movimentos. Eu tentava me segurar em seu braço, todas as vezes em que achava que ia tropeçar, ele se distanciava, queria que eu andasse sozinha. Não acreditava na minha debilidade.

Atravessei a porta do banheiro e fiquei abismada quando vi Enrico atravessá-la também.

— O que está esperando, hã? — Perguntou, quando me viu estática e olhando pra ele.

Me apoiei na pia, pois falar e me manter em pé era desgastante.

— Você ficará aqui? — Balbuciei.

— Sim, eu ficarei aqui.

Ele se manteve ali, com uma frieza clara no rosto, esperando eu me despir na sua frente. Eu teria que fazê-lo, né? Teria que ficar nua na presença de um homem potencialmente assassino.

Tirei minha mão da pia e meus joelhos quase me levaram para o chão, esperei até conseguir equilibrar-me outra vez e então minhas mãos foram até a bainha da camisola, o tecido estava encardido, suportando meu suor por dias. O deslizei para fora do corpo e o larguei no piso frio. Meus seios se enrijeceram debaixo do sutiã, fazendo com que meus mamilos ficassem ainda mais expostos no tecido branco.

Enrico me contemplou com olhos calorosos, um sorriso malicioso se abriu em seus lábios. Ele estava com um semblante voraz e eu sabia que sua calça tinha ganhado um volume extra no meio das pernas.

— O que está esperando? Você não pretende entrar assim no banho — brincou. É claro que ele estava achando engraçada a minha falta de jeito.

— Não me faça fazer isso... por favor — implorei, abraçando a mim mesma. Quanto mais quente eram os olhos de Enrico em meu corpo, mais enjoada eu ficava, quase que com vontade de vomitar.

— Está com vergonha do seu próprio marido? — Sua voz era um sussurro, baixa como se ele falasse de muito distante. Encurtou nossa distância e foi com suas mãos em meus ombros nus. — Você sempre quis se entregar para mim, ansiava ter minhas mãos acariciando seu corpo. Agora estou aqui... Ah, você é tão linda. — Suas mãos desceram até as minhas e entrelaçou seus dedos nos meus. Uma lágrima improvisada rolou por meu rosto. O horror foi tomando conta de mim gradualmente.

— Não... por favor... Enrico... — engasguei com o choro. — Eu faço o que você quiser... — Agora era sua boca que tocava a minha pele; beijou primeiro o meu rosto, suavemente, depois desceu por meu pescoço, beijou molhado e com desejo enquanto eu chorava adoecida e com medo. Tê-lo me acariciando daquela forma era mais assustador que tudo.

— Pare, Enrico, pare — falei entre lágrimas e o empurrei. Seu corpo sequer moveu. Minha respiração estava sem ritmo e constante, minha consciência estava certa do que iria acontecer ali dentro. A situação era profundamente perigosa. Enrico estava absurdamente excitado, cada gota de lágrima minha o deixava ainda mais seduzido. Ele também estava surdo.

— Tire esses panos, ande logo, meu bem — sua mão foi em minha calcinha, tentando arrancá-la violentamente —, eu quero olhar pra você.

— Não faça isso comigo, eu estou implorando. — Agarrei seus pulsos com toda a força que ainda tinha, tentei impedi-lo de abusar-me ainda mais.

Ele tinha cheiro de desejo, cheiro de loucura, cheiro de assassino. Meu marido estava cego pelo prazer, já não me via como uma mulher, via-me como um objeto para saciar suas sandices. Eu olhava em seus olhos procurando pelo homem que um dia amei, não encontrei nada, nada além de uma alma vazia e inumana.

— Eu só quero tocar em você, querida. Só quero te tocar. — Puxou seus braços que eu ainda segurava, obrigando-me a largá-lo.

Chorei mais um pouco.

Ele voltou com suas mãos para minha calcinha. Eu ouvi quando o tecido estralou em um rasgo sem conserto.

— Ah, sim, agora sim. — Enrico suspirou com satisfação e volúpia. Minha respiração quente subia e descia pela garganta, havia uma mistura de sentimentos em mim, estava envergonhada e com uma raiva ardente.

Usei minhas mãos para tapar minha nudez.

— Não coloque suas mãos imundas aí.

Imunda. Seja imunda. Seja porca.

Essa seria minha arma? Humilhar-me um pouquinho mais?

Não há saídas.

Então eu fiz. Voltei a ser criança e me sujei com minha própria urina. O líquido quente escorreu por minhas pernas; Enrico afastou suas mãos com urgência quando se deu conta do que estava acontecendo.

Ele gritou horrorizado, como se eu tivesse sujado sua própria pele.

— O que você fez?! — Estava estarrecido. Suas mãos vieram em meu corpo outra vez, não acariciou, afundou os dedos em meus ombros, arrancando-me um grito de dor. — Sua asquerosa, porca, imunda.

Apertou meus ombros com mais força, fazendo-me agachar no chão conforme eu tentava me desvencilhar. Fiquei ajoelhada em minha própria urina e algo me dizia que em breve aquilo se transformaria em sangue, certamente o meu.

— Se acha mais esperta que eu, garota tola!? — Questionou enfurecido. — Você não é mais esperta que eu. Sabe o que vou fazer? — Pressionou meus ombros novamente e eu não sabia se chorava ou se o respondia. — Vou jogar você debaixo desse chuveiro e depois vou trepar com você. Não se faça de boa moça, todo mundo sabe que é uma vadia, e é isso que vadias fazem.

Tentei me levantar, mas os ossos das minhas pernas pareciam ter derretido, ou talvez fosse o medo me deixando ainda mais impotente.

— Você não vai se levantar, vai ficar ajoelhada em sua própria urina feito um rato de esgoto. — Tinha ira em sua voz.

Enrico estava piorando, piorando de uma forma que não tinha retorno. Não havia mais compaixão nele. Ele olhava para mim com um ódio indescritível. Um ódio mortal por ter frustrado seu prazer.

— Por favor, Enrico, não poderei suportar...

— Você é uma garota forte, meu benzinho. Quando o prazer dominar seu corpo, você esquecerá toda a dor — ele disse com agitação. — Devo admitir que não a achava tão atraente, sentia que faltava algo em você; agora está completa, eu nunca a vi tão linda, tão perfeita. Quando você chora, os seus olhos brilham, quando seus lábios tremem e você solta aquele suspiro quente e amedrontado, eu fico tão louco... Ah, meu bem, eu sou obcecado por você. — Suas mãos foram para meus cabelos ensebados. — Minha passarinha assustada.

Foi essa frase que me causou terror: "*Eu sou obcecado por você.*"

Ergui meus olhos vermelhos e inchados para ele, vendo que Enrico ficara excitado novamente, sua ereção estava bem próxima ao meu rosto, eu tinha que me levantar antes que ele resolvesse abrir sua calça e me pedisse para fazer algo obsceno. Eu não suportaria. Seria meu fim.

Eu nunca estive tão escrava, tão ao seu dispor.

— Eu vou abrir o chuveiro agora, tudo bem? Você será uma boa garota? — Perguntou, obrigando-me a erguer o rosto para ele.

Tão escrava.

— Serei uma boa garota.

— Não me faça ter que machucar esse seu rostinho lindo outra vez — ameaçou, e seus olhos se prenderam em mim por mais alguns segundos, se certificando se eu ainda era uma passarinha assustada. Ele se deslocou para dentro do box e eu ouvi quando a água começou a cair dentro da banheira. Um som que não era para ser aterrorizante, mas naquele momento apreensivo, eu quase podia contar as gotas caindo.

O que eu deveria fazer? Não podia continuar ajoelhada esperando Enrico me banhar para depois me usufruir.

Tudo bem, eu teria que fugir antes que fosse tarde demais. Teria que ignorar todos os desconfortos físicos que estava sentindo, teria que abafar as batidas do meu coração e respirar o máximo possível para poder correr. Era isso, eu tinha que correr, já que estava incapacitada para lutar.

Levantei-me lentamente e em silêncio, com o pescoço um pouco virado para o lado, tentando ver Enrico, que estava de costas, com a mão no registro do chuveiro regulando a temperatura. Ele estava cantarolando distraidamente, provavelmente achava que já tinha cortado as asas da sua passarinha assustada. Mas enquanto meu coração pulsasse, eu iria lutar por minha liberdade. Algo dentro de mim me encorajava, por mais pavor que eu estivesse sentindo, eu sabia que tinha que insistir. Ficar seria muito pior.

Me tremi inteira quando fiquei de pé, meu corpo estava congelado e trêmulo, não era apenas a febre que estava me causando isso, era a ansiedade e a sensação de risco.

Agora Enrico estava assoviando como se mais nada no mundo importasse. Andei a passos trôpegos — nua e indefesa. Uma última olhada por cima do ombro antes de atravessar a porta. Prendi a respiração para evitar fazer barulho, apoiei na parede desviando das caixas no chão.

A porta do quarto estava aberta, Enrico não a trancara com chave dessa vez, mas eu sabia que não teria a mesma sorte com a porta de entrada. A minha intenção era conseguir ajuda gritando ou ao menos uma faca, qualquer coisa para impedir Enrico de me tocar novamente.

Meus olhos vertiam lágrimas e eu só voltei a respirar quando consegui sair do quarto. Apressei meus passos e agora já não me importava em me manter silenciosa, Enrico logo sentiria minha falta.

Sua passarinha assustada está voando.

Me desloquei até a sala e meus olhos foram de imediato para onde o telefone costumava ficar. Ele não estava ali, o criado-mudo amarelo estava vazio.

Meu coração disparou sem ritmo, minhas mãos tremeram, as lágrimas começaram a rolar sem controle por meu rosto e meu nariz gotejou. Eu nunca estive tão imunda.

— Já encontrou o que estava procurando, meu bem!? — Ele gritou de longe.

O que faço? Deus, o que eu faço?

Olhei com desespero ao meu redor, fazia um tempo que não saía do meu quarto e isso foi o suficiente para Enrico reformar o apartamento, tornando o que antes era uma casa agora em um presídio. Não havia jarro de flores pela estante, livros, enfeites de cerâmica, nada que eu pudesse usar para atacá-lo.

Não era apenas a sala que estava vazia, todo o resto da casa estava praticamente sem nada. Era como se o lugar estivesse abandonado.

Sou mais esperto que você, querida.

Cambaleei em direção à porta de entrada, muito embora soubesse que estava trancada, e comecei a esmurrá-la ao passo em que chorava com medo.

— Alguém, por favor. Alguém me ajude — supliquei, enquanto me ajoelhava escorada na porta.

— Não há mais ninguém nesse andar, docinho. Todos os apartamentos desse corredor agora são meus. — Colocou as mãos nos bolsos da calça e sorriu com satisfação.

Me engasguei com o choro e meus olhos se arregalaram com espanto.

— Nunca duvide quando eu disser que você é burra e que eu sou mais esperto que você.

Eu o assustei com um grito espantoso, um grito que foi arrancado de mim sem eu ter controle algum sobre ele, foi ardido e pareceu ter deixado minha garganta em carne viva.

Levei as mãos aos meus cabelos com desespero. Eu estava enlouquecendo e, se alguma daquelas janelas estivesse aberta, eu teria me jogado.

— Pode gritar o quanto quiser, ninguém vai ouvi-la, garota estúpida. — Soltou uma risada curta, porém debochada. — Seu banho está pronto.

Enrico me deu as costas, ele sabia que não havia o que temer.

Solucei mais alguns minutos no chão, até que a raiva me eletrizou e, antes que eu pudesse me dar conta, eu estava agarrada nas costas de Enrico e com as unhas cravadas em seu pescoço.

— Eu te odeio. Te odeio! — Gritei com cuspe, lambuzando seu rosto.

Ele se chacoalhou, tentou me arrancar, mas minhas pernas estavam firmes nele e minhas mãos tinham uma força sobrenatural em seu pescoço, quase diabólica. Me inclinei em cima dele e dei uma mordida venenosa em sua orelha.

— Sua cadela maldita! — Gritou com dor e tentou me socar por cima. Acertou minha cabeça com força, eu não cedi por mais dolorosa que tenha sido a pancada.

Eu nunca me vi daquele jeito, era como se um espírito maligno tivesse tomado conta do meu corpo, tinha sangue em meus olhos e uma vontade assassina de acabar com Enrico. Não estava mais com medo, eu tinha chegado a um ponto onde não me importava mais em quem morreria, eu ou Enrico, apenas não aceitaria continuar vivendo no mesmo Universo que ele.

— Achei que estivesse doente... Você me mordeu, vagabunda... Pensei que estivesse enfraquecida!!

— Estou doente, mas enquanto meu coração bater — apertei seu pescoço com mais força —, eu tentarei me livrar de você.

Outra mordida na orelha e dessa vez foi para fazer sangrar. Ele deu outro grito e conseguiu me arrancar da suas costas. Agarrou meu braço e me lançou na parede feito um disco de vinil. Minhas costas se chocaram contra a parede e meu braço direito adormeceu antes de eu cair esparramada no chão e bater o queixo mordendo a língua. Fiquei sem ar. Uma camada fina de líquido quente escorreu por minha nuca, eu sabia que era sangue da cabeça. Fiquei atordoada, era como se estivesse com um sono profundo.

Eu vi Enrico através da minha vista embaçada, sua mão tocava em sua orelha mordida e eu também queria levar minha mão em minha cabeça ensanguentada, porém parte alguma do meu corpo me obedecia. Era como se eu tivesse morrido por um breve instante.

Adormeci em um sono que não sabia se iria despertar.

Capítulo 6

Luz

Eu acordei e a primeira coisa que me dei conta foi que minha cabeça estava absurdamente dolorida. Senti gosto de sangue na boca, havia uma ferida em minha língua e, ao abrir meus olhos, vi que ainda estava na sala, caída no chão. Pensei que tivesse ficado inconsciente por algumas horas. Foram minutos.

Enrico tocava em sua orelha com um pano, seu semblante alternava entre dor e cólera. O encarei com um horror vertiginoso, enquanto tentava me sentar.

— Você não devia ter feito isso — alertou ao perceber que eu o encarava —, agora terei que acabar com você. — Olhou o pano ensanguentado. Mexeu a parte superior dos lábios como se fosse um cão rosnando. Começou a andar em minha direção, empurrei-me para longe dele com os calcanhares, mas o fato de ele não estar ferido como eu estava, os poucos centímetros que consegui me distanciar não foram suficientes. Minhas costas encostaram na parede fria. Uma mecha de cabelo caiu em meu rosto, estava manchada de sangue e apenas dessa forma eu pude me dar conta do quão destruída eu estava. Esse foi o preço para manter minha castidade.

Ele se agachou na minha frente e se inclinou sobre mim, não iria me beijar, pelo contrário, acertou meu rosto com sua mão aberta. Não foi um tapa forte, não tinha intenção de ferir, apenas lembrar que eu ainda era sua serva.

— Você pode continuar se fazendo de valente, pode me atacar o quanto quiser, isso não mudará o fato de que eu mando em você e que tenho o controle até sobre sua respiração. — Afastou minha mecha ensanguentada do rosto, estremeci diante o seu quase toque em minha pele. — Você me machucou, mas eu já estou em pé novamente e posso atravessar aquela porta — usou a mão com pano para apontar a porta de entrada — quando eu quiser para ir ver um médico e me curar.

Eu me sentia como um tapete que ele não cansava de pisar com suas botas encardidas. Ele andava sobre mim, esfregava os solados com força, fazia meu estômago revirar, contorcer. Continuava pisando mesmo que soubesse que seus pés já estavam limpos.

— Você me enoja, sabia? — Ele inspirou fundo e cuspiu uma quantidade generosa de saliva em minha cara.

Então, eu parei de chorar. Uma gargalhada enlouquecida atravessou minha garganta. Por que eu estava rindo? Eu também não sabia, talvez a loucura também tivesse me acometido.

Eu ri sem controle, até a barriga doer, até os machucados em minhas costas e em minha cabeça começarem a latejar e a dor se tornar insuportável, levando-me novamente ao choro incessante.

A bronquite foi embora da mesma forma que veio: silenciosa e sem motivos aparentes. Eu acordei naquela manhã e quando me dei conta já estava conseguindo respirar sem sentir, como se isso fosse uma tarefa impossível.

Alguns dias haviam se passado desde meu último e mais terrível conflito com Enrico. Sua orelha tinha um curativo onde eu mordi, minha cabeça tinha apenas alguns fios de cabelo onde estava ferida, e o motivo de eu não ter tentado matar meu marido novamente é que meus pulsos estavam amarrados por uma corda apertada.

Eu estava sentada na cadeira da cozinha (isso foi uma das únicas coisas que ele não tirou da casa) esperando Enrico me dar comida na boca. Eu teria rejeitado, se não estivesse tão faminta e enfraquecida. Estava curiosa para saber de onde tinha vindo aquele risoto. Já não havia panelas em nossa cozinha e os cômodos não cheiravam nada, a não ser solidão. Enrico fez em outro apartamento? Nos outros que ele disse ter comprado?

— Você deveria me agradecer por estar te alimentando tão bem mesmo com você sendo tão temperamental — ele disse, o garfo com risoto ficou suspenso no ar. — Não poderei soltá-la, não enquanto continuar me ameaçando.

Soltei uma risada rouca.

— Está com medo de mim, querido!? — Perguntei em tom de zombaria, fingindo não me importar com o cheiro de alho poró que exalava do risoto. — Não sou mais sua passarinha assustada?

— Você é uma completa desvairada. Eu devia... largá-la... no meio do mato e deixar os bichos devorarem você — falou entre pausas, em um fio de voz, como se fosse um pensamento solto.

A resposta travou no topo da minha garganta, e o fato de eu não ter desviado o olhar estimulou terrivelmente Enrico. Um sorriso de palhaço se abriu em seus lábios e o garfo com risoto que era pra ter vindo em minha boca se desviou até a sua boca.

Engoli em seco. Ele mastigou e sibilou com prazer.

— Você deve estar tão faminta, né, meu bem? — Provocou, querendo que eu implorasse. Deu mais uma garfada. O cheiro estava tão atrativo que eu quase podia sentir o gosto.

— Desejo que essa comida vire veneno dentro da sua boca! — A resposta saiu em disparada.

Ele largou o garfo e o barulho da prata se chocando com o prato me fez encolher. Os punhos masculinos cerraram. Foi sua aproximação súbita e agressiva que me fez relutar. Eu não devia tê-lo provocado, não estando absurdamente vulnerável.

Meu peito estava consideravelmente arfando, vi as veias de Enrico pulsando na têmpora direita, ele estava chegando à beira da loucura. A campainha tocou, sendo aquela a minha escapatória, se não tivesse uma interrupção, Enrico teria me atacado feio.

Ele voltou a se encostar na cadeira, seu rosto parecia uma máscara congelada de fúria.

— Não dê um piu, está entendendo? Não quero ouvir nem mesmo sua respiração! — Alertou e minha mente racional me mandava seguir sua ordem.

Aceitei em silêncio.

— Vá para seu quarto e só volte a respirar quando eu permitir! — Arrastou a cadeira para trás arranhando o assoalho. — Levante logo, o que está esperando!? — Me ergueu pelos cabelos.

Levantei de forma desconjuntada e cambaleei para dentro do quarto. Enrico bateu a porta na minha cara, ouvi quando a trancou pelo lado de fora. Depois, escutei seus passos, o arrastar de chinelos, se distanciando. Grudei meu ouvido na porta para ouvir através.

Ouvi um timbre de voz, rouco, masculino e baixo, quase impossível de compreender.

— Ela já está melhor, doutor! — Enrico informou, sua voz era alta e quase impaciente.

Doutor? Leôncio voltou? Um sorriso miúdo se abriu em meus lábios.

Ele disse que voltaria, não disse? Eu não podia deixar aquela oportunidade escapar; novamente Deus estava me dando uma chance de liberdade. Eu tinha que fazer algo... tinha que...

— Sim, eu telefonarei caso minha esposa adoeça novamente — eles estavam se despedindo.

Faça alguma coisa, sua idiota.

— Marido, acho que tenho febre — choraminguei, alto o bastante pra que Leôncio ouvisse meu sofrimento, mesmo que ele não fosse real.

A conversa que antes havia do outro lado da porta cessou, imaginei que Leôncio e Enrico estivessem olhando fixamente para meu quarto agora, surpresos como se uma alma morta quem tivesse proferido aquelas palavras.

— Você me parecia saudável esta tarde, querida — Enrico gritou, sua voz tinha aborrecimento.

Fiquei aturdida, não sabia se dava continuidade com aquele plano maluco e, talvez, fatal.

— Meu corpo inteiro estremece. Sinto terríveis dores — respondi, quase podendo ouvir as batidas frenéticas do coração.

— Talvez eu devesse examiná-la novamente — o doutor sugeriu, aliviando meu receio por alguns minutos.

Eu podia imaginar o semblante enfezado de meu marido, suas unhas fincando na palma das mãos em uma raiva vulcânica.

— Me dê alguns segundos com minha esposa, sim, doutor? — Enrico pediu.

Droga, isso é ruim.

É péssimo!

A porta foi aberta tão inesperada e violentamente que não tive tempo de me distanciar, apenas senti a pancada em minha testa e eu me desequilibrei.

— O que pensa que está fazendo, hã? — Agarrou meus ombros com força. — Sua imbecil, vou te partir ao meio.

Enrico estava mais furioso que o normal, também estava mais desequilibrado. Como se não fosse mais capaz de suportar a turbulência de sentimentos dentro de si.

— Eu ten...

— Por mim você pode morrer, eu já não me importo. Estou cansado de tentar te consertar. Você é uma imprestável. Não merece estar viva! — Disse em um sussurro, magoando os fragmentos do meu coração que estavam flutuando dentro de mim. Era doloroso ouvir palavras tão amargas de um homem que um dia amei.

— Então me deixe ir... — ciciei, aprisionando um choro em minha garganta.

— Querida — largou meus ombros e agora segurava meu rosto com suas mãos frias e horripilantes —, não se pode abandonar um animal na rua, por mais vira-lata que ele seja.

O choro que eu enjaulava em minha garganta se transformou em um envoltório envenenado, e eu tive que colocá-lo para fora. Não foi um choro silencioso, foi espalhafatoso, indecente, como o choro de uma criança que recebe um "não" da mãe quando quer um doce.

Enrico olhou abismado para mim, eu queria me conter, no entanto, havia perdido o controle.

— Engula o choro, anda logo. Ele está vindo — Enrico balbuciou com desespero, desamarrando a corda de meus pulsos. — EU JÁ MANDEI VOCÊ PARAR DE CHORAR!

Seus olhos verdes estavam arregalados, as mãos grandes se apressavam para esconder a corda. Ele tentava acobertar as crueldades que fazia comigo dentro daquele pequeno quarto de janelas azuis, mas a prova mais importante ele não podia continuar escondendo: eu.

Leôncio não se deu ao trabalho de bater à porta, simplesmente entrou, viu-me engolindo um soluço e Enrico se levantando do chão próximo à cama onde ele tinha escondido a corda.

— Parece que a febre de fato voltou — mentiu Enrico, tentando encontrar uma desculpa para meu choro. — Minha esposa é fraca, doutor, chora feito uma menina quando adoece.

Tanto eu quanto meu marido soubemos que Leôncio não acreditou naquela mentira. Ele sabia que eu não era uma criança chorando por um machucado no joelho, eu era uma mulher cansada de lutar, com feridas que iam além de pequenos arranhões superficiais pela pele.

— Enrico, sabe que não é adequado tratar sua esposa enferma dentro de casa...

— Doutor, perdoe-me a incivilidade, eu sei como cuidar de minha esposa e de suas necessidades em momentos tão infestos quanto esses — Enrico disse e deu um sorriso gelado.

Leôncio também parecia sentir um certo desconforto toda vez que me encarava. Eu queria me esconder do seu ponto de vista, estava envergonhada. Por que eu estava me sentindo assim, sendo que foi Enrico quem sujou as mãos? Leôncio olhava minhas marcas e parecia sentir pena de mim, era isso que estava me deixando incomodada: perceber que eu me tornei um ser de compaixão.

— Talvez eu devesse ir a um hospital, meu marido. Há muito não me sinto bem — resolvi falar. Senti um frio subir por minhas costas. Era uma proposta suicidamente louca.

Enrico cerrou os punhos e por um momento acreditei que ele fosse me agredir na frente de Leôncio. Ele parecia ter prendido a respiração, como se para tentar controlar os próprios impulsos. Ainda assim, recuei alguns passos.

— Vocês estão sendo exagerados — Enrico falou com indiferença.

— Oras, marido, não quer sua esposa saudável?? — Perguntei dissimulada, tendo uma certeza louca de que Enrico me mataria essa noite.

Seus olhos chamejantes e assombrosos se voltaram para mim. Senti um latejo doloroso na ferida da cabeça, como se o dedo de Enrico estivesse cutucando o corte.

— Tudo bem, já que insiste em ir, eu mesmo irei levá-la.

Isso era mentira, eu sabia. Ele só estava tentando encerrar o assunto e fazer o médico ir embora.

Por favor, Leôncio, ele está mentindo. Não vá embora.

Capítulo 7

Enrico

Então era isso, a vagabunda estava querendo fugir de mim? Ela realmente achou que eu deixaria Leôncio levá-la embora? Achou mesmo que eu seria tão estúpido assim?

Não, Luz, enquanto seu coração estiver batendo você ficará comigo. Eu preciso de você aqui, você é a prova de que eu sou um homem tão vencedor quanto meu pai. Se for embora, tudo estará perdido, o que papai irá pensar de mim se perceber que eu não fui capaz de domar minha esposa? Isso seria humilhante, além de me deixar quase falido.

Eu precisava me livrar de Leôncio, o imbecil já estava desconfiando de tudo e queria roubar Luz de mim!

— Como eu havia dito, levarei minha esposa ao hospital. Agradeço sua preocupação, meu amigo, mas agora tudo está resolvido — eu disse, esperando que ele fosse embora e eu pudesse dar umas boas cacetadas em Luz. Ela havia ultrapassado todos os limites. Fingir-se de doente para fugir... Isso era inaceitável!

— Acredito que seria bom se eu os acompanhasse, levando em consideração que sou um doutor — disse Leôncio. Ele estava dificultando as coisas para mim.

Cerrei o punho, perdendo a pouca paciência que me restava. Já foi difícil livrar-me de Cora quando veio em nossa casa atrás de sua filha. Eu a enganara inventando uma nova viagem para mim e para Luz. A velha acreditou em minha mentira. Ela me adorava, e isso facilitou as coisas. Por outro lado, Leôncio me conhecia, meu grande amigo sabia dos ensinamentos de meu pai. Sabia do meu prazer em causar dor. Não me bastava ter uma esposa obediente, eu queria mais, queria vê-la ajoelhada engraxando meus sapatos com a língua. No começo, Luz tentou me enfeitiçar com seu sexo, e teria conseguido se meu pai não tivesse me preparado para essa armadilha.

Garota tola.

— Ficaria extremamente grata se nos acompanhasse, doutor — ela disse.

Inaceitável. Isso era inaceitável. Estavam armando por minhas costas.

— O que pensam que estão fazendo? — Questionei irritado. — Eu já disse que irei levá-la, Leôncio. Sei como cuidar de minha esposa. Agora quero que saia da minha casa!

— Enrico, não seja...

— Não estou falando com você, Luz! — Interrompi-a com um grito e ela pareceu ter ficado desolada.

Achou que seria mais esperta do que eu e irei castigá-la por isso. Arrancarei sangue de seus olhos.

— Enrico... — Leôncio também tentou questionar minha autoridade, não permiti.

— Você não pode entrar em minha casa e querer mandar em mim e em minha esposa. Você está sob meu teto, respeite minhas ordens!

Ele deu uma última olhada para Luz antes de eu acompanhá-lo até a saída. Fechei a porta principal e tranquei com chave, colocando-a em meu bolso em seguida.

Luz estava atrás de mim, eu podia sentir seu medo, o calafrio percorrendo seu corpo, as mãos trêmulas, a garganta seca e amarga. Do jeitinho que eu gostava. Uma passarinha assustada.

— O que farei com você, querida!? — Murmurei me virando para ela.

Se encolheu. Era tão excitante vê-la assim, queria trepar com ela agora mesmo.

Se controle. Você quase perdeu a cabeça da última vez.

— Ele irá voltar, Enrico, sabe que irá.

Diminuí a distância entre nós.

— Não me importo que ele volte, meu bem. Leôncio é covarde, não será capaz de levá-la de mim. Não se iluda.

Tentei destruir suas esperanças, era muito mais fácil lidar com Luz quando estava enfraquecida, quando já não acreditava em sua própria força e coragem. Eu tinha que fazê-la esquecer que era uma leoa, tinha que transformá-la em um cordeiro.

— Ele sabe o que você faz comigo, Enrico. Ele é um bom homem, irá voltar. Sei que sim — respondeu, tentava crer em suas próprias palavras.

Não tinha mais medo dentro dela, pelo contrário, tinha fé. Então, eu teria que machucar seu corpo, esse era o único jeito de saber que eu ainda era seu senhor.

Ergui minha mão para golpeá-la com força no rosto, no entanto, Luz conteve meu tapa antes dele chegar até ela. Agarrou meu braço no ar me impedindo de acertá-la.

— O que pensa estar fazendo!? — Questionei seu gesto ousado.

Ela estava tão machucada e ainda assim continuava lutando.

— Não sou sua escrava, Enrico, não me trate como uma!

— Você é o que eu quiser que seja — respondi com arrogância, tentando controlar a situação.

Eu precisava amedrontá-la. Mas como? Ela parecia já não ter medo de mim há muito tempo.

Soltei meu pulso de sua mão, ela podia ser corajosa, só que não era forte, não mais que eu. Por que Luz não podia ser como minha mãe? Tudo seria tão mais simples se ela apenas se calasse e recebesse minhas ordens.

Talvez... isso mesmo... talvez eu devesse tirar meu cinto... Eu ainda não tinha tentado usá-lo nela. Eu podia golpear suas pernas que estavam nuas, aquelas pernas brancas e finas de fato ficariam mais bonitas se eu desse uma coloração especial nelas.

— O que você vai fazer? — Sua voz soou apavorada quando me viu tirar o cinto de couro que segurava minha calça.

Isso, meu bem, perca o controle sobre si mesma. Seja meu pássaro assustado. Se você soubesse como fica sexy com esses lábios trêmulos...

— Vou fazer você se comportar, meu amor. Você perdeu a direção, eu a colocarei nos trilhos outra vez.

— Não, Enrico, não faça isso — falou, se afastando de mim.

— Eu preferia não machucar você, querida, só que é tão teimosa. — Brinquei com o cinto em minha mão, acariciando-o como se fosse um gato. Admito que era bom bater em Luz, mas perceber que eu podia entrar em sua mente, assustá-la apenas com as palavras, vê-la chorando e temendo meus atos era tão... excitante.

Levantei o cinto e acertei sua canela com ele, meu movimento foi tão rápido que Luz sequer teve tempo de gritar. Ouvimos apenas o estralo — seco e ardido.

Agora ela chorou assustada como mamãe.

O que acha disso, papai? Percebe o meu espetáculo? Venha me aplaudir. A Leoa finalmente foi domada!

— Enrico, por favor — implorou, chorando e tentando fugir de mim.

Correu pelo corredor e tentou abrir as outras portas.

— Estão todas trancadas — alertei-a, indo atrás dela.

Acertei o cinto em suas costas quando ainda estava virada tentando girar as maçanetas, ela não gritou com dor. Não havia gemido feito um porco como eu esperava. Era isso que eu queria que ela fizesse, precisava dos seus gritos e soluços desesperados. Seu choro não era o bastante, eu precisava vê-la deitar em suas lágrimas.

Eu estava disposto a fazer algo grande dessa vez, algo que a fizesse nunca mais cogitar me desafiar, que a apavorasse.

Mate-a. *Ouvi papai dizer em minha mente.* Vamos lá, rapaz, mostre-me que é um homem.Há muitas outras no mundo, filho. Essa aí é um desperdício de tempo, está toda quebrada, não fique tentando remendá-la.

Ouvi-a chorar, sentada no canto da parede e protegendo suas pernas miúdas com as pequenas mãos.

— Pare, Enrico, por favor...

Golpeei novamente, dessa vez o cinto foi diretamente em seu rosto e fez um corte na bochecha.

— Peça para que eu pare, querida. Você fica tão linda implorando dessa forma.

Ela gritou de dor.

— Por favoooor... — Finalmente seu soluço veio, o sangue que escorria em sua bochecha se misturou com as lágrimas. Senti meu corpo inteiro se estremecer, meus pelos se arrepiaram, meus olhos se reviraram, era como se eu estivesse pulando de um

precipício, sensação de borboletas na barriga. Era o clímax. Foi impossível reprimir meu gemido quando molhei minhas próprias calças.

— Ah, querida. Obrigado — agradeci entre suspiros de puro êxtase. — Você foi maravilhosa.

Luz começou a se debater no chão, parecia ter nojo da própria pele, como se bichos estivessem subindo por seu corpo.

— Me mate. ME MATE DE UMA VEZ, SEU DESGRAÇADO! — Gritou e, após o grito, ela virou para o lado e vomitou umas três vezes.

Fiquei com o estômago revirado.

— Argh... Você é asquerosa. Espero que limpe isso! — Alertei. — E eu não vou te matar, preciso de você, como pode ver com seus próprios olhos. — Apontei para as minhas calças molhadas pelo prazer.

Então, ela vomitou outra vez.

Uma batida à porta me fez pular impressionado. Sempre alguém aparecia para atrapalhar.

— As pessoas ainda não conhecem campainha!? — Revirei os olhos, enquanto colocava o cinto de volta na calça. — Você, fique aí quietinha. Não me faça ter que bater em você novamente!

Ela me olhou com fúria e por um instante cheguei a acreditar que me odiasse.

Continuaram a bater à porta.

— Eu disse que ele voltaria. — Luz murmurou, dando-me um sorriso ordinário e limpando a boca com a mão.

— Talvez não seja Leôncio... não se anime, meu bem — eu disse com certa irritação, pois se não fosse Leôncio então eu logo teria um grande problema.

Bateram à porta novamente e eu ouvi alguém gritar: "É a polícia. Abra a porta!"

Luz se levantou e eu vi seu rosto se iluminar de esperanças. Ela se preparou para gritar, então tapei sua boca com minha mão e pressionei meu corpo contra o seu na parede.

— Fique calada! — Sussurrei em tom de ameaça.

A batida à porta continuou.

Se eu ficar quieto eles vão embora.

Luz se debateu e tentou arrancar minha mão da sua boca.

— Pare de se mexer, sua vagabunda! — Tentei controlá-la, mas Luz parecia um terremoto. Estava disposta a dar sua vida para atender àqueles policiais.

Não posso permitir. Eles não podem levá-la de mim!

Ela deu uma forte joelhada em meu pênis e foi minha vez de me contorcer, eu estava com uma sensibilidade maior ali embaixo depois de ter gozado. Lágrimas de dor saltaram de meus olhos.

— Não vou te soltar... ah... desista! — Sussurrei, entre gemidos de dor.

E, graças a uma falha minha, Luz conseguiu morder minha mão. Eu a soltei, ela gritou por socorro e correu para longe de mim da mesma forma que alguém foge de um quarto em chamas. Não consegui impedi-la.

A porta se abriu com um baque assustador. Os malditos invadiram minha casa!

Luz correu para os braços dos policiais armados. Eles a cercaram feito lobos para protegê-la.

Um policial se aproximou de mim, proferiu algumas palavras que fui incapaz de compreender; eu estava surdo, vendo levarem minha passarinha assustada para fora de nossa casa.

— Vocês não podem levá-la. Ela é minha! É MINHA! — Eu gritei, tentando empurrar o policial que me algemava.

— O senhor está preso... — ele disse, antes de eu dar uma cabeçada em seu rosto.

— LUZ... LUZ... — gritei, desesperado e chorando. — NÃO ME DEIXE, LUZ!

Ela não ouviu, estava longe, já tinha saído pela porta me deixando solitário e humilhado!

Capítulo 8

Luz

Uma semana depois.

— Você precisa me dizer o que fez. Não posso abrigá-la em minha casa sem saber o motivo de seu marido tê-la deixado! — Disse mamãe Cora, enquanto estávamos sentadas no sofá de sua casa e tomando café. Bom, ela tomava seu café, eu apenas segurava minha xícara sem ter coragem de beber. A bola que estava presa em minha garganta não queria sair de lá, eu não conseguia falar, beber, comer, sequer parecia poder respirar.

— Dê um tempo para ela, querida... — disse papai.

Querida. Senti um calafrio em meu corpo ao ouvir aquele apelido.

— Não a chame assim, por favor — sussurrei, sentindo as lágrimas molharem o meu rosto.

— Nós precisamos saber o que aconteceu, Luz — disse papai, com doçura e tocando meu ombro.

— Eu não quero conversar, por favor, não me faça falar. Não agora — supliquei, e vi uma lágrima cair no meu café.

— Eu falei que essa garota não ia ficar casada, Roberto. Veja a petulância dela! — Resmungou mamãe, largando sua xícara na mesa de centro.

— A senhora já parou para pensar que a culpa, pela primeira vez, pode não ter sido minha, mamãe!? — Questionei irritada, também largando minha xícara.

— Você está aqui há sete dias e se recusa a nos dizer o que houve — ela disse e estudou-me dos pés à cabeça. — Está toda ferida, arrumou briga na rua novamente!?

Papai apertou seus dedos em meu ombro e eu me retraí sentindo dor, mesmo que seu gesto tenha sido para me consolar.

— Por que não nos diz onde está seu marido? — Falou, eu não o respondi. — Filha, vocês brigaram? Eu e sua mãe também nos desentendemos. Todo casal tem suas desavenças.

— Não é tão simples assim, papai...

— Vou telefonar para Enrico — disse minha mãe, assim que se deu conta de que eu não diria mais nada.

— Não faça isso, mamãe. — Supliquei. O medo veio como um soco em meu estômago. Me levantei em um sobressalto.

Ela me encarou com olhos tremeluzentes. Minha respiração estava aos solavancos e minha voz foi completamente obliterada. Nem mesmo um fio de suspiro atravessava minha garganta.

Por que estava sendo tão difícil dizer a verdade? Por que não conseguia admitir que meu marido batia em mim!? Era o medo de não acreditarem? De me culparem de alguma forma? Mamãe e papai tinham grande apreço por Enrico, viam-o como um homem educado e gentil. Como destruir essa imagem? Minha vista se embaçou pela cortina de lágrimas. Lágrimas que eu não conseguiria reter por muito tempo.

E se eu chorasse por toda tristeza que ainda sentia? Ah, Deus, as coisas iriam se complicar ainda mais.

Papai agora olhava com atenção para a minha cicatriz mais recente no rosto e, enquanto ele olhava para minha ferida, eu senti a dor novamente — o toque violento do couro em minha bochecha.

Foi um erro ter fugido para a casa dos meus pais, por mais que tenham me acolhido quando apareci, eles precisavam de respostas. Respostas as quais eu não estava pronta para dar.

Eu ainda estava presa. Em uma prisão emocional. Minha mente estava acorrentada por lembranças perturbadoras e doentias, instantes que me fizeram desejar a morte ininterruptamente.

— Eu não entendo. Você e Enrico acabaram de retornar de duas luas de mel...

— Duas? — A pergunta foi arrancada de mim.

— Sim, duas. Eu fui à casa de vocês depois da sua ligação suspeita para mim, Enrico me recebeu e disse que você estava descansando ou se preparando para a próxima viagem, não me lembro ao certo. Ele disse também algo sobre não terem gostado do Nordeste. — Explicou mamãe.

— Você... Você foi em minha casa, mamãe? — A voz saiu em um murmúrio.

Mamãe me olhou com desconfiança.

— Ele esqueceu de avisá-la sobre minha visita!?

— Sim — respondi sem pensar.

Claro que ele não esqueceu, Enrico optou por não me dizer. Ele gostava de me fazer acreditar que ninguém se importava comigo.

— Vocês precisam acertar as coisas, filha — disse meu pai.

Ah, papai, não diga isso. Não deseje o inferno para sua filha. Olhe para meu corpo, meu pai, olhe para esses ferimentos, você sabe o que ele fez. Apenas acredite.

Eles nunca vão acreditar em você, garota tola. A voz de Enrico soou tão clara quanto o sino da igreja que tocou logo em seguida. Olhei ao meu redor, eu podia jurar que ele estava atrás de mim.

Eu estou na sua mente, meu bem. Ah, você está tão linda.

Olhei novamente pela sala, certa de que Enrico estava por perto.

— Luz!? — Papai me segurou pelos ombros e me assustou. — Está tudo bem?

Eu não o respondi. Eu gritei, forte o bastante para meus pais terem certeza de que eu havia enlouquecido.

— Não preciso de tratamento, mamãe!

Me empurrou a xícara de chá, peguei-a, mas não tomei.

— Você está adoecida, minha filha. Deve ter pego alguma bactéria...

Dei um sorriso pequeno e desprevenido. Por que meus pais não conseguiam enxergar o real problema? Meu marido quem havia me adoecido. Na verdade, ele tinha me destruído por dentro e por fora.

— Não, mãe. Eu só estou... cansada.

— Isso pode ser saudade de seu marido.

A xícara tremeu em minha mão e algumas gotas quentes do chá pingaram em minhas mãos.

Percebe, querida? Todos acham que não deveria ficar longe de mim.

— Onde está sua aliança? — Cora perguntou, olhando atentamente para todos os meus dedos, como se esperasse a aliança aparecer magicamente. Sei que mamãe teria pego minhas mãos para olhar mais de perto se eu estivesse com as mãos livres da xícara.

Tive a estranha sensação de que meu coração foi parar na garganta.

— Estou deixando meu marido, mãe — eu disse e sua reação foi exatamente como eu esperava. Ficou em choque, como se tivesse levado um tabefe no rosto.

— Não, você não está! — Advertiu, negando-se a acreditar. — Não seja infantil, Luz. Você se casou tem o que... um mês!?

— Você não entende, mamãe. Enrico e...

Ela se levantou sem me deixar falar. Estava zangada de uma forma que vi uma única vez na vida, o mesmo dia em que me deu um tapa no rosto por ter aprontado com Júlio.

— Isso é uma vergonha, Luz. Uma mulher divorciada aos 19 anos, onde já se viu? O que irão pensar de você? — Questionou aos gritos. Não demorou para que minha irmã e meu pai entrassem correndo no quarto para saberem o que estava acontecendo. Mamãe já não era uma mulher branca, estava vermelha como se todo o sangue do seu corpo tivesse se concentrado no rosto. — Você irá resolver essa situação com seu marido ou eu a coloco na rua. Não permitirei que nos envergonhe dessa forma!

Comecei a chorar derramando todo o chá em meu colo.

— Luz quer se divorciar? — Perguntou Sabrina.

— Sua irmã tem minhoca na cabeça! — Cora respondeu, com os olhos ainda fixos em mim.

Papai não disse nada, mas pude perceber compaixão em seu olhar. Ele não iria passar a mão na minha cabeça, sabia disso, não gostava de contrariar minha mãe. Só que eu precisava de consolo urgentemente, estava emocionalmente arrasada.

Cora saiu do quarto e seus saltos fizeram mais barulho que o habitual.

— Eu volto para falar com você — disse papai, também saindo do quarto.

Então, eu comecei a soluçar até ficar sem ar.

— Vocês não se amam mais? — Perguntou Sabrina, sentando-se ao meu lado na cama. Ela era muito jovem para entender, apenas 17 anos de uma vida cercada por estudos e boa conduta. Como acabar com seus sonhos? Como dizer a ela que o amor não passa de um terrível e pavoroso engano?

Ainda assim, Sabrina foi a única que se interessou pelo motivo da minha decisão repentina. Ela pegou a xícara das minhas mãos suadas e a colocou no criado-mudo ao lado.

— Você pode falar comigo, sabe disso — tentou me consolar com palavras doces.

Enquanto Sabrina me olhava esperando por respostas que eu não lhe daria, eu ouvia minha mãe e meu pai discutindo no andar de baixo. Provavelmente ele me defendia e ela me julgava. Cora me amava (da sua forma estranha), eu sabia, ela apenas não aceitava meu jeito insubmisso e difícil de lidar.

— Ela não vai te colocar na rua, sei que não — disse Sabrina.

Ela tinha razão, Cora não me colocou na rua, o que ela fez foi ainda pior. A tarde se arrastou em um completo silêncio dentro de casa, os pratos estavam dispostos na mesa de jantar e ninguém tocou na comida. Cora bebia do vinho, papai fingia fatiar a carne e, isso estava demandando muito mais tempo do que realmente necessitava. Sabrina olhava para mim e, por vezes, eu também olhava para ela. Todos tínhamos fome, mas estávamos esperando algo acontecer, eu não sabia o que, suspeitava que mamãe e papai fossem os únicos que soubessem.

A quietação era maçante, a servente aguardava para retirar os pratos, a comida já estava fria e meu corpo também. O silêncio se prolongou, ninguém estava disposto a acabar com ele, todos pensavam na minha situação só que ninguém queria colocar as cartas na mesa.

Você é um fardo que ele cansou de carregar. Enrico tinha razão sobre isso, eu não era bem-vinda em casa. O que estava fazendo ali?

Papai finalmente levou uma fatia de carne gelada e malpassada à boca, nós três olhamos para ele, surpresas. Ele engoliu aquele pedaço e não repetiu. Pareceu enojado da comida.

— Teresa, pode retirar os pratos, por favor — disse papai, por fim.

A servente se aproximou e recolheu tudo que estava sobre a mesa, exceto as taças.

Empurrei a cadeira para me levantar, Cora finalmente trocou palavras comigo.

— Não saia. Ainda não acabamos.

— Como assim, mãe? Sequer comemos — eu falei.

Ela e papai trocaram olhares.

— O que está acontecendo? — Questionei, endireitando-me na cadeira novamente.

Outra troca de olhares...

— Teremos visita, Luz — papai falou.

— Qual visita!? — Meu estômago se embrulhou.

— Seu... marido! — Cora bebeu do vinho assim que respondeu. Senti meu rosto empalidecer e congelar.

— Isso é impossível! — Falei em um impulso. Enrico havia sido preso, eu vi com meus próprios olhos, como mamãe conseguiu falar com ele se não sabia de sua prisão?

Meus familiares me encaravam esperando uma explicação, só que eu estava zangada demais para isso.

— Você não tinha o direito de interferir na minha vida dessa forma — ataquei, sustentando o olhar da minha mãe.

— Você está em minha casa e se acha no direito de falar comigo em um tom tão rude!? — Questionou-me. Sabrina e papai mantiveram-se calados, desejando, sem dúvidas, não estarem presentes naquele conflito.

— Quantas vezes irá jogar isso na minha cara? — Bati com o punho fechado na mesa, assustando todos. Quando se passa um tempo vivendo com um homem tão agressivo quanto Enrico, a perda de controle acaba se tornando algo natural, mesmo que involuntário.

Tentei manter a calma. Respirar fundo. Controlar os batimentos cardíacos. *Você está me assustando, Luz. Quando se tornou tão violenta?* A voz zombeteira de Enrico vinha em minha mente a todo instante. Eu não suportaria vê-lo novamente. Mamãe ter sugerido que eu voltasse para ele era o mesmo que oferecer minha alma ao diabo. Se comparar minhas opções, dormir na rua não parece o inferno e sim uma doce solução.

— Vendo-a tão insolente dessa forma me faz entender Enrico tê-la abandonado — ela disse, tornando o que era um jantar silencioso uma tempestade de mágoas.

Como ela não enxergava minhas marcas? Meu corpo dizia o que eu jamais seria capaz de explicar.

Não existia mais lágrimas a serem derramadas, palavras a serem ditas. Eles não estavam ali para me dar consolo, para tentar amenizar minha dor ou até mesmo para me impedir de enlouquecer, então por que continuar nesse invólucro de decepções? Eu estava sob um teto de ofensas.

Mamãe convidou meu assassino para sua casa, pois ela era antiquada demais para perceber que não importa se você é ou não uma boa esposa, maridos ruins jamais deixarão de ser maridos ruins.

Empurrei minha cadeira, não peguei mala, não peguei dinheiro, apenas minha carcaça e segui para a porta. Não a abri.

— Está ficando maluca, Cora? — Questionou meu pai ao ver todo aquele espetáculo. — Não vou permitir que nossa filha durma em uma calçada como se fosse um cão vira-lata.

— Ela quer se divorciar, Roberto, concordamos que não apoiaríamos essa decisão tão vergonhosa!

Ele se levantou.

— E não apoiamos, mas também não precisamos tomar atitudes extremas.

Me mantive parada em frente à porta fechada porque, apesar de ter medo de Enrico, eu também tinha medo de envergonhar meus pais de um modo que não houvesse retorno. O que seria de uma mulher divorciada e, talvez, deserdada aos 19 anos? Eu poderia trabalhar. Mas seria difícil começar do zero e abandonar todo o conforto com que fui criada.

Papai e mamãe discutiam sobre o meu futuro e o futuro de nossa família, Sabrina ouvia tudo com um tremendo pânico no rosto, eu só queria gritar para que parassem de falar. Eu queria surtar, quebrar coisas ou apenas sentar no chão e ficar encolhida abraçando as pernas, fingindo não estar ali.

Então, a campainha tocou e eu não sei o que se passou por minha cabeça para ter aberto a porta de imediato.

— Oi, meu bem — ele disse sorrindo.

Capítulo 9

Enrico

Ela fechou a porta na minha cara, os poucos segundos em que nos encaramos foram suficientes para notar seu espanto em me ver. Não estava feliz com minha visita, parecia absurdamente apavorada.

Ouvi através da porta quando sua mãe Cora a repreendeu pela sua indelicadeza comigo. A porta foi aberta novamente.

— Enrico, que bom que você veio — disse Cora, com um sorriso no rosto enrugado.

Peguei suas mãos frágeis nas minhas e as beijei.

— Eu não seria capaz de recusar seu convite — eu disse, sendo gracioso.

Sorriu novamente e agora parecia encantada por mim. Não era difícil enganar a velha, quase tão fácil quanto foi iludir Luz.

— Venha, entre. Estávamos apenas esperando você. — Deu-me passagem e acariciou as minhas costas.

O jeito doce com que Cora estava me tratando me fez perceber que Luz não havia lhe dito nada sobre nossos conflitos. Acho que ela não sabia nem mesmo da minha prisão. Senti um mal-estar subindo pelo corpo só de lembrar do chiqueiro em que tive que passar a noite.

Ah, querida esposa, você irá pagar por tudo isso que está fazendo comigo!

— Me deixe subir, papai! — Disse Luz.

— Você é uma adulta, filha, resolva sua situação com seu marido — ele respondeu, impedindo Luz de subir o restante da escada.

— Não tenho nada para resolver com esse sujeito.

— Luz, já estamos aqui — disse Cora, chamando atenção deles para nós.

— Enrico — cumprimentou Sabrina assim que me viu parado atrás dela.

Fiz um aceno com a cabeça e sorri para ela.

Essa aí parecia ainda mais boba que a irmã. Eu poderia ter me casado com Sabrina, esperado até ela ter idade, as coisas teriam sido consideravelmente mais fáceis. Veja a cara dela: um sorriso inocente nos lábios rosados, desenhados e pequenos, a mesma pele branca e delicada de Luz, só a cor dos cabelos e dos olhos que eram diferentes. Sabrina puxou o pai moreno — tinha os mesmos olhos escuros que ele

—, mas era uma dama feito a mãe. Luz, por sua vez, parecia com o sol da manhã, iluminada.

Eu não devia ter marcado seu rostinho com o cinto, a cicatriz estava camuflando a ingenuidade do seu olhar. A deixava semelhante a um animal selvagem pronto para atacar.

— Enrico, quer beber alguma coisa, uma água, uma taça de vinho? — Sugeriu Roberto.

Apenas devolva minha esposa. *Quis responder.*

— Não se incomode comigo — falei, tentando ser gentil.

— Não seja bobo, Enrico, você nunca nos incomoda — disse Cora, entre sorrisos que iam de timidez à gozação.

Não me importei em respondê-la, meus olhos queriam se fixar em Luz. Luz evitava me encarar, olhava para os próprios pés.

— Acho que vocês têm muito o que conversar — disse Cora.

— Tudo que eu mais quero é poder me resolver com minha adorável esposa — eu disse e pude captar o exato momento em que Luz se encolheu, estava assustada.

Ah, minha passarinha, quero lhe dar umas boas palmadas. Você ultrapassou todos os limites dessa vez.

— Não temos o que conversar, meu marido — disse Luz, levantando o olhar bem rapidamente, e logo tornou a baixá-los para os pés.

Coloquei as mãos no bolso da calça, segurando-me para não arrancá-la daquela escada pelos cabelos.

— Oras, meu bem, somos um casal agora. Não podemos continuar com esse jogo de silêncio. — Tentei manter meu baixo tom de voz, não queria dar motivo para os pais de Luz me odiarem.

— Bom, acho que devemos deixá-los a sós — disse Cora para Sabrina e Roberto.

Luz estremeceu, parecia cada vez menor dentro daquele vestido comprido e largo, mal podia se ver a cor da pele.

Sabrina, Cora e Roberto se preparavam para sair e nos dar privacidade até que Luz agarrou o braço do seu pai com um semblante desesperador.

— Não me deixe, papai. E-eu não quero ficar sozinha com Enrico — ela gaguejou.

— Por Deus, Luz, parece uma criança desse jeito! — Repreendeu Cora. Se sua mãe não tivesse se intrometido, eu provavelmente não teria conseguido segurar minha língua.

Queria gritar com Luz, mandá-la parar de ser tão escandalosa. Ainda bem que consegui manter minha boa conduta.

Roberto a olhou com um certo pesar antes de se afastar, Sabrina caminhou olhando para o chão até se afastar por completo, Cora foi a última a nos deixar.

Luz se virou de costas para mim, decidida a correr escada acima.

— Não faça isso, querida — eu falei, aproximando-me com cautela.

Mantenha as mãos no bolso, Enrico. Você não quer que Luz grite ao ver o que tem escondido aí.

Ela se manteve de costas, respirava profundamente, dava para sentir seu pânico.

— Você ainda é minha passarinha assustada. Ainda é minha garota malcriada — falei admirado. — Tenho que te levar comigo, nossa casa sente sua falta. Eu sinto sua falta.

— Por Deus, Enrico! — Gritou, virando-se, ela já começava a chorar. Do jeitinho que eu adorava. — Você não tem escrúpulos. Como ousa vir até minha casa?

— Essa não é mais sua casa, Luz — lembrei-a. — Você quase arruinou minha vida quando deixou os policiais a levarem de mim.

— Eu preferia que eles o tivessem matado! — Falou rancorosa.

Sorri.

— Isso não é verdade. Você me ama, querida. Não posso enumerar as vezes em que me disse isso.

Ela engoliu o choro e cravou as unhas nas mãos. Parecia decidida a fazer algo cruel.

— Isso deixou de ser amor há muito tempo, Enrico — ela falou com uma certeza que por pouco me fez acreditar.

— Chega de baboseira, arrume suas coisas que a levarei comigo! — Mandei.

Negou com a cabeça.

— Não vou a lugar algum com você.

Senti o objeto dentro da minha calça. Estava louco para pegá-lo em minhas mãos.

— Não estou te dando o direito da escolha. Você irá comigo, Luz.

— Vá embora! — Ela disse com clareza e determinação.

Subi alguns degraus da escada, ficando bem próximo a ela. Olhou-me destemida.

Estava claro que Luz aprendeu a controlar suas emoções, mas hoje eu faria com que ela chorasse até secar a fonte, até perceber que era impossível me vencer.

— Eu trouxe algo para você, meu bem. Não queria precisar mostrar agora, só que não terei escolhas se você continuar com essa teimosia — alertei-a. Se Luz fosse esperta, entenderia o perigo que estava correndo.

— Está me ameaçando em minha própria casa?

— Eu já disse que essa não é mais sua c... — me interrompi. Não lhe daria outra explicação. — Chega de conversa. Suba a escada, pegue seus trapos e vamos embora! — Peguei a arma que estava dentro da minha calça e apontei em sua barriga. Queria ter mirado na cabeça que nem fazia com os bichos, porém não podia correr o risco de ser visto.

Luz se desequilibrou de tanto medo e teve que segurar no corrimão para não cair em cima de mim. Seus lábios ficaram brancos, os olhos se abriram em um tamanho monstruoso. Seu rosto já não tinha cor. O medo intenso chegava a transfigurar suas feições.

— Percebe, querida? Eu sempre ganho — alertei-a sem conseguir disfarçar minha satisfação.

— Abaixe isso, Enrico — ciciou, olhando para a pistola escondida entre nossos corpos.

— Você será uma boa garota? Ainda não a vejo subindo a escada.

— Eu irei. Apenas tire isso de perto de mim — ela disse, finalmente se rendendo.

Capítulo 10

Luz

Joguei as coisas dentro da mala, apressadamente. Não trouxe nada, tudo que estava levando eram coisas as quais não precisava, apenas queria ganhar tempo. Não podia voltar com Enrico. De forma alguma. Ele tinha uma arma. Meu Deus, uma arma que certamente iria usar em mim.

Dobrei a mesma camiseta pelo menos duas vezes.

O que faço? O que faço?

— Você não precisa de tanta roupa assim — disse Enrico, parado na porta e de braços cruzados.

Dobrei a mesma camiseta pela terceira vez.

— Eu já disse que você não precisa dessas roupas — ele falou ao se aproximar e puxou a camiseta das minhas mãos jogando-a no chão do meu quarto. — Pegue apenas o que for útil.

Fiquei parada; minha mente congelou e eu já não conseguia pensar de forma racional. Podia ter pego uma tesoura, uma caneta, uma faca sem que Enrico visse, qualquer coisa para utilizar como arma. Mas o medo expulsou todo o instinto de sobrevivência que eu tinha.

— Bom, então vamos, já que não vai pegar mais nada — ele disse, empurrou-me para o lado e fechou a mala. A pegou na mão e me pegou pelo braço da mesma forma, como se fôssemos dois objetos que, para Enrico, não tinham o mínimo valor.

Dei uma última olhada no meu quarto antes de sairmos e descermos as escadas. Encontrei papai e Cora lá embaixo, discutiam baixinho. Enrico soltou meu braço rapidamente antes que alguém visse, mas isso não era preciso, estavam todos cegos.

Mamãe abriu um largo e estonteante sorriso ao ver a mala.

— Eu sabia que iriam se reconciliar — ela disse e se virou para Enrico. — Obrigada por colocar juízo na cabeça de minha filha.

— Ela é minha esposa. Farei isso quantas vezes for necessário.

Falavam de mim como se eu não estivesse presente. Queriam me dominar, como se eu fosse incapaz de pensar por mim mesma. Aconteceu na minha infância, adolescência e estava acontecendo agora. Cora e Enrico pareciam seguir os mesmos ideais, era por isso que se davam tão bem. Por mais que fosse minha mãe, ela não agia feito uma.

Papai, por sua vez, aparentou desconfiar de algo naquele momento. Tinha uma expressão inquieta no rosto, talvez os pontos estivessem se encaixando na sua cabeça.

Agora é tarde, papai.

— Vamos, meu bem? — Enrico tocou em minhas costas com a mão que estava livre. Seu gesto teria sido mais rude se não estivéssemos com companhia ali.

Me joguei nos braços do meu pai em um impulso desesperador. Ele me apertou com força e aconchego, como se soubesse que tinha algo errado acontecendo, só não fazia ideia da gravidade. Meu peito se apertou, aquilo podia ser uma despedida, eu sabia que sim. Talvez eu nunca mais voltasse a ver minha família. Esses pensamentos por pouco não me arrancaram lágrimas, reprimi o choro ao lembrar da arma de Enrico, não podia colocar todos em risco.

Me desvencilhei dos braços do meu pai com a angústia presa na garganta.

— Oras, Luz, até parece que está se despedindo para sempre — reparou mamãe Cora.

Dei um falso e forçado sorriso.

— Nós temos que ir, querida — apressou Enrico. Eu também iria abraçar minha mãe e Sabrina, que agora descia as escadas, mas não tive tempo.

Enrico abriu a porta para sairmos e deixou que eu a atravessasse primeiro, provavelmente queria manter seus olhos em mim. É isso que os assassinos fazem, não é? Ficam de olho em suas vítimas para que elas andem no caminho trilhado por eles.

— Lamento tê-los incomodado com nossos problemas; foi tão impertinente. Bom, vocês conhecem Luz, sabem que às vezes ela é muito... dramática — disse Enrico.

— Não acho que minha filha seja dramática — retrucou papai. Era a primeira vez que rebatia algum comentário de meu marido.

Hoje não é um bom dia para fazer isso, pai.

— Não quero ofendê-lo, Roberto, mas Luz ainda é muito nova e temperamental. É comum fazer escândalos nesta idade.

Escândalos?

Papai cruzou os braços e franziu o cenho. Parecia disposto a ir longe com aquela pequena discussão.

— Você está equivocado, Enrico. Minhas filhas foram muito bem criadas, são inteligentes demais para agirem feito meninas mimadas!

Enrico ficou visivelmente surpreso com a agressividade verbal do meu pai.

— Por favor, Roberto. Enrico fez apenas um comentário e sabemos que Luz é uma menina difícil de lidar — interveio mamãe. Eu teria aproveitado aquele bate-boca para desmascarar Enrico, mas então, lembrei da sua arma.

Era melhor encerrar aquilo antes que se transformasse em tragédia. Segurei a mão de Enrico quando vi que ele cerrava o punho com força. Não consegui descrever a repulsa que senti ao tocá-lo. Aqueles dedos que tanto puxaram meus cabelos. Eu quem trouxe Enrico para a minha família, era meu dever protegê-los dele. Nunca me perdoaria se algo acontecesse com meu pai, ou com qualquer um.

— Vamos, Enrico, já está tarde — eu falei, depois de muito tempo em silêncio. Soltei minha mão da dele. Aquilo era demais para eu suportar por tantos segundos.

— Eu os acompanho até o carro — falou papai, com os olhos vidrados em meu marido.

— Eu posso lidar com essa pequena bagagem — alertou Enrico. Ele estava impaciente com a implicância do meu pai.

— Ah, por favor... — Cora tentou dizer.

— Me diga uma coisa, rapaz — papai a interrompeu e voltou-se para Enrico —, onde minha filha conseguiu esses machucados?

Ah, meu Deus. Ele sabe.

— Mamãe, acho que devíamos entrar — ouvi Sabrina falar baixinho, como se previsse os momentos seguintes. Minha mãe não se moveu.

— Pai, eu me machu...

Ele levantou a mão me pedindo para parar de falar.

— Quero que seu marido responda a essa pergunta. A não ser que ela seja muito difícil para ele — papai me interrompeu.

Enrico largou minha mala no chão como se soltasse um saco de lixo.

Ah, não pegue a arma, pelo amor de Deus.

— O que está insinuando, Roberto!? — Enrico questionou.

Papai deu de ombros.

— A garota já disse que caiu, Roberto. Quanta implicância com o rapaz! — Interveio mamãe Cora novamente.

— Então por que ele não consegue responder!? — Papai questionou-a.

— Não podemos resolver isso dentro de casa? Estão todos olhando para a gente — alertou Sabrina.

— Não tenho mais o que fazer aqui. Não admito ser insultado dessa forma! — Disse Enrico, e agarrou meu braço com força. — Vamos embora!

— Não toque em minha filha dessa forma! — Papai se aproximou e me afastou de Enrico. Agora os dois estavam frente a frente, desafiavam-se como dois cães.

Eu comecei a chorar baixinho. Não conseguia me controlar.

— Veja o que você está fazendo, menina! — Disse mamãe, completamente zangada comigo.

— Ela é minha esposa, minha propriedade — avisou Enrico, ainda encarando meu pai. Eles pareciam não dar importância para mim, mamãe ou Sabrina.

Havia pessoas na rua nos olhando com curiosidade. Eles não ouviam o que dizíamos, contudo sabiam que a conversa não era agradável.

— Sua propriedade? Você não está falando de um pedaço de terra, rapaz! — Papai gritou, pasmado.

Enrico riu, como só ele sabia fazer em momentos inapropriados.

— Você a deu para mim, perdeu o direito de opinar na vida dela.

— Não me faça perder a cabeça, seu moleque! — Papai não conseguiu esconder sua fúria. Eu nunca o vi tão transtornado.

Mamãe estava ao meu lado, resmungava sem parar sobre o quanto era vergonhosa aquela cena que estávamos fazendo.

— Vamos entrar em casa, mãe, não precisamos ficar aqui! — Avisou Sabrina, e eu lhe dava toda razão. *Se Enrico puxasse aquela arma... meu Deus.*

Cora concordou com um aceno de cabeça e as duas entraram. Eu permaneci ali. Não sabia o que fazer. Estava desesperada e em choque com tudo aquilo.

— Enrico, vamos embora, por favor! — Implorei, queria me aproximar dele, mas meu pai impediu. Provavelmente não entendia o motivo de eu querer ir para algum lugar com aquele monstro.

É a arma, pai, ele tem uma arma *e pode acabar com todos nós.*

— Você não vai a lugar algum com esse... — papai reprimiu uma ofensa. — Responda minha pergunta: Você quem fez isso com minha filha?

Enrico sorriu novamente. *Tão dissimulado!*

Meu pai não esperou por uma resposta, no fundo, ele sempre soube, só não queria acreditar que um homem seria tão baixo a ponto de bater em sua filha. O soco foi em cheio no rosto de Enrico e ele se desequilibrou.

— Eu vou acabar com você, seu desgraçado. Toque, novamente, em alguém da minha família que eu farei com que você veja o inferno! — Ameaçou papai. Tinha um ódio indescritível em seus olhos.

Eu ainda chorava, apavorada. Temendo que a qualquer momento meu pai fosse baleado. A boca de Enrico começou a sangrar. A quantidade de curiosos cresceu consideravelmente, estavam todos chocados com o que acontecia naquele momento.

— Não tenho problema em bater em um velho — zombou Enrico quando recuperou o equilíbrio. Ele era tão perturbado que demonstrou achar graça em apanhar em público.

— Fique longe da minha filha e saia daqui antes que eu mate você!

— Pare, pai, por favor vamos entrar. — Tentei puxar seu braço.

Ele não fazia ideia do que Enrico era capaz; talvez fizesse quando eu lhe mostrasse o resto das minhas cicatrizes.

— Você não pode tirá-la de mim, Roberto. Luz é minha. Eu tenho um papel para provar isso!

Meu pai novamente diminuiu a distância entre eles.

— Quero você bem longe da minha filha, está me entendendo, rapaz? Se eu voltar a vê-lo, terminará com um de nós dois morto.

— Eu não sou quem recebe as ordens, eu sou quem as dá! — Os olhos de Enrico vieram até mim, ele sorriu. — Luz sabe muito bem disso.

Papai deu outro soco no rosto de Enrico, porém dessa vez ele não parou de esmurrá-lo. Enrico se desequilibrou ao receber tantas porradas sequenciais e caiu no chão feito um fraco. Uma parte de mim queria arrancar meu pai de cima dele e a outra parte me fez ir até Enrico e chutar sua costela.

Humilhamos meu marido em público. Ele não apanhou o tanto que merecia, não pagou um terço da dor que me causou, mas foi gratificante cada um de meus chutes.

Enrico não pegou a arma em momento algum, foi então que suspeitei que ela não devia estar carregada. Provavelmente ele a trouxe apenas para me assustar.

— Podem ir embora, o espetáculo acabou — gritou meu pai para toda a vizinhança. Isso nos custaria muito no dia seguinte; custaria muito mais para meu pai, ele era um homem que tinha uma imagem a zelar.

— Você vai pagar, Luz, não esqueça disso! — Ameaçou Enrico antes de cuspir sangue no asfalto e ficar sozinho.

O problema não era apenas a dor física, era todo o dano psicológico depois dela. Você volta a ser criança, tem medo do escuro, acredita ter alguém embaixo da sua cama, tem sensação de estar sendo vigiada, jura ouvir sussurros mesmo quando não há ninguém com você.

Era como se tivessem arrancado uma peça essencial da minha mente. Eu estava enlouquecendo e não conseguia dizer para ninguém. Todos me olhavam como se eu fosse um animal em exposição ou a única sobrevivente de uma guerra. Esperavam que eu falasse e, *Deus*, eu queria falar. Mas, toda vez que eu abria a minha boca, eu ouvia a voz de Enrico: "*Se contar para alguém, eu mato todos, garota burra.*"

Já fazia meses que estavam esperando eu falar.

— Ele não pode mais machucá-la agora, queri...

— Não me chame assim, por favor. Não me chame de nada que não seja meu nome. Apelidos carinhosos escondem pessoas más.

Papai era o único com quem eu conseguia trocar poucas palavras, eu confiava nele... *quando a porta estava aberta*. No entanto, ficar muitas horas a sós com ele começava a me causar uma crise de pânico que eu não podia evitar.

Era como se eu estivesse revivendo toda a tortura outra vez.

Um quarto.

Uma porta.

Uma garota frágil.

Um homem.

Sim, ele me salvou das garras de Enrico, eu devia confiar nele. Por outro lado, por quantas boas intenções eu fui enganada? Quem me garantia que papai também não me via como um vaso de argila que precisava de reparos?

Ele é seu pai, nunca encostou um único dedo em você.

Todo assassino tem sua primeira vítima.

Que pensamento repulsivo.

Pensamentos desses tipos são os únicos que têm visitado minha mente. Eu queria evitá-los, era deprimente pensar que todo homem era igual a Enrico, só que a Luz de antes já não existia. Não havia mais Luz confiante, decidida, teimosa, corajosa. Agora eu era uma pessoa digna de pena.

— Quando assinarei o divórcio!? — Questionei.

— Ah, filha, isso irá demorar um pouquinho, sabe que existe toda uma burocracia e precisamos levar em consideração que Enrico não quer aceitar isso tão facilmente — disse papai.

— Não posso acreditar que ainda sou considerada esposa daquele monstro — murmurei, limpando as lágrimas.

— Você não é. Agora você está aqui com sua família que te ama e que fará de tudo para protegê-la — ele quis me abraçar, se conteve.

— Não queria ter arruinado sua reputação. Sei o quanto tudo custou para você.

Ele balançou a cabeça.

— Você é minha filha. Não existe nada no mundo que eu não faria por você. Enquanto eu viver, nenhum outro homem irá tocá-la — garantiu, havia algo como o amor em seus olhos, eu não podia dar certeza, já não sabia se esse era um sentimento que realmente existia nos seres humanos. — Sei que as feridas ainda são profundas e excruciantes, mas sabe de uma coisa, Luz? Você irá superar isso. Não digo que irá esquecer, mas sei que vai superar.

Suas palavras aqueceram meu coração tão gelado e quebrado.

— Enrico acabou com minhas esperanças, fez isso como o outono arrancando as folhas das árvores.

Olhou-me com ternura.

— Então seja como a primavera: refloresça.

— Não está tão ruim assim — ela disse. Como minha porta ficava sempre aberta, eu não tinha privacidade alguma.

Escondi meu corpo com o roupão rapidamente.

— Não é culpa sua, Luz, sabe disso, né?

Sabrina tentava conseguir proximidade, queria invadir minhas lembranças para, de alguma forma, trazer-me à realidade.

Você está segura, eles diziam. Eu não me sentia segura.

— Você ainda não consegue dormir? — Perguntou-me, reparando nas minhas olheiras profundas.

Me sentei na cama. O coque no meu cabelo desmanchou, eu aproveitei alguns fios soltos para esconder meu olhar pávido.

— Dormir me torna vulnerável — expliquei.

Fez cara de confusa.

— Do que você tem medo? Ele não está mais aqui.

Engoli em seco.

— Sim, ele está. Está na minha pele e na minha mente — falei e tentei me explicar. O problema da dor é a nossa incapacidade de expressá-la. Nada do que eu dissesse faria com que alguém me entendesse. Eu podia dizer sobre o peso da mão de Enrico em meu rosto, a ardência do cinto em minhas costas, entretanto, nenhuma explicação conseguiria retratar com tanta honestidade tudo que passei. — Há rastros de Enrico em todo o meu corpo. Quando eu tento dormir, tudo volta... feito um furacão.

Sabrina tentou segurar minhas mãos, eu as tirei. Não era proposital. Eu queria abraçá-la, chorar em seus braços. Entretanto, eu não conseguia.

— Sentimos sua falta na mesa — falou, segurando a bandeja e se aproximando da minha cama.

— Me sinto indisposta. Sinto muito, mãe.

— Você não pode continuar enfiada dentro desse quarto, Luz. — Colocou a bandeja na cômoda. Mamãe tinha uma forma diferente de abordagem, não veio até mim com palavras doces ou com olhar de pena. Pelo contrário, veio zangada, parecia não aceitar a minha letargia.

— Você não está morta, pare de ser enganada por essa... paralisia — ela falou e agora me encarava como se eu fosse uma doente. Talvez eu não estivesse muito longe disso.

Ela tirou a coberta que me aquecia, queria me obrigar a sair da cama.

— Você já não deve sequer lembrar a cor que tem o céu. Será que ainda sabe andar!? — Questionou seriamente.

— Eu não quero me levantar. Por favor, mãe, não me obrigue a encarar a vida.

Meus olhos lacrimejaram. Chorar já havia se tornado algo comum nos meus dias, era tão automático quanto abrir os olhos pela manhã.

— Você ainda está viva, Luz. Pare de se diminuir, você é uma vencedora. Sabe quantas mulheres têm força e coragem para enfrentar seus maridos?

— Eu me deixei enganar, mãe. Eu me apaixonei por um monstro, eu trouxe Enrico para nossas vidas. Eu envergonhei todos vocês.

Ela se sentou na cama e, pela primeira vez, depois de muito tempo, olhou-me com o olhar de uma mãe.

— Como pode dizer isso? Se tem alguém que causou vergonha nessa casa, esse alguém sou eu. Você correu para os braços de seus pais, tomada por cicatrizes e eu a julguei, ofendi-a. Você foi uma criança que me fez arrancar os cabelos, Luz, mas eu nunca estive tão orgulhosa de você quanto estou agora.

Sorri envergonhada.

— Como pode ter orgulho de mim, mamãe? Estou feito um vidro remendado.

— Não tenha vergonha das suas marcas, elas são provas de que você esteve em uma guerra e sobreviveu a ela. Não sei o que aquele infeliz fez com você e não posso dizer que imagino, pois não imagino, mas você está aqui agora, está viva e bem. Então, por favor, Luz, pare de dar continuidade à tortura que Enrico começou com você.

— Não estou fazendo isso...

— Você está! Está remoendo a mesma dor milhares e milhares de vezes, fazendo com que ela torne a sangrar.

— Mãe... — Queria ter conseguido falar qualquer coisa. Fiquei sem voz. Enrico fez com que eu deixasse de acreditar em mim mesma e, mesmo que todos me encorajassem, dissessem que eu era uma vencedora, eu não me via dessa forma. Me via como uma tola que deixou ser enganada por flores e palavras doces.

Capítulo 11

Enrico

Como ela pôde ter feito isso comigo? Como teve a coragem de me deixar dessa forma? Correu para os braços do papai. Quanta tolice. Ainda me chutou em público, ofendeu minha masculinidade na frente de todos.

O que farei com você agora, hein, Luz? Seu pai não vai poder protegê-la para sempre, ainda mais se eu conseguir me livrar dele antes.

Vai ficar trancafiada dentro de casa eternamente? Oras, se era isso que você queria, então por que fugiu de mim?

Soquei o volante. Mais uma noite que eu voltava para casa sem conseguir ter qualquer contato com Luz. A idiota sequer deu as caras na janela do seu quarto. Estava de cama? Estava enferma novamente?

Ah, Luz, se eu perder toda a herança por sua culpa, acabo com sua raça!

— Ah, MERDA! — Soquei o volante novamente. Não conseguirei ficar inventando desculpas para meu pai, já faz meses desde que Luz me deixou e eu escondo isso de todos.

Se eu ao menos conseguisse um contato a sós com ela... Eu podia ameaçá-la, e dessa vez levaria munição para a arma, não falharia tão feio como aconteceu meses atrás. Se eu soubesse que as coisas fugiriam tanto do controle aquele dia, teria ido mais preparado e acabado com seu pai naquela calçada.

Desembarquei do carro, peguei um cigarro e o acendi. Além de humilhado, Luz também fez com que meu vício voltasse, mas isso era o menos importante.

Apaguei o cigarro assim que atravessei o portão do apartamento. Não cumprimentei o porteiro como de costume, eu não estava bem-humorado.

Optei por subir as escadas pois me acostumei com o medo que Luz sentia de elevadores.

Destranquei a porta e entrei em um dos apartamentos, o que eu mais costumava ficar. E, por falar nisso, eu ainda precisava devolver os outros três que tinha alugado apenas para manter Luz e eu isolados no andar.

— Há quanto tempo ela foi embora? — Perguntou assim que entrei.

Me estremeci de uma forma ridícula e infantil. Como aquele velho ainda me causava tanto temor?

— Oi, pai. — Larguei a chave em cima da mesinha da sala.

— Te fiz uma pergunta, moleque! — Suas mãos estavam dentro da calça velha, ele mordia um palito de dente, a barba grande quase dava para trançar. Quem o via de longe não imaginaria o torrão de dinheiro que tinha em sua conta, ele me lembrava um mendigo de tão malvestido.

Eu já não podia mentir para ele. Eu seria morto se lhe contasse há quanto tempo o vinha enganando.

— Ela... Luz... — comecei a falar, só não tive coragem para concluir sem contar alguma mentira. — Eu a deixei.

Cuspiu o palito de dente no chão. Suas botas faziam um alto som enquanto ele se aproximava. Meu coração batia exageradamente dentro do peito.

Um covarde. É isso que sou.

— Então os boatos que chegaram até mim não passam de... boatos? — Seu hálito fedia à pinga.

— Quais boatos, meu pai?

— Há quem diga que meu garoto foi tratado feito um cão vira-lata no meio da rua. Não sei se devo acreditar nisso, meu filho, o que você acha? — Perguntou e soltou uma gargalhada rouca de cachaceiro. — O filho que treinei para ser homem, ter sido maltratado por sua esposa.

Engoli em seco.

— Não foi assim que aconteceu — eu disse, por muito pouco consegui não gaguejar.

— Então me diga que não foi vexado por sua esposa!?

— Foi Roberto quem me afrontou, pai. Ele descobriu o mal que eu fazia à sua filha e...

— Então você não apanhou apenas de sua esposa, apanhou também do pai dela? — Questionou, deixando escapar cuspe em minha cara. Ele estava tão furioso.

— Não se aborreça, meu pai. Eu me vingarei de todos! — Garanti.

— Permitiu que sua mulher pisasse em você. Envergonhou o sangue de nossa família! — Ele falou aos gritos e meus olhos tremeram.

— Papai... — Engoli o choro. Eu sempre virava um bebê chorão perto dele. Era inevitável.

Ele pegou-me pelo colarinho da camisa sem se importar com meus quase dois metros de altura.

— Já mandei parar de me chamar assim. Quando vai crescer, moleque!? Quando vai parar de me envergonhar?

— Eu sou um homem! — Afirmei. Ele estava dificultando minha respiração ao apertar meu colarinho daquele jeito.

— Homem? — Debochou. — Nunca vi homem chorando assim.

— Me largue. Já não sou criança para estar me tratando dessa forma! — Segurei seus pulsos tentando me soltar.

— Você ainda é um menino, e meninos precisam apanhar até se tornarem homens! — Ele falou e me empurrou bruscamente. Tropecei na mesinha da sala e caí de costas.

Ele tirou seu cinto de couro. Me empurrei com os calcanhares para longe dele.

— NÃO FAÇA ISSO! — Gritei, porém seu cinto já rodava no ar e me golpeou como se eu fosse um animal. — Pare, pai. Não faça isso!

Me acertou novamente, dessa vez atingiu meu braço e o rosto.

Eu precisava me levantar do chão e enfrentá-lo, já não era uma criança de dez anos, agora eu tinha força e tamanho para lidar com ele. Só me faltava coragem...

— Você é um covarde, moleque. Devia ter matado você quando era criança, assim eu evitaria essa aberração que se tornou.

A essa altura eu já estava chorando, o que o deixava com mais raiva ainda.

— Você... vai... aprender... a.... crescer — ele disse, era uma palavra por cintada. Eu ainda estava no chão, encolhido no canto da parede como sempre ficava quando apanhava.

— Gosta de apanhar de mulher, seu marica? E de homem, hein?

Ande logo, Enrico, reaja!

— Pare com isso, pai! — Eu disse, sentindo a ardência dos golpes. Ele não tinha o direito de me tratar daquela forma. Eu era um homem. Um adulto. Seu filho.

Como podia humilhar-me assim em minha própria casa?

— Você vai devolver cada centavo que te dei, já que minha honra você destruiu. Não o sustentei por tantos anos para me fazer passar vexame.

Ele movimentou novamente o cinto para me golpear, dessa vez consegui segurar antes de me atingir.

— Não devolverei nada a você. Eu me casei com Luz da forma como me desafiou. Fiz tudo que ordenou que eu fizesse. Não fazia parte do trato eu te devolver tudo caso as coisas dessem errado em meu casamento! — Enfrentei-o. Aquela era a primeira vez que o fazia.

Ele puxou com força o cinto de volta para suas mãos.

— Você viu o que fiz com sua mãe, garoto? Acha que não quebrarei sua fuça igual quebrei os dentes dela!? — Questionou, fazendo aquela cara de louco que me aterrorizou durante a infância. — Você não soube ser homem com sua esposa e quer tentar ser homem comigo, seu moleque covarde!?

Eu me levantei do chão com os olhos fixos no meu pai, ele parecia tão irritado e tão decepcionado comigo. Eu havia fracassado miseravelmente, sabia disso, mas eu ainda era seu único filho, se ele me matasse ficaria solitário no mundo.

Talvez ele não se importe muito com isso.

— Eu não sou como minha mãe, sou como você, pai. E me orgulho disso — afirmei. — Me dê outra chance, eu posso trazer Luz de volta ou arrumo outra maldita esposa.

Ele gargalhou. O velho já não acreditava em mim.

— Não, menino. Não permitirei que me desonre outra vez. Quando olho para você, tudo que vejo é uma carcaça que ofende todo e qualquer homem — ele falou, e havia um imenso desgosto em seu tom de voz.

Cerrei meu punho, com uma força exorbitante. Queria socar aquele pedaço de carne envelhecida do rosto dele, arrancar seus dentes amarelados pelo cigarro, mas eu não pude. Quando criança, papai me ensinou a abaixar a cabeça para ele antes mesmo de eu aprender a falar, e a levantar a mão para mamãe antes mesmo de aprender a andar.

Então, ele cuspiu em meu rosto. Sua saliva mucosa, esverdeada e com cheiro de cigarro, escorreu por minha bochecha. Papai se aproximou de mim, tão próximo como se fosse me beijar, levantou seu dedo calejado e o movimentou em frente aos meus olhos enquanto falava com desprezo:

— Não quero te ver nunca mais, tá me entendendo, moleque!?

— Pai...

— Pai? Qual pai? Você não é meu filho. Não mais. Agora você é para mim um animal feito sua mãe e sua esposa!

— N-ão sou como elas...

— Blá-blá-blá.... Aprenda a falar feito um homem, seu monte de merda! — Ele disse, cuspindo mais uma vez. — Você tem até amanhã pra me devolver todo o dinheiro que te dei.

Qual é, Enrico? Vai deixar ele falar assim com você? Você consegue quebrar a cara desse desgraçado com um único murro. Esmague a cabeça dele na parede.

Limpei a meleca que estava em meu rosto com as costas da mão direita.

— Eu não vou te devolver nada! — Eu disse e ele agarrou meu pescoço com as duas mãos. Apertando, e a cada instante aplicava mais força. Me asfixiava. Essa era a primeira vez que eu estava experimentando a real sensação de ficar sem ar. Não gostei nem um pouco.

— Sim, você vai, ou matarei essa aberração que eu insistia em chamar de filho — ameaçou. — Estamos entendidos?

Confirmei com a cabeça rapidamente, já que não podia falar.

Ele não me largou.

— Vou espancar você, garoto. Se não aparecer com meu dinheiro, arranco esse seu pênis virgem.

Ele riu, endiabrado, ao passo em que eu urinava na minha calça feito um desgraçado.

Capítulo 12

Luz

3 anos depois.

Acorde, meu docinho, trouxe uma maçã do amor para você. Você gosta de maçãs, não gosta? Eu podia sentir o cheiro do doce vermelho e pegajoso. *Coma, querida. Adoro quando você morde sensual desse jeito.*

Suas mãos me chacoalhavam, tentando me despertar de um sono profundo. Acordei aos gritos e me debatendo violentamente.

— Ei, calma. Luz, ei.

A luz foi acesa e somente quando vi o rosto do meu pai que eu consegui me acalmar. Senti o suor escorrendo por meu rosto, além da minha camisola grudada em meu corpo e encharcada.

— Você teve um pesadelo. Já passou... Já passou — ele disse, puxando-me para um abraço carinhoso e afagando meus cabelos ensopados de suor.

E como todas as noites, durante três anos, eu chorei em seus braços. Eu estava me afogando em lembranças cruéis, contudo me esforçava para vencer meus demônios dia após dia. O primeiro passo foi permitir ter contato físico com meus familiares outra vez, era uma forma de aliviar um pouco todo o peso que eu vinha carregando sozinha. Estava fazendo uma terapia comigo mesma, isso ajudava um pouco, já que ainda não estava pronta para falar com mais alguém sobre tudo. Havia criado um mantra, não sei se era saudável, apenas sei que era bom fingir que tudo que eu vivi não passou de um pesadelo, pois encarar meu casamento como uma realidade era extremamente perturbador. Sempre que o terror voltava, eu fechava meus olhos e dizia para mim mesma: "Você teve um pesadelo. Já passou... já passou", e era com esse mesmo mantra que papai me acordava sempre que eu estava aos gritos.

Mamãe Cora insista para que eu fizesse tratamento com algum terapeuta, ela não entendia de forma alguma os motivos de eu querer guardar a tormenta comigo.

Ajudaria falar com outras pessoas, sei que ajudaria. No entanto, eu tinha medo das pessoas não acreditarem em tudo que passei, de acharem que eu era dramática e fantasiosa. Para falar a verdade, com o passar do tempo, até mesmo eu comecei a duvidar de mim. Então, certas vezes, arrastei-me até o espelho e olhei para as minhas cicatrizes, elas eram provas de que as dores foram e são reais, de que os gritos e os choros têm motivos.

É confuso. Eu dizia para mim mesma que tudo não passou de um pesadelo, e ao mesmo tempo olhava meu reflexo para saber que foi real. A verdade é que é necessário deixar o passado para trás e continuar a viver, ninguém precisa enfrentar a mesma dor todos os dias. Por isso, diga para si mesma que aquela tortura foi apenas um sonho ruim quando sentir-se afundando nessa areia movediça que insiste em te levar de volta para o sofrimento, e quando olhar para suas marcas, que seja apenas para lembrar-se de que você esteve no pior dos pesadelos, o enfrentou e saiu viva dele. Ninguém vale o preço da sua vida, das suas lágrimas ou do seu definhamento.

— Sim, pai, já passou... já passou — murmurei.

Eu não estive aprisionada dentro de casa durante esses três anos. A primeira vez que saí de casa foi para a audiência do meu divórcio, e foi nesse mesmo dia que eu vi Enrico, há dois anos. Ele estava destruído fisicamente, o rosto estava ferido e roxo. Alguém finalmente tinha feito com ele o que eu não tinha sido capaz. Eu entrei em estado de choque quando nossos olhos se cruzaram, todas as suas ameaças voltaram sussurrando para os meus ouvidos, senti que a cadeira estava me engolindo, o chão parecia ter se aberto para me devorar. Papai apertou minha mão para me trazer de volta à realidade e também para se mostrar presente. Aquele foi o primeiro contato que tivemos depois de muito tempo.

Mesmo com os melhores advogados cuidando do meu caso, ainda tive que dividir tudo com Enrico, levando em consideração que eu não contei nada do que passei, apenas meu pai que apontou alguns fatos. Eu fiquei com o apartamento que morei com Enrico, mas eu não queria pisar nele nunca mais. Eu morri naquele lugar, meus sonhos morreram, seria como visitar meu túmulo. Então, eu me desfiz de tudo. Não fiquei com absolutamente nada que me lembrasse aquele terrível casamento.

Eu fiquei sabendo de poucas coisas sobre Enrico depois da última vez em que nos vimos, alguns boatos chegaram até mim sobre ele ter ido embora para o interior. Eu já podia respirar aliviada em São Paulo.

Mamãe trançava meus cabelos com uma calmaria impactante, depois de papai ter saído do quarto para nos deixar a sós. Ela esperava que eu falasse algo sobre aquela visita tão... misteriosa. Eu teria falado, se minha boca não estivesse tão ressecada e amarga. O que levou Leôncio até minha casa?

— Agora já está pronta — ela disse, ajeitando os grampos na trança.

Meu reflexo no espelho não me agradava. O olhar cabisbaixo contrastava com meus lábios finos e quase brancos. Eu parecia uma obra de um pintor deprimido e com poucas tintas. Tudo em mim estava tão pálido e tão sem vida. A trança em meus cabelos fazia com que meu rosto parecesse mais fino do que de fato era. Estava tudo bem. Eu estava dando meu máximo. Se eu estivesse bonita demais, sorrindo demais, as pessoas também diriam. Elas sempre dizem algo.

— Vamos. Ele já está esperando há muito tempo. Este é o rapaz que a ajudou, não é? Lembro que me contou algo sobre ele — comentou mamãe, desamarrotando o vestido em meu corpo. Eu realmente tinha contado a ela sobre Leôncio ter cuidado de mim quando adoeci. Ela sempre queria saber de detalhes sobre meu casamento, tentava fazer isso de forma sutil. Ela não acreditava quando eu dizia que não houve um único momento em que Enrico e eu fomos felizes. Um único dia em que não chorei.

— Sim, é — falei, ainda observando meu pobre e acabado reflexo. Mamãe me guiou até a saída do quarto, sempre fazia isso e eu não sabia por qual razão.

Descemos as escadas. Longos degraus. Sentia-me afundando novamente na areia movediça. Tudo que me levava de volta ao passado me fazia sentir assim: angustiada. Trêmula. Suando frio. Uma sensação quase claustrofóbica.

Leôncio estava sentado no sofá da sala. Fumava um charuto com meu pai. Estavam em uma conversa que nenhum dos dois parecia entretido de verdade.

— Olha quem chegou! — Sorriu papai assim que me viu. — Você está maravilhosa.

Ele apagou o charuto e veio até mim para me abraçar.

— Luz — disse Leôncio assim que papai me soltou. Foi tão estranho vê-lo nessas condições, sem sua maleta médica, óculos, tão informal.

Minhas pernas bambearam. Aquela situação seria de chorar se não fosse de estremecer.

— Já lhe foi servido algo para beber? — Perguntou mamãe. Sendo sempre tão gentil. Uma verdadeira dama.

— Que é isso, Cora? Eu não deixaria o convidado passar sede — brincou papai.

Leôncio sorriu. Seus olhos sempre se voltavam para mim, como se procurasse indícios da guerra que enfrentei. Além da cicatriz quase imperceptível do meu rosto, os anos estavam, pouco a pouco, camuflando as feridas mais visíveis.

Eu não sabia ao certo como devia reagir perto de Leôncio. Se eu sorrisse demais ele acharia que eu já superei Enrico, se eu fosse honesta em relação aos meus sentimentos, passaríamos longas horas em um profundo martírio.

— Devemos deixá-los a sós? — Papai perguntou, ao reparar no silêncio abrindo espaço entre nós.

Eu ainda continuava muda. Absolutamente quieta. Até mesmo minha respiração estava silenciosa.

— Sim, vamos fazer isso — ciciou mamãe, finalmente me soltando.

Ouvi quando se distanciaram, ela e papai, deixaram apenas os leves odores de perfumes para confirmar que um dia estiveram ali ao meu lado.

— Quer se sentar? — Leôncio perguntou.

— Ainda não sei o que quero. Qual a razão de sua visita? — Murmurei, com as mãos entrelaçadas sobre o peito, como se fosse orar, e talvez, eu devesse.

— Saber como estava. Eu gostaria de ter vindo antes, devido a tudo o que aconteceu.

Baixei meu olhar.

— Estou bem, na medida do possível, doutor.

— Vamos nos sentar, por favor. Você me parece tão abatida.

Me adiantei até o sofá e sentei, procurando manter distância física de Leôncio assim que ele se sentou ao meu lado.

Teríamos uma conversa desagradável, eu sabia. Leôncio me levaria de volta para os instantes aterrorizantes que eu tanto tentava fugir. Mas foi ele quem chamou a polícia para me ajudar. Eu devia muita explicação a ele. Ele merecia isso.

— Está tudo bem. Pode me perguntar o que quiser, afinal, você salvou a minha vida — eu falei. Estava desconfortável, claro que estava, só preferia acabar com aquilo o quanto antes para nunca mais precisar vê-lo.

— Não, por favor, não ache que me deve algo. Eu apenas fiz o que era certo. Qualquer um...

— Não, doutor. Não são todos que teriam feito o que você fez — o interrompi. — O senhor me tirou de dentro da boca do leão quando ele estava pronto para me devorar.

Seu rosto aqueceu até ficar da cor do fogo, eu não soube se tinha dito alguma bobagem.

— Fico contente em ver que a senhorita esteja melhorando e que esteja sendo bem tratada, da forma que uma dama merece — ele disse em uma velocidade que me surpreendeu não ter se embolado nas palavras. Por que estava sendo tão gentil? Será que agora me via como uma donzela em perigo? Espero que ele não esteja confundindo as coisas. Isso acabaria com a pequena admiração que eu sentia por ele.

Abri um sorriso amigável, porém tímido. Era no mínimo esquisito ficar de frente para alguém que conhecia os meus piores segredos.

— A liberdade me cai bem, doutor. Acho que algumas pessoas são mais felizes assim — exprimi. Senti que devia encerrar o assunto o quanto antes, estava evidente que nenhum de nós estávamos à vontade com aquilo.

— Não é sua culpa.

Ergui uma sobrancelha, absolutamente confusa.

— Não acho que seja. Não mais — admiti. E era verdade.

— Também não é culpa da mãe dele — ele acrescentou, parecia querer me dizer algo.

— Aonde o senhor quer chegar, doutor? —Pressionei-o, sem esconder minha inquietação.

— Enrico foi criado para ver as mulheres como animais. Ele não tinha respeito nem mesmo pela própria mãe. Foi o pai quem o ensinou a ser assim.

Engoli em seco. Ainda me dava náusea ouvir aquele nome.

— Acho que agora é um pouco tarde para o senhor tentar abrir meus olhos, doutor.

— Eu sei, eu sei. Mas veja, não achei que ele fosse capaz de tamanha crueldade. Eu pensei que o tempo o faria ver quem era o pai dele, que ele enxergasse o quão atrozes eram todos aqueles ensinamentos — ele falou. Vi uma lágrima escorrer de seu olho, fiquei sem jeito. — Me sinto culpado, de certa forma. Eu podia ter impedido muitas coisas.

Ah, por Deus, não chore. Não irei consolá-lo.

— Está tudo bem, doutor — eu falei, não sabia o que dizer para tranquilizá-lo. — Já passou.

Leôncio enxugou aquela lágrima inesperada e se levantou do sofá. Me levantei também.

— Eu acho que agora devo ir.

Nos despedimos e eu realmente acreditei que aquilo seria um adeus. Eu nunca, em toda a minha vida, suspeitei que Leôncio seria meu segundo marido.

É assim, a dor cicatriza, mas não sara. Algumas pessoas conseguem seguir com a vida e viram a página. Eu segui com minha vida porque foi preciso, minha família me empurrava dia após dia. Eu era arrancada da cama, quando tudo que mais queria era não tirar a cabeça do travesseiro nunca mais. Precisei trabalhar, estudar e fingir sorrisos.

Enrico foi um passado triste da minha história, e resolvi deixá-lo exatamente lá: no passado. Ele não iria me vencer, eu era mais forte que isso. Não lutei tanto por minha vida para depois me afundar.

— Você não comprou sorvete para deixar derreter, né?

Vi o líquido marrom e gelado escorrer por entre meus dedos. Passei a língua e provei do sorvete de chocolate, ele estava bem mole por culpa daquele sol quente.

— Você está bem distraída hoje. No que tá pensando? — Perguntou Sabrina, e cada vez que ela falava eu ria um pouco da sua língua pintada de azul.

— Não estou pensando em nada. Toma logo esse sorvete e vamos para casa.

— Já não sou criança, Luz. Você pode falar comigo. Você sempre me deixa de fora da sua vida — ela resmungou.

— A minha vida é um calabouço, você devia ficar feliz por eu não querer que você faça parte disso.

Ela revirou os olhos e jogou o sorvete na lixeira ao lado.

— Odeio quando você começa com esses pensamentos melancólicos. Eu quero saber da parte boa. Eu ouço você conversando com o médico gostoso tarde da noite. E aí, o que tá rolando?

Fiquei vermelha e tomei sorvete para não precisar respondê-la.

— Isso é estranho. Você costumava ser mais nova que eu — falei rindo e garanti em seguida: — Leôncio é apenas um amigo.

— E também é o único — retrucou, arrumando seu rabo de cavalo. Joguei meu sorvete fora quando me dei conta de que o sol já tinha tomado boa parte dele, sobrando-me apenas o palito e duas mãos pegajosas. — Qual é, Luz? Tá na cara que ele é louco por você.

Louco por você. Enrico também era louco por você.

Senti como se tivesse levado um soco na boca do estômago. Um choque de realidade.

— Então talvez eu devesse parar de atender as ligações dele.

— Como se ele não soubesse onde você mora — lembrou-me com inocência. Sabrina não imaginava o quão perigoso era quando um homem ficava louco por você, o quanto isso poderia ser fatal. É assim que começa, não? A obsessão, o desejo de possuir e depois achar que pode fazer o que quiser, então vêm os gritos, tapas, ordens, paranoias...

— Eu... não estou me sentindo muito bem. Vamos embora — eu falei e tentei me levantar. A praça começou a girar, eu me apoiei no banco para me manter em pé.

Você ainda é minha, docinho. Percebe como eu ainda te possuo? Minha passarinha assustada.

— EU NÃO SOU SUA PASSARINHA! Não sou sua! — Gritei, chorando com desespero.

— Luz, o que é isso? — Sabrina tinha os olhos arregalados, vendo a irmã ter um surto em público e todos olhando. Era muito mais fácil lidar com minhas paranoias quando estávamos entre quatro paredes.

Eu já tinha destruído a dignidade dos meus pais, agora estava fazendo o mesmo com minha irmã caçula. Me sentei no banco outra vez e chorei.

Sabrina fez o que qualquer irmã teria feito naquela situação.

Ela foi embora.

Sabrina tem se mostrado uma filha da puta, e não demorou muito para que eu me desse conta disso. Agora que estávamos morando na mesma casa outra vez, a cada dia ficava mais claro que ela tinha um sério problema em me ter ali. Tudo que eu fazia a irritava e sempre acabávamos aos gritos uma com a outra. Chegou a um ponto de se tornar impossível permanecermos no mesmo cômodo mais que alguns minutos.

Se eu fazia café, ela não tomava, se eu deixava sua torrada pronta, ela não comia. Eu fazia de tudo para que voltássemos a ser como éramos, até que eu também cansei de tentar, depois do dia que ela gritou duras palavras para mim. Eu a perdoei por ter me abandonado na praça quando tive um pequeno surto, mas não podia perdoá-la por me chamar de louca.

— Então vai ser isso? Voltei a ter duas crianças em casa? — Questionou mamãe, aborrecida com aquele silêncio no café da manhã.

Sabrina riu baixinho. Eu já não era mais a garota-problema, Sabrina quem era e, talvez, meus pais não estivessem enxergando isso porque estavam preocupados demais comigo. Medo de eu me envolver com drogas, ou entrar em uma depressão profunda.

— Estávamos tão bem sem ela. Ela vai ficar aqui por mais quanto tempo? — Sabrina questionou à mamãe.

— Sua irmã ficou fora de casa menos de dois meses — lembrou minha mãe. Recordou-se que meu casamento foi tão rápido como um piscar de olhos.

— Que seja, ela já é uma mulher adulta, tem que casar de novo antes que fique pra titia.

— Você também já é uma adulta, Sabrina! — Lembrei-a.

— Acontece que eu nunca saí de casa, não sou divorciada. É mais feio para você do que pra mim, acredite, irmãzinha.

Eu bem que estava tentando me segurar para não discutir, mas Sabrina sabia como me tirar do sério.

— Vá à merda, Sabrina! — Gritei, batendo os punhos na mesa e fazendo minha xícara balançar sobre a mesa de madeira.

— Meu Deus, mãe! Não percebe que Luz ficou maluca? Vai saber do que ela é capaz. A loucura de Enrico pode ter passado para ela.

— Chega, Sabrina — advertiu mamãe. — Estão pior do que crianças. Duas desvairadas. Ainda bem que seu pai não está aqui agora para ver isso. Não sei de qual das duas eu devo sentir mais vergonha.

— Tanto faz, você sempre acaba do lado dela mesmo — disse Sabrina, e se levantou com um impulso violento.

Ciúmes? Inveja? Algo a tinha transformado em um ser desprezível. Os sentimentos sempre transformam as pessoas.

— Eu sinto muito, mãe. Não queria estar causando esse desconforto. Sei que me ter em casa não é mais a mesma coisa — desabafei, dando razão para tudo que Sabrina tinha dito sobre meu retorno. Percebi que mamãe estava dividida, não sabia se me tranquilizava ou se metia o pé na minha bunda.

Ela balançou a cabeça de um lado para o outro, passando geleia na sua torrada.

— Não dê ouvidos para o que sua irmã fala, ela só está sendo uma jovem revoltada como você mesma foi — admitiu, querendo levar a conversa por um caminho bem mais humorado.

Eu assenti. Sendo sincera comigo mesma: eu sabia que era hora de partir. Já tinha feito um belo estrago em minha casa, mamãe e papai já não viviam mais a mesma vida. Eles agora viviam para mim. Tentavam me fazer uma garota feliz outra vez, preocupavam-se o tempo inteiro com minha saúde mental. Eu os acordava quase toda madrugada com gritos aterrorizantes. Eu era como um espírito maligno vagando por aqueles corredores.

Eu fingia estar bem e fingia muito bem, só que nos minutos de silêncio, a garota deprimida voltava a possuir meu corpo.

Capítulo 13

Luz

2 anos depois.

Algumas mulheres se casam por amor; outras, por necessidade. Isso nem sempre fica tão claro para quem está de fora. Afinal, aquele pequeno sorriso no rosto, o vestido branco ocultando o corpo genuíno da bela dama, o véu transparente que cobre delicadamente seu rosto, tornam quase impossível reparar na alma morta que está por debaixo daquela carcaça que desliza pelo tapete vermelho e comprido. Algumas querem chorar desesperadamente enquanto caminham em direção ao altar, mas se lembram de todos lhe dizendo para não desmanchar a deslumbrante maquiagem que está em seu rosto. Outras querem gritar, ao se darem conta de onde estão, só que a chamariam de louca. Também existem mulheres que querem fugir, sair correndo, mas não podem... não podem. Elas precisam daquilo. Precisam estar ali e fingir felicidade

Eu estava sendo como a primavera, como papai mandou. Estava tentando reflorescer com as migalhas que haviam me sobrado. Mas não era por isso que eu me casava pela segunda vez. Me casava porque era isso que esperavam de mim. Não podia continuar sendo a jovem divorciada, meus pais precisavam retomar sua vida, ao invés de ficarem dando satisfação aos vizinhos sobre a minha.

Eu não amava Leôncio — o amor me causava tremores —, eu preferi mantê-lo longe da minha nova relação. Não tinha mais planos como tive no primeiro casamento, não tinha mais sonhos, descobri que sonhos podiam se tornar pavorosos pesadelos. Eu entrei crua na igreja: sem esperanças, sem desejos, sem paixão. Apenas com um desespero incontrolável para que tudo aquilo chegasse ao fim.

Eu era corajosa de estar me casando novamente, ah, eu sabia. Oras, uma divorciada aos vinte e quatro anos não tem muitas opções. Não quando se tem uma família tradicional como a minha, em um mundo como esse.

Eu preferia ter comprado um apartamento para morar sozinha, meus pais me imploraram para que eu não fizesse isso, que eu desse uma chance a Leôncio, que se mostrou afetuoso e muito presente nos últimos anos. Para mamãe Cora, "mulheres são seres inúteis sem seus homens". Afinal, como eu poderei lhe dar netos? Ela sempre questionava e eu queria responder: "*Talvez eu não queira filhos, mãe. Como cuidarei de outro ser humano se desaprendi a cuidar de mim?*"

Isso já não importava, eu já havia dito "sim" diante o padre, outra vez.

Foi na lua de mel que tudo se iniciou com Enrico, então eu não me surpreenderia com nada de ruim que Leôncio fizesse. Estava preparada. Tinha escondido uma tesoura de costura na minha bolsa.

Leôncio e eu decidimos não fazer nenhuma viagem para comemorar a lua de mel, em relação a isso ele tinha sido bem flexível.

— Certo, então vamos às regras: sem apelidos carinhosos comigo, não tranque a porta de forma alguma, não me prive de comer, de ligar para meus pais, de sair, de trabalh...

— Ei, ei, ei... Vamos com calma — ele me interrompeu e tentou me segurar para que eu parasse de andar de um lado para o outro no quarto.

— Não me toque assim também — adverti. — Por favor, não me toque. Ainda não.

Ele cruzou os braços sobre o *smoking* escuro. Homem alto e musculoso: o tipo que aparenta adorar dar ordens.

— Você sabe que acabou de se casar comigo, não sabe? — Ele perguntou perplexo. — Eu estou bem confuso, Luz. Sinto como se tivesse acabado de assinar um contrato com algum colega de quarto.

Aquilo teria me arrancado uma risada, caso não estivesse pronta para uma luta.

— Somos marido e mulher ou o quê? — Ele perguntou.

Aquele vestido de noiva estava quase me matando de tão apertado. O salto também não era muito confortável. No entanto, eu não podia demonstrar fragilidade, é disso que os monstros gostam: mulheres delicadas e ingênuas. Eu não cometeria o mesmo erro.

— Não recebo ordens, não aceito que grite comigo. Se você gritar, eu vou gritar. Se levantar a mão para mim, eu vou para cima de você com toda a força que tenho! — Alertei-o. Eu estava agindo feito uma paranoica? Sim, com toda certeza. Mas, se eu não começasse a comandar o jogo, ele daria o xeque-mate!

Leôncio respirou fundo, fechou os olhos. Esperei por um sorriso sardônico. Uma frase tenebrosa. Nada. Ele não arrancara a máscara... ainda.

— Luz, eu não sou ele — murmurou, abrindo seus olhos castanhos para mim. Pareciam tão inocentes. Mas não eram. — Eu aceito suas ordens.

Me engasguei com meu próprio oxigênio. *Como assim aceito suas ordens?*

— Eu não vou gritar com você, não vou bater em você — me garantiu e pareceu repudiar aqueles pensamentos. — Estou aqui para cuidar da minha esposa e ser o melhor marido que eu puder.

Não há maridos bons no mundo, Luz. Não se engane. Sua mãe encontrou uma agulha no palheiro, não pense que você teve a mesma sorte.

— Tudo bem, você é bem convicto — eu disse. — Enrico também era.

Ele revirou os olhos e me deu as costas, encerrando o assunto sem discussão. Tirou a gravata; depois, o *smoking*.

— Eu pretendo me despir — avisou —, sei que não vai querer estar aqui quando eu fizer isso.

— Muito gentil da sua parte me avisar. De fato, não estou nem um pouco interessada em vê-lo nu — ironizei e peguei a barra do meu vestido para conseguir sair do quarto sem tropeçar.

Era noite e eu estava em uma casa estranha com um completo "desconhecido". Afinal, o que eu sabia sobre Leôncio? Ele era anestesiologista, filho único, pais americanos e ricos. Pelo que ele havia me dito, sua mãe era dona de casa; seu pai, um ortopedista.

Estávamos sentados, jantando a macarronada italiana que eu havia preparado. Não me importava em cozinhar, pelo contrário, era um grande prazer, além de ser mais seguro. Nunca se sabe que temperos especiais outros podem colocar em seu prato.

Leôncio estava com o cabelo bagunçado, ele não era muito vaidoso. Não se importava em fazer a barba ou em consertar os dentes tortos. Ele era feio. Seu nariz tinha uma falha monstruosa no dorso. Parecia uma lombada. Seus olhos eram murchos, dando a impressão de que Leôncio estava sempre sonolento. E os lábios? Era quase impossível localizá-lo quando ele deixava o bigode grande. Seu corpo musculoso era a única coisa que se salvava.

— Não vai comer? — Ele perguntou.

— Não — respondi em um tom rompante.

Ele arrumou o garfo com delicadeza no prato e zumbriu-se sobre a mesa. Pelo que consegui ver através da sua barba e bigode, os lábios retesaram.

— Você é bem mais comunicativa pelo telefone, não? — Observou.

— Não precisa utilizar de eufemismo para me chamar de "chata".

Ele sorriu. Suas orelhas se mexiam quando ele sorria.

— Você não é chata, digamos que não é de muito assunto. Ao menos, não comigo.

Posicionou o cotovelo na mesa e deitou o queixo na mão. Leôncio fazia caras e bocas querendo ser sensual. Acabava sempre parecendo que sofria um derrame.

Não conseguia me imaginar sendo tocada por ele. Era fastidioso pensar. Sentir sua barba áspera em contato com minha pele.

— Tenho minhas razões — respondi. Eu estava quebrando a primeira regra como esposa e não me importava. Não lhe daria amor e carinho, não antes de me sentir segura para tal proeza.

— Não, não há justificativas para ser tão apática. Tento ser compreensível devido ao transcorrido com Enrico. Eu tenho demonstrado todo o meu respeito por você — ele falou, a frase saiu carregada de frustração. — Não haja tão indiferente comigo. Sinto-me ofendido quando tenta me comparar com um ser tão torpe quanto ele. Há uma diferença colossal entre nossas índoles!

Admito que fui pega de surpresa por aquela resposta. Foi como um tapa na cara, um chacoalhão para me trazer de volta à realidade. Enrico tinha conseguido o que queria, tornara-me uma mulher cética, que não sabia lidar com nada que não fosse a própria solidão.

— E-eu... lamento. Eu criei uma armadura para me proteger. Acho que não sei mais tirá-la — confessei. — Não queria ofendê-lo, nem desrespeitá-lo. Sinto muito.

Leôncio suspirou e me olhou com ternura.

— Sei que não está pronta para muitas coisas, e respeito suas limitações. Só não me trate como se eu tivesse culpa pelo que aconteceu com você, não me olhe como se estivesse apenas esperando eu errar. Saia de cima do muro.

Me ajeitei na cadeira e, outra vez, fiquei em choque com o que ele dizia.

— Não estou em cima do muro. Eu me sinto em uma corda bamba. Tenho medo de andar e cair novamente. Passei anos apenas tentando curar meus ferimentos da queda anterior, o que tive não foi apenas os joelhos ralados, foi algo mais intenso, sabe?

— Eu entendo — ele disse. — Mas, já que se sente em uma corda bamba, tente olhar para a frente e não para o chão. Todo mundo tem medo de cair, se você continuar olhando para baixo, você vai tornar a caminhada ainda mais aterrorizante do que ela de fato é.

— Talvez eu não esteja pronta para seguir em frente. Eu posso acabar derrubando você também.

Ele deitou seus braços sobre a mesa e abriu as mãos esperando que eu colocasse as minhas nas dele. Namoramos poucos meses antes de nos casarmos, nos beijamos e eu não senti o calafrio que estava sentindo agora. Era como se ele tivesse se tornado um completo desconhecido assim que nos tornamos marido e mulher.

— Me dê sua mão, Luz — ele pediu com doçura —, e faça o que quiser comigo. Me guie e me torne alguém merecedor de você.

Me engasguei com meu próprio ar. Ah, Deus, porque eles são sempre tão gentis e carinhosos? Seria tão mais simples se já viessem com data de validade ou com um aviso de: perigo!

Estiquei minhas mãos na mesa também, não toquei as dele. Mantive uma distância segura. Uma fração de mim queria se entregar total e honestamente.

Concentrei-me em afastar esse sentimento ingênuo que ansiava em se jogar de cabeça. Eu poderia me entregar algum dia, mas seria moderadamente, sem correr o risco de transbordar.

— Não precisa ser gentil comigo, apenas seja honesto. Não coloque uma máscara, seja você mesmo, limpo, cru, inteiro.

— É impossível eu ser mais sincero que isso. Se Enrico quebrou você, deixe-me ajudar a consertá-la. Quero afagar onde ele feriu, trazer de volta cada coisa que ele roubou.

Nossas mãos estavam ali, a pouco centímetros uma da outra. Leôncio tinha toda a paciência do mundo, esperava que eu tomasse alguma atitude. Se ele continuasse agindo assim, era muito provável que me convencesse de que era uma boa pessoa.

— Já está tarde... Acho melhor irmos deitar — murmurei, desviando totalmente o rumo daquela conversa. Leôncio era bom com as palavras, sabia exatamente o que dizer, mas ainda eram apenas palavras. Teria que fazer muito mais que isso para me convencer, teria que ter a paciência de um agricultor: plantar a semente, cuidar, esperar e só depois colher o fruto.

Não pensei direito quando apressei as horas e disse para irmos deitar, afinal era nossa lua de mel. O fato de não termos viajado não significava que não consolidaríamos a nossa relação. Eu tinha me encurralado e agora estava deitada na cama com ele e sem saber o que fazer. Eu devia beijá-lo? Ele viria até mim?

Então, ouvi seu ronco: alto e profundo. Leôncio tinha caído no sono. Aquela foi sua primeira demonstração de amor por mim.

— E como tem sido as coisas com seu marido? — Perguntou minha mãe. Nos víamos todos os dias, eu a ajudava na sua butique de roupas, ela costumava ser bem generosa na hora de me pagar.

— Só estamos juntos há uma semana. Ainda não posso dar um veredito — falei, ajeitando o *tailleur fucsia* na manequim.

— Mas ele a tem tratado com respeito? — Perguntou cheia de dedos. Separando um conjunto de colares de pérolas para enfeitar a manequim que eu vestia.

— Sim. Leôncio tem se mostrado gentil e atencioso. — Fechei os botões do *tailleur*. — Não quero criar expectativas.

Por outro lado, eu estava cada dia mais entusiasmada. Não diria que me apaixonei por Leôncio, no entanto, os instantes se passavam e ele me fascinava um pouco mais. Ele não me proibiu de trabalhar, como Enrico fizera, não gritava comigo, não me ofendia e nem tentava me humilhar. O começo do casamento com Leôncio não foi de perto o começo que tive com Enrico.

— Então, já posso esperar por um netinho? — Ela falou. Dava para sentir a torrente de emoções na sua voz.

Senti que fiquei avermelhada. Mamãe não fazia a menor ideia de que eu ainda era casta, eu não queria lhe dizer. Não queria dar razão para ela me culpar caso tudo desse errado no meu segundo casamento também.

— Não apresse tanto as coisas, mãe. Ainda é muito cedo para falarmos sobre filhos.

Ela parou de mexer nas pérolas e me olhou por cima dos óculos de grau. As rugas em seu rosto estavam mais visíveis a cada ano. A pele branca cheia de sardas a envelhecia ainda mais.

— Seu marido já tem trinta e cinco anos, minha filha. Ele não vai poder esperar tanto tempo...

Aquela conversa estava embrulhando meu estômago.

— Eu sei, mãe! — Falei irritada. — Por que está sempre cobrando algo de mim? Implique um pouco com Sabrina também!

— Você é a irmã mais velha. Sabrina está se empenhando nos estudos. Não tenho com o que me preocupar.

— Eu também estudei...

— Você fez um curso de corte e costura. Não era uma faculdade...

Larguei a manequim.

— Quer saber, mãe? Você tem razão! — Exasperei. — Sou mesmo uma mulher sem jeito. Não faço nada certo. Sou uma perda de tempo. Uma completa inútil que acabou com o nome da nossa família. Corte relações comigo se assim quiser, só não aguento mais tanta cobrança. Eu apenas quero viver minha vida. É tão difícil assim?

— Enquanto você for mulher, nada será fácil, minha filha. Temos nossas obrigaç...

Suspirei irritada e saí batendo a porta de vidro da butique.

O calor era insuportável na rua, mas eu não passaria mais um único segundo ouvindo tantas baboseiras da minha mãe. Me acomodei em uma lanchonete de esquina e bebi longos goles de água para me refrescar. Enquanto estava sentada e pensativa, completamente distraída de tudo ao meu redor, senti uma mão fria me tocar no ombro esquerdo, parecia ter acabado de ser lavada.

— Sabia que um dia a veria novamente — ele disse. — Como vai seu pé?

A água que eu estava bebendo pareceu não surtir efeito algum naquele momento. Minha boca ficou seca e, muito embora estivesse de batom rosa, eu podia apostar que ela também ficou branca.

Não era possível... Não era ele. Quanto tempo fazia? Ele não tinha morrido?

— Está surpresa em me ver vivo, eu imagino — ele brincou, dando um sorriso autêntico. — Posso me sentar?

Ele não esperou minha resposta, puxou uma cadeira e se sentou comigo. Olhei ao redor com preocupação, não seria muito agradável se Leôncio me visse acompanhada de outro homem, uma vez que era para eu estar na butique com minha mãe.

— Vo-cê. Oh, Deus! Eu sinto muito — falei, as palavras saíram tortas, como se eu estivesse embriagada. — Eu pensei que tivesse morrido.

— Não me ofenda dessa forma, sou um pescador. Seria muito picaresco da minha parte morrer afogado.

Eu estava pouco à vontade com aquele acaso. Também estava inibida, a primeira e única vez que vi o pescador foi quando fugia de Enrico feito uma louca suicida. Ele provavelmente se lembrava disso e se lembrava principalmente que eu lhe dei as costas enquanto ele, eu supunha, afogava-se.

— Posso imaginar o que pensa de mim — eu disse, erguendo a mão para pedir ao garçom que me trouxesse algo bem mais refrescante do que aquela água. Meu dia estava cheio de surpresas. — Foi extremamente desumano o que eu fiz.

Tomei o gim-tônica que o garçom me trouxe. Eu me perdera completamente no assunto. Como lidar com um desconhecido que seu antigo marido tentou matar?

O pescador fez um gesto com as mãos de "deixa isso pra lá". Eu tive vontade de gritar: "Meu marido tentou matar você, como deixarei isso pra lá?!" E eu também não tentei fazer nada para ajudá-lo, não gritei para as pessoas, não me atirei no mar, muito embora eu soubesse nadar... Eu não fiz absolutamente nada, e me esqueci do pescador por longos anos. Que tipo de pessoa eu havia me tornado?

— Você está bem? — Ele perguntou, observando minhas unhas batendo freneticamente no copo que eu segurava com a bebida.

— O que você está fazendo aqui!? — Eu perguntei em um tom autoritário. Me impor ajudava eu a me sentir mais segura.

Ele ficou bem confuso com aquela pergunta.

— Ué, eu moro aqui — falou sem fazer rodeios, e sorriu. O pescador parecia saber perfeitamente da beleza do seu sorriso. Os dentes esbranquiçados iluminavam todo o seu rosto. Ele ergueu a mão para o garçom e pediu o mesmo que eu estava bebendo.

Ele é tão bonito. Deve ser um tremendo cafajeste. Os mais bonitos sempre são, não é?

— Achei que morasse no Nordeste. Quero dizer, você estava lá e agora está aqui, na mesma mesa que eu — eu falei. Era minha forma delicada para pedir que se retirasse. O que as pessoas iriam pensar ao verem uma mulher casada bebendo com um homem que não era seu marido? Mamãe me contava sobre as mulheres "promíscuas" que não podiam ter maridos devido a suas vulgaridades. Seu medo era que eu me tornasse uma. Para mim, essas mulheres eram as mais felizes de todas. Independentes e livres.

— Percebo que trocou de aliança. Suponho que trocou também de marido — observou, virando sua bebida em um único e refrescante gole. Olhei para meu próprio dedo com a aliança e o escondi com a outra mão. — Como se livrou do endiabrado?

Aquele comentário me obrigou a sorrir.

Isso mesmo, bobinha. Sempre caindo nas armadilhas dos homens.

Engoli o sorriso e me recompus.

— É uma longa história. — Encurtei a conversa o máximo possível. Tinha que ir embora. — Sei que devo um pedido de desculpas pelo que aconteceu anos atrás.

— Pelo que está se desculpando? — Questionou. — Você estava atordoada e teria feito uma bobagem se eu não tivesse te pescado. Ah, que comentário mais imbecil, eu lamento. O que eu quero dizer é que eu não te culpo. Seu estado emocional daquele dia paralisou você.

— Ainda estou paralisada feito um trem com os trilhos enferrujados. Quero andar, mas tenho medo de uma das conexões enferrujadas se romper — murmurei em um tom melancólico. Levantei-me para ir embora. — Ah, que merda!

O xingamento saiu entre meus dentes cerrados quando me dei conta de que minha bolsa ficara na butique.

— Eu esqueci minha bolsa. Saí tão apressada que não me preocupei em pegá-la — admiti, ficando rubra.

— Não se preocupe com isso. Eu posso dar conta de...

— Não. De forma alguma — o interrompi com desespero. Se Leôncio soubesse que um outro homem andou pagando bebidas para mim... Ah!

— Isso não é um encontro. Eu estava sentado na outra mesa quando a vi entrar. Te reconheci e não pude me conter, queria saber como estava.

— Não é isso. Eu estou casada, as pessoas vão achar estranho eu aceitar que outro homem me pague algo. — Ruborizei novamente enquanto falava. Minhas mãos estavam suando. Eu brincava com a aliança no meu dedo escorregadio.

Ele revirou os olhos em um gesto atrevido e indignado. Notei que sua pele já não era mais tão bronzeada como antes. Estava queimada pelo sol, mas já não tinha aquela cor praiana. Supus que seu estilo de vida também tinha mudado.

Deu de ombros.

— Bom, é você quem decide. Se preferir sair daqui sem pagar e correr o risco de ser abordada pela polícia, aí ficará a seu critério. Eu te dei uma saída mais honrosa — ele falou e chamou o garçom para pedir sua conta.

— Tudo bem. Ok — concordei, por fim.

— Como foi seu dia? — Perguntou Leôncio me vendo regar os girassóis. — Liguei na butique e sua mãe me disse que você tinha saído mais cedo.

Engoli saliva para umedecer a garganta e posicionei o girassol na direção do sol.

— Não estava me sentindo muito bem — eu menti, sem encarar seus olhos.

— O que estava sentindo? Quer que eu a examine? — Ele perguntou com pavor, mexendo no meu chapéu de palha e tocou a minha testa para verificar se eu estava febril.

— Agora estou bem. Tive dor de cabeça, apenas isso. — Eu estava mentindo tão automaticamente que não conseguia encará-lo. Leôncio ainda estava com sua roupa de trabalho, tinha chegado há pouco tempo. Ele geralmente não tinha hora exata para estar em casa, contudo parecia que hoje seu relógio estava adiantado.

— Fiquei preocupado por não saber onde estava. Voltei o mais rápido que pude.

Tirei as luvas assim que parei de mexer nos girassóis e em algumas roseiras do nosso pequeno jardim.

— Não há com o que se preocupar, doutor — eu disse, tentando descontraí-lo. Ele parecia bem abatido. Leôncio era superprotetor, preocupava-se demais com tudo. Ele sorriu e por um momento fiquei decepcionada por seu sorriso não ser tão genuíno quanto o do pescador. Fiquei nervosa com esse pensamento libidinoso. Ainda bem que o chapéu escondia boa parte do meu rosto, e a desculpa das minhas maçãs estarem coradas podia ser por conta do sol quente.

— Venha se deitar, esse mormaço pode não ser bom para você — ele falou, tocando em minhas costas suadas. Arrepiei-me inteira. Eu queria não pensar em Enrico, mas ele vinha em minha mente a todo instante. Principalmente quando Leôncio se aproximava demais.

— Se continuar me tratando feito uma dondoca, eu posso me acostumar — brinquei novamente. Era meu jeito de aliviar a tensão que eu estava sentindo. Mamãe Cora sempre odiou isso em mim. "*Você brinca com tudo, menina. A vida não é tão engraçada assim, quando vai perceber?*"

— Se você soubesse como eu adoro vê-la sorrindo assim, tão espontânea. — Me olhou com admiração.

— Você sabe que não precisa cuidar dessa casa sozinha, não é? Eu posso contratar alguém para cuidar das suas plantas e de todo o resto — ele comentou, olhando para meus joelhos sujos de terra.

Gentil, outra vez. *Leôncio, quando vai se revelar? Quem é você de verdade?*

— Eu não me importo em cuidar das plantas ou da casa. Me traz paz...

Já que não posso controlar minha vida, que eu controle ao menos meu lar.

— É exatamente assim que me sinto perto de você. Você me traz paz, Luz. Eu nunca me senti assim em toda a vida. — Ele mexeu no meu chapéu para poder enxergar meus olhos.

Agora eu queria beijá-lo. Gostava dos seus lábios pronunciando aquelas palavras doces. Eu ainda não o tinha beijado como meu marido. Como o homem que eu pretendia passar o resto da minha vida. Aos poucos, Leôncio estava reduzindo a distância entre nós, não apenas a distância física, mas aquela que eu mesma impus quando o padre nos declarou marido e mulher.

— Leôncio — murmurei, com a vista embaçada por lágrimas. A pior parte em tudo aquilo era não poder correspondê-lo, não nutria por ele o mesmo sentimento. Eu tinha afeto, nada mais do que isso. Me sentia tão mau-caráter quanto Enrico por iludi-lo.

Enxugou minhas lágrimas com gentileza. Um toque tão quente e tão honesto. Fui me afogando em um mar de culpa.

Capítulo 14

Leôncio

Aquela ligação no fim da tarde me deixou bastante receoso. Tive uma tremenda sorte de Luz não ter atendido. Agora que finalmente estávamos nos dando bem, aquilo poderia ter destruído nosso progresso. Ela provavelmente me culparia e eu permitiria que descontasse toda a sua raiva em mim. Eu fazia qualquer coisa para tê-la.

Se ela não tivesse ido tomar banho naquele exato momento, com certeza falaria com ele. Eu não seria capaz de evitar. Era ela quem sempre atendia ao telefone.

O que ele queria comigo? Por que tinha voltado?

Ainda bem que aceitou me encontrar na praça, não confiaria falar com ele em um lugar privado. Ele enlouqueceria quando soubesse do meu casamento com Luz.

Um homem não podia roubar a mulher de outro, isso ia contra todas as regras. Muito embora Luz fosse uma mulher livre, Enrico ainda a via como sua propriedade. Essa obsessão dele tinha que terminar!

Me sentei no banco de madeira que ficava embaixo de uma tipuana, precisei acender um cigarro para me aquietar. Estava agitado.

— Ainda não parou com o vício, irmão? — Sua voz rouca veio detrás de mim.

Dei um pulo discreto e joguei o cigarro fora antes mesmo de dar uma única tragada.

— Ainda é a única saída que encontro para me acalmar — eu falei, limpando minha mão na camisa para tirar um pouco do aroma do cigarro e cumprimentá-lo.

— Está nervoso em encontrar um velho amigo? — Ele perguntou e manteve suas mãos cruzadas no peito. Não queria me tocar.

— Já faz tempo que não nos falamos. Eu diria que fiquei surpreso com sua ligação — eu admiti, focando em esconder meu tremor. Enrico era louco, quase um psicopata quando se tratava de Luz.

— Então é por isso que se casou com minha esposa? Porque eu sumi? — Perguntou em um tom irônico.

Claro que ele sabia. Os boatos sempre chegam em maus ouvidos.

— Sim, eu sei que você não esperou muito tempo para correr atrás da minha cadelinha indefesa! — Ele acrescentou extremamente furioso.

Eu me levantei. Precisava me impor.

A praça estava parcialmente vazia. Uma senhora sentada no banco ao oeste segurava o jornal bem próximo ao seu rosto enrugado e forçava a vista para tentar ler a notícia do dia, os óculos a essa altura já eram inúteis. A garota com legging rosa fluorescente e uma faixa laranja prendendo seus cabelos revoltos fingia se exercitar no gramado empinando seu bumbum pouco avantajado para chamar a atenção do garoto musculoso que segurava uma lata de Malt que ele não ia beber, eu podia apostar que a cerveja já não estava gelada.

— Não a chame assim — adverti. — Luz não é uma cadela, e muito menos sua.

— Não me canse, meu irmão. Sei que estava louco para foder com ela desde que a apresentei a você. Agora que já matou sua vontade, devolva-me o que é meu! — Enrico falou em tom baixo, porém seu olhar vesano me preocupava.

Eu precisava de um cigarro. Meus dedos tremiam. Enrico estava tão doente quanto seu pai, não tinha juízo, apenas sede de poder. As pessoas fazem loucuras para terem o que querem, inclusive machucar a outros.

— Você precisa enxergar a si mesmo, Enrico. Está obcecado, doente. Não percebe que passou a vida inteira tentando convencer seu pai de que é um filho merecedor de tudo que ele tem? Você já não precisa fazer isso...

Meu discurso não o ajudava em nada, ele claramente não se importava com o que eu dizia. Estava acabado, destruído. Emagrecera drasticamente, as roupas já não serviam. Eu teria sentido pena dele, caso não sentisse raiva.

— Você era como um irmão para mim e roubou minha propriedade — falou rancoroso e chorando enraivecido. — Eu vou te matar, viciado de merda. Vou arrancar suas tripas e dar para aquela vaca comer. Luz vai mastigar você, talvez ela goste disso. Animais vira-latas não se importam com carnes podres e de má qualidade. Você entende o que eu quero dizer, não entende? — Esfregou o nariz com as costas da mão.

Meus dedos tremiam incontrolavelmente. Precisava de um cigarro...

Eu devia acabar com ele, não devia? Me vingar por Luz. Mas o que pensariam de um médico feito eu saindo aos socos no meio da praça?

— Anda logo, Leôncio. Há um monte dessas por aí, apenas devolva o que eu encontrei primeiro — ele falava com desespero, em um estado de obstinação incoerente. — Eu e Luz já temos uma história. Você jamais a terá da forma que eu tive. Não me importo que tenha trepado com ela, sei que está enfeitiçado, mas chegou a hora de despertar dessa alucinação.

— Volte para sua casa, Enrico. Você passou tantos anos longe dela. A esqueça de uma vez por todas! — Falei aos gritos. Não aceitava a forma que ele falava de Luz. Era desumano. Agressivo.

Não queria terminar aquilo de uma forma drástica. Por outro lado, sabia que *talvez* não tivesse outra escolha a não ser colocar Enrico no seu devido lugar.

— Esquecê-la? Você está de brincadeira com a minha cara, seu monte de merda? — Enrico também gritou. Agora éramos dois homens desonrosos brigando por uma *única mulher. — VOCÊ A ARRANCOU DE DENTRO DA MINHA CASA. Acha que me esqueci disso, hã?*

Minhas mãos tremeram ainda mais, eu não pensava em outra coisa que não fosse socar o rosto dele. Induzi-lo a um coma por tempo indeterminado.

Se controle. Vamos.

Apenas um cigarro e eu consigo me manter na linha.

Enfiei a mão dentro do bolso da calça e tirei o maço de cigarro que trouxera. Eu nunca saía de casa sem um.

— Você está zombando com a minha cara? Vai mesmo fumar agora!? — Ele perguntou com inconformismo.

— Você me viciou nessa porcaria, não vem querer dar sermão agora!

— Eu estou pouco me fodendo para seus vícios — ele gritou novamente e bateu na minha mão que tentava acender o cigarro. O isqueiro caiu e o cigarro também. — Apenas me devolva-a, ou a arrancarei de você da mesma forma que tirou-a de mim!

Dei um forte empurrão em seu peito. Ele se desequilibrou apenas um pouco.

Fodam-se as pessoas da praça!

— Vai ter que fazer mais que isso para me ameaçar — afirmei. — Da próxima vez que quiser me encontrar, traga uma arma e resolveremos isso feito homens. Eu te ensinarei a ser um, já que seu pai não foi capaz!

— Onde esteve? — Perguntou-me assim que fechei a porta de casa. Tinha um semblante desconfiado.

— Eu tive que sair — respondi com a voz esganiçada. Minha mão fedia a tabaco, não queria que Luz me visse tão sujo assim, eu tentava ao máximo esconder meu vício. Sei que o cheiro de cigarro estava impregnado na roupa também, mas nosso contato não era tão íntimo, então era quase improvável que ela sentisse o odor nas minhas peças de roupa.

Segui para o banheiro de paredes esverdeadas e lavei minhas mãos com sabonete líquido. Foi inevitável, tive que fumar pelo menos seis cigarros antes de voltar para casa, o resto do maço joguei fora, porém tinha impressão de que mais tarde me arrependeria disso. A conversa com Enrico me deixara perturbado. Como ousou me ameaçar daquela forma?

— Aconteceu algo? — Inquiriu.

Luz me seguiu até o banheiro e viu meu desespero enquanto lavava as mãos.

— Um pequeno contratempo. Não se aborreça com isso. — Me voltei para ela e tentei esconder o terror vítreo por detrás dos meus olhos.

Seus cabelos já estavam secos. Eu não tinha me dado conta de quanto tempo passei fora.

— Você pode falar comigo, se quiser... — ela insistiu. Peguei a toalha de rosto e sequei minhas mãos apressadamente.

Não queria contar a Luz sobre o que havia acontecido, se ela continuasse insistindo eu teria que ser grosseiro, eu também não queria isso.

Já estava desejando outro cigarro.

— Não se preocupe, queri... — me corrigi rapidamente: — Luz.

Era difícil me concentrar em não chateá-la com esses apelidos carinhosos quando tinha outras preocupações pendentes na cabeça.

Toda manhã eu precisava me lembrar de não trancar as portas da casa, manter as janelas abertas, café da manhã sobre a mesa e principalmente lembrar de não chamá-la de querida, meu bem, docinho ou qualquer outra coisa que Enrico fazia. Eu tinha que, principalmente, lembrar-me de não ser como ele.

— Ele voltou? — Perguntou estagnada, obstando a saída do banheiro.

— O quê? Do que está falando?

— Você está me escondendo algo. Não sou idiota, Leôncio. Chegou todo enigmático...

— Ele não chegará perto de você, Luz. Eu prometo — garanti. — Você tem a minha palavra.

Sua face se alterava, indecisa entre sentir temor e fúria. Enrico ainda provocava fortes reações nela. Eu precisava fazê-la crer nas minhas palavras, eu não deixaria ele se aproximar dela, nunca mais.

— Tenho que encontrá-lo! — Ela disse por fim.

— O quê!? Não! — Eespondi aflito. Luz me deu as costas, andou pela casa como se não soubesse exatamente para onde ir. Eu a segui feito sua sombra.

— Responda-me, por favor! — Insisti atormentado com seu comentário. — Por que tem que encontrá-lo? Você não pode fazer isso. É loucura!

Paramos no centro da sala, apenas com a mesinha de centro nos separando. Eu estava de costas para um sofá e Luz de costas para o outro. Sentar faria com que aquele assunto parecesse menos preocupante. Decidimos continuar em pé.

— Tenho que acabar com essa maluquice. Não posso continuar vivendo com medo. Enrico ainda se faz presente na minha vida. Preciso dizer adeus e abandonar cada rastro dele que restou em mim.

— ISSO É LOUCURA! — Eu gritei, era a primeira vez que eu gritava com ela. Não queria assustá-la, só queria que enxergasse que aquilo não fazia o menor sentido. — Luz, você não consegue falar o nome dele sem que sua voz estremeça.

— Não estou pedindo sua permissão, Leôncio — falou com estupidez. — Entenda que eu nunca conseguirei seguir em frente. Você não sabe o que é viver feito uma covarde!

— O que pretende fazer? — Demandei. Claro que não conseguiria fazê-la mudar de ideia.

Deu de ombros

— Apenas quero que ele saiba que não sou mais uma passarinha assustada — murmurou, como que para si mesma.

Capítulo 15

Luz

A manhã havia se aproximado com uma ventania que ninguém estava esperando. Eu sequer me dera conta de que o sol já nascera. Passei a noite em uma completa reflexão. Eu tinha mesmo dito a Leôncio que queria me encontrar com Enrico? Em que grande merda eu estava pensando quando sugeri esse absurdo?

Liguei para mamãe Cora e avisei que não iria à butique. Não me sentia preparada para correr o risco de encontrar Enrico em alguma esquina. Preferia me programar e saber exatamente o que iria dizer.

— O livro está irritando você? — Perguntou Leôncio, chamando minha atenção para meus dedos pressionando o livro que eu segurava.

Abri um largo e honesto sorriso.

— Já li a mesma página pelo menos quatro vezes — confessei fechando a *Madame Bovary.*

Leôncio se espreguiçou na cama feito um gato manhoso, ele fazia a mesma coisa todas as manhãs. Era bom vê-lo tão relaxado; mesmo que ele não soubesse, isso me tranquilizava. O admirei, sentada na poltrona perto da janela do quarto.

Ele se espreguiçou novamente. Agora sentava na cama e tirava sua camiseta branca de algodão. Senti uma pequena palpitação dentro do peito. Um calor mais intenso do que aquele proporcionado pela fresta de sol que atravessava as nuvens e, também, a minha janela. Desviei o olhar, tímida.

— Você não dormiu essa noite — comentou. Levantou-se e estralou suas costas. Olhei mais uma vez para seu peito nu. Tive uma estranha vontade de tocá-lo.

— Preferi passar a noite pensando. Foi mais produtivo. — Tentei disfarçar aquela sensação obscena.

Ele caminhou até mim. Abaixei minha cabeça e tentei manter meus olhos na capa do livro. Olhar para qualquer outra coisa que não me causasse aqueles arrepios prazerosos.

Há quanto tempo não nos beijávamos?

— Você está diferente. É pelo que conversamos ontem? — Perguntou. Se agachou de frente para mim e apoiou suas mãos nos braços da poltrona em que eu estava. — Eu cuidarei de você. Não tem com o que se preocupar.

Enrico, sem dúvidas, estava me tirando a paz. Contudo, coisas bem diferentes também me perturbavam, assim como a insana vontade de me atirar nos braços fortes de Leôncio. Agora, seu nariz tortuoso e sua barba exagerada já não me incomodavam como antes. Pelo contrário, cada *defeitinho* dele me convidava para um toque acalentador. Com as mãos trêmulas e suadas, eu o toquei. Não era um toque incerto e amedrontado. Era como se ele fosse minha última fonte de energia.

Leôncio permitiu que eu o tocasse. Tinha um brilho intenso em seus olhos. Era evidente que estava adorando aquilo. Eu também adorava tudo que ele estava me fazendo sentir. Aquela manhã estava sendo totalmente inusitada. Um pouco mais calorosa do que eu havia pensado. Enrico ficava cada vez mais distante em meus pensamentos. Ele era quase como um grão de areia em um deserto.

Então, inclinei-me, encurtando a distância dos nossos rostos. Beijei Leôncio com efervescência. Nossas línguas se buscavam, desesperadas, confusas. O beijo que era para acalmar meu coração o tumultuou ainda mais.

Me afastei em um rompante. O calor percorria minha pele feito o sangue correndo em minhas veias. Era volúpia. Prazer. Cada partícula do meu corpo queria se entregar a ele.

— Você é uma caixinha de surpresas, Luz — ele disse e se levantou em seguida.

Beije-me. Toque-me. Envolva-me.

— Eu quero você, Leôncio — murmurei, sendo sedutora mesmo sem pretensão. Me levantei também.

— Isso você já tem. Escolha outra coisa.

Pela primeira vez, não queria resistir àquela tentação indecente. Eu estava entrando em ebulição. Meu corpo pedia por aquilo. Implorava por qualquer sentimento que tirasse de foco o medo.

Meus dedos foram até a alça da minha camisola e eu deixei que o tecido de cetim deslizasse por meu corpo.

Leôncio

Nua. Ela estava seminua na minha frente, não apenas de roupa, nua de alma. Uma pele delicada, mesmo que coberta por pequenas cicatrizes. Os seios fartos, feito dois melões no sutiã rendado. Como desejei vê-la daquele jeito. Como me segurei noites para não tocá-la enquanto ela dormia indecente ao meu lado! Fui forte porque sabia que valeria a pena quando ela finalmente decidisse se entregar a mim. Não pensei que isso aconteceria hoje, não depois de lhe contar sobre a volta de Enrico. Pelo visto, a sensação de risco a excitava.

Eu poderia ser gentil e dizer para não fazermos nada hoje. Mas fui compreensível por tanto tempo... Luz é adulta. Sabe o que quer. E eu estava absolutamente louco por ela.

Tirar sua roupa era uma tarefa que eu gostaria de ter feito, mas estava tudo bem se ela quisera tomar iniciativa.

— Vai ficar quanto tempo me olhando? — Perguntou-me. Ela estava uma deusa da luxúria. Uma brasa pegando fogo. Por um décimo de segundo me permiti questionar sua virgindade. Então lembrei-me das virgens que possuí anos atrás. Elas eram curiosas, desinibidas, vulgares.

— Estou mapeando suas curvas — murmurei, congelando meu olhar no seu.

Ela deu uma voltinha bem lenta. Seus cabelos, loiros feito girassóis, caíam feito uma seda em suas costas. Fiquei perdido no seu corpo, admirando as pintas que contornavam sua pele.

— Vem cá — ela me chamou. Eu me aproximei, peguei-a com delicadeza pelos cabelos. Eu queria fazer com que ela revirasse seus olhos por mim, queria ver seus poros transpirando ao passo em que minha língua contornava suas sardas.

A peguei em meu colo e faltou sair faíscas quando sua pele entrou em contato com a minha. A sentei na cômoda e ouvi quando alguns frascos de perfume se estilhaçaram no chão.

Luz era uma mulher fragmentada, eu teria que ser mais cauteloso para não assustá-la.

— Quer que eu seja delicado, Luz? — Sussurrei, desgrudando minha boca da sua apenas o suficiente para falar. Ela era quente e gostosa. O tipo de mulher que qualquer homem mataria para ter. Talvez ela tivesse algum tipo de psicotrópico amalgamado à saliva. Luz era como uma droga sendo injetada diretamente na minha veia. Me cegava feito um raio de sol, deixava-me extasiado feito o próprio ecstasy.

Ela suspirou. Revirando os olhos.

— Eu... preciso... de uma resposta — gaguejei, era difícil falar sentindo a consciência se esvaindo.

— Não quero que pare, Leôncio... — ela disse, entre suspiros que pareciam vir do âmago. Era tudo que eu precisava saber para abrir seu sutiã, e fiz isso com muita facilidade, afinal, já estava acostumado. Seus seios volumosos, muito fartos, comprimiram-se em meu tórax. Pareciam duas bexigas cheias de água. Desejei colocar minha boca bem ali. Morder.

Chupar.

Era necessário tomar cuidado com cada um de meus movimentos. Não queria fazer sexo com ela em cima de um móvel desconfortável, era a primeira transa de Luz, ela merecia algo superior àquilo. A peguei no colo novamente.

Luz não era um anjo; podia ficar perto deles, mas não era um. A abusada afundou suas mãos em meus cabelos e envolveu suas pernas em minha cintura, prendendo-me como se eu fosse fugir para algum lugar.

Ah, meu raio de sol, eu não vou para qualquer lugar que não seja dentro de você.

A joguei na cama. Onde eu iria trepar com ela. Se Enrico a fez gritar de dor, eu a faria gritar em dobro de prazer. Ela me encarou, tinha um olhar dissimulado. Eu tive certeza de que sua boca estava tão molhada quanto sua vulva.

Ela estava tão à vontade que parecia não ter mais medo residindo no seu íntimo. Mas eu sabia que tinha. Então, outra vez perguntei. Queria que ela refletisse para não acabar chorando depois. Ou pior. Acabar me esmurrando enquanto eu trepava com ela.

— Eu devo parar?

Luz

Ele perguntou outra vez. Estava mesmo preocupado comigo, e aquele cuidado todo o tornava ainda mais sexy. Talvez eu estivesse possuída pelo próprio demônio. Corria orgia por minhas veias, e obscenidade era meu nome naquele momento. Me tornei uma garota libertina. Aquelas que mamãe Cora detestava. Mas, casamento era isso, não era? Tirar o véu e também a calcinha.

Eu fui todo tipo de mulher: a santa, obediente, romântica, fiel, apaixonada e boba. No entanto, a depravada era onde eu mais encontrava liberdade.

— E você pararia se eu pedisse? — Perguntei.

Ele engoliu em seco, deu para reparar.

— Com toda certeza, eu pararia — me garantiu e eu abri um sorriso.

— Eu não quero que pare — sussurrei. Eu precisava ser honesta comigo mesma, queria Leôncio desesperadamente.

Ele continuou parado no pé da cama, olhando-me como se eu fosse a única coisa naquele quarto. Por incrível que pareça, eu não estava retraída, estava segura porque sabia que Leôncio não se importava com as minhas cicatrizes.

Meus olhos seguiram para sua bermuda xadrez e para o volume dentro dela.

Ele subiu na cama e se inclinou sobre mim. Fiquei hipnotizada olhando para sua boca, eu sabia que ela, em breve, faria atrocidades em meu corpo.

— Me diga se gosta disso, sim? — Murmurou e seus lábios molhados foram para meu seio direito, chupando com pressão e suavidade ao mesmo tempo. Eu gemi, surpreendida por aquela sensação nova.

— Isso é... ah, é bom — eu disse, em meio a suspiros. Não conseguia encontrar palavras pra dizer o quanto aquilo era... delicioso.

Sua língua brincou com meu mamilo em movimentos circulares e depois mordiscou, levando-me a um prazer que eu desconhecia. Não existia mais temor naquele momento, Leôncio sabia perfeitamente como me acalmar. Ele também brincou com meu outro seio.

— Esqueça de tudo, Luz. Seja minha. Entregue-se inteiramente a mim. Eu farei você esquecer toda dor, farei com que meu nome seja a única coisa vagando em sua mente — ele falou, se distanciando. Tirou sua bermuda. Suas pernas eram torneadas e com pelos.

— Eu também deixarei marcas em seu corpo. Marcas do quanto eu te amo! — Acrescentou.

Amor. Queria que ele não tivesse dito aquilo. Não queria que estragasse aquele momento.

Eu não amava Leôncio, e isso era o que tornava tão atrativo nosso relacionamento. A falta de amor era o que me deixava segura, porque sabia que se ele me decepcionasse, eu não sofreria como sofri nas mãos de Enrico.

Ele separou minhas pernas com as suas, e eu fiquei em uma posição que teria feito mamãe Cora chamar um padre. Seus dedos foram em minha calcinha e ele a deslizou por minha perna até arrancá-la fora. Agora eu estava completamente despida. Pronta para Leôncio extirpar minha virgindade.

Achei que ele penetraria em mim naquele momento, não foi o que aconteceu. Ele encaixou sua cabeça entre as minhas pernas e sua boca molhada encontrou o meu sexo. Chupou-me, como se gostasse do sabor que tinha ali embaixo.

Agarrei o lençol. Contorci-me e os gemidos foram arrancados de mim. Deixei que meu corpo caísse no colchão. Aquela sensação era boa demais para não me entregar inteiramente.

— Ah, Deus — falei, arfando. Minha respiração e pressão cardíaca tinham aumentado.

Sugou meu sexo mais uma vez. Sua língua tinha vida própria, sabia perfeitamente onde tocar. Queria agarrar seus cabelos e pressionar sua cabeça em mim ainda mais. Consegui manter minhas mãos fixas apenas no lençol branco de algodão.

Eu estava tendo espasmos, sentia calafrio. Os ossos do meu corpo pareciam se retrair. Sentia-me vulgar, selvagem, e isso era entusiástico.

Leôncio afastou brevemente seus lábios e pronunciou algumas palavras que eu não me preocupei em entender. As modalidades racionais e meus pensamentos lógicos foram reduzidos do meu cérebro.

— Agora vamos tornar isso um pouco mais sério, tudo bem? — Ele disse, tirando sua cueca. Queria tê-lo respondido, não tive tempo. Ele me penetrou com lentidão, silenciando-me. Leôncio sabia como me calar sem usar a violência. O prazer também emudece.

Ele era quente. Rígido. Se movimentava devagar, com medo de me ferir. Eu pude sentir quando minha virgindade foi tirada, assim como o lacre de um produto sendo arrancado. Era... excêntrico. Bom e estranho ao mesmo tempo.

— Se doer...

— Fique quieto! — Resmunguei, soltando um gemido que pareceu vir do fundo da minha alma. Ele riu, submerso num deleite. Fechou os olhos, como se quisesse se concentrar no que fazia.

Ele agarrou a cabeceira da cama e eu perdi a conta de quantas vezes gritei por seu nome ao mesmo tempo em que meu corpo tremia, levando-me ao clímax. O primeiro de muitos que Leôncio me prometeu.

Capítulo 16

Enrico

Ouvi os passos da *ordinária descendo a escada em um estado de júbilo.*

Que cadelinha safada. Gozou feito uma grande prostituta.

Agora estava indo para a cozinha preparar seu café como se nada tivesse acontecido, assobiava uma melodia que eu desconhecia. Como podia me trair de uma forma tão porca e ainda cantarolar? Levava uma vida mundana sem mim. Eu teria que ter muita paciência para colocá-la de volta nos eixos.

Achei que deixá-la livre a faria sentir minha falta, que perceberia que eu lhe fazia bem, e não para se envolver com alguém tão... A xícara caiu no chão e interrompeu meus pensamentos. O cheiro de café infestou a sala.

Era um tapete tão bonito, que pena que teria que ser jogado fora depois da sujeira que ela fez!

— Olá, meu bem — eu falei, vendo Luz me encarando como se eu fosse um fantasma. Os olhos pétreos não piscavam. As mãos ainda estavam paralisadas como se segurasse a xícara. — Que cara feia é essa, querida? Parece que não está feliz em me ver.

— Como entrou aqui!? — Questionou com a voz firme.

Ri debochadamente.

— Você devia ensinar seu marido a trancar as portas — respondi e dei dois tapinhas no sofá. Aquela casa estava pessimamente decorada. O sofá era simplesmente horroroso. — Sente-se. Vamos conversar.

— Saia da minha casa agora! — Ela gritou, apontando para a saída.

— Ah, por favor. Não fiquei aqui ouvindo seus gemidos enquanto trepava com aquele verme para ser expulso instantes depois! — Falei com desdém. — Você deve ter feito um belo trabalho em cima dele. Leôncio saiu para trabalhar bem animado.

— Vo-cê está aqui há todo esse tempo? — Gaguejou assustada.

— Basicamente. Até reguei as plantas para você. De nada!

— Você é doente, Enrico!

— E você é uma vaca. Mas não vamos começar com o pé esquerdo. Sente-se, por favor — falei, tentando acalmar meus nervos. Estava sendo quase impossível ficar olhando para aquelas bochechas coradas de quem acabou de gozar.

— Eu vou chamar a polícia. Estou mandando você sair da minha casa! — Gritou novamente. Ela estava tão histérica!

— Por Deus, Luz. Esqueceu de todos os meus ensinamentos? Se um homem manda você sentar, você deve sentar.

Eu teria muito trabalho pela frente. Leôncio fez questão de destruir todo o progresso que eu e Luz tínhamos tido.

— Você não é um homem, Enrico. Você é um doente. Um sociopata!

— O que é um homem para você? Leôncio? — Ironizei.

— Sim. Leôncio! — Confirmou. E eu quis lhe dar um belo tapa na cara por isso.

— Leôncio vai transformá-la em uma vaca leiteira. Você não passa de um depósito de espermas para ele.

Os lábios dela tremeram, queria chorar.

Isso, meu benzinho. Como eu senti falta de você, criança histérica!

Contudo, ela manteve-se fria feito um defunto. Não chorou como esperei que fizesse.

— Vai para o inferno, Enrico! — Ela cuspiu as palavras.

— Faça suas malas. Você irá embora comigo! — Ordenei, levantando-me do sofá e ajustando meu terno. Sim, eu tinha me arrumado para ela. Não queria que Luz soubesse da verdade, ela se sentiria poderosa se descobrisse que eu definhei sem ela. Que eu solucei durante noites por sua ausência. Eu era louco por aquela cadela vira-lata.

Luz recuou e balançou a cabeça de um lado para o outro sem parar, como se tivesse enlouquecido.

— Eu não vou a lugar algum com você — opôs resistência à minha ordem.

Tão petulante.

— Chega de joguinhos, querida. Você já se vingou de mim ao trepar com aquele pedaço de verme — falei sem esconder minha repulsa.

Luz pirou de vez, deixou que seu corpo magro tremesse num riso convulsivo.

— O que há de engraçado!? — Questionei, sentindo-me burro por não entender.

Sua gargalhada continuava, em um tom quase diabólico. Onde estava minha passarinha assustada? O que Leôncio fez com ela?

— Você está com inveja dele — falou em tom provocativo. — Está se roendo de ódio porque eu permiti que Leôncio me tocasse, permiti que a língua dele passeasse por meu corpo me levando a um prazer nunca antes sentido. Você o odeia porque ele abriu a jaula em que você tinha me aprisionado.

Meu pomo de Adão subiu e desceu. Pela primeira vez eu não soube como respondê-la. Luz estava diferente. Ela sempre me desafiou, mas antigamente eu podia sentir o medo transpirar seus poros, agora me olhava como se... como se fosse capaz de me matar.

Cerrei o punho, meu pai sempre dizia que a melhor forma de silenciar uma mulher é lhe apresentando nossos rigorosos punhos e, se ela fosse inteligente o suficiente, entenderia o recado.

Os olhos dela seguiram-se para minhas mãos, assim como eu esperava que fizesse.

— Vamos para nossa casa, Luz. Eu posso perdoá-la por essa vulgaridade, posso esquecer que deitou-se com aquele... — engoli ofensas para não prolongar o assunto. — Posso dar-lhe um jardim, se assim quiser.

Ela gargalhou novamente, de forma maligna. Aproximou-se cautelosamente de mim. Os passos não eram incertos como antes, eram decididos, precisamente calculados.

— O que foi, querido? Esse meu novo "eu" te assusta? — Perguntou em um tom baixo e um tanto sombrio. — Agora é você quem está preso na minha jaula. Cada objeto, detalhe e minuciosidade aqui dentro foram rigorosamente construídos por mim. Eu tenho, pelo menos, três formas diferentes de acabar com você em cada extremidade dessa casa.

Eu peneirei sua ameaça na minha mente e foi perturbador. Luz se tornou um monstro e ninguém percebeu?

— Nós tivemos uma história juntos. Como pode pensar em me ferir depois de tudo que fiz por você!? — Perguntei, ressentido até o talo.

Ela passou a língua pelos lábios e olhou para os próprios pés.

— Você tem razão, meu bem — concordou, finalmente recobrando o juízo. — Eu sou mesmo muito ingrata por não fazer por você tudo o que fez por mim.

Abri um sorriso sincero e segurei suas mãos. Estavam suadas e reparei que suas unhas estavam feitas. Aquele esmalte vermelho a deixava vulgar. Queria lhe dizer, mas temia estragar aquele momento em que fazíamos as pazes. Foram cinco anos sem tocá-la, sem ensiná-la. Sei como os animais adoecem longe de seus donos, como ficam rebeldes e enraivecidos. Infelizmente a distância foi necessária. As coisas fugiram do controle quando, acidentalmente, empurrei minha mãe da escada levando-a a óbito. Eu tive que me manter afastado para me proteger. Foi tudo culpa do meu pai, se ele não tivesse me obrigado a devolver boa parte do seu dinheiro, eu não teria me estressado e descontado na pobre mãe.

— Fico feliz que estejamos entrando em um acordo. Agora vá aprontar sua mala, não quero precisar dar explicações a Leôncio.

— Ah, sim. Mas, antes de irmos, gostaria de tomar uma xícara de café. Você sabe como fico descontrolada quando estou sem cafeína — lembrou-me.

— Podemos tomar em casa, afinal, você já derrubou o seu no tapete — lembrei--a também.

Ela recusou.

— Há mais na cozinha. Irei buscar, e você, espere-me aqui.

Fiquei um pouco desconfiado com sua atitude e sua mudança de humor. Era uma desconfiança boba, tratei de expulsá-la da minha mente em um segundo. Luz não passava de uma cadela burra e inofensiva. Um cão que ladra e não morde.

Ela foi para a cozinha e eu me sentei no sofá para aguardá-la. Era bastante desconfortável ficar naquela casa onde Luz havia construído uma vida com Leôncio. Eu podia ouvir os gemidos de prazer dela reverberando pelas paredes. Era torturan-

te e repulsivo. Eu a levaria para casa e lhe daria umas boas bofetadas, ensinaria-a gemer sem parecer uma mundana!

Não demorou para que ela retornasse à sala com duas xícaras de café. Dessa vez, seus dedos não tremeram, as xícaras estavam firmes na bandeja.

— Não precisava ter trazido para mim, querida — avisei. Eu não seria um tolo em beber algo que eu não vi ser feito.

— Não seja grosseiro, Enrico. Estamos tentando nos reconciliar, não há uma forma melhor de fazer isso senão com café. — Ela sorriu de forma amigável. Seu entusiasmo era contagiante. Era até ridículo estar com medo de Luz; o que uma garota ignorante como ela podia fazer contra mim? Foi ousada por ter me enfrentado minutos atrás, mas bastava eu bater o pé com mais força no chão para ela se render.

— Tudo bem, docinho — eu disse. Peguei uma das xícaras.

Ela sentou-se ao meu lado no sofá, esperei que desse o primeiro gole do seu café para somente então tomar um pouco do meu. Prevenir nunca era demais.

— Eu senti sua falta — murmurei, depois que o café amargo desceu por minha garganta.

— Agora estou aqui, meu bem, e farei com que nunca mais sinta saudades — garantiu-me, segurei em sua mão.

Sorriu em silêncio.

Alguns minutos se passaram. De repente, seus dedos me pareceram estranhos. Não, seus dedos estavam normais, a minha vista é que estava ficando turva.

Fechei os olhos e os pressionei.

— O que você fez comigo? — Perguntei. Quando me dei conta, estava em pé, a xícara já não estava em minha mão e eu parecia não ser mais o dono do meu corpo.

— Irei te mostrar o que sinto por você, querido. Sente-se, a brincadeira está só começando.

Luz

O sangue escorria do seu nariz, lambuzava seus lábios e o seu queixo quadrado. Meu punho doía, o soco foi mais forte do que eu tinha planejado. Se eu soubesse que meu murro o desmaiaria tão facilmente, não teria colocado anestésico no seu café.

Ele parecia tão inocente amarrado naquela cadeira, eu parecia tão louca, sentada de frente para ele e pensando em formas de torturá-lo. Não tinha planejado nada, fora tudo improvisado. Sabia que cedo ou tarde voltaria a vê-lo, só não imaginei que seria dentro da minha própria casa.

Enrico estava acordando e grogue. Piscava os olhos com força e tentava reconhecer o ambiente. O corpo anestesiado não precisava ter sido amarrado, ainda assim preferi fazê-lo, pois não sabia quanto tempo duraria o efeito.

Garota má.

— Você... não devia... — falou de um jeito molengo. Como se estivesse caindo de sono.

— Não devia ter feito isso? — Completei sua frase, ele não seria capaz de fazê-lo. — Sim, você tem razão, mas você insistiu para que eu provasse o que sinto, então eu vou provar. Mostrarei como você é especial para mim, meu bem.

Uma parcela da mente de Enrico parecia saber o que estava acontecendo, enquanto a outra não fazia a mínima ideia de onde estava e com quem estava.

— Essa... música... é chata... desliga isso — falou, a voz soou enfraquecida. Ele estava alucinando feito um drogado. Claro que não tinha música alguma tocando.

A quantidade de anestésico que eu coloquei em seu café foi insignificante, mas Enrico não parava de falar por um único segundo. Ele estava delirando e continuou assim por um bom tempo. Era exaustivo ter que lidar com loucos.

Leôncio fez questão de chegar mais cedo em casa justamente naquele dia, era como se ele tivesse um sensor que acusava quando eu estava fazendo algo errado. Primeiro foi com o pescador e, agora, com Enrico aprisionado em nossa casa.

Ele chegou transbordando amor, seus olhos brilhavam e suas bochechas estavam mais vívidas. Queria me abraçar, mas se conteve quando percebeu meu olhar suspeito. Por Deus, eu não era uma assassina, não conseguia fingir que não tinha nada de errado acontecendo na sala de estar.

— O que fez a tarde toda? — Ele perguntou, vendo-me lavar as duas xícaras. — Alguém esteve aqui?

— Sim, Enrico esteve — admiti.

— E vocês tomaram café? Juntos? — Questionou confuso e basicamente aos gritos de indignação.

Não o respondi. Ele desligou a torneira para que minha atenção não estivesse em lugar algum que não fosse nele.

— Pelo amor de Deus, fale-me o que aconteceu! Estou tendo uma taquicardia — ele falou, quase se descabelando.

— Quer saber o que aconteceu? — Perguntei, ele confirmou com a cabeça e eu segui em direção à sala sem falar mais nada.

— Então é isso? Você me pergunta se eu quero saber e vai embora sem trocar mais nenhuma palavra comigo!? — Perguntou Leôncio, seguindo-me. Ele estava aos nervos, se continuasse assim, tão agitado, seu coração explodiria e eu teria que me livrar de dois corpos em uma única noite.

Então, o silêncio tomou conta do ambiente assim que chegamos no local do "crime", parecia não ter mais um único coração batendo naquela sala. Não tinha mais som de respiração, passos, gritos. Nada.

Leôncio me fez uma única pergunta, em um tom sombrio e abalado:

— O que... O que você fez, Luz!?

Enrico tentou falar, como a anestesia já tinha saído do seu corpo, eu tive que amarrar uma camiseta de Leôncio em sua boca para silenciá-lo e evitar escândalos. Tudo que ele conseguiu fazer foi projetar algumas lamúrias incompreensíveis.

— Eu não sei... — murmurei. — Ele invadiu nossa casa para me ameaçar, tentou me obrigar a voltar com ele. Não tive escolhas!

— Como conseguiu amarrá-lo?

— E-eu o dopei — confessei, sentindo meu corpo inteiro estremecer. Não foi muito racional minhas atitudes, contei com a sorte para que Leôncio não agisse muito negativamente com tudo aquilo.

— MEU DEUS, LUZ. Meu Deus! — Ele gritou. Estava assustado, com medo, com raiva, pensativo.

— Me diga alguma coisa, por favor. Não me torture desse jeito — implorei, sentindo meus olhos se encharcando de lágrimas.

— Você pode ir presa, Luz. Sabe disso? — Ele me pegou pelo braço, de forma delicada, e sussurrou para que Enrico não o ouvisse.

— Eu não me importo. Eu apenas quero não sentir medo como senti — ciciei de volta.

Os olhos de Leôncio se voltaram para Enrico.

— Tudo bem — ele concordou. — Eu estou aqui para o que você precisar, você terá sua vingança, mas não iremos matá-lo e nem deixá-lo em um estado de vida ou morte.

— Ele merece definhar. Sangrar até não haver mais sangue. Ele destruiu minha vida! — Falei com indignação e fúria.

— Sim. Ele merece tudo isso. Não é Enrico quem estou tentando proteger, é você! — Disse Leôncio. — Não quero perdê-la, Luz.

Enrico fez um som como se quisesse vomitar.

Leôncio me soltou, andou em direção a Enrico, pisou no tapete sujo de café e não olhou para baixo. Sua concentração estava toda em Enrico.

— Acho que você mexeu com a mulher errada, meu amigo — disse Leôncio. Cruzou os braços.

Enrico revirou os olhos fingindo indiferença, mas eu o conhecia, no fundo estava assustado.

— Acho que a vítima está tentando falar — zombei, provocando Enrico. Iria agir deliberadamente para vê-lo enlouquecer ainda mais.

— Você tem razão. A vontade de falar está quase o sufocando — Leôncio concordou, entrando no jogo perverso. Aquilo estava indo longe demais. Me sentia perigosa e irreconhecível. Eu estava pronta para torturar uma pessoa e sabia que não me colocaria limites.

— Vamos ouvir o que ele tem para nos dizer — comentou Leôncio, desatando o nó da camiseta.

— VOCÊS SÃO DOIS LOUCOS! — Gritou Enrico assim que sua boca ficou livre. — Vocês sabem o que estão fazendo?

— Não seja tão dramático, meu bem. Eu ainda nem comecei...

— Eu vou matar você, sua cadela! — Enrico me interrompeu com ofensas. Isso era típico dele.

Foi com o punho fechado e firme que Leôncio o silenciou. O sangue vermelho logo começou a aparecer na boca de Enrico, sujando seus dentes, outrora, brancos.

Enrico cuspiu no tapete e gargalhou em seguida. Um riso demoníaco e assustador.

— Que vergonha, Leôncio. O soco de Luz foi mais forte que o seu. Bata feito um homem!

Leôncio acatou o seu pedido. Dessa vez o murro foi no olho de Enrico. A força diabólica do soco quase o desequilibrou da cadeira.

— Já que você pediu, meu amigo, então tudo bem. Você sabe que nunca te nego nada — disse Leôncio entredentes. Eu percebi que ele não estava apenas me defendendo, estava descontando também alguns anos de humilhação.

Leôncio deu outro murro e queria dar mais um, e mais um. Eu tive que intervir, não queria que minha vítima ficasse desacordada novamente.

— Acho que já está bom — eu disse, segurando o braço de Leôncio no alto. As veias saltavam em sua testa, o olhar era selvagem e assassino. As pessoas se transformam quando o ódio as domina. Leôncio não estava muito diferente de Enrico e, talvez, de mim.

— Viu só, Leôncio? — Provocou Enrico assim que pôde falar. — Luz não consegue evitar, ainda é louca por mim. Uma parte dela gosta da dor e sente falta de tudo que passamos. Ela gosta de ser uma garota má e irá largar você quando cansar desse seu jeito tão... nauseante.

Leôncio criou uma expressão apalermada no rosto. Ele não conseguia esconder seu desconforto diante os comentários de Enrico. Ele queria reagir, mas eu sabia que poderia acabar estragando tudo se ele deixasse as emoções dominá-lo. Puxei-o pelo braço para afastá-lo um pouco de Enrico.

— Se controle, Leôncio. Você pode acabar matando ele...

— Até que isso não é uma má ideia! — Respondeu, grosseiro. Eu nunca o vi tão descontrolado.

— Não somos assassinos — o lembrei. — Enrico quer nos provocar. Ele é inteligente e calculista. Está com medo, mas sabe que ainda é capaz de nos atingir.

Ele colocou as mãos na cintura, sua testa cerrada estava me dando calafrio. Não estava acostumada a ver Leôncio tão instável.

— Eu não... — engoliu as palavras com rancor. — Ele a desrespeita, não irei permitir que a trate feito um animal!

— Não sou uma dama em perigo, Leôncio. Não posso continuar me agarrando a você como se fosse meu crucifixo. Você já me salvou uma vez, agora está na hora de eu enfrentar meus fantasmas sozinha.

— Eu respeito todas as suas vontades, Luz. Faço o que você quiser, mas nunca aceitarei que qualquer pessoa a insulte na minha presença. Eu estou disposto a quebrar todas as regras quando se tratar da sua honra!

— O casalzinho quer privacidade!? — Debochou Enrico, ouvindo nossa conversa.

Leôncio fincou as unhas na palma das mãos.

— Deixe-me resolver isso — balbuciei para ele.

— Não a deixarei sozinha com ele! — Afirmou.

— Se eu não fizer as coisas do meu jeito, eu continuarei a ter medo. Permanecerei um pássaro enjaulado. Não é isso que quero, Leôncio — falei.

Ele inspirou e expirou.

— Você irá me gritar se as coisas fugirem de controle? — Perguntou-me e não me deu tempo de responder. — Se eu ouvir qualquer barulho suspeito, eu irei intervir. Com você querendo ou não!

Concordei com a cabeça. Leôncio deu uma última encarada em Enrico antes de sair da sala. Enrico lhe deu uma piscadela em forma de sarcasmo.

— Você já está aí há um bom tempo, encarando-me como se eu fosse uma estátua idiota! — Ele falou irritado. — Então essa é sua forma de me torturar? Ficar calada?

Eu sorri. Era perceptível o incômodo que Enrico estava sentindo.

— Preciso urinar! — Ele reclamou.

Dei de ombros fazendo descaso.

— Vai me manter seu prisioneiro a noite inteira!?

Bocejei e abri a *Madame Bovary* que estava sobre meu colo. Claro que eu não conseguiria me concentrar na história, apenas queria que Enrico se sentisse como algo sem valor, inútil e desprezado.

— Entendi seu jogo, garota tola — ele falou. — Você sabe que sempre odiei esse silêncio entre nós, quer usar isso para me provocar. Sabe de uma coisa? Isso apenas mostra o quão idiota você é. Tem a mentalidade de uma criança, é incapaz de ser mais criativa.

Me concentrei em não dar ouvidos para o que ele falava. Aquilo era um jogo de emoções, o incapaz de dominar seus sentimentos era o primeiro a perder.

— Eu vou matar você, está me ouvindo? Será a primeira coisa que farei quando você me soltar! — Ele garantiu.

Enrico

Queria saber o que Luz pretendia fazer comigo. Diga-se de passagem, eu estava muito preocupado. Ela agia feito uma maluca, era egocêntrica. Todos a viam como um caso perdido, eu era o único disposto a lutar por ela, o único a acreditar que aquele bicho burro podia ser transformado em uma admirável dama. Como pôde me amarrar na cadeira feito um escravo?

Eu precisava urinar. Segurar o xixi por tantas horas estava me causando um enorme incômodo.

— Preciso ir ao banheiro — reclamei. Minha boca estava ressecada e o gosto horrível de sangue me nauseava. Não me importava com os machucados que Leôncio fez em meu rosto, meu pai sempre me disse que um homem sem calos não é de fato um homem.

Luz não me respondeu. Sua petulância já não era charmosa, era irritante.

— Está me ouvindo ou ficou surda!? — Eu gritei para chamar sua atenção. Não era possível que ela estivesse realmente concentrada naquela merda de livro.

— Por Deus, seja menos escandaloso — ela respondeu com uma voz cansada.

— Eu realmente preciso mijar — alertei-a. Não conseguiria segurar a urina por muito mais tempo.

— Então, por favor, mije o quanto quiser.

— Você não está sugerindo que eu faça xixi nas calças, está? — Perguntei, abismado. — Eu exijo que me leve ao banheiro, Luz!

Ela riu baixinho, levando-me à loucura. Queria lhe arrancar os dentes da boca!

— Você é tão ridícula! — Gritei. Minhas mãos suavam frias nos braços da cadeira de madeira.

Ela voltou a folhear aquele livro. Maldita foi a pessoa que permitiu que as mulheres aprendessem a ler. Como ousaram lhe dar esse tipo de poder!?

Luz continuava tendo uma paciência azucrinante, totalmente o oposto de mim.

— Se você não me levar ao banheiro agora, eu começarei a gritar, não pararei até que alguém apareça! — Ameacei, tentando despertar alguma emoção nela. Não gostava de quando Luz agia tão friamente, isso fazia com que eu me sentisse incapacitado, sem poder.

— Grite, meu bem. Mostre a todos o quão apavorado está, mostre o que uma mulherzinha burra e frágil fez com você — provocou, sem perder a postura de mulher intocável.

Luz estava mais madura, mais forte. Eu não podia negar. Era culpa daquele imprestável do Leôncio. Foi ele quem permitiu que a ordinária tivesse algum poder sobre nós, homens. Sem dúvida ela fazia dele um capacho!

— Eu quero ver o Leôncio! — Demandei.

— Sabe, meu marido está ocupado. Não quero incomodá-lo com algo tão fútil — respondeu em tom de desprezo.

— Não me faça perder tempo, sua acéfala. Complete logo essa sua vingancinha medíocre...

Ela fechou aquele pedaço de lixo que insistia em chamar de livro e se levantou.

— Estou exausta, minha manhã foi um pouco agitada, você sabe — ela disse com malícia, levando minha mente a imaginá-la vulgar com Leôncio na cama. Tratei de expulsar rapidamente aquele pensamento incoerente.

— Isso não me deixa enciumado, querida, mulheres foram criadas para isso, para nos atender. Eu apenas fico surpreso em saber que aquele calango te causou tamanha satisfação a ponto de você se deleitar — eu disse em um tom desrespeitoso.

Eu vi-a enterrar seus lindos dedinhos nas mãos, indelicadamente.

— Ah, meu docinho — falei, rindo sossegadamente —, você ainda não aceitou o seu devido lugar? Você é um objeto, uma escrava, prostituta, um animal; nasceu para ser usada e abusada.

Eu estava recuperando o controle da situação. Era tão simples atingi-la, bastava apedrejá-la com ofensas. Bom, se eu tivesse pedras de verdade em minhas mãos, eu as jogaria também. Era isso que faziam com as bruxas, não?

Por alguma razão, a sonsa achou que aquele era um bom momento para enlevar-se em gargalhada. Sua risada ricocheteou em meus ouvidos e pareceu queimar meus tímpanos.

— Sabe de uma coisa, Enrico? — Perguntou. — Nós vamos nos divertir muito esses dias.

Esses dias?

Luz

— Dias? — Perguntou Leôncio, apresentando-me seu semblante mais assustado.

— Sim. Ele me torturou por um mês, não posso me vingar em apenas uma noite, seria bom demais para alguém como ele.

— Luz — ele comentou, secando seu cabelo com a toalha —, você não é uma pessoa má. Não deixe que esse ódio contido em si a transforme em algo vil.

— Enquanto você estiver aqui para me lembrar quem eu sou e quem eu não devo me tornar, não teremos problema algum — murmurei, sentada na cama e com um sorriso amistoso espalhado nos lábios.

Ele largou a toalha molhada no chão e eu teria brigado com ele por isso se não estivéssemos com um problema um pouco maior.

— Eu falo sério, Luz. Enrico tem o poder de nos transformar em seres malignos. Você não o conhece como eu — falou em um tom preocupante. — Ele não teve um pingo de compaixão para ir ao velório da própria mãe. O que podemos esperar de alguém assim?

— A Luz de antes não estava pronta para enfrentá-lo, agora está. Eu costumava ser ingênua e covarde, hoje eu sei exatamente como transformar esses sentimentos frágeis em algo útil. Eu tenho a faca e o queijo em minhas mãos.

— Você viu como eu perdi a paciência lá embaixo? Eu nunca me vi tão descontrolado. Enrico entra em nossa mente feito um parasita. Ele devora nossa humanidade, nossa boa índole. Ele é um câncer, Luz — ele murmurou, olhando seu punho direito avermelhado e ferido depois dos socos que deu em Enrico.

— Se ele é um câncer, então devemos impedir que se alastre — respondi.

— Luz...

— Não estou pedindo para que me ajude, Leôncio. Estou pedindo para que não tente me impedir — eu falei, espantando o sorriso que antes estava em meu rosto. — Ele me deve um pedido de desculpa.

Eu saí do quarto sem deixar ele comentar aquela minha última frase. Não podia permitir que Leôncio e sua filantropia me desmotivasse. No final das contas, eu sempre soube que ninguém entenderia meus motivos por desejar vingança.

Eu voltei para a sala e encontrei Enrico exatamente do jeito que o havia deixado. Não, eu estava errada. Senti um forte cheiro de urina.

— Olha só, acho que agora está mais aliviado, não? — Zombei, sem me preocupar em disfarçar a satisfação em vê-lo tão humilhado e sujo.

— Eu vou fazer você me limpar com sua língua, sua vagabunda, cretina! — Disse Enrico, implacável e furioso. Ele estava abatido, mas seus olhos eram assustadores, principalmente quando ele franzia aquelas sobrancelhas grossas e pretas. Um olhar desumano e desaforado.

— Não seja tão insolente, querido. Toda essa sua raiva pode fazer mal para sua saúde.

— Você está achando isso engraçado, Luz!?

Confirmei com a cabeça.

— Com toda a certeza do mundo — eu garanti.

— Eu te avisei, você gosta de ser uma mulher malvada — tentou me irritar. — O que você pretende fazer comigo!? Diz de uma vez!

— Eu quero que você me peça perdão por tudo que me fez, Enrico! — Admiti e me senti bem estúpida. Ele começou a rir de mim, como se eu fosse uma palhaça.

— É isso? — Perguntou. — Um pedido de desculpas!?

— Sim...

— E por que eu devo pedir desculpa? — Ele questionou, fazendo-se de desentendido.

— Você quer mesmo que eu liste todas as razões!?

Eu não deveria conversar com Enrico, não podia lhe dar a chance de me manipular, uma vez que ele sabia fazer isso como ninguém.

— Serei sincero com você, querida. Há muito sua saúde mental tem me causado preocupação. Você não está bem. Precisa de ajuda médica — ele disse, e falou com tanta convicção que me fez duvidar de mim mesma.

Você sabia que era provável que isso acontecesse. Se der mais corda, irá se enforcar.

Consegui manter o autocontrole para não começar a chorar. Resolvi fazer o oposto e dei minha melhor gargalhada em um timbre completamente desequilibrado. Já que Enrico me achava louca, nada mais justo do que agir feito uma, não!?

— Se você não sabe o que me fez, meu bem, então farei com que sinta na pele. Não quero que você fale sem que eu permita, não me chame de docinho ou qualquer outro apelido asqueroso que você criou para me tornar *sua* submissa — alertei.

Ele ficou assustado e fez cara de dor, era como se a realidade o tivesse atingido com a força de uma chicotada violenta nas costas. Enrico estava exatamente onde eu gostaria: em um manto profundo de desespero.

— Não recebo ordens, muito menos de mulheres! — Ele desafiou.

— Então, aproveite sua noite solitária, torturante e de estômago vazio! — Murmurei. — Espero que o cheiro podre da sua urina não atrapalhe seus sonhos.

Dei as costas e deixei que Enrico sentisse o impacto das minhas ameaças. Eu iria jogar com ele, torturá-lo, fazer com que implorasse por liberdade. No fundo, eu queria que ele resistisse às minhas maldades por muito tempo, tempo suficiente para que eu descontasse toda a raiva que ainda restava dentro de mim.

— Sua mãe ficará desconfiada se você não aparecer na butique — alertou Leôncio, se arrumando para ir trabalhar.

— Eu gostei desse novo "você", de barba feita — balbuciei em um timbre assexuado. Não entendia o que acontecia comigo quando estava perto de Leôncio, era impossível não ficar hiperventilando, impedir que as mãos suassem frias ou controlar os batimentos cardíacos. Tinha a impressão de que eu estava me apaixonando por ele, ou ao menos pelo que ele me proporcionava. Meu corpo queria se entregar novamente. Eu sabia que o sexo seria muito melhor na segunda vez, não teria aquela sensação estranha de sentir algo novo invadindo meu íntimo. Eu queria o quanto antes, agora. O sexo tinha se tornado minha válvula de escape. Era muito mais fácil lidar com o prazer do que com qualquer outro sentimento.

— Luz — abriu um largo sorriso e me lembrou: —, você sabe que tem um prisioneiro na nossa sala, não sabe?

— Enrico é um covarde. Mijou na própria calça! Não sei como pude permitir que ele fizesse tudo o que fez comigo.

Leôncio me lançou um olhar preocupado.

— Não brinque com ele, eu falo sério quando digo que Enrico tem sérios problemas psicológicos — me alertou. Eu engoli em seco. — Ele é perigoso.

— Não estou levando na brincadeira.

— Eu não devo deixá-la sozinha com ele. Isso é loucura — disse Leôncio, como se falasse consigo mesmo. Ele estava muito angustiado. Eu devia tranquilizá-lo, e teria feito se não estivesse apavorada também.

Se estivéssemos fazendo sexo, eu não teria tempo para sentir medo. Poderíamos ter poupado aquela conversa desagradável.

— Você tem que salvar vidas, marido — falei com admiração. Ah, sim, eu tinha muito orgulho de Leôncio.

— Sim, tenho, só que antes de salvar qualquer pessoa, eu devo salvar a senhorita, minha esposa — ele brincou, mas nenhum de nós sorriu.

— Ele está amarrado. Você não precisa se preocupar comigo — eu disse, tentando deixá-lo mais calmo.

— Olha, eu posso arrumar uma desculpa para faltar...

Me levantei em um salto e segurei suas mãos.

— Deus me castigaria se eu o impedisse de ir poupar os pacientes de terríveis dores — murmurei. — Agora, pare de perder seu tempo comigo.

Ele soltou suas mãos das minhas e segurou meu maxilar para um beijo delicado e curto nos meus lábios. Aconteceu aquilo novamente: eu hiperventilei.

— Eu telefonarei assim que possível. Me atenda, por favor — ele disse assim que nossos lábios se separaram. Fiquei um pouco atordoada, era como se meu cérebro tivesse sido desligado. — Eu sei que você não se importa com nada do que eu digo, no entanto, se posso te dar um único conselho, não chame Enrico de marica. Ele vira o próprio demônio quando ouve essa palavra.

— Ok — eu consegui murmurar.

— Estou com fome! — Disse Enrico, extremamente mal-humorado.

— Tudo bem, eu trouxe torradas para você — falei, mostrando o prato em minha mão.

— Eu quero comida. Não quero essa merda que você trouxe! — Repugnou.

Enrico estava suado, os cabelos pareciam sebosos, a boca estava inchada e com corte, e o rosto sujo de sangue seco. Ele parecia pronto para desistir logo após a primeira noite.

Ainda não, meu bem. Ainda não.

— Eu estou pouco me fodendo para o que você quer!

Ele deu um sorriso torto e depravado.

— Garotinha malvada. Eu posso não ter te dado uma boa educação para ser minha esposa, mas vejo que aprendeu algo comigo, afinal.

— Cale a boca — falei e deixei que o prato com as torradas caísse no chão. — É no chão que os cães comem, não é?

— Boa jogada, docinho, mas eu não entrarei nessa com você — ele falou. Tive uma forte ânsia de vômito quando o cheiro pútrido de urina misturado com sangue entrou por meu nariz.

— É provável que você suporte menos do que pensei. As pessoas têm razão, você não passa de um covarde. Um grande e vergonhoso marica.

Enrico pulou na cadeira. A cadeira balançou e eu tive um certo medo interno da peça se quebrar. Enrico estava tentando lidar com seu orgulho ferido e não se deu conta do meu recuo súbito.

— Eu vou acabar com você! — Gritou, e eu consegui notar a raiva sob suas pestanas trêmulas. Ele estava o próprio diabo, não me espantaria se os chifres começassem a aparecer agora; aquela reação me emplacou certo desespero, havia um cheiro iminente de tragédia no ar. Eu tinha que desmaiá-lo novamente. Enrico estava assustador; não era seguro e lógico ficar sozinha com ele. — Aonde você está indo!? Volte aqui, sua vagabunda!

Revirei o armário da cozinha onde eu tinha escondido o anestésico, minhas mãos tremiam bem mais agora, do que da primeira vez em que fiz isso. Pensei novamente em dissolver o medicamento com algum líquido, mas Enrico estava exageradamente abalado, a qualquer momento ele conseguiria encontrar um jeito de se libertar. Só Deus sabe o que ele seria capaz de fazer comigo. Eu precisava encontrar uma seringa e aplicar o anestésico diretamente no seu braço para que agisse mais depressa.

Tudo bem, sou esposa de um anestesiologista. Se ele guarda esse tipo de medicamento em casa, então ele guarda seringas também, certo?

Me apressei até o banheiro e peguei a caixa de pronto-socorro, estava no mesmo lugar que eu tinha visto antes — dentro do gabinete e perto das toalhas brancas. Me senti confusa sobre o que estava fazendo, até cheguei a pensar que a senilidade tinha me encontrado. Peguei a seringa e voltei para a cozinha.

— Você não pode me manter seu prisioneiro! — Enrico gritou lá da sala de estar. Minhas mãos estavam gélidas e frouxas, estava sendo difícil colocar a agulha na seringa.

— ESTÁ ME OUVINDO, SUA CADELA!? — Ele gritou novamente. — Não finja que não está me ouvindo.

Enrico estava fazendo uma grande cena, eu precisava silenciá-lo antes que alguém o ouvisse.

Voltei para perto dele assim que consegui preparar a seringa.

— Eu mandei você calar a boca. Não me faça perder a paciência com você! — Tentei intimidá-lo e mostrei a seringa em minha mão. — Está vendo isso aqui? É um anestésico altamente perigoso, se aplicado em grande quantidade, ele pode te matar. É isso que você quer!?

Enrico não escondeu o pânico. Ele costumava ser um homem bonito, um homem que um dia tive a infelicidade de me apaixonar, hoje era difícil descrever o que eu sentia quando o olhava — era uma mistura de sentimentos desprezíveis.

— Que merda é essa? — Questionou, como se não tivesse acabado de ouvir o que eu tinha dito.

— Grite outra vez e eu terei o prazer de te mostrar! — Garanti. Fiquei impressionada ao me ver tão destemida. Acabei por me dar conta de que o único medo que eu ainda tinha era o de acabar assassinando Enrico e ter que lidar com o seu cadáver no final da tarde.

Ele finalmente se acalmou.

— Estou com fome, Luz, por favor — ele murmurou, de uma forma gentil e fingida.

Olhei para as torradas quebradas no chão.

— Você recusou o que te ofereci. Não posso fazer nada.

Ele fechou os olhos, como se estivesse se concentrando para projetar as próximas palavras.

— Me dê outra chance. Estou te pedindo, por favor — ele implorou, deixando os olhos levemente molhados.

— Sua dissimulação não me comove, Enrico.

Ele suspirou, espantando sua faceta de coitado. Retomou a postura rígida.

— O... que... você... quer... de... mim? — Questionou, falando pausadamente. Talvez estivesse tentando me assustar. Foi falho.

— Essa é a verdadeira questão, meu bem. Eu ainda não sei o que quero — confessei. Estava sendo honesta. O que eu queria de Enrico? Vingança, sim. Não ter mais medo, ok. Mas machucá-lo e torturá-lo era o caminho certo para isso?

E você ainda tem alguma dúvida, bobinha? Faça a pele dele sangrar. Humilhe-o. Faça com que ele perceba que ter um simples pênis não o torna dono de mulher alguma.

Todos os limites foram ultrapassados, agora era tarde demais para pensar em voltar. Eu não estava fazendo aquilo apenas por mim, fazia também pela mãe dele, que provavelmente sofreu muito mais do que eu. Ela esteve rodeada por monstros até o último dia da sua vida; fazia por todas as mulheres que no futuro se deparariam com algum Enrico por aí.

Não sou uma assassina, não vou matá-lo, mas sei que Enrico tem muita coisa para aprender. Eu estou disposta a ensiná-lo que mulheres não são animais, não são burras, fracas ou escravas.

— Você consegue se ouvir? O que acha que vai acontecer quando me soltar? Eu vou correndo denunciar você...

Comecei a rir antes que ele pudesse terminar a frase.

— Isso, faça exatamente isso. Conte a todos como uma "cadela burra" acabou com você! — Falei entre risadas.

— E-eu tenho necessidades, Luz. Preciso que me solte antes que as coisas piorem — disse Enrico, e pareceu envergonhado com o que dizia. Aos poucos ele baixava a guarda, comecei a considerar dispensável o uso do sedativo.

Peguei novas torradas na cozinha e dei na boca dele, queria ter jogado no chão novamente e o obrigado a comer, mas não podia arriscar desamarrá-lo. Apesar de estar faminto, ele mastigava devagar devido aos cortes na boca.

Eu não gostava de quando ele gritava, no entanto o resto da tarde ele passou em completo silêncio, e descobri que isso me incomodava muito mais. Peguei a *Madame Bovary* para continuar a leitura, desisti logo na primeira página, os olhos de Enrico passeando por meu corpo a todo instante me causavam tremor e roubavam toda a minha atenção. Ele estava planejando alguma coisa, eu podia sentir. Enrico não seria tão obediente por livre e espontânea vontade.

Decidi que era hora de tomar alguma atitude e interromper os pensamentos dele. Larguei tudo na sala e caminhei reflexiva até a cozinha mais uma vez. Coloquei uma panela de água no fogo e deixei ferver. Desliguei assim que vi as bolhas se formando, peguei a panela com cuidado para não me queimar.

Andei cautelosamente até a sala. Enrico ainda estava calado, olhava para os próprios pés no sapato preto.

— Hora do banho, meu bem — eu falei e despejei toda a água fervente no corpo de Enrico. Ele soltou alguns gritos ardidos, como se estivesse pegando fogo. Bom, a água estava de fato bem quente.

Fiquei parcialmente preocupada com aquela histeria de Enrico, contudo ninguém tocou a campainha nos minutos que sucederam. A verdade é que os vizinhos ali do bairro não estavam preocupados com nada que não fosse eles mesmos e o dinheiro caindo na conta.

— Você ficou louca? — Perguntou entre gemidos penosos. — Está tentando me queimar vivo?

— Ah, você estava bem sujo. Foi preciso fazer algo com relação a isso.

Seu rosto ficou avermelhado, sua pele, sem dúvida, estava chamejando. Em breve as bolhas começariam a surgir.

Enrico tentava levar as mãos aos olhos para tirar os respingos de água dos cílios.

— Você só vai conseguir se machucar ainda mais — avisei. Ele parecia um cachorro molhado. — Pense pelo lado bom: agora você não está mais fedendo à urina.

— Você é sádica. Como pode zombar de alguém que está sentindo dor? — Questionou, era como se estivesse ofendido.

— Você está brincando, não está? — Indaguei.

— Eu nunca fiz algo assim com você...

Tudo aquilo me dava uma tremenda canseira, não iria me dar ao trabalho de trazer o passado à tona. Enrico sabia dos seus feitos. Sabia do sofrimento que me causou.

Capítulo 17

Luz

— Desculpe por não ter conseguido telefonar. O dia foi bem cheio — ele disse e deu uma garfada no filé mignon.

— Ocorreu tudo bem por aqui — eu falei, mexendo no arroz temperado com ervas sem levá-lo à boca. O cheiro estava agradável, eu não duvidava dos meus dotes culinários. No entanto, não me sentia confortável para comer, estava enjoada.

— Precisamos mesmo comer com ele nos olhando? — Questionou Leôncio, dando uma rápida olhada em Enrico. Eu o tinha arrastado até a sala de jantar, causei um dano significativo no carpete de madeira, mas não arriscaria deixá-lo sozinho depois de tê-lo irritado tanto.

— Tente ignorá-lo — sugeri. Enrico se remexeu e sem dúvida teria dito algo se não estivesse amordaçado outra vez. Sua roupa já estava seca, as bolhas no rosto começavam a se formar pela região das bochechas e testa.

Leôncio mastigava devagar, os pensamentos estavam distantes, uma tensão se formava entre nós e eu não sabia o motivo dela. Não perguntei por que não queria que Enrico presenciasse uma discussão — seria um prato cheio para ele.

O jantar prosseguiu silenciosamente, o único som era de quando Leôncio raspava a faca no prato quando cortava a carne ou quando ele colocava a taça na mesa depois levá-la à boca.

Aquela apreensão estava me matando. Por que diabos não conversava comigo?

Leôncio

Desatei o nó da gravata, tirei-a e larguei no chão, desabotoei a camisa e soltei no chão, fiz o mesmo com cada peça de roupa, sabendo que Luz seguia com o olhar todos os meus gestos desleixados. Esperava eu falar alguma coisa, seu semblante demonstrava aflição.

Tomei um banho rápido e quente para relaxar meus músculos tensos. Saí do banho e encontrei Luz sentada na poltrona perto da janela.

Eu não menti quando disse que a apoiaria em suas tomadas de decisões, entretanto, não imaginei que ela fosse tão longe com sua vingança. Eu não podia mais fazer parte disso. Nenhum de nós, na verdade. Era perigoso, imprudente e arriscado.

— Você telefonou para seus pais? — Eu perguntei.

— Não — respondeu com frieza.

— Você devia falar com eles, devem estar preocupados — sugeri, abotoando a camiseta do meu pijama de cetim estampado.

A teimosa cruzou os braços. Luz era temperamental, seria complicado rebelar-me contra ela. Não concordar com suas ações geraria uma grande discussão. Seria a nossa primeira briga.

— Se eles estivessem preocupados, teriam vindo até mim — ela retrucou e se levantou. Caminhou até mim e cruzou os braços na defensiva. — Vai me dizer o que está acontecendo!?

Suspirei, tentando me acalmar.

— Eu reparei nas queimaduras de segundo grau no rosto de Enrico — comecei a dizer. — Ele merece coisa pior, mas não acho que deva ser feito por você.

Suas sobrancelhas se fecharam, cerrou os lábios pequenos e delicados. Aquele rostinho angelical se transformou em algo espantoso.

— Não concorda com o que fiz, entendo — ela disse e não acrescentou coisa mais.

Gesticulei com as mãos a fim de incentivá-la a falar.

— Não tenho mais nada para dizer. Você pode entender o que passei, mas não pode sentir as dores que eu senti. Não espero que concorde comigo e não peço que faça parte disso — ela resolveu acrescentar, falava com suavidade. Uma voz adorável, feito pássaros em uma manhã ensolarada cantarolando em um jardim.

— Ah... Luz. Não faça assim — murmurei, segurando suas mãos de unhas vermelhas. — Não faça eu me sentir culpado e ridículo. Enrico merece ser punido, já cansei de lhe dizer isso, mas veja essas mãos — ergui nossas mãos unidas até nossos olhos poderem enxergá-las mais facilmente —, essas mãos não merecem ser julgadas em um tribunal por crime algum. Você é uma mulher encantadora, de caráter genuíno. Eu me penalizaria pelo resto dos meus dias se visse essa autodestruição sem tentar impedir.

Ela sorriu com os lábios fechados. Um sorriso miúdo e tristonho.

— Destruída, é assim que me sinto quando seus olhos afetuosos procuram em mim algo que não sou — disse com a voz arrastada. — Eu cresci sendo comandada e forçada a seguir os moldes aristocráticos dos meus pais. Cresci cercada por olhares de reprovação. Você não sabe o que é crescer sendo feito de marionete. Um dia resolvi que era hora de parar de não viver a minha vida. Eu nunca mais deixarei de seguir minhas escolhas para seguir as escolhas que fazem por mim, não importo se serei imprudente e autodestrutiva. Eu quero poder errar e aprender, quero poder me machucar, sentir a dor e vê-la cicatrizar. A vida não é perfeita, Leôncio, precisamos dos erros para encontrar os acertos.

Ela estava perdida, suas palavras não me faziam parar de ouvir sua humanidade me pedindo por socorro. Luz estava obcecada por vingança, absolutamente cega. Eu não me importava com o que ela dizia sobre "precisar daquilo" para voltar a ser uma mulher forte. Machucar Enrico não faria ela se sentir melhor, talvez se sentisse de imediato, mas com o passar do tempo, a realidade a golpearia com a força de um coice.

— Ser imprudente não te torna uma pessoa forte — eu falei. Larguei suas mãos e a segurei pelos ombros. — Você está enlouquecendo, não quero te perder, Luz.

— Eu sei exatamente o que estou fazendo. Como pode defender alguém como ele? Enrico ameaçou minha vida!

— E o que você está fazendo agora é o mesmo que ele fez com você anos atrás. Você não cura uma doença se tornando um doente.

— Você é irritantemente racional — ela disse, na defensiva. Como eu queria arrancar aquela ferocidade que a cegava, fazê-la ver o túnel escuro e podre em que estava entrando! Me casei com uma mulher que a cada dia se mostrava mais instável e paranoica. A grandeza do meu erro foi permitir que a sua "desejável" vingança chegasse àquele ponto.

— Me ouça, Luz...

— Me ouça você, Leôncio — me interrompeu com arrogância e gesticulando com o dedo. — Eu sei o que estou fazendo, sou adulta e, pela primeira vez, sinto-me no controle de algo. Foda-se a prisão, o bom senso, foda-se tudo, inclusive você. Eu vou dar para aquele filho da puta exatamente o que ele merece. Se isso for demais para você, eu saio da sua casa. Não venha me dizer como agir, não me diga para ser "cautelosa" porque isso me faz ter uma vontade absurda de esmurrar sua cara!

Fui surpreendido por aquele discurso de ódio. Seu rosto ficou tão vermelho quanto o esmalte das suas unhas. Era exatamente essa reação que eu queria ter evitado. Luz estava fora de controle.

— Essa casa também é sua. Você não tem que ir a lugar nenhum! — Eu disse. Não queria ser grosseiro com ela, contive-me e mantive o tom passivo. — Não quero te aborrecer, mas você está mantendo um prisioneiro em nossa casa, enxerga isso? O que acha que vai acontecer quando soltá-lo?

Ela pressionou os lábios, não disse mais nada.

— Não gosto que fique zangada comigo. No entanto, essa situação é inaceitável! — Acrescentei, sentindo-me como se estivesse dando bronca em uma criança. Luz não reagia muito bem às reclamações, mas às vezes até mesmo os adultos precisam de uma repreensão.

Ela simplesmente me deu as costas, ignorando-me e ignorando meus conselhos completamente.

Luz

Um completo idiota, isso que ele era. Dizer que eu estava enlouquecendo havia sido o cúmulo do absurdo. Agora, pedir para que eu parasse de me vingar depois de eu já ter andado metade do caminho... era inaceitável!

Eu tinha o controle de tudo, oras. Por que ele estava tão preocupado? Enrico não iria me denunciar, eu o deixaria apavorado demais para isso. Ele ficaria com tanto medo que pensaria três vezes antes de se aproximar do meu bairro.

Não planejava ir para a casa da minha mãe, entretanto a perturbação mental daquele momento me fez entrar no táxi. Quando a compreensão sufocante me atingiu, o carro já fazia a curva chegando à casa dos meus pais.

Ah, droga, como explicar o motivo da minha aparição tão repentina às dez horas da noite?

Desembarquei do táxi. Me aproximei da campainha e não a toquei. Ainda não tinha certeza de que estar ali era a melhor solução.

— Eu não estou seguindo você, então só resta uma outra alternativa — ele disse, ofegante e sorrindo. — É você quem está me seguindo.

Engoli o ar de uma forma quase dolorosa. Embora fosse ele quem estava correndo, o cansaço parecia estar dentro de mim.

— Ah, que droga, você descobriu. — Entrei na brincadeira, era mais fácil fingir um sorriso falso a esconder aquele calor infernal que surgia dentro de mim sempre que o via. Era como se a porta do inferno tivesse sido aberta bem na minha frente.

Ele parou de correr, limpou a testa pouco suada com a mão esquerda. O shorts preto agarrava sua perna torneada de uma forma que eu gostaria de fazer.

Deus, Luz.

O pescador sorriu e não podia ter feito isso de uma outra forma que não fosse me desestabilizar.

— Eu moro na rua de cima. Qual sua desculpa? — Ele perguntou. Agora fazia sentido eu tê-lo encontrado duas vezes de uma forma um pouco perseguidora e até mesmo assustadora. A butique da mãe Cora não ficava muito distante dali. Aquela coincidência me agradava.

Pensando em pular a cerca, Luz?

Apontei para a entrada da casa dos meus pais assim que me pus em meu devido lugar de mulher casada.

— Vim visitar minha família — eu disse.

Ele olhou no relógio de pulso com um semblante preocupado.

— Tão tarde? Está tudo bem?

Engoli uma saliva amarga feito limão. Segurei uma careta.

— Na verdade, não — fui sincera. Não era como se eu confiasse nele, mas a verdade saiu escorregadia e, sem me permitir tempo de impedi-la.

Ele não pareceu surpreso, afinal, quando foi que ele me viu em boas condições psicológicas?

— Fugindo de quem dessa vez? — Perguntou em tom de brincadeira. Lembrei das outras duas vezes em que nos vimos: fugindo de Enrico, escondendo-me da mãe Cora.

Sorri com os olhos. O pescador era o tipo de pessoa que me deixava confortável. Alguém que seria bom sentar ao lado e passar horas papeando sem me preocupar com os problemas.

— Eu preciso tocar a campainha — mudei de assunto.

— Precisa mesmo? — Ele perguntou, como se pudesse sentir a minha indecisão.

Era como se a voz tivesse encolhido dentro de mim, descendo fulminantemente pela garganta.

— Sim, eu preciso — afirmei, sem entender meu desespero em sair de perto dele. Ele me trazia calma, o que era bem confuso, já que o pescador refletia boa parte do meu passado atroz.

Ele abriu um sorriso relaxado. Um sorriso que desmoronou meu mundo e me fez querer agir de forma errônea. Eu fiquei vermelha, *com toda certeza*, eu fiquei vermelha.

— Tudo bem, mulher enevoada. Até outro dia, então — ele falou e voltou a correr. Fiquei absorta pensando naquele apelido novo.

A campainha estava ali, bem na minha frente. Eu não queria tocá-la. Não queria entrar em casa e ter que responder a milhares de perguntas. Não queria ter que lidar com a arrogância de Sabrina e a raiva que, por alguma razão desconhecida, sentia de mim. Voltar para casa e lidar com Leôncio e Enrico era a opção certa. No entanto, a terceira opção era a que mais me agradava. Era errado, *repito,* era absurdamente errado e eu fiz mesmo assim.

— Espere — gritei para que o pescador me ouvisse. Corri em sua direção sem me importar com a imensidade do meu erro. Agir por impulso, de forma irracional, era algo muito simples para mim. Principalmente quando minha mente estava tão atormentada.

— Achei que estivesse com pressa — ele comentou, reduzindo a velocidade dos seus passos até começar a caminhar devagar.

— Para ser sincera, eu sequer sei o que estou fazendo aqui.

— Todos os dias eu penso o mesmo — admitiu.

Ficamos frente a frente. Meu coração parecia verdadeiramente satisfeito em estar com aquele homem que eu não conhecia. Era prazeroso, aconchegante e diferente de quaisquer outras sensações tão boas quanto. Era como a liberdade. Acho que essas são as melhores pessoas: as que nos permitem ser quem de fato somos. Sem máscaras. Sem preocupações. Apenas ser e pronto.

— Por que tem sido tão gentil comigo? — Eu perguntei. Aquela dúvida estava presa na minha garganta há dias. Enrico quase o matou por minha culpa. Ele deveria me odiar. Era isso que eu teria feito se estivesse na sua posição.

O pescador pareceu perdido com aquele questionamento.

— Porque acho que já tem gente demais ferindo você — disse, com o mais suave suspiro resignado. Mudou de assunto repentinamente: — Seu marido não irá ficar preocupado?

Ele olhou para minha aliança com atenção.

— Muito provavelmente — concordei. Unindo minhas mãos para esconder o anel no meu dedo, era a segunda vez que eu fazia aquilo quando ele falava da minha aliança. — Não devíamos nos apresentar? Quero dizer, eu nem ao menos sei o seu nome.

Ele deu de ombros e começou a caminhar. Colocou as mãos nos bolsos, relaxadamente.

— Aí acabaríamos com toda a graça em ficar com receio de saber se um de nós é um assassino.

Minhas mãos congelaram imediatamente. O quão longe de ser uma assassina eu estava? Eu sentia vontade de matar Enrico. Isso contava?

O pescador esperava que eu risse daquilo, então eu ri, fingidamente. Segui-o na caminhada, ignorando minha roupa inadequada para a ocasião. Encontramos um silêncio quase inquebrável entre nós. Eu poderia substituir aquela aflição por uma tosse, um espirro, ou até mesmo por um choro. Mas seria no mínimo estranho. Deixei tudo exatamente como estava e esperei uma atitude dele. Ele era bom em criar casualidades.

— Você não tinha programado ir à casa dos seus pais, estou certo? — Ele perguntou, quase afirmando.

— Não — fui sincera e mudei de assunto: — Você se mudou faz muito tempo?

— Eu cresci aqui. Meus pais se mudaram para o Nordeste há alguns anos e eu resolvi ficar. Mas eu vivia lá e cá, até que eles morreram — ele disse, sem desprender os olhos do chão.

— Sinto muito — murmurei.

— Já faz alguns anos. O coração do meu pai simplesmente parou, como se fosse uma máquina já cansada de trabalhar, sabe? Seu coração desligou em uma manhã de segunda-feira. Um mês depois, foi a vez do coração da minha mãe. É como se tivesse uma fonte de energia que os conectasse. Quando um se foi, o outro não resistiu — explicou, tinha resquício de mágoa em sua voz. — Nem mesmo a morte foi capaz de separá-los.

— Isso é tão lindo — falei sem pensar. — Não a morte dos seus pais, claro. Mas o amor infindável entre eles.

— Eles eram inseparáveis. Foi doloroso me despedir deles.

Uma lágrima circulava em meus olhos. As histórias de amor ainda me causavam arrepios. Eu queria ter um amor igual àquele — indestrutível e saudável. Um amor que me fizesse transpirar alegria, que me fizesse esquecer toda dor que me fez desacreditar em finais felizes. Eu queria aquilo. Nunca pedi nada além.

— Eu chateei você? — O pescador perguntou, preocupado.

Engoli o choro.

— Não. Eu sou uma boba, emociono-me fácil.

Ele assentiu.

— E você, mulher enevoada, qual a história por detrás desses olhos tão tristes?

A dor escondida voltou, esmagando meu peito. Nunca seria fácil falar sobre Enrico. Nunca seria simples admitir a traição de quem um dia me jurou amor e proteção.

— Ah, você sabe minha história, ou uma pequena parte dela — falei e dei de ombros.

— Achei que isso já tivesse se resolvido. Já faz alguns anos desde quando a vi fugindo pela primeira vez — relembrou.

— Enrico nunca deixará de fazer parte da minha vida. Ele me marcou de uma forma que serei incapaz de apagar — admiti. Percebi que era fácil me abrir com ele, ser honesta em relação aos meus sentimentos. Eu sabia que ele não me julgaria, de alguma forma, *eu sabia.* Eu enxergava verdade nele, eu confiava, *cegamente*, eu confiava.

— Mas você seguiu em frente. Certo?

Ele chutou um graveto caído no chão. Caminhávamos lentamente, tornando aquela noite perturbadora em uma noite serena.

— Seguir, eu segui. Só não fui capaz de esquecer — eu disse e me apressei em mudar de assunto. — Não sente saudade do mar?

— Tenho uma vida aqui, não posso simplesmente largar tudo e ir embora.

Um vento suave soprou e me fez sentir o cheiro agradável do pescador: um perfume fresco, uma mistura que ia de flor de laranjeira, menta, sândalo e violeta a odores que eu desconhecia, mas que eram bons.

Claro, além de extravasar beleza, ele também sabe escolher decididamente seu perfume.

Devo pontuar também sobre a barba cerrada dele, era charmosa e harmonizava com seu olhar, ouso dizer, descarado. Aquela pouca iluminação da rua, clareando seu rosto, foi o suficiente para me fazer suspirar por ele.

Trair Leôncio nunca me passou pela cabeça, todavia confesso que eu admirava o pescador no meu íntimo.

— Não vá me dizer que já está cansada — ele brincou, observando que eu estava ficando para trás.

— Seria ridículo se eu dissesse que sim?

Fingi estar ofegante.

— Você é mais jovem que eu, mulher enevoada.

— Por que me chama assim? — Perguntei, mesmo sabendo que era bem óbvio.

Ele me olhou com o sorriso mais apaixonante do Universo e meu coração se encheu de culpa. Leôncio era um bom marido e eu o deixara em casa com um grande problema enquanto me animava com outro homem em plena noite.

— Realmente precisa que eu explique? — Questionou.

— Não tem nada de obscuro em mim, eu apenas sou... quieta — dei de ombros e suspirei.

— Isso é uma indireta para eu ficar calado?

Ele pareceu ter ficado sério e isso me fez cair na gargalhada.

— Não. Eu só estou dizendo que não gosto muito de falar de mim. Não há nada de interessante na minha vida — murmurei. Era um comentário deprimente, mas o pescador não pareceu se preocupar com isso.

— E ainda me pergunta por que a chamo de enevoada — deixou o comentário no ar.

— Você também tem esse ar... misterioso. Sobreviveu ao louco do meu ex-marido e de repente ressurgiu na minha vida, duas vezes em uma única semana.

— Então talvez eu a esteja seguindo. Já cogitou essa hipótese? — Zombou.

— Você nunca leva nada a sério, não é, pescador?

— Veja só, então eu também tenho um apelido? — Observou.

— Você não quis me dizer seu nome, não tive escolha.

Sem perceber o que estava fazendo, encontrei-me sentada na calçada feito uma adolescente. Desejei colocar um cigarro na boca e ficar ali até o nascer do sol. Até que um labrador preto começou a latir incansavelmente, estava preso no quintal de uma casa que ficava de frente para onde eu estava sentada. Se o cachorro não tivesse me chamado a atenção, eu de fato teria passado a noite inteira ao lado do pescador.

— E-eu tenho que ir embora — disse de forma embaraçosa. Me levantei rapidamente, limpei a sujeira da calça com as mãos.

— Eu também preciso ir — ele disse. Eu desejei que tivesse me pedido para ficar mais um pouco. Ainda não estava pronta para voltar à tormenta. Ele não insistiu. — Até outro dia, mulher enevoada.

— Até, pescador...

Quando o táxi encostou em frente minha casa, a primeira coisa que vi foi Leôncio sentado na escada do lado de fora. O semblante retesado se iluminou um pouco assim que me viu. Ele se levantou apressado e veio a meu encontro.

— Onde você esteve, Luz? Eu fiquei tão...— Me puxou para um abraço apertado e não conseguiu finalizar a frase.

Eu quase me esqueci da nossa discussão enquanto estava envolvida em seus braços calorosos. Era aconchegante e seguro.

— Eu saí para pensar — admiti assim que ele me soltou. Não demorou muito para que eu me sentisse culpada por mentir novamente para ele. Não queria lhe contar sobre o pescador, tinha receio de que ele não concordasse com a nossa... amizade. Seria uma grande decepção ter que me afastar de uma pessoa que me fazia tão bem.

— Nunca mais me preocupe desse jeito — disse Leôncio. Arfava em respirações curtas e descontroladas.

— Não pedi que se preocupasse comigo. Eu sei me cuidar — respondi, mais arrogante do que gostaria. Estava zangada, eu queria brigar com ele para aliviar um pouco da culpa que eu sentia.

Seus olhos encontraram os meus, confusos.

— Eu amo você, Luz. Sempre irei me preocupar com cada fio de cabelo que há em você.

A culpa se amargou mais um pouquinho na minha boca. Engasguei-me, era como se tivesse uma bola presa na minha garganta. Descobri que não amar alguém podia ser tão doloroso quanto amar. Eu queria corresponder Leôncio, juro do fundo do meu coração. Porém, encontrei-me agarrada às lembranças que me traziam o sorriso do pescador — seu olhar seguro e calmo. Seu jeito descontraído de falar sobre os problemas. Pensar nele era quase tão exultante quanto estar ao seu lado.

— Estou cansada, vamos entrar, sim? — Mudei de assunto. Passei por ele, coloquei a mão na maçaneta para abrir a porta. Leôncio segurou meu braço.

— Luz, há algo que você precisa saber — disse em um tom alarmante.

— Desembucha! — Apressei-o. Meu corpo começou a reagir àquela aflição. O desconforto amoleceu minhas pernas, embrulhou meu estômago e me causou falta de ar.

— Enrico... ele... — murmurou com o olhar perdido. — Enrico escapou!

Meu rosto congelou.

— Como assim ele escapou!?

— Eu não sei. Eu estava no quarto...

Deixei Leôncio falando sozinho e enterrei correndo em casa, ele me seguiu. Enrico não estava na sala, a cadeira estava no mesmo lugar onde eu tinha deixado pela última vez, só que agora estava vazia. Reparei que a corda no chão não estava cortada. Parecia que alguém tinha desamarrado. Leôncio ficou sozinho com Enrico, ele era a única pessoa que podia tê-lo soltado. Não tinha espaço para outra explicação.

— O que você fez!? — Questionei com autoridade e raiva.

— Do que está falando!? — Perguntou, claramente atordoado.

Me virei de frente para ele, não tentei esconder a fúria. Foda-se se ele era meu marido e me amava, era da minha vida que estávamos falando. Se Enrico estava solto novamente, ele não pouparia esforços para acabar comigo, e eu dei muitos motivos dessa vez.

— Você ficou sozinho com ele. Eu me certifiquei de que a corda estava bem amarrada quando o prendi. Enrico não teria conseguido se soltar sem ajuda! — Afirmei, sem me preocupar com o que estava insinuando.

Leôncio colocou as mãos na cintura e me encarou como se estivesse observando algo muito estranho.

— Eu vou ignorar suas insinuações porque sei que está aflita. Mas devo lhe dizer que é ultrajante o que pressupõe que eu fiz!

— Não se faça de ingênuo, você mesmo me disse que não concordava com o que eu estava fazendo. Quem me garante que você não aproveitou a minha saída para ser "*racional*", como você mesmo diz!? — Enfrentei-o. Não me preocupei se o estava magoando, eu já tinha que lidar com meus próprios sentimentos para ter tempo de me preocupar com os dele. Era necessário me colocar em primeiro lugar, ninguém faria isso por mim.

— Eu não fiz isso, Luz. Você acredite se quiser.

Me deu as costas e se preparou para subir para o quarto.

— Não é assim. Me faça acreditar em você. Não me deixe com essa dúvida ingrata — falei, indo atrás dele. — Eu preciso saber que você não fez isso.

Ele parou no quarto degrau e se virou para mim.

— Eu não tenho que te provar nada. Desde que nos casamos minha vida tem girado em função disso. Todos os dias eu tenho que tentar te provar algo. Provar que não sou um homem cruel e desumano. Eu sei que ainda está machucada, mas eu também sou humano, também me firo. Você sugerir que eu agi por suas costas é agudamente doloroso!

Ele conseguiu reverter toda a situação e fez eu me sentir ridícula por desconfiar dele. A briga deixou de ser sobre Enrico e se tornou sobre a minha falta de empatia pelo meu próprio marido.

— Acho que não estamos seguindo na mesma direção — murmurei, provavelmente o magoando ainda mais. — Eu tenho sentimentos por você, mas não o amo. Me sinto bem ao seu lado, porém não confio honestamente em você. Não consigo silenciar meus olhos e seguir sem ter medo de tropeçar.

— Então por que se casou comigo, Luz?

As lágrimas começaram a rolar por meu rosto. Era um choro de lamentação.

— Porque eu não queria ficar sozinha — falei, laconicamente.

Era ruim estar naquele lugar, ser a pessoa que fere. A pessoa que faz a outra se sentir diminuída, a quem parte um coração. Eu estava chorando, quando na verdade devia estar pedindo desculpa.

Leôncio abriu um sorriso autodepreciativo. Seus olhos pareciam brilhantes, contudo era difícil ter certeza de onde eu estava.

Ele balançou a cabeça de um lado para o outro, incrédulo com minha sinceridade. Olhou para os próprios pés como se tentasse reencontrar o equilíbrio para tornar a subir os degraus. Eu nunca lhe escondi o que sentia, porém sabia que era muito mais angustiante me ouvir dizer tão claramente.

Ele foi para o quarto, ouvi quando a porta foi fechada. Mantive-me no andar de baixo, sentindo a angústia me esmagar com força. Será que ele faria suas malas e me abandonaria? Pediria o divórcio? Diria a todos a crápula que eu era? Eu sabia que era questão de tempo até Leôncio tomar uma atitude extrema. Eu o feri com violência. Praticamente peguei seu coração em minhas mãos e o apertei até vê-lo sangrar.

Queria pensar em Enrico, sabia que devia me preocupar com seus próximos passos, mas era necessário resolver aquele meu problema com Leôncio primeiro. Não queria que me deixasse, gostava daquilo que tínhamos um com o outro, começávamos a nos dar bem e isso era bom. Era reconfortante não estar sozinha para continuar a viver.

Deixei meu orgulho de lado e segui para o quarto. Eu podia não amar Leôncio da forma que um dia amei o canalha do Enrico, só que isso não significava que eu queria perdê-lo. Ele foi paciente nos meus piores momentos, ajudou-me a não afundar em uma cova de melancolia. Leôncio merecia meu amor, por que infernos eu não era capaz de amá-lo?

A porta não estava trancada com chave, então bastou girar a maçaneta. Leôncio estava deitado na cama com o abajur aceso, mergulhando sua mente em um livro à procura de mais conhecimentos médicos. Me olhou por cima dos óculos de grau. Fiquei estática na porta, esperando que ele comentasse qualquer coisa para deixar aquilo menos desconfortável.

O único som reverberando era quando ele virava a página do livro.

Leôncio não chegava a ser tão bonito quanto o pescador, não passava nem perto da beleza daquela pele bronzeada e do sorriso ordinário. Mas meu marido sabia como ser charmoso e sexy. Descobri que ele brigado comigo era ainda mais tentador.

Me encontrei novamente tentando fugir de uma situação desagradável utilizando o prazer. Eu não estava tão errada, oras, os corpos também sabem conversar. Sei que homens se transformam quando o assunto é sexo, talvez eu devesse me despir e evitar a longa conversa. Seria bom para ele, seria bom para mim.

— Posso entrar? — Murmurei. Era bom começar devagar, não queria piorar as coisas.

— Por que está me perguntando? Esse quarto também é seu — ele respondeu, implacável.

Suspirei. Seria mais difícil do que eu tinha imaginado.

— Não queria magoar você — comentei, aproximando-me da cama.

Sem chances de tirar a roupa e tentar seduzi-lo, Leôncio sequer olhava para mim.

— Você foi sincera. Há riscos quando isso acontece.

— Eu gosto de você, Leôncio — admiti. E gostava mesmo. Podíamos ser felizes com aquela pequena fração de sentimento que eu nutria por ele, não podíamos?

Ele finalmente fechou o livro, o colocou sobre a cama, tirou os óculos, os guardou no criado-mudo de imbuia e agora sua atenção estava toda em mim.

— Não ligo para o que você sente por mim, Luz. Importo-me com o jeito que você não se importa se vai me magoar ou não. Você questionou minha lealdade, e isso eu não admito.

Essa conversa vai longe e vai haver muitas emoções.

— Desculpe-me — eu disse com honestidade. No entanto, eu ainda não tinha certeza se não fora mesmo ele quem soltara Enrico. — Você sabe que Enrico ainda me afeta terrivelmente. Eu fico cega quando se trata dele. Uma parte de mim sempre será insegura por culpa do que ele fez comigo.

— É exatamente por esse motivo que eu nunca o deixaria livre. Eu acabaria com Enrico com as minhas próprias mãos se você me pedisse, Luz. Apenas para proteger você.

Ele sabia como usar as palavras, era perito em me tocar profundamente.

— Essa é a hora em que eu digo que não mereço você? — Eu disse, querendo descontrair, exatamente como o pescador teria feito se estivesse naquela situação.

Ele suspirou, amolecido com a minha falta de jeito.

— Venha aqui, meu raio de sol, farei com que perceba que ninguém no mundo é mais perfeito para meus braços do que você.

Capítulo 18

Leôncio

Ela dormiu em *meus braços após algumas carícias em seus cabelos claros feito a luz da manhã. Enquanto a admirava, serena, encontrei-me com um medo paralisante de perdê-la, de que ela descobrisse o que fiz.*

Eu gostava de tê-la por inteiro e não apenas a metade que me oferecia. Se Enrico continuasse sendo seu prisioneiro, aquela vingança estúpida nos separaria. Além disso, eu também me preocupava com sua saúde mental. Luz estava manifestando ira extrema, não fazia bem para ela.

Eu queria que nosso casamento fosse constituído por sentimentos bons e não aquela loucura toda. Precisei libertar Enrico, a ameaça que fiz à sua vida seria o suficiente para mantê-lo afastado de Luz e de mim. Eu tinha certeza que sim. A parte ruim em tudo isso seria guardar esse segredo dela. Não gostava de que houvesse esse tipo de muro nos distanciando. Por outro lado, lhe contar a verdade depois de tanto ter negado a levaria para sempre de mim.

O sol já tinha nascido e eu nem me dera conta. Assim que Luz se esticou na cama, o resto da noite foi constituída em silêncio e carícias para tranquilizá-la.

No decorrer das horas, foi se tornando mais agonizante ficar ali suportando a tensão em meus ombros. Um cigarro seria bom para me tranquilizar. Ah, com toda a certeza do mundo, eu precisava daquela fumaça deslizando para dentro de mim!

Empurrei Luz delicadamente para que saísse de cima do meu braço já dormente. Levantei devagar para que a falta do meu peso no colchão não a despertasse. Saí do quarto na ponta dos pés. Peguei um maço de cigarro escondido no armário da sala, abri a janela para deixar o ar entrar e fumei, deliciosamente. Tragadas profundas e prazerosas. Eu estava fodendo com meus pulmões, tinha plena consciência disso. Mas o cigarro se tornou tão necessário para minha vida quanto respirar.

Aos poucos fui me sentindo mais aliviado, até que tive a infelicidade de observar os respingos do sangue de Enrico, a mancha de café e as migalhas de torrada no tapete. A paz que o cigarro antes me proporcionava foi substituída por uma sensação de mal-estar, ao ver vestígios de Enrico ainda na minha casa. Nunca imaginei que seria tão difícil me livrar daquele desgraçado. Decidi que mais tarde contrataria um serviço de limpeza para me desfazer de cada rastro que ele deixou ali.

Eu era amigo de Enrico, até que me dei conta de que ele não fazia bem para mim. Ele não fazia bem nem para ele mesmo. Algo muito errado acontecia em sua mente, algo assustador. Não foi uma única vez que eu o vi se divertir com o sofrimento alheio. Não foi uma vez que o vi debochar da própria mãe e tratá-la feito uma serva.

Eu costumava achar que sua maluquice era obra do seu pai, mas, agora, penso que ele pode já ter nascido com essa falha. Afinal, ninguém seria tão bom aluno assim. É uma pena que ele tenha escolhido um caminho tão cruel e solitário para seguir.

Dei uma última tragada antes de apagar o cigarro e jogá-lo pela janela. Segui para a cozinha, fiz um café bem forte e tomei para disfarçar um pouco o cheiro do tabaco. Não tinha certeza se Luz sabia do meu vício, também não imaginava o que pensava sobre fumantes, mas eu mesmo não me orgulhava disso, então preferi, de certa forma, esconder.

Estava sem coragem para ir trabalhar. Esperava que o café preto me despertasse e me desse algum ânimo; o que não aconteceu. Ouvi passos na escada e Luz logo apareceu na cozinha. Estava bem arrumada, muito embora a cara fosse de sono. Ela era linda. Maravilhosamente perfeita. Eu era um homem de sorte por tê-la.

— Vai trabalhar? — Perguntei, enchendo uma xícara de café para ela. Eu a teria abraçado se não estivesse fedendo à fumaça de cigarro.

— Sim — disse entre bocejos. — Não posso mais me dar ao luxo de ficar em casa.

— Você não precisa trabalhar se não quiser, sabe disso — a lembrei. Eu conseguia sozinho dar uma vida confortável para nós dois. Foi por isso que estudei e me esforcei por tantos anos, para viver bem com minha esposa e futuros filhos.

Ela me ofereceu um sorriso relaxado. Um sorriso que eu não teria o prazer de ver caso Enrico ainda estivesse entre nós. Claro que Luz não iria esquecê-lo tão cedo, ela estava preocupada com o que ele podia fazer, e eu não podia lhe dizer para ficar tranquila, contar que eu cuidei de tudo. Os dias se encarregariam de fazê-la deixar isso para trás e seguir em frente.

— Agradeço a oferta, marido. Mas eu ficaria enlouquecida trancada nessa casa imensa. — Ela disse e pegou a xícara de café. Me olhou dos pés à cabeça. — Você ainda está de pijama?

— Vou entrar mais tarde hoje — respondi. Procurei me manter distante dela para que não sentisse meu odor desagradável.

— Está tudo bem? — Perguntou me avaliando.

— Claro. Só preciso de um banho. Estou suado — menti descaradamente.

Passei por ela apressadamente para acabar com aquela conversa antes que algum vento soprasse e a fizesse sentir meu cheiro. Não me preocupei se estava agindo de forma esquisita. Afinal, de coisas estranhas meu casamento estava cheio.

Capítulo 19

Luz

6 meses depois.

— Pipoca doce?

— Não, não é pipoca — eu respondi.

— Hum, chocolate?

Neguei com a cabeça.

— Já disse que não é chocolate.

— Assim fica difícil. Talvez, eu deva sair e comprar todo tipo de doce que encontrar ou ficaremos a tarde inteira tentando adivinhar o que esse bebê quer comer.

De repente, meu rosto se iluminou e eu quase pude sentir o gosto do amendoim na minha boca.

— PAÇOCA! — Eu gritei. Leôncio deu um pulo inesperado no sofá ao se assustar com meu grito.

— Eu nunca iria adivinhar.

— Já faz tantos anos que eu não como. Estou com água na boca... e ele também — murmurei, acariciando minha barriga de três meses de gestação.

— Por que acha que vai ser menino? Pode ser uma menininha aí dentro ou, quem sabe, pode ser os dois — ele disse.

— É um menino. Eu sinto que é! — Garanti. — Ele vai nascer com cara de amendoim se você não for agora atrás da minha paçoca!

— Ok, ok! — Concordou e me deu um beijo no rosto. — Em que momento da gravidez você vai ter desejo de comer tijolo molhado?

— VAI! — Gritei e logo ri ao ver Leôncio sair apressado.

A vida estava sendo exatamente como eu sempre sonhei. Leôncio ainda era um marido excepcional: dedicado e esforçado. Por vezes eu brincava com ele sobre ele ser de outro mundo. Também dizia que iria guardá-lo em uma caixa a sete chaves. No entanto, por melhor que ele fosse comigo, eu ainda não tinha sido capaz de amá-lo. Eu tinha todo tipo de sentimento por ele, exceto amor.

A gravidez não tinha sido planejada, mas foi a melhor notícia que podíamos ter recebido. Leôncio estava com problema de insônia, andava preocupado e aflito. Tudo começou quando encontramos nossa casa revirada em plena noite depois de termos voltado do cinema. Nada foi levado, era como se alguém tivesse tentando nos dar um aviso. Um único nome veio em nossas mentes, porém nenhum de nós o disse em voz alta.

Podíamos ter dado queixa e apontar Enrico como um suspeito, mas ele já foi preso incontáveis vezes, seu dinheiro sempre acabava resolvendo a situação. Enganamos a nós mesmos dizendo que tinha sido uma invasão *comum* de algum garoto jovem, afinal, morávamos em um bairro nobre, nossa casa era grande e atrativa, era comum esse tipo de coisa acontecer pelas redondezas. Resolvemos ignorar o fato de não terem levado nada — nenhum único objeto — e continuamos com nossa vida tranquila. A gravidez nos fez esquecer desse incidente. Bom, ao menos, eu esqueci. Agora uma vida crescia dentro de mim e tirava de foco qualquer outra intempérie... Exceto, aquela maldita ligação da mamãe em plena tarde.

— Luz, saiu o resultado dos exames do seu pai. — Sua voz era trêmula e enfraquecida. Fazia algumas semanas que papai andava se sentindo mal, com uma dor na garganta que não cessava, ele jurava que tinha algo preso nela, então resolveu fazer os exames.

Se não fosse mamãe a me dar a notícia, eu jamais teria acreditado que meu pai estivesse com câncer orofaríngeo. Era para ser uma dor de garganta comum, uma simples feridinha na boca. Como isso pôde ter se transformado em algo tão grave?

Minha mão estava suada e trêmula, foi preciso muito esforço para segurar o telefone sem que ele escorregasse.

— Como ele está? — Eu perguntei, aflita, em um estado de torpor.

— Você sabe como seu pai é, sempre finge não se importar com as coisas.

— Ele tem que começar um tratamento. Câncer não é brincadeira, mãe! — Falei com seriedade e preocupação.

Acariciei minha barriga ao passo em que tentava controlar a respiração descompassada.

— Você não precisa me lembrar disso, Luz — murmurou, e seus pensamentos, sem sombra de dúvida, foram até Júlio e seu estado mórbido na cama.

— Sinto muito. Não queria... — suspirei, sem conseguir concluir a frase. — Eu estou indo aí agora — avisei.

— Você precisa repousar para ter uma gravidez tranquila. Vir aqui só a deixará agitada. Não há nada a ser feito, por enquanto! — Disse Cora com ansiedade.

— Ele é meu pai. Com toda certeza irei vê-lo para dar o meu apoio.

Coloquei o telefone no gancho sem esperar que ela me respondesse. Tentei me manter passiva por fora, e por dentro eu estava completamente apavorada, porque já enfrentei isso na infância. A palavra "câncer" era um dos meus maiores fantasmas.

— Luz? — Leôncio chamou.

— Aqui — gritei de volta e fui até a cozinha.

Ele estava com as sacolas das compras nas mãos. As colocou no balcão e me fitou com espanto. Ele conhecia perfeitamente cada olhar meu.

— O que aconteceu? — Perguntou.

— Meu pai, ele está com câncer.

— Que merda! — Ele disse, acidentalmente. Oras, Leôncio vivia em hospitais, sabia o que essa doença terrível fazia com uma pessoa.

— Preciso ir vê-lo — alertei. Meus lábios congelaram quando péssimas lembranças do meu irmão Júlio visitaram a minha mente.

— Sim, concordo.

Não me preocupei em tomar banho ou pentear o cabelo. Fiz um coque alto, coloquei um vestido básico, um salto baixinho e óculos escuros para disfarçar a cara inchada.

Leôncio dirigia devagar e calado, provavelmente estava refletindo sobre a notícia e suas possibilidades. Eu, ao seu lado, comia desesperadamente a paçoca que ele tinha comprado, pois o bebê insistia em querer sentir aquele gosto e, ignorar o nó que estava preso em minha garganta desde a descoberta da doença do meu pai.

Desci rapidamente assim que o carro parou. Leôncio fechou os vidros antes de me seguir. Respirei profundamente e entrei na casa. Coloquei os óculos na cabeça e respirei fundo outra vez, preparando meu corpo para o pior, para um mar de lamentações.

Pensei que encontraria minha família em um estado de angústia. Foi o oposto, estavam todos rindo despreocupadamente; tomavam café na sala de estar.

Pelo que pude perceber, eu e Leôncio éramos os únicos perturbados naquela casa.

— Luz — disse meu pai assim que me viu, ficou desconfiado.

Meus olhos encheram-se de lágrimas ao pensar que um dia eu poderia perdê-lo. Não fosse pelo câncer, seria por outro motivo. *As pessoas sempre acabam indo embora. Cedo ou tarde, todas vão.*

— Pai, como você está se sentindo? — Perguntei, aproximando-me dele.

— Eu estou bem, não tem com o que se preocupar. Já disse isso para sua mãe, ela não devia ter te apavorado — ele disse em um tom de reprovação.

Olhei de soslaio para mamãe.

— Ela não tem culpa. Eu vim porque eu queria vê-lo.

— Bom, já que estão aqui, sentem-se e tomem um café conosco — falou com lentidão devido à dor, para mim e para Leôncio.

Eu soube de imediato o que papai estava tentando fazer, fingia estar tudo bem para não nos alarmar. Já estávamos acostumadas com esse seu jeito protetor, só que dessa vez a situação era grave. Não havia espaço para piadas. Precisávamos conversar sobre aquilo o quanto antes.

— Pai, nós temos que conversar...

— Fique quieta! — Gritou Sabrina ao se levantar. — Você é mestre em fazer drama com tudo. Não percebe que estávamos bem até você chegar?

— Sabrina, eu não...

Ela não deixou eu falar. Estava totalmente descontrolada. Parecia querer me atacar muito além do que com diálogo.

— Você já quase acabou com o nosso pai uma vez, Luz. Não permitirei que faça isso novamente!

— Meninas, parem com isso — papai interveio e depois se voltou para Sabrina. — Sua irmã não tem culpa do que acontece dentro de mim. Eu não queria falar sobre o assunto, mas sei que é preciso. Eu tenho câncer, não há por que esconder isso.

Ouvi mamãe gemer baixinho, como se tentasse engolir o choro. Ela ficou o tempo inteiro calada. Admito que eu nunca a vi tão destruída desde a morte de Júlio.

— Quando começa o tratamento? — Leôncio resolveu perguntar. Ele era o único que estava agindo de forma perspicaz.

— Não quero fazer tratamento e já está decidido! — A dura resposta do meu pai foi um susto para todos nós.

— Pai, se você não fizer tratamento... — eu comecei a falar, só que, mais uma vez, não fui capaz de completar aqueles pensamentos temerosos.

— Eu sei dos riscos, Luz. Escolhi aproveitar o tempo que me resta ao lado de vocês, e não sendo intubado, espetado e me sentindo feito um inválido! — Ele respondeu.

— Roberto — disse Leôncio —, a quimioterapia ainda é a melhor saída. O que seu médico aconselhou?

— Não vamos estragar o resto da tarde, por favor. Vou pedir à Teresa para trazer uma xícara para vocês — desconversou. Ele estava fugindo do assunto, sinal de que as coisas estavam piores do que havíamos imaginado.

Meu pai não podia morrer. Não. Nunca. Quem iria me proteger dos monstros da vida real? Quem iria me encorajar a ser como a primavera?

Congelei, eu estava preparada para chorar quando vi o olhar reprovador de Sabrina, como se me dissesse em silêncio: "Não faça isso, não piore as coisas". Como ela podia ser tão fria? Como conseguia cogitar viver sem a proteção daquele homem que nos ensinou que mulheres são muito além de donas de casas, que nos ensinou que mulheres são donas do mundo inteiro e principalmente da vida delas?

Saí correndo, não suportei aquele teatro. Eu não era uma boa atriz para fingir que tudo estava bem. Atravessei a porta sem olhar para trás, sem saber qual rumo seguir.

Desejei que outra casualidade acontecesse e eu encontrasse o pescador; mesmo depois de tantos meses sem vê-lo, não tinha dúvida de que ele saberia como tirar aquela angústia de mim, nem que fosse por breves segundos. Ele tinha se tornado meu refúgio, minha paz, meu descanso.

Passei pelo labrador e sentei na mesma calçada de meses atrás. Não sei quanto tempo perdi ali, mas o sol já estava se pondo quando vi o pescador atravessar a porta da casa onde estava o cachorro. Meu rosto se iluminou, um sorriso bobo apareceu no meu rosto, e logo foi desmanchado quando vi uma morena ao seu lado. Me desmontei, e a ferida cresceu em meu peito. O que eu achava? Os meses também passaram para ele.

Eu vi quando se beijaram, um beijo apaixonado, preciso, urgente.

A quantidade de lágrimas aumentou em meus olhos. Já não tinha certeza pelo que estava chorando. Eu chorar por outro homem que não fosse o meu marido ultrapassava todos os limites que eu mesma impusera. Mas estava acontecendo sem que eu tivesse qualquer controle. Talvez fosse a emoção do momento, eu estava fragilizada pelo que estava acontecendo com meu pai. Era isso. *Tinha que ser isso.*

Eles se despediram e, como foi o pescador quem saiu pelo portão, presumi que a casa fosse da mulher. Ou quem sabe, eles já tivessem se casado e ele estava apenas indo rapidamente para algum lugar. Eu queria ter me escondido, camuflado-me em alguma árvore para que ele não me visse tão desestabilizada emocionalmente. O pescador começou a andar em uma direção oposta à minha, com um sorriso sincero que se expandia no rosto inteiro. Ele não teria me visto, no entanto, algo fez com que seus olhos se voltassem para mim.

Meu coração acelerou. As mãos tremeram, suaram. Eu inteira parecia pronta para dissolver na calçada.

Houve um confusão clara em seu rosto. Apressei-me em colocar os óculos no rosto e esconder minha cara de choro assim que percebi que ele vinha a meu encontro. Mordi os lábios e tentei me controlar.

— Mulher enevoada, quanto tempo! — Falou, colocando as mãos nos bolsos da bermuda, como sempre fazia. Queria que ele tirasse as mãos, precisava saber se havia uma aliança dourada em seu dedo.

Forcei um sorriso miúdo.

— Pois é. Muito tempo — concordei.

— O que está fazendo aqui, largada na calçada? — Indagou, confuso.

— Eu precisava espairecer um pouco — eu falei, contando apenas meias-verdades. Seria muito idiota (e promíscuo) da minha parte confessar que eu ansiava vê-lo.

Eu me levantei e seus olhos rapidamente foram até minha barriga, onde o vestido tentava se ajustar com o novo volume.

— Olha só, meus parabéns — disse, nitidamente sincero.

— Devo dizer o mesmo — eu falei e apontei para a casa do labrador. — Casou quando?

Joguei a indireta porque necessitava saber se aquela era sua esposa. Era anormal a forma como meu coração batia perto dele. Eu não o conhecia, não existia nada dele que eu soubesse. Contudo, eu sentia tudo aquilo sem conseguir refrear.

Seu corpo inteiro se iluminou. Ele estava declaradamente apaixonado.

— Faz um mês — admitiu. A informação foi muito mais impactante do que eu esperava ser, sufocante. Foi como se algo tivesse perfurado meu coração — uma faca, um canivete —, como se fosse um prego cravado bem ali, impedindo o buraco de cicatrizar.

Sorria. É uma ótima notícia. Ele espera que você fique feliz por ele.

Engoli em seco.

— Meus parabéns, pescador. Espero que sejam felizes.

Aquilo soou tão falso que senti vergonha de mim mesma.

— Está tudo bem? — Perguntou, como se pudesse ver meus olhos por detrás dos óculos de sol.

— Meu pai, ele está doente — eu falei. — Olha, eu não quero atrasar você, sei que estava indo apressado a algum lugar.

— Eu sempre terei tempo para suas histórias.

Foi tão acolhedor aquelas palavras que acabou sendo necessário me segurar para não cair em prantos e precisar do seu ombro para me conter.

— Não quero falar de mim. Eu falo sério quando digo que minha vida é um calabouço.

Ele riu alto. E começamos a andar sem que qualquer um de nós percebesse para onde estávamos indo. Éramos bons em deixar que a vida se encarregasse do resto.

Eu queria encontrar coisas boas para falar sobre mim. Queria impressioná-lo, mostrar que eu era uma mulher interessante por detrás de todo o mal que me cercava. Eu precisava da sua amizade. Precisava *dele,* por mais irracional que fosse. Eu não o amava. Jamais trairia Leôncio. No entanto, eu necessitava de um carinho que o pescador parecia ser o único capaz de proporcionar.

— Por que não me conta como conheceu a mulher da sua vida? — Indaguei.

— Ela se chama Eliza. A conheci em uma dessas caminhadas que faço de noite.

— Simples assim? — Questionei. Eu achava um tremendo absurdo que alguém pudesse encontrar o amor da sua vida de uma forma tão rasa. Estava acostumada com as histórias de amor que fazem suspirar e que parecem existir apenas em livros.

Me encarou com um olhar quase caótico.

— A sua história me parece ser muito melhor que a minha, por que não me conta como conheceu esse aí? — Encarou minha aliança como se quisesse arrancá-la do meu dedo. Pareceu incomodado com aquele objeto; decerto era outra paranoia da minha cabeça. Uma parte de mim desejava que ele precisasse de mim, correspondente à forma que eu precisava dele. Queria ser seu abrigo para os dias de tempestade.

Coloquei meus óculos na cabeça, visto que não já não estava sol.

— Leôncio me salvou de Enrico — falei com orgulho e paixão. — Ele é um bom marido.

— E por que ele não está ao seu lado em um dia tão triste? — Ele questionou, não de forma provocativa, foi cauteloso.

— Eu não sei. Eu costumo afastá-lo quando estou perto de desabar — admiti. — Não quero que entenda errado, mas você tem sido uma das poucas pessoas que não faz eu me sentir estúpida por ser tão vulnerável. Você faz meus problemas parecerem bobos, você me faz rir de coisas que certamente teriam me feito chorar.

Ficou claro o seu desconforto diante àquela confissão. Fiquei acanhada. Não devia ter sido tão transparente. O que ele pensaria de mim agora? Uma mulher casada, grávida, dizendo esse tipo de coisa para um homem igualmente casado?

— Eu preciso ir à farmácia. Eliza está com enxaqueca, não posso demorar — disse de forma aleatória. Era uma desculpa para se livrar de mim. Claro que sim.

Parei de andar e me encolhi, querendo desfazer os segundos anteriores. Fui sincera em relação a como eu me sentia, e nem sempre as pessoas estão preparadas para isso. Eu e meu dom de colocar profundidade em coisas rasas.

— Ah, claro. Sem problemas.

O que eu poderia dizer para aquilo ficar menos constrangedor? Que palavras utilizar para não transformar aquilo em um adeus?

— Até breve, mulher enevoada — murmurou e me deu uma piscadela antes de se distanciar.

Uma maldita piscadela que invadiu meus sonhos por longas noites.

— Por que não me avisou que queria ter vindo embora? Eu mesmo a teria trazido! — Interpelou Leôncio ao me encontrar largada no sofá da sala de pijama e me atolando de paçocas.

— Você estava ocupado tentando convencer meu pai a fazer quimioterapia, não iria incomodá-lo com meus dramas internos — respondi sem desviar os olhos da televisão.

— Luz, seu pai está doente. Isso não é drama, você não devia dar ouvidos para o que sua irmã diz. Ela é imatura demais para compreender a vida real.

— Sabrina tem razão. Não posso mudar a forma que as pessoas querem se sentir. Se papai não quer falar sobre sua doença, por que irei forçar? Isso antecipará sua dor. Deixe eles aproveitarem o faz de conta.

Coloquei outra paçoca na boca. Já tinha perdido a conta de quantas eu comi desde que cheguei em casa.

— Pare de se penalizar, Luz — ele disse e arrancou a paçoca que eu pretendia levar à boca. — E pare de comer tanta besteira. Sei que está deprimida, mas isso não irá ajudar em nada.

— Você está errado, eu me sinto bem quando como. A comida não fere meus sentimentos! — Resmunguei feito uma garotinha e segurei o choro.

Leôncio me olhou com ternura. Sentou-se ao meu lado no sofá e me puxou para seus braços, consolando-me.

— Se eu pudesse fazer algo para que nunca mais precisasse se sentir assim... — sussurrou. — Se eu pudesse, Luz, queria poder destruir todo o seu passado e reinventá-lo de um jeito que você merecia ter tido.

— Eu mereço toda a dor, Leôncio. Deus não teria me dado isso se eu não merecesse.

Eu vi quando franziu ligeiramente o cenho.

— Pare de se penalizar. Você é uma mulher maravilhosa. A mais forte que eu já conheci. Não se diminua, não faça isso consigo mesma.

Um arrepio subiu por minha coluna. Eu não estava nem perto de ser a mulher que ele enxergava em mim. Estava longe de ser maravilhosa e forte.

— Pare de ser tão perfeito. Isso é extremamente chato — falei com seriedade. Ele acabou rindo de mim. O rosto que antes estava enuviado pelo olhar de preocupação agora relaxou.

— Eu também erro, às vezes. Mas me esforço ao máximo para não fazer isso com você.

— Erre comigo também. Se você soubesse como me sinto diminuída perto de você... É quase uma sensação de impotência!

Meu coração se encheu, cresceu feito uma bola de basquete em meu peito. Eu procurava desesperadamente um motivo para odiar Leôncio, para não querê-lo. Era mais fácil aceitar o ódio do que as razões para eu não ser capaz de amá-lo.

Ele lançou um olhar ressabiado como se eu fosse a coisa mais confusa que surgiu em sua vida.

— São os hormônios fazendo isso com você, não são?

Bufei irritada.

— Seu pai vai fazer o tratamento e dará tudo certo, Luz. Não perca a fé — acrescentou, tentando me animar.

Mas Leôncio se enganou. Papai recusou qualquer tipo de tratamento. Ele já tinha aceitado sua situação. Em poucas semanas o câncer o deixou de cama, a saúde piorou celeremente, a doença praticamente o devorou, sua boca ficou coberta por feridas monstruosas. Ele chorou clamando pela morte. Foi a coisa mais triste que presenciei. Vi-o morrer sem poder ajudar, incapaz de tirar sua dor. Papai ficou irreconhecível. E, em uma noite qualquer, ele simplesmente deixou de existir. Se tornou apenas uma memória. Uma das minhas mais dolorosas.

O enterro foi como qualquer outro — saturado de sofrimento. Mamãe, como uma dama, não chorou em público. Ela agiu com frieza, tentou manter a compostura como uma boa portuguesa. Eu sei que em casa ela desabou.

Cuidar de Cora foi a única coisa que conseguiu manter a paz entre eu e Sabrina. Tentei ser uma filha prestativa durante as semanas em que fiquei em sua casa. Fiz os pagamentos dos empregados, cuidei do jardim porque sabia que mamãe, assim como eu, não gostava que desconhecidos mexessem em suas plantas.

Mamãe não queria ficar de luto. Sabrina e eu tivemos que obrigá-la porque sabíamos que não passar pela escuridão iria destruí-la internamente. O choro era preciso. Enfrentar as lembranças era uma obrigação para poder seguir em frente.

Leôncio, como sempre, foi compreensível. Cuidou do nosso lar enquanto eu me tornava a mãe da minha própria mãe.

Tentei me manter afastada daquelas ruas durante o tempo em que permaneci na casa dos meus pais. Não queria encontrar o pescador. Não queria que precisar dele se tornasse uma necessidade (*muito embora já fosse*). Ele praticamente tinha se tornado um analgésico para minhas dores.

Naquela tarde eu precisei sair de casa para ir ao banco. Foi o único dia que pisei na rua, eram mínimas as chances de encontrá-lo. Passei pela casa do labrador, onde provavelmente ele morava agora com sua esposa. Eu não vi ninguém ao olhar discretamente para o interior e suspeitei que ninguém tivesse me visto. Peguei a chave na bolsa, preparava-me para abrir o portão da casa de Cora, ao retornar do banco, quando o maravilhoso cheiro do seu perfume chegou até mim antes mesmo da sua fala.

— Eu sinto muito — ele disse, se referindo à morte do meu pai. Ergui o rosto para encará-lo.

Ele teve a indecência de ficar ainda mais encantador com aquele olhar preocupado. Seu cabelo tinha crescido quase nada, por outro lado, parecia um tom mais escuro, e isso dava uma leve impressão de volume, a barba estava perfeita. Nenhum único pelo fora do lugar.

Minha mão congelou segurando a chave. Procurei demonstrar tranquilidade e falar qualquer coisa. As palavras estavam bem ali, explodindo na garganta, bastava dizê-las.

— Eu estou bem.

— Você se mudou? — Ele perguntou, arqueando as sobrancelhas, e olhou para a chave em minha mão.

Neguei com a cabeça.

— Minha mãe não está muito bem. Resolvi passar uns dias aqui para apoiá-la.

— Não deve estar sendo fácil para vocês. Ainda mais você estando grávida, sei que as emoções se intensificam — comentou como se fosse um bom e velho amigo.

Ele tinha a mais pura razão. Tudo que eu sentia estava ainda mais forte, inclusive o emaranhado de sentimentos que ele despertava em mim. Era inaceitável sentir qualquer coisa por ele. Mas também era inelutável.

— Desculpe-me por ter fugido da última vez — ele disse.

Dei de ombros e fingi não me importar. A verdade é que ele fez com que eu me sentisse uma idiota da última vez. Eu fiquei magoada.

— Eu fui sincera com você e te assustei. É uma reação normal. Eu sou uma mulher com um histórico não muito bom. Não me surpreende que tenha fugido de mim.

— Não é isso — disse com urgência. — É que...

Sua voz travou.

— Você é diferente — ele acrescentou em um tom inflexível.

— Explique-se — exigi e fechei a mão em volta da chave.

— Sinto como se a vida estivesse me empurrando para você. Quais são as chances de eu encontrá-la tantas vezes por acaso? Quais as chances de eu sentir que posso confiar em alguém que eu sequer sei o nome? Sonhei com você quase todas as noites essa semana — ele falou com um certo inconformismo. Eu fui pega de surpresa, como um tapa na cara. Eu me achava ridícula por sentir tudo aquilo por ele e agora ele me disse que sentia o mesmo por mim.

A sua revelação me engoliu por completo.

— Você pode não acreditar em mim, mas eu garanto que eu não estou perseguindo você — acrescentou a afirmação, incomodado com meus pensamentos letárgicos.

— Deus não foi muito legal com você ao me colocar em sua vida, pescador — falei para descontrair. Nós dois rimos.

— Você fica bem sorrindo, devia fazer isso mais vezes — ele disse. Senti borboletas em minha barriga. Será que fiquei com as bochechas coradas?

— Me diga seu nome — pedi, minha voz saiu quase que um sussurro. O ar de repente pareceu mais abafado.

Negou com a cabeça.

— Não.

Encarei-o e cruzei os braços.

— Não me diga que está fugindo da polícia! — Tirei sarro. Ele gargalhou e eu descobri que sua risada se tornou um dos meus sons preferidos, do tipo que eu colocaria para repetir e repetir, até eu pegar no sono.

— Você apareceu na minha vida e eu não permitirei que saia sem que eu saiba o motivo de tudo isso.

— Por que acha que me dizer seu nome me afastará de você? — Questionei.

— Eu não sei. Eu apenas gosto desse mistério que nos une — ele disse apressado. Parecia não estar pensando no que falar, como se todas as palavras estivessem na ponta da língua.

Me peguei admirando sua boca. Foi preciso muito esforço psicológico e físico para obrigar meus olhos a encararem qualquer outra coisa em seu rosto.

Eu queria abrir aquele maldito portão e entrar. Era o certo a se fazer. Mas a chave pareceu ter derretido na minha mão suada, eu já não a sentia.

— Eu aprecio a sua companhia — murmurei. Uma força sobrenatural me obrigou a dizer o que eu não teria dito se estivesse em sã consciência.

Ele me olhou, sorridente.

— Acho que seremos ótimos amigos, mulher enevoada — disse e me obrigou a encarar a realidade: eu carregava um filho de Leôncio em meu ventre. Ele estava casado e absurdamente apaixonado por sua esposa. Eu jamais o teria.

Meus olhos queriam chorar, entretanto obriguei meus lábios a sorrirem.

Por favor, coração. Pare de bater por um homem que nunca teremos.

Ele se abaixou para pegar a chave que eu acidentalmente deixei cair. *Pegue meu orgulho, ele também está no chão,* quis lhe pedir.

— A verei novamente?

Quis perguntar o motivo de tanto interesse em mim quando seu coração era de outra.

— Eu não sei — falei, sentindo a garganta seca.

Não queria deixar transparente a minha mágoa, ela não era nem um pouco coerente.

Você é casada, ele é casado. Aceite seu destino.

— Eu tenho que voltar para minha casa e para meu marido — expliquei-me.

Consentiu em silêncio.

— É menino ou menina? — Mudou de assunto. Novamente avaliando minha barriga.

— Ainda não sei. Queremos que seja surpresa — respondi, um pouco desanimada. Eu estava feliz com aquele bebê, em momento algum, ele foi rejeitado. Mas, depois de tanto tempo ao lado de Leôncio, eu percebi que nunca seria capaz de amá-lo, e a felicidade não é tão sincera quando não se tem amor. Aos poucos isso ficou ainda mais claro para mim.

— Eu tenho que ir. Eliza deve estar me esperando — o pescador falou. — Eu saio para caminhar toda noite, se ainda estiver aqui e quiser me acompanhar, deixo o convite.

— E sua mãe, como está se saindo? — Leôncio perguntou. Eu pude ouvir o som do talher raspar no prato, como sempre acontecia quando ele comia.

— Ah, ela não é muito de conversar comigo. De acordo com ela, eu tenho que manter minhas emoções estáveis durante a gravidez — eu falei, querendo controlar a ansiedade. Meus olhos não desviavam do relógio. O convite do pescador estava me atormentando.

— E com Sabrina, como tem sido? — Ficou claro que Leôncio queria puxar assunto comigo.

— Sabrina é uma incógnita. Há dias em que ela me deseja bom dia e dias em que me tranca para fora de casa. Suspeito que seja proposital.

Ele soltou uma risada curta.

— Agora me diga: como você está?

Suspirei. Eu encontrava um bloqueio todas as vezes em que pensava em me abrir com ele. Ficava insegura em entregar minhas fraquezas. O seu jeito calculista me retraía. Eu não confiaria meus medos em alguém que não me mostrava os seus.

— Eu ficarei bem — disse de forma breve. Era mentira. Eu estava pronta para desmoronar. Se não desligasse imediatamente, despejaria tudo em Leôncio, e meus instintos me proibiam de fazer isso. — Eu estou exausta. Acho que teremos que nos despedir mais cedo hoje.

— Sem problemas. Qualquer coisa me ligue a hora que precisar — avisou, querendo ser prestativo.

— Ok — concordei e desliguei o telefone sem me despedir calorosamente.

Continuei sentada no sofá. O relógio marcava dez da noite. Eu tinha convencido a mim mesma que não iria me encontrar com o pescador, que era errado e cruel com Leôncio. Quando me dei conta, já estava saindo porta afora.

Amarrei o cabelo em um rabo de cavalo. Não gostava de como minha barriga ficava naquela camiseta branca, mas eu não tinha trazido muitas opções. Aquilo foi o melhor que eu tinha conseguido. Minha barriga crescia cada vez mais e as roupas já não me serviam.

Alonguei os braços e as pernas e caminhei até a casa do pescador. Olhei discretamente para dentro. As luzes estavam apagadas.

Isso é um sinal para você ir embora. Um sinal de que não devia sequer ter ido aí.

— Estou sendo vigiado? — A voz surgiu atrás de mim. Dei um pulinho, assustada.

Ótimo. Pega no flagra.

— Estava planejando uma invasão — brinquei, mantendo a voz cuidadosamente indiferente.

— Se aceita uma dica, invada pelos fundos. A chance de você ser vista é um pouco menor — aconselhou-me, descontraído.

Concordei com a cabeça e coloquei as mãos na cintura.

— Agradeço a sugestão. Tentarei os fundos na próxima vez — eu disse. Olhei ao redor, a curiosidade quase estava me fazendo roer as unhas. A pergunta escapou antes que eu pudesse pensar sobre ela cuidadosamente: — Onde está Eliza?

— Saiu para jantar com a família.

— E você está sem fome? — Inqueri. Ele podia me contar mais que aquilo, não podia?

— Eles são vegetarianos e eu sou louco por carne. Acho que causaria aversão se eles me vissem comer.

— Hum — murmurei, sem saber o que responder.

— E você? — Ele perguntou assim que começamos a andar.

— Carne. Sempre carne — respondi. Ele riu de forma espontânea.

Ele não estava exalando o seu maravilhoso perfume de sempre. Senti cheiro de sabonete e, como seu cabelo estava molhado, suspeitei que tivesse saído do banho há pouco tempo.

— Você veio de onde? — Perguntei e refiz a pergunta quando percebi que ela soou confusa. — Quer dizer, eu estava aqui olhando para o seu portão e você surgiu por trás de mim.

— Eu ainda não vendi a casa que eu morava, às vezes passo lá para dar uma olhada, conferir se está tudo certo. Essas coisas... — ele respondeu com paciência.

Eu tinha muito para perguntar, porém não queria parecer invasiva. Agora era a vez dele de puxar assunto. Eu não estava fazendo joguinhos, apenas não queria causar uma impressão errada. Se eu me mostrasse muito entusiasmada, ele acharia que eu estava interessada nele.

Mas você está. Gritou minha mente. Tratei de espantar esse pensamento.

— O que você faz? Em que trabalha? — Ele perguntou.

— Trabalho com minha mãe na butique dela. Vendemos roupas e joias para mulheres. — Dei de ombros. — E você?

— Eu mexo com máquinas, motores, coisas do tipo.

— Deve ser genial saber como as coisas funcionam.

— Honestamente, até era interessante no começo, agora me acostumei — revelou.

— Acho que tudo é assim, não? — Eu disse de forma reflexiva. — As coisas são interessantes enquanto novidade, mas quando caem na mesmice deixam de ser tão atrativas.

Ele se pegou pensando no assunto.

Tinha um buraco na calçada e eu não o vi a tempo de evitar torcer meu pé. Eu sem dúvida teria caído se o pescador não tivesse me segurado pelo braço.

Seu toque fez meu sangue gelar.

— Você se machucou? — Ele perguntou. Fiquei hipnotizada com a maneira cautelosa e avaliadora com que ele me observou.

Neguei com a cabeça quando percebi que minha voz não sairia sem falhar. Sua mão continuou em meu braço muito embora eu já tivesse reencontrado o equilíbrio dos pés.

— Vamos nos sentar um pouco — ele falou, apontando para uma escada. Ele me soltou assim que nos sentamos.

A escada era estreita, seu braço ficou encostado no meu assim que ele se sentou ao meu lado. O calor da sua pele me deixou completamente envolvida.

— Tenho uma curiosidade sobre você quase esmagadora dentro de mim — ele disse.

— Então pergunte — incentivei.

Ele me engoliu com seu olhar. Eu me esqueci completamente de como se respirava.

— O que fez com que se casasse novamente? E por que casou se não o ama?

Como ele sabia disso? Eu nunca contei para ninguém sobre o que sentia por Leôncio, apenas para ele mesmo.

— Eu precisei sair da casa dos meus pais. Minha irmã, Sabrina, acho que ela me odeia — respondi, sucinta. — O que te leva a suspeitar que não amo meu marido!?

Ele revirou os olhos e eu não entendi o motivo dessa atitude ousada.

— As reações do corpo entregam facilmente as pessoas. Veja, você não suspira quando fala sobre ele, seus olhos não se iluminam e não sorriem; você geralmente esconde sua aliança, como se não gostasse que as pessoas soubessem do seu compromisso. Nada em você indica que o ama. O que me leva à próxima pergunta: por que se casou com ele mesmo sem amá-lo!?

Engoli em seco. Se ele era capaz de saber o que eu sentia por Leôncio, então facilmente descobriria meus sentimentos por ele.

E o que eu sinto por ele?

— Não gosto do rumo que essa conversa está tomando — retruquei, sentindo-me desconfortável com aquela explosão de questionamentos em tons nada amigáveis. Ele parecia já ter um julgamento sobre mim no seu subconsciente. Talvez eu tenha me precipitado sobre ele também, agora não me parecia mais tão gentil.

Seu olhar profundo e penetrante não queria largar o meu, tímido.

— É uma pergunta simples — pressionou.

Fiz questão de me distanciar dele.

— Isso não é da sua conta!

— Você é uma mulher linda, sagaz, inteligente, corajosa. É por isso que me surpreende que tenha feito algo tão burro — ele falou. Suas palavras me chacoalharam, como se tentassem me despertar de um pesadelo. — Você entregou todos os seus dias a alguém que você não ama. Isso é quase um suicídio. Mas é como você mesma disse: não é da minha conta.

Seus elogios rapidamente me comoveram. Não estava preparada para tanta sinceridade. Ele me mostrou seu ponto de vista, agora era hora de eu mostrar o meu.

— Eu nunca me dei bem com a solidão, enganava a mim mesma dizendo que seria capaz de seguir sozinha, no entanto o mundo nunca foi tão justo com as mulheres e desde criança me disseram isso. — Foram necessários alguns esclarecimentos para chegar aonde de fato queria. — Eu estava enfrentando tempos difíceis, Leôncio foi a minha janela aberta em meio a tantas portas fechadas.

Ele não disse nada, apenas ficou ali ao meu lado. Sua respiração era quase inaudível. Senti uma vibração nervosa nas veias.

— Por que me convidou? — Eu quis saber. Ele estava me fazendo perguntas íntimas. Eu também tinha esse direito.

Não houve confusão em seu rosto. A resposta parecia pronta.

— Eu estive pensando em você desde a primeira vez em que nos vimos. Eu guardei o anzol que ficou preso em seu pé durante todos esses anos. Passei muito tempo me culpando por não tê-la ajudado quando pude, por não ter dado um murro na cara de Enrico da forma que ele merecia.

Engoli saliva para umedecer a garganta. Por que ele estava voltando ao passado? Era doloroso para mim ter que reviver aquela cena.

— Enrico o jogou no mar. O que você poderia ter feito por mim? — Murmurei. Eu não tinha me dado conta da nossa proximidade outra vez. Eu podia sentir o cheiro que ele tinha na boca. O hálito quente era de hortelã.

— Eu a procurei assim que consegui me recompor após sair do mar, andei pela praia, perguntei às pessoas. Também a procurei nos dias que se seguiram. Perguntei em hotéis, em restaurantes. Eu procurei por você — falou. Ignorou tudo que eu disse.

E, então, tudo fez sentido em um piscar de olhos.

— É por isso que tem sido tão gentil comigo? Por isso que me convidou hoje? — Questionei e depois acusei, sentindo a mágoa ardida dentro de mim. — Você se sente culpado por não ter me ajudado anos atrás e agora quer tentar corrigir o erro. Precisa se sentir bem consigo mesmo. Que atitude egoísta!

Me levantei abruptamente.

O pescador foi pego de surpresa, ficou transparente o seu espanto. Oras, foi ele mesmo quem disse que eu era inteligente. Não foi difícil decifrar.

— Não é isso — me corrigiu.

— A sua consciência está limpa agora? Eu estou bem. Sobrevivi às tempestades!

A verdade é que eu nunca me senti tão destruída. Eu acabara de perder meu pai e estive guardando minhas mágoas porque confiava no ombro do pescador para desabar. Agora eu percebi que nada foi real. Eu o inventei, fiz dele meu alicerce, minha âncora. Me agarrei a alguém que não me queria.

Corri para longe dele sem me despedir. Deixei que as lágrimas caíssem assim que virei a esquina. Chorei até perder o controle e comecei a soluçar.

Como ajudar alguém a suportar uma dor, quando você está em pedaços? Como dizer a esse alguém para ser forte quando você se sente fraca?

Deitei-me na cama onde papai deu seus últimos suspiros. Eu sentia tanta falta do seu abraço, do seu conforto. Falta *dele.*

Eu estava perdida, confusa, cega demais para enxergar qual caminho devia seguir. Tudo ia tão bem em meu casamento, até o pescador me fazer perceber o quão insensata fui ao me comprometer com um homem que não amava.

Enterrei meu rosto no travesseiro para abafar o choro escandaloso. Meu peito doía e minha garganta reprimia um grito. Não queria acordar minha mãe e preocupá-la com meus problemas.

Já era manhã e eu passei a noite em claro. Não devia estar me sentindo tão mal com o que havia acontecido, o pescador não estava preocupado comigo e sim com ele mesmo. Qual era a surpresa?

Agora o certo a fazer era tirá-lo da minha cabeça e da minha vida. Fingir que ele nunca existiu. Aquela ligação que eu achava existir entre nós nunca passou de uma ilusão que eu mesma inventara para fugir da minha realidade. Ele era bonito, engraçado, charmoso e inteligente. Aparecia sempre que eu estava pronta para ruir. Foi por isso que eu me atraí tanto: ele era um pacote completo de tudo que eu sempre desejei. Não existia sentimento. Era tudo superficial. Eu voltaria para minha casa, para Leôncio, e seríamos felizes com o pouco sentimento que eu nutria por ele.

Tudo funcionava simples na minha mente. Eu sabia que na prática não seria tão fácil assim.

— Por que está dormindo nesse quarto? — Questionou Sabrina. Limpei rapidamente meus olhos e funguei baixinho. — Você sabe que interditamos ele!

Sentei-me na cama. Sentia meus lábios inchados. Minha cara inteira devia estar assim.

— Eu não estou bem, Sabrina.

Sua expressão era rígida.

— Você sempre transforma tudo sobre você. O seu martírio é sempre o maior, o mais digno de atenção. Estamos todos sofrendo, Luz. Pare de sentir pena de si mesma!

— Estou cansada desse seu ódio sem fundamento. Passei a vida te poupando, engolindo suas ofensas, seus discursos e sua rejeição. Você já não é criança, então está pronta para ouvir tudo o que eu vim guardando durante anos. Você pode não gostar de mim, mas tem que me respeitar. Você critica a minha vida e tudo que aconteceu como se eu tivesse culpa. Eu me apaixonei por Enrico, fui iludida e depois ele acabou comigo. Não queria ter trazido esse problema para dentro de casa, mas não o suportei sozinha. Ele feriu-me, destruiu-me, despedaçou-me. Você diz que eu sou dramática — eu disse, e em um único movimento arranquei minha camiseta, deixei expostas as minhas cicatrizes, as que não sumiram com o tempo —, então olhe para as minhas costas. Esses são os meus dramas!

Sabrina estremeceu e entrou em choque. Só não mais do que eu. Eu nunca tinha ficado tão exposta.

— É doentio. Isso que ele fez com você é muito doentio — ciciou, abalada.

Arrumei a camiseta e tornei a me esconder. Não gostava de que sentissem pena de mim, que vissem minhas escoriações, contudo não tive escolha.

— Eu sei que vou parecer egoísta, infantil e ridícula, mas a verdade é que eu sempre tive ciúmes de você. Inveja, talvez. Você e Enrico pareciam perfeitos um para o outro. Vocês estavam enlouquecidamente apaixonados. Seu casamento foi dos sonhos. Tudo na sua vida sempre pareceu tão perfeito. Eu nunca encontrei o amor que você sentiu por Enrico, ninguém nunca me amou da forma que ele a amou. Eu fiquei irritada ao ver que você estava jogando tudo fora e que nossos pais a estavam apoiando. Eu não sabia que as coisas haviam sido tão trágicas — admitiu Sabrina. Fiquei tocada com sua confissão. Como alguém podia invejar minha vida? Eu daria tudo que tenho para voltar atrás nas minhas escolhas.

— O amor é bom, Sabrina. Mas o amor enlouquecedor não é. Há uma grande diferença entre esses dois tipos: o primeiro ama o que você é. O segundo, ama o que quer que você seja. No primeiro você respira, no segundo, você sufoca — eu falei. — Há um perigo iminente quando um homem diz que é louco por você. Muitos veem isso como uma declaração romântica, mas a verdade é que não enxergam a profundidade dessas palavras. Os insanos não têm sentimentos, eles querem possuir-nos da mesma forma que possuem um objeto e, assim como fazem com muitos objetos, eles podem querer nos quebrar.

A essa altura, Sabrina já estava sentada comigo na cama. Os olhos lacrimejavam, os lábios tremiam, seu peito subia e descia demonstrando a respiração profunda e pesada. Ela se jogou em meus braços e chorou, sussurrando pedidos de desculpas quase incompreensíveis.

Eu suspirei, aliviando a tensão que estava sentindo. Não chorei, já tinha gastado todas as minhas lágrimas na noite passada. Fiquei feliz com aquela reconciliação. Fazia alguns anos que eu esperava por isso. A paz entre nós surgiu quando eu mais precisava.

Passamos um tempo abraçadas na cama. Algumas horas depois decidimos que precisávamos fingir ser fortes e encontrar Cora, que ainda estava de luto. Fizemos café da manhã com torradas e pasta de amendoim. A pasta de amendoim foi escolha minha, o bebê decidiu que aquele era seu alimento preferido. E eu teria me empanturrado de torrada se Sabrina não tivesse me controlado.

Torradas ainda me traziam péssimas lembranças, mas de uma hora para a outra, eu perdi o asco. Não dava para evitar tudo que me recordava o passado, eu precisava enfrentá-lo e superá-lo. Caso não o fizesse, eu estaria deixando de viver o presente.

De tarde, resolvemos nos reunir em frente à televisão na sala e assistir um filme. Mamãe Cora fez pipoca, Sabrina ajeitou as almofadas no sofá e eu cuidei do que assistiríamos. Optei por uma comédia de Charles Chaplin — *Em busca do ouro*. Esquecemos das angústias logo na primeira cena do filme. Eu acertara em cheio. Mamãe Cora ficou com a barriga doendo de tanto gargalhar, Sabrina espirrou pipoca para todos os lados tentando se conter, eu apenas as admirei e pensei no quão sortuda era por ter duas mulheres tão incríveis na minha vida. Por que precisávamos nos separar? Por que sair de casa e ter a própria família sendo que aquela era tão boa? Eu queria poder ficar com elas e fazer aquilo todas as tardes. Nossos corações ainda estavam partidos, no entanto era muito mais fácil lidar com a mágoa quando a enfrentávamos juntas.

Naquela noite eu liguei para Leôncio e me obriguei a ser mais animada ao telefone. Não queria chateá-lo, isso faria com que ele pegasse o carro e corresse para me encontrar. Leôncio não era o tipo de pessoa que deixava os problemas para o dia seguinte.

Procurei falar apenas coisas boas, como minha reconciliação com Sabrina, a tarde prazerosa que passamos as três juntas. Ele me falou sobre seu dia e depois eu contei sobre o meu (ocultando os detalhes sobre a noite com o pescador). Nos despedimos uma hora depois, com a garganta ressecada de tanto prosear.

Inesperadamente, a minha pressão caiu e eu tive que me sentar no sofá para não desmaiar no chão. Eu era a única que ainda estava acordada na casa. Tinha pego o maldito hábito de dormir tarde. Já passava das onze da noite, e muito embora eu não tenha dormido noite passada, ainda não estava com sono.

Eu não devia ter tomado tanto café!

Fiquei de olhos fechados até a vertigem passar.

Subi para meu quarto e abri a janela. Inspirei e expirei. Olhei para o céu negro, coberto por estrelas, e senti uma paz reinar dentro de mim.

Até vê-lo.

Estava parado do outro lado da calçada. Com uma bermuda, camiseta e cabelo despenteado. O seu olhar fixo para a minha janela era o que mais me desconcertava. Meu coração palpitou, não de felicidade, de medo.

O que o pescador estava fazendo ali a essa hora? E por que observava a minha janela?

Meu primeiro impulso foi fechar as cortinas e me esconder. Depois, senti vontade de descer até lá embaixo e questioná-lo. Contive-me. Não seria mais esse tipo de mulher.

Ele pediria desculpas, é sempre isso que as pessoas fazem. Magoam e depois acham que uma simples frase rasa irá apagar a dor que elas causaram.

Apaguei a luz do quarto e deitei na cama. Passei longas horas me segurando para não olhar pela janela.

— Acorde logo! — Disse, chacoalhando-me. — Mamãe acha que você morreu enquanto dormia. Não há outra razão para você ainda não ter acordado.

— Você é muito chata, Sabrina! — Resmunguei, bocejando.

— Vai dar meio-dia! — Ela respondeu.

Arregalei os olhos com espanto.

— Acho que entrei em coma — falei para descontrair e nós duas rimos.

Aos poucos, recordei-me dos instantes da noite passada. Lembrar do pescador olhando fixamente para minha janela era assombroso. Pensar que até poucos instantes atrás eu me sentia segura na sua presença era de causar perturbação. Será que ele já fez isso outras vezes e eu não me dei conta porque estava verdadeira e integralmente seduzida por ele?

— Em que está pensando? — Perguntou Sabrina, estudando-me com atenção.

Eu queria contar a verdade para ela, estávamos começando do zero, amizades são baseadas em confiança e sinceridade. Entretanto, não sentia orgulho do que fiz. Minhas atitudes foram extremas e meus pensamentos, vulgares.

— Estou pensando em como eu daria tudo para mais uma rodada de pasta de amendoim! — Menti, descaradamente. Não dei tempo para ela me desmentir, levantei-me e corri para o banho.

Demorei mais que o habitual no chuveiro. Sentia-me acabada fisicamente. A estafa tinha me acertado em cheio aquele dia. Enrolei a toalha na cabeça e voltei para o quarto. Sabrina não estava mais lá, o que poupou explicações sobre a janela estar fechada naquele calor descomunal. Abri uma fresta da cortina e olhei para a rua. Obviamente o pescador não continuava parado feito uma estátua na calçada, ainda assim mantive tudo fechado.

Decidi que aquele seria meu último dia na casa de Cora, estava mais do que na hora de voltar para meu lar. Eu fiz tudo o que podia por minha mãe, agora precisava voltar para minha própria rotina.

— Luz? — Chamou Cora, batendo à porta do meu quarto, muito embora ela estivesse aberta.

Ajeitei a jardineira jeans por cima da camiseta vermelha.

— Sim. — Olhei de soslaio para ela. Seu cabelo fulvo estava comportado e deixava à mostra os brinquinhos de pérolas.

— Sabrina está me azucrinando para batermos perna — disse. — A não ser que você já tenha compromisso.

Tirei a toalha da cabeça e penteei o cabelo.

— Acho que seria ótimo — respondi.

A verdade é que eu não estava a fim de sair. Mas eu faria isso por ela.

Andamos alguns quarteirões, conversamos sobre os assuntos mais bobos do mundo e evitamos falar sobre papai, tomamos sorvete para refrescar, depois água de coco e eu decidi de última hora que queria torta de limão. No caminho de volta, tentei disfarçar meus olhares furtivos para a casa do pescador.

— Ah, nunca mais invento de sair a pé! — Resmungou Sabrina, e fez cara de desgosto.

— Do que você está reclamando? Olhe para o tamanho da bola que estou carregando! — Eu disse, referindo-me à gravidez.

— Tenho certeza que metade dessa barriga é torta de limão e pasta de amendoim. Deve estar apertado aí dentro — falou, como se conversasse com o bebê.

— Nenhuma de vocês tem a minha idade. Vocês jovens reclamam de tudo! — Reprovou Cora. Fazendo eu e Sabrina rirmos.

— Nem começa, mãe. Você está dez vezes melhor que Sabrina e eu! — Alertei-a.

Ela revirou os olhos.

— Esses fios brancos na minha cabeça já me entregam.

— Ao menos você é loira, consegue camuflar. Já eu, não terei a mesma facilidade de esconder os fios brancos entre os fios escuros, quando for velha — disse Sabrina. Enfiou a mão na sua *Louis Vuitton* e tirou a chave de casa. — Devíamos estar em Fernando de Noronha agora, com a cara no sol e pegando um bronzeado glamoroso.

Eu não sabia o que Sabrina estava tentando fazer, parecia querer fingir que aquilo que estávamos vivendo não era luto. Talvez aquela fosse sua forma de lidar com a perda, mas Cora ainda não estava pronta para seguir em frente. Era evidente. Não respondemos Sabrina. Elas entraram em casa e eu fiquei por último para trancar o portão.

— Você tem que me ouvir! — Ele disse, segurando o portão com o pé e me impedindo de fechar.

Não o vi se aproximar. Eu nunca tinha me dado conta do quão estranho eram suas aparições súbitas.

— Eu não tenho nada para falar com você! — Respondi com frieza.

— Sim, você tem! — Ele afirmou e me puxou pelo braço. — Não seja mesquinha e infantil. Eu esperava mais de você!

Franzi o cenho e puxei o braço para que me largasse.

— Você espera muito de alguém que nem conhece! — Ataquei.

— Não seja tola, é claro que eu conheço você. Seu nome é Luz, tem por volta de vinte e quatro anos. Estudou em um colégio de freiras quando mais nova, adorava fumar escondido, faz alguns meses que está lendo *Madame Bovary*. Casou-se a primeira vez quando tinha 19 anos, ama café e encontrou um grande vício por paçoca desde que engravidou. Seu coração palpita quando está perto de mim, suas mãos suam e você tenta de todas as maneiras evitar que eu perceba isso, mas a verdade é que eu sei muito mais sobre você do que pode imaginar — disse rapidamente. Eu parei de sentir o chão e já não sentia mais o calor do sol. Fiquei instantaneamente gelada. — Você foi uma garota que deu dor de cabeça em seus pais e não se importava com isso, até poucos anos atrás, quando descobriu o quão frágil era sem a proteção deles. Devo dizer que fiquei impressionado com o que fez com Enrico na sua casa, não esperava algo assim de uma mulher tão requintada. Mas, bom, não posso me esquecer do principal: você é a mulher que destruiu a vida da minha família.

Aquele excesso de informações subversivas me causou enjoo. Virei para o lado e vomitei.

Assim que me recompus e limpei a boca com a mão, não consegui fazer algo que não fosse rir. O pescador franziu o cenho e seu lábio ficou rígido. Ele estava altamente nervoso.

— De que merda você está falando!? — Inquiri, nervosa. O que eu devia falar? Estava transtornada. Aquilo só podia ser uma piada. — Eu não conheço você. Não conheço seus pais. Em relação a tudo que disse sobre mim, você, sem dúvida, é um maldito perseguidor!

— Não me leve na brincadeira. Eu passei toda a vida prometendo que você e sua família pagariam por tudo que fizeram à minha! — Condessou por entre os dentes rangidos.

Eu estremeci. Se a intenção era me assustar, ele conseguiu com veemência.

— Fique longe de mim ou eu gritarei até que seus ouvidos sangrem! — Ameacei. Não tinha certeza sobre qual tipo de perigo eu estava correndo, contudo, baixar a cabeça nunca foi uma opção para mim.

— Quem é você? — Perguntei, quando percebi que ele tinha relaxado os músculos assim que ameacei gritar.

Senti uma vibração nervosa em minhas veias.

A luz do sol refletia em seus olhos pálidos, valorizando o castanho deles. Ainda bem que eu estava de óculos escuros, toda a minha força teria ido pelo ralo se ele conseguisse decifrar meu pânico por detrás da minha valentia fingida.

— Isso não importa...

Soltou um ar bastante incomodado.

— Eu não o conheço. Essa... essa é uma das únicas certezas que tenho. Como eu poderia ter feito algo tão grave se nem ao menos sei quem é? — Gaguejei. No entanto, por incrível que pareça, meu medo estava recuando e dava espaço para a curiosidade.

Lançou-me um olhar *blasé*.

— Entendo. Era tão óbvio que eles mentiriam para proteger a filhinha deles! — Falou, como se estivesse pensando alto e eu fosse a intrusa ali.

Manter a amabilidade não estava me trazendo respostas. Meu autocontrole era inútil.

— Você se lembra do seu irmão Júlio, não lembra? — Questionou aleatoriamente. Era a coisa mais estúpida que ele tinha me perguntado desde que nos conhecemos. Que tipo de pessoa ele achava que eu era para ter esquecido meu irmãozinho?

— Qual a relação do meu irmão com tudo isso? — Retruquei. Minha intuição dizia que eu devia me sentar, que em breve minhas pernas não seriam fortes o bastante para suportar. O mundo iria desmoronar outra vez em minha cabeça.

Talvez o pescador estivesse jogando comigo. Aquilo era uma conversa fiada. Mas ele desfiou toda a minha vida, cada ato meu. Acompanhou meus dias feito minha sombra. Ele sabia a respeito de Enrico, sobre o que eu fiz contra ele. Evitar aquela conversa era inútil. Eu não respiraria até ter respostas.

Ele abriu um sorriso forçado. Como se eu devesse adivinhar sobre o que se tratava. Em um gesto rápido, ele tirou meus óculos.

Eu me encolhi e gelei.

— Assim está melhor — ele disse. — Dessa forma saberei se está mentindo para mim.

— Não toque em mim novamente — o alertei. — Isso que você fez comigo poderia levá-lo pra cadeia. Você me espionou...

— Então, corra para a polícia e conte o que você fez com Enrico e o que teria feito se o seu adorável marido Leôncio não a tivesse impedido — falou em um tom adocicado.

— Do que você está falando!? — Questionei.

Aquilo não era real.

— POR QUE NÃO CONTA TUDO DE UMA VEZ!? — Eu gritei, mais alto do que tencionava. Ao contrário de onde eu morava, ali os vizinhos eram fofoqueiros e saíam de suas casas para observar o show que alguém sempre dava. Eles não perderiam a oportunidade de saber o motivo da mulher problemática, antes divorciada e agora grávida, estar discutindo com outro homem em plena luz do dia. O pescador pareceu ter pensado o mesmo que eu, olhamos aflitos para as janelas das casas esperando que algum olhar curioso surgisse por uma fresta da cortina.

— Não faça isso novamente — ele avisou e depois falou em um tom mais calmo: — Eu quero te contar tudo porque agora sei que talvez tenham influenciado suas lembranças. Porém, não quero ser o responsável de algo acontecer ao seu bebê.

Inconscientemente, acariciei minha barriga.

Do que ele estava falando? Como assim influenciaram minhas lembranças? O que de tão grave ele podia ter para me contar que poderia colocar em risco a vida do meu filho? O choque seria tão grande assim?

Até poucos minutos atrás eu não estava levando tão a sério aquela conversa. Claro, fiquei surpresa por tudo que ele demonstrou saber sobre minha vida, porém, os homens e suas atitudes insensatas não me surpreendiam mais. Eu acreditei estar pronta para lidar com um perseguidor, só que agora, no decorrer das suas palavras, eu me encontrei mais atônita e concentrada no que ele revelava. Senti a minha pacificidade escorrer coadunada ao meu suor.

Ele não tinha mais um rosto amigável e gentil. Seus olhos já não me transportavam para um lugar agradável. Agora tudo nele demonstrava dor, mágoa e aflição.

— Por que você falou do meu irmão? Ele fez algo? — Minha voz deixou transparecer tudo que eu estava sentindo — as dúvidas e os medos.

— Não. Ele não — murmurou. — Você.

Senti que tudo se eclipsou ao final da sua revelação. Fui incapaz de exigir que ele esclarecesse logo de imediato. Era como se eu estivesse entrando em um porão de lembranças sombrias. De repente, encontrei-me incerta sobre querer desvendar aquele mistério.

Capítulo 20

Luz

Aquela tinha sido uma maldita hora para Leôncio ter me telefonado. O pescador desapareceu como um fugitivo assim que Sabrina me chamou pela janela da sala.

Leôncio me ligou para contar sobre uma viagem a trabalho que precisaria fazer de última hora para o Rio de Janeiro. Se desculpou por ter que me deixar em um momento tão frustrante da minha vida; eu, por outro lado, fiquei aliviada. Não tinha esquecido sobre o que o pescador disse em relação a Leôncio. Se foi de fato ele quem soltou Enrico, então as coisas se complicariam em meu casamento.

Ah, sim, aquilo mudaria tudo.

Como Leôncio teve que viajar, eu decidi que prolongaria meus dias na casa da minha mãe. Seria bom para que eu descobrisse em que merda minha família tinha se envolvido e principalmente: o que eu tinha feito? O que Júlio tinha a ver com tudo isso?

Se não fosse por Sabrina ter me chamado, eu teria arrancado as respostas do pescador, nem que fosse à força.

Rodeei minha mãe a tarde inteira, pensando de que forma chegar naquele assunto. Eu nunca tinha contado a ninguém sobre minha *amizade* com o pescador, sequer sabiam da sua existência, quer dizer, agora eu já não tinha certeza de mais nada. A verdade é que eu estava respeitando o momento de luto da minha mãe. Perder o amor da sua vida, a pessoa que caminhou tantos anos ao seu lado, não era fácil.

Tentei puxar no fundo do meu subconsciente o rosto do pescador muitos anos mais jovem. Tentei recordar-me de qualquer informação útil, uma migalha que fosse para desvendar aquele enigma. Minha cabeça começou a latejar, incomodada com a profundidade de lembranças que eu estava exigindo dela. Eu fiquei exausta, minhas pálpebras loucas para fechar. Eu caí no sono, sem ter qualquer força física ou mental para resistir.

Acordei no meio da noite sentindo mal-estar. O nervosismo não estava fazendo bem a mim e nem ao bebê. Meu estômago parecia revirado. Fazia alguns dias que não me alimentava bem, o nó na garganta dava a impressão de que eu nunca estava com fome, então eu acabava não comendo. Doces eram o único tipo de alimento que o bebê nunca rejeitava. Pensei em ir até a cozinha e comer qualquer coisa só por desencargo de consciência, contudo, sabia que, devido ao estresse, eu vomitaria tudo em questão de segundos.

Segurei a maçaneta da porta, tentando convencer a mim mesma a não sair de casa naquele horário. Estava uma penumbra lá fora, dava para ver pela janela, era assombroso. Além disso, não seria seguro encontrar o pescador depois de saber que ele tinha me vigiado por anos feito um lunático. Era maluquice. Inconsequência. Estupidez. No entanto, ele era a única pessoa capaz de dar as respostas que eu precisava.

Assim que pisei fora de casa, um frio glacial me atingiu, não fazia o menor sentido, era como se o sol quente não tivesse aparecido por dias. São Paulo e sua mudança climática abrupta sempre me pegavam de surpresa.

Cruzei os braços e olhei ao redor, procurando por ele. Eu sabia que o pescador iria aparecer, se ele me vigiou por tantos anos, então era certo que estaria esperando por mim naquela noite também. Não demorou muito, seu corpo rígido logo surgiu no meu campo de visão. Ele estava muito mais preparado para o frio do que eu. Seu moletom pareceu bem quente, eu senti inveja.

Retraí-me assim que ficamos próximos.

— Como sabia que eu viria? — Resolvi dar as palavras para fingir estar à vontade.

— Depois de tê-la observado por anos, não é difícil adivinhar o que se passa por sua cabeça — respondeu em um tom de voz ácido. Eu tinha acertado sobre meu palpite.

Consenti e engoli saliva para desfazer um nó na garganta.

Havia uma autêntica quietude em sua face, a qual me deixou desconfortável.

— Tudo bem, então vamos às explicações — eu disse por fim.

— Imaginei que não fosse perguntar à sua mãe — exasperou.

— Foi você quem começou com essa história. Deixe de covardia e diga tudo de uma única vez! — Minha ousadia o fez sobressaltar.

— Não podemos conversar aqui. Não quero ser visto ao seu lado! — Ele disse quase em um cochicho.

Por alguma razão, eu me senti ofendida com aquilo. Resolvi guardar qualquer comentário que pudesse demonstrar minha decepção.

— Não irei a lugar algum com você! — Retruquei.

Ele se aproximou ainda mais. Fitou-me com um olhar perturbador.

— Se eu quisesse ferir você, teria feito isso durante os anos em que a estive observando. Eu poderia ter matado você se quisesse e ninguém nunca saberia que fui eu!

Estremeci. Se aquilo era para me fazer sentir mais segura estando ao seu lado, ele com toda certeza havia falhado miseravelmente.

— Te entregar meu canivete a deixará mais confiante!? — Ele perguntou e pegou o objeto no bolso.

Fiquei boquiaberta.

— Você sempre esteve com is-so? — Gaguejei e hipnotizei ao olhar para o pequeno objeto pontiagudo em sua mão.

O pescador riu do meu espanto e guardou o utensílio de volta no moletom.

— Esse é um mundo perigoso, mulher enevoada. Você sabe disso.

— Não me chame assim novamente. Você sabe meu nome! — Corrigi-o.

— Como quiser — concordou. — Agora, acompanhe-me.

Pensei em mil coisas que poderia acontecer se eu o seguisse. Pensei no canivete guardado em seu bolso, na sua obsessão em me seguir, nos seus músculos que teriam extrema facilidade em me quebrar. Mas, assim como o amor, a curiosidade é um sentimento traiçoeiro.

Seguimos em silêncio. A temperatura tinha abrandado o que me ajudou a tomar uma postura mais ereta. Seus sapatos não faziam barulho, ele parecia já acostumado a andar com cuidado para se manter despercebido. Eu me mantive reflexiva e com os olhos vidrados em seus pés. Não reparei quando atravessei uma porta de madeira. Eu tinha entrado em uma casa com ele. *Uma casa!*

Quais eram as chances daquilo dar certo?

Percorri com os olhos pelo ambiente aconchegante — um sofá branco de couro, uma mesinha de madeira no centro por cima do tapete, uma extensa estante de livros que cobria toda a parede de frente para mim. A luz era fraca ali. Um calor me atingiu inesperadamente, ele era emitido de uma lareira que estava acesa em fogo baixo.

— Quer beber alguma coisa? — O pescador me perguntou.

— Que lugar é esse? — Questionei, ignorando sua gentileza.

— Minha casa — ele respondeu e sua silhueta desapareceu para o que eu acreditava ser a cozinha. Mantive-me estática na sala. Tentei relaxar os músculos, e observar atentamente cada objeto que poderia me servir de arma, caso precisasse. Reparei em um aparador de livros em formato de cavalo na estante. Era de madeira e parecia ser pesado o suficiente para levar alguém ao desmaio caso atingido com força na cabeça. Além daquele objeto, havia também um castiçal em um apa...

— Eu te ofereceria um pouco desse vinho tinto para tentar relaxá-la, mas você está... você sabe — me interrompeu observando minha barriga.

— Eu não quero beber com você. Não quero ficar calma, eu quero que pare de fazer tanto suspense. Começo a pensar que me trouxe aqui porque não é capaz de ficar longe de mim! — Provoquei, descontrolada.

Ele pareceu ter achado graça do meu comentário. Seus lábios quiseram me entregar um sorriso que ele fez questão de reter. Tomou uma postura mais austera. Eu particularmente preferia que tivesse gargalhado e debochado de mim.

— Eu estou tentando ser gentil com você devido à sua situação. Se quer que eu jogue tudo na sua cara, então eu farei isso. Se você não se importa com o bebê que está carregando, então foda-se. Você não merece minha preocupação, obrigado por me lembrar disso — falou enervado. Tive medo da taça que estava em sua mão e dos seus punhos de ossos salientes.

Olhei para os cavalos e para o castiçal, tentando calcular o que estava mais próximo de mim para utilizar como arma.

— O que está pensando em fazer? — Questionou, ao acompanhar o meu olhar. — Quer me atingir com isso, sério mesmo?

— Você está me assustando — meus lábios temeram.

Não mostre fraqueza!

— Te assustando? — Ele caminhou lentamente até mim. As sobrancelhas grossas quase se juntaram na testa. — Não fui eu quem destruiu sua vida, não fui eu que fiz aquilo com Júlio.

— O que eu fiz com Júlio? — Perguntei, distanciando-me com a mesma sutileza.

— Ainda não se lembra, Luz? — Ele perguntou, acostumado a deixar suas frases em suspense.

Neguei com a cabeça. Contendo gritos dentro da garganta. Sentia medo, fúria, aflição, sufoco.

— Seu irmãozinho enfermo na cama, sentindo dor, os remédios que ele tanto te pedia...

Fez mais um pouco de suspense. Eu queria decifrar suas próximas palavras, antecipá-las, mas nada daquilo me fazia sentido.

— Você gostava de entrar escondida para vê-lo, não gostava? — Murmurou. Seus olhos estavam nebulosos e me congelavam, mesmo com o fogo da lareira estando tão perto de mim.

— Aonde está querendo chegar!?

Minhas costas tocaram a parede um pouco fria. O pescador sorveu um gole do seu vinho. Ele queria parecer calmo, mas eu notei que seus dedos tremiam nervosamente envoltos na taça.

— Não apresse as coisas. Se eu fosse você, não estaria tão ansiosa para o final.

— Se você não me disser de uma vez, eu sairei agora dessa casa! — Ameacei. Não foi uma ameaça muito inteligente, infelizmente não conseguia pensar em nada mais sábio.

— Ah, Luz. A porta está aberta para você ir a hora que quiser. Eu sei que irá voltar. Você não conseguirá esquecer disso, não viverá sem ter as respostas. Mas sabe de uma coisa? Eu estou adorando brincar com você. Gosto de vê-la tão desesperada. Eu nunca achei justo vê-la sorrindo feliz enquanto eu me desfalecia — sua voz vibrou com uma solidão exacerbada. — Vocês sempre foram uma família feliz. Mesmo depois de ter arruinado meus pais, vocês continuaram sorrindo.

Engoli em seco.

— O que Júlio tem a ver com tudo isso!? — Tornei a repetir. Ele estava evitando aquela pergunta, eu notei logo de cara.

— Tudo. — O fogo iluminou seu olhar e eu me queimei inteira. Suas palavras saíram cortantes feito espinhos: — Você matou seu irmão, Luz. Não se lembra?

As suas mãos me seguravam com força, não queriam me machucar, pelo contrário, tentavam me manter em pé.

Minha vista, antes embaçada, agora focalizava aos poucos.

— Você... sentar. — Sua voz pareceu longínqua. Eu não consegui compreender suas frases devido ao atordoamento. Ouvia-as entrecortadas.

— Luz, olhe para mim — pediu.

Minha consciência estava ressurgindo.

Fiz o que me pediu e o encarei. Estava próximo, apreensivo.

— Eu sabia que não devia ter falado nada para você. Se não tivesse me tirado do sério...

— Solte-me! — Exigi, tentando parecer melhor.

— Acho que sua pressão caiu. Você quase foi parar no chão. Talvez devesse se sentar — me aconselhou, com suas mãos ainda em meu corpo.

— Eu mandei você me soltar! — Foi quase um grito.

— Não seja idiota, você está enfraquecida, se eu te soltar você irá cair! — Me alertou com certa impaciência.

— Não me diga que está preocupado comigo — tirei sarro.

— Não estou. Preocupo-me com a vida do seu bebê. Não quero ser o responsável por nada de ruim que possa acontecer com ele — falou. Não me senti comovida com sua preocupação, não depois de ele ter me acusado de assassinar Júlio.

O pescador só podia ser problemático. Não havia outra razão para ter dito algo tão funesto.

Minhas pernas ficaram mais firmes. Então, fui um pouco mais convicta ao exigir que me soltasse pela terceira vez:

— Tire suas mãos de mim agora mesmo. Eu quero ir embora. Isso que está fazendo não é engraçado, você não pode me acusar de ter feito algo tão desumano e esperar que eu queira me sentar para bater papo.

Ele me soltou e foi até a taça de vinho que tinha deixado sobre a mesa para apreciar vagarosamente a última gota.

— Acha mesmo que eu seria tão doente a ponto de fazer piada com algo desse nível? — Questionou, sua voz soou caliginosa.

— Devo lembrar-lhe que não o conheço. Não sei do que é capaz!

Abriu um sorriso discreto e olhou para o interior da taça vazia.

— Tudo bem, se não acredita em mim então pergunte à sua mãe. Só não espere que ela seja tão sincera com você depois de ter camuflado a verdade por tantos anos.

Não queria reagir àquelas suposições. Eu não matei Júlio, nunca seria capaz de tamanha barbaridade. Mas a convicção com que o pescador dizia tudo aquilo fazia com que minhas certezas enfraquecessem.

— Júlio morreu de leucemia — avisei, muito embora suspeitasse que ele já tivesse ouvido essa história.

Ele deu de ombros, demonstrando indiferença.

— De certa forma.

Algo dentro de mim se enfureceu e eu criei coragem para partir para um combate físico. Agarrei seus braços musculosos, ignorando o fato dos meus dedos não conseguirem machucá-lo por serem finos e fracos demais.

Cravei meus olhos nos seus para aprisionar sua atenção.

— Você vai me contar tudo que sabe ou eu começarei a ferir sua pele. Você sabe o quão malvada eu posso ser, afinal, observou de perto o que fiz com Enrico! — Ameacei, deixando que o meu "eu" obscuro comandasse a situação.

— Eu não vou machucar você, mas também não permitirei que me machuque. Aconselho que me solte agora mesmo.

Ele largou a taça, ela caiu no tapete. Nenhum de nós desviou a atenção para descobrir o que aconteceu com o vidro, se ele se quebrou ou se continuou intacto. Estávamos alertas ao próximo passo um do outro.

— Por que você supõe que matei meu irmão? — Perguntei, não dando atenção para seu aviso. Continuei segurando firmemente os seus braços, embora soubesse que não estava fazendo nem cócegas.

— Porque você o matou. Talvez não conscientemente, mas quem pode garantir? Você sempre teve esse lado macabro — provocou.

O pescador agiu muito rapidamente e, em questão de segundos, tornei-me sua presa. Agora era ele quem me retinha imobilizada com suas mãos carrancudas.

— Seja mais claro! — Exigi. Fingindo não me importar em ter sido capturada.

— Eu não contarei mais nada. Você já demonstrou não ter estabilidade emocional para lidar com a verdade. Deve ser por isso que seus pais te pouparam dos seus próprios erros, que não foram poucos. Você sempre foi irracional e impulsiva.

Engoli suas críticas com dificuldade e segurei o choro.

— Sebastien? — Chamou, batendo com urgência à porta.

Ele se espantou e eu o presenteei com um sorriso irônico ao vê-lo expressamente decepcionado por ter seu nome revelado em um momento tão inoportuno.

— Sebastien? — Debochei em um cochicho. — Então esse é seu nome?

Suspeitei que fosse Eliza do outro lado da porta.

— Não é da sua conta! — Grunhiu. — Fique quieta e não saia daqui.

— Eu não recebo ordens — alertei-o.

— Eu já disse que você pode ir embora quando quiser. Não é minha prisioneira. Mas acredito que seja do seu interesse descobrir o que sua família escondeu de você por tantos anos.

— Você é um lunático, Sebastien.

— Nunca mais repita meu nome! — Falou com seriedade.

— Tem medo de eu ir até a polícia ou até o hospício? Afinal de onde você fugiu? — Provoquei.

Sim, ele não passava de um maluco. Dizer que eu tinha matado meu irmãozinho... isso era loucura, não?

Outra batida à porta.

Eliza pareceu saber que ele estava ali. Ela não iria embora tão facilmente. Eu também tinha absoluta certeza de que eu não iria a lugar algum antes de saber onde toda aquela história terminaria.

— Se decidir ir embora, use a saída dos fundos — ele avisou e me deixou sozinha na sala para receber sua esposa na porta. Queria ter escutado sobre o que conversavam, mas eu estava aturdida demais para conseguir me mover.

Respirei fundo para controlar as batidas do meu coração. Meus dedos estavam encharcados de suor, assim como minha testa. Sentia os lábios ressecados e um gosto metálico na língua. Eu precisava sentar, porém minhas pernas não me obedeciam.

Vá embora agora mesmo.

Eu devia sair o quanto antes daquela casa, mas me senti aprisionada, como um inseto em uma teia de aranha.

Queria perceber que suas acusações soavam ridículas, e não fui capaz; algo dentro de mim acreditava honestamente naquela palhaçada toda.

Sebastien voltou em questão de dez minutos. Ele parecia ainda maior quando seus músculos estavam tensos.

— Você tem que ir. Eliza retornará e eu não posso impedi-la de entrar pela segunda vez.

— Eu não vou a lugar algum. Não antes de você me esclarecer muitas coisas! — Afirmei, cerrando o punho imprevistamente e batendo o pé feito uma garota mimada.

Ele suspirou e fechou os olhos, como se tentasse recordar de algo.

— Você matou Júlio ao dar-lhe uma quantidade excessiva de remédios para dor. Meu pai era o médico responsável por seu irmão na época. Você era apenas uma criança ingênua, seria péssimo para sua família admitir que você o tinha assassinado, então foi mais fácil acusar meu pai de incompetente. — Uma pausa para abrir os olhos que lacrimejavam. — Agora, saia da minha casa e nunca mais apareça!

Ele lançou todas as pedras de uma única vez e me puxou até a porta de saída sem me dar tempo de fazer perguntas. Eu não consegui reagir. Foi como se eu tivesse levado um tiro fatal contra o peito.

Brinquei com a comida no prato, sem fazer menção alguma de levá-la à boca. Me causava náusea só de pensar em comer.

— Você precisa se alimentar — disse mamãe, cortando sua carne malpassada.

Engoli em seco. As lágrimas, sobre as quais antes eu tinha total controle, agora começaram a cair incontroláveis dos meus olhos.

— Você está chorando? — Perguntou Sabrina, analisando minhas feições com estranheza.

— Mãe, eu matei Júlio? — Perguntei sem rodeios. Eu já tinha suportado a angústia por muito tempo. Tinha passado tempo demais com aquilo entalado na garganta.

Mamãe começou a tossir. Sabrina caiu na gargalhada.

— Apenas me responda! — Demandei.

— Você enlouqueceu? — Questionou Sabrina, sem entender a gravidade daquela pergunta que eu fazia.

— Deixe que ela me responda! — Retruquei, sem me virar para minha irmã.

— De onde tirou isso!? — Questionou Cora, evitando a pergunta.

— Sim ou não!? — Forcei.

— Sabrina, nos dê um minuto — solicitou e eu fiquei apavorada. Quando alguém pede privacidade, significa que tem algo profundo para dizer e geralmente nunca se trata de algo bom. Sabrina se levantou em silêncio, eu tive certeza de que o mesmo pensamento percorreu sua mente.

— Mãe — minha voz saiu fraca como um sopro —, por que você está demorando tanto para responder?

Ela soltou o garfo no prato. Limpou os cantos da boca com o guardanapo de tecido. Seus gestos demorados estavam me causando aflição.

— Seu irmão já estava condenado à morte, não havia mais nada que pudéssemos fazer. Utilizamos de todos os recursos possíveis — disse de forma clara.

— O que eu fiz!? — Inquiri, ao notar que Cora estava tentando levar a conversa por outro caminho.

— Você era muito pequena...

— O que eu fiz!? — Insisti, a pergunta saiu em um grito nervoso e incontrolável.

— Você só queria acabar com a dor dele. — Ela caiu em prantos, soluçando e desmoronando em cima da mesa de jantar. Aquilo foi como um soco na boca do meu estômago.

Então, tudo era verdade.

— C-om-o aconteceu? — Gaguejei. Enxugando as lágrimas.

— Já faz tanto tempo. Isso não importa mais.

— Importa sim. Importa muito para mim. — Bati os punhos na mesa. Não tinha intenção de assustá-la, mas meus impulsos agiam por si só.

Ela deu um pulo, surpreendida, e logo se recompôs.

— Eu não deixava você entrar no quarto dele, lembra-se disso? — Esperou que eu confirmasse. — Você gostava de ir lá para conversar com ele. Eu era muito "preocupada", e às vezes proibia que você entrasse por medo de que Júlio pegasse algum vírus. Houve uma tarde em que seu irmão estava gritando de dor, eu e seu pai estávamos em reunião com o médico dele, não pudemos impedi-la. Você entrou no meu quarto, pegou meus remédios para enxaqueca e deu ao seu irmão porque estava acostumada a me ver tomá-los quando eu estava com dor. Foram cerca de 15 comprimidos. Júlio morreu de intoxicação poucos minutos depois. Você não fez por maldade, Luz, apenas queria que ele parasse de se lamentar.

Coloquei a mão na boca para conter meus soluços. Eu senti muita angústia naquele momento. Meu coração sangrou por mil feridas. Senti-me esmagada, pisoteada. Todo o meu corpo pareceu estar em carne viva.

— Você não teve culpa. Era apenas uma garotinha...

Mamãe tentou me consolar ao perceber que eu estava sem controle algum sobre mim.

— Você... você e papai me esconderam isso durante todo esse tempo!? — Minha voz soou fanha. Era mais uma acusação do que um questionamento.

Mamãe também estava se debulhando em lágrimas. Ela chorava apenas pelas lembranças que atormentavam sua mente. Eu chorava pela novidade, traição, pelo pavor.

— Você tinha somente, o que, cinco anos? — Tentou puxar na memória. — Que tipo de mãe eu seria se deixasse que você soubesse o que os remédios que você deu fizeram com ele?

Bati com a mão aberta na mesa, sem sentir a ardência.

— Eu tinha o direito de saber. Eu já sou adulta, mãe. Não sou mais uma criança inocente.

Ela limpou seu rosto avermelhado. Assoou o nariz no guardanapo e me encarou com desconfiança.

— Quem contou a você?

Desfiz um nó na garganta.

— Sebastien. O filho do médico que cuidou de Júlio — expliquei. A perplexidade no seu rosto deixou evidente que ela reconheceu o nome. — Que merda! O que mais você está me escondendo?

— Vocês têm se encontrado? Fique longe desse sujeito, Luz!

Cerrei o cenho.

— Por que eu deveria ficar longe dele? Tem medo de que ele me conte o que você não é capaz?

Ela coçou o nariz, distraidamente.

— Conte-me tudo, mãe! — Exigi.

— Ele... Esse rapaz, Sebastien, não aceitou muito bem o que aconteceu com o pai dele.

Arqueei a sobrancelha.

— E o que aconteceu? — Eu quis saber, mesmo com receio de ouvir o resto daquela história, eu sabia que mais sujeira sairia da boca da minha mãe. Desejei uma redoma de vidro que me isolasse do mundo apenas por um instante.

Coçou o braço dessa vez. Não havia pernilongos ali, sua coceira excessiva só podia ser nervosismo.

— Seu pai e eu decidimos que a protegeríamos. Você é nossa filha, sempre colocamos nossos filhos em primeiro lugar.

— Vocês jogaram a culpa no pai de Sebastien? — Concluí, aflita.

— Ele não era um bom médico — desconversou. — Não achávamos que as coisas iriam tão longe. Seu pai estava no auge da carreira dele, não podíamos dizer a todos o que a nossa filha fez por um descuido nosso. Tivemos que distorcer alguns fatos. A notícia correu a solto, não planejávamos que saísse em jornais.

Eu não tinha palavras para rebater aquilo. Nem mesmo fôlego, eu tinha.

— O pai dele foi afastado do cargo — ela acrescentou. — Eles tiveram que ir embora da cidade para abafar as fofocas. Apenas esse menino, Sebastien, ficou por aqui com a mulher que cuidava dele para concluir os estudos. Ele nunca deixou você em paz!

— Eu não me lembro dele — comentei.

— Seu pai e eu cuidamos da sua segurança. Achei que Sebastien já tivesse superado o que aconteceu. Ele era uma criança como você, não era para guardar mágoa por tantos anos.

— Mãe, as coisas ficaram muito ruins para a família dele. Eu acho que os destruímos e creio que os levamos à falência — alertei-a. Eu não contaria sobre Sebastien ter me vigiado durante anos, minha mãe chamaria a polícia com toda certeza, e eu precisava conversar com ele, saber de tudo com mais nitidez. Não podia deixar as coisas daquele jeito. Não depois de descobrir que ele tinha razão: minha família ruiu a dele.

— Não seja exagerada. O pai dele era um médico renomado. Nunca ficaria sem dinheiro — ela disse, querendo tranquilizar a si mesma.

— Mãe, você o acusou de ter falhado com uma criança. Acusou-o de ter administrado doses erradas de remédios — a lembrei.

— Júlio não iria sobreviver. O doutor já tinha nos alertado disso. Ele não foi capaz de salvar Júlio, o que fizemos com ele não foi nada perto da dor que senti ao perder meu único filho homem.

— Ele não tentou recorrer? Provar que ele não foi o culpado? — Questionei.

— Seu pai e eu soubemos ser bem convictos — admitiu.

— Você... você... meu Deus!

Eu fiquei tão indignada que não consegui dizer mais nada e saí. Dava-me vergonha olhar para minha mãe depois de saber de tudo que ela fez por egoísmo. Eu iria até a casa do pescador e lhe pediria perdão por todo o mal que causei, mesmo que inconscientemente.

O labrador começou a latir antes mesmo de eu tocar a campainha. Foi Eliza quem apareceu para me receber. Os olhos negros, pouco puxados e de cílios espessos, olharam-me com atenção e curiosidade. Ela veio até mim, os cabelos lisos, que desciam até sua cintura fina, balançavam ao ritmo de seus movimentos. Sua simetria era de causar admiração.

— Pois não? — Perguntou. Sua voz era de contralto: agradável e exultante.

— Eu me chamo Luz. Sou uma... uma colega do Sebastien, ele está por aí? — Perguntei, sem conseguir controlar a agitação.

Ela confirmou com a cabeça e me olhou de baixo para cima. Provavelmente me analisando. Acariciou o cão para que ele parasse de latir.

— Espere um pouco — ela disse e tornou a entrar em casa. Ela era bonita, mas não era cordial. Olhava-me com desconfiança, como se soubesse os meus piores segredos. Parecia enxergar a nuvem negra que acompanhava meus passos.

Sebastien apareceu poucos instantes depois, com um semblante bem menos amigável que Eliza. Fez eu me encolher ao me olhar com desprezo.

— Que diabos você está fazendo aqui? — Perguntou, abrindo o portão furioso. Os dedos grandes e nervosos quase arrebentaram o trinco.

— Precisamos conversar! — Eu disse. Ignorei sua incivilidade.

— Você não pode continuar vindo aqui...

Ele olhou para os lados com atenção.

— Você pode me vigiar, seguir-me e eu sequer posso aparecer em seu portão!? — Questionei. Usei meu tom de voz mais firme para não infantilizar aquela frase.

— Eu fui pago para me manter afastado de você. Se alguém nos vir juntos, irá quebrar esse contrato! — Ele explicou.

Ah, claro. Era só o que me faltava.

— Do que você está falando agora?

Ele revirou os olhos com impaciência.

— Alguns anos atrás seus pais me pegaram seguindo você. Ofereceram-me e eu aceitei uma bela quantia em dinheiro para nunca mais me aproximar de ninguém da sua família. Eles me fizeram assinar um contrato em forma de garantia à minha palavra. Se eu for pego quebrando esse acordo, eu não sei o que pode acontecer. Talvez eu tenha que devolver todo o dinheiro e, honestamente, eu não tenho essa grana.

Fiquei estupefata.

— Eu conversei com a minha mãe. Ela já sabe que eu e você mantemos contato — falei. Ele abriu a boca, e não disse nada. Pareceu estar analisando as possibilidades. — É por isso que não queria me dizer seu nome, porque não podiam saber sobre nossa... interação?

Seu olhar confirmou minha teoria.

— Já vi que você não irá embora tão cedo. Vamos conversar em um lugar mais reservado — disse Sebastien.

— Não é melhor você avisar Eliza? Ela pareceu não ter gostado de mim — comentei.

— Você tem razão, ela não gosta de você.

— Você contou a ela o que minha família fez? — Perguntei, um tanto envergonhada.

Ele confirmou com a cabeça. Eu engoli em seco.

Fomos até sua segunda casa. Dessa vez eu não estava insegura por ficar a sós com ele. Sentia pena. Somente agora me dei conta das lembranças ruins que minha presença trazia a ele. Sebastien me odiava. Eu era a personificação da desgraça.

— Você me odeia — murmurei, assim que ele fechou a porta atrás de mim.

— Perdemos tudo por sua causa. Meu pai não tinha mais ânimo para trabalhar, passou por períodos depressivos. Nossa economia não durou muito tempo. Corremos risco de perder essa casa, foi por isso que aceitei o suborno aos meus quatorze anos. Não daria esse gostinho para seus pais. Eu prometi a mim mesmo que ficaria na cola deles para que nunca esquecessem o que fizeram.

Minhas pálpebras tremeram. Era penoso ver o rancor que ele guardava dentro de si.

— Eu causei tanta tristeza a você e sequer o conhecia — balbuciei.

— Você sempre teve seus pais para protegê-la, mesmo que não soubesse. Eu odiei você cada segundo da minha vida. Meus pais se mudaram, abandonaram a vida confortável que tinham aqui por causa de uma criança mimada. Meu pai estudou por tantos anos para terminar vendendo peixe e morando de aluguel. Então sim, você causou muita tristeza a todos nós.

— Você comprou a casa de vocês aqui porque eles nunca voltaram?

Ele bufou e começou a arrastar seus pés em direção à sala.

— Por que ele voltaria para um lugar que o definhou? — Questionou. — Eu fiquei para me casar com você e roubar cada centavo do seu bolso!

Entrei em estado de choque. Senti um calafrio percorrer a espinha. O bebê se agitou em minha barriga. Era como se estivesse dizendo: "Vá embora, mamãe!"

— Tudo se trata de dinheiro? É isso que você quer? — Perguntei, enfurecida. — Você acha que foi fácil para mim perder o meu irmão? Eu era uma criança, como pode me culpar por tudo que aconteceu? Como pode desejar vingança? Não pensa em como eu me sinto ao descobrir que eu fiz algo assim com meu próprio irmão?

— É cômico ver você se desfazendo de dinheiro quando nunca passou por necessidade — disse em tom sarcástico. — Eu também era apenas uma criança quando vi meu pai ser consumido pela escuridão.

— É dinheiro, então. Ok, quanto você quer para superar isso e ir embora!? — Deixei que a raiva me dominasse.

Sebastien me encarou com desdém.

— Você é desprezível.

— Eu confiei em você, fui sincera. Você era uma das únicas pessoas que me passava segurança, alguém que eu gostava de estar perto. E você mentiu para mim, usou máscaras assim como todos os homens que conheci. Mas, sabe de uma coisa, Sebastien? Você é ainda pior que eles! — Disse entre soluços de choro. Não era sempre que eu conseguia me manter forte e controlar a angústia. A decepção às vezes gosta de escorrer pelos olhos sem que a gente tenha controle.

Ele demonstrou estar ofendido pela primeira vez. Permitiu que seu coração machucado ficasse estampado em seu rosto.

Sua bile subiu, deixando claro que eu tinha tocado no fundo do seu âmago.

— O que foi? Está surpreso pela "mimada" ter sentimentos? — Enxuguei meus olhos.

— Pare de chorar! — Ele disse, como se fosse uma ordem. — Nunca mais diga que eu sou pior que Enrico. Eu não sou sujo a esse ponto. Jamais tocaria em uma mulher para feri-la.

— Seu plano era se casar comigo, fazer eu me apaixonar por você e depois ir embora. Você ia me deixar falida e desiludida. Há muitas maneiras de ferir uma pessoa, Sebastien.

Ele me deu as costas. Agia pensativo como de costume.

— Acho que você não é mecânico de verdade. Aparenta estar precisando de dinheiro, talvez seja por isso mesmo que tenha se casado com Eliza. Então, deixarei um cheque na sua caixa de correio com uma quantia que será o suficiente para reorganizar sua vida. Não irá apagar todo o transtorno que minha família causou, mas é o máximo que eu posso fazer por você — murmurei, sendo sincera.

— Isso será ótimo! — Respondeu, com frieza e sem se virar. Esperei que ele acrescentasse mais algumas palavras, ou que ao menos se virasse de frente para me ver partir.

Aquele foi o adeus mais apático de toda a minha vida.

Capítulo 21

Luz

Leôncio levou minhas bagagens até seu carro. O sorriso no rosto demonstrou sua felicidade em me ver. Eu não estava radiante como ele, nem perto disso. Eu sentia os olhos da minha mãe em mim, avaliando cada uma de minhas expressões. Não tocamos mais no assunto de Júlio desde nossa última conversa. Eu ainda estava processando aquelas incontáveis descobertas monstruosas. A verdade é que eu tinha cerca de cinco anos quando matei meu irmão e isso transformou o resto da minha vida em uma grande mentira. Mamãe nunca foi muito afável comigo e agora isso fazia sentido, eu dei um fim à vida do seu único filho homem. Sei que a saúde de Júlio já estava bastante precária, mas e se, por um milagre, as coisas pudessem ter melhorado? E se eu sou a única responsável por impedi-lo de ter uma chance de vida?

Balancei a cabeça expulsando aqueles pensamentos cruéis. Entrei no carro sem me despedir de mamãe ou Sabrina. Eu não tinha razões para estar zangada com Sabrina, ela sabia muito menos que eu de toda aquela sujeira. Entretanto, se eu me despedisse dela, estaria dando espaço para uma avalanche de perguntas.

Leôncio deu partida no carro ao se dar conta daquele clima desconfortável entre mamãe e eu. Olhei para a caixa de correio da casa do pescador assim que passamos por sua casa. Qual seria sua surpresa ao não encontrar um cheque assinado lá dentro? Ele provavelmente acordaria cedo e correria até lá para verificar se eu cumpri o combinado, e me odiaria com todas as forças ao não encontrar nada. Não sei por que fiz isso, estaria tudo resolvido se eu lhe desse o dinheiro como combinamos. Eu só... não sei... não queria ser lembrada como a mulher que comprou seus anos de sofrimento.

— Não quer saber por que voltei mais cedo da viagem? — Perguntou Leôncio, puxando assunto. Eu continuei calada feito um túmulo.

— O que aconteceu? — Ele insistiu, as mãos seguraram firmes no volante. Leôncio estava preparando seu corpo para alguma notícia ruim. Ele odiava ser pego desprevenido e deixar suas emoções dominarem a situação.

— Conversaremos quando não estivermos andando sob quatro rodas — eu falei em tom baixo propositalmente.

Ah, meu querido marido. Se você fez o que eu acho que fez, então você é um grande fingidor, e eu odeio pessoas que não são honestas comigo.

— Você parece aflita — ele disse, ignorando meu comentário. — É algo com o bebê?

Tirou a mão do volante e tocou em minha barriga. Eu congelei e me remexi desconfortável, desejando que ele retirasse sua mão imediatamente.

— O bebê está ótimo. Olha, podemos conversar em casa, por favor? — Falei em um tom mais rude.

Ele retirou sua mão do meu corpo, eu suspirei aliviada. Continuamos a viagem em silêncio. Leôncio pegou minhas bagagens do carro assim que estacionou, destrancou a porta e foi o primeiro a entrar em casa. Deu para perceber que ele estava ansioso. Largou as malas no chão e se voltou para mim com os braços cruzados no peito. Os músculos já não eram mais tão salientes quanto antigamente, ou eu podia o estar enxergando com outros olhos agora. Leôncio não era mais um homem perfeito. Ele era um mentiroso perfeito, aqueles que nos olham fixamente e nos fazem acreditar em cada uma de suas palavras.

— Você mentiu para mim — comecei acusando. Por que dar tantas voltas se no final das contas ele nunca confessaria?

Ele ficou confuso e assustado ao mesmo tempo.

— Do que está falando? — Questionou. Seu corpo inteiro ficou rígido.

Revirei os olhos. Eu era uma mulher impaciente e cansada naquele momento.

— Você soltou Enrico quando o fiz prisioneiro nessa casa. Você olhou no fundo dos meus olhos e mentiu para mim, fez com que eu me sentisse culpada por desconfiar de você.

Ele bufou, fingindo indiferença.

— De novo essa história, Luz?

— Não minta mais para mim, porra! — Gritei, adotando uma postura ofensiva. Não iria simular uma pessoa calma, eu era uma bomba-relógio. — Que tipo de pessoa você é afinal?

Leôncio arregalou os olhos. Olhou-me fixamente sem piscar.

— Se acalme. Vamos sentar para conversar — gesticulou com suas mãos, fazendo movimentos suaves, como se tentasse serenar um animal arisco.

— Acalmar-me? — Perguntei, um pouco ofendida até. — Eu ainda estou calma, meu bem, mas irei perder a cabeça se você não começar a admitir a merda que você fez!

— Eu protegi você. Cuidei de nós! — Apesar da sua tranquilidade, dava para sentir em sua voz a raiva e a agressividade.

— Isso é uma confissão? — Demandei.

Ele arfou e esfregou os olhos com os dedos.

— Você está louca — ele disse, rindo. — Está irritada e quer descontar em mim, como sempre. Aconteceu algo entre você e sua mãe?

Rangi os dentes. Era interessante de ver: por debaixo da fachada contida e intelectual de Leôncio existia um homem incapaz de admitir os erros. Ele sofria de um egocentrismo sem limites.

Um ato ousado e ilógico me levou a pegar um aquário de suculentas em cima do aparador e atirar no chão próximo ao pé de Leôncio. O vidro se partiu em pedaços pequenos.

Ele deu um pulo, abismado.

— Ué, você não disse que sou louca? É assim que os loucos agem, não? — Debochei, apalermada.

— Isso não tem graça. Você podia ter me machucado! — Alertou-me. As veias saltaram em sua testa.

Aproximei-me, cautelosamente. Os cacos de vidro fizeram barulho na sola do meu sapato.

— Acho que não estou preocupada com isso, meu marido — fui debochada mais uma vez. — Você guarda segredos de mim. Acho que eu também guardo alguns. — Arregalei os olhos e disse em um timbre maquiavélico.

— Vai para o inferno, Luz! — Ele disse, perdendo a paciência. — Eu estou sendo sincero com você; gostaria que acreditasse, mas não me importo se não acredita!

— Como você consegue ser tão... Argh! — Gritei, deixando que todos os meus sentimentos me dominassem, transformando-me em um furacão.

— Você precisa descansar — sua voz era branda. — Eu odeio vê-la tão desmontada. O que fizeram com você? Sabrina a perturbou novamente?

Eu senti vontade de atirar cada objeto da casa em Leôncio. Ele continuava me tratando como uma grande imbecil, e isso me enlouquecia mais do que qualquer coisa. Eu já passei por aquilo antes, na mão de Enrico, não deixaria acontecer outra vez.

— Eu vou embora! — Falei, decidida.

Seu peito parou de se movimentar, supus que ele prendeu a respiração com aquela notícia.

— Do que está falando, você acabou de volt...

Aproximei-me mais dele e o encarei sem estremecer. Impedi-o de continuar sua frase.

— Eu vou largar você. Se não é capaz de ser honesto comigo, então não há motivos para estarmos juntos. Eu sei o que você fez e te dei a oportunidade de se explicar. Mas, se prefere continuar defendendo sua hipocrisia, a opção é exclusivamente sua!

— Você está grávida — lembrou-me, sendo essa a única coisa que ele foi capaz de falar em cima de tudo que eu disse.

Mordi o lábio inferior, segurando o choro.

— O bebê vai nascer saudável e amado, não se preocupe — falei. Meu nariz ardeu, assim como meus olhos, esforçando-se para prender aquele maldito choro.

Tentei, sem sucesso, ler nele algum sinal de emoção.

— Tudo bem — ele disse.

Eu não estava acreditando nos meus ouvidos. Leôncio estava mesmo deixando eu ir sem fazer nenhum esforço para eu ficar?

Leôncio

Eu não iria deixá-la tão facilmente, sem lutar. Claro que não. Mas eu estava muito chapado naquele momento, estava quase impossível segurar minha vontade de rir sem motivo.

Não conseguia raciocinar com clareza, eu estava me esforçando para parecer normal. Se eu soubesse que teríamos uma conversa séria, eu não teria fumado maconha.

Luz me encarava naquele momento, seu rosto exprimia um pesar vazio e imóvel. Sua cara me parecia engraçada e eu não consegui segurar a maldita risada, mesmo sabendo que não era uma boa hora para rir.

— Você está... — Luz começou a falar e parou.

Meus olhos lacrimejaram de tanto rir sem motivo. Estava incontrolável.

Ela correu escada acima e eu tive a impressão de tê-la ouvido chorar.

A luz do sol me acordou logo cedo. Eu tinha passado a noite no sofá da sala, o que me causou uma insuportável dor nas costas. Levantei-me devagar, sentia-me grogue, lento e cansado. Peguei um copo de água bem gelada na cozinha e bebi em um único gole. Esfreguei os olhos e subi para o quarto, arfando, esgotado. Era como se eu tivesse trabalhado com uma enxada pesada a noite inteira.

— Luz? — Chamei assim que entrei no quarto e não a encontrei na cama. Segui para o banheiro e bati à porta antes de abri-la. Luz não estava lá também. Olhei os outros quartos e banheiros da casa. Luz não estava em lugar algum.

Liguei para Cora e ela me disse que Luz não estava lá também. Recapitulei a noite passada, ela havia dito que iria me deixar. Eu não achei que seria tão imediato. Abri o guarda-roupa, suas roupas não estavam mais nos cabides. As gavetas estavam vazias, seus cremes corporais e perfumes não estavam mais nos armários. Luz tinha me deixado.

Pensei em acender um cigarro para acalmar meu sistema nervoso. Mandei a fumaça para meus pulmões. Andei de um lado para o outro, fumando dentro de casa, sem me importar com o cheiro de tabaco impregnando nos cômodos.

Luz não ousaria me abandonar sem deixar alguma notícia, ela estava carregando um filho meu. Eu tinha todo direito de saber sobre seu paradeiro.

Não fui trabalhar, passei a manhã inteira esperando o telefone tocar e ser Luz. O crepúsculo se iniciava quando a porta foi aberta com truculência e ela finalmente entrou.

Estava pálida e parecia menor.

— Esqueci de te entregar uma coisa — ela disse em um tom quase penetrante. A aliança de ouro voou em minha direção e atingiu a minha testa. A dor não me incomodou.

— O que você está fazendo? — Questionei desesperado e peguei a aliança no chão.

— Não é óbvio?

— Vamos conversar — eu disse em tom manso, querendo conter sua fúria. — Fiz besteira noite passada, não agi como você esper...

— Você riu de mim — sua voz mecânica me interrompeu. — Eu avisei que iria te deixar e você não se importou.

— Eu não raciocinei direito. Estava... — Fiz uma pausa, não podia dizer que estava chapado de maconha, era vergonhoso. — Eu estava fora de mim.

— Ah, nossa. Você podia criar uma desculpa menos pior — zombou. — Você é um homem calculista, Leôncio. Sempre sabe como reagir.

Encurtei nossa distância.

— Quando se trata de você eu nunca penso com clareza — falei com sinceridade. Aquela mulher era o meu mundo, meu Universo, a luz dos meus dias. Eu estaria completamente perdido se ela me deixasse. Eu era obcecado por ela. Luz era a minha droga preferida. — Estávamos indo tão bem, em breve teremos um filho, por favor.

— Você ajudou Enrico a fugir? — Ela perguntou. Seus olhos me observavam fixamente, meio furiosos, meio suplicantes.

Ela continuava insistindo naquela pergunta mesmo quando nossa vida já tinha encontrado uma direção. Achei que Luz tivesse superado e esquecido Enrico. Sem chance de eu admitir o que fiz, não depois de tanto ter negado. Ela me enxergaria de outra forma, como um inimigo e um mentiroso. Confessar meu erro criaria um abismo colossal entre nós.

— Eu nunca mentiria para você, Luz — eu falei. Não tive dificuldade em mentir, eu sabia que era a única saída para manter Luz comigo.

As lágrimas fluíram de seus olhos como uma tempestade violenta que a pegou desprevenida. Eu não sabia se tinha acalmado seu coração ou terminado de devastá-lo.

— Adeus, Leôncio — murmurou. A voz era fraca.

As engrenagens do meu cérebro giraram loucamente.

— Você não pode fazer isso comigo! — Eu falei, entrando em colapso.

Ela me deu um silêncio apreensivo de quarenta segundos, depois uma absoluta refutação:

— Eu me casei com você porque achei que seria seguro, sossegado. Eu sabia que você me colocaria como sua prioridade, que seria cauteloso para não me machucar.

Sabia acima, de tudo, que você não seria perfeito, e não era o que eu queria, mas eu estava disposta a perdoar seus erros e dar uma chance a nós. Mas não posso fazer isso se você continua se escondendo de mim.

Eu fumava, agora também me drogava e bebia quando tinha ataques de pânico. Essa era uma das coisas que Luz nunca saberia sobre mim. Eu estava longe de ser o homem perfeito, eu apenas cresci escondendo minhas falhas. Gostava de quando me olhavam com admiração, gostava de ser elogiado e apreciado pelas mulheres. Eu sempre fui o cara bom, quando Enrico era o que eu nomeava de: desprezível. Acho que era exatamente por isso que eu era seu amigo. Meu ego crescia quando estava com ele. Eu o olhava e via exatamente o que não queria me tornar. Admitir que eu falhei com Luz por puro egoísmo e obstinação? Sem chance. Eu nunca mostraria a ela esse meu lado!

— Eu não posso admitir algo que não fiz. Você está procurando falhas em minhas atitudes, quer se sentir bem consigo mesma, quer descontar alguma frustração. Se você quer me deixar, Luz, não fique procurando uma desculpa. — Ser manso não estava resolvendo, eu teria que contra-atacar. Fazê-la se sentir culpada funcionou da última vez. Dizem que no amor vale tudo.

Os lábios finos e pequenos se retorceram com desprezo.

— Se você pensa que eu sou esse tipo de mulher, então acho que irei te surpreender, Leôncio.

Luz

Não tirei as roupas da mala, não pretendia ficar ali por muito tempo. Estava somente brincando com Leôncio, queria fazê-lo acreditar que eu realmente o tinha abandonado. Tinha consciência da minha importância para ele, principalmente agora, esperando um filho seu, não demoraria até que ele começasse a se desesperar. O pequeno hotel onde me hospedei não ficava nem cinco minutos da minha casa, se meu marido fosse inteligente como ele se considerava, encontraria-me em um piscar de olhos.

Foi um tiro no escuro optar por confiar na palavra do pescador à de Leôncio. Por alguma razão, aquele desconhecido me passava mais credibilidade do que meu próprio marido.

Eu apreciava um *velouté* de cogumelos negros quando bateram à minha porta. Eu tinha optado por um quarto mais simples e sem muitos luxos. Tinha campainha, no entanto, a pessoa escolheu bater freneticamente na porta como se com o intuito de me irritar.

— Já vou! — Gritei com impaciência. Larguei o talher no prato e empurrei a cadeira para me levantar. Segui descalça, virei a maçaneta e fui surpreendida por seu olhar enraivecido.

— Cadê a porra do meu dinheiro!? — Falou com os dentes tão apertados que eu consegui ouvi-los ranger.

Eu teria perguntado como ele me localizou, mas Sebastien era mais presente na minha vida do que qualquer outra pessoa. Ele observava todos os meus passos. Não era de se admirar, era de temer.

— Você me perseguiu por anos, planejou destruir a minha vida e realmente esperava que eu compensasse essa sua obsessão desenfreada!?

Quando seus olhos se cobriam de um furor reprimido, o efeito se tornava arrepiante.

Ele segurou a porta com força, caso eu quisesse impedi-lo de entrar, manteve-a aberta.

— Dê-me meu cheque! — Disse entre pausas, tentava me assustar.

— Não é a mim que você deve pedir dinheiro, foi minha mãe e meu pai que fizeram toda essa bagunça. Como meu pai faleceu, sugiro que tente falar com a minha mãe. Eu não tenho nada com isso — tentei fazer um ar despreocupado.

— Tudo bem — sua voz se tornou glacial. Entrou sem me pedir e fechou a porta. Trancou-a com chave e a guardou em seu bolso. — Espero que tenha um quarto de hóspedes.

— Você não pode ficar aqui! — Alertei, demonstrando todo o meu temor. Eu não conseguia imaginar a reação de Leôncio se aparecesse nesse exato momento.

Os lábios grandes de Sebastien pareciam sempre prontos para sorrir. Foi o que ele fez, sorriu como um vitorioso. Estendeu a palma da mão para mim, como se esperasse eu colocar algo nela.

— Eu não estou com talão de cheque agora — eu menti. Não iria aceitar sua chantagem. Sebastien era casado, teria que voltar para Eliza. Saber disso me deixou em vantagem. Fiquei mais tranquila e entrei no seu jogo. — Quer algo para beber?

Sua mão se fechou no vácuo.

— Tenho uma viagem marcada. Eu preciso desse dinheiro, Luz! — Sua voz era uma caixinha de surpresas, ele conseguia escolher perfeitamente os tons mais graves para dar ênfase em suas frases.

— Não mandei você fazer planos — provoquei. — Você não me conhece tão bem quanto pensa, pescador. Você pensou ter amolecido o coração ingênuo que imaginou que eu tinha. Eu o fiz de bobo.

Ele nitidamente ficou irritado. Segurou meu pulso sem apertar.

— Admito que esse seu rosto angelical e seus olhos de orvalho me ludibriaram facilmente — confessou. Seu olhar se suavizou, mas a ira continuou neles.

— É apenas isso que vocês homens enxergam no sexo feminino. Basta um rosto bonito para vocês se esquecerem do que tem aqui. — Levei o indicador até minha cabeça e apontei para mostrar. — Cinco anos atrás eu teria caído na sua armadilha, mas não sou mais aquela mulher. Você deveria saber disso.

— Não é uma armadilha. Sua mãe confirmou tudo que eu te disse, sei que sim. Não estou pedindo nada que não seja meu!

Minha pele tinha esfriado onde sua mão tocava. Odiava aquelas reações que ele causava em meu corpo.

— Eu não estou com nada seu. Não assumirei a responsabilidade de um erro que não cometi, não racionalmente.

— Seu marido tem muito dinheiro. — Seus dedos entrelaçaram nos meus e eu senti meu corpo esfarelar. Sebastien procurou por minha aliança com toques suaves. — Ou devo chamá-lo de ex-marido?

Sua pele cheirava à água salgada e sua barba era de homem de férias. Arranquei minha mão da sua e passei por ele chocando nossos corpos propositalmente. Queria mostrar uma indiferença que eu não nutria. Soava sempre estúpido quando eu tentava fingir não sentir algo.

— Não estou divorciada. Tivemos uma discussão — expliquei, sem muitas delongas.

— Não estou interessado na sua vida amorosa, é entediante — disse com descaso.

— A sua não me parece nada melhor — menosprezei, abrindo uma garrafinha de água. Ele me observou beber. Sua testa enrugada pela expressão enraivecida o deixou com um ar audacioso. Como pude um dia enxergar um homem gentil dentro daquele ogro? Nada nele expressava carisma. — Então, é assim que você vive? Iludindo as mulheres para roubá-las?

— Eu não iludo ninguém. Fui honesto com Eliza, disse sobre minha situação financeira, ela foi gentil e eu sei muito bem como ser grato com ela — ele falou. Eu demorei alguns segundos para notar a malícia em sua voz ao final da sua frase.

— Ela simplesmente aceitou te dar uma casa para morar em troca de... favores sexuais? — Senti-me suja por estar tendo aquele tipo de conversa com um homem que não fosse meu marido. Eu apertei a garrafinha em minha mão nervosamente sem perceber, o barulho do plástico me atentou a isso, eu me obriguei a relaxar os dedos.

— Eu tenho uma casa para morar. Fui sincero quando te disse sobre o que fiz com o dinheiro que seus pais me deram. Ter Eliza como minha esposa é uma garantia de me manter caso as coisas fujam do controle e eu precise vender minha casa — ele falou com naturalidade.

— Você é um golpista! — Soltei, sem querer. — Isso você também contou para Eliza?

Ele revirou os olhos. Odiava quando fazia isso, eu me sentia uma criança importunando-o.

— Os humanos precisam guardar alguns segredos. Ser um livro aberto te torna vulnerável e suscetível a decepções. Você deixa de ser interessante, se torna o que seu ex-marido, Enrico, chamaria de: animal domesticável.

Minha boca ficou amarga imediatamente ao ouvir aquele nome. Meus dedos voltaram a espremer a garrafinha. Fui obrigada a soltá-la antes de me ferir de alguma forma.

— Como pode saber de tanto? — Murmurei, trêmula. Eram poucas as pessoas que sabiam o que eu tinha passado na mão de Enrico, mas ninguém soube sobre a forma que ele falava comigo, isso eu não tive coragem de contar nem mesmo para meus pais. Eu sentia ânsia até mesmo de recordar.

— Não é difícil adivinhar o tipo de coisa que passa em mentes como a dele. Ainda mais observando vocês tão de perto. Sei que o pai dele é dono de fazendas e de gados, Enrico cresceu entre animais. Não é à toa que se tornou um — disse Sebastien. Choquei-me com a crueza da sua linguagem. — As pessoas são dedutíveis, Luz, basta observá-las com atenção.

— Você... você...— A dor por fazer aquela pergunta me fez gaguejar incontrolavelmente. — Você sabe de tudo que eu passei entre quatro paredes com Enrico?

Ele compreendeu aonde eu tentava chegar com extrema dificuldade.

— Não — comentou, a voz saiu enfraquecida, apesar de grossa. — Cristo! Você sumiu por semanas, eu pensei que a tinha perdido de vista. Não imaginei que estivesse sendo mantida em cativeiro.

Fiquei enojada ao escutar a sua definição sobre meu primeiro casamento. O vômito sacudiu meu corpo, tive tempo apenas de correr até o banheiro e soltar tudo com força dentro da pia. Em um segundo encontrei-me encharcada de suor pelas costas, entre as coxas e por meu rosto. Joguei água na cara e chorei por minutos sentada no piso de cerâmica esmaltado e gelado do banheiro.

Recompus-me, depois de alguns fortes soluços e dores no peito. Não podia continuar me lamentando, precisava me recuperar e aceitar os fatos. Quantas mulheres já passaram por isso e coisa muito pior e superaram? Eu não era a primeira e, infelizmente, não seria a última.

— Seus olhos estão vermelhos — disse Sebastien assim que voltei para perto dele. Sentado na cama, ele pareceu à vontade e despreocupado, como se soubesse de algo que eu não sabia. — Quanto isso vale?

Ele seguiu seus olhos para minha *Classic Flap* da *Chanel* pendurada no mancebo próximo à cama.

— Vinte mil, trinta? — Perguntou com sarcasmo. Ele quase sorriu.

Balancei a cabeça com um ar pesaroso.

— Foi presente do meu pai.

Ele se levantou e caminhou até a bolsa. Passou os dedos pelas alças de corrente entrelaçadas.

— Não sou sentimental. Eu posso ficar com isso até você dar meu cheque!

— Eu sou sentimental. Essa foi a primeira coisa que meu pai me deu assim que voltou a trabalhar depois que minha família conseguiu se recuperar da perda de Júlio. Foi a forma que ele encontrou de nos reaproximar — respondi calmamente, sem ter força para me irritar.

— Eu não me importo. Vocês conseguiram superar. Minha família não. Talvez esse possa ser meu recomeço também. — Sua voz era fria, mas a tristeza pesou seus gestos e curvou seus ombros.

— Você é desumano — murmurei. O pavor tomou conta dos seus olhos, que começaram a piscar rapidamente a fim de conter as lágrimas. Por debaixo de toda sua ruindade, existia um coração que era capaz de ser ferido, e eu estava pronta para fazê-lo. — Leve a bolsa com você e desapareça da minha vida. Você é o tipo de pessoa que não merece ser feliz, Sebastien, será sempre solitário.

Suspirou.

— Desejo tudo em dobro para você, mulher enevoada. — Ele forçou um sorriso e pegou minha *Chanel* para si.

O som da campainha encerrou a discussão entre Sebastien e eu. Ele ficou hesitante imediatamente. A preocupação tomou conta do seu rosto inteiro. Provavelmente estava com medo de que a pessoa por detrás da porta estragasse seus planos.

— Se esconda no banheiro — cochichei para ele, tendo absoluta certeza de que era Leôncio do outro lado da porta. Ele me entregou a chave que ainda estava dentro do seu bolso e fez o que mandei sem retrucar, carregando minha bolsa consigo, claro. Ele era um bandido, esse era o tipo de coisa que fazia, eu não devia ter ficado tão surpresa.

Abri a porta e tentei fingir compostura.

— Confesso que estou surpreendida. Até que você não demorou tanto — eu disse, encarando Leôncio. Ele não escondeu o bálsamo que foi me ver. O amor que ele nutria por mim estava propagado por cada um de seus gestos.

— Isso não tem graça, Luz. Este é o quinto hotel que visito — falou com pesar.

— Hum — murmurei. — Isso significa que você está pronto para ser sincero comigo?

— Em momento algum eu menti para você — garantiu, fez parecer verdadeiro. — O que você sabe que eu não sei!?

Foi aí que ele me pegou. Eu não podia contar como fiquei sabendo sobre o que ele fez. Não podia falar sobre Sebastien, logo, não podia falar sobre nada que o envolvia. Seria burlesco dizer que um perseguidor, que Enrico quase assassinou, era quem havia desmascarado Leôncio. Era melhor deixar para lá, eu não tinha condições de me divorciar no estado em que estava, não podia criar um filho sozinha, não teria psicológico forte o bastante para enfrentar todos, principalmente minha mãe. As pessoas acham que mulheres não são nada sem os homens. Era pesaroso, mas como eu iria sozinha mudar a cabeça de toda uma população? Decidi me calar, pelo menos até que o mundo revolucionasse esse pensamento tão arrogante.

— Nada. Deixa isso quieto. Eu acredito em você — desconversei. Leôncio não se preocupou em esconder o intenso alívio. Absolutamente tudo indicava que ele estava mentindo e não havia nada que eu pudesse fazer.

— Podemos voltar a ser marido e mulher agora? — Ele perguntou. Devolveu a minha aliança e esperou até que eu a colocasse em meu dedo.

Eu abri a boca para falar, quando Sebastien surgiu de supetão com frases indelicadas:

— Desculpe interromper o casalzinho, mas eu preciso ir embora agora.

Havia um ar pravo em Sebastien, ele queria me transtornar. Estava claramente se vingando de mim. Fiquei tão ultrajada que me senti fisicamente mal.

— Quem é você!? — Leôncio questionou, com um olhar meândrico e um tom autoritário.

Estava acontecendo o embaraço que eu tanto tentei evitar.

— Este é Sebastien — expliquei, acariciando minha barriga como forma de me manter calma.

— O que esse cara está fazendo aqui!? — Perguntou. — Por que ele está com sua bolsa?

Engasguei, decidi que era complexo dizer a verdade, mas nenhuma desculpa convincente me vinha à mente.

— Não importa — murmurei.

Leôncio encarou Sebastien e a mim.

— Você me deixou de uma hora para outra e de repente eu a encontro em um quarto de hotel com esse sujeito, e "não importa" é tudo que tem para me dizer?

— Acho que você não quer saber a verdade — provocou Sebastien, atiçando ainda mais a ira do meu marido. Eu gostava bem mais do antigo pescador, aquele que era adorável.

— Saia daqui agora, Sebastien! — Eu disse, exaltada. Ele conseguia ser irritante quando queria. Se sua intenção era me ver descontrolada, ele estava fazendo um belo trabalho.

— Ah, por favor, quem nos interrompeu foi ele — acrescentou Sebastien. O que ele ganharia se eu e Leôncio brigássemos? Era como se adorasse me ver perdida e fracassada. Foi nesse instante que ficou claro que ele não estava pronto para esquecer o passado. Não estava disposto a me permitir ser feliz.

— Supere o que aconteceu — falei com firmeza e o fitei da mesma forma. — Você já tem o que precisa para me deixar em paz.

Leôncio suspirou estressado.

— Eu preciso que alguém me explique o que está acontecendo aqui! — Leôncio irou-se, enciumado.

— Você acha que essa bolsa vai apagar tudo? — Perguntou Sebastien, ignorando o questionamento do meu marido.

— Eu já disse que não te devo nada. Minha *Chanel* é mais que o suficiente...

— Não, não é. Você ainda vai me ver muito, Luz. Eu te prometo — Sebastien me interrompeu e fez com que sua mensagem soasse em tom de aviso. Um aviso que eu devia ter me lembrado anos depois.

Leôncio

Sozinha em um quarto de hotel com outro homem. Então ela estava saindo com ele? Por isso havia me deixado tão facilmente?

Ele havia tocado no que era meu, tinha passado a mão por aquelas curvas que eu beijava toda noite. Ela gozava gritando o nome de outro. Revirava os olhos enquanto ele beijava sua nuca, lóbulo da orelha. Claro que eles estavam transando, por qual outra razão um homem estaria trancado em um quarto com uma mulher? A questão era: por quanto tempo isso aconteceu bem debaixo do meu nariz?

Esses pensamentos estavam me tirando o sossego. Por mais que eu tentasse expulsá-los da minha mente, volta e meia eles retornavam.

Ela penteava os cabelos molhados olhando para o espelho da penteadeira quando eu lhe fiz a pergunta mais apavorante de toda minha vida:

— Esse bebê, ele é meu filho?

O pente parou na metade do seu cabelo, não estava preso no fio embaraçado, foi Luz quem bloqueou o movimento.

— Peça desculpa agora mesmo! — Ela não se virou para me encarar, fez esse comentário me olhando pelo reflexo no espelho.

— A pergunta não é para ofendê-la, é para me dar tranquilidade. Há quanto tempo se encontra com aquele sujeito?

Talvez eu devesse levá-la para fazer exame assim que o bebê nascesse, era mais garantido do que acreditar apenas em suas palavras.

— Como ousa questionar minha fidelidade? — Ela pareceu magoada. Era uma pergunta tão simples, por que todo o escândalo? Será que era sua forma de me responder sem ser específica?

— Não entendo sua dificuldade em responder. Ficarei transtornado e decepcionado, mas não deixarei de amar a você e a este bebê — tentei ser mais afável para tentar arrancar sua resposta. Luz não funcionava sob pressão, ela sempre ficava na defensiva porque era a maneira que encontrava para não se machucar. Ela era uma mulher admirável, entretanto sempre tive um pé atrás por conta da forma que se vestia. As unhas e lábios pintados de vermelho me causavam um tremendo incômodo, porém me mantive calado, decidi que eu a mudaria aos poucos para não assustá-la.

Eu nunca cuidaria do filho de outro homem, portanto, quanto antes eu soubesse a verdade, antes daria um jeito de me livrar daquele bebê. Convenceria Luz a entregar a criança para alguém e diríamos às pessoas que houve complicações durante o parto. Trabalhar em hospital me ajudava a persuadir alguns fatos. Ela ficaria triste no começo, mas logo faríamos outro filho e ela se esqueceria do bastardo.

— É isso que você pensa de mim? — Ela se virou para me perguntar em um tom sarcástico. — Acha que estou com você para que sustente filho de outro?

— É uma pergunta aceitável devido às circunstâncias em que a encontrei hoje — lembrei-a.

— Sexo é a única coisa que vem em sua cabeça ao me ver com outro homem? Não há possibilidade para outra explicação?

Ela estava tentando me enrolar, era óbvio.

— Ele não me parecia um encanador.

Ela balançou a cabeça de um lado para o outro, em forma de negação.

— Você tem total liberdade para pensar o que quiser sobre mim. Eu simplesmente não me importo.

Luz não me respondeu, deixou que aquela dúvida me corroesse de dentro para fora. Eu a odiei por isso e odiei ainda mais aquele bastardo dentro do seu ventre.

Capítulo 22

Luz

Dois anos depois.

— Assopre a velinha. Um pouco mais forte, querido. Isso! — O segurei na cadeira para que não caísse enquanto ele enchia seus pulmões de ar. As duas velas se apagaram e os aplausos animados o fizeram sorrir.

Ben me abraçou com força, fez-me sentir a mãe mais abençoada do mundo. Eu nunca imaginei que amaria tanto um homem, nunca achei que algum fosse merecedor de tudo de bom que existia dentro de mim, até conhecer meu filho. Eu renasci quando Ben veio ao mundo, ele colou os cacos do meu coração. Me fez superar alguns medos e reconhecer outros. Aprisionei o passado em uma caverna escura da minha mente e evitei visitá-lo para não sofrer duas vezes.

— E esse bolo, vamos poder comer ainda hoje? — Perguntou Sabrina, puxando-me de volta para a realidade. O bolo de chocolate crocante foi servido, fiz sala por algumas horas. Conversei com alguns amigos de Leôncio e aceitei fingir sermos um casal apaixonado e feliz. Deixamos de ser isso quando ele me questionou sobre a paternidade de Benjamin dois anos atrás, depois de ter me flagrado com Sebastien em um quarto de hotel. Eu não aceitei seu questionamento e nunca perdoei sua desconfiança.

Quando os convidados foram embora, Leôncio e eu voltamos a ser dois completos estranhos aprisionados em uma enorme casa. Ele nunca tentou consertar o dano que tinha causado. Conforme o tempo ia passando, ele conseguiu piorar ainda mais as coisas entre nós. Ele ficou paranoico. A sua máscara finalmente caiu. Elas sempre caem.

— Você já reparou naquela mancha nas costas de Ben? — Perguntou Leôncio.

— Claro que sim.

— Ela parece de nascença. Eu não tenho essa mancha e não lembro de tê-la visto em você — ele acrescentou e deixou para que o resto eu mesma desvendasse.

Sentei-me em uma poltrona para tirar o salto dos meus pés. A desconfiança de Leôncio estava se tornando cada dia mais implacável. Ele precisava se controlar antes que isso começasse a atingir Benjamin também. Eu não permitiria que ele exigisse teste de paternidade. Era humilhante e ultrajante que Leôncio pensasse que eu o traí, ia contra tudo que sempre lutei. Minha palavra teria que bastar para ele.

— Ele pode ter puxado de nossos avós, você devia saber disso! — Ataquei com impaciência.

— O cabelo dele é enrolado — ele continuou. — Os olhos são altamente esverdeados.

— Você pretende continuar essa conversa? Tem certeza disso? — Questionei em tom ameaçador.

— Toda minha desconfiança acabaria se você concordasse com o teste de paternidade. Por que continua se recusando? — Ele se aproximou de mim com um olhar cabisbaixo, os ombros curvados pareciam carregar uma grande carga emocional. A dúvida o estava consumindo, esmagando.

— Porque fazer um teste como esse prova que não temos um casamento de verdade. E, honestamente, ver você me questionar assim me faz desejar que Benjamin seja realmente filho de outro.

Ele interrompeu seus passos pesados e repensou a direção que antes seguia.

— Tudo bem, Luz. Acho que terei que fazer isso da forma mais difícil — alertou-me, e eu já não sabia como respirar.

— O que você quer dizer com isso, Leôncio?

Leôncio

Entrei no quarto de Ben com um único empurrão na porta. Me sentia uma pessoa desprezível, com a sensibilidade perdida. Não me preocupei se a criança se assustaria ou se estava dormindo. Eu não permaneceria mais um único dia com aquela dúvida cruel dentro de mim. Tentei deixar isso para lá muitas vezes, mas quando Ben nasceu, eu senti algo estranho. Eu olhei para aquele pequeno bebê e não encontrei um único traço que o assemelhava comigo. Seu nariz não era grande como o meu, os lábios não eram finos, seus olhos não me diziam nada. Ele era um completo estranho que despertava pensamentos assustadores em mim. Conforme ele foi crescendo, meu rancor foi se intensificando e a paranoia também. Me peguei usando maconha muitas vezes a fim de aliviar a tensão em meus ombros. Ben fez com que eu me tornasse um maldito viciado e lunático. Eu me tornei uma esfinge negra e, meu coração, um vulcão maligno que sempre explodia quando eu o segurava em meus braços apenas para agradar Luz.

Eu detestava aquele bastardo como nunca odiei alguém em toda a minha vida.

Tive um sonho com Ben certa vez, eu afogava o garoto propositalmente enquanto o banhava no fim de tarde. Eu acordei suando nesse dia, com as mãos tremendo, a boca branca feito giz, fumei um cigarro de maconha para me acalmar e, depois, bebi um copo de uísque. Mas o pior do pesadelo foi descobrir que eu não tive medo de ele se tornar realidade.

— O que você está fazendo, Leôncio? — Perguntou Luz, seguindo-me, apressada.

— Vou levar o garoto comigo — avisei e entrei no quarto de Ben. Ele esfregou os olhos para tentar abri-los.

— Você não o levará a lugar algum. — Ela tentou me segurar. Eu estava tão fora de mim que a empurrei com força. Não queria machucá-la, mas Luz bateu o braço na parede e o som da pancada deixou claro que havia doído. Desculpei-me por minha atitude brutal, contudo já era tarde demais. O dano já tinha sido feito.

— Mamãe? — O garoto murmurou, assustado.

Acendi a luz e pedi para ver o machucado no braço dela, mas ela negou e seguiu em direção a Ben.

— Está tudo bem, meu menino. Pode voltar a dormir — ela consolou o garoto e afagou aqueles cabelos encaracolados que não me pertenciam.

— Eu preciso levá-lo comigo. O teste será rap...

— Você não vai levar meu filho para lugar nenhum! — Disse, cheia de ódio. Eu tinha certeza de que ela não estava gritando ainda porque temia assustar Ben.

— Se essa... coisa for mesmo meu filho, eu exijo saber! — Eu gritei, surpreendido com minha amargura. O álcool estava me descontrolando, eu não estava sendo capaz de medir as palavras.

Luz cerrou o cenho e me olhou, perplexa. O medo estava nela, mas o instinto protetor de mãe também. Ela pegou Ben nos braços e planejou atravessar a porta para sair do quarto. Eu a impedi, sem tocá-la. Bloqueei a passagem com meu corpo.

— Saia do meu caminho! — Ela exigiu. Por debaixo do seu tom calmo, a irritação rompeu na sua voz.

— Desculpe-me, eu não que...

— Eu mandei você sair! — Interrompeu-me em um tom feroz. Seus olhos castanhos tinham escurecido vários tons.

— Vamos conversar, por favor. Eu... eu... eu me descontrolei. Eu não sou assim, deve ser a bebida — tentei reparar o grande estrago que a maldita letargia havia causado.

— Eu me casei duas vezes com Enrico e agora está bem claro para mim — expressou, segurou a cabeça de Ben em seu ombro para tentar protegê-lo de um possível ataque meu.

— Você sabe que eu não sou como ele, Luz. Eu nunca perco o controle, não me condene por um dia que isso infelizmente veio a acontecer — supliquei, meus dedos tremiam, querendo tocá-la para a tranquilizar.

Era tudo culpa daquele garoto. Do maldito bastardo. Se ele não estivesse em seu colo, eu a beijaria e a convenceria da minha sinceridade como fiz durante todos os anos de casados. Ela nunca resistia quando eu a seduzia.

— Vou falar pela última vez, a próxima irei gritar: saia da minha frente! — Alertou-me, os olhos sequer piscaram.

— Aonde você vai? Já está tarde — mostrei preocupação. Minha real atenção se manteve em Ben deitado com a cabeça no ombro de Luz. Ele estava tão quieto que parecia morto, e eu me peguei aceitando esse fato sem hesitar.

Luz não me respondeu, forçou a passagem usando seu corpo. Mantive-me firme, não recuei.

— Coloque o garoto na cama e vamos conversar — propus. Se ela devolvesse Ben à cama, eu poderia aproveitar algum momento de distração para me livrar dele. Eu podia, sei lá, dar ele para alguma família de cidade pequena. O moleque era branco e de olhos verdes, quem se recusaria? Pensar nisso me entusiasmou e me fez encontrar palavras mais adequadas para convencê-la de que fazer aquilo era a melhor opção do momento. — Ele ficará traumatizado se nos vir discutindo nesse tom. Se você quiser ir embora pela manhã, eu juro que não a impedirei. Mas, agora, está frio, é inverno, o garoto pode pegar algum resfriado.

Luz pareceu pensar no assunto. Ela sempre colocaria a segurança de Ben em primeiro lugar. Era nauseante ver o quanto ela amava aquele ser humano que só lhe dava sujeira para limpar, enquanto eu, que me esforçava para ser um marido dedicado e perfeito, só recebia ingratidão. Talvez seu amor por Ben estivesse interligado ao seu amor pelo pai do garoto. Quem era o pai daquela criatura? Ele não parecia nada com Sebastien, com quem eu tinha plena certeza de que Luz tinha me traído. Vai ver ela se envolveu com mais de um único homem. Ela era bonita, tinha pernas grossas e pele delicada, seu olhar indecente era de excitar qualquer um, eu não podia culpar os homens por desejá-la. A culpa era totalmente minha por ter permitido que ela vivesse a vida da forma que queria, com aqueles jeans justos... Ah, eu fui um marido tão descuidado. Fiz tudo certo no começo, conquistei sua confiança, a amei como um homem sábio, mas em algum momento em tudo isso eu me perdi e passei a amá-la cegamente.

Não queria ser seu dono e fazê-la de escrava, como Enrico quis, eu queria apenas que ela me amasse e desejasse ser única e exclusivamente minha, até o fim dos seus dias. Nosso filho seria seu segundo amor. Só que ela estragou tudo ao engravidar-se de outro.

Ela colocou Ben na cama como auxiliei, cobriu-o, afagou seu rosto pequeno e o beijou na testa com suavidade. Tudo bem, agora eu só precisava convencê-la a dormir, o que não seria nada difícil, eu era especialista em adormecer pacientes.

Luz

Deixei Ben na cama porque desconheci Leôncio naquele momento e sua real intenção. Uma tremedeira violenta me sacudiu. O cadeado que antes aprisionava minhas piores lembranças tinha sido rompido. Tudo voltou à tona e eu me vi amedrontada como anos atrás.

Leôncio me observou com o mesmo olhar algoz que Enrico um dia me olhou.

— Benjamin é seu filho — murmurei, à meia-voz. E, inconscientemente comecei a rezar, por mim e por meu filho.

Eu o enfrentaria com todas as minhas forças para proteger meu filho. Mas não podia me culpar por estar sentindo medo. Só quem já esteve em uma posição dessas sabe o que é temer verdadeiramente. O que é desejar ter coragem, mas não encontrá-la em lugar algum. É tão simples dizer: fuja, ataque, revide todos os possíveis golpes, no entanto, a realidade é que o choque congela os nossos ossos.

Eu queria me encorajar a fazer algo, todavia, em momentos como esse, nem sempre agir por impulso é a melhor alternativa. Eu estava em total desvantagem, e eu tinha certeza que se eu saísse gritando por aí, pedindo ajuda, seria inútil. Já experimentei a apatia da sociedade da forma mais dolorosa possível.

— Agora se tornou conveniente dizer isso? — Perguntou em um tom frio e cínico.

Minhas pernas estavam moles como uma neve recém-caída.

— Eu nunca fui infiel, Leôncio. — A voz pareceu perdida em minha garganta. Embora eu odiasse me sentir tão impotente, o perigo era incontestável. Irritá-lo só me levaria a óbito mais cedo.

— Eu acredito nisso — ele disse, e não havia sinceridade em sua frase. Era como se estivesse ansioso para encerrar o assunto. Seus pensamentos, definitivamente, não estavam ali.

Leôncio me deu as costas e saiu do quarto de Ben. Em alguma parte, no fundo de mim, eu sabia que devia ir embora naquela noite. Enfrentar o frio lá fora e a garoa fina que começava a cair parecia absurdamente mais seguro. Porém, eu me recusei a acreditar que estava vivenciando o mesmo pesadelo. Não consegui me mover e seguir meus instintos. Isso me custou um preço muito caro.

Abri os olhos, em um despertar completamente confuso. Perdi alguns minutos tentando me lembrar do que havia acontecido. Eu estava deitada na cama, agasalhada com moletom e meia nos pés. O momento em que me vesti dessa forma e fui para o quarto não estava claro na minha cabeça.

Leôncio entrou no quarto com uma bandeja, tinha frutas com iogurte natural e uma xícara de café preto. Optei em pegar o café primeiro. Eu não devia aceitar nada que Leôncio me oferecia, porém, meu estômago não concordou com a recusa.

— Eu desmaiei? — Perguntei. Olhando pela janela com as cortinas abertas, dei-me conta de que o dia já tinha amanhecido. O céu cinza não me permitiu precisar que horas eram.

— Você estava cansada, eu a trouxe para a cama — ele disse, não se preocupando em responder minha pergunta.

— Que horas são? — O café quente e amargo desceu por minha garganta ressecada e aqueceu meu corpo.

Leôncio olhou seu relógio no pulso.

— Quinze para as duas.

Levantei-me em um pulo desleixado, derramando café no lençol branco de algodão.

— Ben está todo esse tempo sem comer!? — Questionei em um tom acusatório, calçando os chinelos apressadamente.

— Quem é Ben? — Leôncio questionou. O semblante de Leôncio não me dizia nada, era vazio de emoções e inexpressivo.

Um nó em minha garganta me impediu de emitir o mínimo som de imediato.

— Isso não tem a menor graça — falei e senti um gosto acre na boca. Os dedos das minhas mãos pareceram ter adormecido. Somente minhas pernas não estavam petrificadas. Corri até o quarto de Ben e empurrei a porta com força. O mundo pareceu ter virado de ponta-cabeça, eu certamente teria vomitado se tivesse alguma coisa em meu estômago para ser jogada para fora.

— Cadê a-s coi-sas dele? — Minha voz tremeu ao fazer aquela pergunta. — ONDE MEU FILHO ESTÁ!?

Leôncio pareceu espantado com meu escândalo. Como se minhas perguntas não significassem nada.

Eu gritei por toda casa, chamando por Ben em cada cômodo. Os pensamentos me apavoravam. O desespero me consumiu. O frio do meu corpo solidificou as minhas lágrimas.

— Luz, se acalme. — Leôncio me seguiu com seus passos largos. — Quem é Ben?

Como ele podia estar me fazendo aquela pergunta? Que tipo de maluco se esqueceria do próprio filho?

— Eu entendi. Você o levou pra fazer exame de paternidade, foi isso? Não ficarei brava com você — minha frase mentirosa soou infantil. Eu o mataria se tivesse feito isso. Sem dúvida, eu o mataria.

Leôncio continuou se fazendo de desentendido. Meu peito se apertou, como se eu estivesse tentando respirar debaixo d'água, o oxigênio não me alcançava.

— Você está um pouco confusa, Luz. Acho que deveria se deitar mais um pouco.

— Deitar-me uma ova. RESPONDE-ME, SEU FILHO DA PUTA! — Cerrei meu punho.

O que Leôncio tinha feito com Benjamin?

Capítulo 23

Leôncio

A primeira parte *estava feita, agora era questão de manter tudo nos eixos. Luz teria que ficar longe do porão para que não encontrasse as coisas do garoto. O hipnótico que apliquei nela através da seringa não durou tempo suficiente para que eu colocasse tudo dentro de caixas de papelão e jogasse no lixo. Não conseguia imaginar sua reação se encontrasse as coisas do menino.*

Ela andava de um lado para o outro, com um desespero que me causava aflição só de olhar. Partiu-me o coração vê-la daquele jeito, mas fazer o que fiz foi necessário para que nosso casamento não declinasse. Eu a amava demais para perdê-la para outro, mesmo que esse outro fosse seu filho.

Pensei em levar Ben para fazermos o teste de paternidade, mas no instante em que peguei o garoto em meu colo, eu soube que não importava de quem ele era filho, eu não o amava. Não queria machucá-lo, mas também não o queria dentro da minha casa.

Apliquei hipnótico nele também, em menor quantidade para não causar reações adversas. Ben dormiu quase que imediatamente, eu o peguei em meus braços e fiquei confuso sobre o que fazer com ele. Não podia simplesmente sair para que todos me vissem, certamente diriam à Luz caso ela chegasse ao ápice do desespero e começasse a questionar pela vizinhança. Então lembrei-me do baú de madeira que tinha no porão, com medidas de: 90 x 50 x 45 cm (Comp. x Larg. x Alt.). Se o garoto ficasse encolhidinho, não seria tão desconfortável assim, eu o tiraria de lá quando Luz saísse de casa.

Luz parou de andar, a sua quietude interrompeu meus pensamentos, seus olhos turvos se voltaram para mim, como se tivesse associado agora o que antes não compreendia. Ela era engenhosa, isso me deixava em completa desvantagem para confundi-la.

— Você me drogou e desapareceu com ele — ela acusou. Eu fui obrigado a disfarçar o assombro de ter sido descoberto tão rapidamente.

Concentrei-me em tranquilizar-me. Uma pessoa mentirosa é facilmente desmascarada pelas reações do seu corpo: mãos suadas, lábios esbranquiçados, pálpebras tremendo descontroladas, peito arfando, como se de um cansaço exagerado. Não podia deixar essas reações tão perceptíveis.

— Ele quem? — Questionei, fingindo não entendê-la. — Luz, você está me preocupando.

Ela soltou um grito, irritada.

— Pare de me tratar como se eu estivesse louca. Eu sei que nunca gostou de Ben, mas isso que você está fazendo ultrapassa todos os limites! — Ela estava furiosa, agitada. — Eu vou à polícia se não me entregar meu filho agora mesmo!

O calafrio que subiu por minha espinha não foi possível disfarçar. Eu tinha escondido o garoto de Luz, mas todas as outras pessoas ainda se lembravam dele, provavelmente tinham fotos da sua festa de aniversário.

Fiquei surpreso em perceber até onde ela era capaz de ir por aquela criança.

— Esse Ben, ele era algum animal de estimação? — Eu perguntei, sabia que isso iria irritá-la um pouco mais. Só que confundi-la era essencial.

Não sabia ao certo se ter fingido a não existência de Ben tinha sido a melhor opção, dessa forma eu acabava me tornando o principal suspeito de algo. Se tivesse optado por ficar abalado igual ela estava, podia muito facilmente transferir a culpa para Enrico. Agora era tarde demais.

— Eu vou matar você, Leôncio. Se machucou meu filho, eu juro por Deus que acabo com você! —Ameaçou com veemência. Eu reparei em seus punhos e senti medo de ela me agredir. — Você está agindo junto com Enrico, é isso?

— Não vou ficar aqui ouvindo tanta asneira. — Ela se posicionou em frente à porta e não quis me deixar sair. Exigi: — Dê-me licença.

Aquilo estava demorando mais do que eu havia planejado. Com certeza Ben já estava acordado. Em breve começaria a berrar, é o que as crianças fazem quando estão com medo. Eu não podia permitir que Luz o escutasse.

Tive que ser ainda mais duro com as palavras:

— Se você acha que eu sou esse tipo de monstro, então vá à delegacia e dê queixa. Não perca seu tempo. Se eu tivesse um filho e ele desaparecesse, seria essa a primeira coisa que eu faria.

Empurrei seu corpo com o meu. Saí de casa e a deixei berrando sozinha.

Luz

Qualquer outra pessoa no meu lugar teria ido à polícia. Era o certo a se fazer, claro que sim. Mas tive medo do que poderia acontecer com Ben se eu fizesse isso, era uma jogada arriscada demais. Era melhor eu agir sorrateiramente, precisava ser inteligente. Por isso optei por recorrer a Sebastien. Embora ele não fosse a minha opção preferida, era a única que aparentou ser segura naquele meu momento de desespero total. Era por Benjamin que eu estava deixando o meu orgulho de lado. Era por meu filho que eu estava me aliando a um golpista. Não existia nada no mundo que eu não fizesse por aquele ser que carregava um pedaço de mim.

Desconhecia o paradeiro atual de Sebastien. Fazia tempo desde a última vez que o vi jantando com Eliza, coincidentemente no mesmo restaurante italiano que eu frequentava com Sabrina e mamãe. Não sabia se eles tinham me visto, mas eu fiz questão de ignorá-los assim que vi Eliza usando minha *Chanel*.

O labrador latiu ao me ver, não era como se quisesse me morder, parecia agitado e feliz. O latido do cão não foi o suficiente para alguém vir me receber no portão, precisei tocar a campainha. As janelas continuaram fechadas, nenhuma presença humana surgiu. Tive a impressão de que a casa estava vazia.

Não desistiria tão facilmente. Ben podia estar ferido, assustado, chamando por mim. Comecei a chorar, sentindo uma dor que nunca senti antes. Eu tinha falhado como mãe, e nunca me perdoaria por isso.

Eu me vingarei, Ben, farei com que seu pai pague por tudo que está fazendo.

Segui correndo até a outra casa de Sebastien. Não foi preciso bater na porta ou tocar a campainha. Ele estava saindo quando o vi e gritei por seu nome.

Ele se virou para mim, nenhum pouco amigável.

— Eu já mandei você parar de me procurar. Quer me ferrar, porra!? — Resmungou irritado. Não me importei com sua grosseria.

— Eu... preciso da... sua ajuda. — As lágrimas brotavam dos meus olhos, não soube se ele pôde compreender minha frase, mas o desespero sem dúvida ele conseguiu notar.

Sua fachada de homem arrogante se suavizou um pouco. Porém, as palavras não foram nada delicadas:

— Eu não posso ajudá-la, ou talvez eu não queira ajudá-la, porque não gosto de você e de ninguém da sua família, lembra-se disso!?

— Eu pago! — Falei. Se era dinheiro que ele queria, eu daria a quantia que fosse necessária para trazer meu menino de volta.

Sebastien não escondeu a surpresa.

— Ah, agora você tem cheque? — Perguntou com cinismo.

Meus lábios tremeram, eu tive que morder a boca para tentar me controlar.

— Você deve estar mesmo desesperada. O que houve? — Ele perguntou e demonstrou real interesse dessa vez.

— M-eu... meu filho... ele sumiu — gaguejei. Meus ombros chacoalhavam com os soluços.

— Você devia ir até a polícia... — interrompeu-se para avaliar minha situação. — Acho melhor entrarmos antes que sejamos vistos juntos.

Eu entrei sem pensar duas vezes. Sua mão encostou em minhas costas, em um gesto inequívoco, direcionando-me até a sala. Sentei-me no sofá, e somente naquele momento me dei conta de como estava aflita.

Sebastien permaneceu em pé, cruzou os braços como se para não demonstrar vulnerabilidade. Seu olhar cruzou com o meu.

— Pare de chorar, isso é irritante. As lágrimas são utilizadas como arma somente enquanto somos crianças, é a forma que encontramos para conseguir as coisas. Quando adultos, chorar te torna frágil, vulnerável. É como um aviso de que você está quebrada e de que a pessoa pode lhe fazer qualquer coisa que você não irá reagir.

Engoli em seco. Ele era tão apático.

— Eu preciso da sua ajuda. Eu não teria vindo até aqui se não estivesse tão... desesperada — minha voz novamente se prendeu na garganta e não encontrei mais nada para acrescentar.

— Não sou detetive — sua voz meio rouca ressoou pela casa.

Procurei respirar fundo para não gritar com ele. Como podia ser tão insensível? Uma criança estava desaparecida, não importava se era meu filho, ainda era uma criança inocente e dependente da mãe.

Não queria chegar ao ponto de me humilhar, mas manter meu orgulho vivo não traria Ben de volta.

— Sebastien, por favor.

Ele ficou mais manso dessa vez.

— O que você quer que eu faça? — Perguntou em um tom baixo, como um ronronar hipnótico.

Respirei aliviada, pela primeira vez, desde que soube que Benjamin tinha sumido.

— Eu acho que Leôncio fez algo com ele...

Encarou-me absolutamente confuso.

— Leôncio acha que Ben é filho de outro — expliquei-me.

— E é? — Perguntou audaciosamente.

O sentimento de frustração quase me engoliu.

— Isso importa? — Questionei, decepcionada com sua pergunta. Eu sabia que Sebastien era um imbecil, mas não imaginei que chegaria àquele ponto. — Eu quero te pagar para encontrar meu filho, não para xeretar a minha vida. Você quer ou não?

— Vamos com calma — usou uma voz de domador de feras. — Você está alterada, suas emoções não irão te ajudar a encontrar seu filho. Tente relaxar.

— Não estou alterada, estou com pressa — o corrigi, mas fiz o que me pediu e respirei profundamente.

Sebastien sentou-se no sofá ao meu lado, eu evitei encará-lo, ele me causava raiva por ter tanto autocontrole. Não era fácil descobrir o que ele estava pensando. Ele era uma incógnita.

— Conte-me o que aconteceu — ele pediu. Dei detalhes até onde minha memória conseguiu alcançar, porque depois tudo se transformava em um borrão, com fragmentos não tão fáceis de compreender.

— E você não suspeita de Enrico? — Perguntou assim que terminou de me ouvir.

Neguei com a cabeça.

— Leôncio tem agido de forma estranha ultimamente. Ele costumava ser assim, como você, racional e controlado.

Sebastien pareceu não ter aprovado minha comparação, contudo não questionou.

— Pode ser as drogas que ele tem usado.

Foi minha vez de ficar surpreendida e certa de que seria incapaz de articular uma palavra sequer. Eu devia rir daquilo? Fiquei esperando uma gargalhada de Sebastien, o que não aconteceu.

— Do que você tá falando? — A pergunta saiu com muita dificuldade.

— Você não é muito observadora — comentou. — Nunca se deu conta dos olhos vermelhos de Leôncio? A agitação, o olhar às vezes perdido no espaço? Eu fui capaz de perceber tudo isso no único dia em que estive frente a frente com ele.

Fiquei estupefata, porém decidi não dar importância para aquilo.

— Eu só quero que encontre Ben, não me importo com Leôncio.

— Quanto está disposta a me pagar? — Foi direto ao que importava para ele.

Dei de ombros. Eu nunca tinha me envolvido com nada parecido, não sabia que quantia seria muito ou pouco. Tive medo de jogar os números e soar ridículo. Também não tinha certeza até que ponto podia confiar em Sebastien, se eu demonstrasse muita ingenuidade ele podia se achar no direito de passar a perna em mim. Ele já me roubou antes. O que o impedia de roubar-me novamente?

De qualquer forma, o tempo estava se passando, a vida de Benjamin podia estar por um fio. *Isso se ele ainda estiver vivo.* Pensar no meu filho morto era aterrorizante, a mais profunda de todas as dores. Eu não estava fisicamente ferida, mas me sentia psicologicamente no limite.

Eu dei o valor, sem prolongar os pensamentos e sem refletir sobre o que poderia acontecer depois. O que importava era o agora e toda a aflição que levava ao presságio de que algo terrível poderia realmente acontecer.

— Cem mil!

Dessa vez Sebastien não escondeu sua verdadeira reação, os olhos castanhos se arregalaram, surpresos.

— Você está realmente apavorada — murmurou. A preocupação aflorou em seu olhar. Era como se ele não tivesse me levando realmente a sério durante todo aquele período em que eu desvelei a minha alma. Foram o que... vinte minutos de choro e angústia para ele acreditar em mim?

— Meu... filho... está... desaparecido — falei com lentidão, tentando de alguma maneira enfiar a gravidade da situação dentro da cabeça dele. — Por que ainda continua aqui parado!? Não entregarei o dinheiro ant...

— Não estou esperando o dinheiro, quero uma cópia da sua chave — falou e estendeu-me a mão.

O que ele estava tramando? E se entrasse na minha casa para levar os objetos de valor?

Como se pudesse ler minha mente, ele esclareceu o seu pedido:

— Eu não sou um matador de aluguel, detetive ou seja lá o que se passa nessa sua cabeça maluca, eu apenas observo de perto e faço os cálculos. Se você tivesse sido mais atenta aos detalhes que Leôncio deixou escapar, teria percebido que ele faria algo com Ben. Seu marido é "possessivo", primeiro ele se livrou de Enrico e agora de Ben, não enxerga a semelhança? Ele se livra de todos que disputam sua total atenção. — Um riso irreprimível atravessou sua voz. Sebastien não podia estar certo sobre aquilo, era loucura, quase fez meu coração explodir.

Esfreguei minha testa, pensativa e preocupada. Um estranho conhecia mais sobre a minha vida do que eu mesma.

— Você vai fazer o quê? Mexer nas coisas dele? — Eu quis saber.

— Não necessariamente. Apenas me deixe fazer o que pediu. Eu prometo que vou encontrar seu filho — garantiu, com sua habitual confiança tempestuosa. Me contive para não abraçá-lo e demonstrar toda a minha gratidão. Entendi que era hora de eu ir embora.

Capítulo 24

Leôncio

Abri o baú, depois de tanto ter ouvido o garoto chorar incontrolavelmente. Ele esperneava como se alguém o estivesse queimando com uma bituca de cigarro. Benjamin se jogou em meus braços, soluçou e não quis me largar. Argh, senti repulsa e tive que afastá-lo antes que minhas mãos o segurassem com mais força e deixassem sua pele branca marcada por dedos.

— Você tem que parar de chorar. Precisa ficar quietinho para mamãe não encontrar você. Lembra-se do que eu te disse? Mamãe está muito brava e quer te machucar. Você tem que ficar escondido e quieto — usei um tom manso para acalmar o garoto.

— É... escuro — ele resmungou e não quis me largar de forma alguma. Segurou o meu braço como se eu fosse um de seus ursos de pelúcia.

Devo admitir que o lugar era um pouco assustador. Havia objetos empoeirados e velhos por todo canto. A luz era baixa e amarelada. O espaço era utilizado apenas para guardar alguns móveis que Luz fez questão de trocar em casa. As paredes de madeira, assim como o chão, davam um aspecto sombrio no ambiente, parecia um covil.

— Você estará salvo dentro do baú. É assim que os piratas protegem seus ouros. Tudo que é precioso é guardado dentro de um baú. Você é precioso, Ben, por isso precisa se esconder — tentei animar o menino. Convencê-lo de que aquele covil era seguro. — Não há monstros aqui.

— Quero a mamãe — choramingou. Eu já não tinha tanta paciência para tentar conversar. Luz podia voltar a qualquer momento, eu não podia ser pego saindo do porão. Seria, no mínimo, suspeito.

— Eu já te falei que a mamãe não está tendo uma boa semana. Você quer que ela te machuque, Ben, é isso que quer!? — Tentei usar um tom de voz mais apavorante para lhe colocar medo. Benjamin negou com a cabeça. — Então volte para dentro do baú e fique protegido de todo mal. Mamãe é a pirata e você, o grande tesouro. Lembre-se disso.

Eu não sabia se podia confiar nele, afinal, Ben ainda era um bebê. A chance de ele esquecer-se do que tínhamos conversado quando se adentrasse na escuridão daquela caixa de madeira era alta. Cogitei adormecê-lo outra vez. Ah, sim, era melhor.

Peguei a seringa que trazia comigo no bolso da calça e olhei para os olhos verdes dele. O garoto morria de medo de agulhas, logo se afastou de mim, com o pavor espalhado por seu rosto singelo.

— Não irá doer. Você pode confiar em mim — tentei persuadir, mostrando que era seguro. Ben continuou relutante. Foi fácil convencê-lo da primeira vez, mas, agora, ele parecia traumatizado. Respirei fundo. — Se você prometer ser bonzinho, eu não usarei isso. Se você começar a chorar, gritar ou fazer algum barulho, eu terei que colocá-lo para dormir, entende? — Não tive certeza de que estava me entendendo. Nunca tive experiência com crianças; como fazê-lo me compreender se não conhecia metade das palavras que eu proferia?

— Bonzinho — ele sussurrou, e eu sorri.

A porta lá em cima se fechou, Luz havia voltado. Será que estava acompanhada pela polícia? Fiquei apreensivo, mas precisava me esforçar para transparecer calmo, como se nada de errado estivesse acontecendo. Como se eu não tivesse me transformado em um ser irracional e impulsivo.

Tive um anseio, quase incontrolável, de injetar um pouco daquele calmante em minha própria veia. Não, melhor não. Fazia poucas horas que eu havia bebido uísque e usado droga, não seria sensato consubstanciar tudo isso com medicamentos.

— Bonzinho — concordei, voltando minha atenção para o garoto. — Hora de ser bonzinho e se esconder como um tesouro. — Toquei na cabeça dele.

Eu era um homem malvado por estar fazendo tudo aquilo? Será que eu a estava fazendo sofrer como Enrico fez? Eu apenas queria que ela voltasse a sorrir, que fosse menos preocupada e que me desse mais atenção. Desde que Benjamin veio ao mundo, nada foi como antes, já não fazíamos amor, seus horários de jantar não coincidiam com os meus. Aquele menino se transformou no Universo dela, eu era uma mera estrela apagada. Se Ben ao menos fosse meu filho, eu poderia perdoá-la pela falta de empatia comigo e encontraria um jeito de resolver as coisas sem precisar me livrar dele. Mas de forma alguma aceitaria um bastardo roubando minha esposa sob meu teto.

Empurrei o garoto para dentro do baú, e não fui gentil. Lembrei-me que ele refletia a traição de Luz, o prazer que outro homem proporcionou a ela. Ben era sêmen de outro! DE OUTRO!

— Sem grito e sem choro! — Avisei, antes de fechar o baú e perder de vista aqueles olhos verdes-de-campo.

Me espreguicei ao levantar, expulsando a inquietação dos músculos. A encenação tinha que continuar, até que Benjamin não fosse nada além de uma mera reminiscência.

Subi a escada bem devagar para a madeira não ranger, empurrei a porta com a mesma preocupação, só dei o próximo passo quando tive plena certeza de que Luz não estava por perto. Saí do porão e ouvi o salto alto de Luz fazer barulho no andar de cima, no quarto. Eu precisava ir até ela para conversar, descobrir que atitude tinha tomado em relação ao desaparecimento do menino para saber como eu iria prosseguir.

Esperei por mais ofensas assim que entrei no quarto, porém, seu rosto demonstrou bem mais serenidade ao me olhar. Pensei em me aproximar com remanso, mas um mar silencioso também afoga. Era melhor ser mais cuidadoso, não podia me esquecer do que ela fez com Enrico.

— Vai ficar parado feito uma estátua? — Perguntou-me e forçou um delicado sorriso.

— Estou avaliando os riscos — brinquei, só que não ri. Imaginei aonde ela tinha ido com aquele traje. Luz não costumava ser tão displicente, nem mesmo para ir até a padaria na esquina. — Onde esteve? Você sumiu por mais de uma hora.

Ela estava com uma atitude curiosamente resignada. Era muito cedo para dizer que já tinha esquecido Benjamin, seria tolice acreditar nisso, mas devo dizer que Luz estava bem... mudada.

— Eu surtaria se continuasse em casa. Estou me esforçando para manter a calma e tentar compreender por que fingiu que nosso filho era fruto da minha imaginação — disse em um tom sombrio. — Desculpe-me por tê-lo acusado de sumir com Ben, você é o pai dele e nem em mil anos o machucaria. Mas, por favor, ajude-me a entender essa sua atitude.

Minha boca ficou amarga e eu tive dificuldade para engolir saliva. Minha coragem em continuar mentindo ficou gelatinosa, por um triz eu não admiti meus pecados, como se Luz fosse um padre na minha frente. Eu estava me enrolando nas mentiras, criando minha própria forca. Sentia-me suspenso pelo pescoço, apenas esperando alguém empurrar o banco que suportava minhas pernas.

A confusão já estava feita, não tinha como desfazer. Luz me odiaria, abandonaria-me, e eu não suportaria viver sem ela. A respondi com um olhar mais lúcido do que qualquer outro, sem a mínima chance de parecer suspeito em algo.

Suspirei com pesar e dei de ombros, fazendo meu corpo ser o melhor fingidor, era essencial que ele fizesse parte daquela farsa.

— Eu agi por impulso. Não... ah, que droga, você ainda sofre pela perda do seu pai e do seu irmão. Fiquei com medo de você surtar ao saber que Enrico levou Benjamin. Achei que poderia resolver essa situação sem envolvê-la. Foi muito imbecil da minha parte fingir que ele não existia. Eu estava com merda na cabeça! — Havia uma pequena fração de honestidade nas minhas palavras.

— Estou para dizer que essa foi a coisa mais idiota que você já fez. Mas eu o entendo. Sei que confundo as pessoas com a minha extravagância. — Sua voz era de uma suavidade estudada e manipuladora. O que Luz estava tramando? — Você irá à delegacia comigo?

Merda, não podia permitir que ela envolvesse a polícia nisso.

— Não acho que seja uma boa ideia. Nós dois suspeitamos que Enrico tenha algum distúrbio mental, ele é perigoso e pode ferir o menino se for provocado.

Reparei que Luz olhava fixamente para minha mandíbula. O nosso quarto, que antes eu achava tão bonito e seguro, agora parecia se metamorfosear — fúnebre, opaco, desesperador.

— Você acha que alguém seria tão vil a ponto de ferir uma criança? — Questionou, incrédula, no semblante tinha temor. Foi como um chute no meu estômago.

Eu precisava de álcool para suportar aquela conversa, não estava conseguindo fazê-lo sóbrio.

— Iremos encontrá-lo — garanti. Talvez fosse melhor eu entregar o garoto, dizer que o encontrei depois de muito procurar, dessa forma eu sairia como um herói e ela me agradeceria com uma boa trepada. Meu medo sedia espaço ao entusiasmo quanto mais eu pensava nisso. Era melhor me sair como um homem notável do que como vilão, os bonzinhos sempre são recompensados no final de tudo.

Por que eu começava a pensar assim? Sempre fui um cara de feitos notáveis, desaparecer com um bastardo não me tornaria necessariamente um homem cruel. Era preferível sumir com ele do que judiar, fazê-lo sangrar, temer. Eu nunca amaria o moleque, e ai de mim se todos descobrissem que fui traído. Deus que me livre só de pensar.

Não, devolver Benjamin à Luz estava fora de cogitação. O que iria fazer com ele era a única dúvida pairando em minha mente.

Luz

Tinha sido fácil derramar minha tristeza e minha raiva em metade da casa através de palavrões e socos nos móveis, eu precisava disso, de novo. Ficar no mesmo ambiente que Leôncio, sabendo que ele estava escondendo meu filho de mim e fingir que não tinha nada de errado nisso, era puro sadismo. Foi preciso ter sangue de barata. Eu não tiraria os olhos dele, não podia me dar ao luxo de extravasar, se eu fosse explosiva, correria o risco de nunca mais ver Ben. Leôncio era metódico, totalmente o oposto de Enrico, que agia com os próprios punhos. Eu precisava ser como ele.

Se Sebastien tivesse razão em tudo, Leôncio estava fazendo isso porque era possessivo e se sentia ameaçado. Se existia algo mais doentio do que ter ciúmes do próprio filho, eu desconhecia. Então, eu fingiria que não estava sofrendo. Mascararia minha tristeza para que Leôncio não percebesse que a ausência de Ben estava me destruindo. E eu estava... fragmentada, era como se tivessem me arrancado os dois braços. Se eu não tinha desabado ainda era porque algo dentro de mim dizia que Benjamin estava vivo e por perto.

Engoli o choro, pois nem mesmo chorar era permitido. Não podia demonstrar fraqueza, não podia ser o sexo frágil. Ele passaria por cima de mim se visse que eu já estava no chão.

O fato de Sebastien não ter me dado detalhes em relação a como iria encontrar Ben me deixava afobada. Mais uma vez me questionei se estava fazendo a coisa certa, se não devia sair correndo daquela casa antes que eu me tornasse prisioneira para sempre.

Você já sobreviveu a isso antes. Pense em Ben.

O céu jogou chuva grossa no meu rosto. Sentada na calçada, minhas pernas queriam bater em retirada, ir para o mais longe dali. No entanto, não podia correr o risco de Leôncio sair e não segui-lo. Mais cedo ou mais tarde, ele iria até onde escondeu Ben. Ele o estava alimentando, não estava? Será que o tinha agasalhado? *As noites têm sido tão frias.*

As horas foram se passando, minha roupa já estava ensopada. Entrei em desespero ao me dar conta de que Leôncio não arrancou seu corpo para fora de casa, isso significava que ele não estava cuidando de Ben como achei que estivesse.

Talvez ele já esteja morto.

Engoli um soluço.

Ele é tão pequeno e medroso...

Deitei-me em lágrimas, vendo as horas passando e passando. Agora não chovia mais, porém fazia um frio glacial.

Eu resolvi entrar em casa. Me preparei para atacar Leôncio como um animal selvagem e fazê-lo falar.

Era hora de dar um basta naquilo.

Capítulo 25

Leôncio

O menino tinha *feito cocô e xixi. O forte cheiro embrulhou meu estômago. Eu seria obrigado a lavá-lo para que não pegasse alguma doença ao ficar em contato com suas fezes por tantas horas.*

Maldita criança!

Aproveitaria que Luz estava lá fora fazendo não sei o que, e levaria o menino até o banheiro. Não, seria muito arriscado, ela podia entrar a qualquer momento. Era melhor eu esquentar a água, encher um balde e lavá-lo no porão mesmo. Quanto menos Ben saísse do porão, menor a chance de ele ser visto.

Na cozinha, enchi uma panela com água e coloquei no fogo alto para ferver o mais rápido possível. Teria que providenciar algo para o menino comer também, ele já tinha reclamado de fome há algumas horas, até agora a única coisa que eu tinha lhe dado era paçoca, ele precisava de comida de verdade antes que adoecesse.

Desliguei o fogo e peguei a panela com cuidado para não derramar água quente em minha pele, lembrava-me perfeitamente de como Enrico ficou após Luz tê-lo queimado dessa forma.

Me preparava para retornar ao porão quando Luz apareceu com um olhar que não me agradou, era como se ela odiasse tudo que estava à nossa volta. Parecia que odiava a mim.

— O que está fazendo!? — Ela perguntou, confusa. Seus olhos estavam vermelhos e inchados.

— O chuveiro queimou — inventei. Sabia que ela me mandaria tomar banho em outro banheiro, já que em nossa casa havia quatro, por isso logo acrescentei para mudar de assunto: — Você está encharcada, ficará gripada se não arrancar logo essa roupa.

Ela desviou o olhar, como se desconfortável com minha sugestão.

— Eu quero saber que atitude você já tomou para encontrar nosso filho. Não quero ficar aqui parada, Leôncio. Benjamin pode estar machucado. — Tinha tanta preocupação em seu rosto que eu tive ciúmes daquele sentimento. Ela nunca expressou algo assim por mim.

— Olha, eu não acho que Ben esteja machucado — retruquei. Eu precisava soar menos fingido, tinha que manifestar algum receio para não parecer tão insensível.

— Eu não paro de pensar nele, nunca o deixamos sozinho por tantas horas. Mas, Luz, Deus está cuidando da gente e do nosso filho.

Seus lábios se esticaram em um sorriso frouxo. Seus olhos eram jovens e brilhantes, no entanto, ao redor da boca, havia rugas que nem mesmo seu sorriso era capaz de disfarçar. Ela era tão linda e eu tinha tanta sorte em tê-la. Eu faria tudo por Luz, transformaria-me em um cara mau se isso fizesse com que ela voltasse a ser inteiramente minha, sem ter que se preocupar com aquele bastardo que a privou de longas noites de sono.

Além do mais, eu sabia que Luz lembrava-se do seu amante ao olhar para Benjamin, eu não podia continuar permitindo isso. Comecei a pensar em afogar o menino naquela panela de água quente. Quanto logo o corpo do garoto fosse encontrado, antes ela sofreria e antes se recuperaria para recomeçarmos nossa vida juntos outra vez.

Eu consegui implantar algumas lágrimas em meus olhos, tremer as mãos e derramar algumas gotas de água de propósito para parecer que eu estava tão angustiado quanto ela. Luz nunca tinha me visto chorar, pessoa alguma tinha visto eu perder o controle dos meus sentimentos, mas eu faria isso por ela. Tudo por ela.

Quis que me abraçasse, eu precisava disso, ansiava por seu toque.

— Eu sinto tanto por não tê-lo protegido — minha frase terminou em um soluço. Mulheres sempre ficam comovidas quando se deparam com um homem derramando seus sentimentos pelos olhos.

Ela veio até mim como eu planejei, afagou meu rosto com as mãos frias e molhadas. Como era bom senti-la! — Seu cheiro, sua pele, seus dedos, que durante tanto tempo percorreram meu corpo nu com uma admiração calorosa. Luz costumava delirar quando seus lábios se perdiam nos meus. Fui eu quem a transformou em mulher, a fiz transpirar, arranquei sua castidade com todo o meu amor. Ter essas lembranças me fez desejar fazer sexo com ela naquele exato momento. Nunca a tinha visto tão sexy — a roupa molhada grudava em sua pele de uma forma enlouquecedora. Meu pênis despertou de um quase coma.

A panela ainda estava em minhas mãos e eu precisava me livrar dela. Entretanto, não queria interromper aquele momento. Era o recomeço do nosso casamento, o toque que religava a chama que Benjamin apagou ao nascer.

Eu tinha sido fiel à Luz. Eu jamais enxerguei outra mulher tendo aquela divindade em minha casa. Isso era o mais deprimente de tudo, eu honrei nossos votos na igreja, enquanto Luz gemia no ouvido de outro.

O fogo que emanava em mim se apagou rapidamente, outro marido na minha posição a castigaria pela traição, mas não eu, sabia que toda a culpa era de Benjamin. Ele era a maldição que os deuses mandaram para me castigar por eu ter sido tão descuidado com minha esposa. Tinha que me livrar dele. Portanto, essa noite, Ben morreria.

Luz

Eu não queria tê-lo tocado. Diabos, eu queria matá-lo, enfiar uma faca no seu peito e torcer até que todo o sangue do seu corpo escorresse pelo buraco!

Minhas mãos estavam trêmulas em seu rosto, não sabia se era de medo ou de raiva, mas Leôncio acharia que era de frio. Eu tinha que convencê-lo a ir para a cama comigo, uma vez que ele estivesse vulnerável, eu o amarraria na cabeceira com minha própria peça de roupa e não mediria esforços para arrancar sua confissão e, depois, só Deus sabe o que eu seria capaz de fazer com ele.

— Beijei-me e faça amor comigo para que eu não me sinta tão infeliz. Faça isso por mim, sim? — O desespero me levou a fazer propostas completamente extravagantes.

— Não acho que seja uma boa ideia — sua voz ficou rouca de repente. — Não sei se conseguirei me excitar estando com a mente tão inquieta.

Fiquei surpresa com sua postura tão decidida.

— Meu filho foi arrancado de mim, Leôncio, eu preciso sentir qualquer coisa que não seja dor. Preciso lembrar-me que estou viva, e ninguém no mundo faz com que eu me sinta tão inteira quanto você — eu apelei para meu lado emotivo, já que o libidinoso não foi eficaz. Era surpreendente perceber o quão fácil era manipular os sentimentos, principalmente o amor.

Leôncio ficou claramente comovido, senti-me como uma criança que conseguiu incendiar a casa brincando com fósforos. Ele colocou a panela no chão e me agarrou pelos cabelos, com voracidade e inquietude. Beijou a minha boca como se estivesse faminto, com um desejo que pareceu tê-lo consumido por dias. Seus lábios eram quentes, porém me congelavam. Agora que eu sabia do que ele era capaz, cada um de seus movimentos devassos me apavorava.

Não fechei meus olhos durante o tempo em que nossas línguas travavam uma guerra erótica, não queria ser surpreendida por uma seringa na veia. Sei que ele havia me drogado para sequestrar Ben, podia fazê-lo de novo por suspeitar das minhas intenções. Leôncio era inteligente, eu teria que ser duas vezes mais se quisesse esmagá-lo!

— Eu amo você. Sou louco por você! — Ele gemeu, dando uma mordida molhada em minha orelha. Eu queria regurgitar nele para que ficasse claro o tanto que eu o repudiava. Queria morder sua língua com o mesmo ímpeto que mastigo um pedaço de carne para engolir.

— Vamos... para... o... quarto — tentei falar, aproveitando os pequenos intervalos entre os beijos.

— Não. Quero fazer amor com você na sala!

Ah não, não mesmo. Eu não conseguirei amarrá-lo na sala.

— Eu estou molhada e com frio. Lá em cima é mais quente — retruquei e me afastei dele. Corri escada acima antes de lhe dar tempo para me impedir.

Eu mesma arranquei minha roupa e a joguei no canto da cama, deixando-a com fácil acesso para mim. Leôncio apareceu na porta com um olhar insano, idêntico ao de Enrico quando me fez ficar nua no banheiro para me contemplar como se eu fosse um prato de comida.

Seja forte, Luz. Não visite as lembranças, deixe-as adormecidas, agora mais do que nunca.

— Fica quase impossível resistir a você vendo-a tão desinibida e confiante — pronunciou, extasiado.

De calcinha e sutiã, eu me movi sensualmente na cama. Tentei atiçá-lo para acabar com aquilo o quanto antes. Na realidade, eu o desprezava, odiava até mesmo olhar para ele. Leôncio me enganou tão bem, eu jamais teria desconfiado dele se não fosse Sebastien para abrir meus olhos. Meu sangue congelava só por lembrar das noites que dormi em seus braços sem imaginar o real perigo que eu corria.

— Eu preciso de você — murmurei, sentei nos calcanhares e apoiei minhas mãos nas coxas. Era a posição que ele adorava me ver: sugestiva.

— Não quero me aproveitar de você. Não sou esse tipo de homem!

Engoli em seco e quis perguntar com rancor: que tipo de homem você é?

Ele continuava se fazendo de bom rapaz, não deixava a máscara cair de maneira alguma. Não tropeçava nas próprias mentiras.

— Não quero passar o resto da noite chorando — admiti. Não conseguia decifrar suas intenções, ele me queria, porém estava relutante. A psique parecia conflitar com o corpo.

Queria poder ouvir as batidas do seu coração, saber se sua cabeça estava enevoada pelo desejo. Se ele estivesse completamente entregue a mim, seria simples continuar meu plano. Se continuasse resistente, de caçadora, eu podia acabar me tornando a presa.

Eu estava tão apavorada e preocupada com Benjamin que não senti minhas unhas arranhando minhas pernas, em um movimento de vai e vem. Infelizmente, Leôncio reparou nas marcas que eu estava fazendo em mim mesma e não deixou isso passar em branco. Ele acabou com as minhas esperanças.

— Vamos dormir, é o melhor que podemos fazer nessa situação.

Não tive forças para insistir. Corri para o banheiro e chorei baixinho.

Capítulo 26

Luz

Peguei-me pensando no meu pai, em como eu o tinha odiado por ter arruinado a vida de Sebastien. Evitei direcionar meus pensamentos até ele desde que descobri o que havia feito, mas, agora, sendo mãe, eu podia entender melhor suas decisões. Tudo que fez foi para me proteger, para cuidar da família. Por mais egoísta que tenha sido sua atitude, hoje percebo que eu faria o mesmo por Benjamin sem hesitar.

Eu devia ter tentado descansar um pouco, estava exausta física e psicologicamente, meus ombros estavam tensos, mas tive medo de Leôncio sair para encontrar Ben e eu não segui-lo. Leôncio dormiu a noite inteira ao meu lado na cama, um sono profundo e despreocupado. Não me conformava com o tamanho da sua indiferença. Até mesmo um animal tem mais carinho por suas crias.

Eu o teria anestesiado como fiz com Enrico, todavia acabei percebendo que Leôncio não deixava mais seu *kit* médico no mesmo lugar. E amarrá-lo na posição em que estava dormindo sem despertá-lo era praticamente impossível.

Eu não estava com paciência para esperar Sebastien agir. Revirei o quarto silenciosamente: abri as gavetas, retirei as roupas dobradas, olhei dentro das malas de viagem, olhei até mesmo as solas dos sapatos de Leôncio, à procura de alguma pista sobre onde Benjamin poderia estar.

Não encontrei nada pelo quarto, seus sapatos não tinham lama, suas camisas estavam igualmente dobradas, nem mesmo eu sabia o que esperava encontrar. Contudo, fiquei aliviada por não ter nenhuma mancha de sangue em suas roupas ou terra nas solas.

O que eu devia fazer em seguida? Olhar o carro dele?

E se eu encontrasse Benjamin morto no porta-malas?

Peguei a chave do carro e fui até a garagem. Entrei nele, sentei-me no banco do motorista e comecei a revirar. Eu queria encontrar alguma coisa, mas também tinha medo de descobrir até onde Leôncio seria capaz de ir por sua obsessão.

— Uma medida desesperada para uma situação desesperadora.

Dei um pulo assustado, segurando o maço de cigarro *Charm* que eu tinha encontrado no chão do carro.

— Sebastien — murmurei. Não estava surpresa por vê-lo ali, fiquei feliz. Isso significava que ele estava cumprindo o acordo e procurando por meu filho.

— Eu já olhei o carro, foi o primeiro lugar que procurei por pista — admitiu, estava decepcionado.

— Leôncio não saiu de casa desde ontem — disse, aflita. — Ele... meu Deus.

— Não se atreva a chorar! — Falou, com seriedade. Engoli meu choro, não porque ele tinha resmungado, e sim porque sabia que chorar não me ajudaria a encontrar Ben.

Desci do carro e conversei com Sebastien ali mesmo, correndo o risco de sermos vistos por Leôncio.

— Eu estou confusa. Com medo de o pior ter acontecido — minha voz tremeu. — Por que ele não sai de casa para se encontrar com Ben?

— Ele não sequestraria Benjamin se tivesse intenção de cuidar dele. Pare de ficar esperando uma atitude boa de quem não é boa pessoa. — Ele olhou para os dois lados e para a janela no andar de cima. — Vamos conversar em outro lugar, aqui não é seguro. Parece que você adora correr riscos, ao contrário de mim.

— Eu quero que tudo se dane! — Explodi.

Ele arqueou as sobrancelhas.

— O que aconteceu com seu linguajar? — Questionou, espantado.

— Você veio aqui para procurar meu filho ou para ser um completo idiota!? — Retruquei. — Enquanto você perde tempo me ofendendo, o meu filho pode estar chorando, ferido.

Ele veio no meu enlaço, agarrou meus braços e me prensou contra o carro.

— Maldição! — Ele disse. — O que você quer que eu faça!? Eu te avisei que não era detetive. Não vou entrar na sua casa e torturar seu marido até que me conte algo. Então me diga: o que quer que eu faça, cacete!?

— Uau — suspirei. — Você tinha um plano maligno para acabar com a minha vida e a da minha família, mas não é capaz de arrancar a confissão de um homem!?

Eu sabia que tinha ofendido sua masculinidade. Homens sempre ficam afetados quando desafiados dessa forma.

— Então é a confissão que você quer daquele imbecil? Ok, eu farei isso para nunca mais precisar olhar para você — esbravejou, mas finalmente mostrou alguma reação.

Leôncio

Foi preciso que Luz acordasse antes de mim, eu fingi estar dormindo e esperei até que saísse do quarto para poder me levantar. O menino passou a noite inteira com a roupa suja e com o estômago vazio. Não tive como voltar ao porão, já que Luz ficou todo o tempo ao meu lado.

Peguei a panela que ainda estava no chão, não me preocupei em esquentar a água, não tinha tempo para isso. Eu lavaria o garoto bem rápido para não lhe dar tempo de sentir frio.

Desci até o porão.

Coloquei a panela no chão e abri o baú. Quase caí para trás por causa do forte cheiro de fezes. Benjamin tinha o rosto assustado, os olhos estavam avermelhados e inchados de tanto chorar. Ele se atirou em meus braços assim que me viu, eu o empurrei com repulsa.

— Meu Deus, menino, você está podre!

— Tenho fome — ele resmungou. Eu sabia que mais cedo ou mais tarde ele começaria a reclamar. É só isso que crianças fazem, elas reclamam e reclamam.

— Eu te trarei mais paçocas — eu disse.

— Não quero paçoca.

Fiquei irritado. Não tinha tempo para ser paciente com ele, Luz estranharia minha ausência a qualquer momento. Eu ia fazer aquilo, afogaria o garoto quando fosse lavá-lo. Seria uma morte rápida e indolor.

Despejei a água fria que estava na panela dentro de um balde pequeno de plástico.

— Você está sujo, precisa urgentemente de um banho — expliquei quando vi que Benjamin me olhou espantado.

Por Deus, crianças têm medo de tudo.

— Quero a mamãe — choramingou, e já começava a chorar. É claro que ele tinha se esquecido sobre a nossa conversa do pirata com o tesouro. Ele se encolheu dentro do baú, parecia ter se adaptado a ele. Talvez eu não precisasse matá-lo, era só mantê-lo calado que tudo ficaria bem.

— Mamãe foi embora — eu falei. Agachei-me de frente para ele e apertei seu nariz com delicadeza. — Ela deixou a gente. Somos só eu e você agora.

— Agora posso comer? — Murmurou. — Tô com fome, papai.

Bufei.

— Depois do banho — alertei. O ajudei a sair do baú e o despi. Sua pele estava praticamente congelada, o garoto estava morrendo de frio, mas não tinha outra solução, ele precisava tomar banho.

Foi por pouco que não vomitei ao tirar sua calça, eu nunca tinha feito isso antes, e esperava não precisar fazer nunca mais.

Benjamin estremeceu assim que a água tocou sua pele. Eu até que senti pena dele.

— Trarei um cobertor para você, ok? — Tentei tranquilizá-lo, ao passo em que jogava água em seu corpo.

— E comida.

Concordei com a cabeça.

— E comida — eu menti. Não sabia preparar alimento para criança daquele tamanho, isso sempre foi responsabilidade de Luz, afinal a mãe era ela.

Terminei de lavá-lo e o vesti com uma roupa que tinha trazido para ele.

— Eu vou lá em cima preparar algo bem gostoso para você comer e já volto aqui, tudo bem?

Ele ficou indeciso. Era necessário não apavorá-lo para que não fizesse um grande escarcéu.

— Você confia no papai, não confia?

Ele concordou.

— Então pare de ter medo. Somos só eu e você agora, e eu preciso que você me ajude. Acha que pode me ajudar sendo um bom garoto?

Ele se sentou dentro do baú e abraçou os joelhos como forma de resposta. Fechei-o lá dentro. Não era tão ruim assim.

Eu ouvi Luz conversar com alguém ao longe, a voz pareceu vir da garagem. Tive medo de ser a polícia, então me adiantei, corri escada acima e saí porta afora. Fui de encontro a eles preparando uma centena de mentiras na minha cabeça.

Não tinha nenhum policial.

— É muita ousadia da sua parte vir até minha casa, não acha!? — Ataquei com as palavras, sentindo uma grande fúria crescer dentro de mim. Como Luz teve coragem de trazer seu amante para nossa casa, na minha presença?

Eles estavam muito próximos, ele a tocava nos braços. Como se tivesse total controle sobre o corpo dela. O ciúme foi corrompendo meu juízo. Eu queria arrancá-lo de perto dela e esmurrá-lo até que se engasgasse no próprio sangue!

Mas eu não podia perder o controle. Tinha que continuar demonstrando ser um homem calmo e prudente para não perdê-la.

— Leôncio...

— Não — ele a interrompeu —, vamos logo acabar com isso.

É agora que ele admitirá o caso e dirá que Benjamin é seu filho?

— Sebastien, não acho que seja seguro, não aqui — Luz murmurou para ele. Era repugnante ver como sua voz se suavizava ao dizer seu nome. Podia apostar que sua calcinha estava molhadinha por ele.

Apertei os dentes com força. Queria bater em Luz, queria bater em Benjamin, queria matar aquele maldito menino!

Controle-se, você não é o Enrico.

— Ah, por favor, querem tomar uma xícara de chá enquanto admitem que estão transando por aí!? — Ironizei, eu precisava disso, já que não podia agredir todos.

— De que diabos está falando!? — Retorquiu Luz. A testa demonstrou rugas de expressão, por mais nova que ela fosse, a pele branca já tinha sinais de estresse.

— Eu sei que Benjamin é filho dele! — Adiantei-me, era menos doloroso assim.

Sebastien caiu na gargalhada. O que Luz via nele? Ele tinha cara de delinquente. O Rolex em seu pulso sem dúvidas era roubado.

— Oras, mas a cocaína já deve ter fritado seu cérebro mesmo — ele tirou sarro. Eu congelei. Como ele sabia sobre a cocaína? E por que Luz não estava me defendendo? Eu sempre demonstrei ser um homem inteligente e de boa índole, nunca deixei rastros para ela duvidar de mim.

— Saia da minha casa! — Gritei para ele. Aquele sujeito começava a me assustar. O que mais ele sabia sobre mim?

— Ele não vai sair! — Objetou Luz. Claro que ela ia defender seu amante. — Não até você devolver meu filho!

Engasguei com a saliva.

— Vai começar com essa história outra vez!? — Retruquei. Novamente teria que fazer Luz se passar por louca para desviar o rumo daquela conversa.

Sebastien tomou uma postura de protetor, como se fosse o anjo da guarda da minha esposa. Como ela podia estar com medo de mim e não daquele homem que desfilava com um Rolex roubado?

— O que esse parasita andou colocando na sua cabeça, Luz? — Questionei. Era melhor colocar um contra o outro, eu não seria capaz de lidar com os dois ao mesmo tempo.

— Para com isso, Leôncio! APENAS PARE! — Ela gritou, perdendo o juízo. — Onde Benjamin está? RESPONDA! RESPONDA, SEU DESGRAÇADO!

Ela era louca, ontem mesmo havia me beijado e agora agia como se eu fosse o único vilão em toda aquela história? Foi ela quem apodreceu o nosso casamento. Se eu estava sendo obrigado a tomar uma atitude tão drástica, foi porque ela me deu motivo para isso.

— Você engravidou de outro homem...

E a violência causou um enorme silêncio. Meu rosto queimou com seu forte tapa. Aqueles dedos finos e delicados me acertaram em cheio.

Entrei em estado de choque, não consegui mais pensar e nem proferir nada. Ela tinha me agredido, depois de tudo que fiz por ela, Luz ainda continuava me desprezando.

— É melhor você começar a abrir a boca antes que minha mão pegue gosto em esmurrar sua cara! — Ameaçou-me, e eu fiquei ainda mais chateado com ela.

— Eu já disse que...

— Pare de negar. Sabemos que está com o garoto. Entregue-o de uma vez! — O sujeito me interrompeu, com um tom de voz que não gostei nem um pouco.

— Sabemos? — Retruquei, dando uma risadinha. — Já estão falando por dois?

De repente, a minha raiva deu lugar a um riso histérico. Eu estava perdendo o controle, consequentemente, perdendo Luz.

Eu a ouvi suspirar.

— Eu me cansei. Vou à polícia! — Ela avisou.

Examinei as rugas sedutoras de seu rosto. E, como eu a conhecia perfeitamente, soube que estava dizendo a verdade.

— Tudo bem — falei em um sopro, sendo cínico. — Eu vou com você. Afinal, também quero encontrar meu filho!

Luz

Será que eu tinha me enganado? Será que não foi Leôncio quem sequestrou Benjamin? Ele parecia tão autêntico. Não. Ele estava conseguindo o que queria, confundindo-me propositalmente. Leôncio estava mentindo para mim, mentiu desde o começo. Ele era um homem impiedoso, não muito diferente de Enrico. Agora fazia sentido a amizade dos dois.

Eu estava pensando no próximo passo a ser dado, quando, de súbito, Sebastien partiu para cima de Leôncio. Ele agarrou seu pescoço com as duas mãos e o asfixiou. Fiquei boquiaberta, atordoada, e adorando sua atitude bruta.

— Qual é? Não tente me fazer de idiota. Estou um pouco estressado esses dias, então vamos logo acabar com isso — disse Sebastien, em um tom de voz calmo, porém, tenebroso.

Leôncio teve um franco acesso de riso.

Não queria precisar de Sebastien para lidar com meus problemas, por outro lado, eu tinha plena consciência de que, dessa vez, não conseguiria resolver sozinha.

— Você não me assusta — disse Leôncio. Agindo como se estivesse confortável com aquela situação.

Tive vontade de dar um chute bem no meio das suas pernas, mas me contive.

— Não estou tentando assustar — respondeu Sebastien. — Eu só quero ajudar a minha amiga a encontrar o filho dela, simples assim.

— Amiga? — Debochou Leôncio. — Você geralmente faz sexo com suas amigas?

Fiquei rubra, e não precisei nem de um espelho para ter certeza que sim.

— Lamento te decepcionar, mas Luz e eu não tivemos um envolvimento — Sebastien disse, e eu me arrepiei. — Mas bem que eu adoraria.

Leôncio fechou a cara, não escondendo que o comentário perverso de Sebastien o tinha incomodado bastante. Não me importei com os meios que Sebastien usaria para encontrar meu filho, eu apenas queria que ele o encontrasse e logo.

— Você nunca mais verá Benjamin, Luz! — Respondeu Leôncio, de repente, olhando-me de soslaio.

Senti a terra me engolir.

— O... que quer dizer? — Gaguejei, com o choro preso na garganta. — O que fez com meu filho?

Não chore. Não chore.

Ele sorriu para mim, como se eu fosse uma criança que tinha feito uma pergunta idiota. Leôncio sabia como me provocar, isso eu não contestava.

— Não caia nessa, Luz. Ele não seria tão parvo — me disse Sebastien, como se ele pudesse escutar meus batimentos cardíacos, estupidamente acelerados. — Ele sabe que se fizer algo com Benjamin, a perderá para sempre.

Minhas mãos suavam. Todo o meu corpo dava ouvidos ao que Leôncio dizia, ignorando os conselhos sábios de Sebastien. A minha mente estava emaranhada. Em alguns minutos, entraria em curto-circuito. Fazia tempo que eu não tomava uma sacudida dessa magnitude.

— Não dá para perder o que eu nunca tive — respondeu Leôncio. — Luz nunca foi minha e jamais quis ser. Seu coração permaneceu no mesmo ritmo durante todo o tempo. Eu tentei fazer com que gostasse de mim, tentei ser o marido compreensível e dedicado. Mas hoje percebo que não é verdade o que dizem sobre as mulheres, elas não gostam dos bonzinhos.

Ele falou com ódio, rancor. Fazia-me de culpada em toda a história. Desejei que os dedos de Sebastien não estivessem tão frouxos no pescoço de Leôncio, queria que o sufocasse até a morte sem dó ou piedade.

— Pare de tentar me enrolar, desgraçado. Onde está meu filho!? — Pressionei-o, irritada. — Juro por Deus, se você continuar me enrolando eu vou até a delegacia e todos saberão o doente que você é. É meu último aviso!

Ele revirou os olhos, insolente.

— Eu sei que você deve estar desejando suas malditas drogas, sei que logo começará a entrar em desespero. Irá se contorcer, gemer, delirar, e eu farei questão de mantê-lo bem preso para vê-lo sofrer — Sebastien praticamente rosnou para ele, sendo muito mais eficiente que eu ao proferir ameaças.

— Você não sabe nada sobre mim, nem o que eu sinto — retorquiu Leôncio. — E tire essas mãos imundas de cima de mim!

— Sei mais do que imagina, Leôncio... mais do que imagina.

Leôncio não deu a menor importância para os alertas de Sebastien. Ele aparentou estar relaxado, na verdade; provavelmente com os pensamentos precisamente organizados.

— QUE SE FODA! — Eu gritei, feito uma desequilibrada. — Estou indo denunciá-lo por sequestro!

Dei meia-volta. Quando minha mão foi no portão para abri-lo, Leôncio finalmente deixou sua máscara cair:

— Se fizer isso, você não encontrará o garoto com vida — prometeu, com o mesmo fervor que me prometeu amor e proteção avante o altar.

A sensação de engolir saliva foi como se eu tivesse engolido areia áspera.

— Não o machuque, eu imploro, Leôncio — solucei. Manter-me dura, feito uma mulher destemida, já não era prioridade. Eu me sufocaria se não chorasse naquele instante. — Eu faço o que você quiser...

— Pare de falar, Luz — interrompeu-me Sebastien com uma indelicadeza que só ele conhecia. — Apenas fique calada e me deixe resolver isso!

Tudo fugiu de controle depois do prenúncio de Leôncio. Qualquer passo em falso, Benjamin poderia pagar o preço. Já não tinha certeza se devia deixar tudo na mão de Sebastien.

— De certa forma, você é o intruso nessa história. O assunto é entre minha esposa e eu! — Revidou Leôncio.

Eu concordei com Leôncio, porque agora, por mais que ele estivesse preso nas garras de Sebastien, ele tinha o controle de tudo, tinha-me na palma da sua mão. Eu seria uma marionete e aceitaria suas imposições para encontrar o meu filho. É o que as mães fazem, é o que eu considerei certo no momento.

— Tudo bem, acho melhor você ir agora, Sebastien — falei. Sebastien ergueu as sobrancelhas, impressionado com minha nova posição. Ele não era mãe, não podia entender o que eu estava sentindo, nem se ele se esforçasse, nem se desse tudo de si, ele não sentiria a dor que era semelhante à de ter o coração arrancado do peito.

— Não vou sair! — Contestou, decidido. Por sua atenção estar voltada para mim, Leôncio conseguiu se soltar dos seus punhos com facilidade. Afastei-me imediatamente, temerosa; já Sebastien estava mais interessado em me convencer a deixá-lo ali conosco do que com um possível ataque de Leôncio.

— Eu entregarei Benjamin a você, Luz, mas somente quando estivermos a sós — falou Leôncio, se esforçando para provocar Sebastien. — Encontre-me no quarto quando se livrar desse... parasita!

Uma passarinha assustada. Uma marionete. Foi nisso que meus maridos me transformaram.

Fiquei a sós com Sebastien, e foi quando eu desabei, o pranto violento me jogou no chão. Não consegui respirar, estava em pânico, a sensação era de que eu iria explodir, como uma bexiga que já atingiu o limite, e eu já tinha atingido o meu limite.

— Levante do chão. Pare de chorar! — Pediu Sebastien.

— Me... de-deixe em paz! — Falei a solavancos. Abracei os meus joelhos, encolhi-me.

— Não quero sentir pena de você, não posso sentir — alertou-me, com uma voz gélida que se empenhava para não demonstrar compaixão. — Se continuar se mostrando vulnerável, as pessoas continuarão maltratando você. Para o seu bem, levante-se agora e, quando estiver sozinha, você poderá chorar o quanto quiser. Ouça o meu conselho, pela última vez.

Eu levantei, não por ouvir seu conselho, e sim para socá-lo. Descontei toda a minha raiva acumulada em seu peito musculoso, ele não me impediu. Deixou que eu o fizesse de saco de pancada; e essa foi a melhor coisa que ele tinha feito por mim.

— Tudo bem. Pronto. — Sebastien me segurou, meus socos provavelmente começavam a machucá-lo. Eu não era uma mulher forte, mas sabia como causar dor mesmo sendo fraca. — Agora comece a colocar seu cérebro para funcionar. O que vai fazer? Não vai aceitar a chantagem dele. Estou certo?

Eu ainda tentava me acalmar, ao passo em que ele falava sem parar.

— Eu quero matá-lo, Sebastien. Quero colocar fogo nessa casa com ele dentro. Quero que ele engasgue com a fumaça enquanto o fogo devora a pele dele.

Ele mostrou espanto. Depois sorriu, maquiavélico, mas bonitinho.

— Você não é uma assassina.

Engoli saliva para molhar a garganta e também tentei desobstruí-la, meu estômago parecia estar impregnado ali.

— Isso não é reconfortante vindo de você. Eu... matei meu irmãozinho. Você quem me contou isso, lembra? Chamou-me de...

Sebastien levou o dedo à minha boca, para me calar.

— Pare de falar sobre isso. Eu ainda detesto você pelo que fez, mas por cem mil, eu finjo me importar com algo.

Ele não media suas palavras. Às vezes era o príncipe, outras, o próprio cavalo.

— Então esse é o único motivo por estar me ajudando? — Perguntei, pois esse comentário estúpido martelou na minha cabeça.

Ele debochou, em um sopro que era quase uma risada.

— Por qual outra razão seria? — Zombou. Ah, eu me senti tão idiota. — Não estou apaixonado por você. Não há nada em você que eu goste; não viveremos uma história de amor quando tudo acabar. Faço isso por dinheiro, e porque há uma criança envolvida.

Não consegui fingir que aquilo não me afetou. Não era como se eu quisesse que ele me amasse, eu apenas precisava que alguém sentisse algo verdadeiro e bom por mim.

Não encontrei nada para dizer, fingi-me de surda e baixei o olhar para não ter que encará-lo.

— Olha, eu sei que Benjamin está lá dentro — ele falou, ao se dar conta de que eu não diria mais nada por vontade própria. Imediatamente lhe dei toda a atenção, esquecendo da mágoa que ele havia me causado segundos atrás. — Leôncio permaneceu todo o tempo dentro de casa desde que seu filho desapareceu e ele pareceu bem apressado para entrar. Você não suspeitou dessa atitude?

— Não — ciciei.

— Isso é genial — falou com admiração e eu o encarei com desaprovação. — Ele escondeu o garoto bem debaixo do nosso nariz.

— Já procurei em toda a casa, eu saberia se meu filho estivesse nela! — Respondi com arrogância por puro descuido.

— Eu tenho certeza que não procurou direito.

Cruzei meus braços, petulante.

— Você já fez seu trabalho, foi inútil, mas deixe que eu resolvo daqui — respondi. Não soube o porquê, mas desejei ferir seus sentimentos da mesma forma que fez com os meus. Queria que Sebastien se sentisse insignificante.

— O combinado era eu encontrar o menino — disse, a raiva transpareceu em seus olhos e nos músculos dos braços que ele cruzou, ficando ainda maior do que já era. — Não vou sair até vê-lo em carne e osso!

— Você terá seu dinheiro. Já pode ir embora! — Enfrentei-o. Por mais arrogante que ele fosse, Sebastien não me amedrontava como Leôncio e Enrico. Talvez fosse pelo fato de ele não esconder a pessoa amarga e insensível que era.

Ele abriu a boca algumas vezes, sem saber ao certo como me responder. Por fim, fez o que mandei. Foi embora.

Capítulo 27

Luz

Havia alguma coisa diferente em Leôncio. *O quê?* Não era algo que ficasse explícito, mas, se observado com a devida atenção, era fácil de enxergar. Eu rapidamente descobri: eram os olhos, que espelhavam sua alma — consternada e ferida.

— Onde meu filho está!? — Indaguei. Escondendo meu "eu" medroso no fundo de mim. Sebastien, mais uma vez, tinha razão sobre minhas emoções me deixarem indefesa. Era preciso acobertá-las.

Leôncio pegou uma colher de pau dentro da gaveta, levou até a panela no fogão e mexeu, fosse lá o que estivesse preparando.

Era molho vermelho, de tomate provavelmente. Eu descobri o que era quando pegou e derramou um pouco na palma da mão para provar. Apreciou, fechando os olhos em um deleite exagerado.

— Não finja que não estou falando com você! — Esbravejei, tentando soar perigosa. — Fiz o que me pediu, mandei Sebastien embora.

Caçoou em uma risada e eu lancei uma cadeira no chão para interromper seu deboche azucrinante.

— Você está alterada, meu anjo, acho melhor tentar se controlar — me avisou, sem desprender os olhos daquela maldita panela.

— Você está falando como Enrico — repugnei. Leôncio sempre detestou quando eu o comparava com Enrico, mas a essa altura, o que ele era senão o próprio amigo?

— Eu nunca a machuquei, Luz! — Lembrou-me.

— Você está machucando meu filho e isso também me afeta. Muito mais do que pode imaginar.

Ele temperou o molho durante toda a conversa. Eu falava quase aos berros para que me desse atenção.

— Não machuquei Benjamin — murmurou. — Ainda.

Engoli o choro.

— Não faça nada com ele. Por favor, eu faço tudo que você quiser. E-eu posso ser uma esposa melhor. Sei que...

Ele segurou a colher de pau com mais firmeza e mexeu o molho como se ele tivesse tomado uma textura mais densa, feito argila.

— Ah, Luz, agora é tarde. Você colocou um bastardo em nosso caminho. Não seremos felizes enquanto ele estiver entre nós.

Apavorei-me. Ele falava como se fosse desaparecer com Benjamin para sempre.

Apoiei-me no armário para não cair.

— Ele é seu filho, Leôncio — afirmei, ao reparar que ele chamou Ben de bastardo. — Faça um exame se não acredita em minha palavra. Eu sempre, sempre, fui fiel a você. Eu juro!

— Isso não importa mais — respondeu, parando de mexer o molho. — Eu percebi que você nunca me amará o tanto que ama aquele menino. Benjamin foi a pior coisa que nos aconteceu. E você sabe como é: um mal só é pago com outro mal.

O que ele queria dizer com isso?

— Você está me assustando — sussurrei, ele ouviu e se virou de frente para mim. Agora que estávamos mais próximos, eu pude observá-lo com cuidado: as bolas pretas dos seus olhos não estavam em um tamanho normal. Eu devia ter desconfiado que ele se drogaria.

— QUANTAS VEZES TEREI QUE REPETIR: EU NUNCA MACHUCARIA VOCÊ! — Ele gritou. E, mesmo com o nariz obstruído, eu pude sentir sua boca exalar álcool.

— Tudo bem, eu acredito em você — falei em tom suave. Não era sábio tirá-lo do sério.

— EU ESTOU... ESTOU FAZENDO O NOSSO JANTAR. — Ele sequer notou o som elevado da sua voz.

Já não sabia se era mais simples lidar com ele sóbrio ou embriagado.

— Tudo bem, vamos... vamos comer — tentei parecer animada, quando na verdade, sentia um terrível calafrio percorrer minha nuca.

— Por favor, arrume a mesa. Vamos apreciar o jantar juntos, como não fazemos há muito tempo.

Concordei com a cabeça. Não seria má ideia me afastar por alguns minutos. Eu tinha que respirar fundo e analisar cuidadosamente todas as minhas possibilidades. Segui para a sala de jantar, arrumei os pratos de porcelana, talheres de prata e duas taças de vinho sobre a mesa. Tudo caprichosamente posicionado, pois, àquela altura, qualquer deslize poderia piorar drasticamente as coisas.

Voltei para a cozinha assim que terminei de aprontar a mesa. O fogão ainda estava ligado, porém, Leôncio não estava mais ali. O pensamento que veio em minha mente foi tão perturbador que me encontrei sentindo medo de mim mesma. Vendo a chama do fogo queimar a panela, comecei a imaginar a casa inteira incendiando-se, o corpo de Leôncio se contorcendo, agonizando, os gemidos angustiantes e o olhar implorando por misericórdia. O que me afligiu, de fato, foi a certeza de que eu teria feito algo do tipo se não desconfiasse que Ben talvez estivesse em alguma parte daquela casa como Sebastien havia dito.

Por fim, agi racionalmente e desliguei o fogo.

— Leôncio!? — Chamei alto, para que me ouvisse no andar de cima, caso estivesse lá. Ele não respondeu.

Será que havia ido se encontrar com Benjamin?

Subi os degraus.

Então, eu o ouvi, rindo sozinho no quarto. Aproximei-me. Estava sentado na cama, com os olhos vidrados no chinelo. A única iluminação era cedida pela pouca luz do sol, o que deixava Leôncio ainda mais... estranho. Pensei umas quatro vezes antes de ousar entrar.

Sua gargalhada suspeita me causou perturbação. Eu sabia que seu chinelo não tinha contado nenhuma piada, porém, não tive coragem de perguntar o que havia de tão engraçado.

— A mesa está pronta — falei, em um fio de voz que se perdeu no som alto da sua risada grossa.

— Sabe o que é asfixia, Luz? — Perguntou-me.

— Falta de oxigênio nos pulmões — respondi, assustada com aquela pergunta.

— De forma leiga, sim. Em outras palavras: "É a supressão da respiração". Você sabe o que acontece com o corpo quando para de receber oxigênio nos pulmões?

— Por que essas perguntas, Leôncio!? — Retruquei.

— Distinguimos em quatro fases — ignorou minha pergunta. E mesmo que ele estivesse embriagado, drogado e falando enrolado, ele continuava bastante astuto e inteligente. — A fase cerebral: perturbação, vertigem, visão ofuscada, pulso acelerado e perda da consciência dentro de trinta segundos. A segunda fase, eu particularmente considero a mais porca, a vítima começa a eliminar fezes e urina. Na terceira fase, vem a morte da respiração: a insuficiência ventricular direita cessa os movimentos respiratórios. Por último, a fase cardíaca: os batimentos cardíacos vão enfraquecendo cada vez mais, tornam-se irregulares até que o coração finalmente para de bater e a pessoa morre. — Olhou para mim com atenção. — Nesse momento, estou me questionando em qual fase Benjamin deve estar.

— O QUE VOCÊ FEZ COM MEU FILHO!? — Gritei, histérica. Esforcei-me ao máximo para não chorar.

Ele continuou a sorrir, como um maldito sádico.

— V-ocê o enforcou? — Perguntei, mesmo sem querer ouvir a resposta.

— Eu não teria coragem. Mas você sabe, existe a asfixia por confinamento.

Meus olhos tremeram. Eu levei a mão à boca porque achei que fosse vomitar, mas não aconteceu.

— Onde ele está? — Questionei. — Pelo amor de Deus, Leôncio, onde ele está?

Ele se levantou. Deu cinco passos em minha direção. A cabeça erguida, em um ar confiante, demonstrava nenhum arrependimento. Ele ergueu sua mão, não soube ao certo o que ele pretendia fazer com ela, se ia me bater ou afagar meu rosto, fui mais rápida e a segurei no ar.

— Você é muito ousada, esposa — falou em tom de crítica.

— Você está bêbado! — Reagi, corajosamente. Fitei-o com frieza e apertei sua mão, que ainda segurava no ar. Eu teria dado uns bons murros na cara de Leôncio se tivesse força e certeza de que o machucaria até fazê-lo falar. — Eu quero meu filho e quero agora. Se algo acontecer com Benjamin...

Deixei o suspense falar por mim.

— Eu odeio aquele menino. Quero que ele morra! — Vociferou, entrando em um estado de fúria cega. O rancor e a sinceridade, sim, a sinceridade daquelas duras palavras estava salientada em seus olhos.

— Você acabou de definir sublimemente tudo que sinto por você — vociferei também. — Você me enoja, Leôncio. Agora vejo quem de fato é: um homem insano e viciado!

Leôncio semicerrou os olhos. O rosto ficou vermelho, eu não sabia se era por conta da raiva ou o efeito do álcool em seu corpo.

— Pare de me tirar do sério, sua abusada. Quer que seu menino morra? Aquele pobre garoto inocente.

As lágrimas circularam em meus olhos, foi impossível não deixá-las rolar por meu rosto.

Leôncio desvencilhou sua mão da minha. Ele quem estava ébrio, mas era a minha cabeça que rodava.

— Faça o que quiser comigo, só não machuque meu filho. Deixe-o ir e eu serei inteiramente sua — sugeri, pois não conseguia encontrar uma saída menos desastrosa. Eu me preocupava apenas com Ben e sua segurança. O que aconteceria comigo já não me importava, eu era uma mulher parcialmente morta. Eu usaria a metade que ainda estava viva dentro de mim para me assegurar que Benjamin estivesse seguro, mesmo que isso custasse minha vida, meu sangue. Não existia nada no mundo que eu não fizesse por ele.

— Se eu te disser onde o bastardo está, você o entregará para alguém e voltará a ser minha adorável e gentil esposa?

A saliva azedou em minha garganta. Como ele podia me pedir algo tão cruel? Como tinha coragem de sugerir para uma mãe abandonar seu filho para se tornar uma boa esposa?

Com o coração na boca, eu o respondi:

— Eu prometo.

Leôncio suspirou, aliviado, e me lançou um olhar oblíquo. Eu nunca imaginei que um diria o odiaria com tanto ímpeto. Não acreditava que aquele era o mesmo homem que eu costumava olhar com fascínio e que fazia eu me sentir indigna de tanta perfeição. Em que momento, meu Deus, em que momento ele deixou de ser aquele homem? Foram as drogas? Sua obsessão? Quando ele perdeu sua outra face?

Deixei que ele tocasse meu rosto, cheirasse meus cabelos, que me beijasse com aquele forte gosto de álcool impregnado em sua língua. Me mantive feito um cadáver: fria e imóvel. Eu não estava muito longe disso.

— Você terá que se esforçar um pouco mais, esposa — sussurrou em meu ouvido. Era a voz do próprio demônio que falava. Sua pele estava quente feito um vulcão; a minha, gelada feito o Alasca.

O distanciei de mim com delicadeza, guardando meus gestos mais brutos para depois, quando tivesse Benjamin em meus braços.

— Você disse que Benjamin podia estar morrendo — lembrei-o, contendo minha ansiedade e desespero. — Por favor, Leôncio, cumpra sua parte agora antes que... antes que seja tarde demais.

Ele revirou os olhos e admitiu com descaso:

— Ele está no porão, dentro de um baú!

Aquilo chacoalhou meu coração, como se ele fosse um órgão solto dentro de mim. Senti-me em paz e aflita ao mesmo tempo. Atravessei a porta do quarto rapidamente, ia descer a escada quando Leôncio me puxou pelo braço e entrou na minha frente, interceptando a passagem com seu corpo rígido e ébrio.

— Eu vou cobrar sua promessa! — Alertou-me, proferindo ameaças que jamais deveriam sair da boca de um ser humano. — Você pegará o garoto e entregará para outra família. Se não fizer isso, eu cortarei a jugular do menino na primeira oportunidade e me certificarei de que você assista o sangue dele jorrar por todas as paredes enquanto ele sufoca até a morte.

Foi no final da sua frase que o ápice de loucura dominou o meu cérebro. Feito uma máquina controlada e sem intelecto, minhas mãos, dormentes e pequenas, se tornaram armas perigosas e fatais. Eu o empurrei para a morte com a mesma insensibilidade que um coveiro joga terra sobre um defunto sem derramar uma única lágrima. Seu corpo rolou escada abaixo feito um insignificante saco de lixo. O alívio que senti foi seguido pelo pavor, ao ver a poça de sangue se formar em volta da sua cabeça assim que Leôncio atingiu o chão.

Eu tive a sensatez de não descer para verificar se ele respirava. Contudo, era evidente a olho nu: Leôncio estava morto.

Imediatamente, entrei em estado de choque. Meu corpo travou e dessa vez eu tive certeza de que tinha entrado em curto-circuito. Eu precisava começar a me mover e procurar por Benjamin antes que ele se tornasse o segundo cadáver daquela casa. Mas minhas pernas não se moveram, pareciam pregadas no chão.

Então, eu fiz o que qualquer pessoa faria ao se deparar com um corpo morto estirado em uma poça vermelha de sangue: eu gritei o mais alto que minhas cordas vocais permitiram, sem me importar com mais nada.

Eu tinha tirado uma vida, ou melhor, outra vida. Me tornara uma assassina. A DROGA DE UMA ASSASSINA!

O meu grito ardido virou lástima. Chorei violentamente, sentada no chão. Não lamentava pela morte de Leôncio, e sim por ter permitido que ele me transformasse naquele monstro.

— Santo Deus! — Expressou com inconformidade. — O que você fez, mulher!?

Com os olhos preenchidos pelas lágrimas, vi Sebastien olhar aterrorizado para o corpo de Leôncio no fim da escada. Os soluços não me deixaram respondê-lo.

— Luz? — Chamou-me. Minha mente oca não conseguia raciocinar, muito embora eu soubesse que minha vida dependia de agir urgentemente antes que as autoridades chegassem à minha casa. Sebastien subiu a escada, com passos longos para ser mais rápido, agachou-se diante de mim e me segurou pelos ombros. — Olhe para mim. OLHE PARA MIM!

Era como se ele tivesse acabado de resgatar a minha alma do além. Minhas pálpebras tremeram, ainda assim, encarei-o.

— Eu... eu... eu o matei — gaguejei e tornei a chorar, soluçar, estremecer.

— Sim, isso eu vejo. Mas como aconteceu!? — A sua voz não era adocicada, porque ele não queria me confortar, queria agir. Era o certo, o desastre era iminente.

Titubeei por alguns instantes, e depois comecei a dar detalhes de tudo que tinha acontecido, até aquele final lamentável. Sebastien teve o adorável dom de conseguir me compreender, mesmo comigo falando tão desajeitadamente.

— Eu sou uma assassina. — Minhas mãos ainda tremiam, aquelas impiedosas mãos que lançaram um homem a um buraco negro.

— Sim, você é, mas sei que não teve outra escolha — concordou. Tornei a chorar escandalosamente. Sebastien me puxou para um abraço caloroso e confortável, e deixou que eu lambuzasse sua camiseta com minhas lágrimas. — Onde está Benjamin?

Foi como se ele tivesse ligado um botão em meu cérebro, obrigando-o a sair do coma que eu mesma o havia induzido.

— Benjamin — sussurrei com aflição. Empurrei Sebastien para me livrar dos seus braços e corri escada abaixo. Evitei olhar para o corpo do meu marido quando passei por ele. Foi por muito pouco que não vomitei.

Abri a porta do porão.

O porão, como pude esquecê-lo?

As minhas pernas pareciam tão moles quanto gelatina ao passo em que eu descia os degraus. O porão era escuro, gelado, úmido, o pó me fez espirrar imediatamente. Meus olhos tentaram, inutilmente, se adaptarem à escuridão daquela cova.

— Ben? — Chamei, esfregando meu nariz para aliviar a alergia. Sebastien, que me seguia como uma sombra, acendeu a luz que eu havia me esquecido que existia.

Assim que a claridade se dispersou pelo ambiente, eu consegui ver o baú de madeira que Leôncio havia mencionado. Era clichê dizer, mas foi como se eu tivesse recebido um soco na boca do estômago. Minha consciência voltou a se esconder na penumbra, levando consigo cada um de meus gestos. Me metamorfoseei, tornando-me inútil como os estáticos objetos.

— Ben... — murmurei, mais baixo do que o som da respiração de Sebastien atrás de mim. As mãos, que anteriormente haviam lançado um homem da escada corajosamente, agora pareciam duras como troncos de árvores. Os olhos, congelados como flocos de gelo, não piscavam mais. Não queria abrir aquele baú, a lógica não me permitia criar esperança, eu sabia que era improvável que alguém sobrevivesse àquela tortura. As pequenas fendas, na lateral esquerda e direita, não eram suficientes para a entrada de oxigênio que uma pessoa necessita para sobreviver, principalmente em um ambiente úmido e de pouco acesso como aquele.

— Abra para mim... por favor, Sebastien — as súplicas vierem do âmago.

Sebastien não contestou. O som lento e indeciso dos seus passos intensificou meus batimentos cardíacos. Ele ajoelhou-se em frente ao baú e abriu o trinco de ferro, que rangeu, por estar enferrujado e duro. Ergueu a tampa, e nesse momento simplesmente parei de respirar. Esperei que um menino loiro surgisse com seu olhar inocente, chamando por mim, no entanto, não foi o que aconteceu, e a dor que senti ao ter certeza de que meu filho estava morto, fez-me cair inconsciente no chão.

Capítulo 28

Luz

— *Vamos lá... respire!*

Abri os olhos, atônita. Assim que recobrei a consciência e lembrei-me dos fatos, voltei minha total atenção para Sebastien.

— Respire, garoto. Ande logo, respire — Sebastien falava apreensivo. Benjamin estava esticado no chão e Sebastien fazia respiração boca a boca nele. Era angustiante assistir àquela cena. Meu filho morto não voltava à vida de forma alguma.

Aproximei-me deles e segurei a mão miúda de Ben. Levei seus dedos frios à minha boca e os beijei, sabendo que aquilo estava próximo de ser uma despedida.

— Meu Ben, meu pequeno — sussurrei, entre soluços ininterruptos de um choro alarmante. A sensação dentro de mim era de vazio. Sebastien continuou lutando, e a cada vez que ele assoprava e Benjamin não reagia, eu me despedaçava mais um pouco.

Então, houve o som de uma respiração profunda. O peito de Ben começou a subir e descer. Ele tinha voltado a respirar.

Eu me preparei para pegar meu filho no colo e acordá-lo, quando Sebastien me impediu.

— Espere, ele ainda está voltando — disse. — Voltar dos mortos não é tão simples assim, mulher.

Não o respondi. Estava absorta, verificando a respiração de Ben. Até que ele acordou e olhou com estranheza tudo que estava a seu alcance, como se aquele mundo fosse completamente novo para ele.

— Mamãe? — Chamou, com a voz rouca e enfraquecida. Aquilo foi a gota d'água para mim. Puxei meu filho para meus braços, policiando minha aflição para não assustá-lo ou feri-lo.

— Estou aqui, meu menino. Mamãe vai cuidar de você agora — ciciei.

— Você... achou... o tesouro — ele murmurou com dificuldade. Eu não compreendi o que ele disse, mas também não tive como questioná-lo. Não queria que se lembrasse tão cedo de todo o mal que seu próprio pai havia causado.

— Você precisa levá-lo ao hospital — lembrou-me Sebastien. Eu concordei.

— Ainda... ainda há um problema lá em cima — lembrei-o também. E a cena de Leôncio caindo da escada se repetiu na minha cabeça, causando-me um tremendo calafrio. Antes, eu tinha medo de ser uma mulher divorciada, agora eu era uma viúva e assassina.

— Eu preciso da sua ajuda — confessei, apertando Ben com mais força em meus braços para tentar aquecê-lo. O que eu estava pedindo para Sebastien não tinha o menor cabimento. Era egoísmo da minha parte envolvê-lo naquela situação. Ele já tinha feito mais que o suficiente ao "ressuscitar" meu filho.

Ele franziu a testa.

— Eu sei... sei que não tenho o direito de te pedir ajuda, ainda mais se tratando de algo tão comprometedor. Mas estou desesperada, Sebastien — minha voz falhou miseravelmente.

— Cristo. Você ficou louca!? — Esbravejou. — Se eu fizer o que imagino que está me pedindo, eu posso acabar preso!

— Eu não posso contar a eles tudo que aconteceu. Não acreditariam em mim. — A essa altura da conversa, eu já começava a chorar novamente.

— Então minta — retrucou e olhou para Benjamin sentado em meu colo. — Seu menino precisa de ajuda médica!

Sebastien se levantou, estava pronto para ir embora. Meu coração, que antes parecia tão grande, agora murchava.

— Não vá, por favor — supliquei, não tendo medo de mostrar a minha agonia. Eu precisava correr com Benjamin para o hospital, entretanto não podia enfrentar sozinha o que viria depois.

Ele resmungou baixinho.

— Eu fico até você voltar — disse.

Era madrugada quando voltei para casa. Ben foi submetido a um bocado de exames, ele estava muito debilitado quando chegamos ao hospital. Tive que responder a muitas perguntas para os médicos e fui obrigada a mentir sobre quase todas elas. Falei que Ben estava brincando com um de seus amiguinhos em nossa casa quando entrou em um baú no porão e ficou preso por quase uma hora sem que eu conseguisse encontrá-lo, já que o lugar era pouco acessível e impossível de ouvir o maior dos ruídos. Claro, os médicos me julgaram em silêncio, e eu me passei por uma mãe irresponsável. Eu também sabia que minha história não era nada convincente, mas era quase impossível pensar em uma mentira melhor depois de toda a aflição que eu havia sofrido.

Comprei fichas e usei um orelhão na rua a fim de telefonar para minha mãe, precisava que ela ou Sabrina ficasse no hospital com Ben, pois eu ainda tinha aquela pendência para resolver em minha casa. Sabrina se ofereceu para passar a noite com ele. Não queria ter mentido para ela também, contudo, dizer a verdade não era uma alternativa.

— Desculpe-me a demora — falei, assim que encontrei Sebastien deitado no sofá da sala ao retornar para minha casa.

— Como o menino está? — Perguntou com interesse e se sentou.

Eu sorri.

— Vai ficar bem, graças a você — admiti sendo franca. E me apressei para mudar de assunto: — Você me ouviu gritar? Achei que tivesse ido embora como eu mandei.

— São cem mil, mulher — disse rindo, depois ficou sério. — Mantive-me à espreita, queria garantir que não cometeria o mesmo erro de anos atrás.

Ergui a sobrancelha, confusa.

— Se ele agredisse você, eu quebraria a cara dele — acrescentou. Não queria entender aquilo errado. Então era bom eu controlar as borboletas em minha barriga e as batidas descompassadas do meu coração.

— Acho que no final das contas, eu soube me defender — desconversei. Ele já tinha deixado bem claro que não tinha afeição alguma por mim. E, honestamente, era melhor que não sentisse nada. Leôncio seria o último homem em minha vida. O último que me enganou. Estava farta de falsas juras de amor.

— Você não é fútil como eu imaginava — confessou.

— Oras, foi preciso eu matar meu marido para você perceber?

— Não sei como responder a isso — ele disse.

Eu revirei os olhos. Estava tão cansada, queria acabar logo com aquela maldita situação.

— Ligarei para a polícia. Direi que Leôncio estava embriagado e caiu da escada. Será minha última mentira do dia. Eu espero.

Ele se levantou e ficou parado na minha frente. O desgraçado era tão bonito que sufocava.

— Eu ficaria grato se não dissesse nada sobre mim — falou laconicamente.

Cruzei os braços. Como se para tentar aprisionar meus sentimentos.

— Está fugindo da polícia!? — Provoquei-o. Eu gostava de tirá-lo do sério, porque adorava ver o poder que tinha sobre ele.

— Estou fugindo da sua mãe, e já lhe disse os motivos — rebateu, muito mais calmo que de costume.

— Certo, então é melhor você ir, porque isso aqui vai virar o próprio inferno! — Suspirei.

— Você terá que chorar muito se quiser ser convincente — alertou-me.

— Isso não será problema.

Mentir para os policiais estava sendo mais fácil do que mentir para os médicos. Eles jamais pensariam que uma mulher tão frágil como eu teria sido capaz de matar o próprio marido, e inteligente o suficiente para acobertar o próprio crime.

— Ele sempre bebia antes de dormir — acrescentei. — Acho que deve ter se confundido com os degraus.

— Tudo bem, agradecemos o seu tempo, Sra. Foster, e lamentamos o ocorrido — disse-me o policial que estava investigando o homicídio. — Precisamos oficializar o seu depoimento na delegacia. Poderia comparecer pela tarde?

Confirmei com a cabeça.

Funguei baixinho, tentando soar o mais convincente possível. Já tinham retirado o corpo de Leôncio do local, e eu presenciei toda a cena. Fiquei arrepiada quando o cadáver embrulhado em um saco preto passou por mim.

— A senhora tem alguma casa de parente onde possa ficar por alguns dias? — Perguntou-me, notando meu desconforto. Aos seus olhos, eu era uma pobre viúva desamparada.

Concordei.

Contei a mesma mentira para Cora assim que cheguei em sua casa. Ela ficou boquiaberta ao saber que Leôncio se embebedava com tal intensidade. Vê-la incrédula daquela maneira me fez ter certeza de que eu jamais lhe contaria toda a história. Quem acreditaria em mim? Assim como Enrico, Leôncio soube como ser o queridinho da minha família. E estava tudo bem se ele continuasse sendo o homem perfeito aos olhos de todos, eu já tinha descontado a minha ira. Eu simplesmente acabei com ele.

— Coitado de Ben — suspirou mamãe. — Não é bom para um garoto crescer sem uma presença masculina.

Bufei. Conhecia o percurso que aquela conversa tomaria.

— Benjamin e eu ficaremos bem. Obrigada pela preocupação, mamãe — falei, em um leve tom de ironia. Comecei a me arrepender de ter ido para a casa dela. Seria mais difícil ter que lidar com seus comentários impertinentes do que com a própria morte de Leôncio. Eu costumava culpar mamãe por ser daquele jeito, mas aos poucos comecei a perceber que não era sua culpa. Ela veio de outra época, só queria me passar tudo que lhe foi ensinado por achar que era o certo. O que ela não sabia é que eu não queria ser como ela. Não queria baixar minha cabeça diante um homem, não me ajoelharia para limpar seus sapatos, e também não precisava de um marido para educar meu filho, eu era capaz de fazê-lo sozinha.

— Entristece-me o que aconteceu com Leôncio. Mas você ainda é jovem. Encontrará outro marido — ela comentou despretensiosa, como se fosse o comentário mais natural do mundo.

— Nunca mais me casarei, mamãe. Eu já tive duas experiências, não preciso de uma terceira! — Afirmei, mostrando-me convicta na minha decisão.

Ela ficou boquiaberta, em choque.

— Isso que disse é uma lástima! — Aparentou ter ficado enfurecida, ignorou completamente a minha perda. — Não acolherei em meu teto uma divorciada e viúva com uma criança para criar. O que as pessoas dirão a seu respeito? Dois casamentos fracassados.

— Você acha que estou preocupada com isso!? Benjamin é minha única prioridade. Enoja-me saber que você tem um pensamento deplorável como esse!

Mamãe se levantou do sofá e ficou parada na minha frente com um semblante rígido. Ela sempre me apavorou muito mais que papai, era uma mulher frígida e nada delicada.

— Não vou passar a mão na sua cabeça só porque está de luto. Achei que mudaria esse seu jeito petulante quando se tornasse uma mulher, mas eu estava enganada. Você continua me decepcionando, Luz.

Eu também me levantei, não aceitaria ser tratada daquele jeito. Não mais.

— EU cuidei de você quando papai morreu, EU passei a mão na sua cabeça, EU me tornei sua mãe quando chorou feito uma criança. Mas você é incapaz de lembrar-se disso — acusei. — Durante muitos anos me perguntei por que você era tão dura comigo, mas hoje entendo... você nunca me perdoou pela morte de Júlio. Não importa se eu era apenas uma criança, não é? Eu matei seu único filho homem.

Ela me encarou, como se tentasse enxergar a minha alma, ou como se quisesse que eu enxergasse a dela. Eu havia dado um tiro certeiro: minha mãe me culpava pela morte de Júlio.

— Meu Deus... não acredito nisso — minhas mãos tremeram, meu peito sentiu a pancada daquela novidade. — Você... você... você me odeia.

— Não diga besteira! — Esbravejou. — Eu amo todos os meus filhos. Mas não há um único dia em que não me questiono se Júlio poderia estar vivo se você não o tivesse...

Ela se interrompeu, estava engasgada com as palavras. No entanto, nada do que ela dizia importava mais. Minha mãe, minha própria mãe, odiava-me.

— Fique feliz, mamãe. Estou pagando o preço por meus atos — debochei, magoada e infeliz.

Não te daria espaço para que tentasse reparar o dano que tinha acabado de causar em meu peito. E, para ser sincera, Cora não demonstrou querer me consolar.

Retomei a postura e saí de sua casa. Decidida a nunca mais pisar ali de novo.

Capítulo 29

Luz

3 meses depois.

Um vento gelado arrepiava São Paulo. Dava para ver o céu nublado por detrás das janelas de vidro embaçadas. A cidade parecia deslumbrante e calma ali de cima, mesmo que com aquelas nuvens cinzas e tenebrosas. A bela vista fazia valer a pena ter pago um pouco mais caro pela cobertura. Fazia apenas três meses que eu agradecia a Deus por aquela escolha que eu tinha tomado por mim. Sentia-me mais independente e decidida. Uma nova mulher, com as esperanças renovadas.

— Esse apartamento é muito grande para você morar sozinha — comentou Sabrina. Olhou cada cômodo, sem reclamar da minha escolha de móveis de madeira rústica. Tirou a bota de cano curto vermelha para sentir a textura do tapete pele-de-carneiro da sala.

— Não moro sozinha. Tenho Ben — lembrei-a, servindo-lhe chá de hibisco com amora. Ela se sentou no sofá preto de couro e bebericou o chá.

— Benjamin passa a maior parte do dia dormindo ou chorando — ela disse. Também virei um gole do meu chá, e o primeiro pensamento que me veio é que talvez eu o tenha adoçado demais. Esperei Sabrina reclamar, mas o açúcar pareceu não tê-la incomodado.

— Falando em Benjamin, mamãe está com saudade do seu único neto — comentou. Claro, ela não demoraria a tocar no assunto. Desde a morte de Leôncio, eu não fui visitá-las e Sabrina não fazia a menor ideia do verdadeiro motivo que me manteve afastada.

— Ela sabe onde moro. Basta pegar um táxi e vir.

Sabrina olhou para o interior da sua xícara, reflexiva.

— Mamãe me contou sobre Júlio. Você era criança, Luz, não pode continuar se penalizando.

Suspirei e me inclinei para colocar minha xícara na mesinha de centro.

— Eu realmente não quero mais tocar nesse assunto. Estou tentando seguir em frente com a minha vida. Você sabe, não faz muito tempo que perdi meu marido — desconversei. A única forma que encontrei para não me sentir tão má pessoa pelo que fiz com Leôncio foi ficar me lembrando por semanas do que ele fez com Benjamin.

— Sim, claro. — Segurou a minha mão. — Estou feliz por você, minha irmã. Você é a minha maior inspiração de vida, eu tenho orgulho da sua força, quero que saiba disso.

Dei um sorriso frouxo. Olhando-a de perto, era possível ver como seu rosto havia mudado com o tempo, Sabrina ficou ainda mais bonita. Os cabelos lisos e escuros caíam sobre seus ombros largos e realçavam seus olhos negros de jabuticaba. Eu sabia que grande parte da sua falta de rugas era por nunca ter se casado. Não era somente a beleza exterior, ela também estava mais madura, sábia, confiante.

— Fale-me sobre sua vida. O que tem feito? — Mudei de assunto quando percebi que começava a me sentir deprimida.

— Eu sou a mais nova professora de inglês — disse, orgulhosa de si mesma. — Não é nada muito grande, dou algumas aulas em casa, mas tem sido bom me sentir útil em algo. Pretendo me formar e lecionar em algum colégio mais para frente.

— Isso é maravilhoso, Sabrina. Admito que nunca a imaginei dando aula, você era muito cabeça-quente... estou estupefata! — Falei, sincera. — Precisamos brindar!

Levantei-me e peguei o vinho branco na pequena adega. Enchi duas taças e entreguei uma a Sabrina, que ainda nem tinha terminado seu chá. Ela pegou a taça e colocou a xícara de chá na mesa, ao lado da minha.

— Há outra coisa que quero te dizer — sua voz soou mais preocupada dessa vez. — Estou me encontrando com um rapaz.

Minha respiração continuou na mesma velocidade, mas por alguma razão, a de Sabrina ficou mais acelerada.

— Ele... ele é casado — despejou as palavras rapidamente e engoliu seu vinho em meio segundo.

Arregalei os olhos, abismada.

— Por favor, não me julgue. — Seus olhos imploraram, perdidos. Ela procurou por uma aprovação em meu rosto.

— Eu... Sabrina, como isso aconteceu? — Minha garganta de repente ficou seca. Precisei beber o vinho para umedecê-la e conseguir falar. — Mamãe sabe?

Agora ela quem ficou espantada.

— Claro que não. Mamãe me mataria — admitiu. — Ninguém sabe, apenas você. Olha, Luz, eu não queria me envolver com ele, mas aconteceu...

— Não diga isso — a interrompi. — Você sabe o que penso sobre infidelidade. Já fui traída por Enrico, e foi de partir o coração.

— Não é a mesma coisa — tentou se defender.

— De que forma é diferente? — Rebati. — Ele é um homem comprometido, que jurou ser fiel à esposa. Você está sendo cúmplice do pecado dele.

Ela se levantou, irritada.

— Eu não devia ter contado a você. Foi um erro! — Falou, fitando-me, vorazmente. — Achei que não fosse me julgar, que me entendesse, ou ao menos me permitisse explicar.

Eu jamais poderia entendê-la, de alguma forma, eu estava tomando a dor da esposa traída. Senti meu coração partido, como se fosse o próprio coração dela. Nunca imaginaria que mais tarde eu estaria quase que na mesma posição em que Sabrina estava.

— Você deve terminar com esse homem! — Afirmei, ignorando o laço de sangue que unia Sabrina e eu.

Ela virou o resquício de vinho que tinha na sua taça como se fosse água. Depois, a colocou na mesa.

— Obrigada pelo vinho! — Disse com desprezo. Pegou suas botas vermelhas no chão e saiu porta afora sem calçá-las. Eu não tinha o direito de dizer a Sabrina o que fazer com a própria vida, mas se eu tivesse uma forma de impedi-la de se tornar uma pessoa de péssima índole por causa de um homem, eu, com toda certeza, impediria.

Alguns minutos se passaram desde a ida de Sabrina, e então tocaram a campainha. Fui até a porta e a abri com relutância. Eu ainda estava aflita com aquela história da minha irmã, e a visita que eu recebi desorganizou ainda mais meus pensamentos.

— Você me pediu mais um dia, eu lhe dei dois! — Ele estava enfurecido. As veias transpareciam em sua testa, que brilhava pelo suor frio.

— Me des...

Ele empurrou a porta e entrou em meu apartamento, interrompendo a minha fala. Fechei os olhos e tentei me acalmar.

— Chega de desculpas. Três meses se passaram e você ainda não cumpriu a sua parte do acordo! — Sebastien falou com seriedade, mas não me apavorei.

— Tudo bem, farei o cheque agora — eu disse. Até aquele momento, eu não tinha a menor ideia do motivo de ter enrolado tanto para pagá-lo. Dinheiro não era problema, ainda mais agora com a herança que eu tinha recebido de Leôncio. Assim que Sebastien entrou em meu apartamento, aquela pergunta foi respondida: eu não estava pronta para lhe dizer adeus. Eu o queria em minha vida, com a mesma intensidade que desejo um gole de café preto pela manhã.

Ele me seguiu até a sala, observou-me abrir a bolsa e tirar um talão de cheque dela.

— Como seu garoto está? — Perguntou com preocupação, porém manteve seu tom de voz gélido. Para Sebastien, era importante manter sua sensibilidade conservada. Principalmente perto de mim, afinal, eu sempre seria a mulher que destruiu sua vida.

O olhei de soslaio, pois, se o fizesse de outra forma, talvez não fosse capaz de respirar.

— Está bem.

Minha mão estremeceu ao segurar a caneta. Perdi a noção do tempo, já não lembrava-me a data, sequer meu nome. Não era racional o que eu sentia por Sebastien, não sabia nem mesmo a origem daquelas emoções que ele despertava em mim, o que sabia é que era forte.

— Por que está tão nervosa? — Perguntou-me. Eu odiava não conseguir lhe esconder meus sentimentos.

— Não estou nervosa — menti e me obriguei a conseguir preencher aqueles malditos cheques. Porém, meus dedos pareciam endurecidos.

— Sim, você está — insistiu, com uma risadinha provocante. — Seus dedos estão tremendo, assim como seus cílios, os pequenos lábios...

— Pare de me estudar! — Rebati, irritada. Ele fazia eu parecer uma grande tola, e não uma mulher que sobreviveu a tantas tragédias. — Isso é desagradável.

Ele estava com uma camisa azul por fora da calça jeans. Perguntei-me se não estava com frio, já que ventava forte lá fora.

— O que é desagradável: eu saber o que você sente ou eu revelar para você?

Suspirei.

— Se você continuar sendo invasivo, eu não preencherei seus cheques! — Ameacei. Queria ter algo mais inteligente para dizer, mas o calor que percorreu o meu corpo emburreceu os meus pensamentos.

Ele sorriu, e foi a primeira vez que reparei nas covinhas charmosas de suas bochechas.

— Oras, adorarei passar mais tempo com você.

Sebastien estava brincando comigo e não me agradava saber que eu estava caindo direitinho no seu jogo.

— Onde está sua esposa? — Perguntei, eu de fato estava interessada.

— É curioso o seu interesse na minha vida pessoal.

— Você sabe tudo sobre mim, e o que eu sei sobre você, pescador?

Ele deu de ombros. A forma como ele me fitou queimou a minha pele. Eu prometi para mim mesma não me apaixonar por mais ninguém, porque sempre que isso acontecia eu acabava com meu corpo e coração feridos. Entretanto, não podia negar que com Sebastien era diferente. Foi diferente desde a primeira vez em que o vi naquelas pedras. Lembro-me que o seu sorriso depravado no rosto foi de me fazer perder as batidas do meu coração.

— Não estou aqui para nos tornar mais íntimos. Apenas quero o que foi prometido. Você já me passou a perna uma vez, não permitirei que faça novamente.

— Por um momento, achei que existisse um coração dentro de você — confessei. Ele se aproximou de mim e minha mente entrou em colapso, implorei silenciosamente para que ele não fizesse isso, para manter uma distância segura entre nós.

Eu simplesmente engasguei quando sua mão ergueu meu rosto pelo queixo, obrigando-me a encarar aqueles olhos profundos e penetrantes, que me faziam estremecer.

— Você tem um bom coração. Sempre espera o melhor das pessoas, mas às vezes as pessoas são apenas uma carcaça vazia. Aceite isso e você viverá sem grandes ilusões — murmurou. O hálito quente da sua boca aqueceu o meu rosto, quase que imperceptivelmente.

Sebastien me gritava de todas as formas que ele não era um bom homem, eu sabia que não estava fazendo charme e nem tentando ser enigmático. Estava me alertando para ficar longe. E, mesmo assim, eu não conseguia enxergá-lo da forma que ele gostaria.

— Eu preciso que você pare de me tocar — pedi, sem desviar meu olhar do seu. Não queria parecer a fraca daquela história.

— Eu bem que gostaria, mas acho que minha mão adora sentir sua pele — ele admitiu, e ficou extremamente surpreso com o que acabou de sair da sua boca. — Termine a droga desse cheque, agora!

Ele recuou consideravelmente, encarando-me como se eu fosse o diabo encarnado.

— Não grite comigo. Está em minha casa, exijo mais respeito! — Ordenei, tentando demonstrar alguma autoridade e tirar de foco o emaranhado de sentimentos perversos.

— Você não está em posição de exigir nada, caloteira! — Esbravejou. Aquele apelido e a forma como ele pronunciou me fizeram cair na gargalhada.

— Você é ridículo, Sebastien! — Falei, ainda rindo desequilibradamente.

Outra vez ele diminuiu a distância entre nós, e me segurou com força pelos braços. Não tentava me machucar, e sim controlar-me.

— Eu realmente gostaria que parasse de rir — pediu. Aos poucos, consegui me conter.

Meus olhos se prenderam na boca dele, e eu desejei ardentemente que me beijasse. Eu precisava senti-lo, o desejo estava se tornando mais intenso, quase asfixiante. E sei que se eu tivesse certeza de que ele queria o mesmo que eu, eu teria me atirado em seus braços sem pensar nas consequências.

— Uma vez, você me disse que eu ficava bem sorrindo, agora pede para que eu pare? — Questionei. — Você é um homem confuso, Sebastien.

Ele me devorou com os olhos, a sensação era tão boa quanto se me despisse lentamente com o toque dos seus dedos.

— Você não tem ideia do quanto — concordou.

— Mamãe? — Ben chamou, flagrando-me com Sebastien na sala. Soltei-me rapidamente das mãos do pescador assim que saí do torpor.

— Oi — respondi, afundando meus dedos em seus cabelos encaracolados assim que Benjamin se aproximou.

— Quem... é? — Perguntou Ben, as sobrancelhas claras e quase inexistentes se franziram ao olhar para Sebastien. Até aquele momento, eu não sabia que Benjamin não lembrava-se de que foi Sebastien quem salvou sua vida, procurei manter aquele terrível acontecimento enterrado dentro do baú, não queria reviver os momentos de angústia e aflição, e também não queria que meu filho passasse por tudo outra vez. A única coisa que precisei dizer a Ben foi sobre seu pai ter morrido. Ele chorou muito mais do que eu imaginei que chorasse. Não esperava que ele odiasse Leôncio, mas achei que sentiria medo depois de tudo o que passou em suas mãos. Contudo, o que de fato ele passou? Eu tinha curiosidade, no entanto, tornei-me uma grande covarde e não quis perguntar.

Benjamin não apresentou nenhum trauma psicológico nos dias que sucederam sua alta do hospital. Mantive-me atenta a qualquer reação, claro, mas seu único sentimento era a tristeza pela morte do pai. Em alguns momentos, ele me culpou por eu ter encontrado o tesouro e disse que se eu não tivesse feito isso, seu pai ainda poderia estar vivo. Eu sempre acabava chorando escondido quando ele me acusava dessa forma.

A casa foi vendida por uma mixaria, deixei todos os móveis para os novos proprietários, inclusive o maldito baú da tortura. Saí de lá apenas com minhas coisas e as do meu filho. Queria ter deixado as lembranças também.

— Este é um amigo da mamãe — o respondi.

— Olá, menino — disse Sebastien, estendendo a mão para cumprimentar Benjamin.

— Não tirou o sapato. Mamãe vai bater em você — fofocou Benjamin, olhando para os pés de Sebastien com uma preocupação que só ele entendia.

Sebastien entrou na brincadeira e agachou-se para tirar seu *Vulcabras* preto.

— Não precisa... — tentei dizer, mas, em meio segundo, ele já estava de meias no tapete da sala.

— Obrigado pela dica, rapazinho. — Sebastien lhe deu uma piscadela.

Benjamin apenas sorriu. Ele era tão esperto que, por vezes, era difícil não lembrar-me de Leôncio.

— Venha, vou ligar a televisão para você — falei, direcionando Benjamin para o sofá. Estava passando *Barbapapa*, isso o manteria ocupado por tempo suficiente para que eu terminasse os cheques de Sebastien.

— Acompanhe-me — chamei Sebastien assim que Benjamin começou a se distrair com o desenho. Peguei o talão de cheques, a caneta, e seguimos para o meu quarto.

— Ele puxou o seu gênio forte — comentou Sebastien no meio do caminho.

— Obrigada — respondi, sentando-me na cama.

— Isso não foi um elogio — alertou-me.

Dei de ombros.

— Agache-se, preciso das suas costas como apoio — pedi. E ele começou a desabotoar sua camisa. — Que diabos acha que está fazendo!?

— O tecido pode te fazer errar. Prefiro não correr o risco de ter que passar mais alguns minutos com você.

Sebastien tirou a camisa e eu não consegui fingir não reparar no seu peitoral. Os músculos estavam em dia, assim como a minha depravação. Ele não era tão forte quanto Leôncio, mas era perfeito daquele jeito. Um homem do mar, com o olhar profundo feito um oceano selvagem.

— Oras, você não sabe o que quer. Pouco tempo atrás disse que adoraria passar mais alguns minutos comigo — lembrei-o, assim que o ar conseguiu alcançar os meus pulmões.

— Você tem que aprender a reconhecer minhas ironias. — Abriu um sorriso provocante, fazendo-me suar quente no frio cortante de São Paulo. Deus, Sebastien sabia perfeitamente como fazer uma mulher desejá-lo e agir irracionalmente.

Ele é casado. Não seja tola.

— Você também não entende muito bem o meu sarcasmo — devolvi na mesma moeda e sorri calorosamente. Sebastien ajoelhou-se de costas para mim e eu o toquei, meio que a contragosto. Claro que eu queria sentir sua pele tropical, deleitosa e com um aroma prazeroso, contudo, desconfiava que depois não conseguiria tirar minhas mãos tão facilmente do seu corpo. Não pensei com cuidado quando sugeri suas costas como apoio, eu podia muito bem ter utilizado a parede ou o criado-mudo.

Onde eu estava com a cabeça?

— O que quer saber sobre mim? — Perguntou Sebastien, quebrando o silêncio que havia nos encontrado.

— Achei que não quisesse me dizer nada a seu respeito — comentei, preenchendo o cheque lentamente para não errar.

— Talvez eu abra exceção para uma pergunta ou outra.

Interrompi meu movimento com a mão.

— Não pode mentir, ok? Caso não queira responder, apenas diga que não quer — eu pedi. — Você está fugindo da polícia?

Ele virou um pouco o rosto para me olhar e respondeu rindo:

— Claro que não! — Afirmou. — Eu juro.

Eu acreditei nele.

— Certo... qual seu nome?

— Sebastien — franziu o cenho. — Sebastien Loesener.

— Isso é... Alemão? — Indaguei.

— Sim, mulher, há sangue alemão em minhas veias. E você, voltou a ser Luz Varela?

— Não, mantive o Foster de Leôncio.

Ele se virou completamente e segurou meus punhos como se existisse uma intimidade entre nós.

— Nunca falamos sobre aquele dia...

Interrompi-o.

— Não há nada para falar!

— *Süsse*, você me fez cúmplice em um assassinato. Acho que temos muito o que conversar!

— Não gosto que me chame assim! — Respondi, tentando de toda maneira fugir daquela conversa.

— Doçura é um bom apelido para você, quando soado com pura ironia.

Fitei-o com cuidado.

— Tenho uma forte sensação de que você não quer ir embora, pescador. Acho que adora estar aqui comigo. Talvez seu ego não o permita admitir que o fato de ter me seguido por tantos anos, é porque sempre foi obcecado por mim.

Ele arregalou seus lindos olhos ao me ouvir falar tão audaz.

— Quanto atrevimento, *süsse*, minha esposa adoraria ouvi-la dizer isso!

Ele riu. Sebastien era a personificação do autocontrole.

— Sim, e aproveitarei para dizer a ela que seu marido encontra-se seminu em meu quarto. Agarrando-me pelos pulsos e devorando-me com os olhos — provoquei, agindo feito uma meretriz. Sabia que mais tarde me arrependeria de tudo isso. Mas era difícil resistir a tamanha tentação.

Cale-se, Luz.

— Não brinque comigo — resmungou, e tudo que consegui pensar foi que talvez aquilo não fosse uma brincadeira. Eu o queria, e Sebastien não demonstrou sentir o oposto. Isso estava fugindo de controle, se eu não desse um basta agora mesmo, em um piscar de olhos nos encontraríamos fazendo sexo em minha cama.

E eu adoraria.

Puxei meu braço para me libertar dele.

— Eu preenchi dois cheques, um de cem mil e outro de quarenta pela minha *Chanel* de volta! Peço que espere uns dois dias para depositar, preciso conversar com o banco para que eles liberem.

Consentiu em silêncio. Pegou sua camisa no chão e a vestiu sem me olhar.

— Eu nunca trairia minha esposa, *süsse*, principalmente com você. Saiba disso! — Ele disse, como se sentisse necessidade de se explicar ou de me ferir emocionalmente.

— Perdoe-me se não sou capaz de acreditar em você. Prefiro não correr o risco de ter as mãos de um golpista tocando o meu corpo.

— Devo lembrar-lhe de que não era eu quem estava sussurrando malícias em seu ouvido.

Levantei-me da cama e o encarei sem vacilar. Eu comecei a sentir raiva naquele momento por ele estar me fazendo passar por culpada.

— Não me faça parecer vulgar. Eu estava tentando irritar você. Não confunda as coisas! — Retruquei, furiosa.

— Fique tranquila, *süsse*, sei que você não é o tipo de mulher que se deitaria com um homem casado.

Engoli em seco, porque por um momento eu cogitei me deitar com ele e ignorar completamente os fatos: Sebastien era comprometido e não era de perto uma boa pessoa.

Mas você também não é uma boa pessoa. É uma assassina!

— Vá embora, Sebastien — Apontei para a saída do quarto. De súbito, ele segurou a minha mão estendida, carinhosamente.

— Quer saber a verdade, *süsse?* — Ele murmurou, com sinceridade. — Eu já não odeio tanto você.

Eu não iria cair nessa. *Eles sempre parecem verdadeiros no início. Sempre!*

— Eu não me importo com o que sente por mim. Você me fez um favor, um grande favor, e eu serei extremamente grata, mas minha gratidão tem limites que não ultrapassarei!

Quanta mentira, Luz. Você está louca para beijá-lo.

Sebastien deu alguns passos incertos em minha direção. Seus dedos entrelaçados com os meus, faltava pouco para sair faíscas.

Ele me puxou pela cintura com força, deixando-me sem escapatória. Era como se eu estivesse sob algum feitiço, porque eu sequer tentei me desvencilhar, por mais errado que eu sabia que aquilo era.

— Sim, se importa. Seu corpo inteiro sente calafrio quando encosto em você. E, Cristo, eu sinto exatamente a mesma coisa! — Sussurrou em meu ouvido, respirando profundamente o aroma que exalava dos meus fios de cabelo. — Eu sempre vi você e nunca senti nada a não ser puro ódio e rancor, mas a primeira vez em que falou comigo naquelas pedras... eu...

— Pare de falar, por favor — murmurei, interrompendo-o severamente, prendi a respiração logo em seguida e me obriguei a ser firme. — Eu já passei por isso, essas doces palavras já me foram ditas por outros homens e hoje não causam o mínimo efeito em mim. Não perca seu tempo!

— Eu não costumo mentir sobre meus sentimentos, *süsse,* também não me agrada sentir essas coisas estranhas por você. Não é todo dia que costumo baixar minha guarda, e me sinto envergonhado por fazê-lo agora.

— Não faremos isso, Sebastien. Não me relaciono com homens comprometidos e ultimamente tenho odiado todos da sua raça! — Ataquei e o empurrei com o restinho de determinação que sobrava dentro de mim.

— Você... você está certa — concordou. Assim que se deu conta do que estava prestes a fazer. Pegou os cheques e olhou para mim antes de sair do quarto. — Nos vemos por aí, mulher enevoada.

— Espero que não — respondi imediatamente. Mentindo, obviamente não enganava nem a mim mesma.

Engoli em seco. No meu íntimo, eu adoraria vê-lo outra vez.

Procurei diversas formas de me manter afastada de Sebastien, construí em meus pensamentos um muro a fim de me manter longe das lembranças. Porém, privar-me de pensar nele era como tentar não ser atingida por uma onda nadando em alto-mar.

Naquela noite chuvosa e gélida, Sebastien não foi o meu único problema sem solução. Eu estava deitada na cama, depois de ter dado janta e colocado Ben para dormir, quando tocaram a campainha. Revirei os olhos antes de me levantar, coloquei um roupão sobre o corpo e fui imediatamente abrir a porta com medo de Benjamin despertar.

Abri a porta e fiquei completamente estarrecida.

Eu teria gritado de pânico, se não tivesse sido recebida com um forte murro na cara.

Capítulo 30

Enrico

Na mesma noite.

Ela estava diferente de como eu me lembrava. Não tinha mais um olhar ingênuo e nem os lábios trêmulos que eu sempre amei. Cheirava à prostituta, os seios que costumavam ser duros feito grandes melões agora estavam caídos e murchos como os de uma vaca leiteira. Eu sempre soube que Leôncio a transformaria nessa aberração, mas agora que meu grande amigo usurpador estava morto, eu tinha a liberdade de retomar o meu casamento com Luz. Teria um grande trabalho pela frente, pois não é fácil consertar algo que está quebrado, e convenhamos que Luz nunca foi muito inteligente. Ela não entendia meus métodos. Mesmo assim, eu me empenharia, teria paciência. Ela era a única que merecia meu tempo e meu esforço.

Mantive-me fiel à Luz, sabia que cedo ou tarde ela voltaria a ser minha. Era uma pena que tenha voltado tão danificada e com uma cria para nos importunar. Era meu dever domesticar aqueles dois. Seria esse meu último feito por Leôncio, a prova de que nossa amizade nunca foi destruída. Eu sei que ele morreu confiando que eu cumpriria o meu papel. A única parte ruim em tudo isso era que meu pai não estava mais vivo para me ver tão vitorioso. Eu nunca o perdoarei por ter permitido que o cigarro lhe vencesse de tal forma. Que maneira imunda de se morrer!

Mas, agora, vendo Luz dormir tão serena no sofá, fez-me esquecer de todos os contratempos que nos mantiveram separados. Nossos destinos estavam cruzados, os anos se passaram e nada entre nós mudou. Ela tentou encontrar outro amor, mas Deus o tirou do seu caminho porque sabia que ele não era digno de tamanha maravilha.

— Você ainda é minha passarinha assustada, não é, meu bem? — Murmurei, tirando o cabelo do seu rosto. — Ah, minha querida, Leôncio te causou muitas rugas. Maldita hora em que colocou a mão em minha obra de arte. Perdoe-me por ter permitido que ele tocasse em você, que a possuísse por tanto tempo, mas você precisa entender, ele era meu amigo e eu fiquei devendo uma para ele depois de ter me salvado daquele ano em que você surtou e tentou me queimar vivo. — Dei leves tapas em seu rosto. — Acorde, querida, o soco não foi tão forte assim.

Luz finalmente despertou, obriguei-me a não comentar sobre as olheiras que preenchiam ao redor dos seus olhos. Ela estava acabada. Dava-me pena. A vida não soube como esmagá-la e deixar belas marcas como eu — feridas com curvas e memórias para o resto dos seus dias.

Ela adormeceu outra vez. Acho que a surpresa causou confusão em seu cérebro. Foram muitos anos sem trocarmos olhares, era melhor eu retornar aos poucos para não confundi-la. Tinha receio que surtasse novamente, a minha última visita repentina arrancou-lhe os parafusos, e acabei me tornando seu prisioneiro.

A desgraçada também soube como me marcar.

Sebastien

Na mesma noite.

Não queria estar cogitando aceitar aquela proposta indecente. Todavia, assim que ele saiu da minha casa, o meu "eu" ganancioso começou a falar mais alto. A quantia era generosa, um valor irrecusável. O serviço não seria tão sujo assim, ele me pediu apenas para levá-la até a casa e o resto ele que se responsabilizaria, garantiu-me que não os machucaria. Oras, eu também não devia estar tão preocupado com o que aconteceria com alguém que me destruiu rudemente.

Luz deixou muito claro que jamais se envolveria comigo, não que eu quisesse me relacionar com ela, afinal, sua irmã já estava me fazendo uma agradável companhia, mas sempre que estávamos juntos, algo diferente acontecia dentro de mim. Eu me tornava outro homem e me permitia ser feito de idiota. Era usado e abusado e não sabia como lhe colocar limites.

Agora que estávamos longe, e minha cabeça no lugar, tornei a lembrar de tudo que ela me fez, de toda a tristeza que causou à minha família, e senti o rancor voltar a possuir o meu corpo. E, naquele momento, eu não tive um pingo de dúvida sobre aceitar a porrada de dinheiro que ele tinha me oferecido.

Luz

Na mesma noite.

— Mamãe? — Chamou, chacoalhando-me.

Provavelmente algum barulho tinha despertado Ben, já que seu sono era levíssimo. Levantei em um sobressalto assim que recordei dos acontecimentos. O *Armani* de couro posicionado perfeitamente em frente ao sofá me fez ficar completamente transtornada. Enrico deixou uma prova física de que esteve em meu apartamento, como se o soco que me deu não tivesse sido o suficiente. Senti meu estômago revirado e o maxilar dolorido, mas minha única preocupação no momento era tirar Benjamin de casa o mais rápido possível. Nada me dizia que Enrico não estava em algum daqueles cômodos, esperando um único deslize para me capturar.

Agarrei o braço do meu filho e o arrastei para fora, sem me importar se estávamos de pijama e se eu parecia uma maluca.

— Mamãe — choramingou Ben, apavorado, como qualquer criança estaria ao ver sua mãe despertar de um sono e, sem qualquer explicação, agir feito uma doida. Peguei-o em meu colo, para sermos mais rápidos.

— Está tudo bem. Ficaremos bem! — Garanti, descendo os degraus da escada sem ao menos olhar para eles. — Eu vou proteger você. Eu prometo. Dessa vez irei proteger!

— Tenho medo — murmurou, sem imaginar um terço do risco que corríamos. Saí do prédio acelerada, tendo certeza de que estava sendo observada com curiosidade pelo zelador.

A madrugada estava de congelar os ossos, tanto Benjamin quanto eu estávamos mal agasalhados. Os dedos dos meus pés estavam tão endurecidos que cheguei a acreditar que minhas meias estivessem molhadas. Contudo, o calor do momento não me deixou tremer de frio.

Peguei um táxi que me deixou em frente à casa da minha mãe. Foi na hora de desembarcar que eu me lembrei que não tinha trazido um único centavo no bolso. Oras, nem mesmo calçado eu tinha em meus pés.

— Eu não trouxe dinheiro — admiti, envergonhada, para o taxista.

O homem grisalhado, por volta dos sessenta anos, virou o rosto enrugado para me olhar.

— E o que senhora tem para me dar? — Perguntou-me.

Eu não tinha uma única joia em meu corpo para lhe oferecer em troca. Há muito não usava a aliança que Leôncio me deu.

— Senhor... eu não tenho nada. Mas se puder espe...

— Não sou seu chofer, senhora! — Interrompeu-me com arrogância. — Se não tinha dinheiro, devia ter me dito antes.

— Tive que sair às pressas, como pode ver, não tive tempo nem mesmo de agasalhar a mim e a meu filho — alertei-o, tentei soar emotiva, mas senti a humilhação formigar em minha boca. Não fazia muitas horas que eu tinha sido nocauteada por Enrico e caído no chão sem ter como reagir. Ainda estava atordoada e meu maxilar machucado só me fazia ter vontade de chorar. Apesar disso, eu não podia e não queria amedrontar Benjamin ainda mais. Controlei-me.

— Olha, a senhora vai ter que encontrar um jeito de me pagar. Como você é uma mulher bonita, eu posso aceitar algo que não seja dinheiro. — De início, não entendi do que se tratava, porém o olhar malicioso que seguiu sua fala me despertou do terrível transe quase que imediatamente.

— Ah, pelo amor de Deus, estou com uma criança em meu colo! — Lembrei-o em um tom acusador. — Se não é capaz de respeitar a mim, respeite ao menos o meu filho!

O velho cerrou o cenho.

— Ele é pequeno, não é capaz de entender o que falamos. Além do mais, os garotos devem aprender desde cedo o que fazemos com as mulheres.

Fiquei boquiaberta ao ouvir tamanho absurdo. Minha vontade foi de dar uma bofetada em seu rosto, mas, outra vez, a presença de Ben me obrigou a ser mais cautelosa.

— Ouça-me com atenção, seu velho asqueroso: eu ser mulher não lhe dá o direito de me tratar como um objeto!.

Ele fez um barulho esquisito com a boca, como se estivesse mascando chiclete, mas eu sei que não estava. Caso contrário, não estaria com mau hálito.

— Agora entendo seu rosto vermelho. Com uma boca suja dessas merecia coisa muito pior — ele resmungou e me avaliou como se eu estivesse à venda. — Eu me contentaria em olhar no que tem debaixo desses panos...

Inclinei-me para a frente e cuspi em seu rosto, sem dar-lhe tempo de terminar sua frase. Peguei Benjamin apressadamente e desembarquei do carro toda desconjuntada.

— Sua prostituta de merda! — O taxista gritou, enquanto eu corria desesperada e com medo de que ele passasse com o carro por cima de mim.

Não fui para a casa de Cora, como havia planejado no início. Por alguma razão que só meu coração entendia, eu corri em direção à casa de Sebastien. Não a do labrador preto, a outra, a que ele fazia questão de manter por amar as memórias boas que ela lhe trazia. Eu toquei a campainha, certa de que pedir a ajuda de Sebastien era muito mais garantida do que pedir à minha mãe e à Sabrina. O pescador conhecia minha história, eu podia ser clara com ele sobre os acontecimentos recentes. Se eu aparecesse à casa de Cora vestida daquela forma, com o rosto avermelhado e com Benjamin assustado em meu colo, mamãe encontraria um jeito de me julgar e dizer que eu era culpada por tudo isso.

Para minha sorte e surpresa, Sebastien estava em sua casa. O susto que ele levou ao me ver foi quase tão engraçado, quanto sua cara amassada de tanto dormir. Eu teria caído na risada se meu coração não estivesse tão agitado.

Ele olhou para Ben em meu colo e depois para meu rosto vermelho. Logo, soube que havia algo de errado. Pediu para que eu entrasse, e eu não pensei duas vezes.

— Desculpe-me por aparecer essa hora. Estou desesperada! — Adiantei--me, a fim de evitar perguntas às quais eu já tinha respostas.

— Acho que seu garoto gostaria de um chocolate quente — desconversou, com um sorriso bobo, se dirigindo a Ben. Concordei com a cabeça. Sabia que Sebastien não conversaria comigo assuntos desagradáveis na frente do meu filho, eu honestamente admirei essa atitude. — Ele aparenta estar com frio. Por que não o deita em minha cama para aquecê-lo enquanto preparo o chocolate? — Sugeriu.

Novamente concordei em silêncio.

— Subindo a escada, primeira porta à esquerda — ele explicou.

Dei alguns passos incertos e segui pelo caminho que ele havia mencionado.

— Agora você ficará bem quentinho. Desculpe-me por ter feito você passar frio — murmurei, acariciando os cabelos de Benjamin. Ele estava com a cabeça deitada em meu ombro, sonolento. O rostinho gelado me preocupou. Tudo que eu não queria era que ele ficasse doente. Eu não teria cabeça para enfrentar esse tipo de situação no momento.

Abri a porta do quarto de Sebastien e admito que fiquei surpresa por ver algo tão simples. Não esperava encontrar sofisticação como vi com Enrico e Leôncio, contudo, em um quarto devia ter muito mais do que somente uma cama e um velho abajur.

Onde estavam o guarda-roupa, os livros, os enfeites?

O edredom branco estava revirado, no lençol havia a marca de onde Sebastien estava deitado há pouco, e sei que se eu colocasse a mão no colchão ainda sentiria o calor que seu corpo tinha deixado. Deitei Ben na cama e o cobri, apertando as beiradas para que nenhum vento entrasse por debaixo do edredom.

Talvez fosse paranoia da minha cabeça, mas naquele momento eu podia jurar que seu quarto cheirava à maresia. Se eu fechasse meus olhos, ouviria o som do mar se chocando contra as rochas, o sol quente de verão penetrando a minha pele e em meus lábios ressecados, eu quase senti o gosto da água salgada. Mas, então, o forte cheiro de cacau invadiu minhas narinas sensíveis e me arrancou da deliciosa ilusão.

— Chocolate — disse Ben, com a euforia esbanjada em seu semblante infantil. Sentou-se na cama com seus olhos vidrados para o que tinha bem atrás de mim.

— Chocolate, rapazinho — concordou Sebastien, entregando uma xícara a Benjamin.

— Beba com cuidado, está quente — alertei Ben.

Demorei alguns minutos observando cautelosamente enquanto meu filho tomava a bebida quente que Sebastien gentilmente havia preparado. Eu não sabia de que forma podia agradecê-lo, a cada instante me surpreendia mais com o "eu" amigável que ele me apresentava. Mas eu não me deixaria enganar tão facilmente outra vez, não fecharia meus olhos ardilosos para abrir os inocentes. Dessa vez, eu silenciaria meu coração e agiria com o cérebro. Era o certo.

— Ele está cansado. Deixe-o dormir — sussurrou Sebastien, parado atrás de mim. Os pensamentos haviam me desviado da realidade, não me dei conta dos olhos de Ben se fechando lentamente para um sono que eu esperava ser tranquilo.

Sebastien se deslocou até a sala, eu o segui, suspeitando que aquele seria o momento em que conversaríamos. A sala de estar aparentava ser o único cômodo que ele não havia mexido. Ainda tinha móveis e enfeites cuidadosamente colocados.

— Pensei em te oferecer uma bebida quente também, mas pelo seu olhar raivoso, suspeito que queira algo mais forte — ele disse, entregando-me uma taça que planejava encher com vinho tinto.

— Não, obrigada! — Recusei, quase que com a mesma morosidade que ele me ofereceu.

Sebastien resolveu não beber também. Ele estava aflito, e eu me senti culpada por perturbá-lo com os meus problemas quando ele deixou claro em seu semblante que também tinha os seus.

— Eu não sabia pra onde ir. Você é o único que sabe sobre tudo que passei. Odeio me sentir tão indefesa e precisar da sua ajuda, se não fosse por meu filho, eu jamais teria vindo! — As palavras fluíram com rapidez.

Deu de ombros.

— Eu não falei absolutamente nada.

Sua única reação foi o movimento irônico nos cantos da boca.

— Francamente, não precisa. Você já está sorrindo com os olhos, é isso o que todos os homens fazem ao encontrar uma donzela em perigo.

— Você está longe de ser uma donzela, *süsse.* Está mais para o coice de um cavalo. — Seu comentário irreverente pareceu ter saído sem querer.

Meu queixo só não caiu porque eu havia petrificado. E então Sebastien sorriu, e foi um sorriso que veio do fundo do seu coração. Ele começou a se aproximar, vagarosamente, como um gato que elegantemente se prepara para dar o bote. Os traços do seu rosto eram fortes e os ossos das bochechas, proeminentes.

— Estou feliz que tenha me procurado. Isso demonstra que você confia em mim para protegê-los — confidenciou. Sua honestidade era uma característica marcante, o que não era comum de se ver por aí. Bom, ao menos eu achava ser honestidade. O fato é que eu nunca fui boa em enxergar as pessoas como elas realmente são. Era como se a vida fosse uma eterna festa a fantasia, ninguém nunca tirava a máscara para revelar a verdadeira face.

— Não estou pedindo para me proteger, peço somente que mantenha meu filho seguro por essa noite até que eu consiga pensar em algo — alertei. Não queria que Sebastien confundisse as coisas.

Toquei o maxilar onde tinha sido golpeada por Enrico.

— Não seja teimosa. Olhe para você, está destruída. Parece que foi atropelada umas três vezes, e ainda insiste em dizer que está bem! — Ele disse. O jeito como me conhecia era tremendamente irritante.

Engoli a saliva amarga da derrota.

— Eu nunca disse que estava bem, Sebastien. Há muitos anos não estou. Eu contribuí para a morte de Júlio e minha mãe nunca me perdoou por isso, eu me apaixonei e me casei com um sociopata que até hoje me persegue e me machuca de formas inimagináveis, eu devo ser tão louca quanto ele para ter sido tão burra. E, como se já não bastassem esses atributos, eu acrescentei o assassina a sangue-frio ao meu histórico. EU ESTOU CANSADA — arranquei as palavras do meu âmago sem me dar conta do quanto precisava disso. — Estou cansada e não posso simplesmente desistir.

Seu olhar encontrou os meus com uma calma inabalável.

— E agora, você aceita o vinho?

Bufei e revirei os olhos. Desejando poder mandá-lo à merda. Mas eu não podia, não podia correr o risco de ser colocada para fora da sua casa naquela madrugada quase congelante.

— Benjamin tem sorte em ser seu filho, Luz — Sua voz mansa arrepiou o meu pescoço. Meu nome saiu dos seus lábios de uma forma melódica, era como se tivesse sido matematicamente calculado para o timbre da sua voz.

— Estou esperando que acrescente algo, pois essa sua frase não me faz o menor sentido.

Ele simplesmente sorriu e me deu as costas. Acompanhei-o até a cozinha, ainda esperando por uma resposta mais completa.

— Onde está Eliza? — Resolvi mudar de assunto assim que percebi que a conversa havia se dado por encerrada.

— Você é bem curiosa, não é mesmo? — Brincou, lavando suas mãos na pia da cozinha. — Não estamos mais juntos.

Cruzei os braços.

— O que houve? — Perguntei, sem me importar se estava sendo intrometida.

— Nas palavras de Eliza, "eu nunca estou realmente presente". E ela tem razão, meu corpo estava com ela, enquanto meus pensamentos vagavam em outro lugar.

— Achei que você a amasse — admiti, confusa com a frieza com que ele falou sobre a separação.

Secou as mãos em um pano de prato.

— Não posso obrigá-la a estar comigo, *süsse*, não sou como Enrico!

Desfiz o nó que estava na garganta.

— Não é obrigar, é demonstrar que se importa. Você não pode abrir mão dela tão facilmente, não aja como se não estivesse com o coração ferido quando a mágoa está estampada em cada centímetro de você.

Ele desviou o olhar, querendo esquivar-se daquele assunto.

— Eu não sou bom para ela. — Soltei um riso debochado sem querer e ele me fuzilou com os olhos. Mas não parou de falar. — Eu quase fui preso uma vez ao aplicar golpe em uma idosa, e eu tinha apenas quinze anos. Eu me acostumei com essa vida, *süsse*, não tenho um emprego, não sou um homem que poderá dar filhos a ela, porque eu corro riscos constantemente. Eu me relaciono com mulheres e as roubo, é isso que faço. É isso que fiz com Eliza, mesmo a amando, e era o que iria fazer com você.

Senti uma forte queimação em algum lugar da minha barriga — resultado do excesso de informações frustrantes.

— Então não irei te incentivar a voltar com ela. Isso que você faz é repulsivo! — Eu disse. Sebastien jogou o pano no chão e fechou a cara.

— E você acha mesmo que eu gosto? — Irou-se. — Cristo, era para eu seguir os passos de meu pai, orgulhá-lo. Recuperar a honra da minha família... você sabe, como ninguém, que as coisas fogem do controle às vezes!

Mordi o lábio inferior. Não sentia pena de Sebastien, porém que direito eu tinha de julgá-lo? Nada do que ele me disse superou o que eu era: uma assassina. No entanto, eu não podia vê-lo como alguém que precisava ser salvo, se o fizesse, acabaria me afundando ainda mais.

— É por essa razão que concordei com o divórcio. Ainda estamos assinando os papéis, mas não irá demorar para Eliza se ver livre de mim — ele disse, sendo bastante específico.

— Se você ama verdadeiramente Eliza, não pode roubá-la — voltei ao assunto que mais me incomodava. Talvez o amor não fosse o que eu pensava ser. Pelo que pude ver nos meus anos de vida, as pessoas achavam que amar significava machucar constantemente a pessoa amada. Era doentio.

— Eu já lhe disse mais do que deveria. Essa conversa não me agrada, *süsse*, e também não é da sua conta a minha vida particular — falou com arrogância. Ficou claro para mim que Sebastien tentava se controlar e ser mais reservado, porém, minha insistência o fazia ceder um pouco mais a cada dia. — Já está pronta pra me dizer o que a trouxe aqui?

Prendi a respiração e a soltei pausadamente depois.

— Enrico esteve em meu apartamento. Eu achei que ele finalmente tivesse ido embora da minha vida, mas ele nunca vai, Sebastien. Talvez ele seja meu fardo.

— Você é muito mais forte que ele, Luz. Eu a admiro, honestamente, a admiro. Nunca vi alguém passar por tanta coisa ruim e ainda continuar tendo o sorriso mais admirável do Universo.

Meus ouvidos adoraram ouvir aquelas belas palavras.

— Não preciso da sua admiração, pescador — falei e tentei ser espontânea. — Mas ficaria feliz de saber que não tentará me sufocar enquanto durmo. Pode me garantir isso?

Meu coração queria preencher os poucos centímetros que separavam seu corpo do meu. Meus dedos desejavam organizar seus fios de cabelos bagunçados. As maçãs aveludadas do meu rosto queriam ser arranhadas por sua barba rala.

— Tudo que posso lhe oferecer, *süsse*, é o benefício da dúvida — respondeu, de um jeito maroto. Eu ri daquilo, sem saber que o verdadeiro terror estava prestes a começar.

Sebastien cedeu sua cama para Ben e eu, e dormiu no sofá da sala. Eu tirei um rápido cochilo, somente para reorganizar minhas ideias e, ao abrir os olhos, notei que já tinha amanhecido. Por mais seguro que meu coração se permitia sentir naquela casa, ao lado de Sebastien, minha consciência não sossegava, alertando-me de todos os possíveis perigos.

Eu tinha me transformado, outra vez, em uma passarinha assustada.

Remexi-me na cama e dei um pulo quando não senti a presença de Benjamin ao meu lado.

— Ben!? — Chamei com urgência e prontamente me levantei. Olhei imbecilmente embaixo da cama. Claro que meu filho não estava lá. Benjamin não gostava desse tipo de brincadeira, sempre teve medo do escuro.

Havia somente outras três portas no andar de cima. A primeira, dava em um banheiro, a segunda e terceira eram cômodos preenchidos com caixas de papelão.

Desci a escada correndo e gritando por Benjamin, não me importei se acordaria Sebastien. Tudo que sentia era o pavor me dando ânsia de vômito e o desespero a cada instante arrancando um pedaço do meu coração.

— Mamãe? — Ben me respondeu. Sua voz veio da cozinha. Ele estava sentado em uma cadeira e comia uma maçã do amor. A região inteira da sua boca estava vermelha pelo doce.

— Onde conseguiu isso?

Ele lambeu os lábios. Ben era quase uma formiga quando se tratava de açúcar.

— Do moço — ele respondeu sem me olhar. Meu coração parou de bater. Arranquei a maçã da sua mão e a joguei no lixo. Não tinha suspeitas de quem deu aquilo para ele.

— Já te disse para não aceitar coisas de estranhos! — Alertei, em tom de bronca.

Benjamin arregalou os olhos, assustado comigo. Seus lábios tremeram. Ele iria chorar.

— Não chore... desculpe-me. Lembra-se do que a mamãe disse? Não fale com estranhos e não aceite coisas de estranhos, pode ser perigoso — o lembrei, amansando a voz.

Meu corpo estremeceu ao imaginar a conversa que Enrico teve com meu filho enquanto eu dormia, acreditando estar em segurança.

— O moço, ele tocou em você? — Murmurei, agachando-me de frente para Ben. Apertei seus ombros com gentileza, a fim de fazer sua atenção ser somente minha.

Ele balançou a cabeça negativamente. Eu suspirei de alívio.

— Olha, você não pode sair por aí sem mim. Promete que não fará mais isso?

Ele concordou. O abraço forte que dei nele foi aos poucos me tranquilizando.

Sebastien surgiu na cozinha, esfregando os olhos inchados.

— Você me deve muitas horas de sono, *süsse*. O que aconteceu dessa vez?

Virei-me para ele e, com a voz tremida pelo medo, eu disse:

— Ele... ele esteve aqui.

Capítulo 31

Enrico

Com um binóculo nos olhos, eu a vi jogar meu presente no lixo. Ela simplesmente arrancou o doce da boca do menino e o jogou fora. Aquilo me deixou emputecido, mas eu não iria desistir tão facilmente. Sei que Luz ficou zangada por eu ter desaparecido por tantos anos, não seria da noite para o dia que ela me perdoaria. O primeiro passo seria ganhar a confiança daquele menino pequeno, fazê-lo gostar de mim. Na pior das hipóteses, até permitiria que me chamasse de papai. No final das contas, eu de fato tinha muito para lhe ensinar.

Agora que eu tinha conseguido a cópia da chave, seria mais simples de partir para a próxima etapa. Não foi difícil prever seus passos e me adiantar. Luz agarrou-se àquele homem como um cão agarra um osso. Ela sempre corria para seus braços quando a corda apertava o seu pescoço.

Mas, como sempre, eu fui mais inteligente.

Luz

— Aqui deixou de ser seguro. Preciso pensar na segurança de Benjamin.

Assentiu pacientemente.

— Você está assustada, é completamente compreensível. Mas não acho que seja uma boa ideia você ficar na casa da sua mãe. Não estou desmerecendo vocês, mas são três mulheres contra um... sádico — alertou-me.

— E o que você sugere que eu faça? Não tenho vergonha de admitir que estou com medo. Eu estou apavorada — confessei. Andei de um lado para o outro na cozinha.

— Não sei como Enrico descobriu a sua localização. Não sei como entrou em minha casa, mas você continuar fugindo não é a solução. Ele a encontrará, onde quer que esteja!

— Ah, obrigada por me tranquilizar. Isso está interessante, continue — o comentário foi irônico, meu humor estava dos piores.

— Entenda o que quero dizer, Cristo! — Ele socou a pia de mármore, perguntei-me se os seus dedos não ficaram doloridos. — Acha que Enrico hesitaria em ferir sua mãe se ela ficasse no caminho dele? Eu tenho certeza que não!

— Por que sinto que você quer que eu fique? — Confrontei.

— Porque é o que eu realmente quero.

A nossa conversa foi interrompida por um estrondo vindo da porta da frente ao bater. Sebastien e eu ficamos apreensivos, a minha primeira reação foi tentar correr para o quarto e pegar Benjamin, mas Sebastien me segurou com firmeza.

— Quieta — sussurrou. O agonizante silêncio me deixou ouvir com limpidez o som forte da sua respiração, eu também não precisava de um estetoscópio para ouvir seu coração. Nenhum outro barulho foi ouvido nos minutos que se sucederam. Ainda assim, Sebastien manteve-se taciturno, atento ao menor dos ruídos.

— Isso é... um pássaro? — Foi a primeira coisa que Sebastien disse depois de muito tempo calado.

Então, eu também ouvi o pássaro cantar e o bater agitado das suas asas. Sebastien me soltou e foi em direção ao som que ouvia. Segui-o.

Havia uma gaiola com armação confeccionada em madeira e varetas de arame. Dentro, um pássaro de bico vermelho se debatia e fazia sons nada animados. Não era canto o som que ele reproduzia, agora eu sabia que não, estava mais para gritos de desespero iguais aos que eu queria dar.

— Cristo, que diabos é isso!? — Perguntou com inconformidade.

— Uma passarinha assustada — murmurei. — É mais um recado de Enrico. Ele costumava me chamar assim; era um de seus muitos apelidos para me humilhar.

— Pegue Ben! — Ordenou Sebastien. Os maravilhosos olhos não piscavam.

— Aonde vamos!? — Perguntei. Vendo-o correr escada acima.

— Para um lugar seguro!

Capítulo 32

Sebastien

Mentir nunca foi uma tarefa difícil para mim. Comecei desde cedo a criar histórias sobre a minha vida e aos poucos percebi que elas se tornaram muito mais interessantes que minha própria realidade. Luz foi quem chegou mais próximo de me conhecer verdadeiramente, mas agora era hora de me afastar dela antes que meus sentimentos me fizessem fraquejar. Eu tinha um serviço a ser feito e dei minha palavra que o faria.

Ela não desconfiou da minha boa intenção de querer protegê-la, ela confiava em mim. Era uma pena. Uma pena.

Quando eu vi a gaiola com aquele bendito passarinho preso e gritando desoladamente, eu soube que Enrico era mesmo um homem problemático. Porém, eu não podia outra vez colocar a vida de Luz acima da minha, eu já a ajudei a se livrar de um assassinato, não podia novamente priorizá-la. Eu precisava de dinheiro e queria todo o dinheiro que Enrico me prometeu.

— Coloque esse tênis de Eliza em você — eu disse e lhe entreguei o calçado.

— Aonde iremos? — Ela quis saber e pegou o tênis para colocá-lo.

— Não se preocupe. Apenas confie em mim e entre no carro. — O meu coração foi parar no estômago ao dizer aquilo, eu consegui soar sincero, e me vi assustado com isso. Luz me enxergava como uma boa pessoa, como o homem que a salvaria do inferno. Mal sabia que eu estava ajudando a cavar sua cova.

Eu estava perto de me arrepender, mas agora era tarde, ela já tinha entrado no carro com o garoto. Tarde demais para tentar me tornar uma boa pessoa.

Luz

Um pouco mais tarde.

O meu primeiro erro foi entrar no carro sem fazer nenhuma pergunta. Contudo, eu estava cega pelo medo, minha vista parecia um enorme borrão de tinta. Confiei a Sebastien minha vida e a de Benjamin. Agora, percebi que foi uma atitude insipiente.

O veículo chacoalhava na estrada de terra, a sensação era a mesma que andar a cavalo. O farol do carro iluminava a mata fechada. O vento gelado entrou pela pequena brecha da janela e congelou a pontinha do meu nariz. Aproveitei para sentir o cheiro puro do mato, da terra, também do esterco de cavalo, da água parada do rio sujo. Quanto mais o carro seguia em direção reta, mais intensos e nauseantes eram os odores. Comecei a me preocupar com o rumo que estávamos tomando.

Olhei para o banco detrás, Benjamin dormia enrolado em uma coberta de lã. O chacoalhar do carro estava sendo prazeroso para ele.

— Preciso fazer xixi — menti. Na verdade, eu queria que ele parasse com o carro para conversarmos do lado de fora e não acordar Ben.

Sebastien manteve os olhos na estrada ao responder.

— Já estamos chegando. Segure mais um pouco.

— Chegando aonde, exatamente? — Questionei. Eu precisava de uma resposta mais completa do que aquela que ele estava me dando.

— Fique calma, *süsse,* não estou raptando você.

Por sorte, ele sorriu.

— Acho que já estamos longe o bastante. Minha família ficará preocupada com o meu sumiço repentino — eu falei. No entanto, desconfiava muito de que Cora ou Sabrina sentissem minha falta. Eu era uma péssima filha e também não me saía muito bem como irmã.

— Você pode escrever uma carta quando chegarmos — sugeriu.

Aceitei a sugestão calada. Prendi a respiração por segundos e a soltei lentamente. Queria conseguir enxergar alguma coisa para me servir como referência, mas a estrada era um breu sem fim e sem placas. Não tinha comércios, casas, pessoas. Era apenas vegetação dos dois lados.

— Achei que não tivesse um carro — comentei, olhando de soslaio.

— Agora tenho — respondeu rispidamente.

Levantei uma sobrancelha, interrogativa.

— Eu ganhei há alguns dias — ele acrescentou de forma rasa. — Fique quieta, *süsse*. Não estou a fim de conversar.

Remexi-me no banco. Minhas costas começavam a doer. Completávamos aproximadamente duas horas de viagem ininterrupta.

— Então pare o carro e me deixe esticar as pernas. Estou dolorida! — Insisti mais um pouco.

Ele resmungou e bateu com os dedos no volante, impaciente.

— Não pretendo passar a noite dirigindo, aquiete-se, Cristo! — Irritou-se, querendo encerrar a pequena discussão.

Aceitei calada.

Levou mais meia hora para chegarmos à isolada casa de madeira. Ele estacionou o carro e não me disse nada.

Meu coração palpitou.

— Onde estamos? De quem é essa casa!? — Inquiri, vendo Sebastien desembarcar do carro. Eu não me movi. Desci meu vidro e Sebastien se inclinou nele para me responder.

— Achei que estivesse querendo fazer xixi, mas se quiser, por mim pode passar a noite nesse carro desconfortável e pouco quente. — Ele completou sua frase com um sorriso largo.

O que eu podia fazer a não ser render-me?

Desci do carro. Acordei Ben e o peguei em meu colo. Ele abriu os olhos por meio segundo, até que o sono o derrotou novamente. Aninhei-o em meus braços e o cobri com a coberta de lã. Esperei que Sebastien ditasse o nosso próximo passo.

— Um bonito lago — atentei, puxando assunto. Havia um pequeno lago com água preta à nossa direita em meio às árvores de troncos finos e compridos, parecia profundo e extremamente gelado.

Sebastien virou-se para observar o mesmo que eu.

— É uma boa opção, caso algum dia precise se livrar de um corpo.

O que ele disse não me fez rir, contudo, também não levei a sério.

Por mais abandonado que fosse o lugar, não deixava de ser bonito e elegante, no estilo campestre. O telhado da casa era em forma de L para facilitar a queda da chuva. Nem toda a parede era de madeira, os janelões de vidro faziam seu trabalho e garantiam uma boa vista. Sempre fui apaixonada pelo visual rústico, e o *deck* na varanda com caminho direto para o lago negro era absolutamente de tirar o fôlego.

— Você parece gostar do que vê — reparou Sebastien.

— É uma casa bonita, admito. Mas de quem é? — Perguntei com curiosidade.

— Você está com fome? — Ele continuou com um discurso evasivo. — Você está amarela, deve estar faminta.

Com passos lentos, seguiu em direção à entrada da casa.

— Estamos... invadindo? — Insisti, com receio da resposta ser afirmativa.

— Eu não seria tão juvenil! — Criticou, sentindo-se ofendido. Ele enfiou a mão dentro do bolso da calça e tirou um objeto. — Veja, eu tenho a chave. Não estamos invadindo.

O vento assobiou em meu ouvido.

— Então, o que está esperando para abrir essa bendita porta? Estou congelando!

— Oras, *süsse*, arranque essa ferradura! — Ele brincou, após meu comentário grosseiro.

Ele abriu a porta depois de um tempo me olhando inexpressivo. Havia algo diferente nele, parecia desconfortável com a situação, mas não ousei perguntar.

Sebastien acendeu uma luz incandescente assim que entrou, que pouco iluminou os cômodos. O interior da casa era ainda mais exótico que o lado de fora. Deparei-me com uma cabeça de cervo logo que coloquei os pés dentro. O animal morto me encarou e eu fiz o mesmo que ele.

— Cruzes! — Expressei-me, abalada com aquela imagem.

Sebastien sorriu frouxo.

— Coloque o menino no sofá — me aconselhou, acendendo as velas que ficavam no aparador de madeira embaixo da escada. Deitei Benjamin no sofá e o vão dos meus braços doloridos agradeceram pelo descanso. Ajeitei sua cabeça nas almofadas, meus dedos se perderam em seus cabelos enrolados.

Minha atenção mudou de foco quando ouvi Sebastien se afastar de mim.

— Hã, temos castanhas e frutas secas. O que prefere? — Ele perguntou, ao revirar os armários da estreita cozinha.

— Espero que isso que esteja me oferecendo seja apenas petiscos — avisei, aproximando-me. A cozinha ficou ainda menor, com nós dois ocupando o mesmo espaço.

— Oras, *süsse,* você é relativamente pequena, não é possível que coma tanto! — Revelou, surpreso.

— Sabe aquele lago lá fora, pescador? Acho bom que tenha muitos peixes nele, porque eu estou faminta — falei, em tom de brincadeira. Queria descontrair, tirar a tensão que estava em seus ombros.

Ele bateu as portas dos armários.

— Você enlouqueceu? Estou mal agasalhado. Irei petrificar se ficar lá fora!

— Você não ficará pescando mais de três horas. A não ser que esse seja o tempo que você leva pra pegar um único peixe — falei em tom desafiador, adorando vê-lo tão perdido nas respostas.

Sebastien deu um passo em minha direção, foi o suficiente para nossos corpos ficarem a menos de um palmo de distância.

— Espero que as frutas secas estejam boas! — Disse, empurrando o saco contra meu peito. — Eu pegarei alguns peixes pela manhã, prometo. Mas hoje, não arredo mais meu pé de casa.

Abri um devasso sorriso.

— Que homem cavalheiro... eu estava apenas perturbando você. Agradeço-te pelo que já fez por mim até agora, mas, enquanto eu tiver duas pernas e dois braços, darei meu máximo para cuidar de mim e do meu filho.

Peguei o pacote da sua mão. Pretendia ir comer na sala, mas o que ele disse me fez brecar.

— Espero que sim, pois não ficarei por muito tempo.

Ergui a sobrancelha.

— O que quer dizer? — Retruquei.

— Aqui é um bom lugar para você ficar, *süsse*, mas eu tenho assuntos para resolver em São Paulo. Terei que voltar.

— Eu não ficarei aqui sozinha, seja lá onde seja aqui. Você não voltará sem mim e meu filho, está me entendendo? — Adverti, e fechei minha mão em volta da embalagem de frutas secas, pois sabia que o som irritante de plástico o incomodaria.

— Você é uma mulher severa, por um momento vejo que fiz uma boa escolha em não ter me casado com você — ele confessou isso dando um sorriso charmoso.

— Como se você tivesse alguma chance comigo — zombei. Embora não tivesse intenção alguma de levar aquele assunto adiante, não soube como interromper sua próxima frase.

Já tão próximos um do outro, ele segurou as minhas mãos, obrigando-me a abrir os dedos e deixar as frutas caírem.

— Por que você ainda insiste em fingir que não sente nada por mim? — Questionou em um murmurar caloroso. — Não é tão errado se apaixonar por um homem que já salvou sua vida tantas vezes.

Antes existia um vento gelado naquela cozinha, mas desde que Sebastien começou a me olhar e me tocar, eu não pude sentir nada que não fosse um calor infernal. Meus dedos suavam, enlaçados nos seus.

— Eu sinto, Sebastien, uma enorme gratidão. Nada mais do que isso. — Fiquei orgulhosa por minha voz não ter me entregado.

— Cristo — eu derretia toda vez que ele usava aquele tom de voz confiante para falar —, você é uma mulher difícil, *süsse*, agora sei por que sempre teve os homens aos seus pés. Nunca imaginei que um dia me tornaria um deles.

Meu coração foi parar em minha garganta de uma hora pra outra. Sebastien não podia gostar de mim, eu nunca lhe dei motivos para isso. Eu era problemática demais.

— Que galanteador. — Forcei uma risada curta, que, incontrolavelmente, soou um pouco tímida. — Eu não acredito em você.

Ele revirou os olhos.

— Eu larguei tudo para fugir com você...

— Você me trouxe para o fim do mundo. Isso está mais aterrorizante do que romântico! — Interrompi-o. — Não confio em você!

— E ainda assim aceitou vir comigo! — Retrucou.

Fiquei sem ter o que dizer. Por que eu tinha aceitado ir com ele, afinal? Foi o pavor que ainda sentia de Enrico? Foi por me sentir segura com Sebastien? Foi a junção dos dois sentimentos? Ou foi apenas mais uma de minhas escolhas impensadas?

— Aceitei porque ainda tenho muito medo de Enrico. Eu faria qualquer coisa para nunca mais precisar vê-lo. Sabe, às vezes para fugir de um monstro a gente se joga nos braços de outro, e a escolha é decidir qual deles nos fará menos mal.

Aquilo o surpreendeu e ele não escondeu. Foi uma frase maldosa. Algo que eu devia ter pensado em silêncio e não dito em voz alta. Sua expressão se transformou imediatamente. Era como se outro homem tivesse surgido na minha frente.

— Monstro? — Murmurou. Eu preparava um pedido de desculpa que vinha do fundo do meu coração, mas o diabo resolveu mostrar as garras e esmagar meu coração pela terceira vez. — É assim que me vê, *süsse?* Isso me poupa muito trabalho.

Seus dedos seguraram mais firmes os meus, quase que me machucando.

— Do que... está... falando!? — Eu gaguejei, nervosa.

— Fale baixo, não queremos acordar o Ben — sua voz me deu calafrio, dos pés à cabeça.

— Isso não tem graça, Sebastien! — Alertei, esperando que ele soltasse a risada que eu tanto adorava ouvir. Ele era meu protetor, a pessoa em quem confiei os meus maiores segredos, se ele se revelasse um homem com um coração maldito como todos em minha vida, o que seria de mim!?

— Claro, eu sei que não, *süsse*, mas eu preciso fazer isso. Eu cumpro com minhas obrigações, e você é o meu serviço do momento.

Tentei soltar minhas mãos, aproveitar os dedos escorregadios de suor, mas os dedos de Sebastien se mostraram insistentes.

— Como assim sou seu serviço? — Questionei, aflita.

— Eu recebi uma excelente proposta, um valor que pode mudar a minha vida. E tudo que tenho que fazer é mantê-la aqui até que ele chegue.

Ele? Meu coração palpitou. Um vento gelado resfriou meu corpo que antes estava quente pelo calor do momento.

— Ele... quem? — Perguntei, com as lágrimas já entaladas na garganta.

Sebastien apenas entortou a cabeça um pouco para o lado, como se esperasse que eu adivinhasse.

— En-ri-co? — Minha voz falhou.

Sebastien ficou com um olhar trêmulo, parecia não ter certeza do que estava fazendo. Eu estava bem confusa com tudo aquilo.

— Seu plano é entregar a mim e a meu filho para ele? — Perguntei. Meus dedos estavam adormecidos de tanto tentarem se soltar. — Ele vai nos matar!

— Não questionei sobre o que ele irá fazer. Fui pago para trazê-la aqui e foi exatamente o que fiz.

— Pare de brincadeira. Você não pode estar falando sério! — Retruquei, ofegante. Ainda esperava ele começar a rir.

— Isso não é uma brincadeira. Cristo, eu te mandei ficar longe muitas vezes, e você continuou vindo até mim! Eu não sou uma pessoa boa há muito tempo, *süsse*, te mantive informada disso — sua frase soou ácida.

— Então tudo é por dinheiro? Você mata por dinheiro? — Questionei inconformada. Custava acreditar no que meus ouvidos escutavam.

— Não matei uma única pessoa durante toda a minha vida. Enrico me procurou e me ofereceu uma generosa quantia em dinheiro para trazê-la aqui em segurança. Eu recusei de imediato, mas o que eu estava ganhando por agir com o coração e não com o cérebro? Eu pensei muito antes de aceitar, precisei ser egoísta — confessou. — Enrico cuidou de tudo, até mesmo do carro para que eu a trouxesse aqui.

— Quando fui em sua casa com Ben, você já sabia que eu te procuraria? — Perguntei. Ainda não estava chorando, pois me encontrava em choque.

— Você sempre acabava me procurando, *süsse,* ele sabia disso. Enrico sempre sabe de tudo da sua vida, cada pessoa com quem você conversa. Tudo que ele precisou fazer foi te fazer temer ficar em São Paulo para que eu a trouxesse para um lugar mais reservado. Ele também sabia que você aceitaria fugir comigo.

— Por isso a gaiola, a maçã do amor. Tudo isso para me fazer querer correr para bem longe? — Questionei em um sussurro amargo.

Consentiu em silêncio.

— Sinto muito, *süsse,* mas preciso prendê-la.

Ele se aproximou. Eu recuei.

— Não. Não! — Debati-me, remexi-me e tentei chutá-lo. — Eu pago o dobro do que ele te ofereceu!

Ele riu com sarcasmo.

— Ah, não, não, *süsse.* Já vimos que você não é confiável. Falando nisso, sei que você não foi ao banco pedir a liberação dos meus cheques. Eu até iria brigar com você por me enrolar novamente, mas pensei melhor, se eu os depositasse acabaria criando um vínculo entre nós. E, você sabe, em breve começarão a falar sobre seu desaparecimento. Seria péssimo para mim me envolver em um escândalo desses logo após ficar tão estável financeiramente.

Comecei a me perguntar quanto Enrico tinha oferecido para Sebastien estar tão determinado e ter permitido se sujar de tal maneira. A quantia devia realmente ser muito generosa, lá para os milhões, talvez. Enrico sempre teve seu berço de ouro, ele não media esforços para me raptar. Eu caí em sua armadilha como uma boba. Ele nunca invadiu a casa de Sebastien, provavelmente esteve lá dentro o tempo todo.

— Sebastien, se você não se importa comigo, por Deus, se importe com Benjamin. Ele é só uma criança que já enfrentou coisas demais! Você... você sabe disso mais que ninguém, estava lá co...

— Você já me tirou muita coisa na vida, *süsse,* agora é minha vez de te ver desmoronar! — Sussurrou com um olhar cruel e me fez saber que implorar não o faria ceder.

Aquele seria meu fim.

Queria não ter dormido, todavia a estafa me venceu e me obrigou a repousar por uns instantes. Desejei encontrar um sorriso amistoso ao abrir os olhos, no entanto, o que estava acontecendo era real. O meu herói havia se transformado no diabo.

Sebastien tinha puxado uma poltrona para ficar de frente para mim e Benjamin, que dormíamos no sofá da sala. Suspeitei que ele tenha passado a madrugada inteira me observando com atenção, com medo de que eu fugisse. Era o que eu faria quando encontrasse a primeira oportunidade, sem dúvida.

— Que bom que você acordou. Levante-se, nós vamos pescar! — Decretou Sebastien, subindo o zíper da sua jaqueta de couro preta.

— Achei que não tivesse trazido agasalho!

— E não trouxe. Esse é do Enrico, encontrei em uma mala lá em cima — explicou, pacientemente. Ele parecia ser tão gentil quando queria.

Sentei-me no sofá e reparei que Benjamin não estava mais dormindo. Ele brincava com um barquinho de papel.

— Benjamin é um garoto esperto. Ele já não usa fralda e nem toma mamadeira, estou certo? — Perguntou-me.

— Não, mas...

— Ótimo! — Interrompeu-me. — Não precisarei ir ao armazém comprar nada.

— Não posso ficar alimentando meu filho com frutas secas e castanhas! — Rebati furiosa.

— Por isso a estou chamando para pescar comigo. Você pode dar peixe desfiado para ele. E para o café da manhã, há uma variedade de árvores frutíferas por aqui!

— Mamãe, não gosto de árvo-re — se intrometeu Ben, deixando de dar atenção para o seu barquinho de papel.

— Você não vai comer a árvore, filho, vai comer a fruta — expliquei.

— Que fruta?

— O que acharia se eu mostrasse para você? — Perguntou Sebastien, sorrindo para meu filho.

— Você está louco se acha que deixarei você levar meu filho! — Agarrei o braço de Benjamin com força. Não permitiria que Sebastien o tocasse. Não mais.

— O que pensa que farei com ele? — Questionou, ofendido. — Não o machucarei!

— Ah, então agora eu devo acreditar em você? Você fez um acordo com meu maior inimigo, está colocando a vida do meu filho e a minha em grande risco. Perdoe-me se não sou capaz de dar algum crédito à sua palavra!

— Quer saber, *süsse*? Cansei-me de ouvir sua voz. Se continuar falando, irei amordaçar você — ameaçou querendo me assustar, tudo que fiz foi rir. É o que fazemos quando estamos extremamente nervosos e tentamos parecer seguros e confortáveis com a situação, não?

— Mamãe, quero fazer cocô — sussurrou Ben, tímido porque não queria que Sebastien o ouvisse.

— Tenho que pedir permissão para levar meu filho ao banheiro!? — Inquiri com frieza.

— Permissão concedida! — Respondeu, em tom de zombaria.

Levei Benjamin ao banheiro e aproveitei para lhe dar banho. Minhas mãos tremiam, o que tornava praticamente impossível segurar o sabonete.

Meus olhos percorreram o banheiro à procura de algum objeto que pudesse ferir. Mas, mesmo que eu encontrasse algo útil, não conseguiria pegar sem que Sebastien reparasse. Ele me fez deixar a porta aberta e estava captando cada um de meus movimentos como uma águia.

— A não ser que queira acabar com a água do planeta, eu acho que seu filho já está bastante limpo — ele disse. Desliguei o chuveiro e enrolei Ben em uma toalha.

— Espere-me na sala, querido — falei para Benjamin e ele me obedeceu. Me voltei para Sebastien. — Gostaria de me lavar também.

— Por favor, sinta-se à vontade, ficarei tão quieto que será como se eu não estivesse aqui.

Ele queria me constranger, eu sabia disso. Pensei mil vezes antes, não queria agir como uma garota tímida, foi Sebastien mesmo quem me ensinou a não demonstrar fraqueza diante o perigo. Ficar envergonha e encolhida só me deixaria ainda mais exposta. Arranquei minha roupa com uma confiança fingida, evitando trocar olhares com Sebastien.

— Isso parece ter doído — comentou, olhando atentamente a marca da minha cesária. Não o respondi. Entrei no chuveiro de calcinha e sutiã. Fiquei de costas para Sebastien e foi exatamente como ele disse que seria: seu mutismo me fez esquecer da sua presença.

Vesti a mesma roupa em mim e em Benjamin, já que não tinha outra opção.

— Onde está o tênis de Eliza que eu te dei!? — Questionou Sebastien vendo meus pés descalços.

— Estava indo calçá-lo — respondi.

— Espero que Enrico traga suas roupas, isso que está usando não é adequado para a baixa temperatura.

— Que gracinha, preocupado com a minha saúde — ironizei.

— Na verdade, eu não quero que fique doente porque odeio o som de espirro.

— Jura? Então me esforçarei para ficar gripada.

Sebastien jogou uma vara de pesca em meus pés e mudou de assunto.

— Sabe usar isso? — Perguntou.

— Sim.

— Surpreendente — disse com admiração. Por vezes era difícil acreditar que ele era o homem que estava me sequestrando e me entregando para a morte. — Então prepare sua vara e me encontre no lago. Não demore, não temos o dia todo.

Eu aceitei sua ordem obedientemente porque tinha que começar a armar um plano de fuga, e para isso acontecer era necessário verificar o lado de fora da casa com mais atenção dessa vez. Precisava conhecer o ambiente: saber se tinha vizinhos, estrada, comércios, telefone público, essas coisas. A parte em que afirmei saber pescar era verdade, quando criança meu pai me levava para velejar, e em algumas das vezes me ensinou a pescar em alto-mar, oras, nunca imaginei que um dia isso seria tão útil.

No chão tinha uma sacola de plástico com minhocas vivas. Peguei uma, que se remexeu em meus dedos, e a prendi no anzol.

Ben observou eu me aprontando para sair e começou a se preparar para me seguir.

— Não, está frio lá fora. Não quero que adoeça — falei.

— Aqui também tá — ele rebateu.

— Aqui dentro não está ventando. Vá brincar com o barquinho de papel que ganhou. Eu não irei demorar.

Terminei de arrumar minha vara de bambu, calcei o tênis de Eliza e saí. A temperatura no lado de fora estava tão baixa que senti como se meu rosto estivesse sendo chicoteado pelo vento. Minha boca ressecou e não adiantava umedecê-la, o frio sempre acabava me vencendo. Encolhi-me, tendo certeza que os ossos do meu corpo estavam se contraindo.

Mais adiante, Sebastien lançou sua vara dentro do lago, em uma performance profissional. Talvez aquela fosse a única coisa verdadeira que eu sabia sobre ele.

— Você demorou! — Ele disse sem se virar, meus passos duros esmagando a grama tinham denunciado a minha chegada.

— Eu sequer devia ter vindo — respondi, tão gélida quanto a temperatura daquele lugar.

— Fala sobre a pesca ou sobre ter concordado em fugir comigo sem pensar duas vezes?

Desdenhei silenciosamente aquele comentário.

— Fui tola por ter confiado em você, não precisa jogar isso na minha cara. Espero estar viva para te ver pagando por tudo que está fazendo comigo.

— Você se expressa muito bem, *süsse*, devia ter seguido com a carreira de escritora, ao invés de se casado — ele falou baixinho para não espantar os possíveis peixes.

Não consegui abafar o soluço do choro ao ouvi-lo dizer aquilo, foi tão surpreendente quanto decepcionante. Minha mente se recusava a acreditar no que Sebastien tinha feito. Trocar-me por dinheiro, trocar a vida de uma criança por um maldito papel!

— Espirro e choro são dois sons que irritam os meus ouvidos — resmungou para si mesmo. — Cristo, eu gostei de você, eu honestamente gostei de você. E uma dezena de vezes cogitei ouvir esses sentimentos abrasadores que você despertava dentro de mim, mas não podia desonrar a memória da minha família ainda mais. Eu fui gentil com você quando precisou de mim, salvei seu filho e a acolhi em meus braços quando quis chorar, só que tive que extirpar esses sentimentos quando me dei conta de que nunca a perdoaria pelo que fez com meu pai.

Mordi meu lábio inferior para me controlar.

— Você tem um jeito estranho de demonstrar seu afeto pelas pessoas. Talvez você nunca tenha gostado realmente de alguém para saber o que isso de fato significa.

Ele deu de ombros.

— Ou talvez eu saiba mentir muito bem e dizer palavras que as mulheres gostam de ouvir — falou, a voz foi seca como talco. — Sabe qual é o erro de vocês, mulheres, *süsse*? Estão sempre tentando consertar tudo, é o que fazem com as roupas, com um vaso que quebrou, é o que tentam fazer com a gente.

— Não quero mudar você, Sebastien. Estou pouco me fodendo para o que te acontece!

Ele contraiu todos os músculos do rosto quadrado e me encarou com um olhar vago.

— Está mentindo. Você gosta de mim, ou pelo menos gostava, mesmo sabendo que era um sentimento proibido e que ia contra tudo que você sempre lutou. Você enxergou um homem bom dentro de mim porque foi exatamente isso que eu quis que você visse. Inconscientemente, eu fiz você se apaixonar para depois partir seu coração. Eu não me sinto realizado por esse feito, *süsse*, mas, querendo ou não, ele veio a calhar.

Subitamente, dei um pulo para trás, largando a vara na grama.

— Como se sente sabendo que está ajudando o homem que tentou te matar!? — Provoquei, pois sabia que Sebastien ainda sentia raiva pelo que Enrico tinha feito com ele anos atrás. Eu podia tentar colocar um contra o outro e depois enfrentaria quem sobrasse na guerra. — Não vai me dizer que já se esqueceu daquele "bendito" dia no Nordeste.

Ele deu um sorriso de canto, como se fosse um sorriso secreto.

— Você aprendeu esse truque com Leôncio? — Perguntou, desvendando minha armadilha muito rapidamente. — Não me esqueci daquele dia, mas sei quais são minhas prioridades. Dinheiro estabilizará minha vida, já a vingança, não. Estou com dívidas atrasadas da minha casa, estou a ponto de perdê-la, isso seria como perder meu coração.

— Então desejo que seu coração pegue fogo! — Minha ameaça o inquietou. Ele já não dava atenção para o que acontecia entre sua vara de pesca e o lago. — Eu o teria ajudado se tivesse me pedido, você sabe que eu tenho dinheiro e não me importaria em agradecê-lo por tudo que fez.

— Nós dois sabemos que você não é uma pessoa confiável quando se trata de dinheiro. Além do mais, você não me ofereceria o mesmo tanto que Enrico. Sei que boa parte da herança deixada por seu pai você rejeitou e deu à sua mãe.

— Como pode saber dessas coisas!? — Perguntei com curiosidade e espanto.

Ele ensaiou um sorriso que eu achei longe de parecer natural.

— Sabrina sabe bem como detalhar fatos importantes — respondeu e voltou seus olhos para o lago que, naquele momento, pareceu-me tão escuro e frio quanto a alma de Sebastien.

— Do que está falando? — A resposta para a minha pergunta era bem óbvia, mas o inconformismo me impediu de ligar os assustadores pontos.

— Se eu contar tudo agora, não teremos assunto para o almoço, *süsse*.

Aproximei-me dele com os punhos fechados e a testa cerrada. O que eu pretendia com aquela postura? A raiva me levava a atitudes extremas.

— Desembucha... seu...— não consegui pensar em um xingamento que fosse adequado e que não me fizesse parecer com uma criança malcriada.

— Nunca pensei que as mulheres Varela's fossem tão boca suja. Você e Sabrina me surpreenderam.

— Minha irmã está dormindo com você!? — Perguntei, revoltada. Se o plano de Sebastien era me exaltar, ele estava se saindo muito bem.

— Ah, sim, deve fazer alguns meses. E ao contrário de você, ela não se importou com meu estado civil. Ela se tornou meu segredinho e eu me tornei o segredinho dela. Ela não sabe sobre o contrato que assinei com seus pais, mas me certifiquei de que ela não revelasse nada sobre mim para ninguém. Devo admitir que nos divertimos muito.

— O que está tentando fazer? O único ponto que me incomoda nisso tudo é saber que minha irmã caçula está cometendo os mesmos erros que eu.

— Oras, foi você quem me perguntou.

— Quando Enrico chega? — Perguntei, sabia que a melhor alternativa era mudar de assunto antes que um turbilhão de imagens de Sabrina com Sebastien invadisse a minha mente.

— Ansiosa para o reencontro? — Zombou, mas nenhum sorriso surgiu em seus lábios. Ele não estava confortável com aquela coisa toda. Eu podia sentir. — Não sei, ele não é muito de dar detalhes.

Resolvi que precisava aproveitar o seu desconforto.

— Não faça isso comigo, Sebastien, por favor. Sei que precisa do dinheiro, mas deve existir outra forma. Você pode não gostar de mim, mas sei que gosta do meu filho, eu vejo isso em seus olhos. Você me ensinou a ler as expressões das pessoas, e eu li a sua — resolvi empregar todos os recursos. Minha ficha ia caindo e, ao passo em que isso acontecia, eu entrava em um estado de angústia asfixiante. Precisava tentar de tudo.

Ele voltou seu rosto para o lago e tirou a vara da água mesmo sem pegar um único peixe.

— Não torne tudo ainda mais difícil. Esse é meu trabalho, não é a primeira vez que o faço. Você me chamava de golpista, outras mulheres já me chamaram de marginal, sequestrador e assassino por um motivo.

— Assassino? — Perguntei em um murmúrio espantoso.

— Eu nunca matei alguém, se é o que está querendo saber, *süsse*. Mas a questão é que eu faço o serviço sem saber o que acontecerá, só descubro depois de feito. Como com você, fui contratado para trazê-la aqui e não sei o que acontecerá.

— Eu te digo o que vai acontecer. Enrico me torturará como fez durante todo o nosso casamento, irá me açoitar, puxar meus cabelos, esmurrar meu rosto, deixará-me trancada com fome e com frio, assustará-me enquanto durmo apenas para me ver estremecer de medo. Ele entrará na minha mente para mostrar o poder que tem sobre mim.

A lágrima escorreu por meus lábios e eu a engoli para tentar tirar o gosto amargo da boca.

— Você não pode ser tão apático assim, Sebastien. Alguma parte em você sabe o quão errado isso é — acrescentei insistente.

Seu olhar percorreu o horizonte.

— Há um abacateiro adiante; seu garoto ainda precisa comer — mudou de assunto. — Eu preciso de silêncio para pescar, você está assustando os peixes com suas lástimas.

Balancei a cabeça, incrédula. Depois pensei que seria ótimo despistar Sebastien por uns minutos e observar o local com a devida atenção. Era minha chance.

— Você sabe como é a árvore? Ela deve ter uns quinze metros de altura, seu tronco é pouco reto, as folhas são de cor verde-escura — explicou sem me deixar responder.

— Eu sei como é um abacateiro! — Rebati, muito embora Sebastien pareceu ter ensurdecido de uma hora para outra.

Saí pisando firme e borbulhando de raiva. Eu não devia reagir daquele jeito, precisava ser fria e metódica, mas meu orgulho zombava no meu ouvido: *Você foi enganada, pela terceira vez. Querida, você é mesmo uma grande idiota.*

Infiltrei-me na mata, e, caramba, ali era ainda mais gelado que todo o resto! As plantas das árvores pareciam molhadas, mas eu tinha certeza que não havia chovido, era obra do orvalho e meu pijama não estava me esquentando quase nada.

A terra era vermelha, as árvores tinham troncos imensos que mal me permitiam ver o sol. Os pássaros se divertiam voando no céu — um som prazeroso de se ouvir. Eu andei em média de cinco minutos e o caminho não me levou a lugar algum, não sabia se já tinha passado pelo abacateiro porque eu não o estava procurando, tudo que queria era encontrar algum vizinho ou alguma estrada que me levasse à civilização. Tudo ao meu redor era verde, uma excelente paisagem — e também um ótimo lugar para desaparecer com alguém. Eu nunca me senti tão abandonada e com tanto horror em um lugar tão exuberante. Era isso que Enrico fazia, transformava qualquer beleza existente no mundo em algo catastrófico.

Já estava fadigando quando resolvi descansar. Céus, não tinha nada em nenhum dos lados, tudo era tão igual que, se eu fechasse meus olhos e rodasse, eu não saberia de qual caminho vim. Eu não iria me desesperar, tinha que pensar com sabedoria e ser sensata. Resolvi voltar e, quando passei pelo abacateiro, recolhi quatro que estavam caídos no chão. A única sorte de todo o dia era saber que eles estavam maduros e prontos para serem comidos.

Sebastien ainda estava pescando quando voltei. O balde de plástico ao seu lado estava quase cheio de peixes.

— Achei que tivesse se perdido — ele disse, ergueu os olhos quando percebeu que eu o encarava. — Vejo que encontrou os abacates.

Não queria falar com ele para que não pensasse que eu aceitava o que estava fazendo comigo. Queria que soubesse o quanto eu o odiava e como estava frustrada por ter me deixado iludir por suas mentiras.

Em breve ele iria embora, e por mais que eu adorasse saber disso, meu outro "eu" morria de medo do que estava por vir. Enrico rasgará a minha carne da mesma forma que Sebastien abre seus peixes para limpar. Mas, ao contrário do que Sebastien faz com os peixes, Enrico não arranca o meu coração, porque adora saber que ele ainda está batendo para continuar me ferindo.

— Perdeu a língua durante a volta, *süsse?*

Eu precisava fazer alguma coisa. Meu Deus, não podia de forma alguma ficar a sós com Enrico.

— Não, mas adoraria que os peixes tivessem arrancado a sua! — Rebati.

Ele riu. Foram poucas as vezes em que Sebastien me levou a sério. Eu teria que refrescar sua memória para que soubesse até onde eu seria capaz de ir por minha vida e a do meu filho. A minha primeira e mais fraca arma foi implorar por misericórdia. Ele não se sensibilizou. Eu teria que começar a apelar para os extremos.

— Essas marcas em sua testa e esse olhar cheio de vácuos estão refletindo sobre o quê? — Analisou-me, como se eu fosse nada mais que um vidro transparente.

— Não é da sua conta.

— Oras, *süsse*, não trouxe casacos mas trouxe a ferradura!?

Dei exatos três passos em sua direção e, no processo, deixei cair alguns abacates.

— Quer que eu seja gentil? Então me deixe voltar para casa com meu filho!

— Senão o quê? Vai me matar da mesma forma que fez com Leôncio?

Da mesma forma que fiz com Leôncio. Era isso.

Abri as mãos, derrubando os abacates que restava nelas. E, com força e precisão, empurrei Sebastien no lago que, sem dúvidas, estava absurdamente gelado. Ele tentou se segurar em algo para não cair, foi um ato inútil. Não demorou para que a água o engolisse e desaparecesse com cada rastro seu. Meus dedos adormeceram logo depois, meus ombros chacoalharam com os soluços do choro. Por que eu estava chorando? Eu não tive escolha. Se eu não tentasse me proteger, ninguém faria. Eu estava sozinha e perdida com uma criança. Eu seria mandada para o inferno quando morresse, sei que sim, mas não era hora de pensar nisso. Deus perdoaria minha alma se eu lhe explicasse os motivos dessas terríveis atitudes. Ele abriria uma exceção, tinha de abrir.

Eu não sabia a profundidade do lago, mas Sebastien não voltou à superfície durante os instantes em que fiquei olhando. E esse tempo que perdi observando a água para saber o que tinha acontecido com Sebastien era para ter sido gasto fugindo. Olhei para o carro ainda estacionado no mesmo lugar, eu nunca tinha dirigido antes, mamãe Cora sempre disse que mulheres não precisavam saber dirigir, que isso era função do homem e que se algum dia um homem fosse visto pegando carona com uma dama, tiraria toda a sua masculinidade. Hoje me arrependo amargamente por ter lhe dado ouvidos.

Ouvi a respiração arfante quando Sebastien retornou à superfície, repulsivo como um cadáver. Ele tossiu e deu braçadas para tentar chegar à margem do lago. Tudo que eu sabia era que não podia deixá-lo sair da água. Agachei-me muito rapidamente, peguei o balde que continha os peixes e o virei na cabeça de Sebastien. Ele foi pego desprevenido e o susto o fez tornar a afundar.

— Mamãe, posso nadar? — Perguntou Benjamin, com ingenuidade. Não o tinha notado até então.

— Volte para dentro, agora! — Gritei para ele. Não gostava de apavorá-lo ou dar broncas, no entanto, ele não podia ficar ali de forma alguma.

— Mas...

— Eu disse agora! — Falei com mais ênfase.

— Tô com fome — choramingou, esfregando as mãos na camiseta do pijama.

— Eu sei, meu querido, mamãe já vai, sim? — Disse em um tom mais adocicado.

Benjamin resmungou alguma coisa ininteligível e voltou para dentro de casa. Nesse meio-tempo em que me distraí com meu filho, Sebastien aproveitou para sair da água. Procurou manter-se distante de mim e sentou-se na terra do outro lado do lago.

— Cristo... *süsse*... você enlouqueceu!? — Seus dentes rangeram de frio. — Isso deve ter... uns três... metros de profundidade... e... está frio pra cacete!

— Por que diabos não morre!?

— Oras, estava tentando me matar? Vai ter que se esforçar um pouco mais que isso. Enrico já tentou essa... tática, lembra-se? — Abraçou-se. — Você jogou fora o nosso almoço.

Seus olhos não tinham brilho, e seu corpo volumoso estava vergado, retraído. Ele retomou a postura rígida ao notar que eu o analisava de maneira destemida.

— Você não me intimida, Sebastien.

— Ainda bem que não estou tentando — disse e ficou em pé. — Vou entrar e tomar um banho quente para recuperar minha temperatura corporal. Você pode ficar aí, espero que tenha sorte com os peixes.

Capítulo 33

Luz

Sebastien andava de um lado para o outro no lado de fora da casa, aparentava ter uma expressão inquieta no rosto. Eu o observava pela janela, no lado de dentro, ao passo em que estocava uma sacola de papel com pacotes de frutas secas, castanhas, garrafa de água e tudo de comer que encontrava pela frente. No processo de revirar a casa, encontrei a mala de roupas que Sebastian tinha dito mais cedo e agasalhei a Benjamin e a mim. Não sabia se conseguiria fugir essa noite, mas era necessário deixar tudo preparado o quanto antes.

— Mamãe, que é isso? — Perguntou Ben, quando coloquei um abacate na sacola.

— É um abacate — respondi.

— É ruim — ele disse, fazendo careta.

— Você disse ter gostado quando te dei mais cedo — lembrei-o, com os olhos em Benjamin e em Sebastien ao mesmo tempo.

— Era isso?

Afirmei com um aceno de cabeça e sorri, mas eu estava especialmente tensa naquele momento. Vi Sebastien ir para o carro e se acomodar lá dentro, era a chance que eu precisava para fugir.

Inclinei-me para a frente e segurei Benjamin pelos ombros, a blusa de lã ficava quase que como um cobertor jogado sobre seu corpo, seus bracinhos finos pareciam não existir, a roupa, basicamente, flutuava nele.

— O que acha de uma brincadeira nova? — Perguntei. — Mas é extremamente importante que você siga as regras. Para essa brincadeira dar certo, você tem que ficar quietinho, se fizer qualquer barulho nós seremos pegos.

— Pelo monstro?

A pergunta me assolou. Engoli em seco.

— Sim, pelo monstro. Mamãe dita as regras, ok? É muito importante ser obediente. Acha que pode fazer isso?

— Sim.

Olhei pela janela novamente, mas não avistei qualquer vestígio de Sebastien ao redor do lago ou próximo à casa. Supus que ainda estivesse dentro do carro.

— Tudo bem então. Você precisa ficar pertinho de mim. Assim que colocarmos nossos pés para fora da casa, a brincadeira começa. Nenhum barulho, lembra-se? — Esperei por sua confirmação. Ajeitei meus cabelos que estavam presos desleixadamente, respirei fundo, peguei a sacola em uma mão e, com a outra, abri a porta. Ela não rangeu, mas eu sabia que algum ruído seria inevitável.

O frio, quase polar, grudou em meu rosto e queimou a minha pele; o céu não tinha estrelas e nem nuvens, dava impressão de abismo, um buraco negro querendo me engolir.

Ben me acompanhou tão silenciosamente que, em alguns momentos, olhei para trás, certificando se ele estava realmente me seguindo. Demos os primeiros passos com extrema cautela, até mesmo respirar era considerado um risco. Meu filho não entendia a real situação, para ele tudo não passava de uma brincadeira. O seu coração não disparava tão forte quanto o meu, suas mãos não suavam frio, sua cabeça não parecia pesar quatro toneladas; eu era a única que agia feito uma criança medrosa ali. Eu tinha tentado matar Sebastien e agora tentava escapar. Ele não me "puniu" por meu atrevimento de mais cedo, Sebastien se mostrou muito mais paciente que Enrico. Mas eu continuava horrorizada, aprendi que os rapazes bem-intencionados geralmente são os mais perigosos.

Eu tinha analisado o caminho algumas horas atrás e, por mais que ele não tenha me levado a lugar algum, era bom saber que já estive ali antes. Isso deixava tudo um pouco menos apavorante.

Atravessamos o lago, mantive-nos afastados do carro onde Sebastien estava. A minha primeira preocupação quando adentramos na mata foi a escuridão. Ali, a lua não tinha poder o bastante para iluminar — as árvores ofuscavam seu brilho —, a claridade que antes recebíamos da casa também foi perdida durante a caminhada. Benjamin choraria em alguns segundos, eu sabia que sim, ele podia lidar com o frio e com a fome muito mais facilmente do que conseguia lidar com o medo do escuro.

Durante o percurso, senti alguns odores que me fizeram ter vontade de colocar o peixe que comi no almoço para fora do estômago. Era cheiro de carniça, um terrível cheiro de bicho morto.

Benjamin agarrou a minha roupa assim que o único feixe de luz foi obstruído pelo abacateiro. Agora estávamos igualmente amedrontados.

Eu devia ter procurado por uma lanterna. Toda casa de campo tem lanterna.

— Mamãe? — Ben quebrou o silêncio, sua voz foi estridente. Foi como se alguém tivesse soltado um copo de vidro no chão de uma casa oca. O puxei para mais perto de mim para mantê-lo seguro e confortável. Eu não tinha o direito de brigar com ele por não ter mantido o nosso acordo em ficar calado, ele era apenas uma criança com medo de monstros. Eu pensei em pegá-lo no colo numerosas vezes, mas era um grande risco fazer isso. Não conhecia tão bem o caminho, eu podia cair em cima dele e machucá-lo, um galho podia ferir seu olho enquanto andávamos às cegas. E, além desses fatores que devem ser levados em consideração, sem dúvida eu também tinha esperança de que se eu fosse pega e o mandasse fugir, ele fugiria sem hesitar para conseguir se salvar. Mas, no fundo, eu sabia que não passava de uma ilusão pensar que Benjamin enfrentaria aquela tenebrosidade sozinho.

Houve um ponto em que fui obrigada a parar de andar por não enxergar absolutamente nada. O som da minha respiração estava me causando aflição. O silêncio já era dramático por si só, e tudo que a escuridão fazia era esmagar meus pulmões e me presentear com um humilhante ataque de pânico. Eu cuidei da covardia de Ben, porém, quem daria um jeito na minha? Quem me abraçaria para mentir sobre as chances de aquilo dar certo?

Se eu resolvesse desistir da fuga e voltasse para a casa, teria que enfrentar Sebastien.

Enrico... senti uma queimação no estômago só por pensar em seu nome. Não, a floresta era a única saída. Ben e eu podíamos sentar encostados em uma árvore e aguardar até o nascer do sol.

A claridade iria chegar. Sim, estava perto.

Um feixe de luz branca surgiu em meio à mata, suspendendo meus pensamentos. Logo soube que se tratava de uma lanterna, *a que eu devia ter trazido e não trouxe*. Puxei Benjamin para mais perto de mim e cobri sua boca com a mão, temendo que ele fizesse qualquer barulho e entregasse nossa posição.

Fiquei estática, não era possível correr sem enxergar o que tinha à minha frente.

— Não conseguirá ir muito longe andando, *süsse*. Você sabe os perigos existentes na mata. Há cobras e aranhas terrivelmente grandes e venenosas. — Sua voz vinha de não muito longe. Ben foi fisgado pelos avisos de Sebastien. Tive que segurá-lo um pouco mais forte.

A luz branca se movia, iluminando as árvores. Ele estava me caçando. Eu não podia ficar esperando o pior acontecer, devia me adiantar e atacá-lo. Eu teria mais chance se o pegasse desprevenido.

Um madeira. Uma pedra. Um galho.

— Fique quietinho — cochichei no ouvido de Ben e retirei minha mão da sua boca quando senti que sua respiração estava normalizando.

Agachei-me na terra, larguei a sacola e comecei a apalpar o chão em busca de qualquer coisa que pudesse usar para me defender.

Meus dedos sentiram apenas cascalhos que não me possibilitavam mais que causar um pequeno ferimento. A terra, absurdamente gelada, eu quase podia compará-la à neve.

Apalpei um pouco mais e senti algo grande. *Um pedaço de tronco, talvez.* Não, era mais rígido. Tentei puxar, trazer para perto de mim. Mas, *céus*, era bem pesado. E a medida em que me esforçava para mover aquela *coisa*, o discernimento foi me acometendo. Não se tratava de tronco algum. Troncos não usam... sapatos ou calças. Aquilo era... um corpo... *UM CORPO!*

Maldito seja!

Eu tentei, *diabo*, eu tentei reprimir o grito, mas ele foi disparado por minha garganta com a mesma velocidade em que uma bala cruza o cano de uma arma. Não lembrei de Benjamin no momento ou de Sebastien. Eu simplesmente gritei com todo meu fôlego.

— Eu te achei! — Ele disse. A luz agora clareava a minha cara aterrorizada: olhos saltados, boca seca, coração na garganta e pálpebras tremendo.

Através da baixa iluminação da sua lanterna, eu vi Sebastien me fitar, havia tranquilidade nos traços do seu rosto. Deu-me até mesmo um sorriso. *Deus, ele não está vendo o mesmo que eu? Um corpo, provavelmente morto, atrás de mim.*

— Cristo, você está tremendo! — Cerrou o cenho e tocou-me no braço com a mão que não estava ocupada. — O que deu em você para fugir nessa friagem?

Eu mal senti seu toque de tão pasmada que estava.

— Há... um... um — deixei minha fala inacabada. De esguelha, encarei Benjamin ao lado de Sebastien. Ele ainda não tinha visto o corpo, mas com certeza estava branco de medo devido ao meu grito.

— Bom, acho que agora devemos voltar para casa, sim? — Sebastien disse. A ideia me pareceu a mais segura no momento. Eu preferia lidar com os vivos a lidar com os mortos, não era sensato, eu sei, mas eu ainda não tinha me recuperado do que fiz com Leôncio. Seu olhar esmaecido nunca saiu da minha memória. Não estava preparada para ver isso outra vez.

Eu tentei me mover, contudo, a curiosidade, a maldita curiosidade, não me deixou ir embora sem tentar ver o rosto daquela pessoa estirada no chão.

Benjamin não pode ver o morto. Ele ficará enlouquecido, perturbado, talvez pelo resto da vida.

— *Süsse*, seu filho precisa de um lugar quente — falou Sebastien, como se pudesse decifrar meus pensamentos confusos.

— Há um... — Não consegui concluir a frase novamente. A minha virada de pescoço foi o bastante para que Sebastien entendesse aonde eu tentava chegar. Sua lanterna alcançou o corpo atrás de mim. Eu corri para agarrar meu filho e poupá-lo de observar aquele horror. Escondi seu rosto em meu peito e resolvi não olhar para o defunto.

Sebastien avaliou com cautela e indiferença o corpo na terra.

— Eu não sabia que você tentaria fugir... eu... iria dar um jeito nisso pela manhã — gaguejou. Voltou a clarear a mim e, consequentemente, a Ben.

— Deus, você... você sabia... disso? — Questionei, também gaguejando. De repente, nos tornamos ignorantes, indoutos, as frases não eram pronunciadas sem falhas.

— Vamos conversar onde eu possa enxergar seus olhos sem precisar apertar os meus! — disse. Sua voz tinha se intensificado por conta da ansiedade.

— Não voltarei com você! — Enfrentei.

— Mamãe, quero voltar — murmurou Benjamin, inconscientemente colaborando com Sebastien.

— O que mamãe disse sobre ficar quietinho, hein? — Sussurrei, afagando o topo da sua cabeça o mais gentil que a situação me permitia.

— *Süsse,* estou sendo gentil fingindo que você tem uma escolha. A verdade é que você irá comigo nem que eu tenha que carregá-la no colo.

Dentro da casa, as coisas se tornaram mais intensas. Deixei Benjamin comendo fruta na cozinha a fim de ter liberdade para falar com Sebastien.

— O que era aquilo? Você matou uma pessoa? — Perguntei apressadamente.

— Aquilo era Enrico. E sim, eu o matei — ele disse e largou a lanterna no aparador.

Paralisei diante a confissão. Meu coração perdeu uma batida. Ao passo em que me sentia aliviada, ficava também chocada com tamanha brutalidade. Sebastien mentia o tempo todo e me confundia, ele não era de perto uma pessoa confiável.

— Como assim!? — Foi uma pergunta imbecil, eu soube assim que a fiz.

— Acho que o certo seria você me agradecer, não me questionar.

— Não. Não venha dizer que fez isso por mim, não aceito que jogue essa responsabilidade em minhas costas — alertei-o.

Enrico estava morto? Isso era verdade?

Sebastien encarou-me com seus olhos sombrios. Retraí-me feito um carneirinho.

— O que foi? Agora vai se fazer de santa? Você também matou uma pessoa. Você é tão cruel quanto eu, Luz.

Meu nariz começou a arder, meus olhos se ofuscaram com o choro. Aquelas palavras doeram em mim, foram como alfinetes espetando o meu coração. Esse é o tipo de coisa que você ouve e, por mais que saiba que é mentira, não consegue fingir que não te afetou.

Era Sebastien, eu soube naquele momento, a minha terceira primavera. O terceiro que mastigou o meu orgulho e fez com que eu me sentisse um nada.

— Não chore. Puta que pariu! Sabe como odeio isso — alertou, e fechou o punho. Ele estava zangado como nunca tinha visto antes. Respirava descontroladamente, como um touro, arfava.

— Não! — Benjamin gritou, atrás de mim. Ele segurava um garfo na mão. Nem mesmo ele sabia o que fazer com aquele objeto empunhado, porém meu peito se encheu ao vê-lo tão disposto a me defender.

— Saia já daqui! — Ordenei. Temendo que Sebastien fizesse algo com ele.

— Não! — Respondeu, sendo uma criança birrenta. O olhar demonstrou zanga.

Meu menininho.

— Benjamin, eu estou mandando.

— Não — permaneceu firme, apontando o garfo para Sebastien como se fosse um guerreiro pronto para a batalha.

— Ouça sua mãe, rapazinho, aqui não é lugar para você! — Alertou, Sebastien. Tentou soar calmo.

— Não bata nela!

As lágrimas acabaram rolando por meu rosto, e dessa vez foram lágrimas emotivas que aqueceram meu coração.

Enrico

Foi decepcionante ver que não derramou qualquer lágrima ao ouvir sobre minha morte. Esperava outra reação: tristeza, choque, qualquer sentimento, exceto aquela frieza.

Minha querida, desapontou-me novamente. É hora de castigá-la.

Abri a porta com rudeza, queria que toda a atenção estivesse voltada para mim. Ela espantou-se, o garoto deixou o garfo cair no chão, e Sebastien, bom, ele já esperava por aquilo. Era o que tínhamos acordado.

— Estou desapontado, Luz. Nenhuma lágrima!? — Questionei, inconformado, e coloquei as mãos na cintura. — Você ouve dizer que o grande amor da sua vida morreu e não tem a mínima sensibilidade de chorar?

— Cristo, você não podia esperar mais um pouco?! — Indagou Sebastien, furioso.

— E por que eu deveria? Você fez o que mandei, agora já pode se retirar, quero ficar a sós com a minha esposa. Seu dinheiro está no carro — falei, gesticulando com a mão. Já estava cansado de ouvir a voz daquele imundo. Ele fedia a peixe o tempo inteiro. Ainda não entendia como Luz, uma dama daquelas (um pouco desvirtuada), aceitou fugir com ele.

Voltei minha atenção para o que realmente me interessava: Luz e seus extenuantes olhos quase saltando do rosto. Ela estava pálida.

— Você... não está morto!? — A cadelinha resolveu soltar a voz.

— Eu pareço morto para você? — Retruquei.

— Enrico chegou há algumas horas e queria uma aparição triunfal. Sabíamos que você tentaria fugir, então ele sugeriu essa brincadeira. Vimos quando você saiu de casa, o resto foi fácil de armar — explicou Sebastien

— Enganar você sempre é fácil — completei.

— Vocês são dois doentes — murmurou, recuando. Agarrou o braço do garotinho a fim de protegê-lo.

— Admito que a brincadeira foi um pouco maldosa, mas você sabe como adoro sentir o cheiro delicioso do seu medo, meu bem — ciciei, indo até ela. — Diga para seu filho que agora eu sou o pai dele e que seremos uma família. Diga. VAMOS!

— Nunca seremos uma família. Você é alguém que eu desprezo e que desejo matar com minhas próprias mãos!

Tudo bem, ela ainda estava rancorosa. Por outro lado, eu sempre amei esse jeito bruto dela. A deixava sensual.

— Bem, eu preciso ir — disse Sebastien.

— Que seja, vá logo! — Resmunguei. Não gostava de ser interrompido.

— Sebastien, eu imploro. Te dou tudo que tenho, todo o meu dinheiro, minhas joias, minha herança. Não me deixe aqui! — Suplicou Luz, a voz embargada de desespero.

Sebastien, ouvindo suas súplicas, parou na porta e virou-se para encará-la pela última vez.

— Não me faça ter que escolher entre você e o dinheiro — ele disse, e foi embora.

Capítulo 34

Luz

Me curvei sob aquele olhar ameaçador, contudo permaneci em silêncio. Senti as lágrimas correrem por meu rosto. Minha dor interna estava se cansando. Estava tudo acontecendo outra vez, o meu pesadelo continuava caminhando sobre a terra. As cicatrizes espalhadas por meu corpo começaram a arder, como se soubessem que o dono delas havia retornado. A minha pele parecia queimar inteira, uma dor intensa, como quando você, distraidamente, coloca a mão em uma panela que acabou de sair do fogo.

Não, eu não posso respirar mais.

Sei que eu devia ser corajosa e enfrentá-lo mais uma vez, no entanto a força é como o vento: não é sempre que a gente o sente, mesmo que ele esteja ali.

— Vamos, querida, você deve ter algo para me dizer — falou Enrico, assim que Sebastien encostou a porta e nos deixou a sós. Eu, o diabo e uma pequena criança.

— O que você quer de mim, Enrico!? — Questionei sem rodeios.

— Eu quero você, Luz. Você é o que eu sempre quis — ele murmurou, palavras doces que me causaram um violento tremor. Não passavam de sentimentos vagos. — Você me feriu profundamente, mas posso perdoá-la por isso. Sou capaz de criar o filho de outro e amá-la, mesmo vendo que você se tornou uma mulher libertina.

Eu queria mandar ele e o amor dele para o inferno, mas não era uma boa ideia, visto que Benjamin estava agarrado ao meu corpo. Não queria que ele me visse apanhar.

— Precisamos entrar em um acordo — murmurei, baixando meu olhar. Mostrei que eu tinha entendido que não havia outra escolha.

Minha língua estava tão dormente que eu mal a sentia em minha boca.

— Hum... o que você tem em mente, docinho? — Sua voz era tranquila, como o cantarolar de um pássaro feliz. Ele obviamente estava em paz, satisfeito. Completamente o oposto de mim.

Olhei Benjamin com seriedade e tentei soar despreocupada ao me dirigir a ele:

— Ben, o que acha de brincar um pouco no andar de cima enquanto a mamãe conversa com o moço?

— Só eu? — Ele me questionou, se mostrava cada dia mais esperto. Era assustador ver o quanto meu filho estava crescendo em meio àquela tormenta.

— Ah, querido, sei que você pode usar sua criatividade — tentei demonstrar entusiasmo, forcei um sorriso que escondeu o quanto meus ombros chacoalhavam.

— Eu tô... confusão — resmungou.

— O certo é: eu estou confuso. De qualquer forma, não tem razão para você estar confuso, apenas faça o que estou te pedindo, por favor — falei apressada, ao ouvir Enrico arquejando.

Benjamin cruzou os braços e fez bico.

— Não! — Ele disse em tom desafiador.

— Benj... — eu estava pronta para repreendê-lo, quando Ben se soltou de mim e correu para fora de casa.

Ligeiramente, preparei-me para pegá-lo, instante em que Enrico se colocou no meu caminho, abafando a minha reação imediata.

— Enrico, meu filh...

— Psiu, quieta, meu docinho. Agora me deixe matar a saudade. — Seu sorriso inoportuno acompanhou sua mão aberta e pesada em meu rosto.

Enrico

Esbofeteá-la foi, no mínimo, esplêndido. Minha mão, ao sentir seu rosto de pêssego, fez com que todos os meus receios fossem substituídos por confiança. Senti que valeu a pena cada centavo que gastei para tê-la em meus braços.

Aquela casa, distante da cidade, assim como as estrelas distantes da terra, fui eu que a construí, a moldei, com meus punhos e minha mente, apenas para Luz. Para que seus gritos ridiculamente altos, como os de gatos no cio, não fossem ouvidos. Ninguém viria nos interromper, arrancá-la de mim. Seríamos eternamente eu, ela e aquele projeto de humano que ela chamava de filho.

Luz gemeu quando minha mão estralou em seu rosto, e sua lamúria me deixou endurecido. Ah, eu queria arrancar seus cabelos, morder suas pernas, seus braços, os dedos dos seus pés! Deixá-la com a marca dos meus dentes; ver sua pele alva como a neve ficar vermelha e depois roxa — a minha cor preferida. Não existia nada no mundo que eu gostasse mais do que feri-la, comandá-la. Nenhum som era mais estarrecedor do que seu choro.

Minha mão encontrou seu rosto novamente, mais um estralo e eu estaria pronto para despejar minha satisfação pelas pernas. Aprontei-me para o terceiro tapa, mas a cadela segurou meu braço e estorvou o meu deleite.

— Eu preciso que... que me prometa... não machuque meu filho — ela falou, entre pausas para poder respirar.

— Não irei machucá-lo. Pelo contrário, o transformarei em homem! — Dei minha palavra. Nada era mais importante para um homem do que sua palavra, era como os próprios testículos.

— O que isso significa?

— Significa que, agora que ele tem um pai, eu lhe passarei os ensinamentos — expliquei furtivamente.

— Meu filho não precisa de um pai! — Retrucou carrancuda.

— Todo filho homem precisa de um pai para lhe mostrar como domesticar sua esposa e botar ordem em seu lar. Ainda mais se ele tiver uma criatura bruta como você dentro de casa!

— Eu não sou um animal de pasto, seu maldito sádico — irritou-se.

— Você anda muito arisca, meu bem. Terei que descer o chicote em suas costas se continuar assim — alertei-a, e me soltei de suas garras. — Você quer um acordo, então vamos às regras: sem gritos, xingamentos, agressão, planos para fugir, desobediência... essas coisas de mulher que se acha sabichona. Em troca disso, eu prometo que seu filho ficará em segurança. Caso quebre o nosso acordo, eu colocarei sua criança em um barril, o jogarei naquele lago e ficarei de olho para garantir que ele morra — Essa informação era crucial para que ela percebesse a seriedade de minhas ameaças.

Pude notar que Luz engasgou-se com o próprio oxigênio.

— Temos um acordo, querida?

Com muito pesar, ela concordou com um leve aceno de cabeça. Isso suscitou algumas ideias muito interessantes em minha mente.

Luz

— Mamãe, quero ir pra casa — Ben choramingou. Estávamos juntinhos no sofá, sua cabeça deitada em meu braço, e a lareira nos aquecia levemente. Eu me corroía por dentro e tentava ao máximo transparecer despreocupada. No entanto, mesmo com todos os meus esforços, Benjamin parecia sentir que havia algo de errado. Algo que eu, sua mãe, era incapaz de deter.

— Essa é nossa nova casa, meu pequeno — sussurrei. Engolindo o choro e o gosto amargo do desespero.

— Não gosto daqui. É escuro — cochichou, como se aquele fosse seu maior segredo.

— Não é tão ruim assim. Tem um quintal gigante para você correr, um lago para pescar, muitas e muitas frutas deliciosas para mergulharmos no chocolate. — Usei um tom de voz empolgante para tentar contornar a situação... a terrível situação.

— A-qui é co-mo o baú, mamãe — disse com dificuldade. Não pelas palavras serem difíceis, mas sim pelas lembranças dolorosas que elas acompanhavam.

Meu queixo tremeu. Eu o abracei com força.

A porta foi aberta com ferocidade. Enrico tinha voltado, carregando cinco sacolas. Ele não falou aonde iria, apenas saiu dizendo que voltava logo. Trancou a porta e levou a chave consigo para garantir que eu ficaria exatamente onde me deixou. Outra vez, sua prisioneira.

— Trouxe comida, vá fazer. Estou faminto! — Ordenou. Levantei-me rapidamente. Sabendo que seria assim agora.

Benjamin também se levantou e ia me acompanhar, quando Enrico disse:

— O menino fica aqui comigo. Ele é a minha garantia de que você não vai tentar nenhuma besteira!

— Não tentarei nada. Eu juro — tentei dizer. Mas ele já estava discordando antes mesmo de eu terminar a frase.

— Perdoe-me se não confio em você, docinho. Ainda não me esqueci de quando me queimou e riu da minha agonia. — Deu de ombros. Eu não tinha como me defender daquela acusação, ela era verídica. E tanto eu quanto Enrico sabíamos que eu adoraria vê-lo se dobrar de dor novamente. Ver sua pele borbulhar, queimar, ficar na carne viva. Meu único arrependimento era por não ter acabado com ele de uma vez por todas.

Maldito Leôncio que me impediu!

Na cozinha, preparei o filé mignon que ele havia comprado, joguei molho madeira por cima e coloquei uma salada no prato como acompanhamento. Levei em uma bandeja até a sala. Enrico estava sentado no sofá, ao lado de Benjamin. Não era preciso dizer o quanto aquela cena me deixou enojada, confusa, temerosa. Benjamin parecia bastante entretido na conversa. Foi preciso muito autocontrole e respiradas profundas para não arrancar meu filho de perto dele.

— O almoço está pronto — eu disse, chamando a atenção de Enrico.

— Tudo bem, espere um pouco. Estamos conversando — ele respondeu, fazendo pouco caso de mim.

Virei-me para deixar a bandeja no aparador, Enrico me impediu.

— Não foi isso que pedi para fazer, querida. Quero que fique segurando a bandeja enquanto termino de conversar com sua adorável criança — esclareceu, em um tom de voz maldoso. Ele queria me humilhar, testar a minha paciência e ver até onde eu era capaz de ir para proteger o meu filho.

— Claro, desculpe-me. — Mordi minha língua logo após dizer aquilo para não despejar ofensas em cima dele.

Enrico me fez ficar em pé segurando a bandeja por mais quinze minutos. Continuou conversando com Benjamin baixinho. Eu odiava aquela proximidade. Eu, mais do que ninguém, sabia o quão perigosa ela era.

— Pronto, agora podemos comer — disse Enrico. Ele permaneceu sentado, esperava que eu posicionasse a bandeja em seu colo. Quis soltar o prato no chão para que ele mesmo pegasse, mas me mantive firme. Eu podia fazer aquilo, podia ser sua escrava para manter meu filho em segurança. Eu já tinha me conformado que aquela seria a minha vida, lutei durante anos, foi em vão, acabei voltando para o mesmo limbo que me esforcei tanto para escapar. Era como um rio que corre para o mar. Talvez tudo isso já estivesse destinado a acontecer.

Se eu pudesse apenas rebobinar. Se eu pudesse voltar no tempo...

Coloquei a bandeja em seu colo, exatamente como ele queria. E esperei pela próxima ordem.

— Onde está a comida de vocês? — Ele questionou. Olhando para Benjamin e para mim.

— Nós comemos frutas há pouco, não estamos com fome — expliquei com honestidade.

— Não me importo, quero que comam. Acha mesmo que serei idiota a ponto de me alimentar com uma comida sem saber a procedência e sem fazer um dos dois prová-la?

Era uma atitude inteligente. Não podia negar.

— Oras, foi você mesmo quem comprou essa carne — respondi, e ergui a sobrancelha demonstrando confusão.

— Já disse, docinho, eu não me importo com seus argumentos. Quero que você e seu filho me acompanhem. Não há uma mesa de jantar aqui, mas sei que ficarão confortáveis no chão. Vamos, pegue mais dois pratos!

Ofendi-o em pensamento, e o obedeci mais uma vez. Não fazia muitas horas que eu estava ao lado de Enrico e eu já queria enfiar uma faca na sua jugular ou jogar seu rosto contra um espelho. Começava a me questionar por mais quanto tempo suportaria aquilo antes de enlouquecer completamente. Ele era capaz de aborrecer até a mais sã das pessoas.

— Mamãe, não quero — sussurrou Benjamin, olhando com desgosto para o prato de comida posto em seu colo.

Acariciei suas pernas esticadas no chão da sala.

— Apenas um pouco, sim? — Tentei persuadi-lo. — Depois podemos comer algumas balas, o que acha?

Seu olhar puro se iluminou. Era um doce de menino para estar em um lugar tão cruel. Se eu soubesse o que o destino nos guardava, jamais teria colocado uma criança no mundo.

Enrico esperou que Benjamin fosse o primeiro a provar a carne que eu tinha desfiado em seu prato, para somente depois começar a comer. Enrico mastigou, mastigou, mastigou e cuspiu no chão, bem pertinho de mim.

— Sem sabor! — Reclamou, enfurecido. Largou o prato no sofá e me puxou pelo braço, erguendo-me com violência do chão. — Precisamos dar um jeito nessa sua mão, docinho, você precisa ficar mais... picante!

Ele me arrastou até a lareira e, antes que eu pudesse entender o que estava prestes a acontecer, enfiou a minha mão no fogo. Eu gritei, sentindo minha pele se encolher, ganhar uma nova forma, como aconteceu com a carne que eu acabara de grelhar.

— Mamãe! — Ouvi Benjamin gritar por cima do meu grito. Sua voz pareceu vir de longe, como acontece quando estamos dormindo e ouvimos a realidade tentando nos puxar de volta. Foi isso que a dor de ser queimada viva fez comigo: me deixou em um estado catatônico. Eu tinha me esquecido do quão diabólico Enrico era capaz de ser.

O cheiro pútrido da minha carne torrada me despertou do transe e eu arranquei minha mão da chama. Enrico não me contrariou. Eu gritei mais uma vez, e chorei, e engasguei com as lágrimas, ao ver minha mão vermelha e tostada. Não consegui mover os dedos, não consegui nem ao menos cobrir o ferimento e parar de encará-lo.

Deixei-me cair de joelhos no chão. Depois, senti os braços de Benjamin em volta de mim; ele me abraçou com todo furor, tentando aliviar a minha angústia.

— Talvez agora você encontre o toque feminino que te faltava, minha querida — proferiu Enrico. Eu não encontrei forças para respondê-lo.

Ele saiu de casa mais uma vez, sem dar explicações. Tudo que ouvi foi a chave virar na fechadura.

— Benjamin... filho... você precisa deixar a mamãe se levantar para... *Argh*... curar esse machucado. — A dor era rigorosa, implacável. A vontade era de arrancar a mão com um serrote para, quem sabe, aliviar um terço do sofrimento.

— Assopra — ele respirou profundamente e preparou o bico para soltar o ar em minha mão.

— Não. Não — o impedi com urgência. Sabia que o toque do ar causaria ainda mais dor.

Levantei-me; segurei o pulso da mão machucada a fim de tentar mantê-la imobilizada e não batê-la em algo.

Segui para a cozinha e descasquei uma banana que Enrico tinha trazido, lembrei-me que já tinha lido sobre receitas caseiras para queimadura. Coloquei a casca da fruta no ferimento, e tocar nele foi como pisar no inferno e voltar à terra. Meus olhos, já encharcados de lágrimas, molharam-se ainda mais.

— Mamãe? — Chamou Ben, vendo toda aquela tragédia.

Dei um quase sorriso.

— Estou bem... já já passa — menti, contendo os berros que eu queria dar. A dor estava aumentando, até a ferida virar ódio.

— Vai ficar sem mão? — Questionou, preocupado.

— Claro que não. Só que agora a mão da mamãe terá um... um... formato diferente — tentei explicar. Lambendo algumas lágrimas que escorreram por minha boca.

— Eu não gosto assim — admitiu, puxando a barra da sua blusa por mania. Seguiu-me com os olhos.

— Eu sei, querido, mas mudar é bom. Não é!?

Deu de ombros e suspirou.

— Se esconde no baú, mamãe.

Engoli um soluço. E depois desabei, sem conseguir impedir. Não sabia se o choro era de agonia ou por ouvir aqueles comentários tão ingênuos.

Atentei-me ao som de quando a porta se fechou. Enrico tinha voltado. Calei-me imediatamente, era preciso manter a máscara de mulher destemida. Adiantei-me para perto de Benjamin e o escondi atrás de mim. Deixei a casca da banana cair, meu machucado não era minha prioridade, meu filho era.

Prendi a respiração e aguardei.

Primeiro ouvi os passos, depois vi a sombra e, por último, a sua voz:

— *Süsse?*

Capítulo 35

Luz

— *O que você quer?* O que está fazendo aqui!? — Inquiri. Ele franziu o nariz, inclinou a cabeça e respirou fundo.

— Que cheiro é esse? — Perguntou e ignorou meus questionamentos. Seus olhos logo pairaram em minha mão e a consternação cintilou em seu rosto.

Caminhou trôpego em minha direção.

— O que aconteceu com a sua mão!?

Recuei com Ben.

— Não é da sua conta! — Rebati, afrontosa. Sebastien fingiu não me ouvir, puxou minha mão queimada para analisar de perto.

— Cristo, isso está horrível! — Criticou e me soltou em seguida. Seus encorajadores olhos castanhos atravessaram os meus, invadindo o meu interior e me devorando por dentro. — Eu vou tirá-la daqui. Pegue suas coisas!

— Mais um truque? Eu caí uma vez na sua conversa, te garanto que isso não acontecerá novamente! — Exasperei, com uma lágrima brilhando no canto do olho.

— Não, *süsse*, eu te juro que isso não é mais uma armadilha. Eu nunca fui embora, eu tentei ir, mas no meio do caminho eu me dei conta da grande merda que eu estava fazendo — reconheceu, porém, não acreditei que alguns metros foram suficientes para abrir seus olhos.

Fiquei calada, e esperei a gargalhada maligna de Enrico retumbar a casa e ricochetear nas paredes da cozinha. Porém, não houve som algum.

Aquilo só podia ser um teste. Claro que sim, se eu falhasse, Enrico cumpriria sua promessa de matar Ben.

— Não vou a lugar algum com você. Não novamente. E te prometo, se não sair da minha frente, usarei todos os objetos dessa casa para esmagar sua cabeça! — Enquanto as palavras escorregavam pela minha língua, eu percebi o quanto elas soavam estúpidas.

— Pelo amor de Deus, sua maluca, estou tentando salvar você! — Sebastien gritou.

Eu comecei a cumprir minha ameaça. O primeiro objeto que lancei nele foi a panela que estava no escorredor de louça, um ato furioso de vingança. Sebastien se esquivou agilmente e soltou um palavrão.

Benjamin agarrou a minha perna com as duas mãos para tentar se proteger de toda aquela loucura.

— Devo admitir: ótima pontaria, *süsse* — disse em tom blasé. Retomou a postura ereta. — Enrico deve retornar em alguns instantes. Devemos sair agora para não sermos pegos!

Seu jeito de falar soava sincero, mas eu não entraria em seu jogo.

— EU MANDEI VOCÊ SAIR! — Eu gritei. Fechei o punho, sem lembrar-me da maldita queimadura, e não consegui engolir o gemido de dor.

— Pare de teimosia. Acredite em mim, eu nunca fui tão verdadeiro em toda a minha vida — insistiu. Em seu rosto era possível perceber que ele queria me tocar, porém se conteve.

— Você terá que ser um pouco mais criativo se quiser que eu acredite que se arrependeu e está recusando uma bolada de dinheiro para me salvar! — Falei, sendo sarcástica.

— Eu não disse que recusei o dinheiro, não seria tão imbecil assim — afirmou. Deu uma rápida olhada na porta que tinha acabado de atravessar, como se de fato temesse o retorno de Enrico. — Esse homem não está com boa faculdade mental, Luz. Não podemos esperar ele voltar.

Debochei com um humor sombrio.

— Por que diz isso? Você não é melhor do que ele — insultei. A crítica estava aprisionada em minha garganta. — Você é tão podre quanto Enrico e Leôncio. Tudo que mais desejo nesse momento é poder estar viva para caminhar sobre seu túmulo e imaginar que estou esmagando o seu coração com a ponta do meu salto agulha.

— Sua alma tem uma beleza rara, *süsse* — ironizou e escolheu outra linha de argumentação. — Mereço todo o mal que me deseja, e não posso fazer outra coisa que não seja pedir perdão — suspirou. — Você me dobrou como um maldito origami. Eu brinquei e usei você, admito, mas nesse jogo eu fui o único que saiu perdendo, e agora reconheço isso. Eu devia tê-la levado para longe, tê-la protegido!

Sebastien sempre, sempre me fazia estremecer. Meu termostato apresentava péssimo funcionamento quando ele estava por perto. E talvez eu gostasse dele, contudo, jamais o perdoaria. Seu erro foi extremo, definitivamente aquelas doces palavras não apagariam o dano causado.

— Querido, você é um excelente enganador. Eu bateria palmas para seu teatro, caso não estivesse gravemente ferida!

Seus olhos irradiavam inteligência. Ele estava decidido a me convencer da sua bondade.

— Descrente... entendo — disse em um tom derrotista. Esfregou o queixo, pensativo. — Farei com que acredite em mim.

Queria poder cruzar os braços com um ar provocador, no entanto, a ardência da queimadura ainda era irredutível. Benjamin estava tão calado que precisei olhar para ele e me certificar de que continuava respirando. Seus ouvidos se atentavam à minha conversa embaraçosa com o pescador.

— Tudo bem — concordei, quando na verdade nada do que ele fizesse agora mudaria o que fez anteriormente. Aceitá-lo mais uma vez seria como fornecer a munição para uma arma que há tempos estava apontada para minha cabeça.

Ele pareceu não saber o que dizer, portanto decidiu por um sorriso amável.

— Acho melhor recolher a panela e a casca do chão para não criar mais problemas para si mesma — aconselhou-me com doçura. Eu não conseguia dizer se Sebastien era um homem bipolar ou um homem que não gostava de ser decifrado. Não me decidia se ele era o mocinho ou mais um grande vilão. A única certeza era que: acreditar que ele tinha mudado e que gostava de mim era mais uma fantasia de garota ingênua.

Fiquei calada, embora minha mente utópica continuasse trabalhando, inconscientemente, esperava que um cavalo relinchasse no lado de fora da casa e que Sebastien dissesse que era nossa hora de escapar.

Ele arregalou os olhos, e eu podia apostar que parou de respirar. Os ombros largos, iguais aos de um nadador, ficaram tensos de imediato.

— Ele chegou — Sebastien sussurrou com uma voz alarmante.

— Não ouço nada — repliquei.

— Passei a ter boa audição depois que fui apanhado na cama de uma mulher casada. Desse dia em diante, meus ouvidos nunca mais me abandonaram — detalhou naturalmente, sem ao menos sentir remorso do que fez.

Amante? Céus, Sebastien era mesmo uma criatura repugnante!

— Não faça essa cara, *süsse.* Ouça, ele acabou de descer do carro — atentou. — É agora que peço para que confie em mim. Dessa vez, estou disposto a ultrapassar todos os limites por você!

Enrico

Tudo que eu queria era que ela não fizesse um grande escândalo ao ver minha roupa coberta por sangue. Não queria ter me sujado de tal forma, no entanto se eu não desse um fim naquele casal de jovens, em um piscar de olhos eles acabariam com meus planos.

Respirei fundo, limpei os pés no tapete e entrei em casa. Luz estava na cozinha, tomando água. Confesso que esperava encontrá-la se lamentando por sua mão, mas as lágrimas já estavam secas em seu rosto.

— Onde sua criança está? — Perguntei, assim que não vi o projeto de humano na cozinha.

Ela deixou o copo na pia e se virou para me encarar, espantou-se ao me ver tão encardido de sangue.

— Não estou ferido, não se preocupe — adiantei-me.

— Não estou preocupada com você. Me preocupo com o animal que foi morto — disse ela, de forma tão inocente. Não consegui evitar a gargalhada.

— Oh, minha doce Luz, asseguro-lhe que os animais dessa floresta estão intactos. Essa sujeira toda veio de dois jovens imbecis que planejavam acampar em minha propriedade — expliquei, e limpei meu nariz com a manga da blusa de frio. — O problema já foi resolvido.

— Jovens? V-ocê os matou? — Questionou, claramente horrorizada.

— Não entendo por que está abalada. Por acaso os conhecia!? — Repliquei. Não fazia sentido algum essa reação dela por dois desconhecidos.

As pernas de Luz oscilaram, fracas como as de uma galinha, ela teve que se segurar na pia para que o desequilíbrio não a levasse ao chão.

— Eles estavam em minha propriedade, tudo que está nessa terra é meu. Eu tive todo o direito de matá-los, não me condene por cuidar do meu patrimônio! — Senti-me ofendido por ter que me defender daquele olhar acusador. Deu-me vontade de esmurrar seu queixo até deslocá-lo.

— V-ocê matou os dois? Como?

Sua pele empalideceu.

— Está se sentindo bem, querida? — Perguntei, e tentei levar minha mão ao seu rosto, ela o virou. — Não me trate com essa rispidez, não quero machucá-la novamente. — Olhei para a queimadura em sua sensível mão. — O que fiz contigo de tarde já me valeu o dia inteiro. Além disso, estou cansado. Espancar aqueles dois até a morte esgotou minhas energias!

Luz colocou toda a sua feminilidade para fora. Foi por um triz que não vomitou em minhas lindas botas de cowboy.

— Argh, você continua imunda! — Olhei com desdém para ela. — Não sei por que ainda insisto em consertá-la, você tem muitos defeitos. — Fitei indiscretamente os seus seios escondidos pelos agasalhos. — Seus seios são murchos agora, aposto que também têm marcas de estrias; sua testa tem rugas de uma senhora de setenta anos e seu bumbum está flácido feito pudim. E essas são apenas as imperfeições que consigo ver de onde estou, mas sei que por debaixo desses panos você está ainda mais deplorável. O mínimo que você devia fazer por mim era agradecer por aceitá-la como minha esposa outra vez.

Ela me ouviu, sem piscar uma única vez.

— Então é isso que te faz se sentir... viril? — Deu um sorriso de canto. — Humilhar-me, ferir-me, aprisionar-me, são essas coisas que fazem de você um homem?

Minha destreza não foi o suficiente para entender aonde ela queria chegar com aquele discurso.

— Por que me pergunta isso?

— Você não passa de um menino brincando de casinha. Os anos vieram para todos, exceto para você, que segue vivendo uma fantasia doentia. O que você tem, hã? Uma casa no campo que foi comprada com o dinheiro de seu pai? Uma mulher que você aprisiona e uma criança que não foi feita por você? — Desafiou Luz. — Mesmo que eu tenha sofrido, eu amadureci. O oposto de você, Enrico, que continua apodrecendo.

Enfureci-me. Agarrei-a pelo pescoço com as duas mãos e apertei. Queria esmagá-la. Furar seus olhos com um garfo. Acabar com sua vida agora mesmo.

— Eu devia ter queimado sua língua, não sua mão — rugi, ouvindo sua respiração ruidosa. Ela me observou com as pupilas dilatadas e tentou se soltar, puxando meus pulsos. Era poético vê-la sufocar. — Tudo bem. Tudo bem, querida. Você rompeu nosso acordo, e sei que se lembra das consequências. Agora irei soltá-la e farei uma agradável caminhada com seu filho em volta do lago. Ei, calma, não chore. Darei uma morte rápida àquela doce criança — tentei tranquilizá-la. Ela balbuciou algo com a mixaria de oxigênio que permiti entrar em seu pulmão. — O que foi? O que está tentando me dizer?

Incomodado com os sons estranhos de quem parece estar sendo esmagado, finalmente a libertei.

— Você... não tenho... é necessário... INFERNO! — Eu tentei falar em meio à sua crise de tosse.

— Não o machuque. Eu imploro — suplicou, acariciando a própria garganta.

— Eu sou um homem de palavra, meu bem — eu disse e lhe dei as costas. Essa foi minha última frase dita antes de ser atingido por trás com o que parecia ser um copo de vidro. A pancada não foi o suficiente para me derrubar, mas senti o sangue escorrendo por minhas costas.

Virei-me de frente para Luz outra vez. Ela parecia nervosa, não amedrontada. Pensei em enforcá-la mais uma vez, dar um forte tapa em seu rosto, mas decidi que não queria lhe causar dor física, e sim psicológica. Queria que ela sangrasse por dentro. Queria cortar sua veia principal: o seu filho.

Sorri para ela e me retirei da cozinha.

Encontrei o menino no quarto, deitado em minha cama. Ele brincava com um barquinho de papel.

— O que vai fazer, Enrico!? — Luz perguntou, arquejante. Estava quase colocando o coração para fora.

Ignorei-a.

— Venha, garoto, vamos dar uma volta lá fora — falei para Benjamin. Estendi a mão para que ele a segurasse.

— Enrico, não o machuque. Enrico! — Luz lamuriou atrás de mim.

O menino olhou para sua mãe, mas como um ser irracional e sem malícia, aceitou o meu convite mortal. Peguei o garoto em meu colo e desci a escada correndo.

Gemi em silêncio pela dor nas costas. Tinha certeza de que havia cacos de vidro presos em minha carne, no entanto, não podia me dar ao luxo de retirá-los.

Luz gritou em meus ouvidos, suplicou e fez promessas. Eu adorava quando ela ficava desesperada.

Ela puxou o meu braço em um rompante. Por pouco eu não caí.

— Se fizer isso mais uma vez, eu jogo esse menino dentro do fogo. Você sabe como isso é doloroso! — Lembrei-a e fiz com que repensasse suas ações.

— Machuque a mim — ofereceu-se, com voz de garota de programa. Estendeu seus braços, como se fosse uma criminosa esperando pelas algemas. O convite era tentador. Eu experimentei causar dor em outras mulheres ao longo da vida, mas o sofrimento de Luz era o único que me causava tamanho prazer. Não era a cor da sua pele, eu provei semelhantes, não eram seus cabelos iluminados ou o lindo contorno do seu lábio superior. Aos poucos, descobri que gostava dela pela mesma razão que a odiava: por sua incapacidade de me obedecer e de me servir. Aqueles braços estendidos eram muito mais do que aparentavam, eles significavam sua total submissão.

— Você já usou essa tática antes. Me fez acreditar que tínhamos um acordo e o quebrou na primeira oportunidade — acusei-a.

— Olhe em meus olhos e verá que agora estou sendo verdadeira — refutou. Foi por muito pouco que não aceitei sua provocação.

Coloquei o menino no chão e me inclinei para sussurrar em seu ouvido: "— Você gosta de sorvete, garoto? Tem um bem grandão te esperando lá fora. O que acha de ir conferir?"

O projeto de humano começou a andar em direção à saída como eu havia sugerido.

— Benjamin — Luz o chamou, seu olhar exprimia tristeza. O garoto a olhou, indeciso sobre o que devia fazer: obedecer sua mãe ou saciar sua curiosidade.

Não dei tempo para que ele se decidisse.

— Diga adeus à sua criança, meu bem — falei, dando um forte empurrão no peito de Luz. Ela se desequilibrou, como eu esperava, e caiu de costas no chão. Agi rapidamente e agarrei o braço do garoto. Arrastei-o para fora de casa e tranquei a porta para aprisionar Luz do lado de dentro.

— Mamãe? — O menino se soltou de mim e começou a esmurrar a porta com desespero.

— Agora somos apenas eu e você, garoto — balbuciei em tom passivo-agressivo e peguei em sua mão com força para que não se soltasse outra vez. — Venha, vou te mostrar o sorvete gigante que prometi.

Ele veio, meio relutante, mas me acompanhou mesmo assim.

O que eu iria fazer com ele? Nunca tinha ferido uma criança antes. Eu não queria matá-lo, não mesmo, aquele projeto de humano era filho do meu eterno grande amigo, e precisávamos de mais homens como Leôncio no mundo. Luz me deixou em uma posição complicada, não podia apenas ignorar o que ela fez, se o fizesse, lhe daria espaço para que cometesse outros erros.

Decidi que eu daria uma morte silenciosa para o menino, não machucaria seu corpo. Iria trancá-lo no carro e direcionaria o veículo até o lago. A água faria o resto do trabalho. Seria assustador, mas o garoto parecia acostumado a brincar de barquinho, ele devia imaginar que os barcos muitas vezes naufragavam.

— Você gosta de barcos, não gosta? — Perguntei, tentando tornar menos insuportáveis seus poucos minutos de vida.

— Gosto — respondeu, com a voz fina e nada firme. Isso era o que acontecia quando garotos cresciam longe dos pais: tornavam-se fracos. "Uma mariquinha", como dizia meu pai.

— Te levarei para um passeio de barco, menino, mas você tem que prometer não chorar. Tem que ser corajoso, como um homem. Acha que consegue ser corajoso?

Ele concordou com a cabeça e só; eu duvidava que ele sequer entendesse o significado daquelas palavras.

Minha mão foi na maçaneta do carro para abrir a porta, mas o estrondo que veio da minha casa paralisou meus gestos seguintes.

O que aquela cadela tinha aprontado?

Virei o rosto em direção ao barulho. A cortina do janelão de vidro se abriu e o que vi me deixou extremamente transtornado. O que Sebastien estava fazendo em minha casa? E por que diabos apontava uma arma para Luz?

— O QUE PENSA ESTAR FAZENDO, SEU IMUNDO!? — Gritei pra que me escutasse. Claro que era improvável que isso acontecesse, eu estava distante, teria que me aproximar um pouco mais.

Não engolia a ideia de que ele quisesse mais dinheiro — meio milhão foi mais que o suficiente para o serviço que me prestou. Então, o que ele planejava ganhar fazendo Luz de refém? O que aquela imprestável tinha feito para irritá-lo?

Marchei em direção à casa, entretanto me mantive do lado de fora. Não seria burro de entrar.

Fitei ele e depois Luz através da janela, ela basicamente usou seu olhar para me implorar por ajuda. Aquilo era inadmissível, como aquele imundo ousava tocar em algo que era meu sem que eu consentisse?

Luz era MINHA, cada molécula do seu corpo pertencia a mim, ela era a minha obra de arte e, como todo pintor, eu não aceitava que colocassem o dedo. Cada marca em sua pele (tirando as poucas rugas que a idade lhe deu) eram feitos meus. Não aceitaria de forma alguma que mais homens deixassem seus rastros.

— Solte o garoto! — Ordenou Sebastien, batendo com o revólver no vidro para chamar minha atenção.

— Qual seu interesse no menino? — Contestei, realmente curioso.

— Contarei até três! — Alertou, sem me responder. E puxou a cabeça de Luz pelos cabelos.

Ela gritou e eu me desesperei com seu grito.

Ele não podia matá-la, não se atreveria. Eu não passei a minha vida inteira caçando-a para vê-la sendo morta pelas mãos de outro. Eu não sabia em que mo-

mento ela se tornou o ser mais significante da minha vida. Eu deixei todos por ela, fui à falência por ela. Não por amor, mas simplesmente porque a minha vida só tinha significado quando eu a estava machucando.

Era indubitável: o meu coração pararia de bater se o seu também parasse.

— Tudo bem, não faça nada. Você pode levar o menino embora — rendi-me e sei que papai teria me chamado de covarde se me visse permitir ser intimidado. Em meu lugar, ele teria lutado até arrancar os testículos de Sebastien com os dentes.

— Afaste-se, te entregarei a mulher e você me entregará o garoto. Qualquer tentativa idiota, eu atiro nela!

Concordei sem contestar.

Fui até o projeto de humano e o peguei pelo braço, o belisquei de propósito enquanto andávamos para descontar um terço da minha ira. Ele danou-se a chorar!

— Cale a boca, seu marica! — Murmurei em tom alarmante. Ele berrou ainda mais forte.

— Se machucá-lo novamente, eu serei obrigado a ferir o rosto dessa bela dama com meus próprios punhos — atentou de forma explícita para não deixar dúvidas. — Recue quinze passos, irei abrir a porta para efetuarmos a troca.

Eu tinha sido um completo imbecil por não ter exigido que ele me devolvesse a cópia da chave. Permiti que ele entrasse e saísse quando bem entendesse do cativeiro que fiz para Luz. Eu confiei nele estupidamente.

Fiz o que me ordenou, distanciei-me e esperei que abrisse a porta. Continuei segurando o garoto, e ele ainda não tinha parado de chorar.

Sebastien e Luz saíram de casa. Eu a castigaria muito depois que tudo fosse resolvido. Como ela pôde permitir ser feita de refém?! Ela sabia ser agressiva quando queria. Ao menos comigo.

— Me dê o garoto! — Exigiu Sebastien.

— Por que ele é importante para você!? — Interpelei. Eu necessitava saber qual era sua relação com aquela criança.

— Eu não te devo explicações, rapaz! — Ele revidou. Sebastien era osso duro de roer, pulso firme, era bem mais fácil lidar com as mulheres, bastava eu bater o pé com mais força para elas me oferecerem até mesmo a própria alma. — Eu tenho uma arma apontada para essa mulher que você tanto venera, solte o garoto ou eu irei matá-la. Esse será meu último aviso!

— Enrico, faça o que ele está mandando — alertou Luz, sempre tão chorosa.

— Cale a boca, prostituta de merda! — Respondi, colérico. — Veja a bagunça que está causando. Até para morrer você faz um grande drama... ah, pelo amor de Deus, mande esse moleque parar de espernear!

O projeto de humano gritava como se alguém o estivesse torturando com uma navalha. Ele estava sendo uma grande vergonha para toda a raça masculina.

Sebastien encerrou aquela discussão quando levou o dedo no gatilho.

— N-ão... não atire. Eu suplico! — Minha voz falhou, mas eu já não estava tão preocupado em parecer um homem destemido, não durante o tempo em que ele colocava a vida de Luz em risco.

Era melhor eu parar de testá-lo, e também não tinha razão para tanto alarde. Aquele garoto era um estorvo, quanto antes eu me livrasse dele, melhor seria. No final das contas, Sebastien estava fazendo um grande favor em tirar de mim a responsabilidade de matá-lo. Empurrei-o para Sebastien e esperei que ele cumprisse a sua parte prometida.

Ele soltou Luz e os dois sorriram para mim, deixando-me completamente confuso. Luz continuou ao lado de Sebastien, não havia mais medo em seu rosto. Pelo contrário, havia um olhar dissimulado.

— Ande logo, garota tola, saia de perto desse nojento! — Exigi.

Luz apressou seus passos, mas não veio até mim, foi de encontro a Benjamin. Ela pegou o menino no colo e o abraçou com força. Foi quando entendi o que estava acontecendo.

— Vocês armaram para mim! — Afirmei furioso e me preparei para agarrar o braço de Luz e castigá-la até a morte. Eu só não contava com o tiro que foi disparado em meu peito.

— Faça algo útil uma vez na vida. Morra! — Falou Sebastien.

Foi estranha a sensação de ter algo invadindo o meu corpo, esburacando a minha carne. Meus vasos sanguíneos se romperam com uma violência assustadora e a pressão sanguínea caiu com uma rapidez espantosa. Levar um tiro se tornou mais terrível ainda porque eu sabia exatamente o que me aguardava durante os minutinhos em que eu não morria: eu seria torturado até que meu coração, por fim, parasse de bater.

Capítulo 36

Luz

Abracei meu filho com toda minha força e escondi seu rosto para que ele não visse o que estava acontecendo.

Sebastien cumpriu com sua promessa, ele salvou Ben, no entanto ocultou sobre atirar contra Enrico. Não imaginei que as coisas chegariam àquele ponto.

Ele o tinha matado? Ou foi um tiro que pegou de raspão?

Enrico ainda se encontrava de pé, o olhar estava disperso, porém, ele continuava respirando.

— Você está bem? — Murmurei para Benjamin, avaliando com cautela o seu corpo à procura de possíveis hematomas. Fisicamente, ele estava intacto. — Corra para dentro de casa e se esconda. Tudo bem?

— Por quê? — Ele questionou.

— Porque esse é um assunto para adultos.

— Eu sou adulto — ele rebateu. — Fui corajoso, mamãe.

— Você foi muito, muito corajoso. Agora é a vez da mamãe ser. — Eu sabia que as coisas ainda não tinham acabado; portanto, todo terror que eu pudesse evitar que Benjamin presenciasse, eu evitaria.

Ele me obedeceu e correu para dentro de casa.

Ver Enrico naquela situação – entre a vida e a morte – não me fez sentir compaixão e misericórdia. Eu também não me importei com o fato de ele já estar parcialmente derrotado, eu queria feri-lo com minhas próprias mãos e, como ele próprio dizia: deixar minha marca em sua pele, a marca do quanto eu (ironicamente) o amava.

Aproximei-me dele, sua respiração era quase um assobio, olhei no fundo dos seus olhos e, com a mão queimada e ainda absurdamente dolorida, dei um carregado soco em seu rosto. Não surtiu o mesmo impacto quanto os murros que ele me deu ao longo dos anos, mas foi catártico.

Desequilibrei-o, porém ele não caiu.

— GOSTOU DISSO, MEU QUERIDO!? — Perguntei como uma menina malcriada, saboreando o próprio atrevimento.

— Luz...

Não permiti que ele completasse os seus pensamentos, e na situação em que ele se encontrava, suspeitei que ele não teria força suficiente para fazê-lo.

— Não, não gaste suas energias falando. Eu preciso que você suporte mais alguns minutos para que eu possa vê-lo apodrecer bem na minha frente

Olhei diretamente para o buraco de bala em seu peito e vi o sangue escorrer lentamente.

— Vou ajudá-lo, estancarei a hemorragia — disse em tom maldoso e enfiei o dedo indicador na sua ferida. Senti sua carne quente. Deixei-me sujar com seu veneno. Ele gritou, e gemeu, e chorou. — Isso está profundo, não? Sabe, meu bem, os médicos às vezes utilizam álcool para desinfeccionar os machucados dos seus pacientes, o que acha da ideia?

Ri por entre os dentes. Enrico não me respondeu. Havia tantas coisas que eu queria fazer com seu corpo antes de deixá-lo partir, contudo, sabia que o tempo era curto demais para qualquer tipo de vingança que eu tinha em pensamento.

— Me... mate, por favor — pediu com a voz langorosa.

Senti uma pontada de irritação com o seu pedido, ele não tinha o direito de me implorar por misericórdia. Enfiei meu dedo ainda mais fundo no seu peito, depois retirei e enfiei novamente, em um frenesi intenso. Ele urrou e tentou segurar o meu pulso.

Dei um forte tapa em seu rosto e depois mais outro.

— Não toque em mim. Nunca mais! — Alertei. Seus olhos esverdeados me fitaram antes de Enrico se deixar cair no chão.

Agachei-me ao seu lado.

Ele não podia morrer assim, de forma pouco penosa, a dor tinha que ser extrema. Enrico me torturou por anos, ameaçou a vida do meu filho. Ele merecia ser queimado vivo enquanto ainda estava consciente para poder sentir cada camada da sua pele derreter e, respirar o cheiro da sua própria carne queimada.

Levantei-me e corri apressada para dentro da casa. Apanhei alguns utensílios, coisas que qualquer dama utilizaria em circunstâncias como aquela.

— O que vai fazer com isso? — Questionou Sebastien assim que retornei para perto deles.

— A corda é para amarrá-lo, o álcool e o isqueiro é para... bom, você é capaz de imaginar — respondi, ofegante. Eu estava agitada, tinha plena consciência de que o que eu planejava fazer teria um impacto gigantesco na minha vida, contudo, não conseguia (não queria) controlar o meu rancor, que ansiava por vingança.

— *Süsse*...

— Cale a boca. Eu sei o que irá dizer! — Silenciei-o com um grito.

Sebastien sorriu.

Como ele conseguia manter-se calmo diante essa calamidade?

— Não, você não sabe. Eu ia dizer que isso é uma boa ideia, para dissimular nossas... digitais.

— Não estou preocupada com isso. Eu apenas quero que ele sofra enquanto ainda respira!

— Então, fique feliz em saber que morrer queimado é uma das piores formas de morrer — Sebastien falou.

Não perdi tempo o respondendo. Aproximei-me de Enrico mais uma vez, seus olhos ainda estavam abertos e com fulgor.

— Admita... docinho, você sempre será minha passarinha assustada — cochichou. Eu vi naquele momento o quanto era importante para Enrico saber que ele arruinou meus sonhos e minhas esperanças. Era quase uma necessidade, como se o único propósito da sua existência fosse me destruir.

Abaixei-me e disse algumas mentiras para atormentar sua alma e o seu psicológico. Eu nunca lhe daria o prazer de saber que ele foi o responsável por eu não acreditar mais no felizes para sempre.

— Não, Enrico, eu me apaixonei mais uma vez. Leôncio curou as feridas que você deixou abertas. Eu fui feliz e esqueci-me completamente cada segundo que vivi ao seu lado. Você não foi nada além de um péssimo atraso de vida. Nada além disso!

Ele apertou os olhos e não conseguiu refrear as lágrimas. Eu queria poder registrar aquela doce cena.

— Is-so é... mentira — ele disse e tossiu um pouco de sangue. Olhou-me diretamente nos olhos, porém eu não tive certeza de que me enxergava. — E-u fiz tudo o que meu pai mandou... eu domei você. E-u fui o único homem da sua vida.

Dei um sorriso impiedoso.

— Não, querido, você falhou. Você não passa de um mariquinha. E agora eu ire...

Fui interrompida por Sebastien.

— Maldição! — Esbravejou. E, ao se aproximar de mim, puxou-me pelo braço tentando me levantar. Debati-me para me soltar. — Tem um carro se aproximando. Temos que sair agora!

— Achei que essa fosse uma área reservada, já que vocês me trouxeram aqui para morrer! — Falei com amargura. Ouvi o som do motor do carro não muito distante, porém continuei agachada ao lado de Enrico. Eu necessitava daquilo, precisava vê-lo sofrer!

— Não temos tempo para suas gracinhas, Luz. Precisamos nos livrar dele agora! — Sebastien avisou com muita seriedade.

— Eu não sairei daqui até ter certeza de que ele está morto. Parta você, se assim quiser!

O veículo vinha em nossa direção. O farol iluminava o meu rosto, quase que me cegando.

Por que diabos não mudam o percurso?

Eu me desconcentrei observando o carro que aos poucos se aproximava, torcia em silêncio para que mudassem de direção, quando escutei um barulho misterioso de água. Dei um pulo, pondo-me em pé, e não demorou para que eu reparasse que Enrico não estava mais no mesmo lugar. Procurei também por Sebastien, que havia se deslocado para a margem do lago, ele fitava a água sombria concentradamente e de forma suspeita.

— O QUE VOCÊ FEZ!? — Gritei, transtornada, olhando para o lago da mesma forma que ele. — O que você fez?? Você não tinha o direito!

O corpo de Enrico não voltou à superfície. Sebastien me privou de tirar a vida do homem que me destruiu externa e internamente. Não me permitiu encerrar um ciclo doentio que eu e Enrico tínhamos iniciado. Eu sabia que permaneceria com a terrível sensação de que ele me venceu.

— Não podíamos deixá-lo aqui. Agora, tente parecer normal ou tudo estará perdido! — Cochichou Sebastien escondendo o revólver na calça. Eu limpei minhas mãos ensanguentadas na roupa.

O *Ford Corcel* preto estacionou ao lado do *Dodge Magnum* de Enrico. Uma linda morena de cabelos cacheados desceu do carro acompanhada de um rapaz branco, de bochechas grandes e queixo pequeno. Os dois estavam agasalhos, com touca e botas quentes.

— Boa noite — disse Sebastien em um tom e sorriso amigáveis.

Eu não consegui ser igualmente fria, mantive-me calada.

— Boa noite. Não queríamos incomodar — disse a morena com uma voz exaustiva. Ela era jovem, aparentava não ter muito mais que seus vinte anos. — Estamos procurando por minha irmã e o namorado. Ela é baixinha, cabelo pelos ombros. Eles estão em um *Chevette* — explicou. — Viemos acampar pela região, mas acabamos nos perdendo deles no meio do caminho.

Eu olhei para Sebastien e ele também me encarou de soslaio. Não havia dúvida de que a irmã daquela moça era a mesma que Enrico tinha assassinado impiedosamente.

— Nós encontramos o carro deles a cerca de 530 metros daqui, por isso achávamos que vocês poderiam tê-los visto — completou o rapaz, já que Sebastien e eu não emitimos som algum. Ele era bem mais velho que a moça, era perceptível. Os traços do seu rosto não eram nada atraentes.

— Sinto muito, mas não sabemos nada a respeito — disse Sebastien muito calmamente. Ainda bem que era ele quem estava falando, eu não me sairia muito melhor.

— Alguém se feriu aqui? — Perguntou a garota, se referindo à grande quantidade de sangue na terra.

Arrepiei-me toda. Olhei discretamente para o lago. Por sorte, o corpo de Enrico não estava boiando.

— O nosso cachorro foi atacado por algum animal selvagem. Tudo o que encontramos foi destroços dele, ainda estamos investigando, mas vocês sabem, a área é grande e jângal — inventou Sebastien e se apressou para mudar de assunto. — Vocês devem estar com fome e frio, querem entrar?

— Ah, isso seria ótimo. Estou dirigindo por horas — concordou o rapaz.

— Tenho que encontrar a minha irmã, Pedro! — Lembrou a garota. Sua preocupação era visível.

Senti-me horrível por saber a verdade sobre o que aconteceu com sua irmã e não poder contar, dava-me a sensação de que eu era cúmplice do assassinato.

— Olha, meu bem — o apelido carinhoso embrulhou meu estômago —, estamos procurando por duas horas sem comer ou descansar. Vamos fazer uma pausa e continuamos pela manhã. Eu prometo que vamos encontrá-la.

Promessas. A garota deixou-se ser convencida e iludida por uma promessa que eu sabia que jamais seria cumprida. Eu não podia culpá-la, já estive naquela posição mais de uma vez, já me permiti ser enganada por três homens que confiei cegamente.

Sebastien

Coloquei toda a minha vida em segundo plano para ajudá-la e por quê? Vamos, Sebastien, diga em voz alta o verdadeiro motivo de você ter sacrificado tudo pelo que lutou por uma única mulher. Não venha me dizer que fez o que fez por sentir pena, isso é uma história bem chula. Você estava em um carro pronto para ir embora com meio milhão em dinheiro e o que fez? Deu meia-volta porque não foi capaz de lidar com o peso na consciência.

Era para ter sido simples. Esse tinha sido o serviço mais sujo que aceitei, mas também, o mais bem pago. Tudo que devia ter feito era ter abandonado a mulher que me destruiu. Eu a enganei, a sequestrei, mas não fui capaz de largá-la. Por que, Sebastien? Diga para si mesmo!

Encarei o meu próprio reflexo no espelho e tentei encontrar as respostas por detrás dos meus olhos. O que era aquilo tudo que eu estava fazendo por Luz? Eu tinha acabado de tirar a vida de um homem que me contratou, eu fui contra todos os meus princípios éticos.

O erro começou quando permiti que ela se aproximasse tanto de mim e dos meus segredos. Eu te revelei o meu pior lado, envolvi-me com sua irmã para que se sentisse ameaçada, fui rude, perigoso e mau-caráter. Eu a segui, a vigiei por toda a minha vida para simplesmente me tornar seu parceiro de homicídios no final?

Cristo!

— Me deixe entrar! — Ela bateu à porta do banheiro, interrompendo meu momento de lucidez.

Abri a porta e ela entrou.

— Por que diabos você convidou aqueles dois para ficar!? — Questionou em um sussurro.

— Para não parecermos suspeitos.

— Enrico matou a irmã daquela moça, você sabe disso, não sabe!?

Suspirei com impaciência.

— É claro que sei. Mas estávamos parados em uma poça de sangue, o que acha que isso parece?

— Precisamos nos livrar deles e tirar o corpo de Enrico do lago — desconversou.

— O que você disse para Benjamin? — Perguntei, também mudando de assunto. Era ilógico pensar em entrar naquela água fria para procurar por um cadáver. Luz tinha que esquecer sua vingança. O que estava feito, estava feito. O homem já estava morto, o que mais ela podia querer de Enrico?

Luz cruzou os braços, pensativa.

— Ainda não conversei com ele. Benjamin está assustado e confuso. E-eu não faço ideia do que irei dizer para ele. É tudo tão... doloroso e maluco.

Os seus olhos lacrimejantes a deixaram com um ar inocente.

— Ele é uma criança, conte apenas o necessário, que havia um homem malvado, mas que foi detido.

— Sebastien — murmurou com doçura e engoliu em seco —, se você não tivesse ficado e interferido, se não tivesse tido a ideia de me fazer de refém para salvar Benjamin, meu filho poderia estar morto nesse momento. É a segunda vez que você o livra da morte. A segunda vez que lhe devo a minha vida.

Eu gostava de quando ela falava de mim daquele jeito, como se eu fosse algum herói.

— Tem razão, süsse, você me deve a vida — falei com seriedade e depois sorri largo para mostrar que eu não estava falando sério. — Tente falar pouco com aqueles dois. O homem me parece fácil de manipular, mas a garota é astuta.

— Sim, eu concordo — ela disse.

Tive vontade de dizer mais alguma coisa para prolongar aquela conversa, no entanto, a situação não permitia um assunto mais caloroso.

— Tudo bem, vamos voltar para a sala e enrolar aqueles dois — falei por fim.

— Vá na frente, eu preciso cobrir a queimadura da minha mão antes que eles perguntem sobre ela — disse e me mostrou o ferimento que, sem dúvida, doeu intensamente.

Permaneci estático. Foi minha vez de engolir em seco.

Olha só o que você causou a ela!

Era assustador pensar que um homem que dizia adorá-la fizera isso com ela. Eu roubava mulheres, envolvia-me amorosamente e depois as deixava, mas jamais cogitei fazer algo parecido com aquilo.

— Voltaremos para São Paulo quando tudo isso terminar, süsse, eu prometo que levarei a ti e Benjamin em segurança.

— Onde você deixou seu dinheiro e o carro que Enrico te deu? — Perguntou, ignorando o meu comentário gentil. Ofendi-me com sua rudeza.

— Escondido na mata. Não se preocupe com nada que não seja o seu filho. Deixe que eu limpe a sujeira que causei — fui sincero em cada uma de minhas palavras.

— Eu não posso te oferecer uma quantia tão alta, Sebastien. Não sei o motivo de você estar fazendo tudo isso, mas você sabe que eu já não tenho tanto dinheiro assim.

— Cristo, não estou fazendo isso por dinheiro! Eu ainda tenho o meio milhão que ganhei de Enrico e pretendo ficar com ele. Faço isso porque eu a trouxe para cá, é meu dever reparar minha imbecilidade.

Uma sobrancelha se ergueu, ela demonstrou desconfiança. Süsse era linda de se olhar, não era nada daquilo que Enrico falou, não havia ruga alguma, seios caídos ou nádegas flácidas, e se porventura tivesse, esses fatores não a deixariam menos bonita e nem menos atraente. Ela era de uma beleza excêntrica, mesmo com as marcas esbranquiçadas de cicatrizes antigas.

Eu a segui por tantos anos, conheci os seus filmes favoritos, os livros inacabados, a comida que mais gostava, o nome de cada animal de estimação que teve, estive por perto na primeira vez em que entrou vestida de noiva na igreja e também na primeira vez em que se divorciou. A vi sentir paixão, amor, medo, dor. De longe, olhando-a apenas de longe, era fácil não sentir nada, não me importar. Agora, tão perto, eu queria acolhê-la em meus braços e implorar perdão por ter visto tudo e nunca ter feito nada.

Eu gostei de Eliza, verdadeiramente, mas era idiotice não confessar que sentia algo ainda mais intenso e inextinguível por Luz.

— Ah, sim, claro — ela disse com cinismo.

Balancei a cabeça de um lado para o outro. Sabia que ela não confiaria em mim tão facilmente outra vez, entretanto eu matei um homem por ela. Isso não era o suficiente para esclarecer meus sentimentos?

E o que você sente?

— Vou distrair aqueles dois enquanto você dá um jeito na sua mão. Onde Benjamin está? — Indaguei, sem conseguir manter o meu olhar fixo no seu. Ainda estava envergonhado pelo que fiz.

— Brincando com o barquinho de papel que você fez para ele — respondeu friamente e, por fim, saiu.

Suspirei, finalmente conseguindo relaxar e, mesmo que de costas para mim, o meu coração saltou no peito.

O que você está fazendo comigo, mulher enevoada?

Saí do banheiro logo em seguida. Encontrei o casal se aquecendo na lareira enrolado em um cobertor de lã.

— Você caça? — Perguntou a garota, falando da cabeça do cervo empalhado.

— Ah, não. Esse foi um presente que ganhei de um velho amigo — menti descaradamente, já acostumado com isso.

— É muito bonito — admirou Pedro.

Concordei com a cabeça.

— Estão com fome? — Perguntei, considerando aquela a melhor saída para evitar questionamentos.

— Ainda bem que você perguntou — a garota disse sorrindo. Ela era uma morena, charmosa e simpática, e essa era uma das características das mulheres mais perigosas. — Eu esqueci de dizer meu nome, sou Larissa.

Peguei em sua mão estendida.

— Prazer, Larissa. Bom, acho melhor eu ir ver o que tem na geladeira — eu disse e me afastei para a cozinha sem me apresentar.

Encontrei Benjamin sentado no tapete, não brincava com o barquinho como Luz tinha dito. A criança parecia aflita, assustada. Eu não podia culpar Luz por não ter percebido, ela estava tentando lidar com a situação para que o filho não se machucasse ainda mais. Era o que qualquer mãe faria. E Luz, mais que qualquer uma que conheci, cumpria com excelência o seu papel.

— Ei, rapazinho. O que está fazendo aí no chão? — Perguntei, serenamente.

O garoto não me olhou e não respondeu.

— Está tudo bem? — Insisti, tocando as suas costas curvadas devido à posição em que ele estava sentado.

— Quero ir pra casa — sussurrou, com a cabeça baixa.

— Nós iremos... logo — eu disse, complacente. — Imagino que você adora histórias de piratas, assim como quase todas as crianças. Então, pense que você é um marinheiro em uma viagem, rapazinho, e não pode ir embora sem cumprir sua missão.

Dessa vez ele ergueu o queixo para me ver. Eu dei continuidade à ficção que estava criando para distraí-lo.

— Sua missão é proteger esse barquinho da mesma maneira que sua mãe protege você. Acha que consegue fazer isso?

Benjamin concordou com a cabeça e sua expressão suavizou. Passei a mão em seus cabelos, eles eram tão macios quanto eu suspeitava que os de Luz eram.

— Essa casa é de vocês? — Perguntou Larissa. Não tinha reparado na sua presença ali comigo até aquele instante.

— Hã, sim. — Preferi ser curto na resposta para não me enrolar depois. — Vocês gostam de carne? Eu espero que sim, pois não temos muitas opções por aqui. Sabe, chegamos faz pouco tempo e na...

— Gostamos de carne — ela me interrompeu. — Pedro e eu estamos muito gratos pela hospitalidade de vocês. Ficamos surpresos por encontramos uma casa por aqui, é um lugar abandonado e, ouso dizer, um pouco sombrio.

Abri a torneira e lavei minhas mãos para tirar o cheiro de Enrico, que parecia ter impregnado na minha pele.

— A gente queria um pouco de privacidade e tranquilidade. O barulho da cidade grande é exaustivo — a respondi. Enxuguei as mãos e dei mais uma olhada em

Benjamin, que continuava sentado no chão. — E vocês, por que escolheram acampar por aqui?

Larissa se encostou na geladeira e cruzou os braços.

— É aniversário da minha irmã amanhã, ela gosta dessas coisas: acampar, ficar em frente à fogueira contando bizarrices de terror. Eu não gosto de nada disso, vim por ela e porque não confio no cara com quem ela está saindo.

— Hum, quantos anos ela fará?

— Dezessete e o namorado tem vinte e poucos, acredita? — Questionou, claramente incrédula.

Eu não tinha interesse algum em nada daquilo, porém reconhecia que era mais fácil lidar com suas preocupações a ficar respondendo perguntas sobre mim, Luz e Benjamin.

— E seu filho, quantos anos tem essa fofura?

Foi por pouco que não tive um incontrolável ataque de riso. Filho?! Fingi uma tosse seca para conseguir respondê-la.

— Vai fazer três.

— Me desculpem a demora. Me queimei mais cedo na cozinha e precisei dar um jeito nisso — falou Luz assim que chegou. A mão estava enfaixada com um pano, devia ser a manga de alguma camiseta ou algo do tipo.

— Ah, eu sei bem como é isso. Eu me queimo o tempo todo nas panelas — concordou Larissa.

Luz a respondeu com um sorriso de canto amistoso.

— Ben, querido, o que está fazendo sentado no chão? — Luz agora falava com o menino. Agachou-se ao seu lado e brincou com os cabelos do garoto assim como eu fiz. — Venha, mamãe te dará um banho bem quentinho.

Benjamin saiu com Luz e outra vez fiquei sozinho com a visita.

— Então vocês gostam de carne, certo?

— Isso estava delicioso, seria bom se o Pedro aprendesse a cozinhar também. Ele diz que isso é coisa de mulher — comentou Larissa olhando para o namorado que, evidentemente, não aprovou o comentário.

— Eu já faço muita coisa, prefiro deixar a parte da comida com você — Pedro a respondeu de forma rude.

— Vocês são casados? — Luz quis saber.

— Não, não. Pedro e meu pai trabalham juntos, estão sempre se reunindo na minha casa, então toda vez eu acabo cozinhando para eles — Larissa explicou e pareceu incomodada.

— Cozinhar não é tão ruim assim — eu falei e peguei os pratos deles.

Ela se remexeu no sofá e puxou o cobertor para cobrir o ombro direito.

— Sim, eu sei. Gosto de cozinhar, mas não gosto que isso me seja imposto. Acho que ninguém gosta de fazer nada por obrigação.

— Oras, então não faça. Seu pai e seu namorado já são grandinhos para cozinhar para eles mesmos! — Exasperou Luz. Eu estava em pé ao seu lado na lareira, já que o sofá estava dominado por nossa visita.

Pedro riu da resposta de Luz. Cristo, aquilo não acabaria bem!

— Minha amiga, você não conhece meu pai. O dia em que eu ou minha irmã negarmos algo para ele, estaremos na rua — falou Larissa, expressando uma grande tristeza.

— E sua mãe? — Resolvi perguntar, já que ela não tinha dito nada a respeito ainda.

— Mamãe morreu dando luz à minha irmã. Não tive muito tempo para apr...

— Por favor, Larissa, já estamos ocupando a casa deles dois, não vamos deixá-los deprimidos com essas histórias! — Pedro a interrompeu com incivilidade.

— Não a interrompa, eu perguntei porque realmente estou interessado — retruquei. Não fiquei contente em vê-lo destratando a jovem moça. Aquela foi a primeira vez em que notei uma mudança em minha postura com relação às mulheres. Fiquei agudamente desconfortável ao perceber como nós, homens, as tratávamos, como se elas não tivessem voz e sentimentos. Não foi assim que meu pai me educou, mas a sociedade e o tempo corromperam tudo que me foi ensinado desde criança. Eu me permiti ser corrompido.

— Pedro tem razão. Não queria ser inconveniente, sinto muito — disse Larissa em um tom hesitante. — Vocês ainda não me disseram seus nomes.

— Que grosseria da nossa parte — disse Luz. — Estávamos tão tristes por termos acabado de perder nosso cachorro que não nos lembramos da mínima educação. Eu sou Luz e este é...

— Rick — a silenciei urgentemente. Tudo o que eu não precisava era de que mais pessoas soubessem o meu verdadeiro nome e me ligassem aos crimes já cometidos. Por ser um golpista, eu tentava ao máximo ficar longe da polícia. Estava sempre trocando de identidade para que meu nome nunca ficasse marcado.

Luz bateu os olhos em mim e pareceu me questionar mentalmente. Não sustentei seu olhar para não levantar suspeitas.

— Vocês devem estar cansados. Por que não sobem para repousar? Eu trago Ben para dormir no sofá — sugeriu Luz. Ela queria se livrar dos dois, era evidente.

— Por favor, não faça isso, já estão sendo bondosos em nos deixar ficar aqui — disse Larissa.

— Ela tem razão. O sofá é confortável, fica perto da lareira e do banheiro. Aqui está ótimo para nós — concordou Pedro. Sua educação não me convenceu. Eu o via como um homem que gostava de fingir ser gentil e agradável, quando na verdade era medíocre e detestável.

Uma hora depois, o casal já estava ajeitado no sofá, a respiração exaustiva deixou claro que estavam em um sono profundo.

— Finalmente dormiram. Pensei que iam ficar conversando a noite toda — resmungou Luz, observando os dois dormindo abraçados.

— Foi uma péssima ideia trazê-los para dentro de casa. A garota não para de me interrogar, faz-me sentir culpado por algo.

— E você não é? — Retrucou, erguendo a sobrancelha que eu só tive como identificar por conta da luz acesa na cozinha. O resto da casa estava um completo breu.

— Sim, eu sou. Sou culpado por muitas coisas, não nego, mas não fui eu quem matou a irmã dela.

— Fale baixo. Quer que eles saibam? Merda! — Criticou e beliscou o meu braço. Achei engraçada a sua atitude. Eu gostava de quando ela me tocava. — Vamos lá fora limpar a bagunça que deixamos.

Ela abriu a porta devagarzinho para que o rangido não acordasse os dois. Saiu da casa e eu a segui com a mesma cautela.

Era burrice pensar que encontraríamos o corpo de Enrico naquele lago profundo. Teríamos sorte se ele estivesse boiando, e eu particularmente duvidava de que isso fosse possível. A temperatura da água estava muito baixa, podia acontecer do corpo dele ficar conservado pelo frio e jamais subir à superfície.

Luz abaixou-se em frente ao lago, pegou a corda na mão e reparou que estava faltando o isqueiro e o álcool que deixara junto.

— Pode ter caído na água — alertei-a ao me dar conta do que ela podia cogitar. Eu a conhecia perfeitamente para saber o que se passava em sua cabeça. A conhecia até mais do que a mim mesmo.

— Não... eu tenho certeza de ter deixado tudo no mesmo lugar.

— Eu o matei, süsse. É impossível que ele tenha sobrevivido. E não teria razão para ele pegar um isqueiro e álcool. O que iria fazer com isso?

Ela estava agindo estranhamente. Enrico sempre a deixava com um ar de desequilibrada.

— Pessoa maluca nunca age como esperamos, Sebastien. Meu Deus! Se Enrico sobreviveu a isso, o que será de mim? Ele vai me matar... ele matará a mim e a meu filho.

Ela estava surtando.

— Morto não anda, Cristo! Veja, o carro dele ainda está aqui — alertei-a sem sucesso. O terror já a dominara.

— Temos... temos que ir embora agora — falou, e ia correr para retornar à casa quando eu a puxei.

— Pare de maluquice, mulher. Você já fugiu por essa mata, viu que não tem nada por longos quilômetros. Seria... Cristo! Ouça com atenção, é impossível que qualquer pessoa baleada no peito tenha conseguido sobreviver e ainda sair correndo por aí.

— Não diga o que você não sabe. Enrico é feito de aço. — Tinha no rosto uma expressão de incredulidade. — Se você ainda pode fazer algo por mim, eu te peço, leve-me de volta para casa agora mesmo.

— Não podemos ir embora assim.

Luz não escondeu o desapontamento. Fiquei irritado por dar importância a como ela se sentia. Luz realmente sabia como dobrar qualquer homem.

Soltei-a quando senti meu corpo se aquecendo por ela.

Peguei o projétil do chão que eu estava de olho há algum tempo e o joguei no lago, não seria nada bom deixar vestígios do meu crime tão expostos daquela maneira. Na verdade, eu não fazia a menor ideia de como me livrar de um assassinato. Esconder o corpo, destruir provas, isso não era para mim. Eu não sabia por onde começar. Fiz apenas o básico; eu tinha consciência de que se a polícia investigasse, Luz e eu estaríamos completamente fodidos. Mas sabia, acima de tudo, que jamais deixaria que ela pagasse por um crime que eu cometi.

— Você não devia ter atirado nele! — Confessou, como se aquilo estivesse preso na garganta. — Essa ideia foi a pior de todas.

— Está com remorso? Achei que você o quisesse morto! — Retruquei. Ela não podia estar sendo sincera. Eu perdi a conta de quantas vezes a ouvi desejar a morte daquele canalha.

— Eu o queria morto, mas não assim. O que você acha que acontecerá comigo agora? Eu consegui me livrar do homicídio de Leôncio, não terei a mesma sorte duas vezes. Eu tenho um filho, não posso ser presa!

— Você está perturbada, tem que parar com isso e se controlar. Sua mente está agitada e você está se contradizendo a todo instante. Primeiro, suspeita que Enrico não esteja morto, agora se sente culpada por ter me ajudado a matá-lo — falei com suavidade. Ela estava aflita, não podia permitir que me afligisse também.

Ela começou a andar de um lado para o outro, não me dava ouvidos. Olhou para o céu, depois para o chão e suspirou com pesar.

— Eu... não... consigo... respirar — ciciou, estafada. O peito subia e descia em um ritmo descontrolado. Ela claramente estava tendo uma crise de pânico.

Capítulo 37

Luz

Eu desejei a morte dele todos os dias da minha vida. Jurei a mim mesma que o mataria com minhas próprias mãos e agora me via fraquejar com medo das consequências. Eu devia ter pensado nelas antes, não?

A única coisa que eu devia sentir era alívio. Alívio por saber que eu não tinha mais razão para temer, que Enrico não bateria à minha porta.

Benjamin estava vivo e seguro, eu precisava focar minhas energias nisso e lidar com todos os traumas psicológicos que ele veio carregando em silêncio. E os meus próprios traumas também. Há muito, eu era uma mulher insegura, medrosa e, ouso dizer, paranoica. Sentia como se a todo momento alguém quisesse me ferir.

— *Süsse!?* Está me ouvindo?

— Eu estou bem. Agora estou bem. O importante é que Enrico está morto e... — Não consegui completar minha frase.

— Nós podemos queimar a casa e o carro dele. Não sei... — Sebastien também não completou a dele. Estávamos os dois sem saber o que fazer e como agir. Não éramos profissionais nesse tipo de coisa. Bom, ao menos eu não era.

— Não, não vamos piorar as coisas. Enrico não tinha amigos além de Leôncio, os pais morreram, vamos deixar assim. Demorará até que alguém sinta falta dele e, quando isso acontecer, eu espero já estar bem longe. Não posso me entregar à justiça e assumir esse homicídio, ele já me destruiu quando vivo, não permitirei que continue fazendo isso mesmo depois de morto.

Sebastien mordeu o canto da boca. Era uma situação terrível, mas não pude me impedir de ser atraída por aquele gesto.

— Olha, você não fez nada de errado. Eu que disparei o tiro, você era apenas uma vítima — a voz travou — minha e dele. Esse é um problema meu e eu irei resolver — garantiu.

Fiquei surpreendida por sua disposição em pegar toda a culpa para si.

— Que atitude louvável. O que está planejando, Sebastien? Por que está tão disposto a me ajudar? — Inquiri, queria que ele soubesse que eu estava um passo à frente dele dessa vez.

Cerrou a testa e os lábios.

— Você ainda acha que estou armando algo? Cristo, matar uma pessoa não foi o suficiente para que torne a acreditar em mim?!

— Você colocou a vida do meu filho em jogo. Eu nunca confiarei em você novamente — o ataquei com frieza. — Você não passa de um mentiroso, alguém que não é capaz de ser sincero. Eu te conheço há tantos anos e ao mesmo tempo sinto que jamais soube quem você é de verdade. Ah, que se foda. Se está me usando par...

Minha frase foi cortada por um beijo. Um intenso, inusitado e ardente beijo. Uma de suas mãos me pegou pela cintura, a outra segurou o meu pescoço por trás, mantendo-me presa em sua boca. Sua língua se encontrou com a minha, como se elas tivessem sido feitas uma para a outra. Senti um frisson. Eu me entreguei àquele delicioso beijo, mesmo dando tudo de mim para não me entregar. Era errado beijá-lo, *com toda certeza era,* mas pareceu tão correto por um momento.

Estávamos definitivamente conectados um ao outro, abrimos nossos olhos ao mesmo tempo e distanciamos nossas bocas como se tivéssemos levado um choque de realidade. Beijar Sebastien foi como voltar a ser uma garota cheia de esperanças e com borboletas na barriga.

Eu praticamente pude ouvir os pensamentos desorganizados na sua cabeça, pois o mesmo aconteceu comigo. *Céus.* O meu coração foi parar na boca. O que era aquilo? Que diabos foi aquele beijo?

— Você não tem um pingo de decência? O que te fez pensar que tinha esse direito? — Perguntei, querendo deixar claro que estava irritada com sua ousadia.

— Não fique tão nervosa. Foi apenas um beijo, você pode dar um tapa em mim se isso fizer você se sentir melhor.

Acatei a sua ideia e dei um tapa em seu rosto, não foi forte, eu estava fraca demais para conseguir ser tão valente. Ele riu da minha agressão.

— Eu estou sendo verdadeiro com você, Luz. Estou de corpo e alma aqui, agora, ao seu lado — murmurou. A suavidade com que falava não condizia com sua postura rígida. Seu corpo estava dominado por tensão. Era evidente.

— Esse sangue, ele não é mesmo de um cachorro, né? — Perguntou Larissa, dando um fim na minha conversa íntima com Sebastien. — Eu sinto que estão me escondendo algo, vocês estão longe de ser um casal que decidiu tirar férias.

Deixei a mentira para Sebastien, ele sempre foi muito bom nisso.

— Se não confia em nós, por que decidiu ficar? — Ele debateu sem respondê-la.

— Porque vocês sabem de algo e não querem me contar e está tudo bem, desde que esse sangue escorrido na terra não seja o... o da minha irmã. — Ela fechou os olhos e cerrou os punhos. Larissa tentou parecer corajosa, mesmo estando notavelmente atemorizada.

— Eu te garanto que esse sangue não é da sua irmã — resolvi dizer.

— O que sabemos pode não ser útil, não queríamos preocupá-la — falou Sebastien. Que história ele iria inventar agora? — Um homem tentou invadir a nossa casa pela manhã, estava com a roupa coberta por sangue, ele gritava feito um lunático sobre um casal ter acampado em sua propriedade. Não consegui ouvir com clareza o que ele dizia, estava bastante perturbado. Ele atacou minha esposa e mordeu sua mão causando uma terrível ferida. Eu não tive escolha a não ser atirar contra ele.

Não podia negar, aquela história era realmente boa. Sebastien tinha usado a verdade a seu favor com maestria.

— E o-nde esse homem está? — Questionou Larissa, abalada.

— Não sabemos. Ele conseguiu fugir para dentro da mata. O tiro que dei não foi fatal — Sebastien completou. Eu não gostei daquela parte da história. Era terrível pensar em Enrico vivo. Ele estava morto, mortinho, queimando no inferno com cada um de seus pecados.

Tem que estar!

Ela soluçou.

— Pedro. Pedro. Acorde! — Ela correu para dentro da casa, descabelando-se. Dando gritos ardidos de doer o coração de qualquer um.

Eu também solucei, chamando a atenção de Sebastien.

— Eu não tive escolha, *süsse*. O máximo que pude fazer por ela foi não deixá-la mais tão esperançosa. Será doloroso, mas talvez ela tenha a chance de encontrar a irmã.

— Eu sei. Eu sei. Só queria poder fazer algo para ajudar — confessei, reprimindo o choro.

— Não há mais nada a ser feito. Pegue seu garoto e vamos dar o fora daqui antes que tudo piore — alertou-me.

Assenti.

Acordei Benjamin assim que Larissa e Pedro deram o fora de casa às pressas. A garota chorava mesmo antes de ter encontrado a irmã, soluçava incontrolavelmente, parecia que seu coração já estava de luto pela perda.

— Estamos indo para casa, meu pequeno — sussurrei para Benjamin, tentando deixá-lo feliz. Aninhei-o em meu colo, enrolado ao cobertor.

— Agora? — Benjamin perguntou.

— Sim, agora mesmo.

Sebastien estava na cozinha, eu não tinha a mínima noção do que ele estava fazendo. Suspeitei que tentava dar um jeito nas coisas, como ele mesmo disse que faria.

— Pronto, vamos — falou assim que terminou. Colocou a mão em minhas costas, empurrando-me com gentileza e urgência para fora da casa.

— O que você fez? — Perguntei, quase tropeçando em meus próprios pés ao tentar acompanhar seus passos largos.

— O que eu achei necessário — respondeu sem me dar maiores detalhes. — Continue seguindo em frente e você logo verá meu carro. Me espere lá. Você pegou uma lanterna!?

— Aonde você vai!? — Ignorei sua pergunta.

— Preciso me livrar de mais alguns detalhes. Não me demorarei — garantiu. Ele só podia estar falando do *Dodge Magnum* de Enrico.

— Eu falei para deixar tudo como está...

— Farei as coisas do meu jeito. Já estou todo fodido mesmo, se tudo ficar ainda mais complicado, ao menos será comigo — ele encarou a mim e a casa que, em um piscar de olhos, começou a arder em chamas.

Espantei-me e fiquei de queixo caído. Quis soltar um delicioso palavrão, mas o engoli.

— Você não fez isso, Sebastien. — Queria não acreditar no que meus olhos viam. A pequena explosão tornou tudo bem real. A linda casa se ruiu, o fogo atravessou as janelas, as madeiras estralaram — era um aprazível som crocante.

— Ande logo! — Gritou, tentando fazer sua voz sobressair às explosões das janelas.

Não questionei novamente. Corri para o interior da mata e segui de forma linear como instruído por Sebastien.

— Você detonou o carro dele também? — Indaguei, iluminando seu rosto com a lanterna. Arrumei Benjamin em meu colo, não queria que ele estivesse acordado, mas ele estava atento a tudo.

— Entre logo — agilizou. Sebastien fedia à fumaça, seu rosto estava avermelhado e por sua testa escorria suor. Ele entrou no carro e sentou-se no banco do motorista. Coloquei Ben no banco de trás e me acomodei ao lado de Sebastien, no passageiro.

Ele deu a partida no carro, deixando-me nervosa com seu silêncio sepulcral.

— Você poderia me responder, pelo amor de Deus!? — Insisti, agitada.

— Não tenho mais nada a dizer. Fiz exatamente o que te disse que faria.

Respirei fundo.

— Estamos muito, muito, muito ferrados, Sebastien. Quando o corpo de Enrico for encontrado, nós seremos presos. Por que não está preocupado? — Perguntei, odiando ser a única em pânico ali.

Ele tirou os olhos da estrada de terra, que começava a se tornar sinuosa e sombria por alguns minutinhos, e sorriu.

— Quem disse que não estou surtando, *süsse?*

Não escondi o espanto.

— Esse é você completamente assustado e preocupado? Por Deus, melhore!

— Eu prefiro não deixar minha fraqueza transparecer... *mesmo sendo quase impossível esconder algumas coisas de você.* — O final da sua frase foi um sussurro quase inaudível.

— Eu não sou uma ameaça, Sebastien — o admiti, comentando sobre sua frase que eu compreendi com nitidez, mesmo sem saber se era para eu ter de fato ouvido.

— Você não é, mas talvez o que eu sinto seja — admitiu também. Meu agasalho começou a me sufocar, como se tivesse diminuído de tamanho. Sebastien riu baixo e rouco. — Por favor, *süsse,* não faça eu me sentir um idiota. Quebrar essa barreira já tem sido absurdamente difícil para mim. Cristo, você costumava ser a mulher que eu repugnei cada minuto do meu dia! Cada noite e cada amanhecer.

— Não sou mais? — Questionei com interesse.

Olhou-me de esguelha. Andar naquele carro, naquela estrada esburacada, estava sendo tão desconfortável quanto a nossa conversa.

— Não. Não é mais — afirmou com veemência. — Suspeito que não nos veremos novamente, *süsse*, então preciso que saiba o que eu penso a seu respeito. — Prendeu a respiração, como se tentasse criar coragem para o que iria declarar. — Você passou por coisas que nenhuma mulher no mundo deveria passar, os seus maridos devastaram você e te fizeram duvidar do amor. Mas o amor não é isso que eles te deram. *Cristo*! Não é. O amor é um sentimento capaz de transformar, mudar, reinventar. Você merece além do mundo, alguém que cuide de você e reconheça o magnífico ser humano que você é. Nada menos que isso. *Nunca menos!*

Sua confissão foi uma apunhalada cruel no meu coração. Por que ele precisou me decepcionar para reconhecer o meu valor? Eu podia tê-lo amado com tudo que há em mim algum dia se ele não tivesse desgraçado com tudo.

— Guarde essas palavras com você — completou.

— E o que farei com elas? — Questionei e repensei. — Apenas pare de falar, Sebastien. Não preciso ter meu coração iludido mais uma vez. Eu fui uma garota tola por toda a minha vida, mas assassinaram essa garota. O amor entre um homem e uma mulher é apenas uma história bonita em livros e novelas, esse amor é superficial, deixa de existir quando o objeto almejado, no caso a mulher, como vocês mesmos nos chamam, é conquistado. Não estou à procura de um romance fictício, estou à procura da vontade de viver que foi arrancada de mim por cada um de vocês!

— Tudo bem, você tem todo o direito de pensar assim, foram péssimos os homens que apareceram na sua vida, inclusive eu, mas seu pai, por exemplo, ele não foi ruim com sua mãe — lembrou-me, disposto a me fazer mudar de ideia.

— Será? Ninguém nunca sabe o que acontece com um casal quando estão entre quatro paredes. Pode ser que ele tenha sido realmente bom com ela, mas não posso dar certeza. Não são poucas as mulheres que ficam em silêncio para protegerem seus filhos ou a elas mesmas. Não tente me fazer mudar de ideia, decidi que é sempre mais seguro esperar o pior das pessoas.

Ele optou por ficar calado.

O resto da viagem foi um absoluto silêncio. Mudei de banco e me sentei ao lado de Benjamin, que dormiu em meus braços instantes depois.

Sebastien parou o carro inesperadamente, ainda estávamos no meio do nada, os dois lados da rua eram apenas vegetação e escuridão.

Ele desembarcou e abriu a porta.

— Desça! — Ordenou. Meu coração disparou e eu tive certeza de que seria naquele momento que eu morreria. Sabia que Sebastien ainda tinha o revólver que matou Enrico escondido em sua calça.

— Não! — Enfrentei-o. Agarrei Benjamin com força em meus braços.

Sebastien continuou segurando a porta do carro aberta, esperava eu desembarcar por livre e espontânea vontade.

— Venha, *süsse*, por favor — pediu com menos exigência. Olhei para meu filho dormindo, era por causa dele que eu não tinha outra alternativa que não fosse aceitar a ordem de Sebastien. Deitei Ben no banco e esperei alguns minutinhos para ter certeza de que ele não tinha acordado.

Desci do carro.

— Então é isso? Vai me matar aqui!? — Perguntei, fingindo valentia. — Era mais fácil ter incendiado a casa comigo dentro, assim pouparia você de ter que desaparecer com meu corpo.

— Eu te amo — ele disse. Segurou meu rosto com as duas mãos. — E eu preciso que acredite nisso. Você me perguntou por que eu voltei, e foi por essa razão, porque eu a amo verdadeiramente, e sabia que se eu fosse embora, pensaria em você em cada passo do meu caminho.

Eu me sufoquei com aquela revelação.

— Ah, por Deus, Sebastien, você não me ama nada — desacreditei. — Não ouviu o que eu disse sobre o amor?

Suas mãos me soltaram e ele pegou uma mala no porta-malas do carro. Eu vi algo que meus olhos jamais imaginariam ver algum dia.

— Tem meio milhão dentro dessa bolsa, é todo o dinheiro que ganhei de Enrico para fazer a merda que eu fiz. — Ele abriu a mala para provar que estava dizendo a verdade. — Esse dinheiro é seu. Se me disser que é para jogar fora, eu jogarei. Não preciso dele mais do que preciso de você. Faça o que quiser com essa confissão.

— Eu não estou entendendo, Sebastien — falei, atordoada. — Por que está me dando tudo?

— E-eu preciso que acredite em mim. Talvez eu tenha enlouquecido, nunca imaginei que um dia eu pudesse me desfazer de tanto dinheiro, mas se isso fizer com que você me perdoe, então não me importo. Eu quase morri quando a deixei nas mãos daquele crápula. E quando comecei a pensar nas terríveis coisas que ele poderia fazer com você, eu quase fui à loucura.

Minhas mãos ficaram escorregadias. Eu não sabia como reagir ou o que dizer. O amor não existia; a dor, mentira e a ilusão existiam. Eu só tive prova da existência desses sentimentos, jamais do amor. Nenhum homem fez o que Sebastien estava disposto a fazer por mim. Eu não sabia o que fazer. Congelei diante tudo aquilo

— Pegue. — Estendeu a mala para mim, ele esperava eu pegar.

— Sebastien, acabamos de matar uma pessoa. Isso não é hora e nem lugar para esse tipo de conversa — desconversei e permaneci estática.

— Sei que quando chegarmos em São Paulo não nos veremos mais. Eu a conheço. Você irá se afastar de mim, mudar-se, talvez, e eu não quero continuar levando a vida patética que eu levava. Seguindo você feito um imbecil. Se eu não falasse agora, não conseguiria falar nunca mais.

— O-o que vo-cê quer de mim, Sebastien? — Minha voz falhou terrivelmente.

Sebastien

O que eu deveria responder? Cristo, àquela altura era inútil permanecer fingindo que eu não sentia nada. Era como se eu fosse feito de papel, e ela, de fogo. Eu daria minha vida para que Luz fosse minha. Mas não da maneira como Enrico ou Leôncio a quis. Aquele tipo de amor não me representava. O amor que eu nutria por aquela mulher era puro e forte demais para eu não oferecer tudo de mim para conquistá-la.

Não podia negar que as coisas que fiz foram cruéis demais para que meras palavras doces a fizessem esquecer, mas se Luz pedisse, eu não lhe recusaria minhas costas para que as açoitasse e despejasse sua fúria. Eu estava tão amedrontado com aquele sentimento dominando o meu coração que não encontrava palavras para fazê-la acreditar em mim. E eu sempre fui bom com as palavras.

— Eu quero você — admiti. — E quero que você me queira.

Ela riu com escárnio.

— Você não consegue ver o quanto me machucou, Sebastien? Não consegue enxergar o que fez comigo?

— Diga-me, Luz, diga-me tudo o que está sentindo. Me faça ver, eu posso suportar toda a dor.

— Sebastien, você engoliu muita fumaça.

Revirei os olhos.

— Em nome de Deus, olhe para mim — pedi enraivecido. Ela ergueu seus olhos e deu tudo de si para esconder que também sentia algo por mim, eu via um amor reprimido dentro deles. Talvez não fosse tarde demais para eu tentar reverter meus erros. — Nunca nem passou pela minha cabeça me apaixonar por você, mas corações podem mudar. Estou aqui e não quero lutar contra o melhor e mais verdadeiro sentimento que eu tive em toda a minha vida.

— Assim? De uma hora para outra você decide que me ama? — Perguntou em tom de deboche.

Eu não consegui segurar a risada.

— De uma hora para outra? Você não faz ideia de quanto tempo tive que ser forte para impedir que minha boca tocasse a sua. — Notei que ela estava ficando desconfortável com a conversa. — Entre de volta no carro, Luz. Eu a deixarei em casa. Peço desculpa por isso.

Guardei a mala de dinheiro no carro, já que ela se recusou a pegar.

— É difícil manter o coração aberto quando todos à minha volta tentam me machucar. Eu lamento profundamente que você tenha se apaixonado por mim, Sebastien, eu não acho que posso olhar para o amor da mesma maneira que você. Hoje eu sou uma pessoa incapaz de corresponder a esse sentimento. Não tenho mais os mesmos sonhos de antes e nem a mesma coragem para me entregar. Você me levou em direção à morte, e eu nunca me esquecerei disso.

— Eu a entendo — concordei. Ela tinha toda razão, não podia questioná-la. Eu tinha que me responsabilizar por tudo que fiz.

Aceitar que Luz jamais seria minha talvez fosse minha maior prova de respeito a ela.

Quando parei com o carro em frente à sua casa já era de madrugada. Eu sabia que era hora do adeus.

— Quais seus planos, agora que Enrico se foi? — Perguntei baixinho para não acordar Benjamin no banco de trás.

— Eu não sei. Quero me dedicar mais ao meu filho. Me tornar a mãe que ele merece, a que eu tenho sido incapaz de ser.

— Espero que seja feliz, süsse. Que a vida te trate bem. Espero que você tenha tudo que sempre sonhou — falei com sinceridade. Dei uma levantada rápida no banco e tirei minha carteira do bolso da calça para pegar o pequeno objeto. — Pegue isso se você quiser, é para que não se esqueça de mim.

Ela pegou o pequeno anzol enferrujado da minha mão. Eu guardei aquilo por longos anos para lembrar-me dela e dos meus propósitos contra ela, mas agora era hora de deixá-la livre. Para sempre.

— Você fez muita coisa errada para eu esquecê-lo, pescador — alfinetou, e riu discretamente.

Engoli um princípio de choro, não por vergonha, mas sim porque eu não queria que a última lembrança que ela tivesse do meu rosto fosse algo tão triste.

— Guarde mesmo assim, além do meu coração, essa é a única coisa que tenho para te dar.

Luz fechou a mão que estava com o anzol e desceu do carro com Ben no colo. O menino olhou para mim meio sonolento e outra vez senti vontade de chorar.

— Adeus, rapazinho.

Capítulo 38

Luz

Um mês depois.

— Você estava certa e eu errada. Está bom assim!? — Perguntou Sabrina, a voz era um crocitar vibrante — O cara sumiu, era cafajeste. Deve ter voltado com a esposa!

— Eu não queria estar certa, minha irmã. Só queria que você fosse feliz.

Sabrina tinha me revelado o nome do sujeito com quem ela estava saindo, confirmou que o homem com quem ela se relacionava era o mesmo homem que carregava consigo o meu coração.

Mas amores sempre vêm e amores sempre vão.

Ela tinha razão, Sebastien tinha desaparecido sem deixar vestígios. Pelo que soube por Sabrina, até mesmo sua casa ele tinha colocado à venda. Claro que tinha pego o dinheiro e se mandado do Brasil. Não queria ter ficado deprimida com aquilo, mas fiquei. Meu coração queimava por ele, e a cada vez que Sabrina dizia o seu nome, era como se ela tivesse colocando mais gasolina em meu peito.

— Eu dei o meu melhor para ele, Luz. Amava-o verdadeiramente, achei que fosse recíproco — ela disse e eu não consegui fingir que aquilo não me abalou. Fiquei aliviada quando mudou de assunto: — O que aconteceu com a sua mão, afinal?

Olhei para a mão enfaixada que eu estava tratando com pomadas. Estava dando para cuidar da queimadura sem precisar recorrer ao hospital. Era um consolo não precisar sair e poder ficar aconchegada em minha casa até que reencontrasse a força. Até que eu parasse de me sentir como um navio afundando.

— Um descuido ao fazer café. Como mamãe está?

Sabrina suspirou com impaciência e cruzou as pernas.

— Sabe como nossa mãe é orgulhosa, Luz. Você precisa ser a mulher madura nessa história. Essa briga entre vocês já foi longe demais. Ela sente saudade de Ben.

Virei o resto de vinho branco goela abaixo.

— Estamos melhor assim: ela na casa dela e eu na minha. Benjamin não deixará de ser neto dela, não a privarei de vê-lo quando quiser. — Passei a língua para lamber o resquício de vinho que se acumulou acima do lábio.

— Fiquei surpresa com a sua ligação depois de tanto tempo sumida. Onde esteve?

Sabrina me observou com atenção, tentava me decifrar, exatamente como Sebastien costumava fazer para estar sempre um passo à frente.

— Eu precisei desse tempo longe de tudo. Sabe, não faz muito tempo que Leôncio morreu, acho que ainda não superei isso — eu inventei, tentei ser convincente. De toda forma, aquela era uma excelente desculpa.

— Eu posso imaginar. Como Ben está lidando com isso?

Era uma pergunta válida, levando em consideração que ninguém, exceto Sebastien, soube o que Leôncio fez com o próprio filho.

— Está levando. Você fez algo no cabelo? — Mudei de assunto antes que Sabrina se aprofundasse nele. O cabelo escuro estava preso em um alto rabo de cavalo.

— Meu Deus, Luz, eu fiz franja — falou indignada. Era verdade, Sabrina estava com uma franjinha que a rejuvenescia e tornava o seu olhar penetrante.

— Ficou bom em você — reconheci.

A campainha tocou, pegando-me de surpresa. Ninguém nunca me visitava. Eu me levantei para atender e abri a porta com desconfiança.

— Senhora Foster? Luz Foster? — Perguntou o homem, ele segurava um envelope pardo nas mãos. Desesperei-me. Será que tinham descoberto sobre Enrico!? Aquilo só podia ser uma intimação. Só podia ser.

— Sim — concordei, nervosamente.

— Assine aqui, por favor — ele disse, entregou-me uma folha para eu preencher meu nome.

— O que é isso? — Questionei, recusando a folha.

— Tenho uma entrega para você.

O homem estava visivelmente ansioso para ir embora, entretanto eu não preencheria nada sem saber a procedência.

— Entrega de quem!? — Questionei ficando furiosa.

— Meu Deus, assine logo isso. Está com medo de uma folha de papel? — Sabrina intrometeu-se, ela estava atrás de mim.

O entregador, de bigode, mascava um chiclete de menta que fazia um barulho de dar nos nervos.

— O remetente não quis dar o nome. Apenas assine, senhora, pelo formato do envelope acredito que não seja uma bomba! — Debochou, apressurado. Fiz cara feia, e ele não se ofendeu. Peguei o suspeito papel da sua mão e dei minha assinatura, que mais parecia com um rabisco qualquer.

Entrei em casa e fechei a porta.

Sabrina me seguiu de volta à sala. Olhei o envelope atentamente, procurava qualquer informação para saber de onde ele tinha vindo, quem o enviara e o que havia dentro dele.

Enrico está morto, bobinha. Tá com medo de quê?

— Abra isso logo! — Acelerou Sabrina, mordendo-se de curiosidade.

Minha saliva ficou amarga de uma hora para outra. Senti-me ameaçada por aquele envelope misterioso. Era infantil ter medo, não era?

— Não acha isso estranho? Não tem remetente — pensei alto.

— Que besteira, não se atente a essas coisas. Pode ser de um admirador secreto — falou saltitante. — Você tem um amante às escondidas, sua danadinha?

Bufei. *Ingênua irmã.*

— Abra você. Ainda sinto dor nessa mão — eu disse. Entreguei o envelope a ela, que abriu com cuidado para não rasgar, fosse lá o que tivesse no interior dele.

— Um jornal? Isso é sério!? — Refutou assim que viu o que tinha dentro.

— Me deixe ver. — O arranquei da sua mão para averiguar. O jornal era da semana, a matéria em destaque era de esportes, sobre futebol, na coluna de baixo falava sobre economia, mas o que me chamou a atenção foi uma matéria que estava grifada com caneta onde dizia: SEM MAIS VÍTIMAS.

"ONG – A "Mulheres de Luz" é uma organização comprometida com a prevenção de todas as formas de violência contra as mulheres. Muitas mulheres que sofrem violência de seus companheiros encontram dificuldade para denunciar os abusos e romper com o silêncio por medo de uma possível agressão aos filhos ou ao próprio risco de morte. Pensando nisso, a ONG "Mulheres de Luz" vem com o intuito de voltar seus esforços para orientação e apoio psicossocial a essas mulheres e também a seus filhos.

A "Mulheres de Luz" dará início às suas atividades no início da próxima semana. Pela natureza delicada da ONG, o fundador preferiu permanecer anônimo."

Eu terminei de ler a notícia com lágrimas nos olhos.

— Não acredito. Isso... isso é fantástico! — Falei, sentindo ondas de felicidade. Eu nunca imaginei que algo assim pudesse acontecer algum dia. Eu e outras milhares de mulheres seríamos ouvidas, não precisaríamos mais sofrer caladas.

Sabrina pegou o jornal da minha mão com incivilidade.

— O que pode ter de fantástico em uma matéria de jornal? — Retrucou, não sendo capaz de enxergar a beleza do acontecimento. — Eles erraram na hora de digitar, veja, o L do luz está em letra maiúscula. Faz parecer que estão falando de você. Que cafona!

Sabrina me atentou a algo que eu não tinha dado a menor importância. Assim que ela disse aquilo, um milhão de ideias passaram por minha mente.

Não tinha sido um erro de digitação como Sabrina estava pensando. No fundo, eu sabia que não. Mas, o que aquilo significava afinal de contas?

— Luz? Por que não está rindo comigo? Não acha patético eles terem errado algo tão simples? Quer dizer, eles trabalham com isso todo santo dia, o mínimo que se espera é que a matéria saia sem erros toscos como esse! — Resmungou Sabrina. Algo no formato dos seus lábios sugeria repugnância.

— Não foi um erro — esclareci. — Acho que essa ONG foi criada por minha causa.

Ela me encarou com um rosto inexpressivo. Arrependi-me no mesmo instante por ter dado início àquela conversa. Nós vivíamos em frequências diferentes, ela nunca me compreenderia. Esperei por sua pergunta; só não esperava que ela fosse tão espontânea como foi.

— Quê!?

— Oras, não são poucos os que sabem tudo que passei ao lado de Enrico — falei, sentindo a angústia da humilhação.

Sabrina falou gesticulando com a mão que estava com o jornal:

— Eu ficaria absurdamente feliz se soubesse que criaram uma ONG pensando na minha irmã, mas, Luz, não acho que você seja o cerne da questão.

Suas palavras calculadas milimetricamente não me desmotivaram. Eu não acreditava em coincidências, mandaram aquele jornal grifado para a minha casa por algum motivo. Só podia ser Sebastien. Quem mais faria algo assim?

Senti-me no dever de encontrá-lo!

— Você tem razão, foi egocentrismo meu — a respondi, não sendo sincera. — Acho que bebi muito vinho, estou me sentindo enjoada.

— Tudo bem, já entendi. Está me mandando embora. Sabe que não precisa vir cheia de dedos comigo, é só dizer que eu vou.

Revirei os olhos com implicância.

— Não fale assim, não quero me sentir péssima o dia inteiro. Ah, você se incomodaria de levar Benjamin para ficar uns dias com você e mamãe? Acho que ele tem estado meio solitário aqui. Seria bom uma mudança de ambiente para ele.

— É claro. Eu vou adorar! — Ela concordou, para o meu alívio. Era claro que eu fazia aquilo pensando no meu filho, mas também pretendia procurar por Sebastien e questioná-lo sobre o jornal. Meu coração sentia que ele era o responsável por aquilo.

Ben não poderia ter ficado mais animado ao saber da notícia, ele adorava a avó e a tia. Eu fiquei igualmente empolgada, vê-lo sorrir feito criança acalmou o meu coração esmagado. Uma das coisas que aprendi com a maternidade foi que eu não precisava ser feliz, bastava que meu filho fosse. Ele era a razão de eu continuar respirando, e lutando, e vivendo. O único homem em todo o Universo que eu podia amar de olhos fechados e com todo o meu ser.

— Seja bonzinho com a titia, hein? — Falei, brincando com seus cabelos. Ele confirmou com a cabeça. Os olhos esverdeados cintilaram.

Entreguei a mochilinha dele para Sabrina.

— Me lig...

— Sim, ligarei se tiver qualquer problema — interrompeu-me, ela já sabia o que eu iria dizer. — Nos divertiremos muito, né cara de torta de limão?

— Não sou cara de torta de limão — rebateu Ben.

— Claro que é. Sua mãe comeu muita torta de limão quando estava esperando você. É por isso que seus olhos são verdes assim.

— Pare de colocar bobagem na cabeça do menino — me intrometi na brincadeira sem levar aquilo muito a sério. — Vão logo. O táxi já deve ter chegado.

Naquela noite não teve estrelas no céu, eu observava o horizonte através da janela do meu apartamento solitário. O silêncio não me agradava, ele me obrigava a pensar e, se eu o fizesse, viria em ondas violentas que me derrubariam.

Foram três vezes que li a mesma matéria do jornal. A certeza que antes eu tinha de que aquela ONG fora em homenagem a mim já não existia mais. Era muito mais coerente pensar que foi um descuido dos redatores na hora de digitar. Por que Sebastien investiria em uma ONG para ajudar mulheres que sofrem violência doméstica?

— Você fantasia demais, doce Luz! — Debochei de mim mesma e bebi o vinho tinto, olhando para o anzol enferrujado que eu segurava na palma da minha mão enfaixada. O meu coração bateu forte ao lembrar de tudo que já passamos juntos. — Que homem é você, pescador?

Na manhã seguinte, eu me peguei desembarcando no Nordeste, carregando uma bagagem pequena com poucos vestidos, macacão, saias, camisetas e sandálias. Por saber que o sol estaria bem quente, não me preocupei em trazer agasalhos.

Foi de relâmpago que tomei a decisão de viajar para procurá-lo. Não sentia vergonha do que eu estava fazendo, preferia pensar que eu era uma mulher decidida, que não deixava nenhum assunto pendente. Não ficaria sossegada se continuasse com aquela dúvida cruel na cabeça, eu não podia simplesmente desligar a minha mente. Se o cara tinha fundado uma ONG em meu nome, eu necessitava saber!

Não estava sendo nada fácil pisar naquele lugar novamente, foi onde tudo começou e acabou. Foi ali que meu conto de fadas se tornou pesadelo, que o homem dos meus sonhos se tornou o mais temível da minha vida.

Peguei os óculos escuros na minha bolsa de mão e os coloquei; se tornou menos doloroso encarar o sol quente com eles. Me hospedei em um quarto de hotel simples, não muito longe de onde eu passei minha lua de mel com Enrico. Não sabia ao certo por onde começar a procurar por Sebastien, pouco o conhecia verdadeiramente, mas quanto mais perto eu ficasse de onde o vi pela primeira vez, maiores eram minhas chances.

Troquei de roupa rapidamente e saí.

Se não me falhava a memória, Sebastien gostava de pescar nas pedras, ali seria o primeiro lugar onde eu iria sondar. Eram grandes as chances de eu não encontrá-lo, estava dando um tiro no escuro — e convenhamos que de pontaria eu nunca fui boa.

Quando se tratava de Sebastien, o Universo nunca me contrariava, exceto naquele bendito dia. Ele não estava nas pedras como eu suspeitei que estaria. Minha primeira tentativa tinha sido falha.

Perdi algumas horas olhando para o mar, ouvindo as ondas se movimentando serenamente e respirando ar puro. Inconscientemente, eu esperava que Sebastien viesse a meu encontro, mas isso evidentemente não aconteceu. Eu não sabia se tinha errado de dia, horário, direção. Foi uma grande decepção não encontrá-lo no lugar que suspeitei ser mais óbvio.

Voltei amuada e desiludida para o quarto de hotel.

Tomei café bem cedo na manhã seguinte, devia ser por volta das seis horas, era minha segunda tentativa para encontrá-lo no mesmo lugar, eu não desistiria tão facilmente. Coloquei um vestido e óculos escuros para esconder meu rosto inchado de quem acabou de acordar. Fiz exatamente o mesmo caminho até as pedras.

Reparei que hoje a praia estava bem mais cheia do que ontem. Notei também que eu era a única mulher em meio aos pescadores. Senti olhos me observando ao passo em que eu subia nas pedras. Ouvi murmurinhos de quem torcia para que eu caísse e mostrasse o que escondia por baixo dos panos, não me deixei abalar. Foi uma grande frustração para todos quando elegantemente me coloquei em pé ao lado deles.

Depois de me debicarem com os olhos, os pescadores voltaram a fazer silêncio para se concentrarem na pesca. Havia por volta de oito homens com o mesmo chapéu burlesco na cabeça, a única variável era a cor: branco, azul, creme. De costas, todos me pareciam iguais. Eu não podia cutucar cada um deles para encontrar o homem que eu estava procurando. Então, deixei a timidez de lado e soltei quase que em um grito:

— SEBASTIEN?

Os oito olharam e apenas um respondeu:

— Seu homem não tá aqui não, gracinha. Ele foi dar um mergulho depois de já ter conseguido a renda do dia — o sotaque era paulistano.

— Onde? — Perguntei, sentindo minhas mãos formigarem e as bochechas corarem.

— Olhe ele lá — respondeu o mesmo homem e apontou para uma pessoa dentro da água. Àquela distância, era impossível identificar o rosto do sujeito, por mais que eu apertasse os olhos ou tirasse os óculos escuros para enxergar mais facilmente.

Encurtei a distância e desci para a areia novamente. Os utensílios do sujeito que se encontrava na água estavam largados próximo à margem do mar: chinelos, um *Rolex*, óculos de sol e, claro, um chapéu burlesco como dos outros pescadores.

Acenei para o rapaz, crédula de que ele me notaria. Ele continuou nadando, sem a mínima intenção de reparar em mim. Eu ainda não podia afirmar se aquele homem era realmente Sebastien, mas a ótima forma dos ombros largos me lembrava muito com a dele.

— Merda, não me obrigue a entrar na água! — Resmunguei sozinha, acenando em vão.

Já cansada de esperar feito uma maluca balançando o braço, tirei a sandália e os óculos; larguei a bolsinha de mão e coloquei tudo ao lado dos pertences do homem. Arribei o vestido para entrar no mar, meus pelos arrepiaram imediatamente. O sol fraco da manhã não cumpriu seu trabalho em me aquecer o suficiente para que eu ignorasse a água fria me tocando.

Lutei contra as fracas ondas para me aproximar do sujeito. Ignorei completamente o fato de que eram grandes as chances daquele homem não ser Sebastien, mas eu era impaciente demais para esperar sentada na areia até que ele se cansasse de nadar. Resolveria o quanto antes o que tinha ido ali para resolver e voltaria para o meu filho e minha cidade.

— Ei! — Chamei, com as mãos em volta da boca para que o grito soasse mais alto. Aparentemente, ele não tinha me ouvido, porque o homem, de pele bronzeada e ombros genuinamente esbeltos, se lançou para o fundo da água em um mergulho de causar inveja.

Chamei novamente assim que ele voltou à superfície limpando os olhos onde os cílios estavam cobertos pela água salgada.

— Sebastien!?

Ele finalmente me deu atenção. Virou-se e me olhou espantado, talvez assustado por reconhecer a minha voz. Aquele homem, sem sombra de dúvida, era Sebastien *(o meu Sebastien)*. Eu estava suando frio nas costas e nas axilas. Não sei dizer bem como me senti naquele instante, mas confesso que aquelas três palavras estavam na ponta da minha língua.

— Mas... Cristo! Que diabos está fazendo aqui!? — Questionou. *Agora estou sob um olhar atento*. A sua falta de receptividade meio que sanou a minha dúvida sobre a ONG. Se tivesse sido ele quem enviou o jornal para me notificar do seu feito, não estaria tão chocado com a minha visita.

Ainda assim resolvi tentar.

— Vim pelo jornal!

Sua testa enrugou, uma reação de quem está completamente confuso com o que ouve. Minha cabeça treme.

— Do que está falando, mulher!?

Eu nunca tinha me dado conta de como gostava do seu jeito de falar. Uma onda veio acompanhada à sua fala e bateu vigorosamente em suas costas, ele pareceu não senti-la, estava habituado com aquilo. *Um homem do mar.*

— Oras, refiro-me à notícia de jornal... sobre a ONG! — Meus dentes bateram dentro da boca e eu tentei fingir não estar morrendo de frio. — Podemos continuar conversando na parte seca da praia?

Ele riu, e eu também ri, porque não conseguia me controlar ao ouvir suas risadas. Novamente sinto as três palavras ecoando na minha cabeça.

Andamos juntos para fora da água e depois ficamos de frente um para o outro, avaliando cuidadosa e discretamente o que via. Eu notei a regata azul, molhada e agarrada na sua pele, e me vi suspirar. Eu não tinha ido ali procurar por um romance, e Deus me livre cometer algo libidinoso fora do casamento, eu me puniria até meu último suspirar. Por outro lado, eu era de carne e osso e, tinha dentro de mim uma Luz espantosamente depravada que tentava apagar tudo que já havia passado. Essa Luz depravada desejava beijar os lábios do pescador mais uma vez e ir adiante com aquilo, arrancar sua roupa e enxugar com a língua sua pele molhada. *Eu tento não pensar nisso, mas não posso parar.*

Sebastien resolveu retomar a conversa. Por sorte, ele não tinha se dado conta de que eu estava transpirando por ele.

— O que eu tenho a ver com essa ONG que você leu no jornal?

Cruzei os braços. O sol estava pegando no meu rosto e me obrigou a apertar os olhos para encarar Sebastien.

— Foi você... sei que foi! — Afirmei. Do que eu sabia? Eu não sabia de absolutamente nada, viajei horas por simples suspeitas, por acreditar que Sebastien tinha mudado e que agora se importava com o mesmo que eu: com mulheres que eram violentadas constantemente.

O pior que podia acontecer após aquela afirmação era ele debochar de mim e me fazer desejar nunca mais vê-lo. Mas eu precisava arriscar.

Ele abaixou-se na areia e pegou seu chapéu para colocá-lo em minha cabeça. Eu deixei que fizesse, sem pestanejar.

— O que você acha que eu fiz? — Perguntou. Foi a minha vez de inclinar-me e pegar o jornal dentro da bolsa. Entreguei para ele e apontei para a marcação de caneta.

— A ONG se chama "Mulheres de Luz" — eu disse.

— Erraram na hora de digitar, pelo que vejo — retrucou. Ele seguiu negando qualquer relação sua com a matéria. — É isso que você me acusa de ter feito? Um rabisco no jornal?

Bufei impaciente e abri o jogo de uma vez:

— Só pode ter sido você, Sebastien. Admita, a ONG é sua e você mandou o jornal para mim por algum motivo.

Ele ficou estupefato com a minha acusação. Encolhi-me.

— Eu adoraria ter qualquer relação com algo tão genuíno, *süsse*, mas vá por mim, eu não tenho nada a ver com isso.

Por mais que ele continuasse negando, algo dentro de mim se recusava a acreditar.

— Você está mentindo! — Acusei. Odeio o tom da minha voz quando digo isso, um som de desespero. — Um dos seus amigos pescadores me disse que você veio nadar porque já tinha conseguido sua renda do dia. O que isso significa? Onde está todo o seu dinheiro? — Mudei de tática.

— Eu já respondi que não criei nenhuma ONG, isso é tudo que você precisa saber — desconversou. — Agora me diga uma coisa, você veio até aqui porque achou que tinha sido eu? Por que pensaria algo assim de mim depois de tudo que fiz?

Engoli em seco.

— Quer saber? Esqueça. De qualquer forma, obrigada pela atenção.

Tirei seu chapéu da minha cabeça e o devolvi para ele. Peguei o jornal de volta com rudeza e o guardei na minha bolsa.

— Você já está aqui, fique mais um pouco — ele pediu carinhosamente assim que percebeu que eu me preparava para partir.

Tentei me manter firme e ignorar seu jeito agridoce de pedir para que eu não fosse embora.

— Já fiz o que vim fazer. Não estou a passeio — respondi friamente. Eu senti que ele estava me escondendo algo, não era como se eu o conhecesse, mas eu aprendi a ler o olhar das pessoas e sabia que tinha algo a mais por detrás dos de Sebastien.

— Deixaria você feliz, *süsse*, saber que fui eu? — Sua pergunta me pegou de surpresa.

Suspirei, acalmando o aperto no meu peito.

— É claro que sim. A ONG em si já me deixa extremamente feliz, é uma conquista para milhares de mulheres do mundo — admiti e engoli em seco novamente. — Se tivesse sido você, eu saberia que fiz a diferença na sua vida, que mudei sua cabeça e te fiz enxergar que nós mulheres podemos ser muito mais que apenas uma esposa, uma mãe e uma fonte de prazer. Querendo ou não, você me fez reconhecer a minha força, Sebastien, e eu nunca terei como demonstrar minha eterna gratidão. Eu só queria ter feito algo grande por você também.

Seus olhos brilharam como se ele quisesse chorar, ficaram úmidos mas não escorreram lágrimas.

— Quantas outras besteiras sairão da sua boca, *süsse?* — Perguntou com seriedade. Senti minha bochecha queimar de vergonha por ter exposto meus sentimentos daquela forma. — Depois da minha mãe, você foi a única mulher que fez algo bom na minha vida. Você fez um garoto se tornar homem. Eu não te mandei esse jornal para que viesse até mim, te mandei para que soubesse que seu choro foi ouvido e que sua dor não foi em vão. Não queria que pensasse que fiz por outra razão que não essa. Eu sinto nojo, repulsa, de tudo que fiz... Cristo! Se eu pudesse voltar no tempo... eu segui um caminho pecaminoso, doentio, e me envergonho. Me perdoe, Luz, por todo o mal que te causei, por ter falhado com você e com seu filho.

De início, achei que Sebastien estava se ajoelhando na areia, depois soube que suas pernas tremeram tanto que ele não se aguentou mais em pé e desabou no chão. Ele chorou ali. Eu presenciei suas lágrimas se misturando com as gotas de água que percorriam seu rosto.

— Sebastien, você está perdoado — eu disse com honestidade.

Ele suspirou, falou rouco. Claramente estava perdido em sua própria mente.

— É para você. É tudo para você. Eu dei o meu máximo para consertar o dano causado. Espero que isso sirva para que veja o quanto eu a amo!

Agachei-me na sua frente e acolhi com meu corpo aquele homem adulto que chorava feito um garoto de quatro anos.

Ele soluçou mais um pouco em meus ombros e demorou para se recompor.

— Você diz que chorar nos deixa vulneráveis. Como você se sente sendo uma presa fácil agora? — Perguntei para descontrair.

— É melhor do que eu imaginei — brincou.

Eu quis beijá-lo. Ele estava sendo o homem que sempre sonhei, o meu conto de fadas, mas assim como a chama de uma vela se apaga facilmente com um sopro, tive medo de que o amor esfriasse com a mesma simplicidade. Achei melhor não estragar o agradável instante.

Eu o estava acolhendo, embora sentisse que acontecia o oposto. Sebastien me apertou em seus braços fortes sem me ver como alguém frágil. Se eu fechasse meus olhos naquele momento, com nossos corpos tão colados um no outro, eu podia sentir os cacos dentro de mim se juntando.

— Obrigado, *süsse*. Obrigado — sussurrou em um aconchego. Ele continuou me agradecendo e eu nem sabia ao certo o que tinha feito por ele.

A areia começou a ferir meus joelhos, fui obrigada a largar Sebastien e me levantar. Limpei meus joelhos com as mãos, enquanto ele fazia o mesmo com os dele. Coloquei os óculos escuros para ter coragem de encará-lo depois do que tinha acabado de acontecer.

— Fique mais um pouco. Não vá ainda — me pediu em um tom de voz calmo, já recuperado do seu deslize emocional.

— Você deu mesmo meio milhão para ajudar mulheres que sofrem violência doméstica!? — Questionei antes de responder seu pedido.

— Eu posso te mostrar os documentos caso não acredite em minha palavra.

— Ah, com certeza não acredito. Você tem um poder de persuasão muito significativo — alertei-o.

Ele deu um sorriso de canto, pareceu chateado com algo. Calçou seus chinelos e depois pegou seus pertences.

— Venha comigo, há uma lanchonete que gosto de ir toda manhã. É um lugar tranquilo, poderemos conversar melhor sem que sejamos observados — ele sugeriu e olhou ao redor, mas não tinha ninguém de olho em nós.

Começamos a andar assim que concordei com ele. Eu tinha um bocado de perguntas para fazer, esperava ter tempo para que me respondesse todas. Decidi que aproveitaria o caminho até a tal lanchonete para soltá-las devagar.

— Por que uma ONG? — Questionei curiosa. Optei por carregar minhas sandálias na mão e sentir o toque áspero e fresco da areia em meus pés.

Ele deu uma coçada rápida na barba feita.

— Eu queria fazer algo útil com o dinheiro, algo que pudesse mudar o mundo e torná-lo um lugar agradável para todos, principalmente para as mulheres. Eu observarei de perto tudo pelo que você passou e não fiz absolutamente nada, eu ultrapassei o limite de insensibilidade. Era hora de dar um basta não apenas em mim, mas em todos os homens que se acham donos de vocês.

Aquelas palavras aqueceram meu coração. Podia ser cedo para dizer, mas eu vi a mudança acontecendo dentro de Sebastien.

— "Mulheres de Luz". Por quê?

— Eu queria um nome que pudesse representar você, que te fizesse se sentir homenageada — explicou-me, chutando a areia ao andar.

— Por que o anonimato?

Ele me lançou um olhar que fez eu me sentir uma criança fazendo uma pergunta bobinha.

— Cristo, quem quer ser o responsável por tirar o poder dos homens?! Essa ONG pode "destruir" muitos casamentos, *süsse*.

— Não acho que isso seja de todo mal. Se uma mulher procurar pela ONG, será porque ela não está feliz.

— Concordo plenamente com você, mas infelizmente as coisas não são tão simples, não é mesmo?

Assenti em silêncio.

— Você voltará para São Paulo, né? — Perguntei, quase que afirmando. — Entendo que não queira ser o responsável por "destruir" muitos casamentos, como você mesmo diz, mas acho que você precisa ver de perto o bem que está fazendo para centenas de mulheres.

Ele colocou o chapéu cafona na cabeça (se bem que, em Sebastien, dificilmente algo ficava feio).

— Não sei se quero voltar tão cedo. Aqui é o meu canto, meus pais reencontraram a felicidade nesse lugar, espero que possa acontecer o mesmo comigo. Estou tentando me colocar no eixo, *süsse* — ele disse em um cochicho. — Eu matei uma pessoa, isso não é algo que possa ser esquecido tão facilmente.

Engasguei-me ao ouvir aquilo e tive uma crise de tosse que cessou não muito depois.

— Eu sei, tenho tentado não pensar nisso. Não me sinto culpada pelo que fizemos, Sebastien, sinto-me culpada por não ter feito antes — admiti, tirando os olhos do caminho que seguíamos para poder olhar diretamente para o rosto dele. O maxilar quadrado se mexeu com seu sorriso malvado.

— Você fica uma gracinha tentando parecer uma pessoa ruim, mas saiba que está longe de ser uma. Você é alguém que admiro, alguém que realmente pode mudar a cabeça do mundo.

Eu devia ter ficado rubra com seu elogio, mas para minha sorte, ele desviou o olhar assim que terminou de pronunciar aquelas belas palavras.

Atravessamos a rua para chegarmos à lanchonete que ele tinha dito, calcei minhas sandálias ao entrar e ele tirou seu chapéu. O lugar era pequeno, aconchegante, e o cheiro de café fez tudo ficar ainda mais agradável. Aquele imediatamente se tornou meu espaço favorito do Nordeste. Sebastien puxou uma cadeira de ferro vermelha para eu me sentar e sentou-se em uma de frente para mim logo após. O piso de porcelanato branco e preto combinava com a cor das mesinhas, as paredes esverdeadas eram preenchidas com quadros aleatórios de diversos tamanhos, eu observava tudo isso para ignorar o desconforto de estar sendo analisada por Sebastien.

— Gostou? — Ele perguntou entusiasmado.

— É encantador. Você não devia ter trazido seus peixes? — Perguntei assim que me lembrei deles.

Ele balançou a cabeça.

— Eu posso conseguir outros amanhã.

Ele pegou o menu a fim de fazer seu pedido. Deitei meus braços na mesa e peguei o *ketchup* para me distrair olhando a embalagem.

— Não vim para atrapalhar seus negócios — eu comentei.

— Não é bem um negócio. Eu pesco e vendo os peixes, é só um jeito de pagar o aluguel de onde estou ficando e poder me sustentar. Tentarei procurar algo melhor mais para frente. O que você quer comer?

Ele olhava fixamente para o menu.

— Não estou com fome. Minha irmã ficou decepcionada com você, podia ter deixado uma carta — respondi, trocando de assunto.

— Eu podia ter feito muitas coisas e não fiz — retrucou, agora olhando para mim. Meu coração acelerou quando ele pegou em minha mão para me fazer parar de bater com o *ketchup* na mesa e reproduzir aquele som irritante. — Eu pedirei sua *Chanel* de volta à Eliza, se não o fiz ainda é porque não houve oportunidade. Eu te devo mais alguma coisa além disso, Luz?

— Sebastien, deixe as coisas como estão. Eu já disse que está perdoado, não continue se martirizando pelo que passou!

— Não passou — irritou-se. — Eu a machuquei covardemente, mereço ser punido, odiado e humilhado.

Tirei minha mão de baixo da sua e dei um rápido tapa em seu rosto que o espantou e o fez franzir as sobrancelhas sem entender o que diabos eu estava fazendo. Fui corajosa. Eu estava brincando, claro que sim, não fiz aquilo para feri-lo, e desejava desesperadamente que ele percebesse isso.

— Agora você foi punido e humilhado, querido. O que mais posso fazer por você? — Zombei. Eu queria descontrair. Mas confesso que fui estúpida sem necessidade.

Ele soltou uma risada prazerosa de ouvir e esfregou o maxilar onde eu tinha acertado, não foi bem o desenlace que eu tinha em mente. Eu acabara de dar um tabefe no rosto de um homem em público e este homem estava rindo da minha atitude ao invés de me espancar covardemente como Enrico sem dúvida teria feito. Fiquei surpresa e feliz com sua reação.

— Cuide daquele lugar, *süsse,* ele é seu, dado com todo o meu coração — ele pediu em um tom de voz brando, tornando a falar sobre a ONG.

— *Oxênte*, falei que tinha visto ele saindo com a cabrita dele — disse um rapaz com sotaque nordestino ao entrar. Estava com o chapéu ridículo e acompanhado de outro rapaz com chapéu igual. Eram pescadores, eu me lembrei de ter visto os dois quando subi nas pedras procurando por Sebastien.

O pescador que entrou falando estava com um palito de dente preso no canto da boca fina, tinha os cabelos puxados para o ruivo e o rosto coberto por sardas; ao seu lado, o loiro barbudo apenas ria e me olhava dos pés à cabeça.

— Não sou a cabrita dele — o corrigi de forma pouco delicada.

Sebastien se levantou para cumprimentá-los.

— Ela está certa, não é a minha moça — esclareceu Sebastien não muito à vontade. — Luz é uma velha amiga.

— Essa amiga tava tão vexada de te encontrar, pensei que fosse mulher tua! — O ruivo comentou, atordoado. — Mas num vim aperrear vocês não. Ó, seus peixes!

Disse o ruivo largando o balde de peixes no chão.

— Fique com esses para você, Nico. Estou conversando com a moça agora — alertou Sebastien.

— É um fila duma égua. Vim à toa! — Resmungou o loiro e olhou torto para mim, como se eu fosse a culpada de alguma coisa. O ruivo, Nico, pegou o balde no chão e os dois logo foram embora batendo os pés feito crianças birrentas.

Sebastien sentou-se outra vez, rindo da situação.

— Volte comigo, Sebastien. Não serei capaz de tomar conta de tudo aquilo sozinha — soltei o comentário que estava ardendo dentro de mim.

Eu gostava de Sebastien, era isso, eu me apaixonei por ele e por quem estava se tornando. Estava me atendo a esse sentimento que desde que se aflorou em mim tem se mostrado tão puro e bonito. Talvez fosse errado me permitir sentir isso por alguém que de certa forma me destruiu intrinsecamente, uma dor do tipo que não se esquece. Eu queria manter o controle e não deixar as coisas degringolarem, mas era mais forte que eu. O que eu sentia por Sebastien era mais forte que tudo.

Nossos olhos ficaram nivelados numa escala maior e em um grau mais intenso, e ele disse com voz suave como veludo:

— Você é capaz, muito capaz, não pense o contrário. Mesmo assim, eu voltarei com você, *süsse*. Se é importante para você, eu voltarei.

No avião, Sebastien não desprendeu seus olhos da janela por um único minuto. Eu conseguia sentir sua tensão, seu medo e incerteza. Queria tranquilizá-lo, porém não podia fazê-lo se eu sequer entendia o porquê de sua aflição.

Só quando entramos no táxi que eu resolvi puxar conversa e acabar com o silêncio cavernoso.

— Eu te dei um dia inteiro para ter certeza se queria vir, você me procurou e disse que tinha certeza de que era o certo a se fazer. Então por que agora está me fazendo sentir culpa por tê-lo trazido de volta?

Analisou-me com o cenho levemente franzido.

— Não, não sinta-se culpada. Eu ainda estou tentando compreender tudo que vem acontecendo comigo. Tenho a sensação de que continuo no mesmo corpo, embora meus pensamentos sejam completamente diferentes dos de antes, é inebriante e amedrontador. Você pode não entender, é como se tivessem aberto a cortina de uma janela que há anos eu olhava sem conseguir enxergar através. — O seu tom de voz foi diminuindo. — Acho que é por isso que nunca tive medo de monstros quando criança, *süsse*, acabei de descobrir que eu era um. Um dos piores!

— Não diga isso...

Ele segurou a minha mão no banco do carro, entrelaçou nossos dedos como se fôssemos íntimos. Eu deixei que acontecesse, não tinha perversidade no seu gesto.

— Nem tudo que eu te disse sobre mim era mentira — me interrompeu. — Eu aplicava golpes, roubava, relacionava-me com mulheres casadas, fazia qualquer coisa por dinheiro. Eu seguia você nas horas vagas, planejava coisas horríveis para sua vida, queria acabar com sua família de toda forma possível; eu tentei tanto e cheguei tão longe. Fui uma decepção para meus pais. Eu sou um desgraçado, falido, imundo. Eu tive que cair, desmoronar, perder tudo para enxergar... eu me arrependo amargamente, *süsse*, e não posso voltar atrás. Estou tentando fazer algo certo uma vez na vida, mas não sou capaz de me perdoar por tudo de errado que já fiz. E nem esquecer.

Apertei seus dedos entre os meus, senti minha pele derreter. O calor começava dos meus pés e se espalhava por todo o meu corpo.

— Também fiz coisas muito ruins, Sebastien. Não sou melhor ou pior que você.

Não quis citar meus erros tão abertamente, tive medo do taxista ouvir. Sebastien sabia perfeitamente sobre o que eu falava.

— Você nunca teve escolha, eu sempre tive — cochichou.

Aproximei-me dele imperceptivelmente, doida para deitar minha cabeça em seu ombro e sentir o cheiro de maresia que infiltrou-se em seu pescoço. Eram fortes as batidas que meu coração dava perto dele, mais forte do que já deu perto de qualquer homem que gostei.

— Cristo, você está quente! — Disse com escárnio, sabendo que aquela reação quente do meu corpo era causada por ele.

Eu ia respondê-lo, quando o carro em que estávamos foi brecado abruptamente. Meu corpo foi jogado para frente e depois para trás.

— O que aconteceu? — Questionou Sebastien alarmado. Olhei pela janela, havia pessoas na rua em frente a uma fogueira claramente não planejada, jogavam algo para sustentar a chama. Eram mulheres, homens e crianças, eu não saberia dizer ao certo quantas.

— Está essa loucura há horas. Parece que alguma imbecil resolveu inaugurar uma ONG para acabar com os casamentos. Acredita nisso? — Repugnou o taxista que fedia fortemente a cigarro. Eu rangi os dentes e cerrei o punho com ira. — Estão queimando o jornal que anunciou a inauguração dessa porcaria. Imagine só, não posso nem brigar com minha mulher porque uma organização vagabunda está querendo me proibir!!

— Não é bem assim... — me apressei para corrigi-lo, porém fui impedida por Sebastien quando as palavras já estavam na garganta.

— Que absurdo! — Concordou Sebastien. — Já sabem quem teve essa ideia?

Olhei-o indagativa e inconformada, ele acariciou minha mão como se tentasse dizer: "Confie em mim."

— Ainda não, o covarde manteve anonimato. Quero ver alguém me proibir de ensinar boas lições à burra da minha esposa. Dia desses ela queimou minha camisa de trabalho passando roupa, eu peguei...

Fiquei com o estômago embrulhado por ouvi-lo começar a falar de forma tão porca sobre sua mulher. Aproveitei que o carro estava parado para desembarcar e o deixei falando sozinho.

— Espere, *süsse!*

Sebastien me chamou com um grito e correu a meu encontro. Eu ia em direção à fogueira e à multidão quando Sebastien me segurou.

— Por que essas mulheres estão aqui? — Perguntei, sucumbindo ao ver cada uma delas atear fogo no que era para ser sua escapatória, seu refúgio, sua salvação. Por que estavam jogando suas vidas fora?

— Elas não entendem, Luz; nenhum deles entende. Não os culpe.

— Como não entendem? Elas apanham como se ainda fossem crianças precisando de educação. Eles as tratam feito cães. Como podem não enxergar o quanto isso é inadmissível?

Levei minha mão à boca, estava trêmula.

— Eu também não enxergava, eu precisei amar você mais que a mim mesmo para ser capaz de sentir a sua dor.

Sebastien me puxou para seu peito e deixou que eu chorasse ali, sem pedir que eu parasse, sem dizer que aquilo me tornava fraca.

— Isso não me fará desistir, mandarei fazer novos anúncios amanhã. Eles irão te ouvir, *süsse.* Terão que aceitar que o mundo não pode continuar assim!

— Às vezes acho que eu sou a problemática, a errada, a frágil. Eu estou lutando sozinha, Sebastien, em uma guerra onde fui a única que não se deixou cegar. Talvez seja melhor eu aceitar que os homens nasceram para comandar e as mulheres para obedecer. Mesmo que isso arranque minhas tripas fora ou me cause uma úlcera. *Talvez seja melhor!*

Ele me tirou de seus braços e me segurou pelos ombros.

— Cristo, nunca mais repita isso! — Falou. — Se você desistir, poderá não existir mais mulheres no mundo daqui vinte, trinta anos. Olhe para elas — ele me virou para olhar as mulheres em volta da fogueira —, você vê felicidade em seus rostos? Eu garanto a você que elas estão aqui porque não têm força o bastante para voltar-se contra os maridos, pode ser que temam a própria vida ou a de seus filhos. Não as condene, as ajude, abra os olhos delas!

Elas não estavam felizes, se as olhasse com desvelo, era possível alcançar até mesmo a dor da sua alma. Se não queimassem os jornais como seus "mestres" ordenavam, elas seriam postas à fogueira para serem incendiadas como suas ancestrais.

— Agora você vê, não vê? — Perguntou-me. Eu vi, mesmo com as lágrimas ofuscando parcialmente a minha visão: sorrisos frouxos, manchas roxas pelos braços, cabelos bagunçados, e os olhos sem brilho, sem vigor. Sei que eu estava consideravelmente longe para conseguir de fato enxergar tudo isso, mas cada uma delas representava quem um dia fui, não era difícil pressupor.

Deixei que Sebastien me levasse para longe daquele desastre que amargava minha boca e esmorecia meu coração. Ele prometeu que no dia seguinte mandaria fazer mais jornais e que, se queimassem novamente, faríamos o dobro. Ele estava sendo tão bondoso comigo que era difícil acreditar que não fazia parte de um doce sonho.

— Você precisa ser pulso firme se quiser enfrentar o mundo, *süsse*, tem que ser sábia. Se você sair gritando com todo homem que disser asneira... — deixou sua frase inacabada para demonstrar a magnitude do assunto.

— Eu sei. É que... não consigo ser fria como você, homem sábio. Sou temperamental demais para ouvir as coisas e apenas deixar pra lá.

Ele riu, como sempre. Seu sorriso charmoso era sua principal característica, embora ele não fosse amigável o tempo todo.

Depois de algum tempo andando a esmo, achei melhor descobrir para onde estava sendo levada por Sebastien. Tudo que fiz foi olhar ao redor para que ele prontamente se explicasse.

— Não se preocupe, não farei nada insano dessa vez. Só estamos dando uma volta até você decidir que já está calma o bastante para pegarmos outro táxi, provavelmente guiado por mais um palerma!

— Já me acalmei — menti. Por dentro, eu ainda estava bastante irritadiça, desejando voltar à fogueira e gritar com cada um que estava em volta dela.

Pegamos um táxi pela segunda vez e só paramos ao chegar no meu apartamento. Sebastien se hospedou em um hotel na mesma rua onde eu morava. Nos despedimos com um "até logo" e foi cada um para seu canto remoer suas angústias.

Telefonei para Cora assim que entrei em casa, cruzei os dedos para que fosse Sabrina que atendesse. Tive sorte dessa vez, porém sabia que em alguma dessas ligações eu teria que encarar minha mãe e conversar sobre assuntos desagradáveis como sempre. Pedi à Sabrina para ficar com Benjamin por pelo menos mais um dia, eu precisava desse tempo para mim, nem que fosse para perdê-lo chorando até os olhos arderem.

Deitei na cama com uma garrafa de vinho nas mãos. Virei um gole grande para me preparar para finalmente tirar a faixa da minha queimadura. Ainda não tinha tirado devido à aversão que sentia toda vez que ia trocar o curativo

— acabava sempre adiando o inevitável, no entanto, agora era hora de encará-lo. A cicatriz ficou feia; por outro lado, melhor do que eu imaginava. A pele estava manchada, enrugada e com marcas que sei que diminuiriam com os anos, desejei que acontecesse o mesmo com as lembranças. Resolvi não passar pomada e nem cobrir o ferimento, o deixaria respirar e permitiria que o tempo o tratasse como quisesse. Já não era mais tão vaidosa como um dia fui, não me importava mais com a minha aparência.

Algumas horas se passaram e eu ainda aliviava meu estado depressivo com uma garrafa de vinho quando a campainha ricocheteou em meus ouvidos. Meu cérebro demorou mais que o habitual para compreender que havia alguém querendo entrar em minha casa. Segui pomposa e ridícula até a porta, sem me importar com o assoalho gelado em meus pés descalços. Era possível que eu estivesse levemente embriagada e rindo por não ter ninguém para me julgar, dizer que não era assim que uma dama devia se comportar. Sem criança em casa, sem marido abusivo, sem uma mãe controladora, apenas eu e uma maçaneta que eu não conseguia segurar para abrir a porta.

A campainha tornou a tocar. Pisquei algumas vezes para tentar enxergar melhor. Finalmente consegui abrir a porta. Era Sebastien, não fazia tanto tempo assim desde a nossa despedida lá embaixo.

— Que coisa, já ficou com saudade? — Zombei, empenhando-me para parecer sóbria. Era inútil.

Ele ergueu a sobrancelha.

— Você andou bebendo? — Perguntou. Claro que era uma pergunta retórica.

— Não me julgue. Foi apenas vinho, já, já eu volto a ser uma mulher deprimente!

Ele continuou me encarando e um sorriso se formou em seus lábios lindamente desenhados.

— Você é uma mulher livre para fazer o que bem entender, *süsse*. Eu posso entrar?

Dei-lhe passagem para entrar e fechei a porta.

Sebastien estava com o cabelo penteado para trás, eu odiava quando fazia isso. Ele se transformava em um paulistano quando estava em São Paulo. Deixava de parecer o rapaz praiano que eu tanto admirava para parecer um empresário de postura rígida. Lembrava-me Leôncio.

— O que quer!? — Questionei, encostando-me à porta.

— Queria ver como estava. Agora sei que está muito bem.

— Podia ter telefonado — lembrei-o.

— Por que está tão na defensiva!? — Retrucou sem ser rude. — Você estava abalada quando se despediu de mim horas atrás, tive medo de que fizesse algo estúpido.

Cruzei os braços, protegendo a mão ferida para não tocá-la.

— Talvez não seja uma má ideia fazer algo estúpido. Talvez se eu tivesse sido uma mulher menos "comportada", coisas tão ruins não tivessem acontecido. Eu devia ter bebido mais, saído mais, namorado mais, beijado mais, transado mais. Devia ter usado roupas sem ter medo de ser julgada, feito tatuagens, pintado o cabelo de rosa. E o que eu fiz? Casei-me sem pensar, agi com o coração e, como se não bastasse uma vez, eu me casei de novo e engravidei de um... não sei nem do que eu devo chamar aquele homem desprezível!

Sebastien me ouviu atentamente, com o traço de um sorriso ainda estampado nos lábios.

— Você também matou uma pessoa, não esqueça de acrescentar isso à sua lista de feitos obscuros.

Um vento gelado me tocou e me deixou arrepiada com aquele comentário cruel.

— Isso não teve graça — o alertei. Ainda não me sentia com uma boa preparação psicológica para falar sobre o ocorrido com Leôncio. Olhar para uma escada sempre me apavorava e trazia péssimas lembranças.

— Eu também matei uma pessoa; decidi que é melhor fazer piada a ficar me lamentando por ter tirado a vida de um verme que merecia coisa muito pior.

Respirei fundo e soltei o ar lentamente.

— Nós podemos ser presos a qualquer instante. Sabe disso? Um único fio de cabelo perdido na cena do crime pode acabar com tudo. Seremos lembrados por termos matado um homem "honroso". Eu imagino a enorme manchete tendenciosa e minha mãe dizendo como eu sujei o nome da nossa família.

Revirou os olhos.

— Beba mais um pouco, *süsse,* gostei de vê-la despreocupada uma vez na vida.

— Não estava despreocupada, estava fingindo que a minha vida não era uma grande merda — confessei.

— Você ainda pode fazer tudo que tem vontade, pode se tornar quem quiser caso não goste de si mesma. Quando tudo tiver acalmado, nada a impede de pegar suas coisas e ir embora com seu filho. Você tem estabilidade financeira e coragem, seja livre. Se não é feliz aqui, então vá.

Ele falou muito sério, palavras pensadas com cuidado para me incentivar da forma correta.

— Por que passou tantos anos sendo um babaca quando podia ser esse homem... — Não encontrei elogio específico o bastante para defini-lo, preferi me calar.

— Ser um babaca é menos fatigante, não exige tanto sentimentalismo. — Deu de ombros. — Bom, acho melhor eu ir.

Não queria que ele fosse, ficava com aquela sensação estranha sempre que ele se despedia, esse sentimento é difícil de ignorar. O mês em que ficamos longe não houve um único dia em que não pensei em Sebastien. Fingi não sentir nada por ele durante todos esses anos, fingi não me importar ao saber que Sabrina esteve exatamente onde eu ansiava estar: em seus braços, provando o sabor da sua boca, envolvida no calor do seu peito e respirando aquele cheiro pélago que só ele tinha. Não me esqueci do que fez comigo, mas não podia ignorar o que estava fazendo agora e o quanto se arriscou por mim. Eu queria ser imprudente e me fazer feliz somente uma vez; dar ao meu corpo o que ele desejava, fechar os olhos, tapar os ouvidos e apenas sentir... sentir o prazer que me daria o homem que me amava e que se submeteu às minhas vontades. Que chorou e, jogado no chão, implorou por perdão. Que se tornou um criminoso para que eu não sujasse minhas mãos e que, acima de tudo, criou uma ONG em meu nome para proteger e cuidar de outras mulheres.

Seria apenas sexo, nada além. Não colocaria o coração em jogo, saciaria minha sede e depois fingiria que nada aconteceu. Daria-me essa felicidade, essa única felicidade.

Essa noite eu me jogaria de cabeça. Viveria como se não houvesse amanhã.

Capítulo 39

Sebastien

Ela piscava rapidamente e, com seus olhos, segurava os meus. Era bonita de uma forma vulpina, uma mulher linda, doce e mais forte que qualquer uma que eu conhecesse. Eu encontrei o amor e isso era a única coisa que eu tinha. Passei anos mantendo esse sentimento no escuro porque sabia que me tornaria um ser bobo quando os colocasse para fora.

O que ela tinha que deixava qualquer homem desnorteado? Não eram seus traços afilados, seu vocabulário singular ou sua facilidade em confiar. Antes de me descobrir apaixonado por ela, a achava tola, frágil e simples demais. Em que momento todas essas características começaram a me atrair?

Luz se aproximou de mim durante os minutos em que me mantive concentrado em tentar decifrá-la. Mais um único passo e eu seria incapaz de manter minha mão longe do seu corpo que, aos meus olhos, era simplesmente perfeito em cada mínimo detalhe. Queria tocá-la, mas não iria invadi-la sem que consentisse. Ela me ensinou a respeitá-la e eu não via a menor dificuldade em seguir suas diretrizes. Pelo contrário, era excitante vê-la no controle, observando-me ferozmente.

Tratei de enfiar minhas mãos nos bolsos da calça quando, em um toque quente e lento, ela passeou com os dedos por meu braço esquerdo. O meu coração de pedra palpitou.

Eu sou um novo homem. Eu irei me comportar, darei o que ela quiser e a hora que quiser. O meu coração ela já tem, quando quiser meu corpo, ele será seu também.

Parado feito uma estátua, deixei que Luz brincasse com meu êxtase. Acariciou meu braço e admirou com os olhos as minhas veias que saltavam tão visíveis na pele, como se estas fossem motivo de tamanha admiração.

— Eu gosto disso. Gosto de como meu coração dispara quando toco em você, de como minha boca fica molhada e minha nuca arrepiada, como se estivesse sentindo você assoprar suavemente os meus cabelos — murmurou e fechou os olhos para sentir a minha pele em contato com a sua. Logo voltou a abri-los. — Você nunca me deu motivos para te desejar da maneira que desejo, mas eu sinto meu corpo pegar fogo quando você sorri.

— *Süsse* — exprimi, contorcendo-me discretamente. — Não brinque comigo, estou me esforçando arduamente para ser um homem melhor. Desejo-a, desejo muito. Cristo, muito! Mas se continuar andando com esses dedinhos descarados por meu braço... *ah*... eu perderei a porra do controle e serei bruto pra caralho!

— Você é a minha insensatez, Sebastien. É onde quero perder a cabeça e deixar de lado toda regra que me foi imposta. Não quero fazer amor com você para satisfazê-lo, quero porque preciso, por mim. Não quero que me telefone amanhã ou ande de mãos dadas comigo pelo parque. Quero nada além de uma boa noite de prazer.

Franzi o cenho e a encarei sem entender aonde ela queria chegar com aquele discurso.

— Diga-me claramente o que quer. O que serei para você? Um amante?

— Chame como quiser. Para mim, você não passará de um colega íntimo. Já fui feita de idiota muitas vezes, prefiro não esperar muito de você para não correr o risco de terminar despedaçada — alertou. — Deixe o coração para trás. Jogue-o fora!

Tirei as mãos dos bolsos para segurar seus pulsos, sem aplicar força.

— Não quero que seja minha meretriz ou que eu seja o seu. Eu praticamente coloquei meu coração em suas mãos para você esmagá-lo da forma que quiser. Sou um homem que não sabe brincar, eu a quero de carne, osso e alma. Quero você de dentro para fora. Não pretendo ir embora depois de tê-la na cama. Eu te amo demais para agir de forma tão insensível. Então, sugiro que escolha bem seus próximos toques, gracinha.

Ela sorriu, achando graça do que eu dizia. Oras, eu não estava brincando, não falei aquilo para diverti-la.

— *Süsse*... — ciciei quando a endiabrada se soltou de mim para levar as pequenas e desajuizadas mãos aos meus cabelos penteados. — Não quero ser rude com você e ter que impedi-la de me tocar.

Era possível que ainda estivesse ébria?

— Vá se deitar, você não está no seu melhor estado! — Alertei-a, afastando-me um pouco.

— Ah, por favor, acha que eu preciso de álcool para me soltar dessa forma? Pelo visto, alguém não me observou com a perspicácia que tanto se orgulhava — tirou sarro.

— Você calça trinta e seis, nunca terminou de ler *Madame Bovary* porque achou a leitura entediante, seus filmes preferidos são do *Charlie Chaplin*, você começou a se viciar em cafeína porque foi ela quem te ajudou a controlar a insaciável vontade de fumar que adotou durante o período em que esteve no colégio de freiras. Seu primeiro beijo na boca foi dado com dezessete anos e você odiou tanto que chegou cuspindo em casa. Você acha sua irmã mais bonita e adoraria ter os cabelos negros dela, mas eu particularmente acho os seus de uma beleza única. Você não toma banho de sol para evitar pegar mais sardas, já odeia o suficiente as que tem, embora eu sempre as considerei absurdamente sexy. — Fiz uma pausa para respirar. — Quer que eu continue listando o quanto a conheço?

Seu semblante exprimiu satisfação. Eu fiquei igualmente satisfeito quando atirou-se em meus braços e grudou sua boca na minha em um beijo abrasador. Ergui-a em meu colo, suas pernas me envolveram, prendendo-me. Apertei suas coxas, que estavam em um tecido convidativo, era cetim. Sua boca era o próprio paraíso, mas me fazia sentir no inferno. Ela estava com gosto de vinho, e eu não podia desejar um sabor melhor que esse.

Tudo nela era provocativo, o som ruidoso da sua respiração quando por segundos soltava seus lábios dos meus, o cheiro florido dos cabelos lavados e jogados por seus ombros também cobertos por cetim. Os olhos entreabertos como os de uma garota selvagem me convidando para entrar e sentir o verdadeiro sabor da sua carne. *Estou descontrolado, estou escurecendo, sumindo, com a rigidez se formando entre minhas pernas, as veias latejando quase a ponto de explodirem. Estou no limite.* Eu precisava penetrar em Luz antes que, por um deslize, acabasse com toda a diversão.

Soltei-a e a empurrei com delicadeza sem ter como me explicar. Seria decepcionante admitir que estava impossível me controlar. Queria que ela desfrutasse cada momento, que não se arrependesse por ter confiado seus desejos de mulher a mim. Ela merecia uma boa dose de prazer, a sua parte comigo já estava mais que feita.

— Não me diga que parou para perguntar se tenho certeza? — Questionou em um olhar desconfiado.

— Não, você deixou tudo bem respondido com essa boca. Quero levá-la para a cama, então já peço perdão por isso — eu disse e a peguei em meu colo em um gesto rápido, dessa vez de uma forma que não foi preciso que me prendesse com suas pernas. Ela estava meticulosamente encaixada em meu corpo, como a peça de um quebra-cabeça resolvido.

A carreguei para o quarto e a joguei na cama. Acendi a luz, não havia nada nela que eu não quisesse ver. A expressão de mulher decidida em seu rosto era tranquilizante, não me fazia ter receio em dar os próximos passos. Tentei não pensar no que me disse sobre aquilo não passar de apenas prazer de um homem e uma mulher que precisavam saciar suas vontades, eu mais que ninguém sabia que nada vinha sem um custo ou uma consequência.

— Eu sou um miserável por não tê-la conhecido verdadeiramente antes. Que imbecil tem a oportunidade de ter uma mulher como você ao lado e desperdiça de forma tão estúpida?

— Tire sua roupa — ela disse, não reagindo aos meus afetos.

Um escravo sexual. Cristo, era o que ela estava fazendo de mim, e fazia com que eu me sentisse o cara mais sortudo do Universo por isso.

Luz

Despiu-se vagarosamente na minha frente, peça por peça. Iniciou pela parte de cima, a camiseta foi arrancada e o formato dos seus músculos bronzeados abalou o meu coração — braços e peitoral fortes —, os pelos escuros abaixo do umbigo levaram meus olhos para um caminho proibido. Ele tirou a calça e eu enrubesci imediatamente ao me deparar com sua ereção na cueca preta.

Diabos, o que estou fazendo?

Sebastien estava à vontade com seu corpo exposto daquela forma, devia já estar acostumado com isso. Eu, por outro lado, não queria que o sexo se desenrolasse daquele jeito. Preferia a luz apagada, seu corpo sobre o meu, seus olhos fechados para não se fixarem em minhas cicatrizes horrorosas.

— Qual a próxima ordem!? — Ele perguntou, em um tom de voz cativante.

Ajoelhei-me na cama e desabotoei a parte de cima do meu pijama de cetim sem desviar meus olhos dos seus. Não estava desinibida como ele, mas eu sabia como parecer confiante e sedutora. Aquela era a primeira vez que eu estava no controle de algo, de um homem, para fazer o que bem entendesse. Não que eu me sentisse superior a ele, apenas gostava de saber que estávamos nos olhando de igual para igual.

— Você é irresistível — ele disse com a voz rouca. Observou os vãos dos meus seios protegidos pelo sutiã.

Deixei o receio, a preocupação e a incerteza de lado. Estiquei minha mão para segurar a sua e o puxei para a cama. Ele deitou-se sobre mim, com um sorriso inebriante, apaixonado. Mergulhei os dedos em seus cabelos grossos e crescidos. Inclinei-me para aproximar meu rosto do seu e beijei sua boca outra vez. Sua língua se movimentava de uma forma que fazia eu me contrair inteira.

Sentir seus cabelos já não era suficiente para mim, eu queria mais. Desci minha mãos até seus braços quentes e depois as levei para suas costas de nadador. Sebastien já estava mais à frente, apertando delicadamente meu seio esquerdo.

Não havia uma fórmula exata para fazer aquilo, porém ele fazia muito bem.

Eu gemia. Contorcia-me. Suspirava, perdendo as estribeiras.

Ele tirou a minha calça, lentamente. Depois, beijou meu pescoço, o lóbulo da minha orelha e aos poucos seguiu beijando, mordiscando, lambendo devagarinho — poro por poro — me levando literalmente à loucura. Sebastien sorriu de um jeito como se me conhecesse até do avesso ou como se pudesse ler meus pensamentos. Não nos falamos durante aquele tempo, deixamos que nossos corpos conversassem entre si.

Em algum momento a sua boca ousada foi parar no meio das minhas pernas, e sem se importar com a minha calcinha úmida, movimentou sua língua de forma sútil, como se estivesse lidando com pétalas.

— Sebastien — gemi, extasiada. Eu já tinha sentido a boca de um homem ali antes, de Leôncio, mas o que Sebastien estava me fazendo sentir era incomparável e até indescritível. Havia paixão em seus movimentos, desejo intenso. Eu o queria desesperadamente. Solucei em um espasmo. Eu esqueci do mundo naquele momento. Esqueci tudo que me foi dito e feito. Tudo que sou e tudo que fui.

Naquele momento, minha pele era toda feita de suor e suspiros.

Sebastien

A castidade com que abria suas coxas para me deixar mergulhar em sua vulva molhada ressuscitava em mim desejos cada vez mais ardentes. Chupei-a, suguei, e logo senti o suave sabor do seu gozo através do fino tecido da calcinha. Eu teria perguntado a ela se estava gostando do que eu fazia, mas não foi preciso, bastou sentir suas unhas agarrando as minhas costas e o seu balançar na cama feito ondas batendo enquanto eu engolia cada gota do que ela tinha para me oferecer.

Não era para tê-la levado ao delírio tão depressa, por outro lado gostei de saber que minha boca fazia muito mais do que dizer apenas desgraças. Claro que fiz isso muitas vezes antes, em outras mulheres — mais velhas, mais novas que eu, casadas ou viúvas —, só que nunca tinha me empenhado tanto para parecer realmente bom em algo. Eu estava tão desesperado em satisfazê-la que não senti a dor pulsante do meu pênis querendo se aliviar também.

Limpei a minha boca com a língua, sentei em meus calcanhares e ergui os olhos, dessa vez com certa hesitação.

— Eu a quero, *süsse*, quero poder me deitar com você, mas suponho que agora já esteja satisfeita.

Ela se inclinou na cama até se sentar, no rosto havia um ar erótico, depravado e charmoso. E eu espero que me responda, contando cada respiração sua.

— Não me satisfaço tão rápido — murmurou em um tom de voz perturbador de tão provocante. — Irei me sentar em seu colo e deixarei de ser uma garota comportada. Te mostrarei o quanto os homens perdem ao querer comandar suas esposas, não fazem ideia do poder que elas ganham ao terem liberdade de ser a mulher que quiserem.

Tudo que eu vejo quando olho em seus olhos perfeitos é o quanto a amo e o quanto preciso dela em minha vida.

— Eu inteiro sou seu, Cristo. Faça o que quiser!

Ela esticou seu braço, e seus dedos percorreram suavemente a minha barriga. Tentei não olhar para a cicatriz da sua queimadura, não queria reviver meus erros. Foi sufocante o tempo que gastei tentando não me autoflagelar para pagar por tudo que fiz.

Luz

Abri as minhas pernas, sentindo a quentura no meio delas e toda a palpitação após a dose de prazer que ele tinha me dado, sentei-me em seu colo e joguei os braços em volta do seu pescoço. Nossos rostos ficaram coladinhos, eu olhei diretamente em seus olhos e era inevitável não amar o que via. Sebastien era o tipo de homem que costumava visitar meus sonhos na adolescência. Aqueles de novelas e filmes, perfeitos demais para serem reais.

Ele levou seu dedo ao meu rosto para expulsar um fio de cabelo perdido nos cílios.

— Olhe para mim. Eu amo você — murmurou, como se pudesse ouvir meus pensamentos. — Amo cada detalhe do seu corpo. *Süsse,* você é a coisa mais bela que a vida *me deu*. Sei que não é minha, e não sei se quero que seja, eu não saberia o que fazer com tamanha divindade, mas agora, nesse momento, eu sou o homem mais feliz do Universo.

Sebastien me amava, não era apenas seu jeito sedutor de falar que me fazia enxergar isso, ele transpirava amor e carinho. Ele foi o único que me conheceu realmente, eu dividi meus sorrisos e as minhas lágrimas com ele. Apenas com ele. Como posso expulsá-lo da minha vida se mal consigo respirar quando ele me diz adeus?

Mas, Deus, o que ele me fez foi tão cruel.

Aquele momento estava sendo tudo que sempre desejei, um amor verdadeiro e puro. Mas nem todo amor é para ser vivido, alguns nascem para ficar na memória e nada mais. Eu não podia seguir em frente com aquilo. Não seria apenas sexo, seria muito mais. Eu sabia que sim. Tudo com Sebastien era profundo. Se eu me entregasse, arrependeria-me depois. Uma parte de mim sempre iria querer viver aquele sentimento com mais ímpeto, desejaria dormir e acordar ao seu lado, ter nossa casa, nossos filhos, cozinhar seus pratos favoritos, decorar as estantes com nossas fotos. Era uma droga não conseguir me desligar desse conto de fadas quando estava diante de um verdadeiro príncipe.

— Em que está pensando? — Ele perguntou. Eu devia ter ficado pálida e com um semblante entristecido. — Não precisamos fazer isso, podemos ficar em silêncio, apenas olhando um para o outro e se perguntando onde diabos nos metemos. Ou eu posso ir embora e fingir que não estou sofrendo por ter que deixá-la. O que você quiser, tudo que quiser. Apenas me diga, *süsse,* e eu farei.

Que coração seria forte o bastante para não derreter ao ouvir aquelas coisas?

Levantei-me do seu colo. Abracei meu próprio corpo, as mãos segurando firmes os cotovelos para que parassem de tremer. Não era frio, era ansiedade.

— Não podemos... eu quero, mas não posso. Você ainda é legalmente casado, e tem Sabrina também. Ela gosta muito de você.

Sebastien se pôs em pé. Seu 1,83m de altura não se curvava como o meu quase 1,70.

— Você não tem que se explicar. Não farei nada que não queira. Em todo caso, preciso que saiba que não me relaciono com Eliza há muito tempo, nosso relacionamento se baseia somente em um pedaço de papel, e isso já está sendo resolvido. Sabrina e eu não tivemos nada sério, nos beijamos algumas vezes, foi só isso. Fui sincero com ela desde o começo, nunca prometi nada.

— Não a culpe por ter se apaixonado por você — rebati. — Isso foi um erro. Eu e você vai contra todas as probabilidades, temos que encarar isso. Eu agi com o coração, deixei-me levar pelo prazer.

Sei que tinha acabado de dar um banho de água fria em Sebastien. Ele voltaria para seu quarto de hotel me chamando de louca, confusa e talvez até de vagabunda. Eu não me importava, podia pensar o que quisesse sobre mim, desde que minha consciência ficasse tranquila. Eu impedi a desgraça a tempo, não seria capaz de olhar para Sabrina sabendo que agi por suas costas, que me deitei com o homem que ela amava enquanto estava cuidando do meu filho. Eu podia viver sem Sebastien, não sem minha irmã... *Agarrei-me a essa mentira, porque não seria capaz de suportar a verdade.*

Sebastien recolheu sua roupa do chão e a vestiu. Ele não parecia zangado comigo, como sempre ouvi dizer que os homens ficavam quando interrompiam seu prazer, estava desapontado, magoado, ofendido.

— Eu não ligo que brinque comigo dessa forma, mas pare de tentar enganar a si mesma. Eu fui um cafajeste com você durante muitos anos e no meio disso tudo você se apaixonou por mim. Você não se entrega porque tem medo de ser feliz com alguém que um dia fez tão mal a você. A verdade é que você nunca me perdoou, *süsse*, mas se permitiu me amar mesmo assim.

Engoli em seco e senti meus olhos tremerem. Aconteceu um terremoto dentro de mim e rachou a armadura de gesso que protegia meu coração. Como era possível? Depois de tudo, depois de tanta dor, eu estava exatamente no mesmo lugar, perdidamente apaixonada por um homem. O meu coração contrariava meu cérebro e toda sua sabedoria. Eu só queria voltar atrás e jamais tê-lo conhecido. Queria não ter a lembrança do seu rosto quando fechasse meus olhos. Queria não me lembrar dele quando sentisse o bendito cheiro de mar.

— Está certo, eu amo você — confessei e meus ombros de repente ficaram mais leves. — Eu amei Enrico antes de conhecer o seu "eu" sombrio, então não tive culpa, fui iludida e por isso me entreguei tão impensadamente. Mas você, eu já conheço você e toda ruindade que há em seu coração. Não quero isso para a minha vida, não quero arriscar passar por tudo novamente — murmurei. — Dê uma boa olhada em mim agora, Sebastien, eu estou destruída há anos. Se você me devastar de alguma forma, não conseguirei me recuperar. Não conseguirei ser como a primavera e reflorescer pela terceira vez.

Eu estava com um pouco de água nos olhos quando disse aquilo, lembrei do meu pai e de como costumava me sentir segura ao seu lado pois sabia que ele estaria ali para me proteger de qualquer coisa no mundo. Naquele tempo eu não me importava de ser uma donzela em perigo e tê-lo como meu herói, naquele tempo as pessoas pareciam perfeitas e felizes. Era tudo ilusão, os sorrisos disfarçavam lágrimas, as esposas não eram nada além de donas de casas e escravas sexuais com joias caras no pescoço para silenciar o desespero. Papai me poupou do mundo real por longos anos e isso com certeza contribuiu para as minhas desilusões amorosas, mas eu não podia culpá-lo por não querer destruir os sonhos de uma criança. Talvez nem mesmo ele enxergasse o problema. Em todo caso, era tarde demais para começar a me questionar.

Era mais seguro viver com aquele amor reprimido em meu peito a pagar para ver onde tudo acabaria. Foi bom sentir Sebastien, sua língua atiçando meu sexo, sua respiração quente deixando tudo ainda mais ardente, não negava. Seu beijo era bom, nossa sincronia era admirável. Ele sabia o que fazer, onde e como fazer. Eu me arrependeria por não ter transado com ele. Claro que sim. Mil vezes sim. Mas se eu não o mandasse embora naquele exato instante, era provável que eu o acabasse pedindo em casamento e sonhando com as janelas azuis que dariam para um lindo jardim. E são tantas razões de não podermos ficar juntos.

Não era minha culpa amar tão facilmente, era uma péssima característica, a pior que qualquer mulher inteligente poderia ter. Eu reconhecia o perigo e ainda assim desejava ir para a cama com ele. Eu não sabia ser apenas fogosa como grandes mulheres, eu queria uma família, um lar, um único homem para amar o resto da vida.

— Tudo bem, você tem razão. Isso é um erro. Não queria que as coisas tivessem chegado a esse ponto. O plano era você nunca saber quem fundou a ONG para não pensar que tem uma dívida eterna comigo. Talvez esse tenha sido o motivo de você quase ter se entregado a mim, foi um momento de pura adrenalina — ele disse, confuso.

Eu neguei com a cabeça enquanto ele falava.

— Não procure desculpas para justificar minhas ações. Eu beijei você porque desejei desde a primeira vez em que o vi naquelas pedras. Foi e ainda é diferente de tudo que já senti, é como se eu nunca tivesse amado algum outro homem. Mas eu preciso que vá embora, que se esconda caso eu decida procurá-lo, que continue a sua vida e jamais volte a cruzar o meu caminho. Eu o amo, Sebastien, só que não posso me permitir viver esse amor. Você me faz sentir coisas agradáveis, como também reflete tudo que eu anseio desesperadamente esquecer. Não quero que tente me entender, que ache que estou confusa sobre o que sinto, quero que parta sem me devastar ainda mais, não posso te dar a chance de me decepcionar outra vez. Quero, em um futuro, fechar meus olhos e lembrar que um dia amei um homem que mereceu verdadeiramente o meu amor e que esse homem fez de tudo para reparar seu erro.

Seus olhos brilharam. Toda a excitação que antes eu sentia foi embora quando o peso daquela conversa chegou. Era um adeus, um adeus eterno, eu podia sentir no cerne do meu peito. Estava sendo como arrancar meu coração com as próprias unhas. Contudo, eu acreditava firmemente que renasceria depois ainda mais forte. Eu não precisava de um homem para ser feliz, mesmo o amando incondicionalmente, eu precisava me reencontrar, e não podia fazer isso se não tirasse da minha vida alguém que um dia me fez tão infeliz. A dor da perda iria passar, ela sempre passava. Por fim, resolvi optar pelo caminho que me traria mais paz futuramente.

— Eu fiz tudo que pude, Luz, e lamento que não tenha sido o suficiente. Você está certa em não me dar outra chance, não a culpo. Você merece ser feliz. — Ele me puxou para um abraço apertado. Fiquei estática, sem saber como devia reagir. Se alguém nos visse de longe, diria que éramos perfeitos um para o outro. Só que, de longe, todos parecem invencíveis, não é mesmo? — Você tem um bom coração, *süsse*, em algum lugar, há um homem que irá honrar isso e ele será o cara mais sábio e sortudo que já existiu na história.

Capítulo 40

Sebastien

Teria sido mais simples deixá-la se não estivesse com seus vestígios em mim. Como eu poderia ir para tão longe, sendo que ainda havia tantas coisas para lhe dizer?

Antes do elevador completar seu percurso até o terraço, eu já estava com as lágrimas encharcando o rosto. Eu não queria ter dito adeus à única mulher que amei em toda minha vida; agora era como se existisse um espaço vazio dentro de mim.

Meus joelhos me levaram para o chão e eu chorei. Eu queria ter sido bom para ela, queria não ter cometido erros, e mesmo que eu tenha desejado sua felicidade com outro homem, eu não era forte o suficiente para admitir que não esperava que ela voltasse e me impedisse de partir.

Fui obrigado a me recompor quando a porta do elevador se abriu. A rua e o céu estrelado de São Paulo me aguardavam. Aquela noite estava longe de ter fim, eu me sentia diferente — amargurado e sem esperança. Como se a vida já não me pertencesse. Aquela sensação ruim exigia uma atenção mais cuidadosa, mas eu não queria parar de andar, precisava cumprir a promessa que fiz à Luz e desaparecer do seu caminho.

Peguei um ônibus para ir até a ONG. Sentei-me sozinho em um banco e deitei a cabeça na janela, queria evitar que me vissem chorar, pois chorar é sinal de fraqueza e os homens são proibidos de serem fracos. Senti como se meu coração de pedra estivesse se encolhendo dentro de mim. Não era apenas a ausência de Luz que estava mexendo comigo, havia algo de errado. Parecia ter uma nuvem lançando vento gelado em mim. Eu tremi o caminho inteiro no banco e balançava a perna para tentar disfarçar aquela coisa louca que estava acontecendo com meu corpo.

Eu devia ter descido do ônibus antes de ele completar seu percurso. As coisas poderiam ter sido diferentes se eu tivesse reconhecido os sinais. Nem mesmo eu sabia o que estava indo fazer ali, o acontecimento parecia predestinado.

Antes de desembarcar do ônibus, reparei na movimentação suspeita em frente ao prédio semiconstruído da ONG, e eu também ignorei aquele sinal. Parei no outro lado da rua para observar a fachada ainda em reforma, duvidava que ficasse tudo pronto para a inauguração na próxima semana. Exceto Luz e eu, ninguém demonstrou ansiedade com a novidade; pelo contrário, as pessoas estavam em fúria.

— Genial, não!?

Parou um homem sofisticado ao meu lado, com as mãos enfiadas no bolso da calça social azul-marinho. O terno e a gravata sem nenhum amassado me fez suspeitar que fosse advogado, o escritório de advocacia logo atrás me fez ter certeza. A mão saiu do bolso para ajeitar os óculos de grau nos olhos e depois voltou para o fundo da calça.

— Falo sobre essa nova construção que promete amparar esposas violentadas.

— É, é — concordei sem prolongar a conversa. Não o encarei diretamente nos olhos para que não visse meu rosto inchado de quem acabou de chorar feito um covarde.

— É uma pena que não vá subsistir de verdade — ele acrescentou, o rosto voltado para a construção.

— Como assim? — Questionei e fiquei enervado com aquela afirmação.

— Estão protestando para interromper a obra. — Apontou com o dedo para os indivíduos próximos à ONG e de costas para nós. — Estão parados aí desde que leram o anúncio no jornal, dizem que irão demolir o prédio assim que ele estiver finalizado. Os operários estão com medo de continuar trabalhando.

— Cristo, que bando de gente xucra! — Falei entredentes. — Se não aprovam a ideia da ONG, basta que fiquem longe, não precisam sequer passar na mesma esquina!

O homem sofisticado riu, mesmo parecendo tão desapontado quanto eu. Foi uma grande novidade ver outro homem interessado em um projeto como aquele.

— Nem tudo é descomplicado assim, soldado. Brasil é a terra de quem grita mais alto, e a maioria aqui detesta que haja uma organização em prol das mulheres.

Eu não permitiria que me impedissem de seguir com a ONG, eu basicamente dei tudo que tinha por aquilo, prometi à Luz que as pessoas a ouviriam. Não suportaria partir sabendo que estaria devastada. Ela estava à beira do abismo, acabar com a ONG seria o empurrão fatal.

— Vejo que você também é a favor dessa criação. Achei que eu fosse o único homem que pensasse diferente de todo o resto — ele disse.

Encarei-o de esguelha: jovem, a barba perfeitamente desenhada deixava claro a sua vaidade. O olhar cabisbaixo era de dar pena e causar extrema curiosidade. Não precisei de uma avaliação muito profunda para saber que aquele rapaz era abastado: terno italiano feito sob medida e, nos pés, sapatos de couro alemão.

— Minha irmã foi assassinada pelo marido — eu inventei uma história para saber qual seria a reação do rapaz, assim eu também saberia suas intenções. — Sei que ela não foi a primeira e nem será a última mulher a passar por isso. Não pude fazer nada por ela... CRISTO! O que estão fazendo!?

O som estridente de quando as janelas foram quebradas me fez abaixar para me proteger. E mesmo sabendo que naquela distância seria impossível ser atingido pelos vidros, protegi meu rosto com o braço e apertei os olhos automaticamente.

— Estou dizendo, essa obra não terá fim. É melhor irmos embora antes que paguemos o preço — alertou o rapaz que eu não me preocupei em saber o nome. Ele entrou em um carro apressadamente e foi embora sem se despedir.

A sensação de que aquela noite seria ruim voltou a me atormentar, mas não me fez correr. Eu era um homem que não fugia de nada, lutava até o fim.

A rua se esvaziou imediatamente ao presenciarem aquela guerra, os civis fugiram do caos assim como as baratas correm de volta para seu esconderijo quando acendemos a luz.

Os protestantes lançavam tijolos contra as janelas que já estavam colocadas. A cena era de enlouquecer, era como um suicídio em câmera lenta, eu via todo o meu dinheiro sendo jogado fora, cada centavo que dei para provar o meu respeito à mulher que amava. Tudo em vão. Não fui perdoado por Luz e agora estavam acabando com o presente que eu havia lhe dado com todo o meu coração.

O que eu devia ter feito era ter virado as costas e ido embora, mas não podia. Por mim e por Luz, eu precisava lutar porque, no fim, o que Luz me ensinou sobre a vida foi a recordação que ela me deixou trazer.

Cerrei o punho e atravessei a rua sem olhar para os dois lados. Sentia-me corajoso quando na verdade não passava de um grande idiota. O que estava se passando na minha cabeça? Cristo, eram muitos contra mim! Comecei a contagem, a cada passo que dava em direção a eles: cinco, oito, doze... homens grandes e bárbaros.

Respire fundo e volte, Sebastien. Corra e se esconda.

A rua escura agora também era assustadoramente deserta. Se eu tivesse reparado nisso antes, com a atenção e cuidado que merecia, provavelmente eu teria pensado melhor e conseguido escapar do que estava prestes a acontecer.

Quebraram as janelas dos fundos em seguida, deu para ouvir de onde eu estava. Eles agiam com violência, nunca tinha me dado conta do quanto causávamos medo quando estávamos furiosos — os braços parecem duas vezes maiores e capazes de esmagar qualquer coisa. Era por isso que as mulheres ficavam com tanto medo de contrariar-nos, podíamos esmigalhá-las sem muito esforço.

Quando me juntei ao bando, não soube o que fazer. Um deles me entregou um tijolo para que eu lançasse contra o cartaz que já estava completamente rasgado. Eu não consegui movimentar meu braço para jogar o tijolo, não me faltou coragem, faltou força de vontade. Não tinha mais capacidade psicológica de ser dissimulado e fingir que concordava com toda aquela imundice. Eu passei muito tempo dormindo, sendo como eles, costumava me achar dono da razão, todas as mulheres eram prostitutas e descartáveis. Agora eu me dava conta do quão imbecil fui a vida inteira.

— Anda logo! — Apressou o homem que me entregou o tijolo.

— Vá ä merda! — Gritei e larguei o tijolo no chão para se quebrar. Foi quando me tornei o centro das atenções, e essa com certeza não era minha principal intenção.

— O que você disse!? — O homem, que agora eu conseguia ver de muito perto, era cego de um olho e faltavam-lhe dentes em sua boca.

Não era sábio arrumar briga naquele momento. Eu realmente devia ir embora.

— O que acham que estão fazendo, hã!? — Questionei, sentindo-me incontrolável. — Acham que não irão consertar tudo isso amanhã!?

Os bárbaros se entreolharam enraivecidos, senti que minha fala ficou deslocada ali. Contrariar as ações de um homem (mesmo que você fosse outro homem) era como questionar sua inteligência, como debochar da sua masculinidade.

Então, veio a primeira tijolada na minha cabeça, por trás, que me jogou para frente sem me fazer cair. Mantive as pernas firmes, mesmo atordoado. Senti o sangue escorrer por minha nuca, passei a mão para limpar e, por alguma razão, olhei para meus dedos sujos em seguida, como se não acreditasse no que tinha acabado de acontecer.

Era um bando de lobos; eu, a presa fácil que fedia a sangue fresco.

— Bando de merdinhas! — Insultei para provocar, por pura estupidez, não queria me deixar vencer. Não tive a competência de saber a hora certa de calar a boca e baixar minha cabeça. Não, não era isso, eu sempre soube que não seria inteligente confrontá-los, a verdade é que superestimei minha força. E, por isso, eu iria morrer naquela noite.

Um pontapé nas minhas pernas me derrubou. Eu não iria me render e nem suplicar, mesmo que me torturassem antes de me levarem à morte. Suportaria até o fim. Eu estava gostando da dor, de ser castigado. Era o que eu merecia por ter permitido que o meu lado ruim ficasse entre mim e a mulher que eu amava enlouquecidamente.

O bando se agitou ao meu redor. Ajoelhei-me no chão, com as mãos no asfalto. Ainda podia sentir minha cabeça sangrar.

— Quem é o merdinha agora, hã!? — Perguntou o rapaz cego de um olho.

— Ainda é você! — Afrontei e levei um chute fulminante na costela esquerda que me fez gritar.

A vertigem não me deixou levantar e reagir. Eles continuavam me humilhando, mesmo eu já estando derrotado no chão.

— Fique de pé. Brigue feito um homem! — Provocou, outro sujeito. Eram muitos, seria impossível dar um rosto para cada tipo de voz para que eu pudesse distingui-los.

Ergui o queixo a fim de encará-lo.

— E você se sente mais homem por chutar alguém que está no chão, seu grande merda? — Questionei e cuspi no asfalto. Jogaram um tijolo em meu rosto que atingiu minha testa e cortou um pedaço da minha sobrancelha, pegou também em meu olho, nariz e lábio superior. Eu queria ter desmaiado, infelizmente não foi o que aconteceu. Continuei lúcido o bastante para sentir a dor de cada ferimento. A tortura estava longe de ter fim.

Era assim que as esposas eram tratadas?

Um dos homens pisou em minha mão direita e apertou a sola da sua bota com toda sua força em meus dedos para quebrar os ossos. E conseguiu, eu ouvi o som, ao menos achava que sim, mas talvez fosse minha mente que já começava a delirar.

Soltei um grito de agonia.

— Abra os olhos e olhe o céu, pois será a última vez que poderá vê-lo — alertou-me e puxou meus cabelos para que eu ficasse com o rosto voltado para ele. Vi sua mandíbula se mexer quando ele trincou os dentes. Fechei os olhos novamente e recusei a abri-los outra vez, não queria que a minha última lembrança fosse aqueles bárbaros. A tortura física era insuportável, a psicológica era ainda pior. Direcionei meus pensamentos à única coisa boa que tive na vida: süsse, a minha *süsse. Cristo, era ilógico pensar em como eu amava aquela mulher. A mulher que perdi tantos anos odiando havia se tornado a que eu mais desejei ver naqueles meus últimos suspiros.*

Como não obedeci à ordem que me deram, levei um soco no rosto e depois outro, e outro, novamente... apanhei até me acostumar com a sensação, meu maxilar já havia ficado dormente depois de tantos golpes. O que aconteceria depois, sem dúvida, seria fatal.

Abri meus olhos e o desafiei. Sendo este meu último ato de coragem.

— Acabe com isso de uma vez! — Escapou da minha boca, assim, sem preparação nem contexto. Eu apenas achava que lidar com a morte seria mais fácil do que lidar com toda a dor que causei para tanta gente enquanto estive cego. Uma criança. Cristo. Eu quase matei Ben.

Ele deu uma risadinha oca, trazendo-me de volta para o momento final.

— Como quiser — rugiu. Eles me matariam sem qualquer remorso, assim como eliminam um mísero animal.

Por trás, um deles ajeitou seu braço em meu pescoço para aplicar o golpe que acabaria comigo — iam me matar asfixiado. Senti o sangue pulsando no pescoço, o suor na base das costas, e meu último pensamento não podia ser outro: Adeus, *süsse*. Eu lutei enquanto pude.

Capítulo 41

Luz

Eu tinha certeza de que tudo fora uma armação de Sabrina para mamãe e eu nos reconciliarmos. Eu amava Cora pelo simples fato de ela ser minha mãe, mas não a admirava, seus pensamentos eram completamente opostos aos meus. Tudo era bem mais fácil quando eu era criança e tinha a obrigação de concordar com seu ponto de vista; agora, eu era uma mulher madura e tinha minha própria realidade. Claro que eu podia aceitar e respeitar suas opiniões, afinal, qualquer um tinha o direito de não concordar com algo, mas Cora ia além. Ela sempre distorcia tudo que vivi e senti. Tentava encontrar uma razão desasseada para justificar o que de ruim me acontecia. A ironia era que eu sempre acabava como a culpada. E hoje eu percebo que não preciso ter na minha vida alguém que não tem o mínimo respeito por minha luta.

— Você não tocou no chá — atentou-me.

— Eu te disse que não queria, mãe!

Coloquei a xícara de volta na mesinha de centro da sala de estar. Eu estava desesperada para ir embora. O plano era pegar meu filho e voltar para casa o mais rápido possível, mas infelizmente tive que entrar para esperar o desenho que Benjamin estava assistindo terminar. Eu já era chamada de péssima mãe por muitas razões: "esse menino precisa de um pai", "esse menino come muito doce", "onde já se viu uma mãe viajar e deixar seu filho?" e a minha preferida: "esse garoto vai virar uma mariquinha se crescer no meio de tanta mulher."

— Você não pode continuar me evitando, Luz, eu quero o melhor para você e para meu único neto.

Revirei meus olhos. Eu realmente não queria ter aquela conversa.

— Eu sei, mãe — respondi em tom blasé.

Ela não acreditou em mim. Insistiu mais um pouco.

— O... que... o que aconteceu com Júlio foi uma tragédia — gaguejou. — Me sinto péssima por ter culpado você. Eram duas crianças, o erro foi meu. Eu devia ter trancad...

Segurei suas mãos enrugadas quando notei sua voz tremida de quem está tentando engolir um choro.

— Isso já passou, mamãe. Não vamos voltar no passado, sim!? — Eu disse. Não estava com cabeça para aquilo, sentia-me atordoada, eram muitas coisas acontecendo ao mesmo tempo e, além disso, meu coração ainda pesava com o adeus de Sebastien. A todo instante me questionava sobre minha decisão. E se eu tivesse mandado embora o único homem bom que restava no mundo? Eu estava exagerando, claro que sim, era um pensamento infantil.

— Você está abatida. Tem comido direito? — Perguntou mamãe. Tirou sua mão para levá-la ao meu rosto magro.

— Tenho comido muito bem — menti, não comia bem há dias; por outro lado, o vinho eu não deixava faltar de forma alguma em meu estômago. — Aonde Sabrina foi?

— E quem sabe? — Retrucou e, com um olhar esbugalhado, acariciou minha mão feia. — Misericórdia, o que aconteceu!?

Puxei minha mão.

— Não foi nada. Sabe se Sabrina irá demorar? — Desconversei. Não tinha interesse algum em minha irmã, aquela foi a única pergunta que veio em minha cabeça.

Cora não se deixou enganar. A expressão de incredulidade em seu rosto era inconfundível.

— Vai me dizer o que aconteceu ou terei que perguntar aos vizinhos, Luz!? Foi aquele rapaz... Sebastien!?

Fiz cara de indignada.

— Sebastien nunca me machucou, mãe! — Afirmei. O impulso de defendê-lo foi mais forte do que a razão. Sebastien não tinha me ferido fisicamente, mas isso não fazia dele um santo.

— Esse rapaz é perigoso. Não quero que torne a vê-lo! — Sua voz saiu rascante.

Levantei-me do sofá em um pulo raivoso.

— É tarde demais para tentar me alertar sobre os homens, não acha, mamãe!? — Ataquei. — Eu vi da pior forma como alguns podem ser perigosos!

Ela franziu a testa.

— Alguns? — Questionou. — Do que está falando?

Eu nunca contei para ninguém sobre Leôncio, exceto para Sebastien, e eu continuava achando que aquela tinha sido a melhor decisão. As pessoas nunca estão preparadas para encarar a realidade. Principalmente Cora, que sempre adorou Enrico e Leôncio enquanto estive casada com eles.

— Esqueça! — Eu disse e fiquei com o rosto encovado. Ela segurou meu braço e agigantou-se na minha frente. Perguntei-me se todos os portugueses eram intransigentes como ela.

— Eu limpei sua bunda, menina, te carreguei em meu ventre por nove meses, te eduquei e te criei. Não pense que pode me enganar.

Esperei o ritmo da pulsação diminuir para conseguir respondê-la sem parecer uma criança com medo de apanhar por ter desenhado na parede da sala de estar.

— Eu tive um péssimo dia, mãe, equivoquei-me ao falar. — Não olhei em seus olhos para dizer aquilo. Tinha que continuar mentindo, a verdade era insana demais para ser dita. Eu matei meu marido para proteger meu filho, mas sei que ninguém estaria preocupado com a razão que me levou a cometer tal ato.

— Você se equivoca quando coloca mais sal que o necessário na carne, não quando deixa a entender que sofreu violência de outro rapaz. — Mamãe ficou com o músculo da mandíbula travado e a testa cerrada.

Queria me abrir, senti-me acolhida. Cora fez parecer que eu era importante para ela e que acreditaria em qualquer coisa que eu lhe dissesse. Mas, de súbito, o grito de Sabrina, a dor que ela transportou para fora em forma de choro, fez mamãe e eu pularmos de susto e pôs fim à nossa conversa. Não tínhamos nos dado conta de quando ela entrou em casa.

Minha irmã deixou seu corpo cair encostado à porta. Os soluços chacoalharam seus ombros. Ela precisava ser abraçada, entretanto eu fiquei catatônica. Algo dentro de mim sabia que alguma coisa muito ruim tinha acabado de acontecer e que me corroeria por dentro.

— E-l-e... ele... morr... ele morreu. ele morreu... ele... — Sabrina tartamudeou. Colocou a mão em forma de concha na sua boca para tentar se conter.

Mamãe conseguiu reagir, correu em direção à minha irmã e com muita tranquilidade a ajudou ficar de pé. Abraçou-a e tentou acabar com seu pranto. Eu observei tudo a uma distância razoável.

De quem ela estava falando?

— Quem morreu? — Questionei de forma fria. Minha ansiedade quase me fez mandá-la parar de chorar e contar de uma vez o que tinha acontecido.

Sabrina estava incontrolável e minha pergunta piorou tudo.

— O meu amor... meu grande amor.

O mundo pareceu ter girado devagar, bem lentamente. Não ouvi mais nada ao meu redor, a não ser o som dos ponteiros do relógio que faziam um tic-tac aborrecedor. A sala ficou escura, senti meu corpo congelando, as pontas dos meus dedos pálidas e enrugadas. Alguém tocou em meu ombro, chamou por meu nome. Eu não consegui falar, mexer, até mesmo engolir saliva doía.

Aquilo era um pesadelo. Só podia ser um pesadelo. Talvez ela não estivesse falando de Sebastien, ela podia muito bem ter se apaixonado por outra pessoa.

— Mataram ele... eu vi seu corpo coberto de... de... de sangue. Ele morreu, mamãe, meu grande amor morreu — pigarreou Sabrina.

— Sebastien? — Minha voz rouca pareceu um trovão estalando. — Sebastien morreu?

Sabrina fungou e se soltou dos braços de Cora. Estava um pouco mais calma para falar. O choque inicial tinha amenizado, mesmo que bem pouquinho.

— Parece que foi assassinado... espancado até a morte. — Ela levou a mão ao peito, tremia inteira. — Eu vi um povo reunido em frente àquela ONG; eu, curiosa, fui ver o que era. Meu estômago embrulha só de lembrar... Meu Deus! Como eu daria tudo para apagar essa imagem da minha cabeça!

Eu me desmontei inteira, como se fosse uma boneca de porcelana que tinha acabado de cair no chão. A notícia me pegou desprevenida. Por Deus, eu não estava preparada para aquilo. Era muito além do que eu podia suportar de pé.

Eu não queria ter começado a chorar, não queria ter caído no chão e gritado, esbravejado, batido na minha própria cabeça com a mão fechada. Eu estava fazendo uma grande cena, mas não havia nada naquele momento que eu não desejasse mais que a morte.

— Está mais calma? — Perguntou Cora, arrumando a coberta em meu corpo. Ela me obrigou a deitar na cama do meu antigo quarto ao ver o quão devastada eu estava para voltar para meu apartamento com Benjamin. As lágrimas não paravam de cair por um único segundo. Tentei me recompor, juro que tentei.

— Não consigo acreditar que ele se foi — murmurei com a voz fanha.

— Você e Sabrina estavam se relacionando com o mesmo rapaz? Não consigo entender, Luz.

— Não... eu não queria... não era um relacionamento — tentei me explicar sem mentir para ela e queria aproveitar que Sabrina não estava ali. — Nos envolvemos, mas não foi nad...

Bom, eu achava que Sabrina não estava ouvindo. Eu me enganei.

— Eu não acredito que fez isso! — Sabrina entrou gritando no quarto ao me ouvir falar sobre Sebastien. Não queria que ela soubesse do meu envolvimento com ele, ela não entenderia e eu não podia lhe explicar. — Eu confiei em você. Eu... eu... você sabia que eu estava saindo com ele e ainda assim agiu por minhas costas?

Sentei-me na cama.

— Sabrina, ouça-me...

— EU NÃO QUERO TE OUVIR! — Interrompeu-me gritando.

— Eu o conheci antes de você...

Ela não me deixou completar a frase.

— MENTIROSA. HIPÓCRITA! — Acusou e jogou um vidro de perfume em minha direção. Abaixei-me a tempo.

— Sabrina! — Interveio Cora, assustada. — Saia daqui, saia já daqui!

— EU ODEIO VOCÊ, LUZ. ERA VOCÊ QUEM DEVIA TER MORRIDO!

Enxuguei as lágrimas e me levantei. Sabrina estava furiosa, as bochechas vermelhas. Não me aproximei muito, peguei-me com medo dela e do que podia fazer comigo.

— Sebastien e eu passamos por muita coisa juntos. Ele me ajudou a enfrentar tempos difíceis. Não aconteceu nada romântico entre a gente. — Não fui totalmente sincera, não havia por que chateá-la ainda mais. Meus sentimentos por Sebastien seriam o segredo jamais revelado.

— Foi por causa de você que ele parou de me procurar, não foi? — Questionou, exaltada. — Agora tudo faz sentido...

Fiz sinal de "pare" com as mãos.

— Não. Até pouco tempo atrás eu sequer sabia o nome do homem que você estava se envolvendo. Não vamos brigar por isso, por favor, Sabrina.

Ela soltou uma risada sarcástica. Definitivamente não acreditava em nada do que eu dizia. Não queria que ela me odiasse, eu a amava sinceramente; eu não tinha muitas pessoas na minha vida e a cada instante esse número diminuía mais e mais.

— Eu não sei qual tipo de pessoa você é, Luz. Você tem muitas caras, não é uma pessoa confiável. Abri-me com você e fui criticada por me relacionar com um homem casado e pelas costas você fazia o mesmo que eu. Para mim, você morreu!

A irritação aflorou em sua voz. Mordi o lábio inferior, segurando o choro.

— Me entenda... eu estava sozinha, com medo... Sebastien era o único ao meu lado — gaguejei. Ela meneou com a cabeça, sem fazer o menor esforço para tentar entender o que eu estava dizendo. Eu insisti: — Nunca quis te magoar, minha irmã. Eu só precisava de alguém por perto, alguém que me ouvisse... — Não consegui concluir. Voltei a chorar. Eu não podia suportar mais, estava tão cansada de tudo. Ouvir minha irmã desfiando em mim os piores desaforos era a gota d'água, fazia eu me sentir pior que lixo, um monstro. E ela tinha razão, eu era uma mulher desprezível, merecia ser apedrejada. Pode ser que Sebastien tenha morrido por minha culpa, eu o convenci a voltar para São Paulo. Eu o fiz acreditar que era uma boa opção se manter perto da ONG.

Era minha culpa. Tudo minha culpa.

— Vá embora. Desapareça da minha vida! — Ela esbravejou.

— Sabrina, não seja tão cruel com sua irmã! — Mamãe tentou controlar a situação. — Esse rapaz não era um bom homem...

— NÃO A DEFENDA, MAMÃE! — Sabrina a impediu de tentar ajeitar as coisas. Minha irmã estava decidida a não me entender. Mas será que eu tinha uma boa explicação para dar a ela no final das contas? — Eu o amava, ele foi o único homem que fez eu me sentir alguém especial.

Ela tornou a chorar. Eu me encontrei em suas palavras, pois Sebastien fez eu me sentir da mesma maneira.

Aquilo era o que eu precisava para terminar de desmoronar.

Duas semanas depois.

Passei a odiar tudo em mim: os cabelos desbotados, a pele maltratada pelo sol, as unhas quebradas, os olhos com profundas olheiras. Até meu jeito de caminhar me incomodava — os passos desequilibrados faziam parecer que eu estava bêbada o tempo todo. E talvez eu realmente estivesse.

As duas últimas semanas se resumiram nisso: acordar, dar comida para meu filho e depois beber vinho até pegar no sono novamente e acordar quase colocando as tripas para fora. Sentia-me culpada por deixar Benjamin assistindo televisão o dia inteiro, mas eu não conseguia ser uma mãe melhor. Não encontrava forças para me reerguer mais uma vez.

Era vergonhoso admitir que certo dia desejei que levassem meu filho de mim, que uma família lhe desse o carinho e a atenção que ele merecia. Eu amava meu filho, amava demais, mas era exaustivo ser a única para limpá-lo, educá-lo e repreendê-lo quando tudo que eu desejava era afundar a cabeça no travesseiro e chorar até soluçar e engasgar com o soluço.

Não me sentia completamente a salvo em lugar nenhum, não confiava em ninguém. Desisti da ONG e passei a odiá-la quando, pelo jornal, descobri que foi por causa dela que Sebastien foi morto. E quanto ao assassino de Sebastien? Oras, ele ainda não tinha sido descoberto e eu duvidava muito que a investigação progredisse agora que a notícia já tinha dado uma esfriada. A impressão que eu tinha é que estavam mais felizes pela construção não ser levada adiante do que assustados pela morte violenta de um inocente.

Sebastien existiria para sempre em meus pensamentos, ele foi uma das páginas mais lindas da minha história. Eu tinha que admitir que não estava sendo nada fácil suportar sua partida. Não era como se minha vida dependesse dele, mas tudo pareceu menos insuportável enquanto ele esteve por perto. Eu o expulsei da minha vida, sim, mas não era para ser eterno. Era para ser o tipo de coisa que a gente diz e se arrepende a tempo de conseguir consertar.

O que eu podia fazer agora senão agradecê-lo por ter me feito acreditar em um mundo melhor, por ter apoiado as minhas sandices, por ter gastado seu último dia de vida ao meu lado, amando-me, fazendo-me uma mulher feliz e tentando reparar seus grandes erros? Sebastien foi meu amor não vivido, a minha esperança de dias melhores, a minha escápula e agora eu tinha que deixá-lo ir. Soltar sua mão e ter que andar sozinha em um Universo maldito.

Mamãe Cora me telefonou dia após dia a fim de saber como eu estava, até que eu tirei o telefone do gancho e ela deixou de me procurar. Eu me isolei, escondi-me em minha toca para não ser vista, não ser falada. Na última conversa que tive ao telefone com Cora, ela contou que Sabrina disse para suas amigas sobre o envolvimento da sua irmã mais velha com seu "namorado", as amigas disseram para outras amigas, que disseram para outras amigas. Eu era a irmã promíscua, severa, insensível, invejosa, doente. Sei que mamãe não me revelou esse acontecido para me chatear, e sim para que eu me preparasse para os rumores. Passei a odiar a vida e todas as suas pancadas.

Sei que eu seria julgada (mais uma vez). Ninguém jamais compreenderia o que me levou a cometer algo tão assustador. Não queria que minha atitude servisse de exemplo para nenhuma mulher, não queria que desistissem como eu. Esperava que em um futuro distante alguém conseguisse fazer o que não fui capaz, o que tentei e falhei. Que alguém tivesse a força que eu não tive para mudar o mundo.

Perdoe-me, Sebastien. Perdoem-me, mulheres que dependiam da minha força. Perdoem-me por desistir da gente.

Meu coração já estava calejado; minha coragem, esgotada. As coisas não acabaram com a morte de Enrico, o estrago dentro em mim já tinha sido feito, foi grande, não podia ser remediado. Eu tentei. Mas sabia que era hora de partir.

Depois de ter colocado Benjamin para dormir, dado meu último beijo em sua testa, peguei a cartela de remédios, coloquei as pílulas em minha língua — uma por uma — e virei o vinho na boca para que os comprimidos descessem. Senti quando passaram por minha garganta. Deitei a cabeça no travesseiro, cobri-me com o edredom e esperei que a mágica acontecesse. Desejei acordar ao lado de Júlio, do meu pai e de Sebastien, para dizer que eu dei o meu melhor, que lutei enquanto pude, mas que minha energia acabou, era hora de descansar.

Capítulo 42

Enrico

Ela não estava respirando. A boca branca feito neve, as mãos frias como as de um cadáver. Tentei reanimá-la com respiração boca a boca. Não queria chegar ao ponto de precisar ligar para a emergência, mas a cadela não acordava. Chamei o socorro por não ter outra alternativa, eles chegaram cerca de dez minutos depois.

Levaram Luz às pressas para tentar revivê-la.

— O que o senhor é da paciente? — Perguntou-me a velha da recepção.

— Sou marido — respondi. Não era mentira, Luz nunca deixou de ser minha. Tivemos nossos contratempos, no último, eu quase fui morto com um tiro. Eu consegui sair do lago e me arrastei pela floresta, carregando as duas coisas que vi pela frente: álcool e isqueiro para armar uma fogueira e conseguir suportar o frio, ao menos por aquela noite. Rasguei a barra da calça a fim de tentar conter o sangramento. Foi por um milagre que não morri. Um guarda florestal me encontrou pela madrugada após ver o fogaréu, mas não o que eu tinha feito para me aquecer, o incêndio vinha da minha casa. Os dois imbecis — Sebastien e Luz — botaram fogo em tudo, provavelmente achavam que eu tinha mesmo morrido.

— Qual seu nome? — Perguntou a velha.

— Enrico! — Respondi com impaciência.

— Qual a idade e peso da vítima, senhor? — Questionou, olhando-me por cima dos óculos redondos.

— Isso é mesmo necessário, sua velha idiota? — Repliquei, batendo o punho no vidro que ficava entre eu e ela. Arrependi-me no mesmo momento de não ter levado Luz a um hospital mais decente. — Minha esposa está entre a vida e a morte e você quer saber a idade dela!?

— São informações pertinentes, senhor! — Disse de forma desaforada.

— Que se foda! Eu vou torcer seu pescoço quando sair daí, estarei lá fora te esperando para quebrar seus ossos caquéticos! — Ameacei em um sussurro sincero. A velha arregalou os olhos e seu rosto ficou ainda mais enrugado com aquela expressão.

Foram três horas perdidas sentado no duro sofá azul do espaço de espera. Estava morto de sede, porém me recusava a beber água naquele lugar podre e repleto de *doentes. Cerca de meia hora depois, uma médica — Regina, o nome da incompetente — veio me dar a notícia de que Luz, minha doce Luz, estava em um coma profundo e que não reagia a qualquer estímulo.*

— Então a acorde! — Eu falei e logo me senti estúpido.

— Senhor, as células nervosas sofreram danos muito grandes com a intoxicação, lamento dizer, mas sua esposa pode entrar em estado vegetativo persistente ou até mesmo ter uma morte cerebral — ela explicou com paciência. Eu queria bater sua cabeça contra a parede para que parasse de falar tanta besteira.

— Está me dizendo que Luz não acordará nunca mais?

— O tempo que uma pessoa fica em coma é difícil de se definir. Podem ser alguns dias ou até anos. Não podemos precisar...

— Você não sabe de nada, sua incompetente. Eu quero falar com um médico homem! — Exigi. O que aquela mulherzinha sabia? Mulheres são animais ignorantes, era o que papai costumava me dizer.

Regina deu uma risadinha curta e disse com dolência:

— Agora entendo o que levou sua esposa a cometer tamanha barbaridade.

Capítulo Final

Enrico

Os dias se passaram, *se tornaram meses, anos, e Luz não apresentou o mínimo progresso. Não demorou para que eu fosse proibido de vê-la. Suspeitei que a desgraçada da Regina pediu que procurassem por algum outro membro da família antes de transferirem Luz para um hospital mais aceitável. Logo descobriram que eu não era seu marido, resolveram ignorar tudo que fiz por ela durante anos, toda a minha dedicação para torná-la uma boa esposa. Cora me expulsou como se eu fosse um capacho. Deixou até aquele projeto de humano entrar no quarto para vê-la e eu não podia. Toda informação que eu tinha vinha das coisas que eu ouvia ao bisbilhotar muito discretamente.*

Domingo, ouvi dizer que Luz começou a ter morte cerebral; na segunda, Cora assinou os termos para que desligassem todos os aparelhos. Estavam matando a minha Luz. Arrancando-a de mim sem se importarem em como eu me sentiria. Eu fui importante na vida dela, fui seu marido, lhe ensinei coisas que nenhum outro homem foi capaz. Tudo isso era culpa daquele Sebastien, se ele não tivesse se intrometido, se não a tivesse roubado de mim... Ainda bem que o imprestável já estava morto, caso contrário, eu mesmo daria um jeito.

Por que Luz estava fazendo aquilo comigo? Como podia ser tão egoísta a ponto de morrer e me deixar?

Não podiam desligar os aparelhos. Não... não podiam. Eu precisava impedir antes que fosse tarde demais. Se Luz morresse, eu também morreria. Não suportaria viver em um mundo sem ela. Éramos um só coração.

Infiltrei-me no hospital após dar alguns trocados para os seguranças, era o pouco dinheiro que tinha restado na minha conta, a migalha que Sebastien não me roubou. Eu sabia exatamente onde Luz estava. Esgueirei-me até o corredor do seu quarto, baixei a cabeça a fim de passar por despercebido. Percorri todo o caminho olhando para meus próprios pés.

Estavam todos reunidos lá dentro, choravam, diziam coisas de embrulhar o estômago. Farsantes!

Sabrina, sua irmã morena que eu sempre desejei dar boas palmadas na bela bunda, estava com a cabeça deitada nos seios de Luz, soluçava tanto que eu quis enfiar uma rolha em sua garganta. Cora abraçou o garoto pequeno assim que ele colocou um barquinho de papel na mão de Luz. Ninguém iria dizer para o projeto de humano que aquele presente era inútil para sua mãe? O que era realmente necessário fazer ninguém estava fazendo. Luz precisava sair daquele quarto de hospital, precisava visitar o jardim que tanto amava, sentir o cheiro da sua flor preferida — girassol. Luz sempre amou os girassóis. Eu fingia não saber disso, a presenteava com rosas vermelhas apenas para ver seu olhar decepcionado. Ela ficava deslumbrante tão cabisbaixa.

Não conseguia imaginar como seria não ver seu rosto nunca mais, não tocar sua pele que eu tanto adorava açoitar. Por que ela escolheu a morte? Eu tinha planos para nós...

Cora era a única que não estava chorando, a postura ereta nunca mudava. Aquela mulher era o próprio homem. Era assustador e broxante.

Eu ainda não sabia como iria entrar naquele quarto e sequestrar Luz. Não tinha nenhum plano em mente e também não tinha um centavo no bolso para comprar esses tubos que Luz precisava para continuar respirando. Eu me preocuparia com isso depois. O primeiro e mais importante passo era tirá-la daquele lugar.

Espiando pela janela, vi quando Cora acenou com a cabeça para o médico que estava no quarto com uma prancheta nas mãos. Ela tinha dado ordem para que os aparelhos fossem desligados. Empurrei a porta e entrei no quarto sem pensar duas vezes.

— Não faça isso... por favor, ela não pode morrer — eu falei, o choro preso na garganta.

— Quem deixou você entrar aqui!? — Retrucou Cora, se virando para me encarar.

— Fui eu quem a encontrei e chamei por ajuda. Eu tenho o dir...

— Você a encontrou porque é um sociopata que a perseguiu por anos. Você matou minha filha, Enrico, eu vou até o inferno para acabar com sua raça! — Cora me interrompeu com uma ameaça.

— Não. Luz ingeriu rem...

— Eu sei o que aconteceu com a minha filha, sei que ela se suicidou. Mas você foi o engate principal de tudo isso, você entrou na vida dela e a fez sofrer, maltratou a minha inocente garota.

— Não, mamãe — interrompeu Sabrina, com uma voz irritante de se ouvir —, Enrico não é o único culpado disso. Somos todos vilões. Enrico enfiou a faca em seu peito e cada um de nós a torceu um pouco. Luz foi embora porque não somos dignos dela. Ela é um anjo, e os anjos não foram feitos para ficarem na terra.

Olhei para Luz, ela estava acabada, feia e cinza como um cadáver, eu a aceitaria mesmo que daquele jeito. Tudo que eu precisava era que seu coração continuasse batendo. Nada mais que isso.

— Não! — Gritei. — O lugar de Luz é ao meu lado, ao lado de seu marido. Se... se vocês a levarem, o que será de mim? Eu não suportarei um dia sem essa mulher. Eu a amo.

— Não, Enrico, isso não é amor. Nenhum de nós a amou verdadeiramente, como ela merecia e precisava. A destruímos, ela implorou por ajuda e não a escutamos. Esse foi seu último grito por socorro. Mas foi tarde demais para ouvirmos — balbuciou Sabrina. Eu não dava importância para nada do que ela dizia, eram palavras inúteis, vazias. Meu coração retumbava na caixa torácica.

— Cala essa boca, sua desgraçada! Você não sabe de nada, não esteve ao lado dela como eu estive, não a conheceu como eu a conheci. — Virei rápido para olhar Cora, queria ver a expressão em seus olhos ao ouvir minha ameaça: — Se desligar esse aparelho, eu vou acabar com você!

— Não me importo com o que acontecerá comigo. Se essa é a última prova de amor que eu posso dar por minha filha, então eu darei. É minha última chance de ser uma boa mãe — soltou o projeto de humano e se aproximou do corpo estático de Luz, minha querida Luz. — Durma, minha menina, seu pai e seu irmão te esperam.

Cora finalmente começou a desabar e usou seu último resquício de autocontrole para dizer algo que não mataria apenas Luz, mas também a mim:

— Podem desligar.

O médico acatou a ordem, caminhou até os aparelhos e desligou – um por um. O silêncio se avolumou e preencheu o cômodo. Meus ombros começaram a tremer. Eu queria quebrar todo aquele quarto, tacar fogo, jogar-me sobre o médico e obrigá-lo a religar tudo. Mas algo me manteve imobilizado no lugar. Olhei para baixo e vi que o garoto segurava a minha mão com força. Ele tinha crescido. Olhou-me muito compenetrado e sussurrou furtivamente:

— Mamãe ficará segura no baú. Agora e para sempre!

Considerações Finais da Autora:

Esse livro é em homenagem a todas as mulheres guerreiras que enfrentaram/enfrentam esse tipo de situação ou coisa ainda pior.

Esse livro também é para você, que nunca passou por algo assim, mas que já presenciou e nunca fez nada.

Esse livro também é para a minha avó, que por muitas vezes teve suas costas açoitadas para proteger seus filhos, se não fosse por ela, talvez hoje eu não tivesse a mãe maravilhosa que tenho.

Esse livro é para todas as mulheres que nunca tiveram a chance de serem ouvidas. Ei, mulher, eu te ouço. Não desista. Luz não teve a oportunidade de falar, mas você tem. Nós estamos aqui. Procure ajuda. Não permita que a dor de Luz tenha sido em vão.

Esse livro é para todas as mulheres que por vezes pensaram em desistir de tudo. Mas, esse livro é principalmente para você, que tem ao seu alcance alguém que precisa de ajuda. Ouça, ajude, converse, esteja ao lado antes que seja tarde demais.

Não deixe que o último grito por socorro seja dado.

Agradecimentos

Agradeço aos meus leitores por todo o apoio. À minha família por toda a paciência. À Luz, por ter confiado sua história a mim. Ao meu amor, Rick. À autora querida, Edna Nunes, por sanar minhas dúvidas. À Samanta Trindade, por ser não apenas uma leitora fiel, mas também por ser uma ótima amiga e sempre me apoiar. Esse trabalho não seria possível sem vocês.

Impressão e acabamento
psi7 | book7
psi7.com.br book7.com.br